A GUERRA DAS ROSAS

Leila Meacham

A GUERRA DAS ROSAS

Tradução de
Léa Viveiros de Castro

Título original
ROSES

Esta é uma obra de ficção. Nomes, personagens, lugares e incidentes são produtos da imaginação da autora ou foram usados de forma fictícia. Qualquer semelhança com acontecimentos reais, localidades ou pessoas, vivas ou não, é mera coincidência.

Copyright © 2010 *by* Leila Meacham

Todos os direitos reservados. Nenhuma parte desta obra pode ser reproduzida ou transmitida por qualquer forma ou meio eletrônico ou mecânico, inclusive fotocópia, gravação ou sistema de armazenagem e recuperação de informação, sem a permissão escrita do editor.

Direitos para a língua portuguesa reservados
com exclusividade para o Brasil à
EDITORA ROCCO LTDA.
Av. Presidente Wilson, 231 – 8º andar
20030-021 – Rio de Janeiro – RJ
Tel.: (21) 3525-2000 – Fax: (21) 3525-2001
rocco@rocco.com.br
www.rocco.com.br

Printed in Brazil/Impresso no Brasil

preparação de originais
MÔNICA MARTINS FIGUEIREDO

CIP-Brasil. Catalogação na fonte.
Sindicato Nacional dos Editores de Livros, RJ.

M43g	Meacham, Leila, 1938-
	A guerra das rosas / Leila Meacham; tradução de Léa Viveiros de Castro. – Rio de Janeiro: Rocco, 2011.
	Tradução de: Roses
	ISBN 978-85-325-2627-4
	1. Ficção norte-americana. I. Castro, Léa Viveiros de. II. Título.
10-6699	CDD – 813
	CDU – 821.111(73)-3

Para Janice Jenning Thomson...
Uma amiga de todas as horas

E aqui eu profetizo: esta briga de hoje
Que chegou a este ponto no jardim do Templo,
Vai causar, entre a rosa vermelha e a rosa branca,
A morte de mil almas e uma escuridão mortal.

>Earl of Warwick in *Henry VI*, parte I,
>Ato II, cena iv
>WILLIAM SHAKESPEARE

Agradecimentos

Meu primeiro agradecimento vai para Louise Scherr, por ter apresentado este romance a David McCormick, fantástico agente literário, que, junto com sua ótima equipe, fez acontecer coisas maravilhosas para mim. Dentre elas, colocar o livro nas mãos de Deb Futter, editora chefe da Grand Central Publishing, e de sua assistente, Dianne Choie. Deb me conduziu pelas revisões e Dianne pelo labirinto editorial com tanto humor, cortesia e compreensão que essas tarefas tão temidas acabaram sendo uma experiência alegre para mim.

Agradeço, também, a Nancy Johanson, revisora extraordinária, cuja visão editorial e assistência generosa foram inestimáveis para mim no início do trabalho, e a Clint Rodgers, mágico do computador, que respondeu prontamente a todos os meus (frequentes) SOS.

E, como sempre, obrigada a meu marido pelo apoio de tantos anos.

Finalmente – do lugar onde reside minha eterna reverência – eu dou graças pelos amigos que sinalizaram o caminho e me incentivaram a prosseguir. Por sua causa, eu cheguei à última linha. Vocês sabem quem vocês são.

PARTE I

Capítulo Um

HOWBUTKER, TEXAS, AGOSTO DE 1985

Em sua escrivaninha, Amos Hines virou a última página do documento de duas folhas que fora instruído a ler. Sua boca tinha ficado seca como palha, e por um momento ele só conseguiu piscar os olhos, atônito, para a cliente e amiga de longa data que estava sentada diante de sua escrivaninha, uma mulher que ele tinha admirado – e respeitado – durante quarenta anos e que pensara conhecer. Procurou na expressão dela por indicações de que a idade tivesse finalmente afetado suas faculdades, mas ela olhava para ele com toda a agudeza pela qual era famosa. Umedecendo a boca com saliva, ele perguntou:

– Este codicilo é verdadeiro, Mary? Você vendeu as fazendas e modificou seu testamento?

Mary Toliver DuMont assentiu, as ondas do cabelo branco e bem penteado refletindo a luz das janelas francesas.

– Sim para ambas as perguntas, Amos. Eu sei que você está chocado, e que esta não é uma forma delicada de retribuir todos estes anos de trabalho e dedicação de sua parte, mas você teria ficado profundamente ofendido se eu tivesse colocado isto nas mãos de outro advogado.

– Teria mesmo. Outro advogado não teria tentado convencê-la a repensar este codicilo; pelo menos a parte que pode ser revista. – Não havia como salvar as Fazendas Toliver, a enorme propriedade de algodão de Mary que ela vendera no mês anterior numa negociação secreta, escondido da sobrinha-neta, que permanecia em Lubbock, inteiramente ignorante do fato, atuando como gerente das Fazendas Toliver no oeste do Texas.

– Não há o que repensar, Amos – Mary disse com um traço de aspereza na voz. – O que está feito está feito, e eu não vou mudar de ideia. Você iria desperdiçar o seu tempo e o meu se tentasse me convencer.

– Rachel fez alguma coisa que a desagradou? – ele perguntou, girando a cadeira na direção de uma prateleira. Ele pegou uma garrafa e notou que estava com as mãos trêmulas ao servir dois copos de água. Teria preferido algo mais forte, mas Mary não bebia uma gota de álcool. – Foi por isso que você vendeu as fazendas e modificou seu testamento?

– Meu Deus, não – disse Mary, parecendo horrorizada. – Nem pense uma coisa dessas. Minha sobrinha-neta não fez nada, exceto ser quem ela é: uma Toliver da cabeça aos pés.

Amos pegou guardanapos e girou a cadeira para entregar o copo a Mary. Ela perdera peso, ele reparou. Seu traje de alta-costura estava um pouco largo e seu rosto bem tratado – ainda bonito aos oitenta e cinco anos – parecia mais fino. "Este negócio" a tinha abalado, como era de se esperar, ele pensou, com uma pontada de raiva. Como ela podia fazer isso com a sobrinha-neta: privá-la de tudo o que havia esperado herdar – da propriedade dos seus antepassados, do seu direito de morar na cidade que eles ajudaram a fundar? Ele tomou um longo gole de água e tentou disfarçar sua indignação ao observar:

– Você diz isso como se fosse um defeito.

– É um defeito, e eu o estou corrigindo. – Ela virou o copo e bebeu com avidez, enxugando em seguida os lábios com o guardanapo. – Esse é o objetivo do codicilo. Eu não espero que você entenda qual é o objetivo dele, Amos, mas Percy entenderá quando chegar a hora. E Rachel também, depois que eu tiver explicado.

– E quando você planeja fazer isso?

– Vou para Lubbock amanhã, no avião da companhia, para me encontrar com ela. Ela não sabe que estou indo. Vou contar sobre a venda e o codicilo, e espero que meus argumentos a convençam de que fiz o melhor para ela.

O melhor para ela? Espantado, Amos olhou-a por cima dos óculos. Mary teria mais sorte vendendo celibato para um marinheiro. Rachel jamais a perdoaria pelo que fizera, disso ele tinha certeza. Inclinou-se para a frente e a encarou com uma expressão determinada.

– Que tal experimentar seus argumentos primeiro comigo, Mary? Por que você venderia as Fazendas Toliver, que você trabalhou a vida inteira para construir? Meu Deus, por que deixar Somerset para Percy Warwick? O que ele vai fazer com uma plantação de *algodão*? Percy é um *madeireiro*. Ele tem noventa anos! E deixar a mansão Toliver para a Conservation Society é... bem, é o golpe final. Você sabe que Rachel sempre considerou aquela casa como o seu lar. Ela planeja passar o resto da vida lá.

– Eu sei. Foi por isso que eu a tirei dela. – Ela parecia impassível, sentada com as costas retas e a mão curvada sobre o cabo da bengala, contemplando o mundo como uma rainha no seu trono, tendo como cetro a bengala. – Eu quero que ela vá morar em outro lugar, que recomece em um lugar diferente. Não quero que fique aqui e viva a vida dela segundo a cartilha dos Toliver.

– Mas... mas eu não entendo. – Amos fez um gesto de frustração. – Pensei que fosse para isso que você a tivesse preparado durante anos.

– Foi um erro. Um erro muito egoísta. Graças a Deus eu entendi a tragédia do meu erro antes que fosse tarde demais, e tive a coragem e a *sabedoria* de corrigi-lo. – Ela fez um sinal com a mão. – Poupe sua energia e a minha em vez de tentar me convencer a explicar, Amos. É uma charada, eu sei, mas não perca a fé em mim. Meus motivos não poderiam ser mais puros.

Confuso, ele tentou outra tática.

– Você não fez isso por causa de alguma noção equivocada do que acha que deve ao pai dela, William, fez?

– De jeito nenhum! – Uma centelha de irritação brilhou nos olhos dela, conhecidos como os "olhos Toliver": verdes e raros como esmeraldas, um traço herdado da família do pai, assim como o cabelo outrora preto e a covinha no queixo. – Estou certa de que o meu sobrinho será capaz de interpretar assim, ou melhor, aquela esposa dele – ela corrigiu. – Na cabeça dela, eu fiz o que era certo e adequado ao dar a William o que sempre tinha sido dele por justiça. – Ela fez um muxoxo. – Deixe que Alice Toliver tenha a ilusão de que eu vendi as fazendas por culpa pelo que devo ao marido dela. Eu não fiz nada disso por ele, mas pela filha dele. Acho que ele vai perceber isso. – Ela fez uma pausa, o rosto de linhas delicadas ficou pensativo, indeciso, e ela acrescentou num tom de voz menos confiante: – Eu queria ser tão segura quanto Rachel...

– Mary... – Amos tentou usar seu tom de voz mais persuasivo. – Rachel e você são retalhos do mesmo pano. Você acha que *você* teria entendido se o seu pai a tivesse privado da sua herança, da fazenda, da casa, da cidade que foi fundada por sua família, por mais que os motivos dele fossem justificados?

Ela endureceu um pouco o rosto.

– Não, mas eu gostaria que ele tivesse feito isso. Eu queria que ele nunca tivesse deixado Somerset para mim.

Ele olhou para ela boquiaberto, realmente chocado.

– Mas *por quê*? Você teve uma vida maravilhosa – uma vida que eu achei que você desejaria legar a Rachel para ela perpetuar a herança da sua família. Este codicilo é tão – ele fez um gesto na direção do documento – *avesso* a tudo o que eu achei que você quisesse para ela, que você a levou a acreditar que *quisesse* para ela.

Mary desabou na cadeira, uma escuna com as velas murchas por falta de vento. Pôs a bengala atravessada no colo.

– Ah, Amos, é uma história tão longa, longa demais para ser contada aqui. Percy terá que explicar tudo para você um dia.

– Explicar o quê, Mary? O que há para explicar? – *E por que um dia, e por que Percy*? Ele não ia desistir por causa de uma ponta de preocupação com ela. As linhas em volta de seus olhos e de sua boca tinham ficado mais fundas, e sua pele perfeita, cor de azeitona, empalidecera. Insistente, ele se inclinou sobre a escrivaninha. – Qual é a *história* que eu não sei, Mary? Eu li tudo o que foi impresso sobre os Toliver, os Warwick e os DuMont, sem falar que *vivi* no meio de vocês durante quarenta anos. Participei de tudo o que diz respeito a vocês desde que vim para Howbutker. Quaisquer *segredos* que vocês tivessem teriam sido revelados. Eu *conheço* vocês.

Ela baixou as pálpebras por um breve momento, demonstrando claramente o seu cansaço. Quando tornou a erguê-las, seu olhar era doce e afetuoso.

– Amos, querido, você entrou em nossas vidas quando nossas histórias já estavam escritas. Você nos conheceu em nossa melhor fase, quando todos os nossos feitos tristes e trágicos já tinham ficado para trás e estávamos vivendo com as consequências deles. Bem, eu quero poupar Rachel de cometer os mesmos erros que cometi e de suportar as mesmas, inevitáveis, consequências. Eu não pretendo deixá-la sob a maldição Toliver.

– A maldição Toliver? – Amos piscou os olhos, espantado. Esta linguagem excêntrica não era típica de Mary. Ele imaginou se a idade teria afetado o seu cérebro. – Eu nunca ouvi falar e jamais li nada sobre uma maldição Toliver.

– Como eu falei – ela disse, com um sorriso típico, um mero erguer de lábios sobre os dentes que, inacreditavelmente, ao contrário dos de seus contemporâneos, ao contrário dos dele próprio, não tinham ficado amarelados como velhas teclas de piano.

Ele não se deixou convencer.

– Bem, e quanto às consequências? – ele perguntou. – Você possuiu, ou construiu, um império de algodão através do país. Seu marido, Ollie DuMont, possuía uma das melhores lojas de departamentos do Texas, e a empresa de Percy Warwick está entre as 500 da *Fortune* há décadas. Quais as "tristes e trágicas ações" que levaram a consequências como *essas*, eu gostaria de saber.

– Você precisa acreditar em mim – ela disse, endireitando os ombros. – Existe uma maldição Toliver, e ela nos afetou a todos. Percy está bem consciente disso. Rachel também vai ficar, quando eu mostrar a ela as provas de sua inegável existência.

– Você deixou uma tonelada de dinheiro para ela – ele insistiu, sem querer desistir. – Suponha que ela compre terras em outro lugar, construa outra Somerset, erga uma nova dinastia de Toliver. Esta... maldição a que você se refere não permaneceria?

Um clarão indecifrável iluminou os olhos dela, que curvou o lábio com uma secreta amargura.

– *Dinastia* significa filhos e filhas para passar adiante a tocha ancestral. Neste aspecto, os Toliver nunca foram uma dinastia, um dado que você deve ter deixado passar nos seus livros de história. – A voz dela estava carregada de ironia. – Não, a maldição não permanecerá. Depois que o cordão umbilical com a fazenda for cortado, a maldição desaparecerá. Nenhuma outra terra terá o poder de extrair de nós o que Somerset conseguiu. Rachel jamais irá vender a alma, como eu fiz, pelo bem da terra da família.

– Você vendeu sua alma por Somerset?

– Sim, muitas vezes. Rachel também. Eu a estou livrando desta tendência.

Ele arriou os ombros, derrotado. Estava começando a achar que tinha mesmo pulado alguns capítulos dos livros de história. Ainda assim, tentou um último argumento:

– Mary, este codicilo representa seu último legado àqueles a quem ama. Pense em como essas decisões poderão afetar não só a lembrança que Rachel terá de você, mas também o relacionamento entre ela e Percy quando ele obtiver a posse da herança dela. São essas as lembranças que você quer deixar?

– Eu vou arriscar a interpretação equivocada da parte deles – ela disse, mas sua expressão amoleceu. – Eu sei o quanto você gosta de Rachel e que acha que eu a traí. Eu não a traí, Amos, eu a salvei. Eu gostaria que hoje houvesse tempo para explicar o que quero dizer com isso, mas não há. Você precisa acreditar que eu sei o que estou fazendo.

Ele pousou as mãos sobre o codicilo.

– Eu tenho o resto do dia. Susan remarcou meus compromissos desta tarde. Eu tenho todo o tempo do mundo para você me explicar tudo isto.

Ela estendeu o braço sobre a mesa e cobriu as mãos grandes e nodosas dele com sua mão magra, de veias azuis.

– Você pode ter tempo, meu querido, mas eu não tenho. Acho que agora é uma boa hora para você ler a carta no outro envelope.

Ele olhou para o envelope branco que tinha retirado do que continha o codicilo.

– Deixe para ler este por último – ela instruíra, e de repente, com uma forte intuição, ele compreendeu por quê. Seu coração parou, ele virou o envelope e leu o endereço do remetente. – Uma clínica médica em Dallas – ele murmurou, consciente de que Mary tinha virado o rosto e estava mexendo no famoso colar de pérolas ao redor do pescoço que o marido, Ollie, lhe dera de presente; uma pérola para cada aniversário de casamento até o ano da morte dele. Havia cinquenta e duas pérolas, grandes como ovos de beija-flor, e a joia se encaixava perfeitamente no decote sem gola do seu conjunto de linho verde. Foi nestas pérolas que ele grudou os olhos quando terminou de ler a carta, sem conseguir olhar para o rosto dela.

– Câncer renal metastático – disse ele com a voz rouca, o pomo de adão subindo e descendo. – E não há nada a fazer?

– Ah, o de sempre – ela disse, estendendo a mão para o copo d'água. – Cirurgia, quimioterapia e radiação. Mas tudo isso iria simplesmente prolongar os meus dias, não a minha vida. Eu resolvi não fazer o tratamento.

Uma dor que queimava como ácido o invadiu. Ele tirou os óculos e fechou os olhos, apertando o alto do nariz para evitar as lágrimas. Mary não gostava de demonstrações sentimentais. Agora ele sabia o que ela fora fazer em Dallas no mês passado, além de combinar a venda das Fazendas Toliver. Eles não tinham a menor ideia – nem sua sobrinha-neta nem seu amigo mais antigo, Percy, nem Sassie, sua governanta há mais de quarenta anos, nem seu dedicado advogado... todos aqueles que a amavam. Como era a cara de Mary agir com tanta discrição.

Ele tornou a pôr os óculos e se obrigou a encará-la – fitar aqueles olhos que, apesar das rugas em volta, ainda o faziam lembrar da cor das folhas de primavera brilhando sob gotas de chuva.

– Quanto tempo? – perguntou.

– Eles me deram mais três semanas... Talvez.

Perdendo a batalha contra a tristeza, Amos abriu a gaveta onde guardava um estoque de lenços limpos.

– Sinto muito, Mary – ele disse, pressionando o volumoso quadrado branco contra os olhos –, mas é coisa demais para mim ao mesmo tempo...

– Eu sei, Amos – ela disse, e, com uma agilidade surpreendente, enganchou a bengala na cadeira e, rodeando a mesa, foi para junto dele. Delicadamente, ela puxou a cabeça dele contra o linho do seu vestido. – Este dia tinha que chegar, você sabe... quando teríamos que dizer adeus. Afinal de contas, eu sou quinze anos mais velha do que você...

Amos apertou a mão dela, tão fina e frágil. Quando se tornara a mão de uma mulher idosa? Ele se lembrava de quando ela era lisa e sem manchas.

– Você sabe que eu ainda me lembro da primeira vez que a vi? – ele disse, mantendo os olhos bem fechados. – Foi na Loja de Departamentos DuMont. Você desceu a escada num vestido azul-noite, e seu cabelo brilhava como cetim negro sob os lustres.

Ele podia sentir o sorriso dela acima da sua cabeça.

– Eu me lembro. Você ainda estava com seu uniforme do Exército. Mas tinha descoberto quem era o William e vindo verificar que tipo de gente faria um rapaz como ele fugir de casa. Eu devo dizer que você pareceu fascinado.

– Eu fui nocauteado.

Ela beijou-lhe o alto da cabeça e então o soltou.

– Eu sempre fui grata por nossa amizade, Amos. Quero que você saiba disso – ela disse, voltando para a cadeira. – Eu não sou emotiva, como você sabe, mas o dia em que você apareceu na nossa pequena comunidade no leste do Texas foi um dos dias mais felizes da minha vida.

Amos assoou o nariz no lenço.

– Obrigado, Mary. Agora eu preciso perguntar uma coisa: Percy sabe sobre... sobre a sua doença?

– Ainda não. Eu vou contar a ele e a Sassie quando voltar de Lubbock. E também vou tomar as providências para o meu enterro. Se eu já tivesse providenciado tudo isto, a notícia de que estou morrendo já teria se espalhado pela cidade. Os serviços médicos foram marcados para uma semana depois da minha volta. Até então, eu gostaria que minha doença ficasse em segredo. – Ela pendurou a bolsa no ombro. – Agora eu preciso ir.

– Não, não! – ele protestou, levantando-se da cadeira. – Ainda é cedo.

– Não, Amos, é tarde. – Ela tirou o colar do pescoço. – Estas pérolas são para Rachel – ela disse, pondo o colar sobre a escrivaninha. – Eu gostaria que você as entregasse a ela. Você vai saber o momento certo para isso.

– Por que você mesma não o entrega quando encontrá-la? – ele perguntou, com a garganta ardendo. Ela parecia menor sem as pérolas, a pele velha e exposta. Desde a morte de Ollie, doze anos antes, raramente era vista sem elas. Ela as usava em toda parte, com tudo.

– Ela talvez não queira aceitá-las depois da nossa conversa, Amos, e então o que eu faria com elas? Não podem ser deixadas aos cuidados de qualquer pessoa. Você pode guardá-las até ela estar pronta. Elas vão ser tudo o que Rachel receberá de mim da vida que estava esperando.

Ele rodeou a escrivaninha, com o coração disparado.

– Deixe-me ir com você a Lubbock – ele implorou. – Deixe-me estar com você quando contar a ela.

– Não, meu caro amigo. Sua presença lá poderia tornar as coisas difíceis para vocês dois depois, se as coisas derem errado. Rachel tem que acreditar que você é imparcial. Ela vai precisar de você. O que quer que aconteça, de um jeito ou de outro, ela vai precisar de você.

– Eu entendo – ele disse, com a voz embargada. Mary estendeu a mão, e ele compreendeu que ela queria que eles se despedissem. Nos dias à frente, talvez não tivessem mais a oportunidade de dizer adeus em particular. Ele apertou a mão dela entre as dele, com os olhos rasos d'água, apesar da sua determinação em manter naquele momento a mesma serenidade com que ela vivera toda a sua vida. – Adeus, Mary – ele acrescentou.

Ela pegou a bengala.

– Adeus, Amos. Tome conta de Rachel e de Percy por mim.

– Você sabe que eu farei isso.

Ela balançou a cabeça e ele a viu caminhar até a porta, tentando manter as costas eretas, naquela postura majestosa, tão típica de Mary. Ao abrir a porta, ela não olhou para trás, mas acenou de leve para ele por cima do ombro antes de fechar a porta atrás de si.

Capítulo Dois

Amos ficou em silêncio, olhando para o espaço, deixando as lágrimas escorrerem pelo rosto. Após alguns momentos, ele suspirou, trancou a porta do escritório e voltou para a sua mesa, onde embrulhou cuidadosamente as pérolas num lenço limpo. Mary devia ter mandado limpá-las recentemente. Não havia nenhuma oleosidade, nenhum traço sequer, quando as tocou. Ele as levaria para casa no final do dia e as guardaria para Rachel numa caixa de madeira trabalhada à mão, a única lembrança da mãe que ele tinha querido guardar. Ele tirou a gravata, desabotoou o colarinho e foi até o banheiro lavar o rosto. Depois de enxugá-lo, pingou colírio para fadiga ocular.

De volta à mesa, Amos apertou o botão do interfone.

– Susan, pode tirar a tarde de folga. Pendure a placa de FECHADO e ligue a secretária eletrônica.

– Você está bem, Amos?

– Estou ótimo.

– A Srta. Mary... ela está bem?

– Ela também está ótima. – Ela não acreditou nele, é claro, mas ele confiava na secretária de vinte anos e sabia que ela não iria alardear suas suspeitas de que as coisas não estavam bem com seu patrão e a Srta. Mary. – Aproveite bem a sua tarde.

– Bem... Então até amanhã.

– Sim, até amanhã.

Amanhã. Ele se sentiu mal ao pensar o que aquele dia reservava para Rachel, que naquele momento estava, sem dúvida, supervisionando plantações de algodão que ela achava que um dia seriam dela. Amanhã tudo estaria terminado – tudo aquilo a que ela dedicara toda a sua vida adulta. Ela só tinha vinte e nove anos, e em breve estaria rica. Poderia recomeçar – se não estivesse abalada demais para fazê-lo –, mas isso estaria além de Howbutker, além do futuro que ele tinha imaginado para si quando Percy desaparecesse, o último dos três amigos que tinham constituído a única família que já conhecera. Ele considerava Matt, o neto de Percy, como um sobrinho, mas quando o rapaz se casasse, a esposa dele talvez não gostasse que sua família tivesse o papel de preencher o vazio deixado por Ollie, Mary e Percy. Com Rachel, no entanto, a história teria sido outra. Ela o adorava tanto quanto ele a ela, e a casa dela teria estado sempre aberta para ele. Seu velho coração solteirão tinha esperado tanto que ela fosse morar em Howbutker, na velha mansão Toliver, mantendo vivo o espírito de Mary, casando-se e criando filhos para ele amar e mimar nos seus anos de velhice. Amanhã tudo isso estaria terminado para ele também.

Amos suspirou e abriu a porta do aparador. Nunca tomava um drinque antes das seis horas da tarde, e seu limite eram duas doses de uísque com gelo e soda. Hoje ele tirou uma garrafa do armário, jogou fora a água que estava no copo, e, sem hesitação, encheu-o até a metade de Johnnie Walker Red.

Com o copo na mão, ele foi até a janela que dava para um pequeno pátio cheio de flores de verão do East Texas – prímulas cor-de-rosa e jasmins azuis, lantanas roxas e nastúrcios amarelos, todas subindo pelo muro de pedra. O jardim fora planejado por Charles Waithe, filho do fundador da firma, para servir de retiro mental das árduas obrigações do escritório. Hoje a terapia não funcionou, mas evocou lembranças que a visita de Mary já tinha jogado para a superfície. Ele se lembrou do dia em que Charles, então um homem de cinquenta anos, tinha se virado para ele e perguntado se estaria interessado em ser sócio minoritário da firma. Ele ficara atônito, maravilhado. O convite viera no espaço das quarenta e oito horas em que ele tinha dado a William Toliver sua passagem de trem, tinha visto Mary na escadaria, e conhecido seu marido e o igualmente poderoso Percy Warwick. Tudo acontecera tão depressa que sua cabeça ainda girava quando pensava no quanto o destino fora bom para ele, favorecendo sua decisão de abrir mão da sua passagem de trem ao realizar seus sonhos – um emprego na sua área, um lar e amigos para acolhê-lo.

Tudo acontecera numa manhã de outubro de 1945. Recém-dispensado do Exército, sem emprego à vista e sem lugar para morar, Amos estava a caminho de Houston para visitar uma irmã que mal conhecia, quando o trem parou brevemente numa cidadezinha com uma placa sobre a estação que dizia: *Bem-Vindo a Howbutker, Coração dos Bosques de Pinheiros do Texas*. Ele tinha saltado para esticar as pernas quando um adolescente de olhos verdes e cabelos negros como as asas da graúna correu para o condutor, gritando: "Segure o trem! Segure o trem!"

– Você tem passagem, filho?

– Não senhor, eu...

– Bem, então você vai ter que esperar pelo próximo trem. Este está lotado daqui para Houston.

Amos olhara para o rosto afogueado do rapaz, a respiração curta e ofegante, e reconhecera o desespero de um rapaz fugindo de casa. Ele está levando coisa demais com ele – pensara, recordando sua própria experiência aos quinze anos, fugindo dos pais. Ele não tinha conseguido. Foi então que resolveu dar seu tíquete ao rapaz.

– Tome. Pode ficar com o meu. Eu posso esperar pelo próximo trem.

O rapaz – que depois ele descobriu ser o sobrinho de dezessete anos de Mary Toliver DuMont – tinha corrido para a plataforma e acenado para ele de dentro do trem, e nunca mais voltara para morar em Howbutker. E Amos nunca partira. Ele tinha apanhado a mala e se dirigido à cidade com a ideia de ficar apenas uma noite, mas o trem da manhã partiu sem ele. Ele pensara muitas vezes na ironia daquilo tudo... a saída de William de Howbutker tinha sido a sua própria entrada, e ele nunca tivera um segundo de arrependimento. Até agora.

Amos tomou um gole do uísque, sentindo-o descer como uma faca. *Que diabo, Mary, o que foi que deu em você para fazer uma coisa tão lamentável?* Passou a mão pela cabeça calva. O que ele deixara escapar que pudesse explicar – *justificar* – a atitude dela? Ele achava que conhecia a história de Mary e as histórias de Ollie DuMont e Percy Warwick de trás para a frente. O que não tinha lido, tinha ouvido de suas próprias bocas. Naturalmente, ele chegara tarde demais para testemunhar o início de todas aquelas histórias, mas fizera questão de preencher as lacunas. Jamais encontrara nada – nem boato, nem recorte de jornal, nem uma palavra de pessoas que os haviam conhecido a vida toda – que pudesse explicar por que Mary tinha cortado os laços de Rachel com sua herança e destruído seu sonho.

Uma ideia súbita o conduziu até a estante. Ele pegou um livro e levou até sua mesa. *A resposta poderia estar aqui?* Ele não lia a história das famílias que haviam fundado Howbutker desde aquela manhã de outubro em que ajudara William a fugir. Mais tarde, na cidade, ele soubera que estavam procurando o fugitivo, filho do falecido Miles Toliver, irmão de Mary Toliver DuMont, que havia adotado o rapaz e dado tudo a ele. Recordando com amargura o que tinha passado ao ser arrastado de volta para os pais, ele fora até a biblioteca para buscar informações sobre os ricos DuMont que iriam ajudá-lo a decidir se devia alertar as autoridades sobre o destino do rapaz ou ficar em silêncio. Lá, uma bibliotecária lhe entregara um exemplar desse livro escrito por Jessica Toliver, bisavó de Mary. Quem sabe uma pista dos motivos de Mary não surgisse agora, algo que ele não tinha visto quarenta anos atrás? O título do livro era *Rosas*.

A narrativa começava com a imigração de Silas William Toliver e Jeremy Matthew Warwick para o Texas, no outono de 1836. Sendo os filhos caçulas de duas importantes famílias de fazendeiros da Carolina do Sul, eles tinham pouca chance de se tornar donos das propriedades dos pais, então resolveram partir juntos para organizar suas próprias fazendas numa região rica em calcário que, segundo eles tinham sido informados, existia na região oriental da nova república do Texas. Ambos eram descendentes da realeza inglesa, embora tivessem vindo de casas inimigas – os Lancaster e os York. Em meados de 1600, descendentes de suas famílias, que tinham sido inimigos durante a Guerra das Rosas, estavam trabalhando lado a lado em fazendas no Novo Mundo, perto da futura cidade de Charleston, que eles ajudaram a fundar em 1670. Devido à dependência mútua, as duas famílias tinham enterrado suas diferenças ancestrais, guardando apenas os símbolos que representavam sua lealdade a suas respectivas casas na Inglaterra – as rosas. Os Warwick, descendentes da Casa de York, só cultivavam rosas brancas em seus jardins, enquanto os Toliver cultivavam exclusivamente rosas vermelhas, o símbolo da Casa de Lancaster.

Em 1830, o algodão era rei no Sul, e os dois filhos caçulas desejavam ter suas próprias fazendas num lugar onde pudessem fundar uma cidade que refletisse os ideais mais nobres tanto da cultura inglesa quanto da sulista. Viajando com eles, havia outras famílias menos nobres e cultas, mas que tinham os mesmos sonhos e que respeitavam o trabalho, Deus e sua herança sulista. Havia inclusive escravos – homens, mulheres e crianças – cujo trabalho duro tornaria possíveis esses sonhos. Eles partiram para oeste, tomando a estrada meridional ao longo das trilhas que tinham atraído homens como Davy Crockett e Jim Bowie. Perto de Nova Orleans, um francês, alto e magro, foi recebê-los a cavalo. Ele se apresentou como Henri DuMont e perguntou se podia se juntar à caravana. Usava um traje bem cortado, do mais fino tecido, e exalava charme e sofisticação. Ele também era um aristocrata, um descendente do rei Luís VI, cuja família tinha imigrado para Louisiana para escapar dos horrores da Revolução Francesa. Devido a uma briga com o pai sobre como dirigir seu estabelecimento comercial em Nova Orleans, Henri DuMont tinha a intenção de estabelecer seu próprio empório no Texas, sem a interferência paterna. Silas e Jeremy o receberam de braços abertos.

Se tivessem continuado um pouco mais para oeste na direção de uma cidade agora chamada Corsicana, Jessica Toliver informava ao leitor, eles teriam chegado à terra que estavam procurando, uma região rica de um solo conhecido como "preto cerácео", que forneceria abundantes colheitas de milho e algodão para futuros proprietários. Entretanto, cavalos e viajantes estavam cansados quando a caravana cruzou o rio Sabine, que dividia a Louisiana do Texas, e um fatigado Silas William Toliver contemplou as encostas cobertas de pinheiros e perguntou, devagar, *"How about here"* – "Que tal aqui?".

A pergunta foi passada e repetida no meio dos colonos, embora com línguas menos refinadas, e, ao chegar no final da fila, ela se tornara "How bout cher?" E assim, a pergunta a que todos os colonos tinham respondido sim deu nome à cidade. Os fundadores concordaram que a cidade recebesse este nome, contanto que o *ch* fosse substituído por um *k* e ele fosse escrito e pronunciado como "How-but-ker."

Apesar deste nome um tanto grosseiro, os primeiros habitantes estavam determinados a estabelecer na comunidade um tom cultural que se assemelhasse ao modo de vida refinado que eles tinham conhecido ou desejado conhecer. Eles estavam de acordo que ali no meio dos pinheiros a vida seria vivida do modo tradicional sulista. Por fim, poucos se tornaram proprietários de plantações. Havia árvores demais para derrubar e era difícil trabalhar nas encostas. Havia outras possibilidades para quem estivesse disposto a trabalhar. Alguns preferiram organizar fazendas menores, outros escolheram criar gado, uns poucos foram trabalhar com produção de leite. Alguns abriram negócios de acordo com as especificações definidas pela comissão de planejamento da cidade e aprovadas pelos cidadãos da jovem comunidade. Jeremy Warwick viu seu futuro assegurado com a derrubada e venda de madeira. Ele estava de olho nos mercados de Dallas e Galveston e de outras cidades que surgiam na nova república.

Henri DuMont abriu um grande armarinho no centro da cidade que, com o tempo, superou a elegância da loja de seu pai, em Nova Orleans. Além disso, ele comprou e reformou propriedades com objetivos comerciais, alugando seus prédios para lojistas atraídos a Howbutker por sua reputação de civilidade, ordem e pela sobriedade dos seus cidadãos. Mas Silas William Toliver não queria se dedicar a outra ocupação. Convencido de que a única vocação do homem era a terra, ele se estabeleceu com seus escravos para cultivar e plantar seus acres de algodão, usando os lucros para expandir sua propriedade. Em poucos anos, era dono do maior pedaço de terra ao longo do rio Sabine, o que proporcionava transporte fácil do seu algodão por barca para o Golfo do México.

Ele permitiu apenas uma alteração na vida que imaginara ao deixar a Carolina do Sul: em vez de construir a casa da fazenda na terra que tinha limpado, ele a construiu na cidade – em concessão à esposa. Ela preferiu morar no meio dos amigos que moravam em outras mansões de inspiração sulista na chamada avenida Houston. Ao longo desta via, conhecida localmente como Condomínio dos Fundadores, moravam os DuMont e os Warwick.

Silas chamou sua fazenda de Somerset, em homenagem ao duque inglês de quem ele descendia.

Não foi surpresa o fato de que na primeira reunião para discutir a criação da cidade, seu *layout* e planejamento, a liderança do processo tenha sido concedida a Silas, Jeremy e Henri. Como estudante de história universal, Henri conhecia a Guerra das Rosas na Inglaterra e o papel que as famílias dos seus amigos desempenhara no conflito que durara trinta e dois anos. Ele notara as mudas de rosas que cada família trouxera da Carolina do Sul, e entendia sua importância. Depois da reunião, ele fez uma sugestão em particular para os chefes das duas famílias. Por que não plantar rosas das duas cores em seus jardins, plantar as brancas e as vermelhas para que elas se misturassem numa demonstração de união?

A proposta foi recebida com um silêncio desconfortável. Henri pôs a mão no ombro de cada homem e disse calmamente:

– Vai haver diferenças entre vocês. Vocês as trouxeram para cá sob a forma de rosas.

– Elas são o símbolo da nossa linhagem, de quem nós somos – protestou Silas Toliver.

– Sim – concordou Henri. – Elas são símbolos do que vocês são *individualmente*, mas precisam representar o que vocês são *coletivamente*. Vocês são homens de responsabilidade. Homens responsáveis resolvem suas diferenças usando a razão, não fazendo guerras. Enquanto seus jardins exibirem apenas o símbolo de suas próprias casas, excluindo a outra, haverá uma sugestão de guerra, na melhor das hipóteses, de separação, como um caminho alternativo, o caminho que seus antepassados escolheram na Inglaterra.

– E quanto a você? – um deles perguntou. – Você está conosco nesta empreitada. O que vai cultivar no seu jardim?

– Ora... – O francês abriu bem as mãos à maneira dos seus conterrâneos. – Rosas vermelhas e brancas, é claro. Elas serão um lembrete do meu compromisso com a nossa amizade, com nossos sonhos. E se um dia eu ofender vocês, enviarei uma rosa vermelha para pedir perdão. E se algum dia eu receber uma delas com o mesmo objetivo, devolverei uma rosa branca para dizer que tudo está perdoado.

Os dois homens refletiram sobre a sugestão.

– Nós somos homens muito orgulhosos – Jeremy Warwick admitiu finalmente. – É difícil para homens como nós admitir nossos erros para aqueles a quem ofendemos.

– E igualmente difícil conceder o perdão – disse Silas Toliver. – Ter as duas rosas em nossos jardins nos permitiria pedir e conceder perdão sem palavras. – Ele refletiu por um momento. – E se... o perdão não for concedido? O que faremos? Vamos cultivar rosas cor-de-rosa também?

– Rosas *cor-de-rosa*? – Henri zombou. – Que cor sem energia para uma flor tão nobre. Não, cavalheiros, eu sugiro apenas brancas e vermelhas. A presença de qualquer outra implica a possibilidade do inimaginável. Entre homens de boa vontade e boas intenções não existe erro, não existe erro de julgamento, não existe passo em falso que não possa ser perdoado. Então, o que dizem?

Em resposta, Jeremy ergueu sua taça de champanhe, e Silas fez o mesmo.

– Viva! Viva! – eles gritaram. – Um brinde às rosas vermelhas e às brancas. Que elas cresçam para sempre em nossos jardins!

Amos deu um suspiro e fechou o livro. Uma leitura fascinante, mas não adiantava continuar. O livro terminava com uma listagem otimista da descendência que deveria dar continuidade à ilustre tradição dos seus patriarcas e descendentes, a saber, Percy Warwick, Ollie DuMont e Miles e Mary Toliver. Como o livro foi publicado em 1901, Mary devia ter um ano de idade, os meninos cinco. As respostas que ele buscava estavam mais adiante na vida deles. *Rosas* não podia conter nada da tragédia que Mary insinuara que as famílias tinham compartilhado e que explicaria suas atitudes. Mas o que poderia ser?

Era um fato bem conhecido que, embora estivessem sempre juntos socialmente, eles trabalhavam e prosperavam separadamente. Foi uma regra estabelecida logo no início que cada empreendimento deveria crescer ou fracassar por seus próprios méritos – sem ajuda financeira ou assistência dos outros. Amos achava que o lema "não empreste nem peça emprestado" não era adequado entre amigos, mas, até onde sabia, esta regra nunca fora quebrada. Os Toliver cultivavam algodão, os Warwick negociavam madeira, os DuMont vendiam artigos de luxo, e nunca – nem mesmo quando Mary Toliver se casou com Ollie DuMont – eles misturaram seus negócios ou se valeram dos recursos financeiros uns dos outros.

Então por que Mary está deixando Somerset para Percy?

Você entrou em nossas vidas quando nossas histórias já estavam escritas, Mary tinha dito, e agora ele começava a acreditar que isso era verdade. Só um homem poderia fornecer os capítulos que estavam faltando. Ele estava louco para ir até Warwick Hall, bater na porta e exigir que Percy lhe contasse o que levara Mary a vender as Fazendas Toliver, a deixar para ele a fazenda que pertencia à família dela havia 160 anos, e a privar a sobrinha-neta que ela tanto amava de sua herança. O que a levara a escrever aquele impensável, abominável, codicilo nas suas últimas semanas de vida?

Como advogado de Mary, entretanto, ele não tinha escolha a não ser sufocar naquele silêncio e torcer para que o resultado daquele desenlace inesperado não fosse tão explosivo quanto esperava. Ele desejou sorte a Mary quando ela atirasse a bomba no dia seguinte sobre sua sobrinha-neta. Partia-lhe o coração pensar nisso, mas ele não ficaria nem um pouco surpreso se Rachel encomendasse rosas cor-de-rosa para o túmulo dela. Que triste manto sobre a lembrança de Mary. Que final trágico para o relacionamento especial que elas mantinham.

Balançando a cabeça e um pouco bêbado, Amos se levantou da cadeira e guardou a carta e o codicilo de volta no envelope. Por um instante, ele fitou a lata de lixo, depois sacudiu os ombros e foi até o arquivo, onde guardou no lugar apropriado as últimas vontades de Mary DuMont.

Capítulo Três

Apoiando-se com força na bengala, Mary parou na calçada em frente ao escritório de Amos para tomar fôlego. Sua garganta e seus olhos ardiam. Seus pulmões estavam contraídos. Aquilo tinha sido demais. Querido, fiel, dedicado Amos. Eles não o tinham merecido. Quarenta anos... Já fazia mesmo tanto tempo desde aquele dia em que ela descera a escada da loja – louca de preocupação com o desaparecimento de William – e visto um jovem capitão da Divisão Aérea 101 olhando para ela de boca aberta?

Aquele momento permanecia vivo em sua lembrança, como se tivesse acontecido pouco tempo antes. Deus devia ter uma mente maquiavélica para inventar as crueldades inerentes à velhice. No mínimo, os velhos mereceriam ter uma apurada percepção do tempo, para ver os anos na sua verdadeira dimensão e não ter a impressão de que tudo acontecera num segundo e que o começo estava pouco atrás. No fim da vida, os velhos e os moribundos deveriam ser poupados do sentimento de que a vida mal tinha começado.

Bem, as pessoas que estavam no inferno também gostariam de um copo d'água, ela pensou, erguendo os ombros, e tornou a pensar em Amos. Ela era muito ingrata por dar a ele uma tarefa daquelas, mas ele era valente e escrupuloso. Ele não ignoraria seu dever profissional. Alguns advogados de família, achando que sabiam o que era melhor, jogariam o codicilo na lata de lixo sem que ninguém soubesse, mas não Amos. Ele cumpriria suas instruções ao pé da letra, graças a Deus.

Sua respiração melhorou, ela pôs os óculos e olhou para ver se Henry estava voltando para levá-la para casa. Mandara seu motorista tomar um café no Courthouse Café enquanto ela conversava com Amos, mas ele ainda devia estar flertando com Ruby, uma garçonete da idade dele. Tudo bem, pensou. Ela planejara fazer mais uma coisa em casa antes do almoço, e então todos os seus negócios estariam em ordem. Mas isso podia esperar, decidiu, endireitando o corpo. Estava se sentindo bem o suficiente para dar uma volta, primeiro, um último passeio pela cidade que sua família tinha ajudado a fundar.

Já fazia um bom tempo que ela não dava a volta completa pelo Courthouse Circle, olhando as vitrines e conversando com os proprietários, a maioria deles amigos de longa data. Ela não estava mais tão visível quanto estivera um dia. Durante anos, tinha feito questão de manter contato com as pessoas que tornavam aquela comunidade do East Texas uma cidade tão agradável – comerciantes e balconistas, caixas de banco e secretárias, bem como aqueles que governavam a cidade... a gangue da Prefeitura, como ela os chamava carinhosamente. Ela era uma Toliver, e era seu dever ser vista ocasionalmente, um dos motivos pelos quais sempre se vestia com esmero quando ia à cidade, sendo que o outro motivo era para homenagear a memória de Ollie.

E ela o teria deixado orgulhoso hoje, pensou, fitando seu conjunto Albert Nipon e seus sapatos e bolsa de couro de cobra. Sentiu-se um pouco nua sem as pérolas – vulnerável de certa forma –, mas isso era só imaginação, e ela não teria muito tempo para sentir saudades delas.

Como previra, ela encontrou Henry, seu motorista há vinte anos e sobrinho de sua governanta, no balcão do Courthouse Café, conversando com Ruby. Houve certa agitação quando ela entrou. Seu aparecimento sempre chamava atenção. Um fazendeiro de macacão saiu do seu lugar para abrir-lhe a porta, e ela teve que responder aos cumprimentos de diversos homens de negócios ao passar por suas mesas.

– Como vai, Srta. Mary? – Ruby cumprimentou-a. – A senhora veio tirar este patife das minhas mãos?

– Ainda não, Ruby. – Mary fez sinal para Henry permanecer onde estava. – Espero que você possa aturá-lo mais um tempo. Eu quero andar um pouco, ver umas pessoas. Peça mais um café, Henry. Eu não vou demorar muito.

O rosto de Henry mostrou desânimo. Estava na hora do almoço de Sassie.

– A senhora vai caminhar neste calor, Srta. Mary? Não acha arriscado?

– Sim, mas na minha idade eu tenho o direito de fazer algumas bobagens.

Do lado de fora, na calçada, Mary parou para pensar aonde iria, olhando em volta para observar a quantidade de novos negócios que tinham surgido nos últimos anos. Ela os contemplou com emoções conflitantes. Howbutker se tornara uma atração turística. Descoberta por revistas como *Southern Living* e *Texas Monthly*, que exaltavam seu charme Revivalista Grego, a cozinha regional e os banheiros limpos, ela se tornara a favorita dos yuppies que buscavam um local para passar o fim de semana longe das multidões e do barulho urbanos. Havia um constante clamor de empresários de fora por licenças para transformar casas antigas em pousadas e para construir os monstrengos comerciais que iriam deturpar suas características arquitetônicas. O conselho municipal onde Amos servia e Percy e Mary eram membros eméritos conseguira confinar todos os motéis, cadeias de restaurantes e lojas populares nos arredores da cidade.

Isso não iria durar muito, Mary pensou com tristeza, olhando para uma butique recém-construída que pertencia a uma estilista de Nova York. O jeito insolente da mulher e seu sotaque chamavam atenção, mas Mary sabia que a cidade inevitavelmente atrairia mais gente como ela. Depois que a velha guarda morresse, a preservação de Howbutker estaria nas mãos de gente como Gilda Castoni e Max Warner, o simpático nativo de Chicago que era dono do novo e muito popular bar de caraoquê naquela rua.

Ela franziu os lábios melancolicamente. Devia se sentir grata porque estes invasores que tinham fugido da poluição, do crime e do trânsito iriam preservar com mais zelo o modo de vida de Howbutker do que os descendentes dos habitantes originais. Matt Warwick era um dos poucos que restavam. Assim como Rachel...

Chega, não vale a pena ficar batendo na mesma tecla.

Ela redirecionou seus pensamentos. Dera seu último adeus a Rene Taylor, a gerente do correio, quando deixou um pacote na agência local mais cedo, embora sua velha amiga não soubesse disso, mas também seria agradável visitar uma última vez Annie Castor, a florista, e James Wilson, presidente do First State Bank. Infelizmente, a floricultura e o banco ficavam em pontos opostos da praça e ela não tinha força suficiente para ir a pé aos dois lugares. Ainda teria que subir até o sótão quando chegasse em casa e cavoucar até o fundo do baú do exército de Ollie. O banco, ela decidiu, voltando a caminhar. Uma vez lá, ela poderia dar uma olhada no seu cofre. Não havia muita coisa nele, mas podia ter esquecido lá dentro algo que deveria ter retirado.

Mary passou pela barbearia e acenou de fora para Bubba Speer, o proprietário. Ele arregalou os olhos de surpresa quando a viu, e largou o cliente para correr até a porta e gritar para ela:

– Olá, Srta. Mary! Que prazer em vê-la. O que a traz à cidade?

Mary parou para falar com ele. Bubba usava um jaleco branco de manga curta e ela notou uma tatuagem azul desbotada em seu braço. Uma lembrança da guerra, ela pensou. Teria sido Coreia ou Vietnã? Que idade tinha Bubba, aliás? Ela piscou rapidamente, um pouco confusa. Conhecia Bubba da vida inteira e nunca notara a tatuagem. Seus poderes de observação tinham aumentado ultimamente. Ela via coisas que deixara passar, mas recentemente também começara a ter problemas em determinar a ordem cronológica das coisas.

– Algumas questões legais para tratar com Amos – ela respondeu. – Como vai você, Bubba? A família vai bem?

– Meu filho foi aceito na Universidade do Texas. Obrigada por ter se lembrado da formatura dele. O cheque que a senhora mandou vai ser muito útil. Ele vai comprar livros agora em setembro.

– Foi o que ele disse no bilhete de agradecimento que mandou para mim. Tem uma bela letra, aquele seu rapaz. Temos orgulho dele. – Vietnã, Mary decidiu. Tinha que ser Vietnã.

– Bem... tem muita gente aqui para servir de exemplo para ele, Srta. Mary – disse o barbeiro.

Ela sorriu.

– Cuide-se, Bubba. Diga adeus à família... por mim. – Ela continuou descendo a rua, sentindo o olhar intrigado de Bubba em suas costas. Aquilo tinha sido um tanto melodramático, mas Bubba iria sentir-se importante mais tarde quando repetisse o que dissera. *Ela sabia*, ele diria. *A Srta. Mary sabia que estava morrendo. Senão, por que diria o que disse?* Isto aumentaria a lenda em torno dela, que um dia desapareceria, como a de Ollie tinha desaparecido junto com ele, e quando a geração dos filhos de Bubba tivesse morrido, não haveria mais ninguém para se lembrar dos Toliver.

Bem, que seja! Mary pensou, apertando os lábios com firmeza. Só Percy estava deixando um descendente para continuar a tradição da família. E como ele era parecido com o avô! Matt Warwick a fazia lembrar do seu Matthew de muitas maneiras, embora seu filho tivesse herdado dela as feições dos Toliver e Matt tivesse herdado as feições do avô dele. Mesmo assim, quando ela olhava para Matt como homem, ela via o seu próprio filho crescido.

Ela desceu o meio-fio. Os motoristas que queriam virar à direita tiveram que parar, mas Mary não se apressou e ninguém buzinou. Isto aqui era Howbutker. As pessoas tinham educação.

Quando chegou a salvo do outro lado, ela parou e olhou interessada para um gigantesco olmo cujos galhos sombreavam todo um lado do pátio do tribunal. Lembrava-se de quando a árvore era apenas um arbusto. Em julho de 1914, isto é, no ano em que o prédio do tribunal terminou de ser construído, setenta e um anos atrás. Uma estátua alta de São Francisco ficava sob seus galhos, com a famosa oração do santo gravada em sua base de pedra.

Mary deu um passo à frente, olhando para o banco onde tinha se sentado à sombra do olmo, ouvindo o pai fazer seu discurso de inauguração. Estava acontecendo de novo, esta sensação de ser jovem outra vez, com sangue novo correndo em suas veias. Não era o "em vida estamos morrendo" que a incomodava tanto. Era o fato de que, morrendo, ela se sentisse tão viva, tão nova, tão fresca, com o futuro todo à sua frente. Ela se lembrava – *sentia!* – ter de novo catorze anos, descer a escada naquela manhã com seu vestido branco debruado de cetim verde, com uma fita do mesmo tecido prendendo seus cabelos, as pontas tão longas quanto os cachos negros que batiam em seus ombros. De baixo, o pai tinha olhado para ela com orgulho paternal e declarado que ela estava "bonita de arrasar!", enquanto a mãe tinha enfiado as luvas e dito do seu jeito ríspido: "O que vale é o comportamento e não a aparência."

Ela atraíra a atenção de todos na inauguração... menos de Percy. Os outros amigos do seu irmão tinham brincado carinhosamente com ela, Ollie dizendo que estava crescida e que o cetim verde combinava com a cor dos olhos dela.

Mary fechou os olhos. Lembrou-se do calor e da umidade daquele dia, de ter achado que ia morrer de sede quando Percy apareceu de repente e entregou-lhe um ice-cream soda que tinha comprado na drogaria do outro lado da rua.

Percy...

Seu coração começou a bater mais depressa como batera naquele dia quando ela o viu ali parado, alto, louro e tão bonito aos dezenove anos, que era quase impossível não olhar para ele. Um dia, ela o achara incrivelmente galante, o herói de todos os seus sonhos secretos, mas quando ela se tornou "uma jovem dama", notou uma mudança no comportamento dele. Era como se ele visse nela um motivo secreto de diversão. Muitas vezes ficara diante do espelho tentando entender essa nova atitude dele, magoada com o deboche que via em seus olhos. Ela era bonita, embora não fosse nenhuma boneca de porcelana rosa e branca. Era alta demais para uma moça, com braços e pernas muito compridos. Sua pele morena era um constante motivo de tensão entre ela e a mãe, que não a deixava sair de casa sem luvas e touca. O que era pior, enquanto outros a chamavam de "Mary Lamb", Percy a tinha apelidado de "Cigana", o que ela tomou como um insulto ao tom de pele característico dos Toliver.

Mesmo assim, ela sabia que havia algo de radiante na combinação do cabelo negro com os olhos verdes e o rosto oval com as marcantes feições dos Toliver. Seus modos, também, eram graciosos, como convinha a uma Toliver, e ela tirava boas notas na escola. Não havia nenhum motivo para debocharem dela.

Então, como não conseguia entender o motivo do recente desdém de Percy, uma espécie de antipatia surgiu entre eles, pelo menos da parte dela. Percy parecia tão alheio à sua antipatia quanto havia sido em relação à sua admiração.

Neste dia, Mary tinha olhado para a bebida com desdém, mas por dentro estava louca para aceitá-la. (Era de chocolate, sua favorita.) Durante toda a longa manhã de julho, ela conseguira manter a pose, apesar do calor e da umidade, conservando os braços a uma discreta distância do corpo para permitir que um pouquinho de brisa entrasse por suas mangas. E agora, sem aviso, o riso de Percy e a bebida gelada estavam dando a entender que ele sabia que, dentro do vestido, ela estava se dissolvendo em suor.

– Toma aqui – ele disse. – Beba isso. Você parece prestes a derreter.

Ela tomou aquilo como uma afronta. Damas da família Toliver nunca pareciam prestes a derreter. Erguendo o queixo, ela se levantou do banco e disse do modo mais travesso possível:

– Que pena que você não é cavalheiro o bastante para não notar.

Percy tinha rido.

– Cavalheiro uma ova. Eu sou seu amigo. Beba isso. Você não precisa me agradecer.

– Quanto a isso, você tem toda razão, Percy Warwick – ela disse, recusando o maldito ice-cream soda. – Entretanto, eu agradeceria se você desse isso para alguém cuja sede precisa ser aplacada.

Ela foi cumprimentar o pai, que acabara o discurso, mas no meio do caminho olhou para trás. Percy estava olhando para ela, parado onde ela o havia deixado, ainda sorrindo, com a bebida na mão. Uma sensação desconhecida para o seu corpo de catorze anos percorreu-a, deixando-a tonta com sua intensidade quando seus olhares se cruzaram numa espécie de reconhecimento. Um grito de surpresa e protesto cresceu e morreu em sua garganta, mas de alguma forma Percy o escutou. O sorriso dele ficou mais largo, ele ergueu o copo para ela e então bebeu e ela pôde sentir o gosto do chocolate gelado em sua boca.

Mary conseguiu sentir aquela doçura gelada de novo. Ela sentiu o suor escorrendo debaixo dos braços e entre os seios e sentiu a mesma sensação apertando seu estômago e suas coxas.

– Percy... – ela murmurou.

– Mary?

Ela se virou ao ouvir a voz familiar, tão ágil quanto uma garota de catorze anos, mas ficou confusa. Como foi que Percy apareceu atrás dela? Acabara de vê-lo parado debaixo do olmo no pátio do tribunal.

– Percy, meu amor... – ela o cumprimentou surpresa, impedida, pela bengala e pela bolsa, de estender os braços. – Você tinha que beber *toda* a minha soda? Eu a queria naquele dia, você sabe, tanto quanto eu queria você, mas não sabia disso. Eu era jovem demais e tola demais e muito Toliver para isso. Se eu não tivesse sido tão tola...

Ela sentiu alguém sacudi-la.

– Srta. Mary... é o Matt.

Capítulo Quatro

— Matt? – Mary repetiu, olhando espantada para o rosto preocupado do neto de Percy.

— Sim, senhora – disse Matt.

Meu Deus, Mary pensou quando sua cabeça clareou e ela viu a expressão de Matt. Ela deixara escapar um segredo muito antigo. Como ia poder se explicar? Mas ela não queria abandonar as lembranças daquele dia enquanto o sentimento ainda persistisse. Como tinha sido bom voltar àqueles minutos trepidantes em que os hormônios ainda atuavam e seu sangue tinha fervido. Ver Percy outra vez com dezenove anos...

A senilidade tinha suas vantagens.

Ela sorriu para Matt e deu um tapinha na frente de sua camisa engomada. Como o avô, ele usava paletó e gravata até no verão.

— Olá, querido. Você me pegou falando sozinha?

— Não consigo pensar em ninguém melhor para se conversar do que com a senhora mesma, Srta. Mary – Matt disse, com os olhos azuis como os da avó, brilhando de curiosidade e surpresa. – É um prazer vê-la. Sentimos muito a sua falta este mês, especialmente vovô. A senhora está indo para algum lugar? Deixe-me acompanhá-la.

— Na verdade, meu querido, eu acabei de voltar – Mary disse, sorrindo misteriosamente. – Do passado – ela acrescentou, vendo-o levantar as sobrancelhas. Ela desconfiava que ele a estivesse olhando de uma janela do prédio do tribunal e soubesse que ela não tinha ido a lugar nenhum. Mas que diferença isso fazia? Matt era jovem o bastante para se recuperar de qualquer coisa e velho o bastante para entender as indiscrições das quais agora suspeitava que ela e o avô fossem culpados. Ela olhou carinhosamente para ele. – Você não viveu o suficiente para ter um passado, mas um dia você terá.

— Eu vou fazer trinta e cinco anos – Matt disse, fazendo uma careta. – Mas me diga, aonde a senhora vai?

— A lugar nenhum, eu acho. – Ela se sentiu subitamente cansada. Percebeu que a fome de Henry o levara até a calçada para procurar por ela. Ela apontou para sua limusine e ele caminhou apressadamente na direção do escritório de Amos.

– Henry foi buscar o carro – Mary disse. – Leve-me de volta para a esquina, está bem? Já faz um tempo que nós não conversamos. – Ela enfiou a mão sob o braço de Matt, segurando a bengala com a outra. – Quando é que você vai se casar, Matt? Não devem faltar moças para você escolher.

– A senhora ficaria surpresa. Muitas moças, mas nenhuma para escolher. Como vai aquela sua sobrinha-neta, aliás? Alguma chance de ela vir nos visitar em breve? Sabe, eu não a vejo desde a morte do Sr. Ollie. Ela devia ter dezesseis ou dezessete anos na época, eu me lembro, e já era uma beleza.

– Dezessete – Mary murmurou, com um súbito aperto na garganta. – Ela nasceu em 1956.

Isso era outra coisa pela qual ela teria que prestar contas, seu esforço para manter Matt e Rachel separados. Desde que eles se conheceram, quando Rachel tinha catorze anos, Mary tinha pensado na suprema ironia dos dois se sentindo atraídos um pelo outro e isso resultando em alguma coisa. No segundo encontro deles – no enterro de Ollie – três anos depois, eles já tinham decidido quem iriam ser – Rachel a fazendeira e Matt o madeireiro – uma combinação que jamais teria dado certo... não em Somerset.

Ela percebera a centelha entre eles naquela ocasião, tinha visto o interesse nos olhos de Matt, a admiração nos olhos de Rachel, e decidira ali mesmo que os dois jamais deveriam estar em Howbutker ao mesmo tempo. Isso não tinha sido difícil de organizar. Matt já se formara na faculdade nessa época, e, durante quase toda a sua vida adulta, o avô o mantivera fora da cidade, aprendendo sobre os negócios das Indústrias Warwick espalhados pelo país. Quando ele conseguia passar uns dias em casa, Mary sempre dava um jeito de garantir que Rachel estivesse ocupada em outro lugar. E qualquer curiosidade que a sobrinha-neta pudesse ter a respeito do belo neto de Percy, ela havia desencorajado, simplesmente não tocando no nome dele e mudando de assunto sempre que ele surgia. Havia uma diferença de idade de cinco anos entre eles, e ela contara que Matt estaria casado quando Rachel se formasse na Universidade do Texas e estivesse pronta para se estabelecer.

É claro que toda essa conspiração tinha acontecido anos antes que o quadro completo da tragédia que ela estava criando tivesse começado a emergir... Antes de Rachel brigar com a mãe e terminar com seu piloto da Força Aérea. Como ela poderia ter previsto que Rachel – com quase trinta anos e Matt com quase trinta e cinco, a mesma diferença de idade que havia entre ela e Percy – ainda estaria solteira? Matt tinha voltado definitivamente para casa. Ele assumira o comando das Indústrias Warwick, e, exceto pelo codicilo, Rachel também estaria voltando para casa... Ela parou. *E se ela tivesse destruído outro "o que aconteceria se"?* Este pensamento foi como uma facada em suas costas.

– Srta. Mary, o que houve? – Matt cobriu-lhe os dedos nodosos com a mão, a testa franzida de preocupação. – Conte-me.

Mary olhou nervosa para ele. Tinha herdado a altura e a constituição física do avô e uma versão mais abrutalhada de sua beleza. Ela sempre preferira o rosto dele ao de Percy. Ele confortava mais do que machucava e tinha um charme só seu. Mary não via nele nada da esposa de Percy – avó de Matt –, exceto o cabelo castanho claro e os olhos azuis.

– Como vai Lucy? – ela perguntou.

Com um ar espantado, Matt abriu um sorriso igual ao do avô.

– Ah, a mesma de sempre. Cheia de energia. Eu acabei de visitá-la em Atlanta. Devo mencionar que a senhora perguntou por ela da próxima vez que encontrá-la?

Mary ergueu a mão.

– Meu Deus, não! Ela é capaz de ter um infarto.

Matt riu.

– Vocês duas. Acho que nunca vou saber o que aconteceu entre vocês.
– Imagino que você faça uma boa ideia nesta altura, Mary pensou, divertida, e imaginou se Matt questionaria Percy sobre o que tinha escutado. Provavelmente não. Ele ia preferir deixar as coisas como estavam. Quem sabe o que ele iria desencavar para embaraçar o avô. Além do mais, tudo aquilo tinha acontecido muito tempo atrás.

– Estou vendo que a senhora não vai satisfazer minha curiosidade – Matt disse –, então vamos voltar a Rachel. Quando podemos esperar pela próxima visita dela?

– Ah, dentro de duas ou três semanas, eu diria – Mary disse, sua atenção voltada para a limusine estacionando no meio-fio. Ela era branca, antiga, o motor funcionando de forma impecável, do jeito que ela costumava imaginar a si mesma. – Aqui está o Henry, então vou me despedir de você, Matt.

Ela olhou para ele através dos óculos escuros, com um súbito aperto na garganta. Ele sempre fora um rapaz tão bom. Ela se lembrava de quando ele e a mãe, Claudia, nora de Percy, foram morar em Warwick Hall. Matt tinha poucos meses de idade. Ele a fazia lembrar-se de Matthew, de quem ele herdara o nome. Matt tinha sido o arco-íris deles depois da tempestade. Ela sentiu uma dor no peito.

– Matt – ela começou a dizer, mas um soluço bloqueou suas palavras.

– Ei, o que é isso? – Matt disse e apertou-a nos braços. – Você está linda demais para chorar.

Ela tirou um lenço da bolsa.

– E você está usando um paletó bonito demais para alguém molhar de lágrimas – ela disse, apertando um lenço de papel sobre uma mancha úmida na lapela dele, horrorizada consigo mesma. – Desculpe, Matt. Eu não sei o que deu em mim.

– Lembranças às vezes provocam isso – ele disse, com uma expressão delicada e compreensiva. – Que tal receber vovô e eu hoje às seis horas para um drinque? Ele sentiu muito a sua falta este mês.

– Se você prometer que não vai dizer nada a ele sobre o meu... comportamento.

– Que comportamento?

Henry tinha se aproximado para ajudar.

– Tia Sassie preparou presunto, ervilhas e repolho e broa de milho frita para o almoço – ele disse. – Isso vai dar um jeito nela.

– Parece o remédio ideal – Matt disse, mas Mary viu o olhar que ele trocou com Henry que abalou a confiança dele. Antes de fechar a porta, Matt se inclinou e pôs a mão no ombro dela. – Nós a veremos esta noite, Srta. Mary. Tudo bem?

Ela deu um tapinha na mão dele.

– Tudo bem – ela respondeu.

Mas é claro que não estava tudo bem. Ela ia pensar num pretexto e mandar Sassie ligar para Warwick Hall mais tarde com suas desculpas. Depois daquele mês de separação, Percy ia ter um ataque, mas ela não estava em condições de vê-lo. Precisava poupar suas energias físicas e emocionais para o encontro com Rachel amanhã, e ainda faltava concluir aquela última tarefa no sótão.

– Henry – ela disse, erguendo os óculos para enxugar as lágrimas –, eu gostaria que fizesse uma coisa para mim quando chegarmos em casa.

Henry lançou-lhe um olhar de sofrimento pelo espelho retrovisor.

– Antes do almoço, Srta. Mary?

– Antes do almoço. Eu quero que você vá até o sótão e abra o baú do Sr. Ollie da Primeira Guerra. Mande Sassie pegar as chaves na gaveta de cima da minha escrivaninha para abrir o cadeado. Deixe as chaves lá. Isso não vai demorar muito, e depois você pode ir comer seu presunto com ervilhas.

No espelho, os olhos de Henry se estreitaram.

– Srta. Mary, a senhora está se sentindo bem?

– Estou me sentindo perfeitamente racional, se é isso que você quer saber.

– Sim, madame – ele disse, em tom de dúvida.

Os olhos dela estavam secos quando eles entraram na larga e arborizada avenida Houston, passando por grandes mansões no meio de gramados bem cuidados.

– Quando chegarmos em casa, deixe-me na frente, Henry – Mary avisou.

Henry lançou outro olhar espantado pelo espelho retrovisor.

– Na frente da casa? A senhora não quer que eu a deixe na porta lateral?

– Não, Henry, na frente. Não se incomode em descer para me ajudar. Eu posso me virar sozinha.

– Como a senhora quiser, Srta. Mary. E quanto ao baú da época em que o Sr. Ollie serviu no Exército? Como eu vou reconhecê-lo?

– É aquele verde que está encostado na parede do lado direito. O nome dele está gravado no baú: CAPITÃO OLLIE DUMONT, EXÉRCITO DOS ESTADOS UNIDOS. Não há como errar. A tampa não é aberta há tanto tempo que é provável que você precise usar um pé de cabra.

– Sim, senhora – Henry disse, parando o carro em frente a um lance de escadas que ia dar numa ampla varanda. Ele observou com olhos ansiosos a patroa sair do banco de trás e iniciar sua subida até a varanda de colunas brancas. Ela acenou para ele do meio da escada, mas ele esperou até ela chegar no último degrau antes de sair com o carro. Pouco tempo depois, Sassie Dois, assim chamada porque era a segunda Sassie da família a servir como governanta na casa dos Toliver, abriu a porta da frente e saiu, perguntando:

– Srta. Mary, o que a senhora está fazendo aqui fora? A senhora sabe que este calor não lhe faz nada bem.

– Ele não está me incomodando, Sassie, de verdade. – Mary falou do fundo de uma grande espreguiçadeira branca, uma dentre várias espalhadas pela ampla varanda. – Eu disse a Henry para me deixar aqui na frente porque eu queria subir a escada de novo, para ter a sensação de entrar na minha casa pela porta da frente. Há anos que eu não faço isso, e já faz mais tempo ainda que eu não me sento aqui fora, observando a vizinhança.

– Não há nada para observar exceto a grama crescendo. Todo mundo está dentro de casa, no fresco. E a senhora não vai encontrar um talo de grama mudado desde a última vez que esteve aqui fora, Srta. Mary. Por que a senhora está fazendo isto agora? O almoço está quase pronto.

– *Jantar*, Sassie – Mary corrigiu com firmeza. – O *jantar* está quase pronto. Quando foi que nós, sulistas, começamos a chamar nossa refeição do meio-dia de *almoço*?

– Ah, na mesma hora que o resto do mundo, eu imagino.

– Bem, o resto do mundo pode cair morto. De agora em diante, nós temos *jantar* aqui ao meio-dia. Jantar e *ceia*. O mundo pode ter almoço e jantar.

Com as mãos nos amplos quadris, Sassie ficou olhando tolerantemente para a patroa.

– Por mim, tudo bem. Agora, quanto ao seu *jantar*. A senhora vai estar pronta para ele dentro de dez minutos, quando Henry descer do sótão?

– Tudo bem – Mary disse. – Você deu a ele a chave para abrir o baú do Sr. Ollie?

– Sim. E para que a senhora quer abri-lo?

– Tem uma coisa lá dentro de que estou precisando. Depois do jantar eu vou subir para buscar.

– Henry não pode fazer isso?

– *Não!* – Mary gritou, agarrando os braços da cadeira em pânico. O rosto escuro de Sassie ficou alarmado, e ela acrescentou, num tom mais calmo: – Só eu sei o que estou procurando. Isso é uma coisa que eu tenho que fazer sozinha.

– Bom, tudo bem. – A empregada fez um ar cético. – A senhora quer um chá gelado?

– Não, eu estou bem. Não se preocupe comigo, Sassie. Eu sei que estou agindo de um modo um tanto estranho hoje, mas é gostoso sair um pouco da rotina de vez em quando.

– Ahã – Sassie murmurou. – Bem, eu volto para buscar a senhora assim que o Henry descer.

Mary percebeu o olhar relutante de Sassie e lamentou causar-lhe preocupação. Sem dúvida, ela e Henry achavam que estava finalmente perdendo a razão. Uma coisa gelada cairia bem. Ela desejou não ter recusado o chá gelado oferecido, mas seria muito trabalho para Sassie fazê-la voltar.

Mary se ajeitou confortavelmente na cadeira e olhou para a avenida. A mansão Toliver ficava numa posição suficientemente elevada para permitir uma boa visão da vizinhança de sua varanda. Sua trisavó tinha se encarregado disso. Como ela amara esta casa, esta rua. Pouco tinha mudado ali desde que ela era menina. Os abrigos de carruagem eram garagens agora, sistemas automáticos de irrigação tinham substituído o regador antes usado pelos empregados, e algumas das velhas árvores tinham finalmente caído. O encanto da velha avenida, porém, continuava igual, uma pequena parte do sul que ainda não havia sido levada pelo vento.

Será que Rachel algum dia entenderia o quanto lhe havia custado privá-la deste lugar? Será que algum dia calcularia o que representara para Mary viver suas últimas semanas de vida sabendo que ia ser a última Toliver a morar na casa da família, na casa que seus antepassados tinham construído? Provavelmente não. Isso seria pedir demais da moça...

– Srta. Mary, a senhora está falando sozinha de novo.

– O quê? – Espantada, Mary olhou para a criada.

Sassie estava parada diante dela.

– A senhora está falando sozinha de novo. E onde estão suas pérolas? A senhora saiu daqui com elas.

Mary pôs a mão no pescoço.

– Ah, eu as deixei para Rachel.

– Para Rachel? Ah, isso já é demais. Srta. Mary, a senhora vai sair deste calor.

– *Sassie!* – De repente, a mente de Mary clareou. O passado se desfez em pedaços diante da claridade do presente. Ela voltou a ser ela mesma, dona da situação. Ninguém dizia a ela o que fazer, nem mesmo Sassie, que era da família e tinha esse direito. Mary apontou-lhe a bengala. – Eu vou entrar quando estiver com vontade. Você e Henry podem almoçar. Prepare um prato para mim e deixe no forno.

Sem se ofender com a tentativa de Mary de colocá-la em seu lugar, Sassie insistiu:

– Bem, e quanto àquele chá gelado?

– Nada de chá gelado, Sassie. Traga-me uma taça de Tattinger da garrafa que está guardada na geladeira. Mande Henry abri-la. Ele sabe. Aliás, pensando melhor, traga-me a garrafa. Coloque-a num balde de gelo.

Sassie arregalou os olhos.

– Champanhe? A senhora quer *champanhe* com este calor? Srta. Mary, a senhora nunca bebe álcool.

– Mas vou beber hoje. Agora vá e faça o que estou dizendo antes que Henry morra de fome. Eu ouvi o estômago dele roncando como um tigre enjaulado no carro.

Sacudindo a cabeça grisalha, Sassie Dois saiu e voltou com uma bandeja com os itens que Mary tinha pedido. Ela a colocou com força na mesinha ao lado da patroa.

– Está bem assim?

– Esplêndido. Obrigada, Sassie. – Ela fitou a empregada com um olhar de profunda afeição. – Eu já lhe disse o quanto você é importante para mim?

– Não desta forma. Mas, não importa o que diga, eu virei ver como a senhora está a todo momento, então tome cuidado com o que disser para si mesma se não quiser revelar os seus segredos.

– Vou ter muito cuidado com o que disser, Sassie. Mais uma coisa. Henry conseguiu abrir o baú do Sr. Ollie?

– Sim.

– Ótimo. – Mary balançou a cabeça, satisfeita.

Depois que Sassie entrou, ela encheu a taça de champanhe e levou-a aos lábios. Não tinha bebido nada mais forte do que uns poucos goles de champanhe no Ano-Novo desde que era menina. Sabia que não devia beber. Álcool tinha o poder de levá-la para lugares e épocas que tentara esquecer a vida inteira. Agora ela queria voltar. Queria lembrar-se de tudo. Esta seria sua última chance de voltar ao passado, e a champanhe a levaria até lá. Bebendo calmamente, ela esperou pela chegada do tapete mágico. Após algum tempo, sentiu-se voltando ao passado, e sua viagem começou.

A HISTÓRIA DE MARY

Capítulo Cinco

HOWBUTKER, TEXAS, JUNHO DE 1916

Na atmosfera fúnebre do escritório de advocacia de Emmitt Waithe, Mary Toliver, aos dezesseis anos de idade, estava sentada junto com a mãe e o irmão em cadeiras arrumadas diante da escrivaninha. Um cheiro de couro, tabaco e livros antigos faziam-na lembrar do escritório do pai em casa, agora fechado com uma fita preta amarrada na porta. Lágrimas encheram de novo seus olhos, e ela apertou as mãos com mais força, baixando a cabeça até conseguir controlar o momento de dor. Imediatamente, ela sentiu a mão de Miles sobre a dela, num gesto de consolo. Do outro lado do irmão, toda vestida de preto e falando através de um véu que lhe cobria o rosto, Darla Toliver soltou uma pequena exclamação de pena e disse, aborrecida:

– Se Emmitt não vier logo, eu vou mandar Mary para casa. Não há motivo para ela suportar tudo isto tão pouco tempo depois de enterrar o pai. Emmitt sabe como eles eram chegados. Não sei o que o está retardando. Por que não podemos simplesmente contar a Mary o que dizia o testamento quando ela estiver disposta a ouvir?

– Talvez seja obrigatório que um herdeiro esteja presente nessas ocasiões – Miles disse com o linguajar formal que tinha passado a usar desde que fora para a faculdade. – É por isto que Emmitt insiste na presença dela.

– Ah, bobagem – Darla disse, com uma impaciência um tanto incomum ao se dirigir ao filho. – Isto aqui é Howbutker, querido, não Princeton. Mary é uma beneficiária secundária do testamento do seu pai. Não há a menor necessidade de ela estar aqui hoje.

Mary ouviu o diálogo deles sem prestar atenção. Estava emocionalmente tão distante deles desde a morte do pai – de todo mundo – que Miles e a mãe frequentemente conversavam sobre ela como se não estivesse presente.

Ela ainda não conseguia acreditar que iria acordar amanhã e no outro dia e em todos os amanhãs de sua vida sem o pai. O câncer o tinha levado depressa demais para ela se ajustar à ideia de sua morte iminente. Tinha sido terrível perder o avô cinco anos antes, mas vovô Thomas tinha vivido até os setenta e um anos. Seu pai estava apenas com cinquenta e um, jovem demais para perder tudo o que tinha trabalhado para construir... tudo o que amava. Ela passara a maior parte da noite anterior acordada na cama, imaginando o que iria acontecer agora que o pai tinha morrido. O que seria da fazenda? Miles não queria nada com aquilo. Todo mundo sabia disso. Seu único desejo era ser professor universitário e ensinar história.

Sua mãe nunca tinha gostado muito de Somerset e conhecia muito pouco da sua operação. O interesse de Darla estava em ser a esposa de Vernon Toliver e a senhora da mansão da avenida Houston. Até onde Mary sabia, ela raramente tinha se aventurado até fora da cidade onde a fazenda começava e se estendia por acres e mais acres na beira da estrada, quase até o condado seguinte. Dallas ficava mais adiante e Houston ficava na outra direção, cidades onde sua mãe adorava fazer compras e passar a noite.

Muitos junhos tinham chegado e partido e sua mãe nunca tinha visto os campos cobertos de milhares de flores de algodão variando em cores que iam do branco ao vermelho claro. Mary nunca perdia este espetáculo. Agora só restava ela para se empolgar com a visão das flores dando lugar aos poucos a pequenas bolotas duras até agosto, quando de repente – aqui e ali sobre o mar de verde – podia ser avistado um floco branco. Ah, assistir à brancura se espalhar depois disso, cavalgar a cavalo como ela fez tantas vezes com seu pai e vovô Thomas por aquela vastidão branca, formando ondas na vegetação verde de um horizonte a outro, e saber que ela pertencia à família Toliver.

Não havia maior alegria nem maior glória, e agora havia a terrível possibilidade de que em breve tudo aquilo desaparecesse. Um pensamento paralisante tinha tomado conta dela antes do amanhecer. E se a mãe dela *vendesse* a fazenda?! Como nova dona de Somerset, ela estaria livre para dispor da fazenda como quisesse, e não haveria ninguém para impedi-la.

A porta que dava para o escritório ao lado abriu. Emmitt Waithe, o advogado da vida toda dos Toliver, entrou se desculpando por tê-los feito esperar, mas Mary percebeu na mesma hora que havia algo estranho no jeito dele que pouco tinha a ver com o atraso. Fosse por pena pela dor deles ou por outro motivo, ele não os conseguia encarar. Estava agitado, o que não era normal para um homem tão taciturno e reservado, e parecia estranhamente preocupado com o bem-estar da família. Queriam chá ou talvez café? Ele podia pedir à secretária para dar um pulo na rua e comprar um refrigerante para Mary...

– Emmitt, por favor – Darla interrompeu-o numa tentativa de acalmá-lo –, nós não precisamos de nada, exceto da sua brevidade. Estamos todos esgotados emocionalmente e gostaríamos que você... bem, andasse logo com isso, se me perdoa a expressão.

Emmitt pigarreou, olhou para Darla com uma expressão estranha por alguns segundos, depois resolveu agilizar o procedimento. Primeiro, ele tirou uma carta de um envelope que estava em cima de um documento de aparência formal que trouxera.

– Esta é uma carta que Vernon escreveu pouco antes de morrer. Ele queria que eu a lesse para vocês antes de revelar o conteúdo do seu testamento.

Por trás do véu, os olhos de Darla encheram-se de lágrimas.

– É claro – ela disse, agarrando a mão do filho. Emmitt começou:

Querida esposa e filhos,
Eu nunca me achei um homem covarde, mas descobri que não tenho coragem para revelar o conteúdo do meu testamento para vocês enquanto estou vivo. Quero afirmar, antes que ele seja lido, que amo cada um de vocês de todo o coração e que gostaria imensamente que as circunstâncias tivessem permitido uma divisão mais justa e generosa dos meus bens. Darla, minha amada esposa, peço que você compreenda por que eu fiz o que fiz. Miles, meu filho, não posso esperar que você compreenda, mas um dia, talvez, seu herdeiro se sentirá grato pelo legado que deixo para você e que espero que conserve para seus filhos.
Mary, imagino se ao contemplá-la deste modo em meu testamento não estarei prolongando a maldição que persegue os Toliver desde que o primeiro pinheiro foi derrubado em Somerset. Estou deixando para você muitas e grandes responsabilidades, que espero que não a impeçam de ser feliz.
Com o amor do seu marido e pai,
Vernon Toliver

– Que estranho – Darla disse lentamente no silêncio que se seguiu, enquanto Emmitt dobrava a carta e a guardava de volta no envelope. –

O que você acha que Vernon quis dizer com "uma divisão mais justa e generosa" dos seus bens?

– Estamos prestes a saber – Miles disse, com uma expressão dura no rosto fino.

Mary tinha ficado imóvel. O que seu pai quis dizer com "muitas e grandes responsabilidades"? Será que elas teriam algo a ver com as últimas palavras dele para ela, que ela interpretara como murmúrios incoerentes de um moribundo revivendo um terrível pesadelo? *Não importa o que você tenha que fazer, não importa o que custe, pegue a terra de volta, Mary.*

– Eu fui instruído a colocá-los a par de outro assunto antes de ler o testamento – Emmitt declarou, pegando outro documento. Ele o estendeu por cima da mesa para Miles e explicou: – É uma hipoteca. Antes de Vernon saber que estava com uma doença terminal, ele pegou dinheiro emprestado no Banco de Boston, dando Somerset como garantia. O dinheiro serviu para pagar diversas dívidas da fazenda e para comprar mais terra para plantar algodão.

Depois de examinar os documentos, Miles perguntou:

– Estou lendo isto direito? Dez por cento de juros durante dez anos? Isso é roubo!

– Onde você tem estado, Miles? – Emmitt perguntou, levantando as mãos. – Por aqui os fazendeiros têm pago o dobro disso pelo privilégio de ficar devendo a essas grandes corretoras e bancos comerciais. Se ele tivesse dado a colheita como garantia, teria pagado juros bem maiores, mas hipotecando a terra, ele conseguiu dinheiro mais barato, se é que se pode dizer isso.

Mary ficou imóvel, horrorizada. A terra hipotecada... não mais nas mãos dos Toliver? Agora ela entendia o significado do pedido feito pelo pai no leito de morte... o seu desespero. Mas por que ele tinha feito o pedido a ela?

– E se a colheita não for boa? – Miles perguntou, num tom brusco. – Claro, o algodão está com um preço bom agora, mas e se a colheita for ruim? Isso significa que nós perdemos a fazenda?

Emmitt ergueu os ombros. Mary, olhando do rosto desanimado do advogado para o rosto vermelho do irmão, falou pela primeira vez.

– A colheita *vai* ser boa! – ela afirmou, quase histérica. – E nós não vamos perder a fazenda. Nem pense numa coisa dessas, Miles!

Miles deu um tapa no braço da cadeira.

– Meu Deus! O que papai estava pensando ao comprar mais terra quando isso pôs em risco a terra que nós temos? Por que diabos ele se afundou ainda mais em dívidas comprando equipamentos que achava que estávamos precisando neste momento? Eu pensei que ele fosse um homem de negócios tão esperto.

– Se você se interessasse um pouco mais pelos negócios dele, teria sabido mais sobre o que ele estava fazendo, Miles – Mary disse em defesa do pai. – Não é justo culpar papai agora por decisões que você nunca se ofereceu para ajudá-lo a tomar.

Miles ficou espantado com a reação da irmã. Eles raramente discutiam, embora tivessem muitas diferenças. Miles era um idealista, já gravitando na direção do marxismo, que pregava retirar a propriedade e o lucro do patrão e distribuí-los mais igualmente com as massas. Ele odiava o sistema de arrendamento que floresceu no Cinturão do Algodão, acreditando que ele foi planejado para manter o pequeno fazendeiro preso ao dono da plantação. Seu pai discordara veementemente da sua opinião, argumentando que o sistema, se administrado com justiça, fazia do fazendeiro que arrendava a terra dono do próprio nariz. Mary concordava inteiramente com o pai.

– Miles não poderia saber das decisões do seu pai, Mary, já que ele passou os últimos quatro anos na faculdade. – O véu de Darla esvoaçou quando ela repreendeu a filha. – O que está feito está feito. Se nós precisarmos de dinheiro, iremos simplesmente vender um pedaço de Somerset. Se seu pai soubesse que estava morrendo, jamais teria comprado mais terras. Do seu lugar no céu, ele com certeza irá entender por que eu tenho que desfazer o mal que ele nunca pretendeu causar. Não é mesmo, Emmitt? Agora você poderia, por favor, ler o testamento para acabarmos logo com isso? Mary está passando mal. Temos que levá-la para casa.

Com mais um olhar estranho para Darla, Emmitt ergueu lentamente o documento e começou a ler. Quando terminou, seus ouvintes ficaram ali sentados, mudos, atônitos demais para dizer alguma coisa.

– Eu... não acredito – Darla murmurou finalmente. Por trás do véu, seus olhos estavam vidrados de choque. – Quer dizer que Vernon deixou a fazenda toda para... para Mary, com exceção daquela faixa estreita ao longo do Sabine? Isso é tudo o que nosso filho vai herdar do pai? E Mary vai ficar com a casa também? Eu vou ficar apenas com o dinheiro que há no banco? Não pode haver muito, uma vez que Vernon estava usando cada centavo para pagar a hipoteca.

– Parece que sim – o advogado concordou, consultando um extrato bancário. – No entanto, você compreende, Darla, que tem o direito legal de morar na casa e de receber vinte por cento dos lucros da terra até se casar novamente ou falecer. Vernon deixou isso especificado no testamento.

– Quanta generosidade – ela disse, de lábios crispados.

Mary ainda estava imóvel, com as mãos cruzadas, torcendo para que a expressão do seu rosto não demonstrasse o alívio – a alegria mesmo – que estava sentindo. A fazenda era dela! Seu pai – prevendo que a mãe fosse vendê-la – a deixara nas mãos da única Toliver que jamais abriria mão dela. Não tinha importância o fato de que o testamento tivesse dado a Miles o controle de Somerset até ela poder assumir legalmente esse controle, ao fazer vinte e um anos. Para proteger os vinte por cento da mãe, ele teria o cuidado de não interferir com sua próspera operação e com o pagamento da hipoteca.

Seu irmão tinha se levantado e estava andando pela sala com os passos duros que costumava dar quando estava agitado.

– Você está me dizendo – ele se virou irritado para o advogado – que o sustento da minha mãe depende *pelo resto da vida* do sucesso da fazenda, e que ela será privada da posse da sua própria casa?

Emmitt mexeu nuns papéis e evitou encarar o rapaz.

– Deixar a casa para Mary é uma forma de garantir que sua mãe sempre terá um lar, Miles. É muito comum, em situações como esta, que as casas sejam vendidas apressadamente e o dinheiro da venda desapareça em pouco tempo. E permita-me lembrar que vinte por cento dos lucros não é pouca coisa. Com o preço do algodão alto como está, especialmente se os Estados Unidos entrarem na guerra, Somerset vai dar um lucro astronômico. Sua mãe vai poder viver com muito conforto.

– Tirando as despesas e se a colheita não falhar – Darla murmurou.

Emmitt ficou vermelho e olhou para Miles por cima dos óculos.

– Para o seu bem, seria melhor que o seu filho se certificasse de que ela não falhe. – O advogado refletiu por um momento, como que decidindo se falava ou não. Aparentemente, ele decidiu falar, então largou a caneta sobre a mesa e se recostou na cadeira. – Na verdade, Vernon achou que não tinha escolha a não ser dispor desta forma dos seus bens.

Ainda de pé, claramente zangado, Miles disse:

– Ah, é? E por quê?

Emmitt olhou diretamente para Darla.

– Ele temia que você pudesse vender a fazenda, minha cara, como propôs fazer poucos minutos atrás. Desta forma, você ainda poderá usufruir do que Somerset produz, como teria sido o caso se Vernon não tivesse morrido, e a fazenda e a casa permanecem com a família Toliver.

– Só que, como antes quando eu era sustentada pelo meu marido, eu vou depender agora da minha filha para ter casa e comida – Darla falou numa voz tão fraca que o véu quase não se moveu.

– Sem mencionar que ele estragou os *meus* planos pelos próximos cinco anos – Miles disse, com o lábio superior tremendo de raiva.

Darla soltou os braços da cadeira e cruzou as mãos no colo.

– Então, eu devo entender que as circunstâncias a que meu marido se referiu em sua carta tinham a ver com o temor de que eu pudesse vender a fazenda ou, no caso de não vendê-la, de que eu pudesse administrá-la mal. Foram essas as razões que impediram, como foi que ele disse?, "uma distribuição mais justa e generosa dos meus bens?".

– Eu acho que você entendeu perfeitamente os motivos do seu marido, Darla. – A expressão de Emmitt se suavizou numa óbvia tentativa de aplacá-la. – Vernon achou que Mary era a Toliver mais indicada para dirigir a fazenda. Ela parece ter herdado a habilidade para lidar com a terra, além de uma devoção e uma lealdade a Somerset, e ao modo de vida que a fazenda oportuniza. Ele achou que era ela quem poderia fazer a fazenda prosperar, beneficiando a todos vocês e preservando-a para a próxima geração, o que inclui os seus filhos, Miles.

Miles fez uma careta e foi ficar atrás da cadeira da mãe, pondo a mão em seu ombro, num gesto de solidariedade.

– Entendo... – A voz de Darla não transmitia nenhuma emoção. Deliberadamente, ela ergueu o véu e o enfiou calmamente no meio das plumas negras do seu chapéu avantajado. Era uma mulher muito bonita, com uma pele de alabastro e olhos grandes e brilhantes. O filho herdara o tom amarelado desses olhos, o cabelo castanho e o nariz pequeno e arrebitado. Mary, por outro lado, fora favorecida com a notável combinação de traços que tinham caracterizado os Toliver desde os tempos dos primeiros Lancaster ingleses. Todo mundo dizia que não havia como ela não ser filha de Vernon Toliver.

Apreensiva, Mary viu a mãe se levantar da cadeira, uma figura calma, distante, quase uma estranha no seu traje preto. O modo com que ela ergueu o véu deixou-a preocupada, bem como o brilho estranho em seus olhos. Todo vestígio de sofrimento tinha desaparecido. O branco dos olhos estava luminoso. Ela e Emmitt também se levantaram.

– Preciso fazer mais uma pergunta, Emmitt, já que não estou acostumada a essas coisas...

– É claro. Pode perguntar o que quiser. – Emmitt inclinou ligeiramente o corpo.

– O teor do testamento... vai se tornar público?

Emmitt franziu os lábios.

– Um testamento é um documento público – ele explicou com evidente relutância. – Depois de validado, torna-se um registro legal que qualquer pessoa, especialmente credores, pode consultar. Também... – O advogado limpou o pigarro, parecendo constrangido. – Os testamentos em processo de validação são listados no jornal. Isto é para benefício daqueles que possam ter alguma reivindicação em relação aos bens.

– Exceto membros da família – Miles comentou com o rosto contraído.

– Então qualquer pessoa curiosa quanto aos detalhes do testamento pode tomar conhecimento dele? – perguntou Darla.

Emmitt assentiu. Darla pareceu perder toda a energia que a sustentava.

– Maldição! – Miles disse, tirando a cadeira da mãe da frente para eles saírem.

– Ahn... tem outra coisa que eu prometi a Vernon que faria, Darla – Emmitt disse. Ele abriu um armário atrás dele e tirou um vaso com uma única rosa vermelha. – Seu marido pediu que eu lhe desse isto depois de ler o testamento. Por favor, fique com o vaso.

Vagarosamente, Darla pegou o vaso com as mãos enluvadas, sob o olhar dos filhos. Após fitá-lo por algum tempo, ela o colocou sobre a mesa de Emmitt e retirou a rosa.

– Fique com o vaso – ela disse com um sorriso tão estranho que todos eles se surpreenderam. – Venham, crianças.

Ao sair da sala, Darla Toliver jogou a rosa vermelha dentro de uma lixeira que estava ao lado da porta.

Capítulo Seis

A caminho de casa na carruagem puxada por cavalos árabes, a família ia em silêncio, Mary encolhida no canto. Todos olhavam pela janela do mesmo jeito triste do dia do enterro de Vernon Toliver, quatro dias antes. Naquele dia, Mary tinha sentido um vazio palpável na carruagem, mas hoje este vazio estava preenchido por uma força invisível, assustadora, que parecia capaz de separá-la da mãe e do irmão, e de separá-los da lembrança do marido e pai que ambos tinham amado.

Ela olhou para a mãe. Mary conhecia a história das rosas e sabia o significado da rosa vermelha que o pai tinha pedido que fosse entregue a ela, e compreendera o terrível significado do gesto da mãe ao jogá-la na cesta de lixo ao lado da porta da sala do Sr. Waithe. Mary, ao observar preocupada o perfil pálido da mãe, teve certeza de que o pai jamais seria perdoado pelo que fizera.

E o que ele fizera? Seu pai só tinha garantido que a fazenda e a casa da família permanecessem com os Toliver. Num aperto financeiro ou caso ela tornasse a se casar – o que talvez a obrigasse a morar em outro lugar – sua mãe as teria vendido. E deixar em testamento a terra para Miles teria garantido a perda do direito de progenitura. Ao deixá-la para ela, ele a estava preservando para os filhos dos seus filhos.

Como isso estava claro, por que sua mãe estava tão zangada? E Miles também? Com o tempo, ele poderia seguir a carreira de professor. Cinco anos não era tanto tempo assim. Durante esse período, ela aproveitaria cada minuto para aprender tudo sobre fazendas. Tinha Len Deeter para ajudá-la. Ele era um excelente capataz, honesto e trabalhador, leal aos Toliver, muito benquisto pelos arrendatários. O que não tinha aprendido com o avô e com o pai, ela aprenderia com ele. Miles provavelmente não precisaria ficar lá até ela fazer vinte e um anos. Dois anos deveriam ser suficientes, depois ela o liberaria para partir, e lhe enviaria os papéis que precisassem de sua assinatura. Nessa altura, ela já estaria tomando conta de Somerset.

No final da tarde, Mary levou esses argumentos para a mãe, em defesa dos atos do pai. Ela encontrou Darla deitada numa *chaise longue* no quarto que dividia com o marido, sua vasta cabeleira castanha solta sobre os ombros. O sol do final da tarde lançava raios fracos através das cortinas amarelas. Desconsolada, Mary pensou se haveria algum significado no roupão lilás que ela estava usando – uma espécie de repúdio. O vestido e o chapéu pretos não estavam à vista, tampouco as muitas flores de condolências que a mãe tinha mandado que fossem levadas para cima depois que o corpo do marido foi removido para ser enterrado. Mais cedo, ao ver Sassie descendo com os braços carregados de flores ainda frescas, ela perguntara com uma sensação de pânico:

– Por que isso?

– O que você acha? – A voz da governanta estava sombria. – Eu tenho a sensação de que nada mais será como antes por aqui.

Mary teve a mesma sensação ao olhar para a mãe estendida na espreguiçadeira. Havia uma assustadora indiferença em suas feições, na postura do seu corpo. Todo o calor e a animação pareciam ter se esvaído dela. Uma estranha, fria e inatingível, estava ali deitada num roupão de seda lilás.

– Você me pergunta o que mais ele poderia ter feito? – Darla repetiu a pergunta de Mary. – Vou dizer para você, minha querida filha. Ele poderia ter me amado mais do que amou sua terra. *Isso* é o que ele poderia ter feito.

– Mas, mamãe, você a teria vendido!

– Ou, fora isso – Darla continuou com os olhos fechados, como se Mary não tivesse falado –, ele poderia ter pelo menos dividido os seus bens igualmente entre nosso filho e nossa filha. Aquela faixa de terra que Miles herdou não vale nada. Fica inundada toda a primavera. Nada que é plantado lá consegue amadurecer antes ou depois das chuvas.

– Mas ainda é uma parte de Somerset, mamãe, e você sabe que Miles nunca ligou a mínima para a fazenda.

– No mínimo – Darla continuou com o mesmo tom de voz morto –, ele poderia ter levado em consideração meus sentimentos e ter imaginado o que vai parecer a todos os nossos amigos o fato de ele ter deixado o bem-estar da esposa nas mãos da filha.

– *Mamãe*...

Ainda de olhos fechados, Darla disse:

– O amor do seu pai era o meu maior tesouro, Mary. Que honra era ser esposa dele, ter sido escolhida dentre todas as mulheres que ele poderia ter desposado, algumas mais bonitas do que eu...

– Ninguém é mais bonita do que você, mamãe – Mary murmurou, com a voz embargada de tristeza.

– O amor dele me dava vida, me dava estatura, me tornava importante. Mas agora eu sinto que foi tudo fingimento, simplesmente algo para eu usufruir enquanto ele viveu. Na morte, ele levou tudo embora, todas as coisas que eu achava que significava para ele, e ele para mim.

– Mas mamãe. – As palavras lhe faltaram. Elas lhe faltaram porque no fundo do seu coração de dezesseis anos, Mary sabia que a mãe estava falando a verdade. No fim, a preservação da fazenda tinha significado mais para o seu pai do que o orgulho, os sentimentos e o bem-estar da esposa. Ele a deixara sem um tostão, dependente dos filhos e sujeita à humilhação da sociedade de Howbutker.

Mary, que tinha pouca tolerância por gente fraca, não podia culpar a mãe por se sentir abalada e vazia, privada até das lembranças que poderiam ter lhe trazido consolo. Com lágrimas escorrendo pelo rosto, ela se ajoelhou ao lado da *chaise longue*.

– Papai não quis magoá-la, eu sei que não.

Ela deitou a cabeça no peito da mãe, mas enquanto suas lágrimas molhavam o cetim lilás, uma parte dela se alegrava pelo fato de Somerset ter sido deixada para ela, e Mary jurou que, por mais custoso que isso pudesse ser, ela jamais abriria mão da fazenda. Jamais. Ela iria compensar a mãe de alguma forma... iria trabalhar muito para fazer Somerset dar lucro suficiente para ela comprar as sedas e cetins de que tanto gostava. Somerset ia ficar tão grande e poderosa, o nome Toliver tão forte, que ninguém ousaria falar mal de sua mãe. E, após algum tempo, todo mundo esqueceria a traição de Vernon Toliver e perceberia que ele tinha tido razão ao dispor dos seus bens daquela maneira. Todos veriam o quanto Darla Toliver era amada por seus filhos e netos, e o sofrimento desapareceria.

– Mamãe?

– Estou aqui, Mary.

Mas ela não estava, seu instinto lhe disse. Ela nunca mais seria a mãe que Mary e Miles tinham conhecido. Mary teria dado tudo para vê-la de pé, normal, linda e feliz, mesmo em seu luto. Tudo menos Somerset, Mary corrigiu seu pensamento, e ficou chocada com a emenda, com a fronteira além da qual ela não conseguia obrigar seu amor a ir.

Exatamente como tinha acontecido com seu pai.

Uma sensação de perda tomou conta dela, tão grande quanto a que havia sentido no momento em que o pai exalou seu último suspiro.

— *Mamãe! Mamãe! Não nos abandone, não nos abandone!* — ela soluçou, sentindo uma onda de histeria tomar conta dela enquanto sacudia o corpo inerte vestido de cetim lilás.

Naquela noite, sentada na sala, na obscuridade do crepúsculo, Mary viu alguém olhando para ela da porta guarnecida de preto. Era Percy Warwick. Ele tinha a mesma expressão séria que ela aprendera a interpretar como sendo de censura. Nessa altura, Miles já devia ter contado a ele e a Ollie sobre o testamento, e sem dúvida eles tinham a mesma opinião que seu irmão a respeito do conteúdo do documento.

Eles formavam um trio muito unido — Miles Toliver, Percy Warwick e Ollie DuMont. Eles eram inseparáveis desde a infância, perpetuando a amizade que seus avós tinham iniciado e seus pais continuado. Durante o enterro, a atenção dela tinha sido atraída para os três juntos. Como eles eram diferentes entre si. Ollie, baixo, gorducho e alegre, o eterno otimista. Miles, alto, magro, ansioso, um guerreiro louco por uma causa. E Percy, o mais alto e mais bonito dos três, prudente e sensato... o Apolo que cuidava de todos eles. Mary sentira uma pontada de inveja. Como devia ser reconfortante usufruir daquele tipo de amizade. O pai e o avô tinham sido os únicos amigos dela.

— Posso entrar? — Percy perguntou, sua voz grossa e ressonante no cair da tarde de verão.

— Vai depender do que você pretende dizer.

Isso trouxe um sorriso divertido aos lábios dele. Ela e Percy nunca conversavam. Eles duelavam. Tinha sido assim nos dois últimos verões e durante as férias, quando os rapazes vinham de Princeton. Como Miles e Ollie, ele tinha se formado em junho e fora trabalhar com o pai na madeireira.

Ele riu e entrou na sala.

— Sempre a mesma provocadora quando se trata de mim. Suponho que você não queira uma luz, é isso?

— Supõe certo.

Como ele é bonito, ela pensou de má vontade. A luminosidade do cair da tarde parecia intensificar o brilho do seu cabelo louro e o bronzeado da sua pele. Ele tinha trabalhado ao ar livre o verão inteiro com os outros lenhadores, e os resultados apareciam no seu corpo magro e rijo. Houvera um monte de garotas lá no leste, ela ouvira dizer... Bonecas de porcelana de sangue azul. Ela ouvira Miles e Ollie rindo das conquistas dele.

Mary voltou à sua posição original, a cabeça descansando no encosto da cadeira, os olhos fechados.

– Miles voltou? – A voz dela estava rouca de tristeza e cansaço.

– Sim. Ele subiu com Ollie para ver sua mãe.

– Suponho que ele tenha lhe contado sobre o testamento. Você desaprova, é claro.

– É claro. Seu pai devia ter deixado a casa e a fazenda para a sua mãe.

Mary ergueu a cabeça com raiva e espanto. Percy nunca fazia julgamentos. Ele nunca falava em termos de *devia ter* quando se tratava de assuntos alheios.

– Quem é você para dizer o que o meu pai devia ou não ter feito? – Ele estava parado perto da cadeira dela, com as mãos nos bolsos, olhando-a solenemente, com o rosto na sombra.

– Alguém que gosta muito de você, do seu irmão e da sua mãe. É isso que eu sou.

Isso provocou sua indignação como um dardo enfiado no pescoço de uma víbora. Ela virou a cabeça para o outro lado, piscando os olhos e engolindo o bolo em sua garganta, à beira das lágrimas outra vez.

– Bem, prefiro que goste de nós o suficiente para guardar sua opinião para si mesmo, Percy. Meu pai sabia o que estava fazendo, e dizer que ele não sabia só torna as coisas muito piores neste momento.

– Você está dizendo isso em defesa do seu pai ou porque você se sente culpada por ter sido a escolhida?

Mary hesitou, querendo – *precisando* – confiar a ele o que estava realmente sentindo, mas teve medo de que ele a desprezasse ainda mais.

– O que o meu irmão acha? – ela perguntou, fugindo à pergunta dele.

– Ele acha que você está radiante por ter herdado Somerset.

Pronto. A opinião do meu irmão está exposta, ela pensou, com o coração sangrando. Ela tivera tanto cuidado para não mostrar sua alegria, mas não conseguira enganar Miles e a mãe, e eles iam detestá-la por causa disso. Com lágrimas nos olhos, ela se levantou da cadeira num movimento zangado e foi até a janela. Uma lua pálida tinha surgido. Mary a viu dissolver-se num rio prateado diante dos seus olhos.

– Cigana... – ela o ouviu murmurar, e de repente ele estava ali ao seu lado e ela estava com o rosto enfiado debaixo do queixo dele. Em segundos, ela estava balbuciando coisas em sua gravata.

– Miles acha que sou culpada por... por papai ter escrito o testamento daquele jeito, não acha? Mamãe também acha. Eu os perdi, Percy, do mesmo jeito que perdi papai.

– Isso tudo foi um choque para eles, Mary – ele disse, acariciando-lhe o cabelo. – Sua mãe se sente traída e Miles está zangado por causa dela, não dele.

– Mas eu não tenho culpa que papai tenha deixado tudo para mim. Não tenho culpa de amar a fazenda, assim como mamãe e Miles não têm culpa de não amá-la.

– Eu sei disso – ele disse, com um tom de voz carinhoso. – Mas você pode desfazer o que foi feito.

– Como? – ela perguntou, levantando a cabeça para ouvir o que ele tinha a propor.

– Venda Somerset quando fizer vinte e um anos e divida o dinheiro entre vocês.

Mary não teria ficado mais chocada se tivesse visto serpentes saindo da cabeça dele. Ela se desvencilhou dos seus braços.

– Vender Somerset? – Ela olhou incrédula para ele. – Você está sugerindo que eu *venda* Somerset para aplacar a decepção de mamãe e de Miles?

– Eu estou sugerindo que você faça isso para salvar seu relacionamento com eles.

– Eu tenho que *comprar* um relacionamento com eles?

– Você está distorcendo as coisas, Mary, ou para acalmar a sua consciência ou porque você está tão cega na obsessão por Somerset que não consegue enxergar a verdadeira raiz da tristeza da sua mãe e do seu irmão.

– Eu *enxergo*, sim! Eu sei como mamãe e Miles estão se sentindo! O que nenhum de vocês consegue ver é que eu tenho o dever de cumprir os desejos do meu pai.

– Ele não disse nada sobre não vender a fazenda quando você tiver vinte e um anos.

– Ele a teria deixado para mim se achasse que eu iria vendê-la?

– O que vai acontecer quando você estiver em idade de se casar e seu marido não quiser dividir a esposa com uma fazenda?

– Eu *jamais* me casaria com um homem que não compreendesse e apoiasse meus sentimentos em relação a Somerset.

Percy ficou calado ao ouvir aquilo. A fita do cabelo dela tinha caído no chão. Ele se abaixou e apanhou-a, dobrando-a ao meio. Então, a colocou sobre o ombro dela.

– Como você sabe que não poderia amar um homem que não tivesse o mesmo sentimento que você em relação a Somerset? Você não conhece nada além de Howbutker. Você nunca foi exposta a nenhum outro interesse que não a fazenda. Você não experimentou nada a não ser viver como uma Toliver. Você teve uma vivência muito limitada, Mary.

– Eu não quero conhecer nenhuma outra vida.

– Você não pode tirar conclusões a menos que tenha outra coisa com que comparar.

– Posso sim. De qualquer maneira, eu não vou ter a oportunidade de fazer esse tipo de comparação, vou?

Eles ouviram Miles e Ollie descendo a escada. Para sua surpresa, Mary percebeu que lamentava a intromissão, assim como – tinha que admitir – sentia falta do aconchego dos braços de Percy. Ela nunca estivera tão perto dele. Nunca percebera que havia uma pinta sob seu olho esquerdo, nem tinha notado o surpreendente raio prateado ao redor de suas pupilas.

– Você sempre me desaprovou, não é? – ela perguntou inesperadamente.

Percy ergueu as sobrancelhas louras.

– "Desaprovou" não é a palavra certa.

– Então nunca *gostou* de mim. – Ela prendeu a respiração, esperando a confirmação dele.

– Também não é isso.

– Então qual é a palavra certa? – O rosto dela estava vermelho, mas ela estava determinada a saber exatamente o que ele achava dela. Depois ele podia ir para o inferno, e ela nunca mais pensaria na sua opinião. Isso não seria mais objeto de sua curiosidade.

Antes que ele pudesse responder, Miles, com Ollie bufando atrás dele, entrou na sala.

– Aqui está você! – seu irmão disse, e por um segundo Mary pensou que ele estivesse à sua procura. Mas ele estava era atrás de Percy, ela percebeu quando ele a ignorou e se dirigiu ao amigo. – Eu não sabia se você tinha ido embora ou não. Vai ficar para jantar? Tem muita comida, mas Sassie quer saber.

– Eu não vou ficar – Ollie disse olhando para Mary como se quisesse ficar. Ele sorriu carinhosamente para ela, e ela respondeu com um sorriso afetuoso.

– Eu também não posso ficar – disse Percy. – Temos hóspedes chegando e mamãe quer que eu faça o papel de anfitrião.

– Quem são eles? – Miles perguntou.

– A filha da colega de quarto de mamãe quando elas estudavam em Bellington Hall em Atlanta e o pai dela. A menina está interessada em se matricular lá no outono. A mãe dela já morreu, e eles estão aqui para conversar sobre a escola.

– Pelo menos foi esse o pretexto que o pai dela usou para trazê-la para uma visita – Ollie disse, piscando o olho para Miles.

– Bem, o pai parece o tipo de pessoa que age sempre com segundas intenções, e minha mãe acha que a visita deles é um artifício – Percy admitiu –, mas as mães não acham sempre que toda moça está de olho no filho delas?

Aqui está uma moça com a qual Beatrice não precisa se preocupar, Mary pensou, sentindo uma pontada irracional de ciúme por outra garota estar exigindo a atenção dele no jantar. Deliberadamente, ela se virou para Ollie e pôs a mão no braço dele.

– Ollie, você tem certeza de que não quer ficar? Sua companhia nos faria bem esta noite.

– Eu adoraria, Mary, mas vou ajudar meu pai a fazer o inventário de final de verão da loja. Talvez amanhã à noite, se o convite ainda estiver de pé.

– Você está sempre convidado, Ollie.

Se Percy notou que tinha sido excluído por ela, não demonstrou. Em vez disso, ele abriu o sorriso de sempre.

– Vamos terminar nossa conversa em outra hora, Cigana. Lembre-se de onde nós paramos.

– Se eu não esquecer – Mary respondeu, irritada com o uso do apelido que ele sabia que ela detestava.

– Você não vai esquecer.

– Esta hóspede... como é o nome dela, e como ela é? – Miles perguntou, acompanhando o amigo para fora da sala.

– Lucy Gentry, e ela é simpática. Eu não gosto muito é do pai dela.

O resto da conversa perdeu-se e Miles foi levar os amigos até a porta. De uma janela da sala, Mary ficou olhando "os meninos", como as famílias se referiam a eles, caminharem até seus Pierce-Arrows novinhos em folha, presentes de formatura dos respectivos pais. Em junho, Miles tinha ficado espantado e desapontado por não encontrar um presente semelhante esperando por ele no estábulo, que ainda não fora convertido em garagem uma vez que os Toliver não possuíam uma das novas carruagens sem cavalo. Agora ele entendia por que seu presente tinha sido apenas uma enciclopédia para quando fosse professor de história.

Uma estranha tristeza aumentou sua depressão. Ela desejou que Percy e ela pudessem ter terminado a conversa. Ela nunca mais voltaria ao assunto, e ele provavelmente já teria esquecido tudo quando saísse com o carro pelo portão. Ela nunca iria saber a palavra exata que ele teria escolhido para descrever o que sentia por ela, mas podia adivinhá-la. Era pena – pena por ela ser uma Toliver, por levar sua herança tão a sério. Ela não conseguia entender por que Percy levava a dele tão levianamente. Ele era o único herdeiro e devia proteger e preservar o legado da família. Ollie, apesar de alegre e descontraído, levava muito mais a sério suas responsabilidades como um DuMont. O que a irritava era o desprezo de Percy pelo que ele chamava de sua obsessão em relação a Somerset porque ele não conseguia sentir a mesma devoção em relação à Madeireira Warwick.

Bem, era isso que acontecia com aqueles que ignoravam suas origens, quando não as *descartavam* simplesmente. Os Warwick e os Toliver tinham chegado no Texas como plantadores de algodão, mas a família de Percy tinha se voltado imediatamente para o comércio de madeira, enquanto que os Toliver permaneceram fiéis à sua vocação. Ela agora compreendia isso muito bem. Para Percy, a Madeireira Warwick era apenas uma fonte de renda. Para ela, Somerset era um modo de vida.

Satisfeita em fazer esta distinção, Mary foi para a sala de jantar, onde a longa mesa de mogno fora posta para ela e Miles. O irmão já estava sentado. Sob a luz amarela e quente dos lampiões de querosene, eles comeram em silêncio, distantes e divididos, a ausência dos pais deixando um fantasma sentado em cada cabeceira. Quem é essa Lucy Gentry? Mary pensou enquanto se forçava a comer. E teria ela alguma intenção em relação a Percy, como a mãe dele desconfiava?

Capítulo Sete

— Mary, posso falar com você no escritório por um momento? Espantada, Mary ergueu os olhos das ervilhas que estava debulhando sobre o avental. Miles estava na porta da cozinha.

– É claro – ela disse, apreensiva com o tom de voz do irmão. Ele andava tão bruto ultimamente, tão diferente do irmão amável e brincalhão que ela conhecia. Ansiosa por agradá-lo, ela levantou o avental e transferiu as ervilhas para a cesta que estava no colo de Sassie. Elas ergueram as sobrancelhas uma para a outra. Este último mês, a governanta tinha dito diversas vezes que era uma "vergonha" o modo como o Sr. Miles tratava a irmãzinha.

Obedientemente, Mary seguiu a figura esbelta do irmão até a sala ao lado da biblioteca, de onde o pai tinha dirigido a fazenda. Miles tinha começado a se referir a ela como "o escritório" em vez de "o gabinete de papai." Este era um dos muitos detalhes relativos à fazenda que a preocupavam. Miles andava num vaivém misterioso, com os livros de contabilidade da fazenda enfiados debaixo do braço. Mary queria pedir que ele a deixasse examiná-los, mas não tinha coragem. Agora não era o momento de reivindicar seus direitos de proprietária – de insistir em saber como ele estava gerenciando Somerset. Ela temia que Miles estivesse implementando sua teoria que já causara muitas discussões na mesa de jantar dos Toliver entre pai e filho.

Vernon Toliver achava que um proprietário de terras devia controlar rigidamente tudo, desde como um arrendatário tratava a esposa até como ele tratava seu cavalo. O filho discordava desta forma de lidar com seres humanos, considerando isto e o próprio sistema de arrendamento maus e despóticos. Vernon Toliver afirmava que não havia nenhuma maldade no fato de um proprietário arrendar suas terras para um homem que não podia comprar a própria fazenda, em troca de parte de sua colheita. Só havia maldade quando esses homens não recebiam um pagamento justo em troca do seu trabalho e quando o proprietário não fornecia os equipamentos estipulados em contrato. Ele não era responsável pela maldade de outros fazendeiros. Ele não podia corrigir os abusos do sistema de arrendamento. Só pelo exemplo era capaz de mostrar como o sistema deveria funcionar. Miles não percebia que os arrendatários de Somerset eram os mais bem vestidos, alimentados e abrigados, os mais bem tratados de todo o leste do Texas?

Miles argumentava que os arrendatários ainda eram servos e que eles eram os senhores, tão temidos quanto Deus. Devia haver uma lei que desse aos arrendatários o direito de aplicar o que pagavam de aluguel na terra que cultivavam. Quando esta estivesse livre, então eles poderiam pagar ao proprietário um *royalty* pelo resto da vida.

Mary tinha visto o rosto do pai empalidecer nessas discussões à mesa do jantar.

Agora ela sentiu o próprio rosto empalidecer ao pensar que Miles poderia estar disposto a provar que um tratamento *laissez-faire* dos arrendatários iria resultar em maiores benefícios para todos. Faltava menos de um mês para a colheita, e cada centavo era necessário para pagar a hipoteca. Ela estava ansiosa para conversar com Len, o capataz, mas Miles usava a carruagem e os cavalos árabes todo dia, deixando no estábulo apenas uma velha égua que não podia ser usada para uma viagem até a fazenda. Mary estava louca para conhecer melhor os métodos de contabilidade do pai, mas quando os livros não estavam com o irmão, estavam trancados numa gaveta do escritório. Miles tinha a única chave.

Ela amava o irmão, mas estava começando a vê-lo como um adversário de todos os seus sonhos e esperanças, e especialmente dos desejos e da memória do pai. Tinham se formado dois campos na casa dos Toliver. Apenas Sassie estava no dela. O resto todo – os outros empregados, sua mãe e todos os amigos deles, exceto o neutro Ollie – estava do lado de Miles. Por Deus, ela estava até desejando que algo acontecesse a Miles, um acidente leve que o forçasse a entregar a fazenda para ela. No mínimo, ela esperava que ele se entediasse com suas novas responsabilidades e compreendesse que não tinha vocação para ser fazendeiro.

– É sobre mamãe? – ela perguntou, sentando-se numa cadeira em frente à escrivaninha de pinho do pai, um presente de Robert Warwick para James Toliver em 1865.

– É sobre você – Miles disse no tom pedante que tinha adotado desde que se tornara o homem da casa. Estava sentado com um ar professoral atrás da escrivaninha, os cotovelos apoiados sobre ela, seus dedos longos entrelaçados, os punhos tão engomados quanto sua atitude. – Mary, estou certo de que você consegue perceber que esta é uma ocasião muito difícil para todos nós.

Mary concordou com a cabeça, com vontade de chorar pela frieza que se instalara entre eles.

– Alguma coisa aconteceu com a nossa família que vai além da nossa dor pela morte de papai. Aliás, a nossa dor deveria estar nos unindo. Em vez disso, o testamento abalou os meus sentimentos e os de mamãe em relação a papai. Nós nos sentimos enganados. Mamãe está humilhada. Nenhum de nós tem sido justo com você. Eu sei disso. Nós fizemos com que você tivesse a impressão de ser culpada pelo que aconteceu, e eu lamento isso, Mary, de verdade. Entretanto, a verdade é que eu mal posso olhar para você sem sentir que, de certa forma, você foi responsável pelos termos do testamento.

– Miles...

Ele levantou a mão.

– Deixe-me terminar, e depois você pode dizer o que pensa. Deus sabe que eu não queria a fazenda, mas ela devia ter ido para a nossa mãe. Ela devia ter tido o direito de vendê-la ou conservá-la. Ela devia vir em primeiro lugar no coração de papai, e não Somerset, e não você. É isso que nós dois achamos, pura e simplesmente. Nós também achamos que você ficou encantada com a decisão de papai.

– Só porque eu vou cuidar da nossa herança – Mary interrompeu-o. – Eu vou cuidar de mamãe. Nunca vai faltar nada a ela...

– Mary, pelo amor de Deus, mamãe não quer a sua caridade. Você não entende isso? Coloque-se no lugar dela. Como você acha que se sentiria se o seu marido desse preferência à sua filha sobre você, se ele deixasse *você* à mercê da caridade *dela*?

– Eu não repudiaria minha filha por algo que o meu marido tivesse feito! – ela gritou, recordando a dor que sentia pelo fato de sua mãe virar o rosto para a parede toda vez que ela entrava no quarto dela.

Miles ergueu as mãos, com as palmas viradas para cima, concordando com ela.

– Eu entendo o que nós a fizemos sentir, e sinto muito por isso.

– Eu precisava de um pouco de afeto maternal e fraternal, Miles. Eu sinto uma saudade horrível de papai...

– Eu sei disso – ele falou, com um pouco mais de brandura –, mas foi por isso mesmo que eu pedi que viesse aqui. Eu quero que ouça o que eu tenho a dizer antes de pular da cadeira e me mandar para o inferno. Eu não faria isso se fosse você. Entendeu?

Mary entendeu. O olhar dominador de Miles a fez lembrar que ele era depositário de Somerset. Ela e a fazenda estavam à mercê dele pelos próximos cinco anos.

Quando Mary assentiu, Miles se recostou na cadeira e assumiu sua postura didática.

— Acho que você precisa se afastar de mamãe. Vou mandá-la para um colégio. Tem um muito bom em Atlanta que deve servir muito bem para você. Eu ainda tenho algum dinheiro que o vovô Thomas deixou para mim, e isso dará para pagar por um ano de colégio.

Mary ficou olhando para ele sem conseguir acreditar no que estava ouvindo. Ele ia mandá-la embora para aquele lugar aonde Beatrice tinha ido... para longe da fazenda...

— Chama-se Bellington Hall — Miles continuou sem se perturbar com o rosto desfeito da irmã. — Beatrice Warwick terminou os estudos lá. Você deve se lembrar de Percy ter mencionado este fato quando falou da sua hóspede, Lucy Gentry. Você devia ter concordado em conhecê-la enquanto ela esteve aqui, já que ela vai ser sua companheira de quarto.

Ela estava horrorizada demais para falar.

— Você vai partir dentro de três semanas para a escola. Vou mandar Sassie preparar suas roupas.

Mary finalmente recuperou a fala. Estava fervendo por dentro.

— Miles, por favor não me mande embora. Eu tenho que ficar aqui e ajudar Len a dirigir a fazenda. Quanto mais depressa eu aprender, melhor. Eu não posso agir longe de Howbutker. Mamãe e eu podemos resolver esta situação.

— A única maneira de você e mamãe resolverem esta situação é se você concordar em permitir que eu venda a fazenda. — Miles ergueu o dedo em alerta ao perceber que Mary ia desobedecer ao aviso que ele lhe dera antes. — Como você é menor de idade e não pode possuir nem vender terras, eu, como guardião da sua propriedade, posso. É claro que jamais faria isso contra a sua vontade, como papai sabia muito bem.

Mary deu um pulo da cadeira, com o sangue martelando em seus ouvidos.

— Eu me recuso terminantemente a permitir isso!

— Eu sei disso muito bem, irmãzinha. Então... você vai para Bellington Hall.

— Você não pode fazer isso comigo.

— Eu posso e vou fazer.

Mary olhou para ele como se de repente tivessem surgido chifres em sua testa. Isto não podia estar acontecendo. Não era possível que seu irmão fosse tão cruel.

— Percy pôs na sua cabeça a ideia de vender a fazenda, não foi? Bellington Hall também foi sugestão dele?

Miles franziu os lábios.

— Acredite que eu sou capaz de ter minhas ideias no que se refere à minha família. Percy não sugeriu vender a fazenda, e eu soube de Bellington Hall pela mãe dele. Se não fosse essa escola, seria outra. Agora *sente-se!*

Mary sentou-se.

— Você está cometendo um grande erro...

— Eu já me decidi, Mary. Minha maior preocupação neste momento não é você, é mamãe. Você pode se consolar pensando que quando fizer vinte e um anos a terra será sua. Mamãe não tem este consolo. Então você irá para Bellington Hall e eu darei a ela a chance de se conformar com esta injustiça, e, eu poderia acrescentar, de rever os sentimentos dela em relação a você. Sua ausência vai amolecer o coração dela em relação a você. Sua presença constante não.

As palavras dele foram cortantes e geladas. Mary tornou a sentar-se, com as pernas bambas. Ele estava dizendo que, se ela ficasse, a mãe jamais tornaria a amá-la? Mas isso era absurdo. Ela era sua filha. As mães podiam sentir um desagrado temporário pelos filhos, mas não deixavam de amá-los para sempre — deixavam? Sentindo-se perdida, como se estivesse lutando sozinha contra uma matilha de lobos, ela cruzou os braços no peito.

— E se eu me recusar a partir?

Miles sorriu de leve.

— Ah, acho que você não vai querer saber as consequências disso.

— Diga-me assim mesmo.

O irmão inclinou-se para a frente e fitou seu rosto rebelde.

— Eu vou usar o dinheiro de vovô Thomas para levar mamãe para Boston, onde não terei nenhum problema em achar emprego como professor. Conheço vários cavalheiros mais velhos, empresários ricos que não hesitariam em cortejar nossa bela mãe. É provável que ela se case logo, deixando para trás todas estas lembranças desagradáveis. — Ele acenou com a mão para indicar a casa e tudo o que ela representava. — Eu tenho direito à minha própria vida, e mamãe tem direito de reconstruir a dela. Se isso significar que eu não poderei servir como guardião da herança, que seja. Além disso, eu vou vender aquela faixa de terra ao longo do Sabine para aumentar meu capital. Eu juro, Mary, que se você não fizer o que estou propondo nesta situação tão trágica, eu vou fazer exatamente o que acabei de dizer.

Vagarosamente, Mary descruzou os braços ao perceber toda a extensão do poder do irmão. Esta não era uma ameaça vã. Miles tinha imaginado outra opção para a mãe. Apenas um fio muito tênue de compromisso com Somerset, com o pai e com ela, impedia que ele partisse para Boston levando a mãe. Mesmo sem a hipoteca para se preocupar, ele sabia que deixar que Len e ela dirigissem a fazenda sem a presença de um Toliver do sexo masculino e sua assinatura ali à mão seria prejudicial para Somerset. Levar a mãe embora mancharia o nome da família. Confirmaria para as línguas de trapo que Vernon Toliver tinha mesmo feito uma injustiça com a esposa ao deixar sua propriedade para a filha.

Mais uma vez, Miles se recostou na cadeira, enfiando os dedos nos bolsos do colete.

– E então? – ele perguntou, erguendo uma sobrancelha.

Mary ainda não estava disposta a ceder.

– Você venderia aquela faixa de terra ao longo do Sabine de qualquer jeito. O que irá impedi-lo de fazer isso?

Miles ficou calado por um momento.

– O desejo de papai de que eu a conserve para o meu filho.

Lágrimas surgiram de repente, borrando sua visão.

– Miles, o que houve conosco? Nós éramos tão felizes juntos.

– Foi a fazenda o que aconteceu conosco – o irmão disse, levantando-se para terminar a conversa. – A fazenda é uma maldição para qualquer pessoa obcecada por ela, Mary. Ela sempre foi, e eu estou inclinado a achar que sempre será. Obsessão por aquela terra fez com que um homem bom como o nosso pai deserdasse uma esposa amorosa e dividisse a família ao meio. Ele sabia o que estava fazendo. Foi por isso que pediu perdão a mamãe.

Mary rodeou a escrivaninha e fitou o irmão com os olhos cheios d'água.

– Miles, eu amo tanto você e mamãe.

– Eu sei, Mary. Eu também sinto falta de nós, do jeito que costumávamos ser. Eu sinto falta especialmente da minha irmãzinha. E mamãe também sente, eu tenho certeza. E os rapazes também. Você era tão preciosa para nós.

As lágrimas rolaram.

– *Era?* Mas... não sou mais?

– Bem, é só que você se tornou... tão Toliver.

– E isso é ruim?

Miles suspirou.

– Você conhece a minha resposta a esta pergunta. Será especialmente ruim se você for vítima da maldição que papai mencionou em sua carta.

— De que maldição você está falando? Eu nunca ouvi falar em nenhuma maldição.

— Tem a ver com procriação de filhos. Nenhum proprietário de Somerset teve muitos filhos ou conseguiu criá-los — ele concluiu secamente. Ele se virou para pegar um livro com capa de couro na estante atrás dele. — Você pode ler sobre isso aqui. Este é um livro de fotos e de genealogia. Eu o encontrei no meio dos papéis de papai. Eu nunca soube da existência dele. Você sabia?

— Não. Papai nunca o mencionou. — Mary leu o título na capa muito antiga: *Toliver: uma história familiar desde 1836*.

— Papai tinha medo de que ao deixar a terra para você ele a estivesse condenando a não ter filhos ou, se os tivesse, que eles não tivessem uma vida longa. Até nós nascermos, nunca houve mais do que um único Toliver para herdar a fazenda, mas quem sabe? Nós ainda somos muito jovens. — Ele a fitou com um brilho sardônico nos olhos. — Vovô Thomas foi o único herdeiro de sua geração a sobreviver, e papai da dele. Depois que você ler o que está escrito aí, vai compreender o que papai quis dizer... e a preocupação dele.

Ela foi tomada de súbita inquietação. Jamais havia dado importância ao fato de que seu pai e seu avô fossem os únicos sobreviventes para perpetuar o legado de Somerset. Cada um deles tinha tido vários irmãos, já falecidos. Onde este álbum tinha ficado durante todos estes anos? Seu pai o escondera dela de propósito — dela, a escolhida para receber o legado da família?

Miles ergueu-lhe o queixo com os dedos gelados.

— Bem — ele disse delicadamente —, agora você concorda em ir para Bellington?

Ela fez um esforço enorme para responder.

— Sim.

— Ótimo. Então isso está combinado. — Ele ajeitou os punhos da camisa e voltou a se sentar na escrivaninha, indicando que a conversa tinha terminado.

— Lucy disse que você vai gostar de Bellington Hall — Miles disse quando ela já estava na porta.

Ela parou e olhou para ele.

— Que tal é essa Lucy?

— Não tão bonita quanto você, se é isso que você está perguntando.

Ela ficou vermelha.

— É claro que não!

– Ah, bobagem. É claro que é. Ela é baixinha e cheinha de corpo. Bonitinha, eu diria. Eu gosto dela, embora não ache que você vai gostar. Por que você não se encontrou com ela enquanto ela esteve aqui?

– Eu estou de luto, Miles, caso você não tenha notado.

– Deixe de subterfúgios, meu bem. Você ficou com ciúmes por ela tomar tanto tempo de Percy.

– Que bobagem – Mary disse, com um tom de escárnio na voz. – Se eu não vou gostar dela, por que vou dividir um quarto com ela?

Miles mergulhou a pena no tinteiro.

– Isso foi considerado o melhor para vocês duas – ele disse, escrevendo.

Ela sabia que ele estava evitando encará-la.

– Por quem? Por você? Por Percy? Pela mãe dele?

– Beatrice e Percy não se envolveram. Foi Lucy quem sugeriu isso quando eu aventei a possibilidade de mandar você para Bellington, e fui eu que decidi que vocês deveriam ficar juntas. Vocês podem cuidar uma da outra. Vocês têm muita coisa em comum. Nenhuma de vocês tem dinheiro. Não vão ter que passar pelo aperto de dividir um quarto com alguém que tenha. Vocês duas têm a mesma idade. É um arranjo perfeito. Eu já falei com a diretora sobre isso.

Furiosa, Mary olhou para o irmão, que continuava com a cabeça abaixada de propósito para a carta que estava escrevendo. Todos os homens eram tolos, ou era só Miles? *Muita coisa em comum, uma ova!* Ela soubera por Sassie, que tinha ouvido da cozinheira dos Warwick, que a moça estava caída por Percy. *Ele* era a única coisa que ela e Lucy Gentry tinham em comum. A garota a estava vendo como sua conexão para Warwick Hall.

– Tem mais alguma coisa? – Miles perguntou, parecendo cansado dela.

O momento de ternura já tinha passado, cinzas numa lareira fria. Mary sentia apenas um frio desagrado pelo irmão. Com o livro apertado contra o peito, ela abriu a porta sem responder.

– Divirta-se com o livro, irmãzinha – Miles disse quando ela fechou a porta. – Espero que você não o ache muito perturbador.

Ela tornou a enfiar a cabeça para dentro da sala.

– Tenho certeza de que não vou achar, porque não acredito em maldições. Eu pretendo ter muitos filhos.

– Vamos ver – Miles disse.

Mary levou o livro para o quarto e sentou-se no assento sob a janela para examiná-lo. A velha capa de couro estava segura por uma tira de couro amarrada com um nó. Ela se preparou, com uma estranha sensação de apreensão, e abriu o livro na primeira página.

Alguns dos fatos genealógicos ela conhecia. Outros não. Silas Toliver, bisavô de Mary e patriarca do clã do Texas, nasceu em 1806. Ele tinha trinta anos quando chegou ao Texas com a esposa e o filho Joshua. Um ano depois, em 1837, um segundo filho nasceu, Thomas Toliver, o avô adorado de Mary. Joshua morreu de uma queda de cavalo aos doze anos. O irmão tomou posse de Somerset em 1865, depois da morte de Silas. Naquele mesmo ano, Thomas se tornou o orgulhoso pai de um menino, Vernon, pai de Mary. Nos anos seguintes, ele teve outro filho e uma filha. Nenhum dos dois estava vivo quando Vernon herdou Somerset. O irmão tinha morrido picado por uma cobra aos quinze anos, e a irmã aos vinte anos de complicações de parto de um natimorto, deixando Vernon como o único herdeiro dos Toliver.

Fotos desbotadas de todos os Toliver acompanhavam o relato. Mary examinou-as. Cada uma das crianças parecia alegre e saudável. Suas mortes tinham sido súbitas e inesperadas. Vivas num dia, mortas no outro. Com um sentimento de compaixão por seus pais e irmãos, ela fechou o livro e o guardou numa gaveta. Depois, para se animar um pouco, tirou o avental e o vestido e ficou parada diante do espelho de corpo inteiro. Ficou satisfeita com o que viu. Ela podia não ser pequena e cheia de curvas, mas sabia que era atraente e que seu corpo esguio era feito para ter filhos. Seus períodos eram regulares como um relógio. Ela teria muitos filhos – Miles não precisava duvidar disso. Seu pai – que sua alma descansasse em paz – não devia ter se preocupado de estar ameaçando a sua procriação ou a longevidade dos seus filhos por deixar Somerset para ela. Não importa o que ele acreditasse ou o livro desse a entender, não havia uma maldição Toliver. As fatalidades que se abateram sobre os herdeiros eram normais na época em que eles viveram. Percy e Ollie eram os únicos herdeiros vivos das empresas de suas famílias. Eles também estavam sob uma maldição? É claro que não. Ela passou a mão pela carne firme entre os seios fartos e os quadris esbeltos. E Percy Warwick também podia parar de se preocupar com o risco de ela se apaixonar por alguém que não quisesse dividi-la com a fazenda. Ela nem olharia para um homem que tivesse um defeito desses. Ela não se casaria com ninguém que a separasse do seu destino. O homem com quem ela se casasse iria ajudá-la a perpetuar a linhagem dos Toliver e a levar a fazenda para o século seguinte. A ideia de uma maldição era absurda.

Capítulo Oito

ATLANTA, JUNHO DE 1917

Quando terminou de arrumar suas coisas, Mary fechou a última mala, saboreando a finalidade daquele som. Ele indicava o fim do seu confinamento em Bellington Hall, graças a Deus. O ano tinha terminado e ela ia voltar para casa. Dentro de três dias, ela pisaria na terra natal, para nunca mais deixá-la se fosse esta a sua vontade. E era esta a sua vontade, ela pensou impetuosamente, puxando a mala de cima da cama. Se não tivesse ganhado mais nada com aquele ano desperdiçado em Bellington, pelo menos ele servira para reafirmar o que ela já sabia ao chegar lá – que não queria estar em lugar nenhum a não ser Howbutker, que não queria ser outra coisa a não ser uma plantadora de algodão.

E onde estava Lucy? Ela não ia deixar aquela garota atrasar sua partida de jeito nenhum. A diretora provavelmente a mandara fazer alguma coisa para evitar que ela aparecesse na hora certa. Bem, se a Srta. Peabody achava que ela ia perder o trem para se despedir da colega de quarto, estava redondamente enganada.

Mary arrastou a mala para fora do quarto e a deixou junto com as outras para serem apanhadas pelo carregador. Ela era a última do seu dormitório a partir. A Srta. Peabody providenciara isso também – uma última investida contra a armadura que Mary tinha construído contra Bellington Hall e a diretora em particular.

Ao longo do corredor, as portas de todos os dormitórios estavam abertas, suas ocupantes já tinham partido, os ecos de suas vozes flutuando no silêncio. Mary ficou parada na soleira da porta, já recordando com dificuldade as fisionomias das moças que dividiam sua ala. Embora fossem da mesma idade que ela, pareciam intoleravelmente jovens, as cabeças cheias das bobagens que as professoras vinham tentando enfiar na dela. Mary percebera o prazer que elas sentiram ao saber que ela seria a última aluna a obter permissão para deixar a escola.

Todas menos Lucy.

Ela sentiu uma pontada de remorso. Devia estar envergonhada por desejar que Lucy não conseguisse chegar antes de ela partir para a estação. É que Lucy ia transformar a despedida numa cena terrivelmente sentimental, e ela já tinha passado por cenas demais desse tipo com sua companheira de quarto.

Além disso, ela ia voltar para um ambiente de grande turbulência emocional. Tudo tinha desmoronado em Somerset. Como ela temia, Miles descuidara da figura de proprietário de terras que disputara por tanto tempo com o pai, e com resultados previsíveis. Em março, aflita por notícias da fazenda porque Miles incluíra pouquíssimas informações sobre Somerset na sua escassa correspondência, ela escrevera para Len. O capataz respondera por carta-resposta, numa letra aplicada, escrita com um lápis que ela imaginou que tivesse molhado na língua diversas vezes, e tinha relatado, com todo o respeito que sua tristeza permitia, a lamentável situação de Somerset.

Horrorizada, Mary tinha visualizado a situação. Para provar que um tratamento frouxo dos arrendatários resultaria em maiores benefícios para todos, Miles tinha mandado Len guardar seu livro de contabilidade, seu chicote imaginário e ir pescar. Os arrendatários não precisavam de supervisão, ele foi informado. Cada homem trabalharia de acordo com sua própria cabeça. Eles tinham famílias para alimentar, terra para cuidar, algodão para cultivar. Eles fariam isso e muito mais. Len veria os resultados na hora do pagamento. Se você desse a um homem sua dignidade e uma liberdade maior para governar a si mesmo, suas energias seriam ilimitadas.

Consequentemente, Len relatou, os arrendatários que não ligavam a mínima para as famílias, nem para si próprios, tinham relaxado. Eles iam cultivar menos acres este ano, levando em conta o que iam perder para o gorgulho. O modo do Sr. Miles lidar com a questão não parecia estar funcionando, e talvez a Srta. Mary precisasse voltar para casa e ter uma conversa com o irmão.

Mary estava quase chorando quando terminou de ler a carta de Len.

– Maldito Miles! – tinha gritado, andando pelo quarto. Ela sabia que isso aconteceria. Sem Len brandindo seu "chicote imaginário," o que nada mais era do que a supervisão constante dos arrendatários, a produção ia fatalmente diminuir. Sem o dinheiro necessário para sementes, fertilizante, equipamento, manutenção e conserto, não haveria o suficiente para pagar a hipoteca. – Maldito Miles, maldito, maldito! – ela gemeu, com vontade de partir imediatamente para confrontar o irmão. Ele não tinha o direito de satisfazer suas tendências socialistas à custa da fazenda!

Mary tinha decidido partir quando chegou uma carta de Beatrice Warwick.

No seu estilo brusco, Beatrice escreveu que soubera por Miles que Mary não estava se adaptando bem em Bellington Hall. E como ela conhecia muito bem a impetuosa Mary, desconfiava que ela deveria estar planejando voltar para casa antes do final do semestre. Beatrice estava escrevendo para aconselhá-la a não fazer isso. A situação de sua mãe não tinha melhorado. Ela só recebia Miles, Sassie e Toby Turner, o faz-tudo deles. Tinha se fechado para todas as outras pessoas, inclusive para ela. A casa estava escura e fechada, e ninguém mais ia lá. Na opinião dela, a avenida Houston não era lugar para Mary neste momento. A presença dela iria sobrecarregar Miles e retardar o restabelecimento da mãe. Tempo para se ajustar aos termos do testamento, que agora já eram amplamente conhecidos e discutidos, era tudo o que Mary podia fazer por Darla no momento.

Mary leu a carta com raiva e desespero. Nunca um membro de uma das famílias tinha interferido em questões pessoais das outras duas famílias, a não ser que fosse solicitado a fazer isso. Miles devia ter pedido. Ele tinha pintado um quadro terrível da sua rebelião em Bellington, e, preocupada com sua melhor amiga, Beatrice concordara em escrever a carta.

Com o coração pesado, Mary tinha dobrado a carta e concluído que não tinha escolha a não ser ficar até o final do ano em Bellington e rezar pelo melhor em relação a sua mãe e a Somerset. O preço do algodão estava subindo por causa das demandas da guerra na Europa. Os lucros deles iriam compensar as burrices de Miles por enquanto, e ela estaria em casa antes do próximo plantio.

Então ocorreram diversas outras desgraças. Em abril, os Estados Unidos declararam guerra contra a Alemanha. O congresso aprovou o Selective Service Act determinando que todos os homens saudáveis entre dezoito e quarenta e cinco anos se registrassem no serviço militar obrigatório. Mary, temendo o pior, ficou na expectativa. E como ela esperava, Len Deeter estava entre os primeiros na cidade a receber o aviso de alistamento. Quem sobraria lá para substituí-lo?

Então, para piorar as coisas, ela recebeu uma carta de Miles no dia primeiro de junho informando-a de que ele, Percy e Ollie tinham se alistado no exército e que em julho se apresentariam no campo de treinamento de oficiais na Geórgia. O primeiro pensamento dela foi como Miles poderia ser o guardião de Somerset quando estivesse do outro lado do oceano. Seu segundo pensamento foi que Miles poderia ser ferido ou morto e que a mesma coisa poderia acontecer com Percy e Ollie. Em choque, arrasada e furiosa, Mary tinha chorado. Como Abel DuMont e os Warwick tinham permitido essa estupidez? Sendo filhos únicos, os rapazes poderiam ter pedido dispensa com base no fato de serem indispensáveis em casa, Miles especialmente, já que a família era dependente dele. Como ele podia partir e deixar a mãe? Como podia fazer isso com a irmã mais moça? Ela precisava ir para casa para dissuadi-lo dessa loucura.

– Estou vendo que você já está de malas prontas.

A observação veio de Elizabeth Peabody, diretora da escola. Ela estava parada na soleira da porta, com o *pince-nez* no lugar, a prancheta presa no braço.

– Estou sim – Mary disse, surpresa. Ela não tinha previsto que a própria Srta. Peabody fosse autorizar sua partida. A coordenadora dos dormitórios ou suas assistentes, de cujo grupo Lucy Gentry, sua colega de quarto, fazia parte, tinham despachado as outras moças do andar, e agora que só restara Mary no dormitório, havia gente de sobra para realizar esta tarefa. Era típico da mesquinhez da Srta. Peabody não mandar Lucy. Ela veio para implicar comigo pela última vez, Mary pensou, dando as costas de propósito para a mulher para vestir o paletó do seu conjunto de viagem.

– Quantas malas?

– Quatro.

Elizabeth Peabody fez uma anotação na prancheta com traços rápidos e precisos. Ao entrar no quarto, ela lançou um olhar crítico para as camas e paredes nuas, para os armários e gavetas abertos e vazios.

– Você olhou bem para ver se não esqueceu alguma coisa? A escola não se responsabiliza por artigos esquecidos depois que uma estudante deixou oficialmente o campus.

– Eu não deixei nada para trás, Srta. Peabody.

A Srta. Peabody olhou para Mary, e os olhos cor de ágata brilharam por trás do *pince-nez*. Havia desagrado no olhar que Mary retribuiu com a indiferença tranquila que a destacara das outras alunas desde o início.

– Pode ter certeza disso – a diretora disse. – Acho que nunca tivemos uma aluna que tenha contribuído tão pouco e ganhado tão pouco com a escola.

Mary refletiu sobre o que ela dissera e respondeu com seu sorriso sereno:

– Bem, isso não é verdade, Srta. Peabody. Eu aprendi que a frase que a senhora acabou de dizer contém uma perfeita estrutura paralela.

– Você é impossível. – A diretora apertou imperceptivelmente o lápis. – Uma garota impossível, voluntariosa e egoísta.

– Na sua opinião, talvez.

– E aprendi a confiar nos meus olhos, senhorita, e vejo em você uma jovem que um dia irá se arrepender da decisão que tomou.

– Eu duvido muito, Srta. Peabody.

A diretora estava se referindo à sua recusa em se tornar uma metade dos famosos pares que Belington Hall era famoso por formar. Tempos antes, Mary tinha descoberto que muitos pais mandavam as filhas para a escola para procurar bons maridos dentre os ricos irmãos, primos, tios e até mesmo pais viúvos de suas colegas. O homem que Mary tinha recusado era Richard Bentwood, um rico empresário têxtil de Charleston e irmão de uma das poucas garotas com quem Mary fizera amizade.

– Já que Amanda vai passar mais um ano aqui – ela sugeriu –, talvez a senhora tenha mais sucesso em apresentar o irmão dela para uma pessoa muito mais adequada para ele do que eu.

– O Sr. Bentwood não precisa de mim para apresentá-lo a mulheres adequadas, Srta. Toliver. Pode ter certeza de que elas abundam nos círculos sociais *dele*, enquanto que você provavelmente não irá encontrar outro Richard Bentwood nos *seus*.

Mary se virou para colocar um chapéu de aba mole antes que a Srta. Peabody pudesse ver que o tiro acertara seu ponto fraco. A diretora tinha certa razão, embora Percy e Ollie, assim como o filho de Emmitt Waithe, Charles, pudessem comparar-se a qualquer homem, inclusive a Richard Bentwood. O problema era que nenhum daqueles rapazes era para ela, e ela havia imaginado, ao recusar o pedido de casamento de Richard, onde e quando encontraria outro igual a ele. Ele fora correto com ela sob todos os aspectos, exceto no único que contava. Ele esperava que ela entregasse Somerset a um administrador quando eles se casassem e fosse morar com ele em Charleston. Isso era impensável, é claro, mas na noite em que eles trocaram o último adeus, ela sentira um certo pânico. E se não aparecesse ninguém capaz de mexer com ela como Richard? E se no futuro ela não encontrasse ninguém com quem quisesse se casar e ter filhos?

Para seu alívio, Mary ouviu o carregador pegando as malas no corredor, mas a diretora ainda não tinha terminado com ela. Enquanto Mary calçava as luvas, ela continuou:

– Ouvi dizer que os vigorosos herdeiros das famílias dominantes da sua cidade estão indo para a guerra. Vamos torcer para que o destino seja bondoso e os poupe para perpetuar suas linhagens. Entretanto, pelo que andei lendo a respeito da luta nas trincheiras da Europa, há motivos para duvidar de sua bondade. Se os rapazes morrerem – a diretora pôs a mão no rosto num horror fingido – não haverá muita escolha a fazer, não é?

Mary ficou pálida. As imagens que a assombravam desde que soubera do alistamento dos rapazes invadiram sua mente. Ela viu seus corpos caídos em poças de sangue em algum campo de batalha longínquo, Miles estendido no chão como um espantalho, a cabeça loura de Percy eternamente imóvel, a luz para sempre apagada dos olhos de Ollie.

Ela abriu a bolsa, uma bolsinha de contas com armação de tartaruga, uma das últimas compras que tinha feito na Loja de Departamentos DuMont.

– Aqui está a chave do meu quarto – Mary disse sem um traço de tristeza. – Acho que terminamos, Srta. Peabody. Eu tenho que pegar um trem.

Mary esperou ser chamada de volta ao sair do quarto. Seria tão típico da bruxa inventar alguma desculpa para detê-la; uma taxa não paga, uma acusação de dano à propriedade, um livro perdido. Aparentemente, a diretora estava tão feliz em se livrar dela quanto ela estava em se livrar de Bellington Hall, e Mary atravessou o corredor e desceu a escadaria em direção à liberdade sem ser incomodada.

No pé da escada, ela encontrou Samuel, o porteiro, esperando por ela. Ele a recebeu com um sorriso que deixava à mostra um dente de ouro.

– Eu sabia que a senhorita devia estar ansiosa em partir, Srta. Mary. Tem um carro chegando. Faz quanto tempo que a senhorita não vai em casa?

– Tempo demais, Samuel. – Ela lhe deu uma gorjeta, acompanhada de um sorriso de gratidão. – Você viu a Srta. Lucy?

– Ela deve estar na Colina. Foi para aquele lado faz uns vinte minutos.

– A Colina? Mas o que ela foi fazer lá? – A Colina era a agência de correio do campus, assim chamada porque ficava numa elevação de terra a uma boa distância dali. Lucy nunca recebia nenhuma carta, mas insistia em acompanhar Mary quando ela ia checar sua caixa na esperança de haver alguma notícia de Percy.

Uma charrete entrou pelos portões de ferro batido.

– Seu táxi chegou, Srta. Mary – Samuel anunciou, e Mary esqueceu imediatamente de Lucy.

– Graças a Deus! – Mary exclamou.

Samuel tinha guardado sua bagagem e estava prestes a ajudá-la a subir na charrete quando uma voz familiar gritou:

– Mary! Mary! Samuel, pare esse táxi!

– É a Srta. Lucy – Samuel anunciou desnecessariamente.

Mary suspirou.

– Acho que sim.

Ela observou a figura pequenina correr em sua direção, segurando a saia rodada do seu vestido fora de moda, e sentiu uma pontada de impaciência seguida de uma pontada de culpa comumente associadas a Lucy Gentry – impaciência porque a moça tinha se grudado nela como um carrapato desde que ela chegara a Bellington Hall, e culpa porque ela era a única aluna além de Amanda que tinha sido simpática com ela. Irritada, ela encarou a moça.

– Por que você resolveu ir ao correio sabendo que eu tinha um trem para pegar?

– Para apanhar isto. – Lucy balançou um envelope na frente do rosto de Mary. – Entre na charrete. Eu vou com você. Samuel, ligue para o Sr. Jacobson e peça que ele mande o caminhão de leite me buscar na estação, está bem?

– A Srta. Peabody vai arrancar o seu couro – Samuel avisou.

– Quem está ligando para isso? – Lucy disse, empurrando Mary para dentro da charrete e juntando as saias para subir atrás dela.

De má vontade, Mary abriu espaço para a colega de saia volumosa.

– O que é isso? – ela perguntou, apontando para o envelope.

Lucy tirou uma carta lá de dentro impetuosamente.

– O que você tem aqui é minha confirmação de emprego. Você está olhando para a nova professora de francês da escola Mary Hardin-Baylor em Belton, Texas.

Mary mordeu o lábio inferior para disfarçar sua tristeza. Secretamente, ela torcera para Lucy não conseguir o emprego. Belton ficava apenas a meio dia de trem de Howbutker, e ela ia se tornar um incômodo. Ela ia querer passar os fins de semana na avenida Houston, e Mary estaria ocupada reorganizando Somerset e cuidando da mãe. Mary teria outro sentimento se a colega de quarto fosse visitá-la por amizade a ela, mas ambas sabiam que esse não era o caso. Lucy tinha uma paixonite ridícula por Percy, inspirada pela única vez que o vira. Mary era seu elo com Percy, e Mary Hardin-Baylor era uma forma de ela ter acesso a Warwick Hall.

– Eu não entendo – disse Mary. – Por que você quer o emprego agora que Percy vai partir para o exército? A Srta. Peabody não lhe ofereceu um emprego melhor aqui?

– Qual o lugar mais conveniente para aguardar a volta de Percy? – Os olhos azuis de Lucy brilhavam de excitação. – Assim, eu vou estar perto da avenida Houston. Vou poder vê-lo quando o exército permitir que ele vá passar alguns dias em casa. Você vai me hospedar, não vai... quando ele vier em casa de licença? – Ela bateu os cílios longos e espessos como os de uma boneca.

A presunção da garota! Mary pensou, esforçando-se para esconder sua irritação. O que a fez achar que Percy iria querer vê-la?

– Lucy, os rapazes vão para a França. Eu duvido muito que eles sejam mandados para casa, de navio, para passar alguns dias de licença. Eles podem ficar fora até o final da guerra.

Lucy esticou o lábio inferior e tornou a guardar a carta no envelope.

– Bem, não faz mal. Eu posso ir visitá-la e andar pela rua até a casa dele e jogar beijos que irão encontrar o caminho até o quarto dele, a cama dele...

– Ah, Lucy...

– Não me venha com gemidos para mim, Mary Toliver. Essas são as coisas que irão trazê-lo de volta. Eu *sei* que sim! – Lucy apertou as mãos pequenas e rechonchudas e sua pele de porcelana ficou manchada com o calor da sua intensidade. – Eu vou me confessar todos os dias e acender uma vela para que ele volte são e salvo. Vou rezar cinquenta ave-marias toda noite e dar um décimo do meu salário para a igreja para o padre rezar uma missa especial para Percy, para o seu irmão e Ollie DuMont também, é claro.

Mary tossiu delicadamente no lenço. Lucy era católica, outro golpe contra suas esperanças de conquistar Percy. Os Warwick eram metodistas fiéis, e Jeremy era maçom do trigésimo terceiro grau. Mary duvidava que a famosa tolerância da família em relação a todos os credos, raças e religiões se estendesse ao casamento do seu único filho com uma católica.

– Assim que eu terminar aqui – Lucy continuou –, vou viajar para Belton para procurar um lugar para morar. Depois, de lá... – Ela ergueu uma sobrancelha para Mary. – Talvez minha querida amiga me convide para passar uma semana na casa dela para eu poder ver você sabe quem.

Mary se agitou no assento.

– Eu não quero estragar os seus planos, Lucy, mas não sei como mamãe está passando, e, com a partida de Miles e a colheita e tudo o mais...

A expressão alegre de Lucy se transformou na expressão de uma criança rebelde.

– A colheita é só em agosto.

– O que mal me dará tempo para fazer as mil e uma coisas que precisam ser feitas... e desfeitas, se é que conheço Miles. – Por dentro, Mary suspirou. Lucy sabia muito bem o quanto ela se preocupava com a administração de Somerset. – Eu não vou ter tempo para dar atenção a você.

– Então como eu vou poder ver Percy antes de ele partir? – ela perguntou. – Eu não posso querer que a Sra. Warwick me convide. A família vai estar ocupada preparando-o para ir para a guerra e aproveitando a companhia dele o máximo possível.

Por que você não tem a mesma consideração pela minha família? Mary teve vontade de gritar. Isso era um exemplo da insensibilidade de Lucy, um descaso pela delicadeza da situação, que se somava às diversas razões pelas quais Percy jamais se interessaria por ela.

– Eu não vou incomodar você, Mary, prometo. – Os olhos azuis de Lucy suplicavam. – Você não vai ter que se preocupar nem um pouquinho comigo.

– Porque você vai estar ocupada jogando beijos para Warwick Hall, é isso? – Mary riu, cedendo como sempre. Pensando bem, talvez fosse bom se ela tivesse mais contato com Percy. Percy era muito correto. Quando ele visse o encantamento de Lucy (e quem poderia deixar de ver?), logo poria um fim naquilo. Ele jamais partiria para a guerra deixando-a pensar que ele retribuía o seu afeto.

Sentindo-se melhor, Mary deu um tapinha na mão da companheira de quarto.

– É provável que eu vá apreciar a sua companhia. Avise o dia da sua chegada que eu mando alguém buscar você na estação. – Ao ver o rosto esperançoso da amiga, ela acrescentou: – Não, Lucy, não posso prometer que vai ser Percy.

Capítulo Nove

Instalada finalmente no trem, Mary deu adeus a Lucy, que esperava na plataforma pelo caminhão do leite, o olhar grudado tristemente na janela de Mary até o trem desaparecer na curva. Mary tirou o chapéu e soltou o ar num gesto de cansaço. Lucy Gentry a exauria.

Ela ainda não tinha se recuperado da cena chocante de duas noites atrás quando Lucy soube que Percy se alistara no Exército. Naquela noite, quando ela perguntou se Mary tinha recebido alguma carta "de casa," uma suposição que sempre a irritava, Mary lhe entregara a carta de Miles e aguardara o escândalo. Como ela antecipara, Lucy chorou, gritou e praguejou a plenos pulmões, atirou livros, espalhou roupas e jogou seu ursinho de pelúcia pela janela. Mary nunca tinha visto tanta dor e tanta raiva, e nunca ouvira tanto nome feio. Todas as moças do andar vieram correndo, assim como a coordenadora, e ficaram repetindo "Mas que coisa!" enquanto Lucy enfrentava todos os demônios que a possuíam, rechaçando qualquer pessoa que tentasse acalmá-la.

Mary tinha ficado longe dela, e finalmente Lucy tinha se jogado no chão, num canto do quarto, enterrando o rosto molhado de lágrimas nos braços. As moças que tinham se juntado na porta começaram a se retirar, e Mary acalmou a coordenadora e a convenceu a voltar para a cama. Lucy ia ficar bem. Ela recebera más notícias, e esta era a forma que tinha de lidar com elas.

Em seguida Mary foi até Lucy, que estava encolhida no canto do quarto, e a abraçou como se ela fosse uma criança. Sob o roupão de flanela, seu corpo robusto estava quente e úmido. Exalava um cheiro desagradável, como se sua raiva estivesse vazando pelos poros. Mesmo assim, Mary a segurou até ela parar de soluçar e tremer.

– P-por q-que ele n-não pediu um adiamento? – Lucy perguntou soluçando. – E-ele tem direito a... a um adiamento.

– Por que nenhum deles pediu? – Mary respondeu, afastando mechas úmidas de cabelo da testa de Lucy. – Eles não são assim.

Lucy agarrou a mão de Mary.

– Ele não vai morrer! – ela gritou, com os olhos esgazeados. – Eu sei que ele vai voltar para casa. Eu *sei*! Eu vou fazer um pacto com Deus. Eu vou prometer ser boa. Eu *sei* que posso ser boa. Eu vou parar de...

– Praguejar? – Mary sugeriu com um sorriso, e ficou aliviada ao ver um sorriso envergonhado aparecer no rosto da colega de quarto.

– Isso também, se for preciso.

Na manhã seguinte, Mary acordou e viu que Lucy tinha saído e que sua cama estava desarrumada. Ela deixara um bilhete: "Fui à missa. Lucy."

Ainda espantada com a intensidade da emoção que testemunhara, assustada com sua sinceridade, Mary fez a cama e trocou as fronhas molhadas com as lágrimas que Lucy tinha continuado a derramar durante a noite. Ela estava muito preocupada com a companheira de quarto. Como era possível gostar tanto de um homem que ela mal conhecia e se agarrar à esperança de ele vir a gostar dela?

Lucy Gentry não tinha a menor chance com Percy Warwick. A mulher que ele escolhesse ia ser linda, inteligente e culta, uma verdadeira dama. Ele jamais se contentaria com menos, e Lucy, por mais atraente que fosse com aquele seu jeito impulsivo, estava muito abaixo disso. Havia uma grossura no seu modo de falar e de se comportar que desagradaria a Percy. Ela tirava boas notas e era considerada uma aluna esperta, mas o que outros viam como sendo inteligência, Mary considerava simples habilidade. Na percepção dela, Lucy criara a impressão de ser culta. Ela era uma leitora superficial com uma habilidade incrível para sugerir, a partir de algumas migalhas de informação, que possuía uma vasta cultura. Além disso, Mary desconfiava de que o alto desempenho acadêmico de Lucy fosse resultado de cola. Sendo monitora, tinha acesso a exames e cronogramas de testes que, na opinião de Mary, explicavam sua incrível habilidade em saber o que e quando estudar para provas.

Até seu empobrecimento era fingido. Realmente, Lucy tinha uma bolsa de estudos, era uma aluna com credenciais, mas não tinha dinheiro para frequentar Bellington Hall. Entretanto, ela possuía um pequeno fundo deixado pela mãe que poderia usar para renovar seu guarda-roupa fora de moda e muito limitado. As roupas eram um tipo de bandeira. Se Lucy não podia usar o que havia de melhor, então ela usava o que havia de mais modesto. Mary não conseguia entender qual era o sentido disso nem acreditar em sua sinceridade. Era uma rebelião ridícula, mais uma pose do que uma posição, embora o guarda-roupa vitoriano de Lucy a tornasse benquista aos olhos das colegas e da equipe de professores e funcionários da escola.

Para Mary, essas pequenas imperfeições eram como manchas numa maçã. Ela podia comer em volta delas, mas não Percy. Percy só escolheria as maçãs perfeitas.

Um dia, exasperada, Mary tinha dito a Lucy que ela sabia muito bem que aquela paixonite por Percy era uma tolice e que ela era uma idiota em permitir que aquilo influenciasse sua decisão a respeito do futuro. Foi então que Lucy reagiu com uma declaração absurda:

– Você o quer para si mesma!

Mary tinha ficado tão chocada que mal conseguiu responder.

– O quê? – ela grunhira.

– Você ouviu – Lucy disse, mal-humorada. – Não tente negar. Você esteve de olho nele a vida toda.

A voz da colega de quarto parecia vir do fundo de um poço. Ela... de olho em Percy Warwick? Ora, Lucy teria mais chance com ele.

– Isso é ridículo. Em primeiro lugar, eu não estou interessada em Percy, mas, mesmo que estivesse – ela levantou a mão para impedir Lucy de responder –, ele não está nem um pouco interessado em mim. Ele nem mesmo *gosta* de mim.

– Não gosta de você? – Lucy ficou espantada. – Por que não?

– Tem a ver com o modo como vemos nossas famílias, nosso papel junto a elas, nossas atitudes.

– Você quer dizer os Toliver e os Warwick?

– Sim. Percy e eu divergimos a respeito da importância do nosso legado, dos nossos... deveres. Eu penso de um modo e Percy pensa de outro. É complicado demais para explicar, mas pode acreditar em mim, nós não gostamos tanto assim um do outro. No que me diz respeito, o campo está livre para você em relação a Percy. É só que...

– O quê? – Lucy insistiu, estreitando os olhos.

Mary controlou a língua. Ela teve vontade de dizer: *É só que você não é o tipo de mulher que ele amaria. Você não tem nem a beleza nem a inteligência nem a delicadeza de sentimentos que atrairiam Percy.*

Lucy olhou bem para ela, depois jogou a cabeça para trás e deu uma gargalhada.

– É só que eu não sou boa o bastante para ele, não é?

Mary avaliou as palavras dela. Já que Lucy tinha aberto a porta, agora era a oportunidade de falar a verdade nua e crua, mas ela não teve coragem de fazer isso.

– Ser boa o bastante não é a questão, Lucy. Você é boa o bastante para qualquer homem, pelo amor de Deus. É que eu conheço o tipo de mulher de que Percy gosta, só isso.

– E não sou eu.

– Bem... não.

– E que tipo é esse?

– Dresden. Porcelana. Doçura. Bondade. Sem uma gota de vinagre no sangue.

– Que chata! – Lucy exclamou. – E quanto a paixão? Sexo?

O queixo de Mary caiu. Como ela *sabia* sobre essas coisas? Se a Srta. Peabody escutasse o que estava dizendo, teria um ataque. Ela respondeu com alguma serenidade.

– Eu imagino que Percy ache a doçura feminina, caso seja genuína, sexualmente estimulante.

– *Mary Toliver!* – Lucy bateu com os pezinhos no chão. – Você quer me dizer que viveu praticamente ao lado de Percy Warwick a vida inteira e nunca percebeu qual o tipo de mulher de que ele gosta? Ora, Percy quer encontrar espírito e fogo numa mulher. Dresden e porcelana que se danem. Ele quer uma mulher que ele não tenha medo de quebrar, que possa agarrar com vontade, que corresponda a cada arroubo de paixão dele...

– *Lucy!* – Mary se levantou, com o rosto vermelho e o coração disparado como tinha acontecido três anos antes quando Percy sustentara o seu olhar no jardim do tribunal. – Não posso entender como você sabe tanto a respeito das preferências sexuais de Percy já que mal o conhece, mas pode guardar isso para você. Talvez você tenha razão, mas se tiver, está com azar.

– Por quê? – Lucy perguntou.

– Porque você é muito... você é muito *baixinha*.

Lucy tornou a rir.

– Bem, vamos ver. Há formas de contornar este problema, e eu aposto que Percy conhece todas elas.

Aquela discussão desanuviou o ar entre elas, e eram vistas juntas com tanta frequência que as pessoas achavam que fossem grandes amigas. Mas elas não eram, e ambas sabiam disso. Mary jamais confiaria seus pensamentos a alguém com a capacidade duvidosa de Lucy de guardar segredo, e Lucy sabia muito bem que Mary desaprovava o fato de ela correr atrás de Percy, uma objeção que ela encarava com seu bom humor inabalável.

– Eu posso não ser boa o bastante para ele na *sua* opinião, Mary Toliver, mas serei boa o bastante na *dele*. Meu amor por ele o deixará cego.

– Ele já conheceu o amor de muitas, Lucy. Nenhuma conseguiu cegá-lo.

– Ah, mas ele nunca conheceu um amor como o meu. Ele ficará tão ofuscado que quando seus olhos voltarem a enxergar, *eu* serei a mulher que ele merece. O fato de amá-lo me fará ser essa mulher.

No trem, contente com o som das rodas levando-a para casa, Mary encostou a cabeça no assento e fechou os olhos. Pobre, pobre Lucy. Na opinião dela, era mais fácil um navio navegar em terra firme do que Percy se apaixonar por Lucy.

Capítulo Dez

Na manhã seguinte, Mary estava pronta para a primeira chamada para o café da manhã, às seis horas. Tinha sido uma noite horrível. Ela rolara na cama, sonhando que estava fadada a viajar para sempre no Southern Pacific, avistando a paisagem distante de Howbutker apenas da janela enquanto o trem passava pela estação sem parar. Acordou nervosa, com o coração disparado, no ar abafado da cabine. Assim que tornou a cochilar, o pesadelo voltou, desta vez com Lucy Gentry sorrindo e acenando da estação enquanto o trem passava sem parar.

Um lauto desjejum e três xícaras de café, o que não era comum para ela, tiraram o gosto amargo da noite agitada, e Mary voltou à sua cabine para aguardar o final da viagem. Ela só ia prender o chapéu na cabeça quando avistasse os arredores de Hollows, a cidade construída pelos Warwick onde os operários da madeireira moravam em casinhas de madeira com varandas, cercas pintadas de branco e ruas pavimentadas de tijolos. Só então ela saberia que a longa viagem estava chegando ao fim.

Ela não ia em casa desde que Miles a colocara no trem em agosto passado. Ele tinha ficado sem graça quando ela falou em ir passar o Natal em casa.

– Espere eu mandar chamá-la, Mary. Caso a situação não permita que você venha para casa, tente conseguir um convite para passar as festas com uma amiga.

– Mas, Miles, Natal...

Envergonhado, ele lhe dera um abraço desajeitado.

– Mary, mamãe está mal. Você pôde ver isso quando ela se recusou a recebê-la antes da sua partida. Você só pode ajudar indo embora e... ficando longe até ela melhorar. Desculpe, mas esta é a verdade.

Um estranho terror a sacudira. Ela abraçara a cintura do irmão e perguntara com a voz assustada:

– Miles, mamãe não me odeia, não é?

Tinha ouvido a resposta no silêncio dele.

— Miles, *não*...

— Shh, não comece a chorar agora. Você vai manchar seu lindo rosto. Tente aproveitar bem este ano. Faça-nos ter orgulho de você.

— Eu a perdi mesmo, não foi? — Seu olhar apavorado implorava que ele dissesse que não.

— Você vai se acostumar com isso, Mary. Vai se acostumar com todas as perdas em sua vida porque você só gosta mesmo da única coisa que não pode abandoná-la. — Ele sorriu sem alegria. — Traí-la? Sem dúvida. Decepcioná-la, deixá-la sem nada... com certeza, mas abandoná-la, jamais. De certa forma, você tem mais sorte do que todos nós. Sem a menor dúvida, você tem mais sorte do que mamãe.

— Eu poderia perder Somerset — ela disse. — Se aquelas hipotecas não forem pagas, eu posso perder a fazenda também.

Miles tocou a ponta do nariz dela e se soltou dos seus braços.

— Está vendo como você esquece depressa a dor de uma perda diante da possibilidade de uma perda mais importante? — ele disse meio brincando, fazendo-a sofrer com aquele sorriso distante. Quando ela se instalou ao lado da janela, ele acenou rapidamente e foi embora antes mesmo do trem sair da estação.

Mary tinha ido passar o Natal em Charleston com Amanda, e foi então que conheceu seu belo irmão mais velho, Richard, que foi o primeiro rapaz a beijá-la na boca. Isso aconteceu debaixo do ramo de visco da decoração de Natal. Ele erguera o queixo dela para beijá-la, e ela ficara surpresa demais para recuar. Após um momento, ela se viu respondendo à pressão de sua boca e à junção dos seus corpos. Soltou uma exclamação de surpresa quando eles se separaram, espantada e envergonhada de si mesma, mais ainda por causa do brilho nos olhos de Richard e do seu sorriso astucioso. Estes pareciam dizer que ele tinha descoberto uma mina que pretendia explorar. Imediatamente suas defesas entraram em funcionamento. Ela se afastou da zona de perigo e disse:

— Você não devia ter feito isso.

— Acho que eu não conseguiria resistir — ele tinha dito. — Você é muito bonita. Sem dúvida isso é motivo para você me perdoar.

— Só se você prometer que isto nunca mais vai acontecer.

— Eu nunca faço promessas que não sou capaz de cumprir.

Mary tinha aceitado a mão dele para conduzi-la de volta à sala de jantar, mas a experiência a tinha abalado. Instintivamente, ela soube que precisava ocultar esta... descoberta que fizera a respeito de si mesma dos homens que poderiam usá-la contra ela. Eu não vou mais deixar que ele me beije, ela tinha jurado – uma promessa que ela também não tinha sido capaz de cumprir.

Mary afastou as lembranças da paixão que eles tinham compartilhado. Através dos pinheiros, ela avistou o primeiro clarão de Hollows. Mary mal notou o número maior de casas quando o trem, diminuindo a velocidade e apitando, passou pela periferia da cidade. De relance, ela viu uma bela estrutura moderna com uma placa, MADEIREIRA WARWICK, recém-escrita com letras de forma. Lembrou que Miles tinha escrito sobre a expansão da companhia e sobre a construção de um novo prédio comercial num terreno ajardinado. Ela mal prestou atenção no prédio. Estava preocupada com outras coisas.

Miles ia esperar o trem, mas ele não tinha respondido a carta que ela enviara semanas antes para informar a data e a hora de sua chegada. Mary ficara preocupada, sem saber como conseguir dinheiro para a passagem caso Miles não o enviasse para ela. Finalmente, sem conseguir aguentar mais o suspense, ela mandara um telegrama a cobrar para Miles, uma extravagância que a verba dos Toliver mal podia pagar, mostrando a urgência da situação. Na mesma semana, ele enviou a quantia certa, sem nenhuma mensagem para ela. Zangada, Mary tinha achado aquela ausência de algumas linhas do irmão para lhe dar as boas-vindas incrivelmente rude, e tinha vivido num estado de apreensão em relação ao tipo de recepção que teria quando chegasse em casa.

O trem tornou a apitar, e Mary, com o coração batendo incontrolavelmente, ajeitou o chapéu diante do pequeno espelho da pia. Ele era tão fora de moda quanto suas outras roupas, embora não tanto quanto as de Lucy. A silhueta das mulheres parecia mudar a cada estação, e ela só tinha comprado poucas peças para o seu guarda-roupa desde a morte do pai.

Os reveses financeiros dos Toliver eram, aparentemente, bem conhecidos em Howbutker. Logo depois de sua chegada a Bellington, Abel DuMont tinha escrito para perguntar se Mary aceitaria usar roupas dadas por ele para anunciar a Loja de Departamentos DuMont. "Seu corpo e sua postura são fantásticos para o novo estilo de roupa feminina", ele tinha explicado, "e você não imagina o quanto estaria ajudando se concordasse em servir de modelo para a nossa linha de roupas. Você ficaria, é claro, com todas as roupas e acessórios como sinal da minha gratidão."

Mary tinha passado a mão nas roupas maravilhosas que foram despachadas junto com a carta, depois, relutantemente, ela as tinha guardado de novo na caixa e devolvido a coleção. "Muito obrigada por sua amável proposta", ela escrevera, "mas nós dois sabemos que suas roupas não precisam de propaganda aqui no elegante Bellington Hall. Todo mundo conhece o seu estabelecimento e a beleza e a qualidade de suas mercadorias. Entretanto, pode ter certeza de que, na medida do possível, eu jamais comprarei roupas em outro lugar que não na Loja de Departamentos DuMont."

Mary tinha ficado triste em negar a Abel a oportunidade de ser gentil com ela, mas tinha certeza de que ele entenderia que ela vira o gesto como uma quebra do acordo que havia entre as famílias desde a fundação de Howbutker.

Estudando seu rosto no espelho da cabine, ela imaginou se ele teria mudado no ano em que esteve fora. Richard chamara sua atenção para a perfeita simetria de suas feições. Com o dedo indicador, na última noite em que estiveram juntos, ele traçara uma linha desde o V da linha do seu cabelo até a covinha no centro do seu queixo.

– Está vendo? Tudo aqui – ele tinha beijado o lado esquerdo do seu rosto – combina com o que está aqui... – E beijara também o lado direito. Depois, segurando o rosto dela com as duas mãos, ele a tinha puxado para a frente para beijar sua boca, mas ela resistira.

– Não, Richard.

Seus olhos escuros ficaram tristes.

– Por que não?

– Porque... é inútil.

Ele tinha franzido a testa.

– Por que é inútil?

– Você sabe por quê. Eu já disse muitas vezes.

– Somerset? – O nome pareceu enrolar sua língua, como algo rançoso. – Eu achei que a estava roubando desse rival.

– Você se enganou. Desculpe, Richard.

– Acho que um dia você vai se arrepender disso.

O trem finalmente parou. Mary saltou e respirou o ar quente e abafado da sua cidade, examinando a plataforma à procura de Miles. Era sábado, e a estação estava muito movimentada. Ela cumprimentou o chefe da estação, diversos fazendeiros e pessoas da cidade que conhecia, inclusive a mãe de uma antiga colega de colégio. Fazia apenas um ano que ela cumprimentara a mulher, usando o mesmo chapéu, enquanto ela aguardava para embarcar para sua viagem anual à Califórnia para visitar a filha? Ela própria estava esperando por Miles, que estava chegando de Princeton, porque o pai deles estava doente em casa e a mãe cuidando dele. Mesmo assim, em casa, estava tudo preparado para o retorno dele, a mesa estava posta, a champanhe gelada, e a casa toda enfeitada de flores. Menos de um mês depois seu pai estava morto, e a vida deles não fora mais a mesma.

– Bom-dia, Sra. Draper – ela disse. – A senhora está de partida para a sua visita anual a Sylvie, eu imagino. – *Onde Miles se meteu?*

Com a mão enluvada, a Sra. Draper tocou o broche na gola alta da blusa num gesto de recatada surpresa. Mary sempre achou que a afetação dela fosse uma forma de projetar uma imagem de educação refinada.

– Ora, que surpresa, Mary Toliver. Imagino que você esteja voltando para casa daquela escola para onde a despacharam. Eu jamais a teria reconhecido, você mudou tanto. Ficou *mais velha*, melhor dizendo.

Mary sorriu de leve.

– Acho que tem razão. Mas a senhora não mudou nada, e estou certa de que Sylvie também não.

– Você é muito gentil. – Por trás do sorriso afetado, Mary pôde ler com facilidade os pensamentos da mulher, ouvidos uma vez quando ela os expressou alto para um comerciante. Sua Sylvie e a arrogante Mary nunca tinham se dado tão bem quanto era de se esperar, uma vez que tinham crescido juntas e tudo o mais, e o seu Andrew ganhando tão bem na loja de arreios e botas. Não havia nada demais em ganhar a vida com uma loja. Abel DuMont não fazia isso, mesmo que em escala mais grandiosa? Não, o esnobismo de Mary vinha do fato de ser uma Toliver. Todo mundo sabia que os Toliver se consideravam superiores a todo mundo na cidade, exceto aos Warwick e aos DuMont. Independentemente do fato de que aqueles que eles tratavam com desdém podiam pagar suas contas e os poderosos Toliver não podiam.

Tudo isso Mary adivinhou enquanto procurava impacientemente por Miles, e ela demorou alguns segundos para perceber a implicação do que a Sra. Draper estava dizendo:

– ... e nós ficamos tão chocados quando soubemos. Pobrezinha. Se houver algo que se possa fazer... Imagine só. Darla Toliver numa situação dessas.

Mary dirigiu sua atenção de volta para a Sra. Draper.

– Como assim? Que situação? Do que a senhora está falando?

Os dedos da Sra. Draper tornaram a tocar no broche.

– Ah, meu Deus – ela disse, os olhos brilhando de horror e prazer. – Quer dizer que você não sabe? Pobrezinha! Acho que falei demais. – Seu rosto ficou ainda mais satisfeito quando viu alguém chegando por trás de Mary.

Miles!, Mary pensou aliviada.

– Ora, olá, Percy – a Sra. Draper entoou. – Você me pegou dando as boas-vindas à nossa Mary!

Capítulo Onze

— Eu ouvi – Percy disse num tom afiado como uma faca. – Olá, Cigana. – Ele se dirigiu a ela com um tom de voz carinhoso, dando-lhe um abraço. – Seja bem-vinda de volta.

A familiaridade do apelido odiado soou como uma canção nos ouvidos de Mary. Ela ergueu o rosto com gratidão para receber seu beijo.

— Estou muito feliz em vê-lo – ela disse, com sinceridade. – Você veio no lugar de Miles? – Ele estava usando um terno creme e uma gravata de nó largo, e estava mais bonito do que nunca, mais cheio de juventude, saúde e vigor masculino.

— Ele está em casa certificando-se de que tudo esteja perfeito para a sua chegada. Não quis deixar esta tarefa para ninguém mais, então eu aproveitei a oportunidade para ser o primeiro a lhe dar as boas-vindas.

Tudo isso foi dito em benefício dos ouvidos atentos da Sra. Draper, Mary sabia, mas ela ficou tão agradecida quanto se fosse verdade. Alguma coisa devia ter acontecido em sua casa. Sua mãe estava se comportando mal, não queria que a filha voltasse para casa, e Miles fora obrigado a ficar para lidar com a situação. Devia ter chamado Percy no escritório da madeireira – ele não teria vestido um terno tão elegante simplesmente para recebê-la – e ele largara tudo para correr para a estação.

— Que gentileza a sua – Mary disse para Percy, com um olhar que revelava que compreendera a verdade e que estava grata pela mentira.

Ainda com o braço em volta da cintura dela, Percy virou-se para a Sra. Draper.

— Se a senhora nos der licença, tenho que levar nossa menina para casa. A mãe está ansiosa pela chegada dela.

— É mesmo? – a Sra. Draper ronronou. – Que grata mudança. Tenho certeza que Mary vai ser exatamente o que o médico receitou.

— Sem dúvida. Tenha uma *longa* viagem, Sra. Draper.

— Ora, obrigada, Percy. – Tocando de novo no broche, ela piscou os olhos do jeito insípido que Mary tinha notado que ele inspirava nas mulheres.

– Obrigada pelo resgate – ela disse quando eles estavam fora do alcance dos ouvidos da Sra. Draper. – Que mulher abominável.

– Da pior espécie – Percy concordou. Ele pegou a mão dela e pôs na dobra do seu braço. – Sinto muito não ter estado aqui para evitar que ela abordasse você.

– Bem, na verdade fui eu que me dirigi a ela. Ela não pareceu me reconhecer.

– Estou vendo por quê.

– Como assim?

Percy parou e disse, fingindo surpresa:

– Ora, Mary Toliver, não me diga que está atirando a isca para receber elogios, e logo de mim!

Ela ficou mordida. Teve vontade de assumir aquela posição defensiva de antigamente até olhá-lo nos olhos. Era um olhar brincalhão, mas não debochado. A expressão dele era de admiração, até de orgulho. Ela riu.

– Por mais curiosa que eu estivesse, jamais jogaria a isca no *seu* lago, Percy Warwick. – Eles continuaram andando. – Então me diga o que aquela mulher horrível estava querendo dar a entender quando disse que minha mãe estava numa situação muito difícil. Foi por causa de mamãe que você veio me buscar em vez de Miles?

Ele cobriu a mão dela com a dele, segurando-a com força para evitar que ela tropeçasse quando ele respondesse.

– Sua mãe tem um problema com bebida, Mary. Ela... ela se tornou viciada em álcool.

– O quê? – Mary parou repentinamente, paralisada. – Você quer dizer... que mamãe é uma alcoólatra?

– Sim.

– Mas como? Onde ela conseguiu bebida?

– Seu pai guardava um bom estoque no porão com medo da Lei Seca. Ela o encontrou e, até que Miles ou Sassie descobrissem o que estava fazendo, já era tarde demais.

Ela estava horrorizada. Sua mãe... uma alcoólatra? Ela tinha ouvido a palavra *alkie* usada para descrever as pessoas que bebiam demais, uma palavra cruel que designava pessoas que não tinham força de vontade.

– E todo mundo sabe, menos eu. A cidade inteira, aparentemente.

A expressão de Percy mudou. Seus olhos endureceram.

– Essa é sua maior preocupação, que o nome Toliver seja manchado?

É claro que não! Ela teve vontade de gritar, ofendida pelo que isso significava. Ela estava preocupada com a mãe. Esta vergonha pública iria mantê-la trancada no quarto para sempre. Ela largou o braço dele. Nada tinha mudado em sua ausência, certamente não entre eles. Tudo continuava igual.

– Deviam ter me avisado.

– Miles não quis que você soubesse. De que ia adiantar?

– Eu poderia ter voltado para casa. De que adiantou eu ir embora, afinal de contas?

– Valeu a tentativa, Mary. Um sacrifício pequeno para você fazer, não acha?

De que adiantava contradizê-lo? Ele já tinha uma opinião formada a respeito dela. Cansada, ela abriu a bolsa e disse, com os modos aprendidos em Bellington:

– Aqui está o tíquete da minha bagagem. São quatro volumes, se você fizer a gentileza de apanhá-los. Estão dentro da estação.

Percy segurou carinhosamente a mão estendida.

– Sinto muito que esta não seja a recepção que você estava esperando, Cigana.

– Eu estou aprendendo a não desejar nada que esteja fora do meu controle – ela disse, erguendo o queixo, controlando a vontade de chorar. Ele só tinha críticas para ela.

Ele pegou o tíquete e beijou-lhe a mão, fitando-a nos olhos.

– Espero que eu seja uma exceção a essa regra.

Ela respirou fundo e retirou a mão.

– A única exceção a essa regra é o desejo de que eu não seja avaliada erroneamente por aqueles de quem gosto. Agora vamos para casa?

Percy sacudiu a cabeça como se fosse impossível discutir com ela.

– Eu tenho um Pierce-Arrow vermelho e amarelo. Está estacionado debaixo das árvores ali no pátio. Espere por mim na sombra.

O carro baixo, conversível e colorido se destacava no estacionamento como um puro-sangue no meio de pangarés. Mary ficou parada, desconsolada, do lado do carona, mal se dando conta da elegância do carro. A excitação de voltar para casa tinha se evaporado, e ela temia o encontro com a mãe e com Miles. Que tola ela havia sido em ficar ansiosa por vê-lo da janela de sua cabine quando o trem entrou na estação. Imaginara voltar para casa de charrete, ouvindo as novidades locais e as notícias da fazenda. Tivera até uma leve esperança de que a mãe fosse ficar contente em vê-la e de que eles voltassem a ser uma família antes de Miles ir para a guerra.

– Minha mãe está sob cuidados médicos? – ela perguntou enquanto Percy colocava as malas no banco traseiro do carro. – Ela melhorou com o tratamento?

– O Dr. Goddard tem ido vê-la, mas seu conhecimento nessa área é limitado. Ele recomendou abstinência total, que Miles e Sassie têm controlado.

– Meu Deus – Mary disse, imaginando a terrível situação. – Ela está se recuperando?

– Não da vontade de beber, mas pelo menos agora ela está desintoxicada. Miles tem tido que vigiá-la o tempo todo para ter certeza de que ela não pôs as mãos numa garrafa. Ele e Sassie se revezam, e minha mãe ajuda quando pedem. Às vezes, para eles descansarem ou para Miles poder ir até a fazenda, eles têm que amarrá-la na cama. Sinto muito, Mary. Eu só estou contando tudo isso para prepará-la. Você precisa saber onde está se metendo.

Ela sentiu uma pressão no peito.

– Eles não mandaram toda a bebida embora?

– Tudo o que ela não bebeu ou escondeu. Ainda há garrafas escondidas dentro de casa e em volta da casa. – Ele abriu a porta para ela entrar. – Eu tenho equipamento de viagem, se você quiser cobrir sua roupa e seu chapéu. Tenho óculos também. Eu só uso os óculos. A poeira nesta época do ano é terrível.

– Está muito quente. Além disso, eu quero olhar para a paisagem.

– Vou tentar andar a menos de trinta milhas por hora.

Eles entraram no carro e Percy ligou o motor. Mary ouviu fascinada o motor tossir e pegar sob o longo capô vermelho. Ela só tinha andado de automóvel uma vez antes – no Rolls-Royce de Richard Bentwood, que ele importara da Inglaterra.

– Espero que Miles não tenha gasto dinheiro com um destes – ela observou quando eles partiram sob os olhares de admiração das pessoas que estavam na plataforma.

Percy riu.

– Não, você conhece Miles. Ele acha que automóveis são mais um exemplo de degeneração trazido pelo capitalismo. – Ele entrou na estrada que ia para Howbutker. – Mudando de assunto, eu fui sincero ao dizer que você era bem-vinda de volta.

– Você não é a pessoa mais indicada para dizer isso, já que em menos de um mês vai ter partido sem data para voltar. – Ela não acrescentou,

Talvez para sempre, com o coração apertado de medo. – Meu irmão e suas causas! Ele arrastou você e Ollie com ele, não foi?

– Ollie achou que alguém devia ir junto para tomar conta dele, Cigana. Senão ele ia acabar morto.

– E aonde Miles e Ollie vão, você vai, para tomar conta dos dois.

– Mais ou menos isso.

A tristeza, o desperdício de tudo isso. Ela sentiu um gosto amargo de raiva na boca. Como Miles podia ter feito isso com seus melhores amigos e suas famílias? Como ele podia abandonar a mãe nesta situação, abandonar a fazenda? Mas não adiantava ela dizer tudo isso a Percy. Ele jamais admitiria que ela falasse mal de Miles.

– O que vai acontecer com esta coisa quando você for para a Europa? – ela perguntou.

– Ou eu vou vender ou vou dar para papai guardar até eu voltar. Mamãe se recusa a andar nele, mas papai é bem capaz de querer dar umas voltas.

Seus olhos começaram a arder de repente e ela foi obrigada a observar a paisagem com mais atenção. Passado um tempinho, ela disse:

– Deixe com seu pai para ele guardar para você.

Ela viu que ele olhou para ela espantado.

– Está bem. Vou pedir a papai que guarde para mim.

Eles prosseguiram em silêncio por algum tempo, com Mary olhando a paisagem do seu lado. O corniso já estava amarelado, mas as glicínias ainda estavam lindas, suas flores lilases caindo em cascatas sobre as cercas e treliças e os troncos das árvores. Em Somerset, o algodão estava em flor, suas flores tinham toda a miríade de cores dos pores do sol do leste do Texas no verão.

Mary se concentrou nessa imagem. Perdera todos os seus amores, seu avô e seu pai, seu irmão e sua mãe. Só restava Somerset, que estava esperando por ela. A terra era dela, para ela cuidar ano após ano, colheita após colheita, enquanto vivesse. Como Miles tinha dito, ela jamais a abandonaria. O gorgulho podia vir, e seca e enchentes. Em minutos a geada era capaz de arruinar uma plantação que valia uma fortuna, mas a terra ainda estaria lá quando a devastação terminasse. Sempre havia esperança com a terra. O que nem sempre havia com as pessoas.

– Imagino que sua primeira providência será visitar Somerset – disse Percy.

Era incrível como ele conseguia ler seus pensamentos.

– Sim – ela disse secamente. Do jeito que ele tinha falado, aquilo parecera altamente impróprio.

– Bem, antes de você se aborrecer muito com Miles pelo modo como ele tem dirigido a fazenda, há algumas coisas que precisa saber.

– Sim? – Ela ergueu a sobrancelha para ele. Nada que Percy pudesse dizer iria justificar a má administração do irmão.

– Lembre-se de que seu irmão tem a última palavra a respeito da fazenda até você fazer vinte e um anos.

– Você não precisa me lembrar disso.

– Mas eu preciso lembrar você que, se seu irmão quiser, ele pode mudar a natureza da fazenda de tal modo que ela não seja mais a Somerset que você quer preservar. Lembre-se disso também.

Mary ficou paralisada no assento, fitando-o com um olhar horrorizado.

– Como assim?

– Há outros modos de uma terra dar lucro além de produzir algodão, Cigana.

– Percy, do que você está falando? O que foi que Miles fez? O que ele está querendo fazer? – As palavras saíram de sua boca com raiva, entrecortadas pelo vento levantado pelo carro. Ela percebeu que eles estavam gritando. Para poder conversar naquela porcaria de carro, você tinha que gritar.

– Quer ouvir direito, sua boba, antes de tirar conclusões apressadas a respeito de Miles? Eu estou dizendo a você o que ele *não* fez, e tudo por causa da irmãzinha dele.

– Pode falar – ela disse, respirando fundo.

– Ele poderia ter plantado cana de açúcar. Um fazendeiro de Nova Orleans veio vê-lo logo depois que você viajou para a escola e lhe fez uma oferta muito boa. Ele recusou, assim como recusou a proposta do meu pai. Papai queria arrendar a fazenda por dez anos para cultivar madeira.

Mary não conseguia falar. Seus olhos estavam esbugalhados. Engolindo em seco, ela disse:

– A terra jamais poderia ser recuperada se ele fizesse isso.

– Isso seria uma tragédia assim tão grande, Mary? – Percy tirou a mão esquerda do volante e procurou a dela. – O algodão está morto. As fibras sintéticas estão chegando. Outros países estão começando a competir pelo mercado mundial que o Texas dominou por tanto tempo. E se isso não fosse o bastante, o gorgulho acabou de arrasar com o Cinturão do Algodão no sul.

– Percy, Percy. – Mary puxou a mão. – Cale a boca, está ouvindo! Cale a boca! Você não sabe o que está dizendo. Meu Deus, o que eu vim fazer em casa?

Percy não disse nada, seus olhos na estrada. Passado um instante, ele disse baixinho, sem olhar para ela:

– Eu sinto muito, Mary. Acredite em mim, eu sinto muito mesmo.

– Bem, e tem mesmo motivos para pedir desculpas – ela respondeu. – Seu pai quis tirar vantagem da nossa situação, oferecendo a Miles, ao inocente e vulnerável Miles, a oportunidade de cultivar madeira. Eu lhe prometo uma coisa, Percy Warwick: vai nevar no Quatro de Julho em Howbutker, Texas, antes que um único pinheiro deite raízes em solo dos Toliver! – Ela estava tremendo de raiva.

Eles tinham chegado num ponto ao lado da estrada que permitia fazer a volta. Percy enfiou o carro nesse espaço, levantando poeira e parando. Atônita, Mary instintivamente agarrou a maçaneta para fugir, mas Percy agarrou o pulso dela ao mesmo tempo em que arrancava os óculos. Mary nunca o vira zangado, e esta visão a deixou muda. Ela se lembrou de Beatrice descrevendo para a mãe dela a raiva de que ele era capaz de sentir: *Não é sempre que ele se enraivece, mas quando isso acontece, é a coisa mais assustadora do mundo. Sua boca se fecha como uma armadilha de aço e seus olhos perdem a cor. E ele é tão forte! Meu Deus, ele poderia quebrar você ao meio como se fosse um palito. Graças a Deus meu filho nunca fica zangado sem motivo justo.*

Motivo justo...

– Não ouse deturpar a tentativa do meu pai de ajudar a sua família como sendo uma forma de satisfazer os Warwick – ele disse com os dentes trincados, os olhos soltando faíscas e o rosto vermelho. – Se você não entende isso é porque é mais cabeça dura do que eu pensava.

– *Ele* não devia ter feito esta proposta pelas minhas costas – Mary respondeu, tentando se soltar. – Ele sabe o que o algodão significava para o meu pai. Foi por isso que ele deixou Somerset para mim e não para Miles!

– Talvez papai não ache que você tem a mesma obsessão do seu pai. Talvez ele ache que, como você é mulher, vai querer mais do que uma fazenda cheia de pragas, um sistema antiquado de escravidão para dedicar sua vida. Talvez ele ache que como você vai se casar comigo, Somerset vá servir mesmo para cultivar madeira.

O queixo dela caiu.

– O quê?

– Você ouviu.

– Casar com você? – Ela ficou olhando para ele, atônita. – Cultivar madeira em Somerset? Você está brincando, certo?

– Isto parece brincadeira?

Ele se inclinou para ela. Ela ainda estava tão chocada com sua ridícula afirmação que estava de boca aberta quando ele a beijou. Mary resistiu, empurrou, gritou e esbravejou, mas não adiantou. A mulher que havia nela, traidora da casta menina que resistira às investidas de Richard, floresceu nos braços de Percy. Seu corpo pegou fogo, seus sentidos se acenderam. A precaução e o decoro renderam-se ao desejo e ela cedeu à sua posse até onde as restrições das roupas permitiram. No fim, eles voltaram ao presente e ela ficou largada em seus braços, consciente de que sua roupa estava amassada, seu cabelo despenteado, seus lábios inchados e que o seu chapéu estava caído na estrada.

– Misericórdia – ela disse, abalada demais para tirar a cabeça do ombro dele.

– Depois disso, tente me dizer que nós não fomos feitos um para o outro.

Não era possível negar isto. Ela estava tensa e contida como um fardo de algodão quando se sentou no carro, e agora era como se as tiras tivessem sido cortadas e ela estivesse se derramando por toda parte, e ambos sabiam disso. Mas jamais daria certo. *Eles* jamais dariam certo.

– Não importa. Eu não posso. Eu não vou me casar com você. Estou falando sério, Percy.

– Bem, vamos ver como você se sente quando eu voltar da Europa, depois de você ter tido a responsabilidade de supervisionar uma fazenda de cinco mil acres, combatendo o gorgulho, cuidando de duzentas famílias de arrendatários, e mantendo o seu capataz sóbrio. Sem mencionar tomar conta da sua mãe e viver sem um tostão. Eu queria ser justo com você e me casar com você antes de partir, mas – ele beijou a testa dela, deixando o subentendido no ar – pelo menos você vai ter mamãe e papai para tomarem conta de você até eu voltar.

– Que presunção! – Mary zombou, conseguindo desvencilhar-se dos braços dele. – E se eu ainda pensar o mesmo em relação a nós quando você voltar?

– Você não vai pensar. – Ele sorriu, não com o convencimento de Richard Bentwood, mas com a confiança inabalável de quem a conhecia muito bem.

Ela voltou para o seu lado do carro, ajeitando o vestido.

– Tire isso da cabeça, Percy Warwick. Isso não vai acontecer. – Ela procurou o chapéu e viu que tinha ido parar no meio de um pasto, onde uma vaca o mastigava alegremente.

— Vai acontecer, sim — ele disse, ligando o motor.

Mary não conseguiu olhar para ele depois que voltaram para a estrada. Agora havia um novo inimigo no meio deles, bem mais traiçoeiro do que o gorgulho, mais letal do que geada ou enchente ou seca, mais assustador do que um cartel de banqueiros de Boston à espreita para se apossar de Somerset. Agora ela sabia o que havia por trás do seu estranho antagonismo em relação a ele nos últimos anos. Ele tinha o poder de obrigá-la a amá-lo. Ele conseguia sobrepor sua vontade à dela. Casar com ele significaria combinar seus interesses, expandir a madeireira Warwick em detrimento de Somerset. Ela seria absorvida pela identidade Warwick, perderia a distinção especial ligada a um Toliver. Os filhos deles seriam educados como Warwick, e a linhagem dos Toliver desapareceria. Miles não era um Toliver. Ele era bem filho de sua mãe, um Henley, um visionário sem força de vontade. *Ela* era a última Toliver de verdade que restava. Dela viriam os filhos para sustentar a linhagem, mas só se ela se casasse com um homem que dividisse esse compromisso com ela. Percy Warwick não era esse homem.

— Seria conveniente para nós dois nunca mais nos colocarmos nesta situação — ela disse, olhando para a frente.

— Eu não prometo nada, Cigana — ele disse.

Na porta de casa, ela estendeu a mão formalmente para ele.

— Obrigada por ir me esperar, Percy. Você não precisa entrar.

Percy ignorou a mão dela e enlaçou sua cintura.

— Não se preocupe com o que nós conversamos. O assunto pode esperar até eu voltar.

Ela levantou o rosto para olhá-lo bem nos olhos.

— Eu desejo de todo coração que você volte, Percy, mas não para mim.

— Tem que ser para você. Não pode ser para mais ninguém. Agora ouça, vá com calma com Miles. Ele está parecendo um cão acossado por lobos este ano. Se há uma coisa que ele aprendeu é que ele não é um fazendeiro. Miles fez tudo errado, como sei que você vai dizer a ele, mas foi o melhor que conseguiu fazer.

Mary balançou a cabeça, indicando que tinha entendido.

— Essa é a minha garota — ele disse, e a puxou para poder beijar de leve os seus lábios. Ela ficou tensa ao sentir o impulso da paixão, algo que seu olhar divertido mostrou que ele tinha percebido. — Vejo você mais tarde — ele acrescentou, descendo os degraus. Atrás dela, a porta foi aberta e ela ouviu a exclamação de boas-vindas de Sassie, mas levou alguns segundos para conseguir tirar os olhos da figura que caminhava com passos confiantes na direção do Pierce-Arrow.

Capítulo Doze

HOWBUTKER, OUTUBRO DE 1919

O trem estava atrasado. Pela décima vez em dez minutos, Mary consultou o relógio preso na lapela do seu conjunto de sarja verde-escuro antes de olhar de novo para o trilho vazio.

– O trem deve ter saído com atraso de Atlanta – Jeremy Warwick disse, para diminuir a tensão do pequeno grupo reunido na plataforma. Havia quatro pessoas, Jeremy e Beatrice Warwick, Abel DuMont e Mary, esperando no meio de uma multidão maior que tinha vindo à estação para dar boas-vindas aos "rapazes" que voltavam da guerra. A banda do ginásio estava lá, enfileirada e pronta para iniciar "Stars and Stripes Forever" assim que uma figura uniformizada descesse do trem. Uma faixa com os dizeres BEM-VINDOS DE VOLTA PARA CASA, PESSOAL DE HOWBUTKER estava pendurada na entrada da estação, e outra igual estendida num trecho de Courthouse Circle para a parada marcada para aquele dia.

A guerra tinha terminado havia quase um ano, mas não para Miles, Ollie e Percy ou milhares de outros membros das Forças Expedicionárias Americanas retidas na França – fosse pela escassez de navios que pudessem levá-los para casa ou pelo trabalho de ocupação na Alemanha.

Só Percy estava voltando ileso. Miles sofrera um sério envenenamento por gás no final da guerra, e, em vez de deixá-lo para trás, os Capitães Warwick e DuMont se ofereceram para ficar depois do armistício para ajudar a desmobilizar uma hostil Rhineland. Logo depois do Natal, como membro das tropas de ocupação, Ollie tinha sido ferido por uma granada e quase perdera a perna.

Foram longos vinte e seis meses para as famílias dos soldados. Os anos de guerra já tinham sido suficientemente preocupantes, com reportagens de jornal sobre soldados enfrentando combates duríssimos e depois a gripe que devastou as Forças Expedicionárias Americanas, atingindo até dez mil homens por semana. Em seguida, os artigos sobre o final da guerra causaram ainda mais agonia com histórias de homens feridos, ainda em situação crítica, sendo removidos de hospitais de base para acampamentos, onde ficavam convalescendo sem atenção ou suprimentos médicos.

Ao tomarem conhecimento disso, as famílias ficaram quase sem esperanças. Já tinha sido horrível imaginar os rapazes nas trincheiras, tremendo de frio em barracas sem combustível nem cobertores suficientes durante os invernos mais frios que a Europa já tinha visto, mas pensar em Miles e Ollie feridos e abandonados, longe de casa, e em Percy enfrentando todo dia o mesmo possível destino, era um pesadelo ainda pior.

Não havia praticamente nenhuma correspondência dos dois lados do Atlântico. As poucas cartas que chegaram reclamavam do correio, e as famílias – que dividiam cada carta entre elas – podiam ouvir nas entrelinhas o choro de tristeza e solidão dos filhos.

Beatrice Warwick, sem conseguir dizer que não, permitira que Lucy lesse as cartas do filho, muitas e muitas vezes. Agora, a antiga colega de quarto de Mary estava instalada em Mary Hardin-Baylor e tinha feito visitas frequentes à avenida Houston, onde conseguira insinuar-se para os Warwick até conseguir um quarto de hóspedes na casa deles. Lucy preferia sua hospitalidade forçada à triste mansão dos Toliver, onde faltava tudo, na mesma rua.

Naturalmente ela não poderia deixar de estar aqui hoje, Mary pensou com a mesma irritação de sempre ao olhar na direção de Lucy. Mais magra e elegantemente vestida num atraente vestido roxo, justo e mais curto, realçando sua nova silhueta, Lucy se afastara para olhar mais uma vez o seu reflexo na janela da estação. Meu Deus, como aquela moça conseguia se enfiar onde queria. Mary soubera pela cozinheira dos Warwick que Beatrice – uma mulher formidável, difícil de manobrar – não conseguia lidar com Lucy, cuja presença tinha se tornado um incômodo.

Mais cedo, quando os pais de Percy foram buscá-la em seu novo Packard – com Lucy radiante no banco de trás – sua antiga colega de quarto tinha ficado encantada ao vê-la aparecer com seu velho conjunto de sarja.

– Você está maravilhosa! – ela gritara quando Mary ergueu a saia comprida demais para entrar. – Há anos que eu amo você nessa roupa!

— E Percy também — Beatrice completou do banco da frente. — Que gentileza sua em usar algo que ele vai lembrar, Mary. Tanta coisa mudou por aqui desde que os rapazes partiram.

Lucy ficou calada, e, ao ver o seu ar amuado, Mary percebeu que ela fora posta em seu lugar. Mary ficou carinhosamente sensibilizada com Beatrice Warwick. Ela sabia que Beatrice tinha respeito e afeto por ela, mais do que sua própria mãe. Ela não toleraria que alguém fizesse pouco de uma pessoa de suas relações, especialmente uma forasteira cujas intenções em relação ao seu filho estavam perfeitamente claras.

Mary olhou afetuosamente para ela, sentada ao lado do marido com um ar decidido — elegantemente vestida de preto, roupa, chapéu e luvas. Ela vestira o que todo mundo chamava de seus "trajes de viúva" no dia em que os rapazes partiram para a guerra e tinha se vestido de preto desde então. Não que ela não acreditasse que os rapazes fossem escapar da morte, ela dizia. Mas aquele era o seu modo de protestar contra a guerra, contra a estupidez das nações em recorrer a essa forma bárbara para resolver suas diferenças. Ela usava luto por todos os filhos que não voltavam para casa.

Na plataforma, Mary tirou os olhos de Lucy e fitou Abel DuMont. Pela expressão dele, ela viu que o pai de Ollie, viúvo desde que o filho tinha dez anos, já estava imaginando a tragédia de Ollie descendo do trem de muletas. Ele já tinha hora marcada com cirurgiões em Dallas para recuperar a perna o melhor possível. Com pena dele, Mary passou a mão pelo seu braço, sem tirar as luvas que escondiam os sinais do trabalho pesado que precisava fazer em casa. Ele apertou os olhos no lugar de um sorriso e deu um tapinha em sua mão. Mary esperava que ele a tivesse perdoado por não estar usando o lindo vestido com uma capa combinando que ela deixara pendurado no armário. Ela o vestira num desfile de modas da Loja de Departamentos DuMont. Como recompensa por terem participado, todas as jovens que desfilaram ganharam de presente os vestidos que usaram. Mary tinha certeza de que o desfile tinha sido organizado por causa dela, como uma maneira de Abel colocar um vestido novo em seu guarda-roupa para a chegada dos rapazes. Ela apreciara o gesto, mas os Toliver ainda não estavam preparados para aceitar caridade.

Ouviu-se ao longe o apito do trem, tão aguardado.

— Estou ouvindo! — alguém gritou, e a multidão agitou-se, aproximando-se do pequeno grupo de elite que estava na beira da plataforma.

Mary sentiu o coração prestes a explodir dentro do peito quando o apito tornou a soar e uma fina espiral de fumaça subiu ao longe. Será que ele estaria mudado... Percy Warwick, o menino de ouro da cidade? Com certeza a guerra devia tê-lo alterado. Será que voltaria com o mesmo jeito calmo, risonho, com a confiança que sempre demonstrara diante da vida? Será que ainda ia querer se casar com ela?

Mary sentiu o sangue ferver ao recordar os últimos momentos que tinham passado juntos naquele mesmo lugar mais de dois anos antes. Na frente de todo mundo, ele a tomara nos braços... uma pequena ilha de intimidade no meio da multidão. Ela não o vira muito entre o momento em que ele a levara para casa e o dia em que ele partira para o campo de treinamento, nem nas semanas entre sua volta para casa e sua partida para a guerra. Mesmo que não tivesse passado todos os dias na fazenda e todas as noites decifrando a contabilidade de Miles, Mary duvidava de que ele fosse tentar encontrar-se com ela. Ele estava usando a estratégia de esperar, Mary tinha certeza – estava esperando que ela se cansasse de dirigir Somerset, torcendo para encontrá-la arrasada com este tremendo esforço quando voltasse para casa.

– Minha intenção não mudou, Mary – ele tinha dito naquele dia. – Quando eu voltar para casa, pretendo casar-me com você.

– Nunca – ela tinha jurado, com o coração batendo com tanta força que estava certa de que ele podia ouvir. – Não se isso significar abrir mão de Somerset.

– Você já terá desistido da fazenda nessa altura.

– Nunca, Percy. Você vai ter que aceitar isso.

– Eu só aceito que quero me casar com você.

– Por quê? – ela lançara a pergunta, guardando na memória o modo como o sol batia em seus cabelos, o bronzeado de sua pele, o brilho claro dos seus olhos. Ele tinha o chapéu preso debaixo do braço. – Eu refleti sobre isso e cheguei à conclusão de que o que há entre nós é apenas desejo. É isso, não é? Eu acho que você nem gosta de mim.

Ele tinha rido.

– O que gostar de você tem a ver com isso? E é claro que há desejo, mas eu quero me casar com você porque te amo. Eu sempre te amei, desde que você sorriu para mim pelas grades do seu berço. Nunca me passou pela cabeça casar com outra pessoa.

Mary tinha ficado atônita ao ouvi-lo. Percy – que podia ter a garota que quisesse – apaixonado por ela desde que ela nasceu? Como não enxergara isso?

Ela revivera aquele momento milhares de vezes nos vinte e seis meses em que ele esteve ausente... Recordara o modo com que ele tinha posto o chapéu na cabeça, passado o braço pela sua cintura e a beijado... como eles tinham se separado tontos de desejo, perdidos nos olhos um do outro. Ela percebera vagamente o choque ao redor deles, o olhar espantado do irmão, as sobrancelhas erguidas de Beatrice, o olhar constrangido de Abel, e, finalmente... o sorriso resignado de Ollie quando ele se aproximou dela depois que Percy fora para junto dos pais.

– Não se preocupe, Mary – ele tinha dito, com um olhar sério. – Eu vou cuidar para que ele volte para casa inteiro.

– Ollie, querido... – A voz de Mary ficara embargada ao dizer o nome dele. Só então percebera que estava cega demais para ver. Ollie também era apaixonado por ela. E estava se retirando da disputa, cedendo seu lugar para Percy.

– Cuide também de você, Ollie – ela dissera, dando-lhe um abraço apertado, cujo uniforme já estava apertado por causa dos quilos extras que ganhara nos dias de licença em casa.

Ao pensar agora em Ollie, Mary ficou gelada com a suspeita que a perseguia desde a chegada do telegrama informando sobre o seu ferimento. As poucas cartas que vieram depois tinham sido bem lacônicas. As famílias sabiam apenas que Percy e Ollie estavam juntos em serviço de patrulha quando uma granada explodiu perto deles. Durante suas muitas noites de insônia, Mary se perguntara se Ollie não teria se sacrificado por Percy.

Uma manga roxa apareceu ao lado dela, e Mary se virou irritada para a amiga.

– Lucy, por favor, dê aos Warwick a oportunidade de abraçar o filho em primeiro lugar.

Lucy fez um ar ofendido.

– Você acha que eu não faria isso, Mary Toliver? Logo você, que sabe o que eu sinto por Percy.

– Acho que não há ninguém aqui que não saiba o que você sente por Percy.

– Você sabe muito bem o que eu estou dizendo – Lucy falou num sussurro para que os Warwick não escutassem. – Todo mundo pode achar que eu tenho uma chance com Percy, mas você sabe que eu jamais poderei tê-lo. Mas o que poderia impedir-me de amá-lo, de rezar por ele, de ficar contente por ele voltar são e salvo para casa e até se apaixonar por outra?

– Seu orgulho, talvez? – Mary sugeriu. Como uma mulher podia se expor de tal modo ao sofrimento, como um cãozinho abanando o rabo e levando um chute?

– Orgulho? – Lucy riu. – Que bobagem! O orgulho é como um aleijão que deixa você confinada num espaço apertado sem chance de ver o que há do outro lado da montanha. É bom você tomar cuidado com o orgulho, querida, ele pode ser a sua ruína.

– *Lá vêm eles!*

O trem se aproximava da estação. Todas as cabeças estavam viradas para ele. Abel, segurando a bengala com mais força, assumiu uma postura bem ereta. Esquecendo Lucy, Mary sentiu os olhos se encherem de lágrimas. Lágrimas corriam pelo rosto de Jeremy Warwick, e Beatrice tirou um enorme lenço debruado de renda da manga do vestido e o encostou na boca. O maestro ergueu a batuta. O chefe da estação tomou seu lugar ao lado de onde o trem ia parar.

– Eu estou vendo eles! – gritou um homem que tinha se aproximado dos trilhos. Mary reconheceu um fazendeiro que tinha perdido o filho mais velho em Belleau Wood. Ele tirou o chapéu e começou a acenar e a gritar para os rostos que olhavam pelas janelas do trem. Mary sentiu um desejo súbito de que a mãe estivesse ali parada ao seu lado, mas ela estava deitada em casa, uma figura destroçada, engolida pela cama. Sua longa batalha contra o alcoolismo tinha finalmente terminado, mas o fim fora obtido a um preço talvez muito alto. Só o tempo diria, e o desejo de viver da mãe. Talvez a volta de Miles pudesse ajudar. Talvez ele ainda tivesse tempo de salvá-la, e eles pudessem ser uma família de novo.

Lucy gritou no ouvido dela. O trem estava parando, e todos na plataforma olhavam para as janelas abertas, procurando por sorrisos em rostos familiares, por aqueles em uniformes. O chefe da estação subiu a bordo.

– Por que eles estão demorando? – Lucy perguntou.

– Eles devem estar parados no corredor, esperando para saltar – Beatrice disse.

– Talvez Ben esteja alertando os rapazes sobre a multidão à espera – Jeremy disse, referindo-se ao chefe da estação.

– Ou talvez meu filho precise de ajuda – disse Abel. – O Exército manda essa informação na frente por telegrama.

– Ben nos teria dito alguma coisa – disse Beatrice com seu jeito prático.

– Mas onde eles estão? – Lucy gemeu enquanto a multidão esperava, nervosa.

O chefe da estação reapareceu e desceu da plataforma onde os rapazes iriam desembarcar, levantando as mãos para a multidão.

– Tudo bem, pessoal, os capitães Toliver, Warwick e DuMont já vão desembarcar. Peço a todos para chegar um pouco para trás, exceto as famílias. Lembrem-se de que há outros passageiros a bordo. Peço que vocês permitam que eles cheguem até a estação.

– Pelo amor de Deus, Ben – disse Beatrice. – Pare de falar e traga os rapazes!

O chefe da estação acenou e tornou a subir na plataforma.

– Cavalheiros! – ele gritou para dentro do vagão.

A multidão prendeu a respiração, depois soltou um urro de alegria quando Percy saltou. A banda começou a tocar, e os Warwick e Lucy correram para a frente, mas ele parecia estar procurando alguém por cima de suas cabeças. Mary levantou a mão e ele a fitou por um longo momento antes de descer os degraus e sair do seu campo de visão. Ela só avistou um pedaço do seu uniforme antes que ele desaparecesse atrás do enorme chapéu de Beatrice e dos ombros largos do pai. A pobre Lucy ficou pulando atrás deles como um passarinho que tivesse caído do ninho, sem conseguir furar a barreira dos abraços deles.

Mary sentiu uma explosão de alegria que percorreu todo o seu corpo. Um enorme alívio. Ele estava vivo... estava bem... estava inteiro. Estava em casa.

Após mais um minuto de suspense, Ollie apareceu, seu sorriso tão radiante como sempre. Mary levou a mão aos lábios. Ao lado dela, Abel soltou um grito abafado.

– Ah, meu Deus. Eles amputaram a perna dele.

Capítulo Treze

Miles desceu logo atrás, pisando na plataforma com o olhar de um homem que está vendo a luz do sol depois de ter passado um longo período debaixo da terra. Abel e Mary ficaram olhando sem dizer nada. Ollie acenou para a multidão subitamente silenciosa com uma de suas muletas, depois desceu os degraus com habilidade e com a alegria de sempre. A perna direita da calça do uniforme fora dobrada e presa na altura do joelho, deixando o resto da calça pendurada, vazia como um fole sem ar.

Terrivelmente magro, o rosto muito pálido, Miles desceu atrás dele carregando a bagagem, concentrado nos degraus. Com grande compostura, Abel ofereceu o braço a Mary e juntos eles foram receber filho e irmão.

– Miles? – Mary disse insegura, sem saber se ele permitiria que ela o abraçasse.

Ele ficou olhando para ela, espantado.

– Mary? É você? Nossa, como você está linda! Acho que eu também estou, hein? – Ele sorriu com um toque da sua velha ironia, revelando dentes meio estragados. – Onde está mamãe?

– Em casa. Ela está tão ansiosa para vê-lo e eu também estava... Miles. – Ela sentiu o queixo tremendo e as lágrimas escorrendo pelo rosto.

Miles largou as malas e estendeu os braços.

– Então dê um abraço no seu irmão mais velho.

Ela o abraçou com força, horrorizada com sua magreza.

– Você está só pele e ossos – ela gemeu. – Sassie vai ter trabalho para engordar você.

– Como vai Sassie?

Se ela fosse responder honestamente, teria que dizer: *Cansada, Miles. Exausta de cuidar de mamãe, de tentar dirigir a casa sem ajuda, de pôr comida na mesa com nossa verba limitada.* Mas a batalha dele tinha sido pior do que a delas.

– A mesma de sempre – ela disse. – Um pouco mais velha. Se cansa com mais facilidade.

– E mamãe?

– Também está igual, infelizmente. Eu conto a você no caminho para casa.

Ela ouviu alguém se aproximar por trás dela.

– Olá, Mary.

Era Ollie, tão igual e tão mudado. Como os outros, o uniforme dançava no corpo, mas o brilho bem humorado nos olhos continuava o mesmo. O pai dele, que tinha se controlado até agora, abraçou Miles com um soluço.

– Querido Ollie – ela disse, com os olhos marejados outra vez, inclinando-se para beijá-lo de leve nos lábios. – Seja bem-vindo de volta.

Ele sorriu.

– Só isso já fez valer a pena voltar para casa. Você está mais linda do que nunca. Você não acha, Miles?

– Eu disse o mesmo – o irmão concordou, com a voz embargada de emoção pela recepção calorosa de Abel. – Eu teria medo de que a beleza subisse à cabeça dela se não a conhecesse bem.

– Isso é parte do seu charme – Ollie disse. Enquanto Miles mostrava a Abel quais eram as malas do filho, Ollie segurou a mão dela e apertou-a com carinho. – Obrigado pelas cartas.

– Você recebeu?

– Recebi quatro. Percy ficou morrendo de ciúmes por você tê-las mandado para mim, mas eu não liguei. Foi bem feito para ele.

– Elas eram para vocês todos, como ele devia saber. Foi impatriótico de minha parte não escrever para cada um separadamente?

– De jeito nenhum! Ele recebeu muitas cartas das outras garotas.

– É mesmo? – Por cima da cabeça dele, ela viu Percy tentando desvencilhar-se dos braços insistentes de Lucy, sua figura alta curvada para acomodar a figura diminuta dela.

– Mas eram as suas cartas que ele ficava esperando – Ollie cochichou no ouvido dela.

Ao ouvir isso, ela estudou o rosto dele para confirmar seus antigos temores.

– Ollie? Você não fez nenhum sacrifício absurdo por amizade a mim e a Percy, fez? – Mas outro pensamento passou rapidamente pela cabeça dela: *Deus me livre, e se ele não tivesse...?*

— Como eu poderia fazer um sacrifício absurdo por você e Percy? — ele disse, passando o dedo na covinha do queixo dela.

— Minha vez, Ollie — Percy disse atrás dela, e Mary sentiu as pernas bambas.

— Ela é toda sua — Ollie disse e recuou pulando sobre as muletas, com o ar de quem precisa devolver um tesouro recém-encontrado.

Ela ensaiara a cena da volta dele tantas vezes quantas tinha recordado a cena da partida... O que ela ia dizer, como ia agir. Todo mundo ia estar olhando para eles, esperando algum tipo de drama romântico, mas ela não ia dar margem a fofocas, nem daria esperanças a Percy — quer dizer, caso ele ainda quisesse se casar com ela.

Mas agora que estavam cara a cara, seu discurso e sua atitude cuidadosamente preparados desapareceram como que por encanto. Sem pensar, ela estendeu a mão, não para ser apertada, como tinha ensaiado, mas para tocar no rosto dele.

— Olá, Percy — foi tudo o que o alívio e a gratidão por ele estar de volta são e salvo permitiram que ela dissesse.

— Olá, Cigana. Ele ficou ali parado com o jeito displicente de sempre, as mãos nos bolsos da calça do uniforme, resistindo à tentação de tocá-la como se ela fosse um vinho raro que devesse ser saboreado sem pressa. — Por que você não escreveu?

— Eu-eu. — Ela estava vagamente consciente dos outros se afastando deles, Ollie saindo junto com o pai para impedir que Lucy se metesse na conversa deles, e Miles para cumprimentar Jeremy e Beatrice. — Eu tive medo — ela disse. Esta era a primeira pergunta que ela sabia que ele ia fazer, e ela já decidira dizer-lhe a verdade.

— Medo?

— Eu... não podia escrever o que você queria ler. Você estava na guerra. Eu tive medo que minhas cartas pudessem desapontá-lo mais do que o fato de eu não escrever.

— Você avaliou mal o risco.

— Eu sei disso — ela confessou, envergonhada. Qualquer carta de casa no meio do horror que eles estavam enfrentando era melhor do que não receber carta nenhuma. Timidamente, ela tornou a tocar o rosto dele. — Vocês todos perderam tanto peso.

— Quem dera que fosse só peso — ele disse.

— Sim — ela disse, entendendo. Eles tinham perdido algo da essência deles mesmos, inocência, ela supunha. Ela podia ver isso nos seus rostos jovens e velhos, ao mesmo tempo familiares e desconhecidos. No espelho, toda manhã, antes de sair para outro dia trabalhoso na fazenda, ela podia ver esta perda em seu próprio rosto. Ela retirou a mão, vendo que ele não tinha feito nenhum movimento para segurá-la. – Eu não escrevi cartas, mas rezei muito por você, Percy. Estou imensamente feliz por minhas preces terem sido atendidas. – Era impossível desviar os olhos dos dele. Ele ainda não tinha tocado nela, continuava ali parado com um jeito contido que a estava deixando nervosa.

– Elas foram atendidas, mas à custa da perna de Ollie.

Ela cobriu a boca com a mão, horrorizada.

– Você quer dizer...?

– Aquela granada alemã estava destinada a mim. Ele salvou minha vida.

Antes que ela pudesse falar, Miles se aproximou, com um ar preocupado.

– Mary, quando vamos embora? Eu quero ir para casa ver mamãe.

– E os rapazes precisam dormir um pouco – Percy disse. – Ninguém dormiu direito no trem.

– Você também não – Miles disse, dando um soco de leve no ombro dele.

Tonta com a revelação de Percy, ela olhou confusa para a multidão ao seu redor, esperando um sinal deles para ir embora, e viu Beatrice se aproximando como uma grande ave negra. Lucy vinha atrás com sua plumagem colorida e Jeremy vinha carregado de flores, recebidas em homenagem à volta dos rapazes.

– Eu vim com os Warwick, Miles – Mary explicou, consciente do olhar de Percy ainda sobre ela. – Beatrice vai ter que nos dizer como voltar para casa.

– Era o que eu já estava esperando – Beatrice anunciou irritada. – Eu disse ao prefeito Harper que a parada deveria ser marcada para outro dia, depois que todos nós tivéssemos tido a chance de recuperar o fôlego, mas ele quis evitar que estas pessoas tivessem que fazer uma segunda viagem até a cidade. Abel quer levar Ollie para casa. O pobre rapaz está exausto.

– Miles também está – Mary disse –, e ele está ansioso para ver mamãe.

– Bem, nós não cabemos todos no Packard – Lucy disse, se aproximando de Percy e lançando um olhar enviesado para Mary.

– Nós sabemos disso, Lucy. – Beatrice olhou azeda para ela. – Miles, querido, você e Mary vão com Abel, e podemos nos encontrar às quatro horas para virmos juntos para a cidade. Espero que isso dê tempo aos rapazes para descansar um pouco.

Houve murmúrios de concordância enquanto malas eram separadas e carregadas. Beatrice pegou as flores que estavam com o marido e passou um dos arranjos para Lucy.

– Por favor, me ajude a levar isto para o carro, Lucy – ela disse.

– Mas eu – Lucy protestou no meio dos talos de gladíolos que tapavam seu rosto.

– Vamos – Beatrice ordenou, piscando o olho para Mary e o filho por cima do ombro, enquanto carregava Lucy.

Quando ficaram sozinhos, Percy tirou as mãos dos bolsos e a segurou pelos ombros.

– Eu vou levar você e Miles para casa depois que os festejos tiverem terminado esta noite – ele disse. – Dê um jeito de ficar comigo para que possamos conversar. Não me negue isso, Mary.

– Não vou negar – ela murmurou, com o sangue ribombando nos ouvidos.

Ele sorriu pela primeira vez.

– Essa é a minha garota – ele disse, beliscando de leve a covinha em seu queixo antes de sair atrás dos pais e de Lucy na direção do Packard.

Capítulo Catorze

Mary esperou na sala enquanto Miles subia para o quarto da mãe. Abraçando a si mesma – sua tendência em momentos de desespero – ela parou diante de uma das portas que davam para o que antes fora um magnífico jardim de rosas. Alguns arbustos tinham sobrevivido ao ataque furioso da mãe algumas noites após a leitura do testamento. A maioria sucumbira à barra de ferro usada para derrubá-los enquanto a casa toda dormia. Toby tinha encontrado as flores vermelhas e brancas arrancadas e os talos destruídos na manhã seguinte e tinha saído à procura da arma, temendo que a patroa pudesse tê-la usado para dar à filha o mesmo tratamento enquanto ela dormia.

As roseiras não tinham sido replantadas, e agora ervas daninhas e grama cresciam sobre a devastação, felizmente ocultas da rua por uma treliça que estava precisando de uma mão de tinta branca. Apenas umas poucas tinham florescido corajosamente no final da estação.

Não havia bebida alcoólica na casa, e Mary desejou ter tido a ideia de pedir a Toby para comprar uma garrafa de champanhe para a chegada do irmão. Eles não poderiam dividi-la com a mãe, é claro, mas os dois poderiam ter feito um brinde na sala.

Não que houvesse muito que comemorar. O irmão era um homem doente, mal-humorado, mais desconhecido ainda do que quando partira. Na volta para casa, ele tinha ficado num silêncio quebrado apenas por acessos de tosse. Chegando em casa, tinha largado as malas ao lado da porta, como se só tivesse passado ali para visitar a mãe antes de partir para outra guerra. Ele tinha abraçado Sassie com carinho, mas deixara a refeição de boas-vindas que ela havia preparado esfriando na mesa posta com a melhor louça da casa.

– Não estou com vontade de comer – tinha dito. – Prefiro comer um sanduíche mais tarde no meu quarto.

E o pobre Ollie. A animação que fingira diante da multidão desapareceu assim que entrou no Cadillac novo do pai, um dos primeiros produzidos por Henry Ford. Abel tinha comprado o elegante automóvel para dar de presente a Ollie, mas, tendo perdido a perna direita, ele não podia mais dirigir. Abel ainda estava em choque com a amputação do filho. Foi um homem velho que conduziu o grupo para o Cadillac estacionado ao lado do Packard, no meio dos veículos menos modernos dos habitantes de Howbutker.

E Percy então? Ele devia sua vida a Ollie. Será que Percy sabia da promessa que Ollie tinha feito a Mary? Será que ele tinha sofrido o impacto para protegê-los? Aqueles dois eram como irmãos. Talvez Ollie tivesse agido instintivamente por amor ao melhor amigo, sem pensar na promessa que fizera. Mas e se Ollie tivesse mesmo salvado Percy pensando neles dois, qual seria a obrigação dela em relação a cada um deles?

Mary teria uma ideia melhor da situação depois que ela e Percy tivessem uma chance de conversar esta noite, mas a resposta à sua pergunta mais urgente ela já sabia qual era. Os sentimentos de Percy por ela não tinham mudado.

Nem os dela por ele. Talvez tivessem até se tornado mais fortes durante o tempo em que ele esteve longe. Toda manhã Mary tinha acordado pensando nele, e toda noite tinha ido dormir preocupada apenas com a segurança dele. Ela acordou várias vezes no meio de um pesadelo em que seu pior temor se concretizava – pior ainda do que a perda da fazenda. Ela sonhara que Percy tinha morrido.

Então isso a deixava num dilema. Percy ia esperar que ela tivesse desistido de Somerset nessa altura, mas ela estava mais decidida do que nunca a ficar com a fazenda. Por tudo que era mais sagrado, ela merecia esta recompensa por seus sacrifícios. Quando Miles partiu, nomeando Emmitt Waithe responsável pelas propriedades em sua ausência, ela despedira Jethro Smart, o capataz que tinha contratado para substituir Len Deeter, e assumira o trabalho dele, trabalhando até dezoito horas por dia. Com a cooperação de Emmitt e sob a direção dela, Somerset começou a dar lucro. Os lucros permitiram que ela aumentasse o pagamento da hipoteca, possibilitando que a dívida pudesse ser paga muitos anos antes do que estava no contrato.

É verdade que não houvera dinheiro algum para supérfluos. Ela percebeu a tristeza de Miles quando ele viu as condições precárias da casa e a falta de empregados, mas em pouco tempo eles iam poder modernizar a casa e substituir a charrete por um automóvel.

Além disso, se a saúde de sua mãe não exigisse mais nenhum tratamento caro e se a colheita fosse tão abundante quanto estavam prevendo, haveria dinheiro para investir na terra, tornando-a mais produtiva. Agora que a guerra tinha terminado, a ciência e a indústria já estavam se direcionando para as necessidades dos fazendeiros. Novos métodos de cultivo estavam sendo experimentados. Equipamentos mais eficientes, sementes de melhor qualidade e uma nova substância chamada inseticida, para combater as pragas como o gorgulho, estavam entrando no mercado. Tudo isso estava à disposição de Somerset depois que a hipoteca fosse quitada.

Como Percy poderia encaixar-se nos planos dela? Ele estaria disposto a aceitar a ela e também a Somerset? A guerra teria suavizado ou endurecido a opinião dele sobre dividir sua esposa com o risco de uma fazenda de algodão? Em breve, ele faria vinte e cinco anos. Ele ia querer se estabelecer, ter filhos, dedicar-se ao negócio da família. Ela também queria isso, mais do que qualquer outra coisa no mundo.

Mas não à custa de Somerset. Ela jamais abriria mão da fazenda. Isso significaria trair o seu pai e o pai dele e todos os Toliver antes deles que tinham tomado a terra da floresta, tinham suado a camisa, tinham se sacrificado e morrido pelos milhares de acres que viram prosperar com o esforço do seu trabalho. De jeito nenhum ela iria sacrificar Somerset por causa do orgulho de um homem! Mas... ela amava Percy. Ele era um espinho espetado em seu coração que ela não conseguia arrancar por mais que tentasse. Ele não queria mais esperar, e ela não sabia se teria forças para resistir a ele.

– Ela está mal.

Na janela, Mary estremeceu de susto.

– Desculpe, eu não quis assustá-la. – Miles entrou na sala com as mãos enfiadas nos bolsos. Ele tinha trocado de roupa e olhava em volta com o ar de alguém numa sala de espera, sem saber direito onde sentar. – Mamãe está com uma aparência horrível, não está? Aquele lugar para onde vocês a mandaram acabou mesmo com ela.

Mary sentiu uma onda de indignação.

– Na verdade, ela estava muito bem quando saiu do sanatório – ela disse, tomando cuidado para manter um tom de voz calmo. – Emmitt achou que ela estava quase como era antes, mas ela pegou uma gripe no trem de Denver para cá e teve pneumonia. Foi isso que a deixou tão abatida.

– Ela disse que você a mandou para um sanatório em Denver para tirá-la de suas costas e você poder cuidar da colheita.

— Ah, Miles, isso não é verdade! – ela exclamou, num tom de frustração. – Ela precisava da ajuda de profissionais. Você não imagina os subterfúgios, as mentiras que ela dizia para conseguir uma garrafa. Ela era tão agressiva com as acompanhantes que eu contratei que nenhuma quis ficar, e Sassie estava exausta.

— E você? Onde você estava?

— Você sabe muito bem onde eu estava. E tinha que cuidar da colheita. Você sabe o trabalho que dá dirigir uma fazenda. É uma tarefa que toma o ano inteiro, todos os dias, de manhã até à noite.

Miles olhou zangado para ela.

— Não precisa ser assim. Se a terra tivesse sido vendida quando papai morreu, nada disso teria acontecido.

Mary sufocou uma resposta, mas não antes de sentir um estremecimento por todo o corpo. Essa era uma questão que ela se recusava a considerar – como as coisas poderiam ter sido diferentes. Ela pegou o bule de prata que estava na bandeja.

— Quer uma xícara de café? E tem biscoito de gengibre. Sassie fez especialmente para você.

— Não, obrigado. Fale-me sobre mamãe. Você acha que algum dia ela vai melhorar?

— Ela ainda não é uma alcoólatra recuperada. – Mary deu um golinho no café quente para melhorar o aperto que sentia na garganta. – Ela ainda tem vontade de beber e nós fomos avisados.

— Nós?

— Emmitt Waithe e eu. Ele tem me ajudado a cuidar dela. Eu não sei o que teria feito sem ele. Ele encontrou o sanatório para mamãe. Ele foi comigo no trem até Denver e me ajudou a trazê-la de volta para casa.

— Por culpa, sem dúvida.

— Por compaixão. – Mary tentou se mostrar calma na defesa do advogado. – Nós fomos informados de que mamãe teria que ser vigiada durante anos até poder ter a liberdade de fazer o que quisesse. Sente-se, Miles, para nós podermos conversar. Ou você prefere ir para o seu quarto descansar um pouco?

— Vamos conversar. – Ele se atirou no sofá e pôs as mãos entre os joelhos ossudos, baixando a cabeça. Após um instante, ele disse: – Ela me pediu um drinque.

— Puxa, Miles, não... – Mary não tinha pensado na possibilidade de sua mãe tentar conseguir que Miles lhe desse um drinque, de que ela estivesse contando com isso para falar a verdade. Desde que fora informada da chegada de Miles, ela ficara mais corada, com os olhos mais brilhantes, como se estivesse guardando um segredo. Mary achou que esta animação era pela volta do filho, mas agora compreendia que ela estava achando que ele iria fornecer-lhe bebida.

– O que foi que você disse a ela? – Ela olhou cansada para o irmão. Miles sempre fora dominado pela mãe.

– Eu disse que não, é claro.

– O que foi que ela fez?

Miles passou a mão pelo cabelo ralo, fazendo com que a caspa pairasse, como a poeira que entrava pelas venezianas à luz do sol de agosto.

– Ela não teve um ataque, se é isso que você está perguntando. Pelo menos já superou essa fase. Ela ficou igual a uma boneca de quem tivessem arrancado todo o enchimento, só isso.

Mary sentou-se ao lado dele.

– Eu achei que você fosse o motivo de ela estar melhorando, não a garrafa que ela achou que você fosse trazer.

– Bem, não era eu, era – Miles disse, irritado. Ele juntou as mãos e ficou olhando para o chão.

Mary pôs a mão no ombro dele.

– O que foi, Miles? Você parece tão desapontado com tudo. Você não está feliz por estar em casa?

Ele se levantou abruptamente e enfiou as mãos nos bolsos, depois começou a andar pela sala, com os ombros curvados – o que indicou a Mary que ele estava tomando coragem para lhe dizer alguma coisa.

– Eu não vou ficar – ele disse finalmente. – Quero voltar para a França. Tem uma enfermeira lá, uma mulher que tratou de mim, que me fez recuperar o pouco de saúde que me resta. – Um acesso de tosse o interrompeu. Quando passou, ele olhou para a irmã. – Meus pulmões estão comprometidos, Mary, e eu não sei quanto tempo me resta.

– Miles, querido...

Ele levantou a mão.

– Eu não estou me queixando. Você me conhece. Eu só estou sendo franco. O tempo de vida que me restar eu quero passar com Marietta. E tem outra coisa. Eu me tornei comunista.

– *Miles!* – Mary se levantou, surpresa. – Não é possível! – Ela ficou espantada consigo mesma por estar tão consternada. Isso não era nada demais. Seu irmão estava sempre tentando uma nova filiação política, que abandonava quando aparecia outra facção acenando sua bandeira. Mas um Toliver... *comunista*!

— Eu sabia que você reagiria assim — Miles disse —, e eu sei que você acha que esta é só mais uma causa que abracei, mas você está errada. A rebelião bolchevista é a maior revolução da história da humanidade. Ela vai fazer mais pelo mundo do que...

— Ah, pare com isso! — Mary tapou os ouvidos. — Eu não vou ouvir nem mais uma palavra em defesa de um sistema político mais sangrento do que o que ele substituiu. Comunista, era só o que faltava! — Ela não conseguiu disfarçar sua repulsa. — E quanto a essa Marietta? Ela tem a mesma visão política?

— Ela é membro do Partido Comunista.

— Meu Deus! — Mary virou o rosto, desanimada. — Então você está dizendo que vai voltar para a França para se tornar um comunista?

— Eu quero voltar para a França para me casar com Marietta. Eu já sou um comunista.

— Traga-a para cá.

— Não. É mais fácil ser um comunista lá.

— Ah, entendo... — Mary deixou a insinuação no ar. — E quanto a mamãe? Eu estava contando com você para me ajudar com ela, para dar um pouco de alívio a Sassie. Ela, Toby e Beatrice são as únicas pessoas que ela permite que entrem no seu quarto. Ela não me tolera.

— No estado em que está, desejando apenas o esquecimento que a bebida pode proporcionar, ela não precisa de mim, Mary. E você também não precisa. Eu aposto que Somerset nunca esteve tão bem desde que papai morreu. Você provavelmente está fazendo cada infeliz colher um fardo de algodão por dia. Eu achei que você ia gostar de se ver livre de mim para eu não atrapalhar o seu trabalho.

Ela não estava preocupada que ele pudesse interferir na forma eficiente com que ela dirige a fazenda. Emmitt e ela não permitiriam que isso acontecesse.

— Não é a fazenda que precisa de você. Somos eu e mamãe. Nós precisamos nos tornar uma família de novo.

— Eu vou partir, Mary. — O irmão a encarou, com uma expressão decidida. — Tenho que pensar em Marietta e em mim também. Eu só voltei porque queria ter certeza de que os rapazes iriam chegar bem e para ver você e mamãe pela última vez.

Lágrimas de decepção encheram os olhos de Mary. Onde Miles foi buscar aquela fascinação por causas políticas tão distantes da sua criação e da sua herança? Sua família e seus amigos teriam levado a sério suas convicções se ela não as mudasse constantemente, mas desta vez eles o perderiam para sempre. Ele não ia ter forças para cruzar o oceano de volta, caso mudasse de ideia. Ela precisava fazer com que ele ficasse até que esse novo entusiasmo arrefecesse e Percy e Ollie pudessem fazê-lo desistir.

Ela passou os dedos pela barba crescida em seu rosto.

– Pelo menos fique aqui até estar mais forte. Passe mais um tempo conosco.

Miles segurou a mão dela e, depois de pegar na outra, virou-as para examiná-las.

– Como estas mãos estão maltratadas. Mary... Mary... – A voz dele mostrou uma preocupação e um carinho que havia muito ela não ouvia dele. – Se você for esperta, você se casará com Percy. Ele é o melhor partido do Texas, e é louco por você. Mas eu não acho que você seja esperta, acho que não tem uma esperteza típica das mulheres. Uma mulher esperta sabe o que importa realmente, no frigir dos ovos. De que adianta uma colheita abundante se você não tem em casa a pessoa que ama esperando por você? Não, você vai ouvir o seu coração de fazendeira, que diz que você pode ter Percy e Somerset ao mesmo tempo. Você não pode, Mary. O orgulho dele não vai permitir.

Ela retirou as mãos, vermelhas e maltratadas, e enfiou-as nos bolsos da saia. O rosto dela estava ardendo.

– Por que eu é que tenho que me sacrificar? Por que Percy não pode abrir mão do que lhe é tão caro?

Miles fez uma careta.

– Porque ele também é burro. Mas eu não sou. Por isso é que estou voltando para junto de Marietta. – Ele lhe deu as costas e foi embora, como fazia sempre que discutia com ela desde a leitura do testamento. Na porta, ele parou e disse, olhando por cima do ombro: – Quando você chegar na casa dos Warwick, diga a todo mundo que eu não vou. Não quero tomar parte nessa palhaçada patriótica que o prefeito planejou.

Capítulo Quinze

Mary ficou na sala muito tempo depois de Miles ter saído. Estava cansada até os ossos, triste até não poder mais. Imaginou o que o pai diria se pudesse ver a família agora, dividida, cada membro separado do outro, sem nenhuma perspectiva de se unir de novo... e tudo porque a esposa e o filho não foram capazes de apreciar a importância de Somerset para a preservação da herança deles.

Miles não dera nenhuma informação a respeito do ferimento de Ollie. Mary admitiu para si mesma que não tinha perguntado nada porque não queria saber. Ela não queria saber nunca... e por isso tinha resolvido não ficar a sós com Percy aquela noite. Naquele momento, o que ela mais queria era cair nos braços dele e fazê-lo provar para ela que ele estava finalmente de volta. Mas Miles tinha razão. O orgulho de Percy jamais permitiria que ele se casasse com uma mulher que servisse a dois senhores. Ela não podia ter certeza disso antes de conversar com ele. Mas não esta noite. Estava cansada demais, solitária demais, suscetível demais ao seu desejo por ele, para se arriscar a enfrentá-lo. Ela seria capaz de concordar com qualquer coisa. Esperaria até quase a hora do encontro na casa dos Warwick para mandar dizer que Miles não estava disposto a ir à festa e que eles iriam recolher-se cedo. Lucy ficaria encantada com a ausência dela. Quanto à reação de Percy, ela não queria nem pensar nisso.

Mais tarde naquela noite, deitada na cama sem conseguir dormir, ela ficou ouvindo os sons da festa – banda de música, buzinas tocando e fogos de artifício – que vinham do centro da cidade. Pouco depois, ela foi até a sala da frente de camisola para esperar pelos sons dos automóveis voltando da festa. Haveria três carros, se Percy tivesse ido no Pierce-Arrow que o pai tinha tirado do depósito. Às onze horas, ela ouviu primeiro um e depois outro subindo a avenida Houston. Olhando pela janela, ela viu o Cadillac de Abel e, um minuto depois, o Packard. Quando a rua ficou silenciosa de novo, um terceiro carro entrou no portão dos Toliver e parou diante da varanda. O coração dela disparou.

Mary ficou parada na janela da sala escura, ouvindo e vigiando. O simples som da porta do automóvel batendo tinha uma implicação sexual, calma, mas firme, sugerindo um homem determinado, mas sem pressa. Ela ouviu o tilintar das chaves, o som de passos sobre folhas caídas, e achou que ia morrer só da expectativa de avistar Percy saindo das sombras para a luz da lua de outubro. O momento foi tão devastador quanto ela havia esperado. O luar iluminou-o em toda a sua glória. Caiu sobre sua cabeça loura, seus ombros largos, seu terno escuro e elegante; fez brilhar suas abotoaduras de ouro e o que havia de mais moderno em termos de acessório masculino, um relógio de pulso; o brilho de sapatos sob medida... um príncipe chegando para visitar um mendigo.

Quase chegando na varanda, ele parou, atônito.

– O quê? – Ela o ouviu exclamar, e o viu subir os degraus de dois em dois. Ela o ouviu arrancar seu bilhete da porta e viu quando ele foi para baixo da luz que ela deixara acesa para lê-lo. Ele deu um passo para trás e olhou perplexo para a janela onde ela estava apertando a boca com o punho. – Que diabo, Mary! Como você teve coragem de fazer isso? – ele disse, falando para a vidraça numa voz rouca de raiva e frustração. – Você sabe o quanto eu quero estar com você, que o que eu mais quero é estar com você. Você disse que não ia me negar isso, que diabo! – Ele amassou o bilhete e marchou até a janela que tinha escolhido. – Mary, venha aqui fora. Eu sei que você está aí, que droga! – Ele apoiou o braço na moldura da janela e se inclinou para a frente para ouvir a resposta.

Mary não teve coragem de se mexer e imaginou se ele conseguiria escutar as batidas do seu coração, a poucos centímetros de sua cabeça loura. Ela fechou os olhos, mordendo o punho para não ceder ao desejo quase irresistível de abrir a porta e se atirar em seus braços.

– Tudo bem – ele disse, endireitando o corpo, e ela pôde ver a determinação em seus olhos. – Talvez esta noite não seja uma boa hora para nós, mas amanhã vai ser. Eu vejo você amanhã. Pode esperar por mim.

Mary ficou imóvel até ver as luzes dos faróis do Pierce-Arrow subindo a rua, e só então tornou a respirar. Amanhã ia ser um dia melhor. Eles estariam menos emotivos, menos excitados. Ela mandaria Sassie convidá-lo para um café à tarde e voltaria cedo da fazenda para se arrumar e melhorar um pouco a aparência de suas mãos maltratadas. Até lá estaria preparada para encontrá-lo.

Mary acordou cedo e às sete horas já estava no campo com os outros arrendatários. Eles estavam fazendo uma última verificação das fileiras, retirando as últimas cápsulas de algodão antes do início das chuvas de outono. Ela estava esvaziando sacos de algodão dentro da carroça que ia transportar a colheita do dia até o posto de pesagem quando um dos arrendatários negros bateu em seu ombro.

– Srta. Mary, tem uma pessoa aqui querendo falar com a senhora.

Ela protegeu os olhos com a mão e olhou na direção que ele apontava. Seu coração quase saiu pela boca.

– Meu Deus, não. – Percy, com o paletó aberto e balançando ao vento, vinha andando em sua direção por entre as fileiras de algodão. Ela fez uma careta. Não havia mais o que fazer, ele a tinha pego em seu pior momento, o que deixava Somerset numa situação péssima. Resignada, ela tirou o chapéu de aba larga, enxugou o suor da testa com a manga e foi ao encontro dele.

Ele parou e esperou. Típico de um homem, ela pensou irritada, esperando que ele fosse pôr as mãos na cintura e fechar a cara criticando sua aparência. Ele não fez nada disso. Enfiou as mãos nos bolsos e manteve o rosto inteiramente desprovido de expressão.

Mas como ele não estaria pensando o que todo homem pensaria? Ela estava usando uma velha camisa de flanela do pai com as mangas arregaçadas e calças largas e manchadas enfiadas para dentro das botas velhas de operário. O chapéu era uma adição recente, adotado depois que ela se deu conta de que sua pele estava ficando marrom como uma noz e que os rapazes estariam voltando em breve para casa. Luvas eram um incômodo para colher algodão, e as dela tinham sido dispensadas havia muito tempo. O cabelo estava amarrado para trás com uma tira de couro, e o rosto e os braços estavam sujos de poeira. Aos olhos dele, ela devia parecer uma mendiga daquelas que vinham pedir esmola na porta dos fundos.

Ela parou a alguns metros de onde ele estava, no seu traje imaculado, consciente de que seus arrendatários tinham parado de colher e olhavam para eles, com um ar curioso, pensando o que o Sr. Percy, da Madeireira Warwick, estaria fazendo ali. Percy falou primeiro.

– Ave-Maria, cheia de graça.

Ela ergueu o queixo.

– Eu não sabia que deboche fazia parte do seu arsenal verbal.

– Tem muita coisa a meu respeito que você ignora. – Os olhos dele estavam brilhando de raiva. – Por que você não abriu a porta para mim ontem à noite?

– Eu achei que meu bilhete explicava isso.

— Ele dizia que vocês tinham ido dormir cedo, mas você estava acordada, atrás da janela da sala, me observando, não estava?

Mary pensou um pouco, depois admitiu.

— Sim.

— É assim que se trata um soldado que acabou de voltar da guerra?

— Não, mas você e eu sabemos o que teria acontecido se eu tivesse aberto a porta, Percy.

Ele deu um passo na direção dela, com o rosto angustiado.

— Mas que droga, Mary! E isso teria sido assim tão ruim? Meu Deus, somos ambos adultos.

Mary olhou em volta, sentindo o coração disparar e uma fraqueza nos joelhos. Os arrendatários tinham voltado ao trabalho, mas estavam lançando olhares curiosos por cima dos ombros. Ela não sabia que o ar rarefeito de outubro tinha carregado as vozes deles.

— Vamos continuar esta conversa ali adiante — ela disse, apontando para o Pierce-Arrow estacionado sob uma árvore.

— Vamos — Percy disse e agarrou o braço dela como se ela estivesse prestes a ir para o outro lado.

Ele tinha trazido copos e uma garrafa térmica, um produto novo do mercado americano. Os Warwick eram sempre os primeiros a comprar as últimas novidades. Ele serviu café, mas Mary se recusou a tomar o seu no Pierce-Arrow, lembrando-se do que tinha acontecido da última vez que se sentara lá dentro. Ela o ajudou a estender um guarda-pó na sombra da árvore e eles se sentaram ali, com o tronco largo da árvore e o Pierce-Arrow bloqueando a visão. Mary viu que ele tinha notado suas mãos maltratadas.

— Bem — ela disse —, você está vendo como eu vivo. Cada par de mãos é necessário aqui, inclusive o meu, e vai ser assim até a hipoteca ser paga.

— Não tem que ser assim.

— Tem sim.

— Mary, olhe para mim. — Ele largou o copo e segurou com firmeza o queixo dela. — Você me ama?

O coração dela bateu com mais força ainda.

— Sim. Sim, eu te amo.

— Você vai se casar comigo?

Ela não respondeu imediatamente.

— Eu quero me casar com você — ela disse finalmente, retribuindo a intensidade que viu nos olhos dele. — Agora me deixe fazer uma pergunta. Você aceitaria a mim e a Somerset?

O olhar dele não vacilou.

– Do jeito que eu me sinto agora, Mary, sim. Eu não consegui pensar em mais ninguém enquanto estive fora. Eu quero você agora mais do que nunca. Não posso imaginar a minha vida sem você. Eu não *quero* uma vida sem você. Então, sim, neste momento eu concordo com tudo, desde que você se case comigo.

Ele tinha dado a resposta pela qual ela rezara, mas ela a ouviu com uma tristeza que quase a fez chorar. Ele era cinco anos mais velho do que ela, mais culto, mais experiente, conhecia melhor a natureza humana, e, no entanto, apesar de toda a sua ingenuidade, era ela que conseguia enxergar o futuro deles, caso se casassem. Nos dois anos em que ele tinha estado longe, os pensamentos dela também estiveram constantemente voltados para ele e para a vida deles, juntos, e na noite anterior ela chegara a uma conclusão.

– Percy – ela disse, tirando a mão dele do seu queixo e segurando-a sobre o coração –, você está falando de como se sente agora. Mas e *depois* de ter passado o que sentimos um pelo outro neste momento? E então? – Ela silenciou a resposta imediata que ele começou a dar pondo os dedos sobre os lábios dele. – Eu vou dizer como seria. Você não iria querer dividir meu amor com uma fazenda. Você teria ciúmes de Somerset e ficaria furioso comigo por permitir que a fazenda roubasse meu tempo de você e das crianças, da nossa casa, das nossas obrigações sociais, da vida que você imaginou com uma esposa. Você viria a desprezar Somerset, e acabaria me desprezando. Agora me diga que não vai ser assim.

A voz dela era firme, mas delicada, expressando toda a tristeza que ele devia saber que ela sentia. Ela esperou pela reação dele, perguntando a si mesma pela milésima vez como teria coragem de abrir mão daquele homem. Mas por lealdade a ambos, ela precisava fazer isso. Percy estava olhando para ela com aquele seu jeito observador, e ela esperou que ele visse no seu rosto sujo e em suas mãos maltratadas como seria o futuro de Somerset, sempre à beira da falência, drenando sua energia, uma permanente fonte de preocupação. Ela via Somerset próspera um dia, e ela mesma bem vestida e elegante como cabia a uma fazendeira, mas depois de passar dois anos lidando com arrendatários preguiçosos, gorgulhos, caprichos da natureza e mercados imprevisíveis, ela colocara uma moldura mais realista em volta daquela fotografia cor-de-rosa. Ainda assim, ela era e sempre seria uma fazendeira, uma fazendeira *Toliver*, e não importa o que o futuro lhe reservasse, aqueles últimos anos tinham mostrado que ela podia lidar com ele.

Finalmente, Percy disse:

– Agora você quer que eu descreva o retrato que tenho de nós, casados? Ela soltou a mão dele.

– Se você quiser – ela disse com o ar resignado de alguém obrigado a escutar uma história fantasiosa.

Ele prendeu atrás da orelha dela uma mecha de cabelo que tinha escapado da tira de couro.

– Chame isso de convencimento masculino, arrogância ou poder do amor, mas eu acredito que posso fazer você querer desistir de Somerset. Eu acredito que posso fazer a mulher abdicar da fazendeira, e você não vai querer gastar seu tempo e energia brigando com seus arrendatários, com os gorgulhos e com o clima. Quando você experimentar o que eu tenho para oferecer, vai querer estar sempre comigo, cuidando da casa para mim e para os nossos filhos. Você vai querer estar lá, fresca e linda, quando eu voltar para casa à noite. Vai preferir passar as manhãs de domingo na cama fazendo amor, em vez de acordar de madrugada para trabalhar nos livros de contabilidade. Seu sangue Toliver não vai ser tão importante para você depois que você o vir combinado com o meu nos nossos filhos. E com o tempo...

Delicadamente, sem que Mary percebesse o que estava acontecendo, ele a puxou para ele e a beijou do modo que ela nunca esqueceria.

– E com o tempo – ele repetiu, soltando-a com um sorriso, os olhos brilhando –, você vai se perguntar como foi capaz de pensar que uma fazenda trabalhosa pudesse ocupar o lugar de um marido e filhos que adoram você.

Mary olhou para ele, seus lábios inchados e úmidos como uma fruta madura. Ele estava sonhando! Estava inventando uma história de fadas! Abdicar da fazendeira em favor da mulher? Elas eram a mesma pessoa!

Exasperada, ela afastou a mecha de cabelo que tinha escapado de novo, ignorando seus impulsos carnais.

– Percy, como você pode ignorar quem eu sou depois de tantos anos?

– Eu não ignoro – ele disse, pronto para tornar a beijá-la. – Você simplesmente não sabe o que *eu* vi com clareza. E quero mostrar isso a você, Mary. – O olhar dele ficou sério. – Você deve isso a si mesma. Nós devemos isso a nós mesmos.

Nós devemos isso a nós mesmos. Isso fez Mary pensar em Ollie e na pergunta crucial que a perseguira a noite toda... que ela achara que não teria coragem de fazer. Mas que agora precisava fazer.

– E quanto ao Ollie? O que nós devemos a ele?

Ele franziu a testa.

– Ollie? Eu sei o que *eu* devo a ele, mas *nós*?

Mary o olhou para ver se ele sabia do que ela estava falando, mas a expressão dele mostrava apenas perplexidade. Ela pôs a mão em seu braço.

– Conte-me sobre aquele dia.

Ele se afastou um pouco, tomou um gole de café e começou a falar olhando para a paisagem.

– Nossa guarnição estava enviando colunas de soldados derrotados da França para a Alemanha. A maioria dos alemães estava contente porque a guerra tinha terminado e só queria tocar suas vidas, mas alguns ainda estavam lutando pela pátria. Era desses que nós tínhamos que nos precaver. Eles se escondiam na beira da estrada e tentavam nos atacar quando nos apanhavam separados das colunas. Foi um desses caras que jogou a granada. – Percy jogou o resto do café na grama e fez uma careta como se tivesse deixado um gosto amargo em sua boca. – Ela caiu bem atrás de mim, mas eu não a vi. Alguém gritou, mas quando eu reagisse já seria tarde demais. Ollie me empurrou e se atirou sobre ela. – Ele olhou para ela, pálido com a lembrança. – Não há maior prova de amizade, você sabe.

Ele não sabe, ela pensou, com um misto de alívio e horror. Ela tinha ouvido com um olho e um ouvido alertas para a menor referência à promessa que Ollie lhe fizera, mas não percebeu nada. Aquele era um segredo dela e de Ollie. Até onde Percy sabia, Ollie tinha agido por amor a um amigo cuja vida ele colocara acima da dele. Talvez fosse verdade, e ela não tivesse nenhuma obrigação de se casar com o homem cujo sacrifício o trouxera são e salvo para casa. Mas uma onda de gratidão a inundou.

– Eu sou tão grata a ele – ela disse.

– É mesmo?

– Você sabe que sim, Percy.

Eles se olharam por um longo momento quando uma nova luz surgiu nos olhos dele.

– Sabe o que eu gostaria de fazer agora?

– Será que eu ouso adivinhar?

– Eu gostaria de levar você para a cabana, colocá-la debaixo do chuveiro e ensaboá-la todinha. Depois...

– Percy, para. – Tonta de desejo, Mary tapou-lhe a boca com a mão para evitar que alguém na plantação ouvisse o que ele estava dizendo.

Ele continuou falando através dos dedos dela.

– ... eu enxugaria você e a carregaria para a cama e faria amor com você debaixo dos lençóis pelo resto do dia. Que tal isso?

Sem fôlego, ela disse:

– Impossível. – E se levantou depressa. – Eu tenho que voltar ao trabalho.

– Espera – Percy disse, segurando a ponta de uma de suas botas. – Nós não terminamos nossa conversa, Cigana, aquela que começamos antes de você me perguntar sobre Ollie. Você não ouviu o que eu tenho a propor.

– Eu achei que você tivesse acabado de dizer – ela disse.

– Eu tenho uma proposta mais séria.

– Achei que já tinha ouvido essa também.

– Não esta. – Ele ficou em pé. – Mas primeiro eu tenho uma pergunta.

Ela olhou para os arrendatários que ainda estavam espiando na direção deles.

– Bem, diga logo antes que nos tornemos objeto de fofoca.

Ele tirou um pedacinho de terra seca do rosto dela.

– A fazenda pode fracassar de qualquer maneira, meu amor, e aí o que você faria?

Foi como se o sol tivesse ido para trás de uma nuvem. Não era sobre sua ruína financeira que ele estava falando, e sim como ela se sentiria se o perdesse *e* a fazenda. Esta era uma pergunta que ela não queria enfrentar. Ela resolveu escapar.

– Eu achava que você iria adorar se eu perdesse Somerset.

O sorriso dele esfriou.

– Que eu ficaria feliz em ganhar você por falta de pagamento, em outras palavras? Bem, isso não me agradaria nada, Cigana. Eu estou disposto a dividir o primeiro lugar, mas não a ficar em segundo. Eu gostaria que você viesse a mim não por necessidade, mas por escolha, compreendendo que precisa tanto de mim quanto de Somerset. Então, voltando ao assunto do que devemos a nós mesmos...

– O que você está propondo? – ela perguntou, nervosa.

– Eu proponho que nós nos demos a chance de ver quem tem razão, você ou eu. Eu proponho que nos demos a chance de ver se podemos viver um sem o outro.

– E como vamos fazer isso?

– Não como você está pensando, a menos que aconteça. Nós vamos fazer isso passando tempo juntos. Conversando, comendo juntos, saindo para passear...

Como eu vou ter tempo para isso?, ela pensou, desanimada.

Ele chegou mais perto dela, com um olhar irônico.

– Você ganha de um jeito ou de outro, Cigana. Eu é que posso perder.

Ela sentiu o sangue correr mais depressa, quente e pulsante. Ousaria aceitar a proposta dele – arriscar submeter-se ao magnetismo dele, aos seus próprios desejos? Ou esta era uma oportunidade de provar a ele que eles não serviam um para o outro e acabar logo com esta loucura?

– Eu concordo se você entender que nem sempre posso estar disponível, e se você prometer não me apressar ou se aproveitar da minha... inexperiência. Eu vou fugir como um coelho assustado se isso acontecer.

– Eu vou ser um modelo de compreensão e paciência. Você nem vai sentir minha teia.

É disso que eu tenho medo, ela pensou, ao mesmo tempo excitada e assustada.

– E tem uma outra coisa... uma outra promessa que eu quero que você faça.

– Diga.

– Promete não me chamar mais de Cigana?

Ele riu, um riso alto, alegre, que Mary tinha rezado toda noite para tornar a ouvir.

– Eu prometo. Então estamos combinados?

– Estamos combinados – ela disse, com os nervos à flor da pele. – Agora eu tenho que voltar ao trabalho.

Ela sabia que os olhos dele a estavam seguindo quando se dirigiu para a plantação. Ela não o culparia se ele estivesse arrependido. Como poderia achá-la desejável naquelas calças largas e na camisa de flanela, o cabelo caindo nos ombros como os de uma índia? Ela não tinha ido muito longe quando se lembrou de uma coisa. E deu meia-volta.

– E quanto a Lucy?

– Lucy? – Ele franziu a testa como se tivesse dificuldade de se lembrar do nome. – Ah, Lucy – ele disse. – Eu disse a ela ontem à noite que havia outra pessoa.

Mary ficou imóvel.

– Você contou para ela quem era?

– Não. Eu a poupei disso. Ela não pareceu querer saber. Eu disse a ela que era uma pessoa que eu tinha amado a vida toda e com quem planejava me casar. Ela partiu hoje cedo. Nós não a veremos de novo.

Capítulo Dezesseis

Miles partiu em menos de uma semana. Mary encontrou um bilhete pregado no travesseiro quando foi ao seu quarto perguntar por que ele não tinha descido para o café. O bilhete dizia simplesmente: "Desculpe. Tenho que ir. Explique a mamãe. Amor, Miles." Ao lado, uma rosa vermelha.

Mary pegou a rosa, surpresa que ele tivesse usado um símbolo tão odioso para a mãe e tão característico da tradição dos Toliver. Lágrimas silenciosas escorreram pelo seu rosto quando ela encostou a rosa nos lábios. Recordou cenas do passado quando eles quatro eram tão felizes e se amavam tanto. Ela tornou a ouvir o riso da mãe e a voz grave do pai, os gritos de alegria dela mesma quando Miles a atirou para o ar e segurou de volta nos braços. Recordando esses tempos felizes, ficou no quarto do irmão mais alguns minutos antes de chamar Toby e pedir que ele fosse correndo buscar o Sr. Percy.

Ele chegou lá poucos minutos depois. Ela o tinha apanhado quando ele estava se vestindo para trabalhar. Sassie o levou até a sala, onde Mary estava sentada, contemplando o vazio, com a rosa na mão. Quando ela viu que ele estava parado em silêncio ao lado de sua cadeira, teve uma sensação de *déjà vu*. Ela não tinha vivido esta cena antes, quando a luz iluminou a cabeça loura de Percy e sombreou seu rosto exatamente do mesmo jeito?

— Ele foi embora – ela disse. – Miles voltou para a França, para Marietta e o Partido Comunista.

— Eu sei. Ele ligou antes de partir. Ollie também sabe.

Ela olhou para ele de testa franzida, com um olhar ofendido.

— E vocês não me avisaram?

Ele suspirou, ergueu um pouco as calças e se agachou ao lado da cadeira dela. Mais uma vez, Mary teve a estranha sensação de ter vivido aquele momento antes. Então ela lembrou que Percy tinha se ajoelhado ao lado daquela mesma cadeira na noite seguinte à leitura do testamento do pai dela. O rosto dele tinha a mesma expressão calma que da outra vez. Ele tocou uma das pétalas.

– Ele deixou isto?

Ela fez que sim com um movimento quase imperceptível de cabeça.

– Então você deve perdoá-lo.

Outro movimento leve. Ela disse, desanimada:

– Ele vai morrer na França. Nunca mais vai voltar para casa. E agora eu vou ter que contar à mamãe. – Os olhos dela estavam brilhantes de lágrimas. – Você prometeu que ia dissuadi-lo de partir.

– Eu prometi tentar, Mary, mas ele estava decidido. Ele ia voltar para junto da mulher que o faz feliz. Esqueça essa história de comunismo. Com Miles, isso não vai durar muito. E também não vai durar com Marietta, eu aposto, agora que ela pode dedicar suas energias a Miles.

– Ele devia ter ficado aqui. – Uma onda de raiva a fez endireitar o corpo e enxugar os olhos. – Nós precisamos dele. Agora mais do que nunca. Ele sempre fugiu das responsabilidades para com a família.

Percy deu um soco no braço da cadeira e ficou em pé.

– Isso não é justo, e você sabe. O fato do conceito dele de obrigação para com a família ser diferente do seu não significa que ele seja irresponsável.

A frustração de Mary em relação a ele estava crescendo. Ela não devia ter pedido que ele viesse. Desde o encontro deles na fazenda, ambos tiveram uma amostra do que teriam que passar para manter seu acordo. Por duas vezes eles tinham feito planos para a noite, e por duas vezes problemas inesperados em Somerset a mantiveram presa na fazenda. Percy tinha chegado na hora marcada e não tinha encontrado Mary. A primeira vez que deu o bolo nele, ela entrou correndo em casa, molhada e suja de lama por causa das chuvas do início de outubro e mandou um bilhete se desculpando, mas recebeu de volta outro bilhete dizendo que Percy tinha ido para o escritório para pôr em dia a papelada. Miles tinha ficado observando a situação da sua cadeira ao lado da lareira, sacudindo a cabeça como se ela fosse a pessoa mais idiota do mundo. Da segunda vez que ela não apareceu, Percy e Miles tinham apanhado Ollie e os três foram se embebedar no clube.

Outras noites, Percy estava ocupado. Naquele momento, a Madeireira Warwick estava negociando novos contratos de prestação de serviços em reuniões que normalmente terminavam tarde da noite. Esta manhã era a primeira vez que eles se encontravam, e estavam quase brigando.

Ela não queria isso. Estava cansada. Estava sempre cansada. Ela se levantou e largou a rosa.

— Eu só estou dizendo — ela continuou, tentando abrandar o tom de voz — que Miles poderia ter tido a consideração de ficar pelo menos alguns meses para ajudar Sassie a cuidar de nossa mãe. Mamãe teria gostado tanto disso.

— Miles achou que não podia dispor de alguns meses — Percy disse.

— Mais um motivo para passá-los com mamãe.

— Entendo... — Percy disse, deixando-a ainda mais furiosa.

Ela rangeu os dentes.

— O que é que você entende, Percy? O que é que você está vendo e eu não?

Ele não pareceu abalado com o nervosismo dela.

— Se sua mãe permitisse que você se revezasse com Sassie, você faria isso?

— Essa é uma pergunta irrelevante. Você sabe que ela não me deixa entrar no quarto dela.

— Mas... e se deixasse? A quem você dedicaria o seu tempo, a sua mãe ou a Somerset?

— Estamos batendo na mesma tecla outra vez, não estamos?

— Eu só estou tentando fazer você ver que Miles tem o mesmo direito que você de fazer suas escolhas.

Exasperada, ela se virou para a lareira, como se precisasse do seu calor reconfortante. O verão tinha terminado. Um outono frio chegara, mas, do jeito que estava se sentindo, ela teria apreciado um fogo mesmo num dia de verão. Percy estava dizendo que Miles tinha tanto direito de ser egoísta quanto ela. Eles jamais resolveriam suas diferenças. Ela estava cada vez mais convencida disso. Então, de costas para ele, segurando os cotovelos, ela disse:

— Eu lamento muito mais do que você imagina o que aconteceu à minha mãe, mas nenhum de nós poderia ter previsto que os termos do testamento de papai a deixariam desse jeito. Se papai tivesse sabido que ela se sentiria tão ultrajada, talvez tivesse agido de outra forma, mas ele não sabia.

— Não sabia? Então por que ele pediu a Emmitt para dar uma destas rosas para ela?

Ela se virou. Ele estava segurando a rosa com o braço estendido, uma capa na frente de um touro. Ela tirou a rosa da mão dele.

– Isso é problema dos Toliver! Por favor, Percy, vá embora. Eu estou arrependida de ter chamado você.

– Mary, eu...

– *Vai embora!*

– Mary, você está cansada e nervosa. Por favor, vamos conversar...

– Não há nada para conversar. Nossas diferenças são muito grandes. Eu não quero ser amada *apesar* de ser como sou, e sim *por* ser *como* sou, o que você parece achar impossível.

– Eu não dou a mínima para isso. – O rosto dele ficou vermelho. – Eu amo você e pronto. Essas diferenças não têm nada a ver com amor.

– Para mim, elas têm. Nosso acordo está desfeito! – Ela saiu da sala.

– E você está sangrando – ela gritou para ele. Ela notara um filete de sangue na mão dele, onde tinha se espetado com um espinho da rosa. – Vá cuidar de suas feridas que eu vou cuidar das minhas.

Ele disse, desconsolado:

– Mary...

Mas ela subiu a escada correndo, o coração doendo, e já estava quase chegando no quarto da mãe quando ouviu a porta da frente bater, com um som que pareceu por fim a todas as suas esperanças.

Uma caixa do florista com uma única rosa vermelha chegou no dia seguinte com um bilhete de Percy: "Perdoe-me. Eu sou um idiota por ter abordado um assunto tão delicado numa hora daquelas. Você precisava de consolo e não de crítica. Desculpe ter falhado em demonstrar o amor que sinto por você. Percy."

Mary respondeu com a última rosa branca do jardim. Ela estava avariada por causa da última chuva, mas servia para mandar a mensagem. Ela a enviou por Toby para Warwick Hall, com um bilhete que dizia: "Não precisa se desculpar por dizer o que sente. Isso prova as diferenças irreconciliáveis que existem entre nós. Mary."

Ela esperava que ele fosse aparecer em sua casa ou na fazenda para refutar o que ela dissera, mas o Pierce-Arrow não apareceu. Ela soube por Ollie na manhã seguinte que Percy viajara a trabalho.

– É mesmo? – A notícia a incomodou muito. Eles estavam conversando na varanda depois que ele a tinha visto sentada com um ar infeliz no balanço, logo após todos já terem ido dormir, a hora mais solitária do dia para ela. – Ele não me contou.

– Sem dúvida ele teve bons motivos para isso. Está indo para o Oregon. A companhia comprou terras por lá e os lenhadores estão criando problemas. Eles são difíceis, mas Percy consegue dar conta deles. Ele não quis preocupá-la, mas eu achei que você ia gostar de saber.

Querido Ollie... Sempre agindo como pacificador entre ela e Percy. Ele soubera da briga deles e devia ter achado que seu sacrifício tinha sido em vão.

– Obrigada. Então não vou procurá-lo por algum tempo.

Desolada, Mary ficou sentada no balanço depois que ele foi embora. Duas perdas na mesma semana, e não havia ninguém em sua família que pudesse consolá-la. Lembrou-se de quando o avô Thomas tinha morrido. Foi como se uma parede da casa tivesse desmoronado e um vento frio entrasse. Depois do enterro, seu pai a tinha levado até a fazenda no final da tarde. Estava quase na época da colheita, e os campos estavam todos brancos. Mary tinha onze anos, e estava sofrendo muito. O pai lhe dera a mão e, juntos, eles tinham caminhado por entre as fileiras de algodão até o sol se pôr. Como sempre, conversaram sobre algodão. Ele não mencionou nem uma vez morte ou sofrimento, mas ali, de mãos dadas, naquela troca de sentimentos, sua dor diminuiu.

Como ela gostaria de poder dar a mão ao pai naquele instante.

Na semana seguinte, ela recebeu um bilhete de Lucy.

Estou pensando em me candidatar de novo àquele posto em Bellington Hall no final do ano escolar, se a velha Peabody me aceitar de volta. Como você deve ter sabido (e previsto), Percy me despachou no dia em que voltou para casa. Ele gosta de outra pessoa, alguém que ele diz que amou a vida toda. Você sabe quem é ela? Não, não me conte. Eu não quero saber. Eu ficaria morta de ciúmes. Imagino que ela seja tudo aquilo que você me disse que ele admirava numa mulher. Estou surpresa por você nunca me ter falado dela, para que eu não desperdiçasse meus sonhos achando que tinha uma chance com ele. Mas você tentou me dissuadir. Depois eu conto o que decidi. De todo modo, dificilmente eu vou tornar a vê-la, a menos que o destino faça nossos caminhos se cruzarem. Boa sorte, Lucy.

Mary dobrou o bilhete com uma sensação de culpa misturada com alívio. A menos que eles se casassem, dificilmente sua companheira de quarto ficaria sabendo que ela era a pessoa que Percy tinha amado a vida toda. Seria um transtorno se ela ficasse sabendo. Ela ia achar que Mary tinha mentido de propósito e – conhecendo Lucy – viveria o resto da vida convencida de que tinha sido enganada.

Quando Percy voltou três semanas depois, ele mandou um bilhete do escritório. Mary leu-o ansiosamente, achando que o bilhete era para marcar um encontro com ela, mas a nota rápida era só para dizer que ele tinha chegado bem e que ia estar ocupado com assuntos de trabalho nas semanas seguintes. Desapontada, Mary não pôde deixar de rir com ironia. Agora Percy sabia o que era enterrar o nariz no negócio da família.

Alguns dias depois, as obrigações dele aumentaram quando Jeremy sofreu um ferimento sério na cabeça. Percy foi obrigado a se encarregar da empresa, cuidando de negócios que agora tinham se expandido para Oregon, Califórnia e Canadá. Mesmo que estivessem saindo juntos, Mary percebeu com certa tristeza, ele teria dificuldade em achar espaço na agenda para combinar com a sua rotina imprevisível. De um jeito meio torto, eles tinham tido a chance de ver se podiam viver um sem o outro. Aparentemente, podiam.

Em meados de novembro, as coisas se acalmaram um pouco em Somerset. Os campos estavam cobertos por uma camada de neve e os arrendatários e Mary puderam ter um pouco de folga do trabalho. Ela recusou convites dos DuMont e dos Warwick para o jantar de Ação de Graças, na esperança de que a mãe pudesse ser convencida a descer para comer o peru recheado de Sassie, preparado com todos os acompanhamentos. Darla se recusou, então Mary, Sassie e Toby dividiram o jantar festivo na cozinha e levaram uma bandeja para ela no quarto.

O Natal foi igualmente triste. Percy, que se mantinha em contato com ela por meio de bilhetes ocasionais (os Toliver não tinham telefone), convidou-a para o baile de Natal no country clube, mas Mary recusou o convite, dizendo que não tinha nada para vestir. "Não me importo que você vista um saco", ele respondeu, com uma letra escura e estridente. "Você ainda seria a moça mais bonita do baile."

Na verdade, ela havia se retirado inteiramente do convívio social. Sentia o peso do julgamento da sociedade contra o pai por ter sido relapso com a esposa – e contra ela por não reparar as coisas. Chegaram aos seus ouvidos comentários sobre ela trabalhar no campo como se fosse uma camponesa. Isso a isolou e aborreceu, mas fortaleceu sua determinação em recuperar a antiga glória do nome Toliver.

Enquanto isso, Mary sentia muita falta de Percy e imaginava se essa não seria a intenção dele. Ele já tinha jogado este jogo de espera. Estaria tentando fazer com que ela percebesse o quanto estava solitária e o quanto precisava dele e o desejava? Se fosse este o caso, estava funcionando, especialmente quando ela pensava na possibilidade de ele estar saindo com outras moças.

Uma visita de Ollie obrigou-a a concordar com uma pequena cerimônia na véspera do Natal.

– Eu não vou aceitar um não – ele disse. – Percy e eu vamos aparecer aqui na véspera do Natal com presentes e champanhe. Então vista o seu melhor vestido de festa, Mary, e peça a Sassie para fazer aqueles divinos biscoitos de queijo. Pode ser às oito horas?

Mary mandou fazer os biscoitos e armou uma pequena árvore de Natal na sala. Para se preparar para a noite, ela fez as unhas e tomou um longo banho. Vestiu um vestido de veludo verde-escuro que tinha usado na noite em que Richard Bentwood a beijou sob o visgo e, com a ajuda de Sassie, prendeu o cabelo no alto da cabeça. Pegou emprestadas as pérolas da mãe para usar nas orelhas e no pescoço, e quando se olhou no espelho mal reconheceu a moça que a fitava do outro lado.

O mesmo aconteceu com Percy e Ollie.

– O que foi? – Ela riu do rosto espantado dos rapazes quando abriu a porta. – Vocês nunca viram uma garota num vestido de festa?

Mary fingiu não reparar na atenta observação deles durante a troca de presentes e o brinde com champanhe – Percy com uma expressão cautelosa e Ollie francamente encantado. Sentindo-se sem jeito e meio como uma corça cercada por dois alces no cio, ela evitou o olhar deles sem saber como lidar com a atenção.

– Ollie, que gentileza! – ela exclamou quando desembrulhou o presente dele, um delicado lápis de prata disfarçado em broche. – Você lembrou que eu nunca sei onde deixo minhas canetas. – Ela tirou o lápis do estojo, preso numa corrente retrátil. – Vou cuidar para não perder este de vista. – Ela sorriu para ele e se levantou da cadeira para dar um beijo no seu rosto redondo e ruborizado.

O presente de Percy era um par de luvas de um couro delicado, elegantes, mas duráveis. Ela ficou vermelha com a implicação do presente.

– Que gentileza a sua também, Percy, mas elas são muito finas para seu propósito. – Havia um bilhete enfiado num dos punhos, e ela de propósito fingiu não notá-lo. Deixaria para ler mais tarde, longe dos olhos perturbadores de Percy.

– Não para as suas mãos – ele disse, olhando-a de um jeito que fez seu coração dar um salto quando se inclinou para agradecer-lhe do mesmo modo que tinha agradecido a Ollie.

O presente dela para Ollie foi um livro de poemas de Oscar Wilde, seu escritor favorito, e para Percy uma história ilustrada das árvores norte-americanas. Quando a noite terminou, ela os levou até a porta, e Percy não pareceu desejar ficar mais um pouco para uma conversa em particular.

– Eu queria que você fosse conosco – sugeriu Ollie.

– No ano que vem, quem sabe. – Ela sorriu, decidida a não permitir que eles percebessem sua solidão. Eles estavam indo para a casa de Ollie, onde Abel estava dando sua festa de Natal de todos os anos para os amigos e suas famílias. Parecia que já havia tantos anos desde que sua família, sua mãe coberta de peles e ela mesma saltitando com um chapéu branco de pele de raposa, tinha caminhado de mãos dadas para a festa e voltado para casa cantando "Noite Feliz" debaixo de um céu estrelado.

– Vamos cobrar essa promessa, Mary – Percy disse, e ela se viu sentindo saudade do apelido que ele lhe dera.

Depois que eles foram embora, Mary ficou alguns instantes encostada na porta, ouvindo os passos deles descendo a escada. Depois, desanimada, ela voltou para a sala, apagou o fogo, e levou o resto da champanhe para a cozinha, onde a despejou na pia. Pegou seus presentes e mais tarde, no quarto, sentou-se debaixo da janela para ler o bilhete de Percy sob a luz da lua: "Para as mãos que quero segurar pelo resto da minha vida. Com amor, Percy."

Capítulo Dezessete

— Sua mãe quer falar com você, Srta. Mary.
Sentada na escrivaninha do pai, Mary ergueu os olhos do livro-caixa em que estava calculando despesas e receitas para o ano seguinte. Era o dia primeiro de janeiro de 1920.

— Mamãe quer falar comigo? Para quê?

Sassie ergueu os ombros.

— Não me pergunte, mas sua mãe está sentada na cama, linda como uma pintura. Ela tomou banho sozinha esta manhã, penteou o cabelo e o amarrou com uma bela fita azul. Ela quer que eu a ajude a se vestir para descer depois da sesta.

Mary se levantou da escrivaninha com uma esperança cautelosa, olhando para o relógio na lareira. Se este fosse outro jogo da mãe, ela realmente não tinha tempo para isso. Precisava concluir seus cálculos antes de se encontrar com Jarvis Ledbetter, um fazendeiro vizinho, ao meio-dia. Mas se sua mãe tivesse cruzado uma barreira...

Mary marcou a página no livro-caixa.

— O que você acha que deu nela?

— Não sei, Srta. Mary. Tem alguma coisa acontecendo por trás daqueles olhos amarelos dela.

— Não sei o que pode ser. Ela não esteve em lugar nenhum, não fala com ninguém há mais de um ano. Ela recebeu carta de Miles?

— Se recebeu, não fui eu quem levou para ela.

Mary deu um tapinha no ombro de Sassie.

— Eu vou ver o que ela quer. Traga um café para nós, por favor, e não foi cheiro de biscoito de canela que eu senti ainda agora? Ponha alguns numa travessa e talvez ela coma um.

— Foi isso mesmo que a senhorita cheirou. Estou esperando o Sr. Ollie esta tarde, e aquele homem adora meus biscoitos de canela. — Ela riu, seguindo Mary até o hall. — Eu não me importaria de cozinhar para um homem como ele. Nem para o Sr. Percy, embora ele não sinta tanto prazer em comer quanto o Sr. Ollie.

Mary evitou ter que responder àquele comentário apertando a fita verde que prendia seu cabelo antes de subir a escada. As insinuações de Sassie de que já estava na hora de ela se casar eram tão sutis quanto elefantes. A fiel governanta já considerava Percy um caso perdido, uma vez que ele raramente aparecia por lá.

Ao subir a escada, Mary pensou nele com o costumeiro aperto no estômago. Ele tinha mesmo perdido o interesse nela? Estava apostando que a solidão a faria correr para os braços dele? A ausência dele significava que ele concordava que o casamento deles jamais poderia dar certo? Diariamente ela recordava as palavras que ele tinha escrito no bilhete enfiado no punho do seu presente de Natal: "Para as mãos que quero segurar pelo resto da vida."

Mary hesitou antes de bater na porta do quarto da mãe, temendo o melancólico "Entre" que marcava o início de cada visita desagradável. Mary nunca o ouvia sem uma ponta de irritação. Bastava ver como Ollie lidava com a situação dele para olhar com desprezo para o modo como Darla Toliver lidava com a dela. Nada de mau humor ou autopiedade para Ollie! Depois de um curto período de hospitalização em Dallas, ele voltara a trabalhar nos escritórios da Loja de Departamentos DuMont, carregando suas muletas com cabo de ônix e prata como se fossem uma extensão elegante do seu fantástico guarda-roupa.

– Entre! – A voz de Darla, forte e vibrante, respondeu à sua batida. Surpresa, Mary abriu a porta e espiou para dentro cautelosamente.

– Ora, mãe, como você está... bonita – Mary disse, espantada. Ela não se lembrava de quando começara a chamar a mãe de "mãe". Isso tinha acontecido durante os anos de afastamento, por causa da distância que tinha se estabelecido entre elas. "Mamãe" era um tratamento carinhoso; "mãe" um modo de se dirigir a ela.

Na mesma hora, Mary viu que "bonita" não era a palavra certa. Ela duvidava que a mãe algum dia ficasse bonita de novo, depois de ter abusado por tanto tempo da saúde. Mas hoje, recostada nos travesseiros limpos, de banho tomado, penteada, usando um penhoar transparente como os que usava quando o marido era vivo, sua aparência era fresca e descansada. Mary se aproximou da cama.

– Qual o motivo da celebração? – ela perguntou, chocada ao ver que, sem o acúmulo de suor e oleosidade, o cabelo da mãe estava grisalho.

Darla riu do seu jeito leve e natural, um som que Mary não ouvia havia anos, e apontou para a janela com um braço flácido. Sassie tinha aberto as cortinas para o sol pálido de janeiro, a primeira luz que entrava no quarto desde a morte do pai de Mary.

– O novo ano; esse é o motivo. Eu quero comemorá-lo, sair desta cama, deste quarto. Quero andar ao ar livre e sentir o sol no meu rosto. Quero me sentir viva de novo. Você acha que é tarde demais para isso, Mary, minha ovelhinha?

Minha ovelhinha. Já fazia quatro anos que a mãe não a chamava assim. Mary sentiu um nó na garganta ao ouvir este eco do passado.

– Mamãe – ela murmurou tristemente. Já houvera antes essas mudanças de humor e essas resoluções, mas tinham sido apenas pretextos para ela andar livre pela casa e ter acesso a uma garrafa escondida.

– Mary, eu sei que você está desconfiada – Darla disse, olhando carinhosamente para a filha. – Você acha que eu só quero sair daqui para conseguir uma bebida em algum lugar, mas francamente, eu já não consigo mais imaginar como fazer isso. Eu... eu só quero me sentir humana outra vez, querida.

No pé da cama, Mary fechou os olhos para reprimir as lágrimas. *Querida.* Ela ficou atônita ao ver o quanto o seu coração ansiava por aquela palavra de afeto.

– Ah, meu bem, eu sei... – Darla afastou as cobertas e baixou as pernas frágeis e pálidas para o chão. – Eu sei... eu sei – ela disse, caminhando com passos incertos até Mary. – Venha aqui com a mamãe, filhinha. – Ela estendeu os braços e Mary se deixou abraçar e acarinhar como se tivesse ralado o joelho brincando no jardim. Ela se submeteu com uma carência desesperada, mesmo sabendo que este podia ser outro jogo cujo objetivo só a mãe conhecia.

Mesmo assim, ela estendeu as mãos depois que elas se sentaram na *chaise longue* e perguntou:

– O que você quer, mãe? O que gostaria de fazer para se sentir mais feliz?

– Bem, primeiro eu gostaria de andar um pouco pela casa para recuperar a força das pernas. Depois eu estava pensando em ajudar Toby no jardim. Sassie me disse que ele está com algumas batatas prontas para plantar.

Mary estivera observando a mãe enquanto ela falava. Não viu nada da antiga astúcia, aquele movimento rápido dos olhos que revelava outro motivo por trás do seu pedido. Ela teria esquecido que a horta tinha abrigado sua última garrafa de bourbon anos atrás, desencavada pela enxada de Toby?

Darla percebeu a preocupação da filha e apertou suas mãos.

– Não se preocupe, querida. Eu sei que não há mais nada para ser desencavado lá. Eu só quero sentir a terra de novo, plantar algumas coisas. Tenho certeza de que Toby vai apreciar a ajuda.

– Você sabe que alguém vai estar sempre com você – Mary disse com delicadeza.

– Sim, eu sei. Bem, Toby pode me vigiar no jardim durante a manhã, em seguida eu faço a sesta depois do almoço, trancada como sempre. Sassie pode tomar conta de mim na sala, à tarde. Eu vou ficar lendo lá. Nós ainda temos assinatura da *Woman's Home Companion*?

Mary estremeceu ao ouvir aquelas palavras cruéis, mas Darla falou sem rancor, usando o tom rotineiro com que antes comunicava à família seus compromissos durante o café da manhã.

– Sinto muito, não temos mais – Mary respondeu –, mas ainda temos os exemplares de alguns anos atrás. Nós não vimos sentido em manter a assinatura...

Mary prendeu a respiração, esperando ver os olhos dourados de Darla encherem-se de indignação, mas ela disse apenas:

– Foi uma decisão correta, já que eu era a única pessoa na casa que lia a revista. Eu sei que estamos pobres. Não vale a pena gastar dinheiro com coisas de que não precisamos. – Ela retirou as mãos. – Eu não vou perguntar como vão as coisas em Somerset. Estão melhorando, eu imagino, com você à frente. Você passa muito tempo lá?

Mary procurou sinais da antiga revolta, mas Darla tinha feito a pergunta de um modo natural, como se estivesse simplesmente curiosa. Talvez ela tivesse finalmente se livrado da amargura e do ressentimento.

– Sim senhora. Estamos preparando os campos para a primavera.

– Bem, não se sinta culpada por ter que passar muito tempo na fazenda. Quando você e Sassie estiverem ocupadas, talvez Beatrice possa me fazer companhia. Eu sei que ela se ofereceu para isso muitas vezes. Como vai ela, por falar nisso?

– Muito melhor agora que Percy está em casa, e não está mais se vestindo de preto.

– Eu sempre achei que isso era uma mera afetação, um modo de atrair simpatia e ser notada. Nós todos tínhamos filhos na guerra. Mas eu gostaria muito de revê-la. Você combina isso para amanhã? Eu quero que ela faça uma coisa para mim. – Ela inclinou a cabeça do jeito coquete que era típico dela, abrindo um banco de memórias e um poço de desespero.

– É algo que eu possa fazer para você? – Mary perguntou, suspeitando do pior. Todo mundo na cidade, inclusive os Warwick, tinha estocado bebida antes da promulgação da Lei Seca, que proibia a venda e a compra de álcool para consumo depois da meia-noite do dia 16 de janeiro.

Darla percebeu o motivo da pergunta dela. Ela acenou com a mão que parecia uma garra e disse:

– Sua tola, eu não vou pedir a ela uma garrafa de bebida, se é isso que está preocupando você. Não, eu quero pedir que ela me ajude a planejar uma festa.

– Uma festa?

– Sim, minha ovelhinha. Você sabe o que vai acontecer no início do mês que vem? – Darla riu da expressão atônita de Mary. – Sim, querida, o seu aniversário! Você achou que eu tinha esquecido? Vamos fazer algo simples, mas elegante, e convidar os Warwick, Abel e Ollie, e até os Waithe, se você quiser. Já faz um bom tempo que eu não vejo os rapazes, não é?

– Sim, mãe – Mary disse baixinho. – Alguns anos. – É claro que ela não tinha esquecido o dia do seu próprio aniversário. Ela ia fazer vinte anos, e só ficaria faltando um ano para assumir controle total de Somerset. Ela estava simplesmente surpresa de a mãe ter lembrado. Mary ouviu os passos de Sassie na escada e o tilintar de xícaras de porcelana. – Sassie está trazendo café e biscoitos de canela para nós. Vamos dar um chá como nos velhos tempos e discutir o que você tem em mente?

– Vamos sim! – Darla bateu palmas. – Mas eu não posso discutir tudo o que tenho em mente, ovelhinha. Eu quero surpreendê-la de modo a não deixar dúvidas sobre o quanto eu a amo.

Mais tarde, ao levar a bandeja de café de volta para a cozinha, Mary perguntou:

– Bem, o que você acha, Sassie?

– Ela está fingindo, Srta. Mary. Eu conheço a sua mãe, e assim como o meu reumatismo me diz quando vai chover, eu sei com a mesma certeza que ela está tramando alguma coisa.

Mary não tinha tanta certeza. A casa, o jardim e o quintal, o caramanchão, o abrigo da carruagem, o barracão de ferramentas, tinham sido inteiramente revistados em busca de garrafas escondidas. É claro que a mãe podia achar que eles tinham deixado passar uma ou duas garrafas, mas, se este fosse o caso, ela teria tentado sair da cama antes. Fugir estava fora de questão. Ela não tinha dinheiro, não tinha como conseguir dinheiro, e não tinha para onde ir, mesmo que tivesse força suficiente para chegar em algum lugar. Ela parecera, genuinamente, pateticamente arrependida do seu comportamento nos últimos anos e decidida a compensar o que tinha feito.

– A senhora notou que todos os retratos da família foram retirados de cima da lareira exceto o do Sr. Miles usando uniforme do Exército? – Sassie perguntou.

– Eu notei. Ela os tirou de lá depois que papai morreu.

– Bem, sua mãe pode mandar acender a lareira, como fez hoje de manhã, e pode mandar abrir as cortinas, e pode se arrumar, mas enquanto eu não vir os seus retratos, os do seu pai e da família inteira de volta na lareira, não vou acreditar em nada do que ela disser.

Mary balançou a cabeça, pensativa.

– Isso seria um sinal da sinceridade dela – ela concordou, duvidando que Sassie e ela algum dia fossem tornar a ver fotos da família sorrindo em suas molduras de prata sobre a lareira de sua mãe.

Capítulo Dezoito

Indo para a fazenda Ledbetter mais tarde naquela manhã, na velha charrete ainda usada pela elite de Howbutker, os pensamentos de Mary se alternavam entre o último capricho da mãe e o motivo do convite para almoçar enviado por Jarvis Ledbetter. Todo mundo sabia que um grande banco do leste assim como outros investidores, querendo comprar mais terras férteis no Cinturão do Algodão, tinham se aproximado do velho cavalheiro com uma oferta pela sua fazenda. Suas únicas filhas, duas gêmeas, tinham feito casamentos decepcionantes e ele dera a entender várias vezes que preferia vender sua fazenda, Fair Acres, e viver em grande estilo com o lucro obtido a deixá-la para as filhas e seus maridos fazerem a mesma coisa. Mary acreditava que o convite fosse para oferecer a ela a primeira opção para a compra de Fair Acres.

Fair Acres era uma extensão longa e estreita de terra situada entre Somerset e a faixa ao longo do Sabine que Miles tinha herdado. Nela havia uma bela casa de fazenda que estaria incluída na venda. Mary tinha acordado de madrugada para calcular a viabilidade financeira de comprar os acres que uniriam a faixa do Sabine a Somerset e que proporcionariam um lar conveniente fora de casa em terras dos Toliver.

Fora sempre o sonho de seu pai comprar os dois trechos que dividiam Somerset. Ele visualizava um mar de algodão Toliver se estendendo de um lado a outro, sem quebra de continuidade, mas, por mais que Mary mexesse nos números, o livro-caixa mostrava que o sonho não seria realizado. O único dinheiro extra não era na verdade uma sobra, mas um fundo de reserva para alguma eventualidade. Mesmo se esta colheita fosse perdida, haveria dinheiro para pagar os sanguessugas de Boston que torciam todo ano para ela se afundar. Eles nunca teriam esta satisfação. Mary tinha poupado cada tostão, tinha se sacrificado e suportado todas as privações, para ter certeza disso. Dentro de dois anos, os Toliver seriam de novo os únicos donos de Somerset.

Mary vivia para esse dia. Ela daria uma festa, um grande banquete para mostrar a Howbutker que o pai tinha sido sábio em deixar Somerset para ela. Todo mundo ia ver que, sob a sua direção, a fazenda se tornara poderosa de novo. Calmamente, a família ia sair da penúria. Ela ia contratar ajuda para Sassie, instalar banheiros modernos para substituir a casinha no canto do quintal e os pinicos debaixo das camas. Talvez até comprasse um automóvel e aposentasse o velho Shawnee, o fiel árabe que sobrevivera ao seu companheiro de charrete. Não ia faltar nada à sua mãe. Ela ia poder levantar de novo a cabeça, debaixo do chapéu mais bonito que o dinheiro pudesse comprar. Conhecendo Darla, assim que ela estivesse vestida na última moda e a casa recuperasse seu antigo esplendor, ela não iria se importar de onde estava vindo o dinheiro. Sentiria tanto orgulho de que ele estivesse vindo da filha quanto sentia quando ele vinha do marido.

Mas se Jarvis Ledbetter quisesse o dinheiro antes da colheita, ela teria que recusar. Ela não podia arriscar sua reserva financeira de jeito nenhum. Entretanto, valia a pena deixar o trabalho de lado por um tempinho para ouvir o que ele tinha a dizer.

Duas horas depois, tendo ouvido o que ele tinha a dizer, Mary ficou olhando de olhos arregalados, sem fala, para o dono da fazenda. Eles estavam sentados no escritório da pequena casa da fazenda, tomando o café pós-almoço.

– O First Bank of Boston, o senhor disse? – Mary repetiu. – O *First Bank of Boston* quer comprar Fair Acres?

– Foi o que eu disse, Mary. Cada metro quadrado dela. Entretanto... – O dono de Fair Acres, ainda um conquistador aos setenta anos, juntou os dedos e falou com um ar brincalhão. – Eu ainda não disse que sim. Estou primeiro oferecendo a você a chance de comprá-la e juntar as suas terras.

Mary quase gemeu alto. O First Bank of Boston era a instituição que possuía a hipoteca sobre Somerset. Como um coveiro esperando bem pertinho pelo último suspiro de um moribundo, eles estavam esperando que ela deixasse de pagar a hipoteca. Comprando Fair Acres, caso Somerset fracassasse, eles estariam de posse de uma fazenda numa importante hidrovia, o que a tornava a fazenda mais valiosa do leste do Texas, valendo o triplo do que eles tinham investido. Por que outra razão eles estariam interessados em comprar aquele pedaço de terra específico quando havia outras fazendas de algodão mais vulneráveis para darem o bote? Mary quase sufocou de indignação.

Ela passara a ver aquela instituição financeira como sendo um inimigo pessoal, decidido a destruir famílias como as dela e o sistema que elas representavam. Um por um, por todo o Cinturão do Algodão, fazendeiros como Jarvis Ledbetter estavam vendendo suas terras para investidores do leste, vendendo os arrendatários que dependiam deles para sua sobrevivência, vendendo a terra para ser dedicada a outros cultivos mais lucrativos do que o do algodão. Ela não podia culpá-los. Estava ficando cada vez mais difícil manter o modo de vida das fazendas. Clima inclemente, custos de manutenção, mercados retraídos, pestes e a má vontade dos herdeiros em manter sua tradição rural – tudo isso era motivo para sair daquela luta constante para sobreviver.

Ainda assim, Mary sentiu uma onda de revolta contra o homem cujos claros olhos azuis a observavam com um prazer senil por sobre as pontas dos dedos. Ela se decidiu imediatamente.

– Se o senhor estiver disposto a esperar até depois da colheita, eu compro a fazenda – ela disse.

O velho fazendeiro de cabelos brancos sacudiu a cabeça.

– Desculpe, minha cara. Eu não posso esperar até depois da colheita, que pode ou não ser boa, como todos nós sabemos muito bem. Eu estou vendendo tudo, porteira fechada, e me mudando para a Europa. Estou planejando morar em Paris por um tempo. Eu sempre quis viajar, ver um pouco do mundo antes de morrer, e não conheço lugar melhor para começar do que o Moulin Rouge. Miles ainda está em Paris?

– Da última vez que tivemos notícia dele, ele ainda estava lá. Sr. Ledbetter... – A boca de Mary ficou seca quando ela perguntou: – Quanto exatamente o senhor está pedindo por Fair Acres?

Quando ele declarou o montante, ela se assustou. Era muito menos do que tinha esperado.

– Mas isso, isso é muito razoável – ela gaguejou, sua cabeça trabalhando, revendo os números do livro-caixa que deixara em casa.

– Muito mais razoável do que eu pretendo ser com aquele bando lá de Boston – Jarvis disse, com os olhos brilhando.

– Por que o senhor está fazendo uma oferta tão generosa? – Mary de repente ficou desconfiada. Durante todo o almoço, tinha esperado uma investida do velho em cima dela.

Seu anfitrião suspirou e tirou um charuto do bolso do colete. Depois de tirar a ponta com os dentes, ele ficou olhando para o charuto.

— Talvez para aliviar um pouco minha consciência. Se eu vender para eles, vou estar abrindo a porta dos fundos desta parte do Texas para os chacais se instalarem. Eu sei, e sinto muito, mas se não fizer isso, minhas filhas e aqueles seus maridos vagabundos irão fazê-lo. Eu imagino que ao oferecer a você a chance de comprar Fair Acres, terei feito alguma coisa para salvar o velho modo de vida. Imagino que se há alguém que possa durar aqui, esse alguém é você. Não se fazem mais filhos, herdeiros, do seu tipo, Mary. Você é a última da ninhada. Eu posso receber um pouco menos e ainda ficar contente. Além disso... – O velho fazendeiro fez uma cara alegre. – Eu imagino que isto seja tudo o que você pode dispor.

— O senhor tem razão – Mary confirmou. Ela estava mais à vontade com ele agora. Seria tola em não aceitar a oportunidade que ele lhe oferecia. Nunca mais seria capaz de comprar aquela terra por um preço tão barato, muito menos se ela fosse comprada pelo First Bank of Boston. Ela disse depressa: – Sr. Ledbetter, eu acho que tenho como comprar essas terras. Quando o senhor precisa da resposta?

— Estou querendo fechar o negócio no fim da semana. Eu sei que é pouco tempo, Mary, mas quero sair daqui no final do mês. Se você comprar, vou providenciar para que os campos sejam arados, mas minha responsabilidade termina aí. E você vai ter que me pagar em dinheiro. Eu sinto muito, mas não tenho como aceitar uma nota promissória. Preciso do meu dinheiro agora, e não quero deixar nada para trás quando viajar. É muito difícil cuidar de negócios estando do outro lado do oceano.

Erguendo-se, Mary estendeu a mão para seu anfitrião.

— Eu lhe dou minha resposta no final da semana. Como o senhor sabe, tenho que consultar Emmitt Waithe, o responsável legal por Somerset.

Jarvis Ledbetter largou o charuto, se levantou e sacudiu a mão dela.

— Minha cara, se você conseguir convencer Emmitt, então é mais formidável do que eu pensava. Boa sorte.

Ela precisava de mais do que sorte, Mary pensou enquanto estalava a língua para Shawnee na estrada de terra a caminho da cidade. Precisava de pelo menos vinte boas razões para convencer Emmitt a liberar suas últimas reservas para comprar Fair Acres, e as chances disso eram mínimas. Nem uma vez, desde que Miles o nomeara guardião, ele discutira com ela por causa de gastos, mas desta vez ele ia fincar pé. Por mais que gostasse dela, que admirasse sua habilidade e liderança, a lealdade dele era para com o pai dela. Eles tinham sido grandes amigos. Nenhum outro homem no condado tinha respeitado mais e gostado mais do seu pai. Mary teria que enfrentar a responsabilidade fiduciária de Emmitt para com a memória do amigo, e isso não era tarefa simples. Ele jamais se arriscaria a perder a fazenda de Vernon Toliver por algo que ele com certeza consideraria um capricho da filha.

Entretanto, quanto mais pensava nisso, mais ela se convencia de que comprar Fair Acres era uma atitude prudente. Em primeiro lugar, ela tomaria posse de Fair Acres imediatamente. Precisava convencer Emmitt de que estava apenas trocando um bem por outro. Ela estaria trocando dinheiro por terra que, na realidade, teria mais valor monetário do que o preço que estava sendo pedido por ela. Se a colheita fosse pobre ou nula, ela poderia hipotecar Fair Acres e administrar as duas hipotecas pelo breve período de tempo que faltava para pagar a dívida que tinha Somerset como garantia. Ela não queria pensar o que isso iria significar para a família, que já estava vivendo à míngua.

Enquanto voava pela estrada na direção da cidade, Mary pensou em outros argumentos importantes. Ela rezou – *implorou* – para ter o poder de fazer com que Emmitt os visse com tanta clareza quanto ela.

Ela o encontrou no escritório e ficou aliviada por não ter dado com o aviso de FECHADO PARA O ALMOÇO na janela.

– Mary, minha querida – o advogado disse com certa perplexidade quando ela explicou o motivo da sua visita –, não posso acreditar que essa sua cabeça equilibrada possa ter tido uma ideia dessas. Aquela reserva que você tem no truste é sua única segurança. Eu não posso deixar que você a utilize para comprar mais terra, comprometendo a terra que você já tem.

– Mas, Sr. Waithe – Mary implorou, parada diante da mesa dele, agitada demais para sentar –, o senhor não conhece essas pessoas. Por que elas iriam querer comprar Fair Acres se não tivessem a esperança de tomar Somerset?

Emmitt fez um gesto conciliador e disse:

– Eu não nego que eles tenham feito isso exatamente pela razão que você acabou de citar, mas, minha querida, por que não? É prerrogativa deles, e na realidade faz todo sentido.

– Ainda assim, eles poderiam ser vizinhos bem desagradáveis. Há muitas maneiras pelas quais eles podem prejudicar Somerset estando em Fair Acres para me fazer fracassar.

Emmitt fez um ar cético.

– Como o quê?

– Bem, eles podem sabotar a irrigação que vem do Sabine, para começar. Os Toliver e os Ledbetter sempre trabalharam juntos para manter os canais abertos entre nossas propriedades. Pense em todas as formas pelas quais o fluxo pode ser desviado ou mesmo interrompido, sem que se possa fazer nada a respeito. Sem irrigação, Somerset está condenada. E o Bank of Boston pode se recusar a colaborar conosco para erradicar pestes. O Sr. Ledbetter e eu sempre tratamos das terras ao mesmo tempo. Se não fizéssemos isso, o esforço de cada um seria inútil. Eu tenho certeza de que eles têm outros meios para me destruir em que eu nem pensei. Fogo, por exemplo.

Emmitt fez um som nervoso com a garganta, obviamente detestando discutir com ela.

– Mary, isso seria prejudicial para eles mesmos. O Bank of Boston quer aquela terra como investimento, não como um meio de expulsar você. A localização dela é vantajosa por causa da irrigação do Sabine. Eles a estão comprando para vender com lucro.

– Eles podem esperar, Sr. Waithe. Eles podem deixar aquela terra parada durante anos, depois vendê-la como uma parte de Somerset e, ainda assim, ganhar uma fortuna.

– Só se o motivo do Bank of Boston para comprar a terra é tão malévolo quanto você desconfia, o que eu duvido muito – Emmitt disse.

Mas Mary viu que tinha dado a ele motivos para repensar o assunto. Ele franziu a testa, recostando-se na cadeira. Ela se inclinou para a frente para reforçar seu argumento.

– Acrescentando Fair Acres ao truste, ele se torna mais valioso – ela disse. – E, lembre-se, eu só vou ficar encrencada se perder a colheita. Mas isso não é improvável? Nós estamos esperando uma produção fantástica este ano. Se conseguirmos, vamos ter dinheiro mais do que suficiente para fazer uma reserva para o ano que vem. Mas se o ano depois deste for bom... ah, Sr. Waithe... – Mary deu um passo para trás e juntou as mãos, com os olhos brilhando. – Pense só! Somerset unido, um cobertor branco de um lado a outro, até o Sabine! Seria a realização de um sonho.

Emmitt sacudiu a cabeça tristemente.

– Não, Mary. Não seria a realização de um sonho e, sim, orgulho satisfeito. Não se trata aqui de uma visão. Trata-se do desejo cego que não chega a ser cobiça por causa do amor que você tem pela terra. Perdoe-me por falar tão duramente, mas devo isso a seu pai. É o seu orgulho que a está levando a comprar Fair Acres. Assim você será dona de uma das maiores fazendas do Texas e irá provar que seu pai teve razão em escrever aquele testamento. É o orgulho que a está motivando, não a esperança de ver um sonho realizado, e ele a está impedindo de enxergar a dura realidade da sua situação.

Ofendida com as palavras dele, sem acreditar que pudesse deturpar tanto os seus motivos, Mary gritou:

– Não, Sr. Waithe, o senhor é que está cego para a dura realidade da minha situação. Se o Bank of Boston comprar aquelas terras, eles vão destruir Somerset. O senhor está disposto a apostar que eles não vão?

– Você está disposta a apostar tudo o que tem que eles vão? – Emmitt retrucou. – Você está apostando no que *acha* que o Bank of Boston vai fazer. Você está comprometendo as colheitas dos próximos dois anos nessa aposta. Se elas falharem, você está apostando que pode hipotecar Fair Acres. E se não puder? Lembre-se de que você terá apenas vinte anos. Terá que ter vinte e um para poder pedir um empréstimo com sua própria assinatura. Um cossignatário será exigido, e quem será ele? – A expressão de Emmitt dizia que ela podia descartá-lo como possível candidato. Ele não tinha dinheiro para cobrir as suas perdas se ocorresse uma desgraça.

– Nesse caso, eu tenho que torcer para que o nome Toliver seja suficiente. – Mary ergueu o queixo com confiança. – Todo mundo sabe que nós, Toliver, cumprimos nossas promessas.

Emmitt suspirou e passou a mão no rosto.

– Ah, menina... Outro ponto no qual eu acho que você não pensou. Como você pode tomar conta de Fair Acres e de Somerset sem um capataz? Você já está no seu limite. Vai ter dinheiro para conservar o capataz de Ledbetter? Pense em todas as obrigações extras que estará assumindo, no comprometimento em termos de tempo, esforço, dinheiro e, eu poderia acrescentar – Emmitt olhou para ela com uma preocupação paternal –, da sua juventude.

– O Sr. Ledbetter disse que ia fazer o plantio antes de partir – Mary disse, mas sua voz estava desanimada. Ela finalmente puxou uma cadeira e se sentou. Não, ela não tinha pensado no trabalho extra nem no que fazer quanto aos capatazes. Ela nunca mergulhava na corrente a menos que fosse obrigada, e quanto à sua juventude... já fazia muito tempo que deixara de se sentir jovem. Ela olhou para Emmitt Waithe, obstinado no cumprimento do seu dever. – Eu sei que o senhor está agindo em defesa dos meus interesses, Sr. Waithe, mas como o senhor irá se sentir se eu estiver certa quanto ao que é melhor para mim e o senhor estiver errado?

– Muito mal. – Emmitt suspirou. – Mas não tão mal quanto eu vou me sentir se eu estiver certo e você errada. Se você estiver certa, pelo menos eu posso dizer que meu julgamento me fez recusar dispor do que restava de dinheiro no seu fundo. Eu não vou ter esse consolo se *eu* estiver certo.

– Papai concordaria comigo – Mary disse, olhando firme para o advogado. – Ele sempre previu este perigo. Papai faria a aposta. E eu devo dizer, meu amigo, que se o Bank of Boston comprar aquela terra e acontecer o que eu temo, eu vou ter muita dificuldade para perdoá-lo.

Emmitt franziu os lábios. Sua expressão pensativa a fez achar que ela dissera as palavras mágicas: *Papai faria a aposta*.

Passados alguns segundos, o advogado deu um sorriso pensativo para ela.

– Você é tão parecida com ele, Mary Toliver. Sabia disso? Às vezes, apesar da evidência óbvia do seu gênero, eu penso que estou falando com ele sentado nessa cadeira. Sim, seu pai faria a aposta. E, como estou fazendo com você, eu teria tentado dissuadi-lo.

– E o senhor teria conseguido?

– Não. – O advogado puxou a cadeira para a frente como se tivesse tomado uma decisão. – Você tem até o final da semana para dar uma resposta a Jarvis, não é? Eu vou comunicar a você minha decisão na sexta-feira, e então você poderá contatar o Sr. Ledbetter. – Emmitt olhou longamente para ela por cima dos óculos. – E tenho que lhe dizer uma coisa, Mary Toliver, se a minha resposta for sim e os *meus* temores se concretizarem, eu vou ter muita dificuldade em perdoar a mim mesmo.

Capítulo Dezenove

Ao correr de volta para o escritório para retrabalhar os seus números na volta para casa, Mary parou ao ouvir a mãe chamar da sala.

– Mary? É você? Vem aqui.

Incrédula, ela se aproximou da porta aberta e viu a mãe sentada em sua cadeira de balanço favorita diante das portas da varanda, toda arrumada, e Sassie vigiando do sofá. O olhar de consternação que Sassie lançou a Mary a fez lembrar que já eram quatro horas, muito mais tarde do que ela prometera estar em casa para ajudá-la a fazer compras, uma tarefa que ela aguardava com ansiedade porque era a única maneira de sair da casa para distrair um pouco a cabeça.

– Sassie estava esperando para preparar o jantar – Darla ralhou com ela, com uma voz e uma expressão que fizeram Mary se lembrar das broncas que costumava receber quando criança. Naquela época, isso costumava incomodá-la. Agora ela recebeu a reprimenda da mãe como um sinal de que ela estava voltando ao normal. Darla lançou um olhar crítico para a blusa e a saia de montaria que ela vestira para ir a Fair Acres antes de se dirigir à fazenda. – Imagino que essa não seja a sua roupa normal de trabalho. Onde você esteve?

– Eu... tive um assunto para tratar na cidade. Peço desculpas pelo atraso. Sassie, vou compensar isso. Você pode ir à cidade amanhã de manhã. Eu cuido do almoço e você não precisa se apressar. Mamãe, é tão bom ver você aqui embaixo.

– Você pode ir agora, Sassie – Darla disse com um gesto. – E tome cuidado para não queimar as broas de milho.

– Sim, senhora – disse a governanta, lançando um olhar sofredor para Mary ao sair da sala.

Mary aproximou-se e foi se sentar perto da cadeira de balanço da mãe, que estava de óculos, com um exemplar do *Howbutker Gazette* no colo. Já fazia quatro anos que ela não lia um jornal. Na luz fraca da tarde,

Mary ficou mais uma vez impressionada com a trágica deterioração da beleza da mãe. Ela fora uma das primeiras mulheres a usar rouge, mas agora ele apenas acentuava seu rosto encovado. Seu cabelo, antes grosso e brilhante, tinha perdido volume e brilho. Caía, fino e sem vida, sobre ombros tão magros que Mary podia ver os ossos saltados por baixo do xale.

– Imagino que você tenha descoberto que muita coisa mudou na cidade desde que você leu a *Gazette* pela última vez – Mary falou amavelmente.

– Puxa, é como entrar num mundo novo! – Darla virou uma página e mostrou a Mary. – Veja só estas saias que estão nos anúncios de Abel. Saias no meio da canela! E é verdade que Howbutker agora tem um cinema?

– Muito frequentado, pelo que dizem – Mary disse, sorrindo. – Eu ainda não fui. Você gostaria de ir uma noite dessas?

– Por ora, não. Eu preciso poupar minhas energias. – A mãe largou o jornal e tirou os óculos. – Você falou com Beatrice?

Mary fez uma careta.

– Mamãe, desculpe. Eu esqueci completamente. Vou falar com ela esta noite.

– Não precisa. – Darla ajeitou melhor o xale em volta dos ombros magros. – Eu mudei de ideia. Não preciso dela para planejar a festa. Quero que seja uma surpresa para ela e para todo mundo, assim como vai ser uma surpresa para você. Mas quero fazer uma coisa antes disso.

Mary sentiu certa apreensão.

– Você ainda está pensando em ajudar Toby no jardim?

– Bem, sim. Toby está precisando de ajuda. O jardim está uma bagunça. Eu dei uma volta lá fora hoje. Vou ter que procurar minha touca e meu avental de jardinagem. Não quero ficar morena como você. Tenho certeza de que não está se protegendo do sol. Você não merece essa pele, você não cuida direito dela. – Ela parou ao ver o sorriso de Mary. – Qual é a graça?

– Você – Mary disse, sorrindo ainda mais. – É bom ter você cuidando de mim outra vez.

– Você nunca obedeceu. Não sei por que eu insistia.

– Acho que era porque me amava – Mary disse.

A mãe pareceu perceber o tom esperançoso na voz dela. Seu rosto se suavizou e ela deu um tapinha na mão de Mary.

– Sim, porque eu a amava. Você nunca deve esquecer isso. Agora, aqui está o que eu quero fazer. Eu quero tricotar alguma coisa para o seu aniversário, e tenho que começar imediatamente. Vou precisar de cada segundo para terminar a tempo, então você vai ter que me levar à cidade para comprar a lã. Há dinheiro suficiente para eu comprar alguns novelos de lã?

– Sim, mãe. Você tem uma conta separada no banco onde eu deposito todo mês os seus vinte por cento.

Ela lamentou ter mencionado a quantia depositada assim que terminou de falar, com medo de reavivar a raiva da mãe contra o pai e o testamento, mas a expressão de Darla só mostrou preocupação.

– Ah, eu não quero ter que ir ao banco. Você não pode me emprestar o dinheiro e deduzir da quantia que você for depositar no mês que vem?

Aliviada, Mary disse:

– É claro que sim, mas não precisa fazer nada para mim, mamãe. Meu maior presente é ver você fora da cama, retomando sua vida normal.

– Não é não – Darla disse com um sorriso, e acariciou o rosto da filha. – Já faz muito tempo que eu não faço nada para a minha ovelhinha com minhas próprias mãos. O que tenho em mente é algo que você vai ter para se lembrar sempre de mim.

– Eu vou ter você, mamãe.

– Não para sempre, meu bem. O tempo não é tão bondoso. – Ela retirou a mão. – Eu gostaria de começar o mais cedo possível. Você vai estar livre para me levar à cidade amanhã à tarde para eu fazer umas compras? Vamos evitar a loja de Abel. Tenho certeza de que lá não há nada que eu tenha dinheiro para comprar. – Ela franziu a testa ao ver a expressão preocupada de Mary. – O que foi? Isso vai atrapalhar você?

– Não, é claro que não. – Mary forçou um sorriso. Ela já tinha prometido a manhã a Sassie, e, se levasse a mãe à cidade à tarde, perderia um dia inteiro na fazenda. A limpeza dos canais de drenagem estava marcada para amanhã, mas os empregados iam ter que começar o trabalho sem a supervisão dela. Era mais importante levar a mãe para dar um passeio. – Nós vamos passar um ótimo dia juntas, e quando voltarmos do passeio, vamos tomar um bom chocolate quente para espantar o frio, como costumávamos fazer quando voltávamos das compras.

– Vai ser muito bom – Darla disse, e dobrou o jornal de um jeito que sugeriu a Mary que ela não gostava de pensar em coisas antigas, preferia que permanecessem no passado. Elas eram muito dolorosas. De agora em diante, Mary só faria referências ao futuro.

Mais tarde, na cozinha, Mary perguntou a Sassie sobre o passeio que a mãe tinha dado no jardim.

– Ela visitou o jardim das rosas?

– Sim – respondeu Sassie.

– Você acha que ela se lembra da última vez que esteve lá?

– Sim. Você não vai me dizer que ela não se lembra de ter destruído as roseiras com a barra de ferro. Toby disse que ela ficou alguns minutos parada diante das Lancasters, depois continuou o passeio, sem dizer nada. Eu estou dizendo a você, ela está aprontando alguma.

– Pelo amor de Deus, Sassie – Mary disse zangada. – O que você esperaria que ela dissesse? Já imaginou como ela deve se sentir triste e arrependida? Pense um pouco no que ela passou.

– Vou tentar por sua causa, Srta. Mary – Sassie disse.

Na hora combinada na tarde seguinte, Darla estava vestida para sua primeira ida à cidade desde que saíra do escritório de Emmitt Waithe, alguns anos atrás. O mundo da moda passara por mudanças radicais desde que se usava chapéus grandes, tipo ninho de ave, e anquinhas. Mary sentiu vergonha ao vê-la descer enfiando as luvas compridas, sem se dar conta de seu traje pateticamente fora de moda.

Quando entraram na Main Street de charrete, Darla exclamou:

– Meu Deus! Veja todas aquelas carruagens sem cavalo! Elas tomaram conta de Courthouse Circle.

– Nós vamos comprar um automóvel um dia desses, mamãe.

– Acho que não enquanto eu for viva, Mary – Darla disse.

Na Woolworth's, Darla fez suas compras. Para alívio de Mary, a loja estava praticamente deserta, e Darla teve a vendedora só para ela. Juntas, escolheram novelos de lã cor de creme que espalharam sobre o balcão. Com medo de perder a mãe de vista, Mary ficou por perto, mas a uma distância discreta para não ouvir a conversa delas. Numa certa hora, Darla disse:

– Agora vire a cabeça, Mary. Eu não quero que você veja o que vou comprar agora.

Mary obedeceu, e Darla e a vendedora cochicharam baixinho. Ela ouviu o som de alguma coisa sendo desenrolada de um carretel, um barulho de tesoura, e depois o ruído de papel fino embrulhando o artigo.

– Pronto – a mãe disse satisfeita. – Pode se virar agora.

Sua mãe estava rosada e sorrindo consigo mesma na charrete, voltando para a avenida Houston. Feliz com a expressão de contentamento no rosto dela, Mary perguntou:

– Está feliz, mamãe?

Darla virou-se para a filha.

– Faz muito tempo que não me sinto tão feliz, Mary, minha ovelhinha – ela disse.

Mary estalou as rédeas nas costas de Shawnee. Ela ia escrever para Miles para contar a novidade do renascimento da mãe – para dizer que Darla Toliver tinha finalmente voltado da casa dos mortos.

Capítulo Vinte

No fim da primeira semana de janeiro, Mary comprou Fair Acres. Um circunspecto Emmitt Waithe abriu relutantemente o escritório no final da tarde de sábado para a transação, e às cinco horas a escritura estava assinada. Normalmente, Emmitt teria à mão uma garrafa de uísque para brindar uma ocasião tão especial, mas o Wild Turkey permaneceu em sua escrivaninha.

A notícia se espalhou na segunda-feira. Ollie e Charles Waithe apareceram para dar os parabéns, mas Percy não apareceu. Um repórter da *Gazette* ligou para ela, pedindo uma entrevista. Mary só concordou porque ele era um colega de colégio que tinha voltado à cidade para trabalhar e estava louco por uma matéria assinada. Ele queria escrever um artigo sobre o papel da mulher moderna na sociedade, na política e nos negócios sob o ponto de vista da jovem proprietária de uma das maiores fazendas do Texas, ele explicou. Mary não se sentiu particularmente moderna quando viu a foto que acompanhava o artigo. Até ver a si mesma, séria, usando uma blusa de manga comprida e gola alta, o cabelo comprido amarrado para trás com um laço, ela não tinha percebido o quanto ficara fora de moda.

Com a compra de Fair Acres, os dias de Mary ficaram tomados desde manhã cedo até a noite. Além de supervisionar as tarefas reservadas para os meses de inverno em Somerset, havia muito a fazer para se familiarizar com a nova propriedade. De charrete, ela foi visitar cada um dos arrendatários de Fair Acres, conhecendo seus filhos e bebendo incontáveis xícaras de café em seus casebres miseráveis, que ela um dia esperava poder substituir pelas cabanas de três cômodos e cozinhas separadas que Vernon Toliver construíra para os seus arrendatários. Ela inspecionou seus novos campos, cercas, equipamentos, depósitos e a casa da fazenda que Jarvis estava desmontando antes de viajar para a Europa em fevereiro.

Apreensão e cansaço eram seus companheiros constantes. Ela dormia preocupada toda noite e acordava preocupada todas as manhãs.

Suas especulações acerca de Percy caíam como uma sombra sobre os seus dias. Ela ainda não tivera notícia dele. Seu último contato fora no dia de Natal, quando ele foi desejar-lhe Feliz Natal e perguntar se ela gostaria de almoçar com a família dele. Ela recusou, explicando que precisava ficar com a mãe. Sassie recusou-se a preparar outro almoço de Natal para apetites pequenos como os delas, e Mary mandou-a passar o dia de Natal com a neta e mandou Toby para a casa do irmão dele. Depois disso, Percy e Ollie foram para Dallas para serem padrinhos de casamento de um amigo, apesar das muletas de Ollie. Eles voltaram na véspera do Ano-Novo, e Mary soube que Percy tinha acompanhado Isabelle Withers, a filha de um banqueiro, ao baile no country clube.

Mesmo com a cabeça ocupada com problemas da fazenda, Mary tinha ficado morta de ciúmes. Isabelle era o tipo de moça que ela dissera a Lucy ser o preferido de Percy – pele de porcelana, loura, olhos azuis. Ela se lembrou das palavras de desprezo de Lucy. *Dresden e porcelana que se danem. Ele quer uma mulher que ele não tenha medo de quebrar, que possa agarrar com vontade, que corresponda a cada arroubo de paixão dele...*

Ela apagou da mente essa imagem, obrigando-se a pensar em outra coisa. Percy tinha todo o direito de sair com outras mulheres. Ele era homem e tinha suas necessidades masculinas, e o que ela esperava, já que não estava disposta a satisfazê-las? Mas por que tinha que ser com Isabelle, aquela imbecil? Tinha certeza de que ele se sentira ultrajado por ela ter comprado Fair Acres. Ela sabia o que isso significava em termos de tempo e dedicação, e devia ter considerado esta última maluquice dela como o golpe final no acordo que eles tinham feito.

Mary saberia melhor como estavam as coisas entre eles quando se encontrassem na festa de aniversário dela.

Este era um evento que ela ao mesmo tempo desejava e temia. Não tinha tempo para essas bobagens, mas seria uma festa de "apresentação" da mãe, e ela estava contente que a ocasião tivesse feito Darla preocupar-se com sua aparência.

– Eu preciso comer mais para pôr carne nestes meus ossos – ela tinha dito para explicar por que estava repetindo a comida nas refeições. – Preciso fazer exercício para pôr um pouco de cor neste rosto – ela dizia quando Mary a via trabalhando no jardim. E, embora os resultados demorassem a aparecer, Sassie disse que tinha visto várias vezes indícios de que Darla vomitara as refeições e tinha recuperado seus velhos modos autoritários e dominadores.

– Acho que eu preferia a sua mãe longe do meu caminho e longe dos meus nervos – Sassie comentou depois de um dia particularmente difícil.

Mary respondeu com um sorriso, animada mas um tanto alarmada com as exigências da mãe em relação à criadagem, agora que estava de novo no comando.

– Morda a língua, Sassie, mas eu entendo o que você está dizendo. – Ainda assim, Mary estava radiante com o carinho que Darla, ao contrário de antes, demonstrava em relação a ela e aliviada em saber que a mãe agora tinha um motivo para sair da cama todas as manhãs. Desde a ida das duas à cidade, ela passara a se levantar bem cedinho, se vestir, descer e começar a tricotar a lã creme numa pilha que ia crescendo na cesta ao lado da cadeira de balanço, mas que ninguém sabia dizer o que era.

– Essa lã toda vai ser para quê, Sra. Darla? – Sassie perguntou.

– Não é da sua conta, Sassie. Isto vai ser uma surpresa para Mary no seu vigésimo aniversário. Só então é que tudo será revelado.

– Eu sei que a senhora não quer ouvir isto, Srta. Mary, mas eu não estou gostando disso nem um pouco – Sassie disse. – Ela me dá arrepios, ali sentada na sala, balançando na cadeira e sorrindo para si mesma, com as agulhas voando, como se tivesse um segredo. Ela está tramando alguma coisa, escreva o que eu estou dizendo.

– Ela só está perdida no passado, Sassie, revivendo algum momento alegre quando era jovem e bonita. Deixe-a se consolar com suas lembranças. E você notou que os retratos de família estão de volta na lareira?

Então ela, Sassie e Toby se prepararam para a festa. Convites foram escritos e entregues, o cardápio foi planejado, a comida comprada, a casa limpa e arejada. Os Warwick, Ollie e Abel, vários outros vizinhos e Emmitt Waithe e a família dele foram convidados. Mary tirou do fundo do armário um vestido de tafetá vermelho fora de moda para si mesma – arriscando os olhos revirados para cima de Abel ao vê-la –, mas encomendou um vestido de veludo amarelo da loja dele para a mãe.

– Céus! Do que vamos ter que nos privar para pagar por *isso*! – Sassie gemeu quando o vestido foi entregue.

– De carne no mês que vem – Mary respondeu, levando a caixa dourada para cima para surpreender a mãe. – Não se esqueça de cancelar nossa encomenda, Sassie.

Na noite da festa, Mary vestiu alegremente seu velho vestido de tafetá. Ele exigia que ela usasse um corpete, embora corpetes estivessem fora de moda, substituídos por sutiãs, o que Mary não possuía. Ela estava com a aparência cansada, esgotada, antiquada e sem nenhuma vontade de dar uma festa. Pelo menos suas mãos estavam bem tratadas. Tinha começado a usar luvas para trabalhar, mas não as que Percy lhe dera de presente no Natal. Aquelas ela guardara junto com o bilhete porque eram bonitas demais para serem usadas na roça. Mesmo assim... olhando-se no espelho, ela viu que não tinha um pingo de chance comparada a uma Dresden.

– Agora tire essa ruga de preocupação da testa e acenda luzes nos olhos, menina – Sassie ordenou ao entrar no quarto e ver sua expressão tristonha. – Esta noite é sua, e eu quero ouvir alegria e risos.

Mary tinha prendido as tranças no alto da cabeça, formando um coque, enquanto Sassie estava lá embaixo tomando as últimas providências. O penteado não melhorou muito sua aparência.

– Eu não estou num humor muito festivo. Você foi ajudar mamãe?

– Eu tentei, Srta. Mary, mas ela me mandou embora. Não me deixou entrar. Disse que ia se vestir sozinha e que não queria que ninguém a visse antes de estar pronta.

– Imagino o que ela irá fazer com todas aquelas tiras que tricotou.

– Eu bem que queria saber. Elas fazem parte do seu presente, mas o que ele vai ser acho que vamos ter que esperar para ver.

– Assim que eu abrir, vou correndo mostrar a você e a Toby. Agora é melhor eu ir ver se ela está bem.

Ao atravessar o corredor, Mary refletiu sobre as longas horas que a mãe tinha passado tricotando na sala no que parecia ser um esforço sincero para conseguir seu perdão. Uma simples rosa vermelha teria sido suficiente, e ela por sua vez teria feito algo criativo com as Brancas de Neve mostradas no catálogo de sementes para assegurar-lhe que tudo estava perdoado. Apenas duas vezes sua mãe tinha feito alguma coisa de tricô. Uma vez um cachecol e, muito tempo atrás, num Natal, um par de luvas. Outras mães, quando ela era pequena, bordavam vestidos e toucas, faziam vestidos e xales de crochê, e tricotavam suéteres e chapéus para as filhas, mas Darla preferia fazer bordados. Mary disse a si mesma que qualquer que fosse o presente e mesmo não gostando da festa, ela iria demonstrar sua gratidão pelo presente e pelo fato de os dias negros terem terminado.

Ela bateu na porta.

– Mamãe, você está bem? Não quer que eu a ajude a se vestir?

– De jeito nenhum! – A resposta de Darla foi acompanhada de uma risada. – O vestido é fantástico, meu bem. Você vai me achar linda com ele. Agora vá para baixo e me deixe preparar minha entrada imponente.

Mary deu meia-volta, desapontada, desejando ser a primeira pessoa a vê-la com o vestido novo, como costumava fazer tantos anos antes. Quando se tratava de ver a mãe vestida para uma festa, a gente era sempre uma garotinha, ela pensou.

Ao descer a escada, ela avistou a cabeça loura de Percy pela ventilação na parte de cima da porta. Ele estava chegando cedo e sozinho. O pânico que estivera à espreita nas últimas semanas inundou-a como uma onda, e ela desceu correndo, abrindo a porta antes que ele tivesse tempo de tocar.

Ela soube na mesma hora o que ele viera dizer. Os olhos dele estavam transparentes como vidro e seu queixo duro como uma pedra.

– Eu sei que estou adiantado, Mary, mas tenho algumas coisas para dizer e queria dizê-las antes dos outros chegarem. Mamãe e papai virão mais tarde no carro deles. Eu vim andando para encher um pouco os pulmões de ar.

O sorriso dela vacilou.

– Você deve ter muita coisa para dizer.

– Acho que sim.

– No meu aniversário?

– Não posso evitar.

– Bem, então entre. Minha mãe ainda não desceu.

– Mãe? – Ele franziu a testa ao ouvir aquela referência incomum.

– Eu... acho que dei para chamar a mamãe assim... – Ela ficou vermelha sob o seu olhar inquisidor. – Deixe-me guardar seu casaco.

– Não vai ser necessário. Eu não vou ficar.

As palavras dele doeram como um soco.

– Percy, você não pode estar falando sério. É meu aniversário.

– Você não está ligando a mínima para o seu aniversário, exceto pelo fato de estar mais perto de tomar posse de Somerset.

– Você está assim por eu ter comprado Fair Acres, não é? – Ela estava sentindo uma pressão no peito que a estava deixando quase sufocada. – Você viu isso como prova final do meu compromisso com Somerset.

– E não é?

– Percy... – Mary tentou encontrar uma explicação convincente. – Comprar Fair Acres não foi uma escolha entre você e Somerset. Foi uma oportunidade que eu não podia perder. Minha decisão não teve nada a ver com você. Eu... eu tive tão pouco tempo para pensar. Eu nem pensei em você na hora, em como essa compra poderia nos afetar... como *você* ia achar que ela nos afetaria.

– Se tivesse pensado, teria feito diferença? Ou você teria comprado de qualquer maneira?

Ela se sentiu encurralada. Como podia fazê-lo entender que não tivera escolha? Ela olhou muda para ele, com o peito queimando de angústia.

– *Responda!* – ele gritou.

– Sim – ela disse.

– Foi o que pensei. – As narinas dele tremeram. – Eu imagino o que isso lhe custou, além de mim. Meu Deus, Mary... – Ele a olhou de cima a baixo, e ela se encolheu por dentro, imaginando o quanto devia estar feia no seu vestido de tafetá fora de moda, com a cintura apertada e os seios aparecendo por cima da renda do corpete. Cinturas largas e peitos achatados estavam na moda, coisa que ele devia estar acostumado a admirar em Isabelle Withers.

– Você já está na metade da sua juventude e não aproveitou um só dia dela – Percy disse, com um esgar de desprezo. – Você devia estar indo a festas e bailes, usando belas roupas e flertando com os rapazes, mas olhe só para você. Você está cansada, desanimada, trabalhando dezoito horas por dia como se fosse uma camponesa, e para quê? Para viver na pobreza, sempre preocupada sem saber onde vai conseguir o próximo tostão? Para usar roupas que saíram de moda há anos? Para fazer as necessidades num balde e ler sob a luz de um lampião de querosene? Você perdeu um irmão e a mãe, e agora está prestes a perder um homem que a ama, que poderia dar-lhe tudo, e isso por causa de uma fazenda trabalhosa que jamais, *jamais* irá fazer com que estes sacrifícios tenham valido a pena.

– Não vai ser sempre assim. – Mary estendeu as mãos para ele. – Em poucos anos...

– *É claro* que vai ser sempre assim! A quem você está enganando? Você garantiu isso ao comprar Fair Acres. Eu não tenho alguns anos!

– O que você está me dizendo?

Ele se virou, com o rosto contraído. Mary nunca o vira chorar antes. Ela deu um passo na direção dele, mas Percy levantou a mão para impedi-la, enquanto a outra tirava do bolso do paletó um lenço.

– Eu estou dizendo a você o que vem tentando me dizer o tempo todo. Achei que poderia atraí-la para longe de Somerset, mas agora eu sei que não posso. O fato de você ter comprado Fair Acres provou isso. Eu fiquei longe de você para lhe dar tempo para perceber o quanto você precisa de mim e o quanto me quer, mas você simplesmente encheu esse tempo com mais terra, mais trabalho... como você sempre faz para passar os dias quando se sente dividida. Podem me arrancar as entranhas, mas, que diabo, você irá simplesmente plantar outra fileira de algodão.

Ele enxugou os olhos e encarou-a.

– Bem, isso não é para mim. Você tinha razão a meu respeito, Mary. Eu preciso de uma mulher que ame a mim e aos nossos filhos acima de tudo e de todos. Não posso dividi-la com nenhum empreendimento que irá consumi-la e não deixar nada para mim e nossa família no final do dia. Eu sei disso agora, e não vou me contentar com menos. Se você não pode me dar isso...

Ele olhou para ela com esperança, um apelo desesperado no rosto, e Mary soube que aquele era um momento de decisão. Se o deixasse ir, ela o estaria perdendo para sempre.

– Eu achei que você me amasse...

– Eu amo. Isso é que é tão trágico. Bem, o que vai ser: eu ou Somerset?

Ela torceu as mãos.

– Percy, não me obrigue a escolher...

– Você tem que escolher. O que vai ser?

Ela ficou olhando para ele num silêncio resignado.

– Entendo... – ele disse.

A batida de uma porta de carro e vozes chegaram até eles. Sassie saiu da cozinha no final do corredor, com um avental branco engomado por cima de um vestido preto que ela usava para enterros.

– Estão chegando – ela anunciou. – Sr. Percy, por que o senhor ainda está de sobretudo?

– Eu estava indo embora – ele disse. – Dê lembranças minhas à sua mãe, Mary, e... Feliz aniversário.

Com uma expressão de espanto, Sassie o viu dar meia-volta e sair, fechando a porta atrás de si sem olhar para trás.

– O Sr. Percy está indo embora? Ele não vai voltar?

– Não – Mary respondeu numa voz oca. – O Sr. Percy não vai voltar.

Capítulo Vinte e Um

Mary ainda estava parada no hall quando os convidados entraram. Eles chegaram todos juntos, todos elegantes, prósperos e encantados com a perspectiva de tornar a ver Darla, a casa aberta, e os Toliver de volta à sociedade. A expressão de Abel mostrou apenas um pequeno traço de horror ao ver Mary com aquele vestido de tafetá vermelho – afinal, ele fora comprado na loja dele –, mas Charles Waithe, que tinha entrado recentemente na firma de advocacia do pai, mal pôde conter sua admiração. Ele se inclinou sobre a mão dela num gesto de galanteio e disse:

– Que vestido espetacular, Mary. A cor a favorece muito. Feliz aniversário.

Mary cumprimentou-os com um sorriso forçado, ainda abalada pela enormidade de sua perda. Apenas Ollie pareceu notar. Ele ficou para trás quando Sassie levou os outros para a sala, onde refrescos estavam sendo servidos.

– O que houve com Percy? Por que ele não ficou?
– Nós tivemos... um desentendimento.
– *Mais um?* O que aconteceu?
– Fair Acres.
– Ah – ele disse como se não fosse necessária mais nenhuma explicação. – Eu temia isso. Percy ficou muito zangado quando soube que você tinha comprado outra fazenda, Mary. Ficou uma fera. Ele interpretou isso como sendo uma escolha entre ele e Somerset.
– Foi uma decisão, não uma escolha.
– Então temos que fazer com que ele compreenda isso.

Mary olhou para aquele rosto bondoso, comovida, como sempre, pelo seu amor por eles dois. Ela pôs a mão em seu ombro.

– Ollie, você já se sacrificou o suficiente por Percy e por mim. Não desperdice mais tempo com duas pessoas tão inclinadas a estragar tudo.

Ollie segurou a mão dela e a apertou contra a lapela do seu paletó de veludo.

– Não sei o que você está dizendo, mas nenhum sacrifício é grande demais em benefício de duas pessoas que significam tanto para mim.

Houve um movimento no alto das escadas. Mary e Ollie olharam para cima e viram a mãe dela, com a mão no corrimão, numa pose magnífica, típica da antiga Darla. Na sala, Beatrice avistou todos os rostos erguidos e fez um sinal para os outros.

– Darla está descendo – ela anunciou animadamente, e em segundos eles tinham se juntado para ver Darla descer a imponente escadaria.

O vestido tinha sido uma excelente escolha. O tom de amarelo e a silhueta reta, sem curvas, suavizavam seu corpo emagrecido. A textura do veludo dava peso à sua estrutura, e as longas mangas de gaze disfarçavam braços que tinham ficado flácidos dos anos passados na cama. O rouge e o batom e a atenção especial dada ao seu penteado não conseguiam disfarçar muito o rosto magro e abatido, mas seu sorriso e sua pose, o porte da cabeça, eram os mesmos do passado, quando Mary costumava ficar naquele mesmo lugar para ver a mãe descer a escadaria para recepcionar seus convidados.

– Olá, pessoal – ela cumprimentou com sua voz cantante. – Obrigada por terem vindo.

Olhos ficaram marejados enquanto palmas encheram o hall, e todos expressaram seu prazer em tornar a vê-la.

– Você escolheu o vestido perfeito – Abel cochichou no ouvido de Mary.

– Parabéns – Ollie disse.

Darla passou sorrindo pelo círculo de velhos amigos, acariciando o rosto de Mary para lembrar a todos o motivo da festa antes que este fosse esquecido na comemoração por tê-la de volta entre eles. Mary ficou aliviada. A atenção dada à mãe evitou que eles notassem sua expressão desfeita. Ollie se encarregou da conversa quando eles se instalaram na sala, e ela pôde desaparecer ainda mais no cenário. Havia muita coisa acontecendo no país para uma animada discussão – a lei seca, a campanha presidencial, a Décima-Nona Emenda.

– Espero nunca ver o dia em que as mulheres tenham o direito de votar – declarou Jeremy Warwick.

Sua mulher deu-lhe um tapa no braço.

– Não só você vai viver para ver esse dia, meu caro, mas vai viver para ver sua mulher neutralizar o seu voto. Eu vou votar em Warren G. na eleição de novembro, se a emenda for aprovada.

– O que prova minha afirmação de que as mulheres não têm lugar na urna – o marido respondeu, causando risos.

Houve um silêncio quando chegou a hora de Mary abrir o presente de Darla. Ele estava embrulhado na mesma caixa dourada em que o vestido dela tinha sido entregue, e estava sobre uma mesa no meio das flores que os convidados tinham mandado para atender ao pedido que havia no convite de que não fossem trazidos presentes. Todo mundo observou atentamente quando Mary tirou a tampa da caixa, e ouviram-se ós e ahs de admiração quando a peça cor de creme, enfeitada de fitas, foi retirada da caixa.

– Ora, é... é a coisa mais linda que eu já vi! – Beatrice declarou.

– Darla, minha querida! – Abel ficou boquiaberto diante do enorme afgã que Mary segurava. – Eu compraria todos os que você fizesse. Posso assegurar-lhe de que eles vão vender mais depressa do que sorvete no verão.

Um sorriso melancólico, como se esta mera ideia a deixasse cansada, formou-se nos lábios de Darla.

– Obrigada, Abel, mas eu tricotei este especialmente para a minha filha, como uma lembrança do seu vigésimo aniversário. Não farei outro.

Ela ficou calada enquanto todo mundo examinava a peça e a cumprimentava por cada detalhe, pela qualidade do trabalho, pelo desenho da volumosa colcha. As tiras compridas de lã creme tinham sido unidas umas nas outras com fitas de cetim cor-de-rosa amarradas em laços, formando um belo desenho.

– Mamãe, eu... eu não tenho palavras – Mary disse maravilhada, passando a mão pelo delicado trabalho. – Você fez isto para mim? – Ela ainda não conseguia acreditar na generosidade da mãe; aquilo parecia muito fora dos padrões de suas demonstrações de afeto do passado.

– Só para você, meu bem – a mãe disse, os olhos brilhando de ternura. – Este foi o único presente que eu consegui pensar para expressar o que você significa para mim neste momento.

Lembrando-se de sua promessa, Mary deixou os convidados comendo bolo e tomando café e correu para a cozinha para mostrar o presente para Sassie e Toby. A governanta não ficou impressionada.

– Ora, por que você acha que ela escolheu fitas cor-de-rosa, quando o seu quarto é todo azul e verde? Isso não vai combinar com nada nele. Vou dizer uma coisa, é impossível entender essa mulher.

– Você sabe que ela sempre tentou me fazer usar tons pastel, Sassie. A escolha dela é um jeito sutil de me dizer que vai voltar a fazer isso, o que é outro sinal de saúde. Depois da colheita, eu vou redecorar o meu quarto em rosa e creme.

– Rosa e creme! Essas não são as suas cores. São muito fracas e pálidas. São as cores de sua mãe!

Quando ela voltou para a sala com a colcha, a mãe disse:
– Dê para mim. Vou dobrá-la e levá-la comigo quando eu subir.

Os convidados trocaram olhares divertidos. Beatrice observou:
– Sua mãe trabalhou muito no seu presente, Mary, que ninguém pode culpá-la por não querer se separar dele.

A tensão marcou o resto da tarde. A vida tinha se esvaído de Darla. Ela ficou sentada na cadeira de balanço, cansada e distraída, com sua palidez ainda mais acentuada. Mary também não conseguia mais manter o sorriso forçado no rosto. O desespero estava tomando conta dela. A certeza de que havia perdido Percy para sempre era algo pior do que ela havia imaginado quando teve medo de perdê-lo durante a guerra.

Sem preâmbulo, Darla se levantou da cadeira, apertando a caixa dourada contra o peito.

– Desculpe, mas tenho que me retirar, meus caros amigos, minha querida filha – ela disse. – Mas não vão embora por minha causa. Fiquem e aproveitem a festa pelo tempo que quiserem. Eu insisto. – Imediatamente, todos a cercaram, beijando-a e abraçando-a. Mary ficou de lado até os cumprimentos terminarem, depois abraçou carinhosamente o corpo frágil da mãe.

– Obrigada, mamãe – ela disse, com uma voz cheia de gratidão.

A mãe apertou o rosto de encontro ao dela.

– Fico feliz por ter proporcionado à minha querida filha um aniversário que ela nunca esquecerá.

– Eu nunca poderia esquecer, mamãe. Seu presente não permitiria.

– Esse era o meu objetivo. – Darla se soltou do abraço. – Fique aqui e ajude Sassie a limpar tudo depois que todo mundo for embora. Ela está envelhecendo e eu não quero que passe metade da noite acordada arrumando a cozinha. – Segurando a caixa, ela se virou com um sorriso para o grupo e deu adeus com os dedos. – Adeus, pessoal.

Foi Ollie quem pôs fim à festa.

– Desculpe pessoal – ele disse –, mas eu me sinto como uma garrafa de champanhe sem rolha e sem gás. Papai e eu vamos indo para casa. – No hall, enquanto todos vestiam sobretudos, chapéus e luvas, ele perguntou, preocupado: – Quer que eu fique?

Mary ficou tentada a dizer que sim. Ele sabia que ela não tinha apreciado a festa, e entendia o motivo. Ela teria gostado da sua companhia enquanto arrumava a casa, mas Abel teria tido que voltar para apanhá-lo no Packard, e já estava tarde.

– Obrigada, Ollie, mas eu estou bem. Por favor, não se preocupe comigo e com Percy. Nós... não estava escrito que nós iríamos ficar juntos.

Ele beijou a mão dela.

– Vocês foram feitos um para o outro, Mary. Vocês são como óleo e vinagre: formam uma mistura perfeita quando são sacudidos. Talvez vocês precisem disto, de uma boa sacudida.

Ela sempre se divertira com o jeito dele e não pôde deixar de sorrir, apesar da tristeza.

– Parece que nós estamos sendo constantemente sacudidos, mas não nos deixamos misturar.

Depois que todos se foram, Mary mandou Sassie e Toby para a cama e ela mesma carregou os pratos sujos para a cozinha. Era bom ter a louça para lavar em vez de ficar acordada na cama pensando no seu futuro sem Percy. Embora ela tivesse dito a si mesma centenas de vezes que eles não tinham chance juntos, no fundo do coração ela não tinha acreditado nisso – e tinha contado com Percy para não acreditar também. De alguma forma, as coisas se ajeitariam. Percy a amava. Ele jamais desistiria dela. O tempo cuidaria de tudo – desde que ele estivesse disposto a esperar.

Aparentemente, ele não estava.

Mary pensou em ir ver a mãe enquanto empilhava os pratos, mas as escadas pareciam intransponíveis para seus pés cansados, e ela não queria ter que explicar o motivo dos olhos inchados e vermelhos. Além disso, a porta do quarto de Darla rangia alto e ela não queria correr o risco de acordá-la, caso já estivesse dormindo. Esperaria até de manhã para dar uma olhada nela.

Já passava muito da meia-noite quando Mary finalmente se deitou. A caixa dourada estava sobre sua cômoda. Ela ia esperar até o dia seguinte para tirar lá de dentro o seu tesouro e abri-lo sobre a cama. Embora exausta, ela achou que fosse ficar acordada, rolando de um lado para outro, infeliz demais para dormir; mas o sono chegou na mesma hora. Estava sonhando com neve caindo sobre algodão quando foi acordada bruscamente na manhã seguinte por Sassie sacudindo o seu ombro.

– O que aconteceu?

– Ah, Srta. Mary! – Sassie gemeu, revirando os olhos de pavor. – É a sua mãe.

– O que aconteceu? – Mary afastou as cobertas, mal se dando conta de que Sassie tinha ido até a bacia para vomitar. Ela foi tropeçando pelo corredor até o quarto da mãe e parou de repente na porta. Um grito saiu de sua garganta: – *Mamãe!*

Ainda usando o vestido de veludo amarelo, sua mãe pendia do teto com o pescoço enfiado num laço de lã creme. No chão, por baixo dos pés suspensos, havia um monte de fitas de cetim cor-de-rosa. Vagarosamente, compreendendo finalmente, Mary se ajoelhou diante da pilha e juntou as fitas em suas mãos.

– *Ah, Mamãe* – ela soluçou, com as fitas caindo por entre seus dedos como pétalas de rosas cor-de-rosa.

Capítulo Vinte e Dois

Ela ainda estava soluçando incontrolavelmente, puxando as fitas do corpete da sua camisola, quando Percy apareceu e a tomou nos braços.

– Sassie, feche a porta e vá chamar o Dr. Tanner – ele mandou. – Não deixe Toby entrar aqui, e não diga nada a ele sobre o que aconteceu.

– Sim, senhor, Sr. Percy.

– E traga um leite quente. Temos que fazer a Srta. Mary ficar aquecida para não entrar em choque.

– *Mamãe... Mamãe...*

– Shh – Percy disse suavemente, deitando-a na cama e cobrindo-a até o queixo.

– Ela... me odiava, Percy. Ela... me odiava...

Ele acariciou a testa dela.

– Ela era uma mulher doente, Mary.

– As... fitas cor-de-rosa... Você sabe o que elas significam...

– Sim – ele disse. – Isso foi muito cruel da parte dela.

– Meu Deus, Percy... Que horror...

Ele atiçou o fogo que estava quase apagado e achou mais cobertores para cobri-la. Quando Sassie chegou com o leite, ele ajudou Mary a levantar a cabeça do travesseiro e levou a xícara aos lábios dela.

– Tente engolir isto. Vamos, Mary.

– O Dr. Tanner estará aqui em poucos minutos, Sr. Percy. O que o senhor quer que eu faça quando ele chegar?

– Faça-o subir, Sassie. Eu o encontrarei no hall.

Mary agarrou a mão dele, olhando-o com olhos arregalados de horror.

– O que você vai fazer? O que vai acontecer agora?

Ele enxugou o leite que escorria pelo queixo dela.

– Não se preocupe. Eu vou cuidar de tudo. Isto vai ficar entre nós, Sassie e o Dr. Tanner. Ninguém mais, nem mesmo Toby, precisa saber. Vou mandar um telegrama para Miles.

– O que... você vai dizer a ele?

– Sua mãe morreu de causas naturais. É isso que o Dr. Tanner irá declarar no atestado de óbito. Ela foi dormir e não acordou mais.

Mary deitou a cabeça de volta no travesseiro e virou-a para o outro lado. O desagrado dele por ser forçado a mentir era óbvio. Ele mentiria para Miles e cobraria do Dr. Tanner as muitas contribuições generosas feitas pelos Warwick às suas causas médicas ao longo dos anos.

– Obrigada, Percy – ela disse para a parede, os dentes chacoalhando.

Enterrada debaixo dos cobertores, Mary ouviu as vozes e os passos abafados de Percy, do Dr. Tanner e de Sassie entrando e saindo do quarto da mãe. Quando a governanta apareceu, disse que o corpo da mãe fora baixado e costurado dentro de um lençol.

– O coveiro vai passar para apanhá-la – ela disse, arrumando os cobertores de Mary. – O Sr. Percy vai com ela para a funerária para garantir que o caixão fique fechado. Ele vai dizer a todo mundo que os anos de doença da Sra. Darla a deixaram com uma aparência devastada e que a filha quer que ela seja lembrada como era antes.

Percy ficou ao seu lado durante todo o processo estressante de organização do enterro e recepção aos visitantes. Ele não emitiu nenhum julgamento, não fez nenhuma acusação, mas o significado das fitas cor-de-rosa se retorcia entre eles como uma serpente venenosa que eles tinham tacitamente concordado em ignorar, mas da qual ambos estavam perfeitamente conscientes. O silêncio amargo dele expressava para Mary o que ela mesma acreditava: ela era responsável pelo suicídio da mãe. Ele era mais uma consequência da sua obsessão obstinada por Somerset.

– O que você quer que eu faça com as tiras e as fitas, Srta. Mary? – Sassie perguntou quando ela deixou a cama e se movimentava pela casa como se estivesse em estado de choque. – O Sr. Percy disse que era para eu queimar tudo.

– Não! – ela disse, num grito rouco. – Elas foram feitas pelas mãos da minha mãe... Traga-as para mim. – Quando as recebeu de volta, Mary fez uma bola com as fitas e enrolou-as em volta das tiras de lã, depois embrulhou tudo em papel fino e guardou no fundo do armário.

No enterro, ela sentiu a mesma condenação silenciosa por parte das pessoas da cidade que tinha sentido da parte de Percy. Embora ninguém soubesse a causa da morte de sua mãe, o fato de ela ter morrido já era suficiente. Darla morrera porque o marido partira o seu coração e a filha não tinha feito nada para consertar isso. Mary chegou a ver Emmitt

Waithe sacudir a cabeça, como se ele também achasse que esta tragédia fosse o resultado do testamento de Vernon Toliver.

Alguns dias depois do enterro, Mary disse a Sassie:

– Estou me mudando temporariamente para a casa de Ledbetter. Vai ser mais fácil para mim dirigir as coisas de lá. Por que você não aproveita para visitar a sua filha? Toby pode cuidar das coisas por aqui, e a casa tem um telefone. O número é este.

– Srta. Mary, como a senhora vai se virar lá sozinha?

– Eu dou um jeito.

– O Sr. Percy e o Sr. Ollie não vão gostar disso nem um pouco.

– Eu sei, Sassie, mas eu vou me livrar um pouco da preocupação bem intencionada deles. *E da condenação silenciosa de Percy*, ela pensou.

Em abril, os campos estavam plantados. Mary protegeu os olhos do sol da primavera e contemplou a extensão de montinhos enfileirados aguardando a germinação de suas sementes. Atrás dela estavam Hoagy Carter, o capataz branco que ela herdara ao comprar Fair Acres, e Sam Johnson, um dos arrendatários de Somerset cujo pai um dia cultivara o mesmo solo como escravo. Na época da colheita, Sam e os outros iriam receber um terço dos lucros do algodão de que cuidavam todo dia. Os dois homens esperavam de chapéu na mão pelo pronunciamento de Mary.

– Eles parecem bons, Sam. Os melhores até hoje – ela disse. – Se todos vingarem, vamos ter uma colheita fantástica.

– Ah, Srta. Mary... – Sam suspirou e fechou os olhos, encantado. – Eu mal consigo pensar nisso. Se o bom Deus conservar tempo bom durante toda a colheita, vamos ter um dinheirinho no banco.

– Nós fomos mesmo abençoados – Mary concordou. – Chuva na hora certa e nenhuma geada fora de época. Mas eu sou como você. Só vou ficar tranquila quando a última fileira for colhida.

– Aí nós podemos começar a nos preocupar com o ano que vem. – Hoagy riu, mas olhou para Mary com ansiedade. – Isso é, se um bom vento não levá-la embora antes.

Mary não fez nenhum comentário enquanto os homens tornavam a pôr os chapéus e caminhavam ao lado dela na direção da cabana de Sam.

– O Sr. Hoagy tem razão, Srta. Mary – Sam disse com a mesma expressão preocupada. – A senhora tem que começar a comer senão vai sumir. Que tal ficar para jantar conosco? Bella está com um caldeirão de ensopado no fogo.

Eles chegaram na varanda, onde a esposa de Sam os esperava. Ela ouvira o convite do marido e aproveitou para reforçá-lo:

– E eu acabei de tirar do forno uma torta de amora, Srta. Mary.

Hoagy contemplou-a com um olhar esperançoso. Mary sabia que ele queria que ela aceitasse. Ele ainda levaria mais duas horas para sentar-se em sua própria mesa para comer uma comida que já teria esfriado dentro do forno. Ela podia ver a torta esfriando no parapeito da janela, cheirando a amoras e massa amanteigada.

– Obrigada pelo convite – Mary disse –, mas ainda temos algumas casas para visitar. Hoagy, você está pronto? – A visão da torta e seu cheiro de frutas tinha revirado seu estômago. Desde o suicídio da mãe que ela não conseguia pensar em comida.

Sam e Bella acompanharam Mary e o desapontado Hoagy até a passagem coberta que dividia a casa, onde encontraram Daisy, a filha de catorze anos dos Johnson.

– Mamãe, tem um carro chique vindo nesta direção. Eu o vi fazendo a curva.

– Uma dessas charretes sem cavalo? – Bella disse. – Quem estará vindo nos visitar numa delas?

Pela porta de tela, Mary viu o carro em questão parar debaixo de uma árvore do quintal.

– Ora, é aquele tal de Percy Warwick – Hoagy disse, apertando os olhos. – O que será que veio fazer aqui?

– Acho que ele veio falar comigo – Mary disse. – Fiquem aqui que eu vou ver o que ele quer.

Ele a tinha finalmente encontrado, Mary pensou, já cansada do encontro que estava para acontecer. Aparentemente, ele seguira sua pista, indo de casa em casa até encontrá-la. Estava recostado de pernas e braços cruzados num Pierce-Arrow novo que tinha substituído aquele que o pai guardara para ele durante a guerra.

– Olá, Percy – ela disse sem entusiasmo algum. – Eu sei por que você está aqui.

– Ollie tinha razão. – Ele a olhou de cima a baixo. – Você está um esqueleto.

– Você está inventando isso. Ollie jamais diria uma coisa dessas a meu respeito.

– Talvez eu esteja parafraseando. Acho que ele disse "mais osso do que carne" depois que a viu outro dia, mas as duas descrições são verdadeiras.

Ela sabia que ele estava se referindo ao fato de Ollie tê-la surpreendido quando ela foi em casa para substituir um arreio de Shawnee. Com uma vigilância implacável, ele tinha esperado na varanda toda a noite para vê-la.

– Ollie não devia desperdiçar suas noites esperando por mim, depois de trabalhar o dia todo na loja. Ele precisa descansar.

Percy descruzou as pernas e aprumou o corpo.

– Bem, você pode avaliar a preocupação dele. Ele não entende por que você se afastou das pessoas que a amam.

Mas você entende, não é? Mary pensou. Ele entendia por que ela tinha se afastado de todo mundo para viver como uma ermitã longe de casa. Ele tinha visto a cena que a transformara para sempre, e olhar para ele fazia com que ela recordasse essa cena e se sentisse ainda mais culpada. Ela ficou surpresa ao vê-lo usando roupas informais. Era um dia de semana, e ele deveria estar de terno. Mesmo assim, como sempre, ele parecia um deus grego sob o sol do meio-dia, e normalmente o coração dela estaria acelerado. Mas agora isso não acontecia mais.

– Ollie disse que você está morando na casa de Ledbetter. Por isso é que nunca encontramos você em casa. Toby nunca disse nada. – Ele fez uma careta como se estivesse imaginando a casa vazia, suja, para onde ela ia toda noite, o colchão velho e as latas de sopa que ela esquentava quando tinha fome. Mas pelo menos ela podia gozar do conforto de um banheiro dentro de casa.

– Foi por uma questão de conveniência – ela disse. – Eu mandei Sassie para a casa da filha e Toby está tomando conta da casa.

Percy deu um suspiro de irritação.

– Mary, isso tem que acabar. Eu não suporto o que você está fazendo a você mesma.

– Você vai ter que suportar. – Ela lançou um olhar nervoso para Hoagy, impaciente para continuar com as visitas para poder almoçar. – Eu sei que você, Ollie e suas famílias estão preocupados comigo, mas não há nada que vocês possam fazer. Eu estou onde quero estar, fazendo o que quero fazer. Não quero parecer ingrata depois de tudo o que você fez, mas agora eu quero ficar sozinha.

– Eu não posso deixar você sozinha.

Consciente dos ouvidos atentos de Hoagy, Mary sussurrou zangada:

– Percy, *preste atenção*. Não há *nada* que você possa fazer.

– Sim, há. É por isso que estou aqui. Eu tenho uma proposta.

– Eu já ouvi sua proposta.

– Esta você não ouviu ainda. – Percy se aproximou e um brilho em seus olhos indicou que ela não devia se afastar dele. – Você não acha que tem obrigação de ouvir o que eu tenho a dizer?

Ah, era isso. Ele tinha uma espada sobre a cabeça dela pelo resto da vida. Mas ele tinha razão. Ela de fato tinha uma obrigação para com ele. Uma dívida eterna.

– Se você falar baixo – ela disse com os dentes trincados. – Eu não quero que nossa conversa seja comentada em todas as varandas do condado.

– Então vá dizer a Hoagy que você tem uma coisa a fazer na cidade e entre no carro. Eu tenho uma refeição esperando por nós. Ele pode levar sua charrete para a casa dele, nós a apanharemos lá mais tarde.

Ela olhou para Percy como se ele tivesse enlouquecido.

– Eu não vou fazer nada disso! Ainda tenho duas visitas para fazer, e depois Hoagy e eu temos que discutir o esquema de plantio.

Ele chegou mais perto.

– Você vem comigo ou então eu vou pegar você e atirá-la dentro do carro. Que tal isso como tema de fofoca?

Mary sabia que ele estava falando sério. O brilho em seus olhos indicava que tinha poucos segundos para decidir.

– Está bem! – ela disse, e caminhou de volta para a cabana, onde três pares de olhos arregalados sumiram apressadamente atrás da porta de tela. Na varanda, Hoagy olhou para ela com curiosidade. Ela viu que ele tinha ouvido o suficiente para deduzir que algo estava acontecendo entre ela e o todo-poderoso Percy Warwick. – Hoagy, eu vou voltar para a cidade com o Sr. Warwick – ela acrescentou, tentando falar com naturalidade. – Você pode terminar nossas visitas e depois ir almoçar. Mais tarde eu pego minha charrete na sua casa.

Hoagy olhou curioso para ela.

– Deve ser importante para a senhora ir embora no meio do dia.

– Eu tenho que ir – ela disse aborrecida –, mas volto esta tarde. – O rosto dele azedou, e ela percebeu que ele teria tirado o resto do dia de folga se ela não fosse voltar. Vou me livrar dele na primeira oportunidade, ela pensou enquanto andava de volta para onde estavam o Pierce-Arrow e Percy.

"Esta sua visita vai estar na boca de todos os arrendatários daqui na hora do jantar", ela disse, entrando no carro e batendo a porta.

Percy sorriu.

– Bem, que diabo, Mary, você não acha que nós somos mais interessantes do que gorgulhos?

Capítulo Vinte e Três

Depois que o carro pegou velocidade, Mary virou-se para Percy.
– E para onde nós estamos indo?
– Para a cabana. Nós vamos fazer um piquenique, beber alguma coisa gelada, conversar.

A cabana... Ela sentiu um frio na boca do estômago. Lembrou-se de Percy falando na cabana como sendo o lugar para onde ele gostaria de levá-la para enfiá-la debaixo do chuveiro e ensaboá-la toda. Tinha sido no dia que ele a tinha visto na plantação, em Somerset, com uma aparência horrorosa – parecia séculos atrás.

– Eu ainda a uso para pescar e caçar.
– E para levar suas mulheres, suponho.

Ele olhou para ela.
– Como quiser.
– Bem, eu não quero, Percy Warwick. Não pretendo me tornar uma de suas mulheres.
– Eu não quero que você seja uma das minhas mulheres. Eu quero que você seja minha esposa.

Agora todos os nervos do seu corpo estavam vibrando.
– Isso é impossível.
– Eu também achei que fosse, mas agora estou pronto para fazer um acordo com você.

Ela soltou uma exclamação de surpresa.
– Um acordo? É isso que você quer propor?
– Sim. Vou explicar melhor depois que tiver alimentado você.

Mary tentou se acalmar. Eles já tinham passado por aquilo antes. Ela recordou as palavras de Percy aquele dia, tanto tempo atrás, em Somerset: *pode chamar isso de vaidade masculina ou arrogância, ou força do amor, mas eu acho que posso fazer você querer desistir de Somerset.* Sem dúvida, nesta altura ele já sabia que não podia. Ele devia saber que se o suicídio da mãe dela não tinha diminuído sua dedicação a Somerset, nada que ele dissesse ou fizesse teria esse poder. Ela perdera muita coisa, sacrificara muita coisa. De um modo perverso que Percy jamais entenderia, Mary tinha uma obrigação para com a mãe de fazer com que a fazenda fosse um sucesso. Ela jamais concordaria com algo que pudesse atrapalhar este objetivo.

Sua *esposa*, ele tinha dito, não sua amante. Por que ele iria querer casar-se com ela agora? Ela jamais expulsaria da mente a visão do corpo da mãe pendurado pelo pescoço nas tiras que havia tricotado. Apesar do rosto grotescamente inchado, da língua estirada para fora, havia uma expressão de triunfo em seus lábios. Percy não podia ter deixado de notar isso quando cortou o laço que a prendia.

Um gemido passou por sua garganta. Percy ouviu e perguntou baixinho:

– Uma sombra passou pelo seu túmulo?

– Algo assim – ela disse.

Mary nunca estivera na cabana de madeira que Miles, Ollie e Percy começaram a construir na margem do lago Caddo quando tinham dez anos. O projeto consumira todo o verão daquele ano e de vários outros, além de vários períodos de férias para ser concluído e refinado. Ela ainda se lembrava das discussões na mesa a respeito de sua construção e decoração, e das palavras de alerta da mãe: *Bem, Miles, lembre-se de que ele deve ser um lugar onde você não se comportará de forma diferente do que se comportaria em seu quarto, em sua própria casa.*

Mesmo com cinco ou seis anos, Mary tinha achado aquela uma advertência idiota, uma vez que o motivo de os rapazes terem construído o lugar era exatamente para fazer o que não podiam fazer em casa. Ela crescera imaginando a cabana como um esconderijo secreto – um lugar para onde os rapazes levavam garotas e bebidas alcoólicas.

– Então esta é a cabana – ela disse quando Percy parou diante da porta de madeira. – Eu nunca estive aqui antes em todos estes anos.

– Alguma vez sentiu curiosidade a respeito?

– Não.

– Certo.

Eles entraram num cômodo de doze metros por seis, dividido em sala, cozinha e um quarto protegido por uma cortina que consistia numa cama de casal e dois beliches. Percy a deixou fazendo o reconhecimento da cabana enquanto ia buscar "algo gelado" no poço. Mary reconheceu um sofá velho do escritório do pai, duas cadeiras que um dia tinham enfeitado a sala dos fundos dos Warwick e um lavatório e espelho de design francês, sem dúvida uma contribuição dos DuMont. A cabana estava limpa e fresca. Imaginara que fosse uma caverna quente, escura, abafada, infestada de moscas e mosquitos, e Deus sabe que outros insetos da margem do rio. No entanto, apesar da sombra das árvores, entrava luz pelas janelas protegidas por telas, e ventiladores de teto faziam circular as correntes de ar que vinham do lago.

A mesinha na cozinha tinha sido posta para dois, com guardanapos e uma vasilha com flores do campo. Os objetos cuidadosamente arrumados pelas mãos musculosas, mais de lenhador, de Percy, a deixaram comovida.

– Por que você me trouxe aqui, Percy? – ela perguntou quando ele voltou com uma garrafa de vinho que tinha colocado para esfriar no poço. – Álcool não vai me convencer. E é melhor você torcer para o xerife Pitt não aparecer por aqui e encontrar uma garrafa esfriando no seu poço.

Percy estava ocupado tirando a rolha.

– O xerife sabe que não deve bisbilhotar onde não é chamado.

– Você está dizendo que os Warwick estão acima da lei?

Ela se arrependeu do que disse assim que terminou de dizer. Percy teve a delicadeza de não responder, deixando que seu silêncio a fizesse lembrar que os Toliver tampouco se sentiam obrigados a seguir estritamente a letra da lei, como eventos recentes tinham demonstrado.

– Só que estas leis não são da conta de ninguém – ele disse, enchendo dois copos de Sauvignon Blanc. – Sente-se, Mary. Um copo de vinho não vai lhe fazer mal. Você está muito tensa. Beba enquanto eu preparo o nosso piquenique. Depois a gente conversa.

– Eu prefiro conversar agora – Mary disse, pegando o copo sem a menor intenção de bebê-lo. – Por que você quer se casar comigo, Percy? Especialmente depois do que você viu?

Ele a levou até uma cadeira, onde pegou o copo da mão dela, o colocou de lado, e delicadamente a fez sentar-se. Depois ele puxou outra cadeira de modo que seus joelhos ficassem quase se tocando.

– Ouça com atenção, Mary – ele disse, segurando as mãos dela. – Eu sei o que você acha que tenho pensado. Você está enganada. Você não teve culpa de sua mãe ter se matado. Pode ser verdade que ela ainda estaria viva se o seu pai tivesse feito um outro testamento, mas ele não fez. Você também não é culpada por isso.

Espantada, Mary disse:

– Como... como você pode negar que sempre me culpou por papai ter deixado Somerset para mim? Esse foi o motivo de todas as nossas brigas. E não me diga que não me acha responsável pela doença de mamãe e pela morte dela. Você *sabe* que sim.

– Minha briga com você foi sobre a sua *obsessão* por Somerset, fazendo-a esquecer de tudo e de todos, mas sua mãe não *morreu* por causa disso. Ela não foi obrigada a ficar confinada naquele quarto. Poderia ter escolhido viver, amar e apoiar vocês não importa quem seu pai tenha favorecido em seu testamento.

Mary olhou espantada para ele.

– Mas você acha que Somerset deveria ter ficado para ela!

– É claro que sim. Mas eu também acho que a morte dela não devia ter sido uma consequência da ação do seu pai, e que foi um ato desprezível ela ter deixado você pensar que sim.

Lágrimas de incredulidade escorreram dos seus olhos.

– Você... você está sendo sincero, Percy?

– Ah, meu bem, é claro que sim – ele disse, levantando-se e tomando-a nos braços, embalando-a como uma criança que teve um pesadelo. – Eu sou um idiota por não ter percebido o que você devia estar pensando. Esse foi um dos motivos pelos quais eu a trouxe aqui, para esclarecer este mal-entendido. Nós temos nossas diferenças, mas a morte de sua mãe não é uma delas.

– Ah, Percy... – Ela suspirou, deixando de resistir. Os braços dele eram um lugar perigoso para ela estar, mas como era bom senti-los ao seu redor, oferecendo refúgio, força e... perdão.

Ele a beijou entre os olhos e disse, massageando-lhe os ombros:

– Só estou sentindo ossos aqui. Vamos comer alguma coisa e depois terminamos esta conversa. Tome o seu vinho. Vai abrir seu apetite.

Mary tornou a sentar-se, sentindo-se mais leve e até com certa fome. Ela observou Percy trabalhando na cozinha, cantarolando baixinho. Ele convivia tão bem consigo mesmo, ela pensou, bebericando o vinho. Parecia viver a vida sem esforço, navegando em suas ondas como um navio. Eles poderiam ser felizes, caso se casassem? Ele era um homem de aço como o pai dela. Vernon Toliver não precisara de ninguém que o completasse, por isso tinha podido casar-se com uma mulher como a mãe dela. Mas ela era mais dura. Era inevitável que ela e Percy se chocassem... aço contra aço.

O álcool estava começando a fazer efeito. Mary tinha que tomar cuidado. Este era o motivo de sua mãe ter começado a beber. Para se sentir melhor, para estimular seu apetite, para amortecer a dor.

– Precisa de ajuda? – ela perguntou. Ele estava na bancada, partindo um bloco de gelo que estava degelando na pia.

– Não. Sente aí e relaxe.

Sim, ela ia fazer isso, Mary pensou. Ela ia desfrutar daqueles raros momentos de paz. Instalando-se mais confortavelmente na cadeira, ela passeou os olhos pelos enfeites que os rapazes tinham considerado dignos de serem trazidos de casa. Numa parede havia um cocar de índio que antes estava pendurado no quarto de Miles. Mary pensou no irmão com uma tristeza que era como uma dor surda e persistente. Ele não tinha respondido a longa carta que ela escrevera descrevendo os últimos dias da mãe deles. Ela tentara fazê-los parecer alegres ao dizer como Darla gostava de ficar tricotando na sala o que seria o seu presente de aniversário.

– Está na mesa – Percy anunciou e Mary riu quando ele fez uma reverência fingida e a levou até a mesa. Ela fez um esforço para não fazer uma careta quando viu as travessas. Seu estômago parecia ser do tamanho de um dedal.

– Está... apetitoso – ela disse, servindo-se de um pouquinho de comida, nova para o seu paladar. Era uma salada de frango com uvas verdes e amêndoas torradas temperada com um molho doce que refrescou sua boca. Depois de mastigar e engolir, ela fechou os olhos, extasiada.

– Hmm, Percy, isto é delicioso.

Ele estendeu a cesta de pão para ela.

– Prove um destes.

Ela aceitou um pãozinho amanteigado em forma de meia-lua e deu uma mordida.

– Que delícia – ela disse.

– Eles são chamados *croissants*, um dos poucos prazeres que desfrutei na França. A cozinheira dos DuMont ensinou a nossa cozinheira a fazê-los.

Ela comeu toda a salada e dois croissants. No final da refeição, empurrou o prato e pôs as mãos sobre o estômago.

– Não sei onde eu vou pôr os pêssegos com creme, Percy. Não tem mais nenhum lugar aqui.

– Tudo bem. O creme está no gelo. Vamos comer os pêssegos mais tarde.

Ao ouvir a expressão "mais tarde", Mary voltou a pensar no motivo que a tinha levado lá. Durante toda a refeição, Percy tinha falado sobre notícias locais, sobre família e amigos, enquanto seus garfos e facas batucavam nos pratos de porcelana. O assunto principal tinha ficado de lado, como uma nuvem preta ao longe.

Ela dobrou o guardanapo e o colocou sobre a mesa.

– Percy, acho que está na hora de você apresentar sua proposta.

Percy recolheu os pratos.

– Primeiro, vou lavar a louça. O banheiro fica lá fora, caso você queira usá-lo. Escolha qualquer árvore e tome cuidado com os bichos-de-pé. Eu tirei água do poço e tem toalhas ali ao lado. Nós podemos terminar o vinho na varanda.

Ela estava sonolenta demais para discutir, como um gato bem alimentado e satisfeito. Saiu para o silêncio da tarde e procurou um lugar reservado, lavou e secou as mãos no poço, depois voltou para a varanda, onde Percy estava servindo o resto do vinho. Sob a sombra dos ciprestes, a varanda tinha sido construída para receber a brisa do lago e era coberta de tela para se proteger dos mosquitos.

– Eu não preciso de mais vinho – ela disse, consultando o relógio. – Já passa das três horas. Tenho que voltar.

– Para quê? – Percy quis saber. – Hoagy não pode cuidar das coisas?

– Hoagy tem que ser supervisionado. Ele gosta muito de fazer visitas e parar para tomar café.

– As alegrias de dirigir uma fazenda, hein?

– Não vamos arruinar um piquenique perfeito falando sobre isso, Percy.

– Ah, mas eu preciso falar sobre isso. A fazenda é o tema principal da minha proposta.

Mary ficou tensa. Lá vem ele, ela pensou. Vai estragar outro dia perfeito.

– E qual é ela? – ela perguntou.

– Bem, eu andei pensando melhor no que realmente importa; no que eu posso e não posso aceitar. E decidi – ele despejou vinho em seu copo com toda a atenção – que posso viver com uma fazenda infestada de gorgulhos, mas que não posso viver sem você.

Mary achou que não tinha entendido bem.

– O que é que você está dizendo, Percy?

– Eu quero me casar com você, do jeito que somos... eu, um lenhador, e, você, uma fazendeira.

Ela arregalou os olhos.

– Você está dizendo que aceitaria a mim e a Somerset? – Não era possível, ela pensou. Seus ouvidos a estavam enganando.

Percy olhou para ela.

– É isso que eu estou propondo. Você aceita se casar comigo se eu prometer retirar minhas objeções a Somerset e aceitar as coisas como estão?

Ela ainda não conseguia acreditar no que estava ouvindo.

– Eu não acredito – ela disse, com uma voz que não passava de um sussurro.

Ele estendeu a mão para ela.

– Pode acreditar, Mary. Eu te amo.

Cautelosamente, ela pôs a mão sobre a palma da mão dele.

– O que causou esta mudança?

– Ver o que está acontecendo com você. E comigo. – Ele apertou a mão dela. – Quanto peso mais você acha que vai conseguir suportar sozinha? Quantos anos mais eu vou conseguir continuar sozinho, sem você? Nossos dias estão cheios, de manhã até a noite, meu bem, mas nossas vidas estão vazias.

– E as coisas que você disse que ia precisar numa esposa? Alguém que pusesse primeiro lugar você e seus filhos?

– Bem, talvez isso aconteça, mas eu prometo que não vou me casar contando com isso. Se eu não puder encontrar você me esperando quando eu voltar para casa, então você irá me encontrar esperando por você. Simplesmente vivermos juntos, casados, na mesma casa, será suficiente para mim, eu prometo.

Ela ainda tinha dúvidas.

– Mas é só você que está cedendo. Do que eu vou ter que abrir mão? O que eu preciso prometer?

Ele apertou a mão dela com mais força.

– Você tem que prometer que se Somerset fracassar, você desistirá dela. E ponto final. Você não me pedirá dinheiro para salvá-la. Vai ser duro dizer não para você, mas eu direi, e você tem que prometer que minha recusa não irá afetar nosso casamento. Você sabe o que eu penso de cultivar algodão. Eu considero fazendas como a sua uma aposta furada, uma coisa do passado.

Ela estendeu a mão e encostou os dedos nos lábios dele.

– Não precisa dizer mais nada, Percy. Eu conheço a sua opinião e sei que você não viria em meu socorro. Isso seria uma violação da regra sob a qual nós sempre vivemos.

– Então você promete? – ele perguntou, dando a impressão de que estava esperando a palavra dela para dar vazão à sua alegria.

– É claro que prometo – ela disse, dando um pulo da cadeira. – Percy... você está falando sério?

– Estou – ele disse, rindo. – Mas você ainda não disse sim.

Mary ajoelhou-se diante dele e enlaçou seu pescoço com os braços.

– Sim, sim, *sim*! – ela gritou, dando beijos rápidos em sua boca. Deus estava finalmente sorrindo para ela. – Ah, Percy – ela disse –, eu imaginei por tanto tempo como seria ser casada com você.

– Bem – ele disse –, deixe-me sair desta cadeira que eu lhe mostro.

Capítulo Vinte e Quatro

Ele a carregou para o quarto. Ela notou os lençóis engomados quando ele a deitou na cama. Ele planejara sua sedução, ela pensou, sem se importar a mínima, apenas aliviada em saber que em breve estaria com o único homem capaz de aquietar a fera que rondava dentro dela.

– Percy – ela disse baixinho –, eu estou...

– Com medo? – ele disse, desabotoando sua blusa. – Não tenha medo.

– Mas eu não sei o que fazer...

– Não importa. Nós vamos encontrar juntos o caminho.

E eles encontraram. Horas depois, quando o quarto estava escuro e a lua tinha nascido, ela descansou em seus braços e disse:

– Sabe qual foi a sensação que eu tive?

– Não, meu amor – ele disse, acariciando seu cabelo. – Diga.

– Eu tive a sensação de estar indo para casa.

– Você está em casa – ele disse.

Quando estava amanhecendo, ele a levou pela mão para fora, até o chuveiro protegido por um biombo de pinheiros e, juntos, eles ficaram nus sob a água, Mary gritando e pulando, e Percy rindo. Isto é o paraíso, ela pensou, e nós somos Adão e Eva. Algum dia tinha existido outro homem e outra mulher tão feitos um para o outro? Após algum tempo, ela passou as mãos pelo seu peito bronzeado e murmurou:

– Percy. – E ele a levou de volta para a cabana.

De manhã, eles prepararam o café – bacon, ovos e os pêssegos com creme que não tinham comido na véspera. Mary comeu vorazmente, cheia de apetite. Depois, enquanto se vestiam, Percy disse:

– Pelo menos eu tenho uma muda de roupa para disfarçar quando deixar você na casa de Hoagy, mas e quanto a você?

Mary tocou na gola da blusa e olhou para sua saia de montaria marrom.

– Esta é a roupa que eu uso todo dia quando não estou substituindo alguém na lavoura. Hoagy não vai notar que eu não me troquei.

Odiando ir embora, ela contemplou o lago da varanda, e Percy ficou ao lado dela, com o rosto encostado em seu cabelo.

– Você está bem? – Ele perguntou.

– Eu vou ficar bem. Você foi muito delicado.

– Vai ficar dolorido. Esta tarde eu trago uma pomada.

– Você não vai me achar. Eu não sei quais os trechos que estarei inspecionando.

Os braços dele ficaram tensos.

– Esta noite, então. Você vai estar em casa?

– Sim, com certeza. Vou preparar um jantar para nós, e... você pode ficar. Toby não vai estar lá. Ele passa as noites de quinta-feira na casa do irmão. Eles vão pescar.

Ele a apertou com mais força e o coração dela bateu intensamente.

– Vou deixar o carro em casa e descer a pé – ele disse, com a voz rouca. Ele a virou para ele, ergueu seu queixo, com o polegar acariciando a covinha que havia nele. – Você está feliz, Mary?

– Mais do que poderia imaginar – ela disse. Ela tocou o rosto dele, maravilhada. Ele estava um pouco áspero, com uma penugem loura aparecendo. Ela sentiu um nó na garganta. Isto era amor, ela pensou, não desejo. Como ela podia ter tido tanto medo de amá-lo? Eles teriam resolvido suas diferenças. Eles precisavam um do outro. Ela ia ser boa para ele. Ele nunca se arrependeria de ter casado com ela. Ela sentiu uma onda de desejo, sem se importar com a ardência que estava sentindo por terem feito amor. Se ela não fosse embora agora, não iria nunca mais, e precisava voltar para onde estava Hoagy. Ela deu um passo para trás. – Temos que ir, Percy. Se eu demorar muito, Hoagy vai desconfiar de alguma coisa, e eu sei que ele não alimentou Shawnee.

Percy observou-a prender o cabelo.

– Você acha que podemos combinar a data do casamento esta noite, meu bem? Eu quero que nos casemos o mais rápido possível.

Ela olhou para ele com um ar desolado. Não havia ocorrido a ela que ele pudesse querer se casar antes da colheita do algodão. Um casamento não seria possível, considerando todos os preparativos que iria exigir. De agora em diante, ela precisava dedicar todas as horas do dia a Somerset.

– Eu pensei que fôssemos esperar a colheita – ela disse, com uma expressão no rosto que implorava para que ele não ficasse magoado por ela fazê-lo esperar. – Há tanta coisa em jogo, como você sabe. A colheita tem que dar certo. Não pode haver nenhum atraso, nenhuma interferência.

Eu vou ter que estar o tempo todo na fazenda. Eu... achei que você tinha concordado.

Ele engoliu em seco e ela viu a tensão em seu pescoço.

– Bem, e quando você acha que seria uma boa época?

– No final de outubro?

– No *final* de outubro! Ainda falta muito tempo, Mary.

– Eu sei. – Ela enlaçou o pescoço dele com os braços. – Mas vai chegar. Enquanto isso, se formos discretos, vamos poder ficar juntos. E eu vou compensar esta demora, eu prometo. Eu te amo.

Rendendo-se, Percy abraçou-a.

– Está bem, mas eu gostaria que fosse amanhã. Algo me diz que é um erro esperar.

– Seria um erro *não* esperar – Mary disse. – Assim, haverá tempo para planejar um lindo casamento e atividades pré-nupciais e para ter uma lua de mel decente. Nós vamos poder *relaxar*. Você vai ver.

Abril terminou, depois maio, seco e quente. Mary ficou preocupada. Mas no início de junho, pouco antes das bolotas liberarem seu tesouro branco, caiu uma chuva, encharcando as plantas com a quantidade certa de umidade para saciar sua sede. A providência continuava ajudando, mas Mary se levantava todo dia com um aperto no peito. Se ao menos a chuva esperasse um pouco, e todas as outras catástrofes possíveis, então o longo período de diversidade dos Toliver estaria terminado.

Cautelosa com sua felicidade, ela não pôde deixar de imaginar a colheita chegando, a hipoteca quase quitada, o dinheiro no banco. Poderia iniciar seu casamento com Percy virando a página, e enquanto ele mantivesse sua promessa, ela iria garantir que ele nunca fosse prejudicado por causa de Somerset. Ela dividiria seu tempo e suas energias, começando por contratar um gerente para assumir algumas de suas tarefas. Ela vasculharia todo o estado, se fosse necessário, para encontrar um substituto para o preguiçoso e irresponsável Hoagy Carter.

Eles já estavam planejando a vida deles juntos. Morariam na mansão Toliver. Isso agradaria muito aos Warwick, ter o filho, a nora e eventualmente todos os pequenos Warwick a poucas casas de distância. Percy tinha planos para instalar, imediatamente após o casamento, eletricidade *e um telefone, por Deus!*. Seriam feitos banheiros, a cozinha seria modernizada e o galpão de charretes convertido numa garagem. A reforma incluía o jardim das rosas, o terreno e a pintura do exterior. Eles conservariam Sassie e Toby, é claro, mas contratariam outros empregados, e Percy fazia questão de contratar um contador para livrar Mary dos livros-caixa quando ela estivesse em casa.

A principal preocupação deles era manter em segredo seus encontros amorosos. Mary não deixou dúvidas para Percy sobre a importância de proteger sua reputação de um escândalo sexual. As pessoas podiam reprová-la por não ter feito nada para reparar o favoritismo do pai, mas elas nunca a olharam com desprezo. Ela era uma Toliver! Mas seu nome não a salvaria caso descobrissem que ela estava dormindo com um homem sem ser casada, e, evidentemente, Percy não queria que soubessem que ele tinha dormido com a esposa antes do casamento.

Portanto, eles planejavam seus encontros com muito cuidado. Normalmente se encontravam na cabana isolada de Percy na beira do lago. Ninguém suspeitava do que acontecia atrás daquela porta de madeira. Com a colheita se aproximando, Sassie achava que Mary estava passando as noites em que não voltava para casa em Ledbetter. Hoagy achava que a patroa estava voltando para a Avenida Houston depois de um dia longo e quente, na charrete puxada por Shawnee, mais alegre e mais roliça, com um pouco mais de carne cobrindo os ossos.

As noites de quinta-feira eles passavam na mansão Toliver, quando tanto Sassie quanto Toby passavam a noite fora, comendo apressadamente a ceia simples que Mary tinha preparado e subindo a escada correndo para o quarto dela, tirando as roupas no caminho. Mary, que antes vivia apenas para os dias que passava em Somerset, agora vivia para as noites que passava com Percy.

Eles só toleravam dividir as tardes de domingo, e essas eram passadas com Ollie e Charles Waithe, jogando bridge. Embora Mary mal conseguisse suportá-las, essas tardes de domingo era necessárias como subterfúgio. Ela achava que só de olhar para ela e Percy, os outros iriam saber onde os dois gostariam de estar. Era uma agonia ficar sentada à mesa com ele, às vezes como parceiro de jogo, às vezes como adversário, consciente de todos os seus movimentos, sem poder arriscar um sorriso ou um olhar em sua direção. As tardes se estendiam interminavelmente, e era com imenso alívio que ela ouvia o relógio bater a hora dos convidados irem embora.

Apesar de suas objeções, Percy compreendeu que era prudente manter em segredo a intenção deles de se casarem. O segredo os protegia de especulações sobre o grau de intimidade que tinham, coisa que Mary vivia com medo que fosse exposta. Ambos concordaram que Beatrice ficaria empolgadíssima quando soubesse que haveria um casamento para preparar e, é claro, eles tinham que pensar em Ollie.

Eles tinham conversado muito sobre Ollie.

– Ele vai ter que ser informado em breve, Mary – Percy disse.

– Por quê?

– Porque ele é apaixonado por você, sua bobinha. Ele a ama há tanto tempo quanto eu.

– Eu desconfiei disso uma vez, mas achei que os sentimentos dele tivessem se transformado em amizade.

– Acredite em mim, isso não aconteceu. Se eu tivesse achado que havia alguma chance de você corresponder ao amor dele, jamais teria ido atrás de você. Se não fosse por Ollie, eu hoje estaria enterrado na França.

– Eu sei – Mary disse, sentindo um arrepio ao pensar nisso. – Você acha que ele ainda tem alguma esperança?

– Não conscientemente, mas enquanto você não tiver um anel no dedo, uma parte dele vai achar que ele tem uma chance.

– Espere até meados de agosto e então me compre um anel – Mary disse.

Capítulo Vinte e Cinco

A segunda semana de agosto estava terminando. Tinha chegado a hora de fazer a primeira passagem pelos campos.

– Segunda-feira bem cedinho – Mary informou a seus arrendatários no sábado anterior ao início da colheita. – Descansem bem amanhã. Na segunda-feira nós vamos começar no sul e seguir para leste. Na terça-feira, vamos de oeste para norte. Estejam prontos para partir em suas carroças às quatro e meia.

No domingo, Mary estava inquieta demais para jogar bridge e por vezes deu um lance alto demais.

– Espero que isso não seja um presságio – comentou Ollie.

Mary achou que ele estava insinuando alguma coisa.

– Como assim? – ela perguntou, seu tom de voz soando como um chicote na sala silenciosa, e os três homens, surpresos, viraram as cabeças para ela.

– Eu estava me referindo ao resultado do jogo – Ollie disse com um sorriso de desculpas. – Você deve ter achado que eu estava me referindo à colheita. Foi uma coisa estúpida de dizer numa noite como esta. Estou certo de que você tem tudo sob controle em Somerset. Prevejo que a esta hora no próximo domingo você será a mulher mais feliz do condado.

– Vamos brindar a isso – Charles disse, enchendo seus copos rapidamente com champanhe trazida às escondidas da adega dos DuMont. A Lei Seca era para aqueles que tinham votado nela, era o que todos eles achavam. Como sempre, Mary declinou, mas ergueu seu copo d'água. – À nossa rainha do algodão – Charles acrescentou. – Que ele seja sempre rei!

– Viva! Viva! – eles disseram em coro, e bateram os copos. Mas a observação de Ollie tinha acabado com qualquer fingimento de distração. Trouxera à baila a pergunta que estava sempre em sua mente: Será que dera um lance alto demais?

Mary usou como desculpa o fato de ter que acordar cedo na manhã seguinte e mandou seus convidados para casa antes do horário normal, inclusive Percy, que geralmente voltava depois que todos tinham ido embora.

– Eu estou nervosa demais – ela explicou a ele longe dos ouvidos dos outros, e ele apertou o braço dela para mostrar que compreendia.

Foi o silêncio que a despertou algumas horas depois da meia-noite. Sentando-se na cama, ela ficou ouvindo, cheirando o ar. Atirou longe as cobertas e abriu a porta da varanda do seu quarto.

– *Não!* – gritou horrorizada. Lá longe, no leste, onde ficava Somerset, relâmpagos rasgavam o céu. Havia um cheiro de chuva, o som distante de trovões. E mais alguma coisa. Mary cheirou. Havia poeira pairando no ar. *Ó Deus, não! Não faça isso comigo. Por favor, Deus. Não faça isso comigo. Papai, Thomas... me ajudem!*

O coração ameaçava saltar pela boca quando ela entrou no quarto, parando apenas para calçar as botas e pegar um roupão antes de correr para baixo.

Ela pôs a sela em Shawnee e pulou nas costas dele de camisola, esporeando o cavalo com os calcanhares das botas, descendo a avenida e pegando a estrada que ia dar na fazenda.

– Vai, garoto! – Mary dizia para o velho cavalo, inclinada sobre sua crina para ajudá-lo a ir mais depressa. Sua mente clareou enquanto ela cavalgava pela noite. Os arrendatários sabiam o que fazer. Esta semana mesmo ela dera instruções a cada família em caso de chuva. *Sim, Srta. Mary, nós todos vamos para o campo com nossos sacos e vamos começar a colher o mais depressa que pudermos. Quando a chuva começar a cair, vamos pôr os sacos debaixo do oleado na carroça.*

Hoagy estava acordado e tinha reunido a família. Graças a Deus seus dois filhos adultos estavam em casa, um de licença do exército e o outro procurando emprego, os dois já com sacos pendurados nos ombros.

– Bom-dia, Srta. Mary – eles disseram, fingindo não notar que ela ainda estava de camisola e roupão.

– Está muito feia a coisa, Hoagy?

Hoagy sacudiu os ombros.

– Eu sei tanto quanto a senhora, Srta. Mary.

– Me dê um saco.

A noite ainda estava escura quando a família Carter, sete ao todo, e Mary, cada um pegando uma fileira, começaram a colher algodão. Nem uma gota de chuva havia caído, mas os relâmpagos ainda iluminavam o céu e havia poeira suspensa no ar. Ela rezou para ventar. Era aquele ar parado que a amedrontava. Por toda a extensão da plantação, ela avistou o brilho dos lampiões de querosene e as cabeças cobertas com lenços abaixadas sobre o mar de bolotas brancas, mãos colhendo rapidamente enquanto o céu dizia, *Depressa, depressa, depressa.*

O granizo caiu trinta minutos depois, seguido pela chuva. Mary e os sete Carter estavam no meio de suas fileiras, longe demais das carroças.

– Entrem debaixo dos sacos! – alguém gritou. – O granizo está duro como pedra. – Mas mesmo enquanto o granizo caía, Mary continuou a colher até perceber, finalmente, que era inútil. Ela puxou seu saco cheio pela metade sob ela, cobrindo-o com seu corpo e usando os braços para proteger a cabeça. Após um tempo, não sentiu mais nada além do som do seu coração batendo contra o saco.

Chovia a cântaros quando Mary finalmente olhou em volta.

– Srta. Mary – Hoagy disse –, não há mais nada que possamos fazer. Vamos levar nossos sacos de volta para casa.

Com a roupa de dormir colada no corpo, a bainha arrastando na lama, e o lodo entrando em suas botas encharcadas, Mary agarrou seu saco e caminhou com dificuldade até a cabana do capataz.

– Assim a senhora acaba morrendo, Srta. Mary – a esposa de Hoagy disse.

Quem me dera, Mary pensou.

Debaixo do telhado da varanda, onde eles todos juntaram seus sacos, Mary fitou o círculo de rostos ao seu redor. Eles pareciam estar esperando que ela dissesse alguma coisa... fizesse alguma coisa. As vidas deles estavam em suas mãos, e ela precisava encontrar uma maneira de consertar a devastação daquela noite, fazê-la desaparecer. Hoagy, especialmente, olhava para ela com um olhar ansioso. Sem dinheiro para pagá-lo por seus serviços de capataz, ela lhe prometera uma porcentagem maior dos lucros da colheita. Mary fitou a noite, como se fosse ouvir as vozes do pai e do avô dizendo-lhe o que fazer, mas tudo o que ouviu foi a zombaria da chuva que caía, agora com menos intensidade, e seus sonhos se despedaçando.

– Maldição! – o capataz disse, enxugando o rosto com uma toalha. – Mais um ano perdido.

– O que vamos fazer, pai? – uma das meninas perguntou com voz de choro, o rosto sujo de lama.

— Neste momento nós vamos secar este algodão e ver o que temos — Mary disse. — Mattie — ela virou-se para a esposa de Hoagy —, acenda o fogo na sala para secar os sacos. De manhã nós tornamos a enfiar o algodão dentro deles.

Eles trabalharam o resto da madrugada, empilhando o algodão na cabana de três cômodos para avaliar seu valor.

— Está ruim, está muito ruim, Srta. Mary — Hoagy disse.

A chuva tinha parado e a noite estava clareando quando Mary finalmente aceitou uma xícara de café e saiu para a varanda para contemplar suas terras. O dia estava clareando, revelando lentamente as fileiras de plantas amassadas que na véspera podiam ser vistas cobertas de algodão. As hastes estavam quebradas, nuas, as bolotas decapitadas de algodão caídas na lama até onde a vista alcançava. Nenhuma planta tinha sido poupada.

— Parece um purê de nabos e verduras — um dos filhos dos Carter disse, admirado.

— Quieto, filho — a mãe ralhou, olhando para Mary.

Mary ouviu a porta de tela abrir e fechar. Os Carter ficaram subitamente calados, e o silêncio se fez como numa sala de aula quando o diretor entra inesperadamente. Antes que sua mente paralisada pudesse registrar a causa, um paletó foi colocado em volta dos seus ombros e uma voz familiar falou em seu ouvido.

— Eu vim para levá-la para casa, Mary — disse Percy. — Não há mais nada que você possa fazer aqui, agora.

Mary olhou para os Carter. Eles estavam todos olhando, calados, para o manda-chuva Percy Warwick com o braço em volta da Srta. Mary. Se havia alguma dúvida em relação à natureza do relacionamento deles antes, não havia mais nenhuma agora. Ignorando Percy, ela disse:

— Hoagy, quando você terminar aqui, tente percorrer Fair Acres e fazer com que todo mundo leve seu algodão para a estação de pesagem de Ledbetter. Sam e eu iremos avaliar a situação em Somerset e também a nossa aqui. Encontre-me na casa às dez da manhã.

— Sim, Srta. Mary.

— Bom-dia para todos — Mary disse, sacudindo de leve o ombro para indicar a Percy que ele devia tirar o braço. — Obrigada pelo esforço de todos esta noite. Mattie, obrigada pelo café, e sinto muito pela bagunça.

Percy tirou o braço e, cumprimentando a família, seguiu Mary pelos cômodos cheios de algodão molhado até o Pierce-Arrow. Ela já ia brigar com ele por causa do seu aparecimento desnecessário e embaraçoso quando viu os para-choques amassados e as rodas cheias de lama. Depois de respirar fundo, ela perguntou:

– Por que você veio, Percy?

Ele ajeitou o paletó em volta dos ombros dela.

– Eu vim para ver se você estava bem e levá-la para casa.

– O que o faz pensar que devo ir para casa? Eu sou necessária aqui. Além disso, eu vim montando Shawnee.

O animal ainda aguardava pacientemente onde Mary o deixara, amarrado num poste, com a chuva escorrendo pelas ancas. Ele virou a cabeça ao ouvir o seu nome e olhou tristemente para ela.

– Vou pedir a um dos filhos dos Carter que o levem para casa – Percy disse.

– Não, você não está entendendo. Todos os Carter são necessários aqui, e eu preciso de Shawnee para ir até Somerset. Quando eu terminar lá, tenho que ir à cidade para falar com Emmit Waithe.

– Mary, pelo amor de Deus, eu levo você para falar com Emmitt.

– Não! – O tom de voz não admitia discussão. – Eu preciso ir sozinha.

Os Carter tinham se reunido na porta e estavam assistindo abertamente.

– Desse jeito? – Percy perguntou, olhando com ironia para suas roupas encharcadas e sujas de lama. – Pelo menos me deixe levá-la para casa para vestir roupas secas antes que você se resfrie.

Mary raciocinou depressa. Percy tinha razão. Aparecer de camisola e roupão para seus arrendatários não inspiraria confiança, e ela estava gelada. A última coisa de que precisava era ficar doente.

– Está bem – ela concordou mal-humorada.

Eles amarraram o cavalo no carro, e ela e Percy foram em silêncio enquanto ele se concentrava em evitar que o Pierce-Arrow e Shawnee se esparramassem na lama. Carro e cavalo foram obrigados a pegar a estrada recém-pavimentada para Howbutker em vez da trilha enlameada que seria uma entrada mais discreta na avenida Houston. O movimento da cidade estava apenas começando, e tanto o motorista quanto a passageira ficaram gratos por só haver poucos comerciantes por ali para assistir com espanto àquela estranha procissão rodeando Courthouse Circle.

– Ok, a situação é muito ruim? – Percy perguntou quando parou na frente da varanda. – Você perdeu tudo?

Mary ficou sentada, rígida, de lado para ele.

– Eu ainda tenho algumas cartas para jogar.

Ele pôs a mão no ombro dela e disse calmamente:

– Sinto muito, amor, mas trato é trato.

– Eu disse que não era? – Ela tirou o paletó do ombro e abriu a porta. – Só não fique tão contente com isso.

– Eu não estou contente. Mary, pelo amor de Deus... – Percy saiu do carro enquanto ela corria para soltar Shawnee. – Como você pode pensar isso? Meu bem, eu sei como você deve estar...

– Sabe coisa nenhuma! Como você pode saber como eu me sinto? Perder Somerset é como perder um filho. Não há palavras que possam descrever a minha desolação.

– Mas, meu bem, você sabia do risco que estava correndo...

Mary sentiu o rosto ardendo.

– Não me faça um sermão, Percy! A última coisa que eu quero de você agora é uma dose da lógica dos Warwick. Vá trabalhar e me deixa cuidar do que é meu.

Dizendo isso, Mary puxou a rédea de Shawnee e foi para o estábulo para secá-lo e alimentá-lo, com as botas rangendo e as roupas pesadas de lama, deixando Percy ver a mulher que amava abandonando-o no seu momento de necessidade.

Capítulo Vinte e Seis

No final da manhã, com o sol brilhando e os pássaros cantando como se a devastação da noite não tivesse acontecido, Mary e Shawnee chegaram no escritório de Emmitt Waithe.

O advogado gemeu quando ela entrou e indicou uma cadeira para ela, sentando-se pesadamente na dele. Ele parecia mais curvado do que nunca, como se o papel dele na catástrofe fosse um peso sobre seus ombros.

– Somerset ainda não está acabada, Sr. Waithe – Mary disse, pronta para apresentar uma argumentação ensaiada. – Nós conversamos sobre esta possibilidade e eu ainda tenho um ás na manga. Fair Acres. Eu quero hipotecar Fair Acres. – Ela percebeu que estava falando depressa demais, mas precisava apagar aquela expressão de "se ao menos eu não tivesse dado ouvidos a você" do rosto do amigo do pai. – Para proteger os bens do espólio, tenho certeza de que o senhor vai concordar que tem a obrigação de me ajudar a obter um empréstimo. É o único modo...

Emmitt deu um tapa na mesa, interrompendo-a.

– *Não* me diga agora qual é a minha obrigação fiduciária, mocinha! Antes você estava tão ansiosa para que eu me esquecesse dela! Se eu tivesse agido de acordo com minha obrigação *fiduciária*, você não estaria aqui sentada e eu não teria passado a noite em claro xingando a mim mesmo. Vernon Toliver deve estar se revirando no túmulo.

– Não está, não – Mary disse, determinada a manter a calma. – Papai teria compreendido o risco. Ele teria compreendido por que o senhor me deixou assumi-lo. Tudo bem, eu arrisquei e perdi. Agora tenho que salvar o que tenho. O único modo de fazer isso é hipotecando Fair Acres. Eu poderia conseguir um empréstimo que desse para pagar tudo o que devo. Então, no ano que vem, com uma boa colheita. – Ao ver o olhar com que Emmitt a fuzilou por cima dos óculos, ela parou e ergueu os ombros. – Que outra escolha eu tenho?

– Eu preciso mencionar o óbvio?

– Não, senhor. Eu não vou vender Somerset.

Emmitt tirou os óculos e esfregou os olhos.

– Então o que você quer que eu faça?

– Eu quero que o senhor marque um encontro hoje no banco e me ajude a negociar um empréstimo.

– Por que tão cedo? Vá para casa, descanse um pouco. Tenho certeza de que você passou a noite em claro. Quando estiver descansada, vai avaliar melhor o que fazer. Por que a pressa de ir ao banco ainda hoje?

– Depois da noite passada, eu não vou ser a única a correr para o banco de chapéu na mão. Howbutker State tem um limite para emprestar a fazendeiros. Eu quero ser uma das primeiras da fila. Espero que sua agenda esteja vazia.

– Faria alguma diferença se não estivesse? – Com um suspiro profundo, Emmitt tornou a pôr os óculos e pegou o telefone. Em poucos minutos, ele tinha explicado o objetivo do seu telefonema para o presidente do Howbutker State Bank, que concordou em receber a ele e a Mary naquela tarde.

Mary tinha vindo da fazenda usando uma saia e uma blusa velhas de montaria, ambas com traços da lama grudada em suas botas. Ao entrar no banco, para sua tristeza, ela se viu cara a cara com a elegante Isabelle Withers, sua rival derrotada nas afeições de Percy. O pai de Isabelle era presidente do Howbutker State Bank.

– Meu Deus, se esta não é Mary Toliver – a moça disse, com um olhar irônico para o traje de Mary.

– É sim – Mary respondeu, com um ar igualmente irônico.

– Sinto tanto pela geada, e bem na hora da colheita. Imagino que Somerset tenha sido seriamente afetada.

– Um pouco, mas vai ficar tudo bem.

– É mesmo? – Isabelle enrolou no dedo a longa fileira de pérolas que saía da cintura do seu vestido de *voil*. – Então esta deve ser apenas uma visita social a papai. Ele vai ficar encantado. Sem dúvida eu vou saber tudo sobre isto esta noite. Prazer em tornar a vê-lo, Sr. Waithe. O senhor também deve estar aqui para fazer uma visita social, eu imagino. – Ela sorriu com os lábios pintados de vermelho à moda de Hollywood, parecendo Theda Bara, e se afastou deixando no ar um leve perfume floral.

Emmitt, piscando rapidamente, confuso com aquela conversa tensa, resmungou:

– Meu Deus.

No escritório de Raymond Withers, o advogado deixou que Mary falasse, ficando num silêncio neutro enquanto ela apresentava seu caso com base numa relação de números que tinha escrito apressadamente na mesa da cozinha da casa de Ledbetter.

– Eu tenho a escritura de Fair Acres e estou disposta a oferecê-la como garantia agora mesmo, caso cheguemos a um acordo – ela disse, terminando seu discurso.

Raymond Withers tinha escutado atentamente, tamborilando de vez em quando na mesa com suas mãos macias de empresário. De uma estante atrás dele, seu orgulho e sua alegria – em diferentes poses e diferentes idades – sorriam insipidamente para Mary dos porta-retratos. Durante alguns segundos marcados pelo belo relógio dourado em sua lareira, ele ficou em silêncio, e Mary não conseguiu interpretar o que estava pensando por trás daquele rosto plácido, uma pose que ela tinha certeza que ele adotava para manter seus requerentes em suspense. Quando ele finalmente falou, uma ruga surgiu em sua testa.

– Nós podemos ajudá-la até certo ponto – ele disse –, mas estou certo de que não será suficiente para cobrir suas necessidades financeiras.

– Como assim? – Mary perguntou, com o coração aos saltos. Emmitt grunhiu e se sentou com o corpo ainda mais ereto.

– O banco só pode emprestar quarenta por cento do valor do bem que você está dando em garantia, que, uma vez que o preço do algodão vem caindo tão drasticamente desde a guerra, é consideravelmente menor do que era. Vamos ver... – O banqueiro consultou a escritura. – Estamos falando de duas partes. O valor delas hoje, com a casa, prédios e equipamentos, seria... – Como se não tivesse coragem de dizer o valor em voz alta, ele escreveu um número numa folha de papel e passou-a por cima da escrivaninha.

Mary pegou o papel.

– Fair Acres vale duas vezes isso! – ela exclamou, calculando mentalmente que um empréstimo baseado na avaliação do banqueiro não cobriria os custos de suas despesas. Ela entregou o papel a Emmitt.

– Vale para você, mas não para o conselho-diretor – o banqueiro disse.

Emmitt pigarreou.

– Ora, Raymond. Com certeza você pode fazer alguma coisa. Você controla o conselho-diretor. Se Mary deixar de pagar, mesmo que você empreste a ela cinquenta por cento do valor real de Fair Acres, você pode vender a fazenda e ainda obter lucro.

Raymond Withers pensou um pouco.

– Bem, existe uma condição que poderá convencer o conselho, caso a Srta. Toliver concorde com ela.

Mary sentiu a esperança renascer.

– Que condição?

– Que você não plante algodão. É um produto muito arriscado. Amendoim, sorgo, cana-de-açúcar, milho, arroz, há diversos grãos, até mesmo gado, que a terra poderia suportar. Nós poderíamos encontrar uma forma de emprestar-lhe o que você está pedindo se você concordasse em usar a sua fazenda para produzir outra coisa mais favorável do que algodão. Assim, o banco teria uma garantia maior de ser pago.

– Eu não posso concordar com isso – Mary disse, horrorizada com o fato de o homem ter tido coragem de sugerir tal coisa para uma Toliver. – Somerset é uma fazenda de algodão...

– *Foi* uma fazenda de algodão – o banqueiro corrigiu, com visível impaciência. – Você deveria aceitar este conselho, Srta. Toliver. Acabaram-se os dias de algodão no leste do Texas. Outros países estão produzindo a mesma quantidade de algodão e de melhor qualidade do que todo o Cinturão do Algodão junto, e vendendo mais barato. Você sabia que um novo tecido, um tecido sintético para substituir a seda, está sendo produzido na França? – ele perguntou. – É só uma questão de tempo até ele substituir o algodão em roupas produzidas aqui. O material sintético é mais leve, mais barato para produzir, e mais durável do que o algodão. É muita competição para uma safra que mal consegue suportar a devastação do gorgulho, quanto mais a destruição, como você viu agora, da natureza.

O banqueiro reclinou-se na cadeira e cruzou os dedos sobre o colete.

– Agora, se você estiver disposta a plantar outra coisa que não algodão, acho que posso convencer o conselho a aumentar o empréstimo em dez por cento do seu valor original. Senão, quarenta no preço estimado.

Mary estava atônita demais para falar. Mais uma vez Emmitt pigarreou.

– O que seria necessário para conseguir o que ela está pedindo, Raymond?

– Bem... – O banqueiro descruzou os dedos e se dirigiu a Emmitt como se Mary não estivesse lá. – Se ela conseguir alguém que o banco aprove para assinar a promissória junto com ela, nós poderemos emprestar o dinheiro. Essa pessoa teria que entender que ficará devendo ao banco, caso a Srta. Toliver não pague o empréstimo. Como ela tem menos de vinte e um anos, não pode ser obrigada legalmente a ressarcir esta pessoa porque, como o senhor sabe, a lei não responsabiliza menores de idade por empréstimos. – Ele se voltou para Mary. – Você conhece alguém que estaria disposto a endossar sua nota promissória sob estas condições, Srta. Toliver?

A insinuação que havia naquela pergunta a deixou chocada. Ele sabe sobre Percy e eu, ela pensou alarmada. Ele acha que eu destruí a esperança dele e de Isabelle de ela se tornar a Sra. Percy Warwick. Será que a cidade inteira sabia sobre ela e Percy, e, caso soubesse, até que ponto saberia?

– O senhor tem alguém em mente? – ela perguntou, encarando-o.

O sorriso do banqueiro se transformou num esgar.

– Ora, o banco aprovaria a assinatura de Percy Warwick, o que não seria muito difícil para você conseguir, Srta. Toliver, uma vez que suas famílias são tão amigas e tudo o mais.

Mary recolheu os papéis que tinha levado.

– Obrigada pelo seu tempo, Sr. Withers. O Sr. Waithe e eu vamos pensar no assunto e dar-lhe uma resposta o mais cedo possível.

– Não espere demais, Srta. Toliver – o banqueiro disse, levantando-se. – Nós só temos uma determinada soma para emprestar aos fazendeiros e já há outros solicitando seus empréstimos.

Ao sair do banco com Mary, Emmitt parecia abalado.

– Mary, minha querida, o que você vai fazer? O que tem em mente?

Mary respirou fundo.

– Algo que vou passar o resto da vida lamentando.

Capítulo Vinte e Sete

Na volta para a avenida Houston, Mary avaliou o risco que ia correr, mas não tinha outra escolha. Ela não ia plantar outra coisa em Somerset. Isso estava fora de questão. Sabia o que estava arriscando ao pedir a Percy a assinatura dele. *Trato é trato*, ele tinha dito a ela, e esperaria que ela o honrasse. Na realidade, ela não seria uma Toliver se não fizesse isso. Tinha sido ela a mencionar a política de não emprestar, mas não era um empréstimo que estava querendo, era apenas um aval. Nenhum dinheiro trocaria de mãos. Sim, ele teria que pagar o empréstimo se a colheita fracassasse no ano seguinte, mas não ia perder um tostão. Fair Acres era dela. Se ocorresse uma catástrofe, ela venderia a fazenda e pagaria a Percy. Todos os músculos do seu corpo ficaram tensos quando ela pensou nisso, mas seria obrigada a vender um pedaço de Somerset também para pagar o resto da sua dívida com os banqueiros de Boston. Mas o risco compensava.

Ela só precisava convencer Percy de que seu pedido não era uma quebra de promessa – que não feria a regra que as famílias seguiam havia quase um século. Embalada pelo barulho dos cascos do cavalo, Mary refletiu sobre essa regra, examinou-a pela primeira vez desde que a havia aceitado sem objeções como sendo parte da história das famílias. Perguntou a si mesma por que eles tinham adotado um princípio daqueles. Pensando bem, aquela era um coisa fria, até mesmo desalmada para ocorrer entre amigos. Quem melhor do que um amigo para ajudar? A quem pedir ajuda a não ser a um amigo? Eles eram como membros da mesma família. Por que tinham concordado com aquela regra?

E então, contrário a tudo o que ela teria preferido acreditar, a resposta surgiu clara em sua mente. O chefe de cada família tinha sabido que pedir dinheiro emprestado ao outro significava perder poder. Pior, pedir dinheiro emprestado significava ficar devedor, e isso iria diminuir, senão destruir, a amizade. Dever a um amigo era perder a igualdade em relação a ele. Mesmo que a dívida fosse paga, aquele que pediu emprestado estaria sempre em dívida para com aquele que emprestou. Isto era uma realidade própria da natureza humana.

Bem, podia ser, Mary disse a si mesma, mas um aval não era um empréstimo. Ela não estava rompendo o acordo.

Na avenida Houston, Mary parou na casa de um vizinho para ligar para o escritório de Percy. Considerando a probabilidade de que a telefonista ouvisse a conversa, sem falar no dono da linha, nas raras ocasiões em que ela tinha ligado para ele, eles haviam se dirigido um ao outro como meros vizinhos e sempre usando meias palavras.

– Ora, Mary Toliver, que surpresa – ele disse, parecendo muito aliviado ao ouvir sua voz. – Sinto muito sobre hoje de manhã. O estrago foi grande demais?

– Não, Percy. A plantação foi perdida, mas a casa não sofreu quase nada. É por isso que estou ligando. Acho que ela vai precisar de alguns consertos. Você pode mandar alguém para avaliar o que precisa ser feito?

– Com todo prazer. A que horas você gostaria que ele fosse lá?

– Pode ser às cinco horas?

– Ele estará lá.

Mary desligou pensando que, por mais cuidadosos que eles tivessem sido, não era surpresa que o seu relacionamento tivesse sido descoberto. Bastava a cozinheira dos Warwick contar à cozinheira de outra pessoa sobre as refeições para dois que ela costumava preparar para o Sr. Percy levar sabia Deus para onde e para comer com quem. Como ele não era visto com nenhuma namorada na cidade, um bom palpite era que ele estava dividindo sal e pimenta com Mary Toliver, a moça que ele beijara na frente de Deus e todo mundo na manhã em que partira para a guerra.

Que importância tinha isso, ela pensou, se ela e Percy se casassem em breve? Ela respirou fundo e viu o que tinha dito. Que história era essa de *se*?

Percy já estava na cabana quando ela chegou. Ele não tivera tempo de trocar de roupa, mas tinha tirado o paletó, afrouxado a gravata e arregaçado as mangas. Assim que ela surgiu, ele saiu para ajudá-la com a charrete.

– Meu Deus, como é bom tê-la de novo em meus braços – ele disse suspirando, depois de um longo beijo.

Ela encostou o rosto no pescoço dele.

– É maravilhoso estar neles – ela disse.

Eles entraram e Percy serviu dois copos de chá gelado. Uma brisa soprava do lago, agitando os ventiladores de teto, fornecendo algum alívio da umidade pós-chuva. Entregando o copo de chá para ela, ele disse:

– Eu estou felicíssimo por você ter querido me ver, mas você deve estar exausta e louca para dormir. Tem certeza de que não devia estar descansando em casa?

Mary sentou-se.

– Eu precisava ver você, Percy.

– Julgando pelo seu tom, o motivo não parece ser o de sempre.

– E não é. Eu estou encrencada.

Percy bebeu calmamente um gole de chá, mas suas sobrancelhas arquearam-se como duas bandeiras de alerta. Ele se sentou no sofá, longe dela. Mary interpretou isso como sendo um mau sinal. Ele tinha adivinhado por que ela estava ali.

– Bem, vamos ouvir isso – ele disse.

Ela engoliu em seco, disfarçando o temor que subia por sua garganta. Tomou um gole de chá e tentou acalmar as batidas do seu coração.

– Eu fui hoje, junto com Emmitt, negociar um empréstimo no Howbutker State Bank. Nós falamos com Raymond Withers... – Não houve nenhuma reação ao nome do pai de sua antiga namorada, e ela mencionou depressa o valor irrisório que ele atribuíra a terra, omitindo de propósito a condição do banqueiro de que ela plantasse outra coisa para conseguir o empréstimo que estava pedindo. – A quantia que eles estão dispostos a emprestar não cobre nem o custo das sementes – ela disse, exagerando –, muito menos o que eu preciso para sobreviver mais um ano.

– Então qual é o seu próximo passo? – ele perguntou, com um olhar firme.

Não havia como não ir direto ao ponto. Apesar dos alertas vermelhos em sua cabeça, ela disse:

– Ele está disposto a me emprestar a quantia de que preciso, se você for avalista do empréstimo.

No silêncio que se seguiu, o tilintar inocente do gelo no copo de Percy soou como um tiro.

– E o que foi que você disse a ele?

– Eu... disse a ele que daria a minha resposta depois.

– Pensei que você tivesse dado a resposta na mesma hora. Por que não deu? Nós fizemos um acordo.

Mary chegou para a frente na cadeira.

– Sim, eu sei, mas isto não fere o nosso acordo. Eu só quero a sua assinatura, pelo amor de Deus. Não é o mesmo que pedir dinheiro. Na realidade, você não estaria perdendo um tostão, mesmo que eu não pudesse pagar o empréstimo.

– Como assim?

– Se tivermos outro ano ruim, eu vendo Fair Acres e até mesmo uma parte de Somerset, se for preciso. Você teria todo o seu dinheiro de volta. Você tem a minha palavra, Percy.

Percy ficou em pé. Ela teve a impressão assustadora de um touro batendo no chão com as patas, as narinas tremendo.

– Sua palavra – ele repetiu. – Você deu sua palavra aqui nesta sala de que jamais me pediria para salvar Somerset caso a fazenda estivesse com problemas. Você prometeu que desistiria dela e se contentaria em ser apenas minha esposa.

– Percy, isto não é a mesma coisa. Você não está salvando Somerset. Eu só quero a sua assinatura. Não é a mesma coisa.

– É claro que é. Você está usando de subterfúgios e sabe disso. Eu sinto muito pelo que aconteceu, e isso é verdade, Mary, mas não aceito que você rompa o nosso acordo.

Ela se levantou devagar. Seu rosto estava pálido de choque.

– Você... você não vai me ajudar?

– Não, eu não vou ser seu avalista.

Ele tinha começado a desenrolar as mangas da camisa. Mary ficou olhando para ele horrorizada. Ele ia embora! Ela se aproximou dele e pôs as mãos em seu peito, implorando sua compreensão com toda a força da sua beleza.

– Percy, eu sei que está parecendo que eu estou rompendo o nosso acordo, mas tente enxergar de outra forma. Minha promessa foi não pedir *dinheiro* a você para salvar Somerset. Eu só estou pedindo a sua assinatura. Você não vai desembolsar um centavo.

Ela sentiu o peito dele se contrair e viu que o tinha excitado, mas ele continuou abotoando os punhos.

– Suponha que você consiga o empréstimo e tenha outro ano ruim. E aí? Perdendo Fair Acres, você não vai ter mais nada para usar como garantia.

– Eu já disse. Eu vendo parte da fazenda. Eu prometo, Percy. Você tem que acreditar em mim.

– Eu queria poder acreditar. – Ele retirou as mãos dela e apertou o nó da gravata. – Isto vai acontecer de novo. Você sabe que sim. Você vai querer ter uma reserva em dinheiro para se garantir, exatamente como fez antes de comprar Fair Acres. Mas quanto tempo você acha que esse dinheiro vai ficar no banco quando a tentação de novos produtos, máquinas, sistemas de irrigação e *terra* surgir no mercado? Mary Toliver Warwick vai ser a primeira da fila para comprar, se é que eu a conheço, e você estará de novo no mesmo lugar em que está agora quando acontecer outra catástrofe.

– Nós não estamos falando do futuro. Estamos falando do *presente*.

– E eu estou dizendo que as coisas não vão ser diferentes no futuro do que são hoje. – Ele deu um passo na direção dela, com um olhar que matava qualquer esperança. – Não se trata do dinheiro, Mary. Você sabe disso. Trata-se do acordo que fizemos. Eu prometi apoiar sua... obsessão por Somerset, Deus sabe que é isso, mas se a fazenda fracassasse, você prometeu desistir dela sem que isso afetasse nosso casamento. Prove para mim que você estava sendo sincera.

Ela se virou de costas para ele, apertando uma mão na outra. Lágrimas lhe subiram aos olhos.

– Isto é tão injusto. Você está tentando me forçar quando tudo o que eu quero é o seu nome num pedaço de papel.

Ele ficou parado atrás dela, e ela sentiu sua desesperada necessidade de ouvir dela o que queria ouvir – o que ele *precisava* ouvir.

– O que aconteceria se você tivesse que recorrer a mim de novo depois que nos casássemos e eu me negasse a socorrê-la, se eu obrigasse você a vender Somerset para pagar suas dívidas?

Mais uma vez, ela estava num momento de crise com ele... a última, uma voz interna alertou-a. A resposta dela iria decidir o futuro deles.

Ele a virou para ele.

– Responda de uma vez!

Ela cruzou os braços, abraçando a si mesma para se proteger do que viria.

– Eu iria odiar você – ela murmurou, baixando a cabeça.

Uma eternidade se passou até Percy falar.

– Foi o que eu pensei. Então você nunca pretendeu cumprir sua promessa.

Ela levantou a cabeça. O rosto dele mostrava a mesma dor que ela tinha sentido quando viu seus campos devastados aquela manhã.

– Eu *sou* Somerset, Percy. Não posso evitar. Isso é o que eu sou. Essa é a mulher que você ama. Separar-me da fazenda é ter apenas metade de mim. Eu nunca mais seria a mesma. Estou convencida disso agora. Se você me dividir com a fazenda, vai me ter inteira.

Uma expressão de incredulidade surgiu no rosto dele.

– Você está me dizendo que não posso ter uma sem a outra? Que se eu não for avalista do empréstimo vou perder você?

Mary passou a língua pelos lábios secos.

– Sem Somerset, eu estou perdida mesmo, Percy.

– Mary. – Percy agarrou-a pelos ombros. – Somerset é só *terra e semente*. Eu sou carne e osso.

– Percy – ela implorou –, eu te amo. Por que você não pode encaixar Somerset em nossas vidas?

Ele baixou as mãos.

– Talvez eu pudesse se soubesse que você me amava com a mesma intensidade. Você fala em dividir, mas Somerset ficaria com a maior parte de você. Você já provou isso. – Ele deu um passo para trás, o rosto contorcido de dor. – Você não percebe o que está fazendo? Você está prestes a perder a mim e a fazenda. O que você ganha? – De repente, uma ideia passou pela cabeça dele, mas ele não podia conceber que ela pudesse ser verdadeira. Ele não se moveu, e suas pupilas se contraíram de raiva. – Mas você não planeja perder Somerset, não é?

Quando ela tornou a baixar a cabeça, ele disse devagar:

– Não, não me diga que você vai pedir a Ollie...

O silêncio dela junto com a cabeça baixa e os braços cruzados foram resposta suficiente.

Ele deu um urro de ódio e de dor.

– Meu Deus, você é capaz de qualquer baixeza para salvar aquela porcaria de terra, não é? – Ele pegou o paletó, enfiando no bolso uma caixinha que estava embaixo dele. Enquanto vestia o paletó, ele disse: – Antes de ir embora, empacote suas coisas. Você não virá mais aqui.

Mary sabia que não adiantava dizer mais nada. Sem se mexer, ela o viu, mais uma vez, partir, e desta vez para sempre. Ela ouviu a porta do Pierce-Arrow bater, depois o ruído dos pneus sobre as agulhas dos pinheiros quando ele acelerou. Era meado de agosto. Ela entendeu que o que ele tinha guardado no bolso era a caixinha com seu anel de noivado.

Capítulo Vinte e Oito

Bem cedo na manhã seguinte, Mary ligou para Ollie e pediu para se encontrar com ele às dez horas na loja. Ela passara uma noite horrível na sala, para ficar perto da porta caso Percy tocasse o sino. Inúmeras vezes tinha ido até a varanda para olhar na direção de Warwick Hall, e uma única vez até a calçada, de roupão, na esperança de ver uma luz acesa no quarto dele, provando que também ele estava acordado pensando nela.

Não havia nenhuma luz acesa.

Com firme resolução, ela vestiu seu traje de viajar fora de moda, puxou o cabelo para trás num coque liso e arreou Shawnee para ir até a Loja de Departamentos DuMont. Ollie, aparentemente, a tinha visto chegar e estava esperando no alto da escada quando ela chegou no último andar.

– Eu sinto tanto por sua perda, Mary – ele disse, segurando as mãos dela, com as muletas presas debaixo dos braços. – Foi tão mal quanto nós todos achamos?

Por um instante, Mary achou que ele estava se referindo a Percy, mas então percebeu que sua preocupação era com o estrago causado pela tempestade. Ollie não parecia saber que eles tinham brigado. O rosto dele teria mostrado se soubesse.

– Pior – ela disse brevemente –, e é por isso que eu estou aqui, Ollie.

Sentada diante da escrivaninha dele, Mary explicou o motivo da sua visita, desta vez sem omitir as condições impostas pelo banqueiro.

– Eu entendo que, ao pedir para você ser meu avalista, estou rompendo a tradição que nossas famílias vêm honrando desde que nos estabelecemos em Howbutker.

– Ora, que bobagem. – Ollie balançou a mão. – Uma convenção arcaica. É claro que você não pode plantar outra coisa que não algodão em Somerset. Que ideia. Raymond Withers devia saber que sempre haverá mercado para fibras naturais, apesar da chegada dos sintéticos. Será um prazer para mim ser seu avalista, minha querida.

Profundamente comovida, como sempre, pela generosidade dele, Mary disse:

— Tem mais uma coisa que eu preciso contar-lhe antes, Ollie. Eu pedi primeiro a Percy.

— Ah. E ele recusou?

— Sim.

Ele fez um gesto com as mãos, tipicamente francês.

— Talvez seja melhor mesmo. Vocês não iriam querer iniciar um casamento com complicações.

Mary arregalou os olhos.

— Você sabia sobre nós?

Ollie riu.

— O que vocês sentem um pelo outro salta aos olhos. É claro que eu sei. E Charles também. Quando vai ser o casamento?

Mary baixou os olhos e alisou uma prega da saia.

— Ah, não! — Ollie levou as mãos ao rosto, consternado. — Então foi por isso que Percy partiu esta manhã sabe Deus para onde. Ele me ligou por volta das seis, me disse que ia pegar o trem para uma das fazendas de madeira dos Warwick no Canadá e que não sabia quando voltaria. Vocês devem ter tido uma briga daquelas!

Mary ficou tensa. Percy tinha partido? Para o Canadá? Típico dele! Um medo súbito a deixou arrepiada. Uma coisa era estar separada dele na mesma cidade, dividida por umas poucas casas, mas estar separada dele por um país...

— Ele sabia que eu ia pedir a você para ser meu avalista.

— E ele não aprovou?

— Ele acha que estou me aproveitando da sua afeição por mim.

Ollie suspirou e sacudiu a cabeça, desalojando uma mecha de cabelo castanho, habilmente penteada para disfarçar a calvície.

— Quantos problemas o orgulho causa a um homem — ele disse com falsa severidade, e baixou a cabeça para olhar para Mary. — Sem esquecer das mulheres. Fico triste em saber que sou a causa desta briga.

— Não é não — Mary retrucou depressa. — A culpa é minha e de Percy. Nós temos diferenças profundas que não conseguimos resolver. Se você não quiser seguir adiante com isto...

— Ora, que bobagem. — Ollie fez sinal para ela ficar onde estava. — Ele vai superar isto assim que atravessar a fronteira do estado e vai pegar o próximo trem de volta. Vocês dois nunca ficaram brigados muito tempo.

É perfeitamente natural que você me procure depois da recusa dele. Por que não? Eu vou falar com ele quando ele voltar, vou fazê-lo compreender que está sendo um asno. – Ele sorriu para ela. – Agora fique aí quietinha enquanto eu ligo para o Raymond.

Mas quando ele estendeu a mão para o telefone, Mary segurou o pulso dele.

– Eu não estou em condições de exigir nada, Ollie, mas preciso que você me prometa uma coisa antes de continuarmos.

– Qualquer coisa – ele disse calmamente. – Eu sou capaz de prometer o que você quiser.

– É o seguinte. Se algum dia você estiver em dificuldades e eu puder ajudar, você tem que prometer que vai permitir que eu faça isso, Ollie.

Ollie deu um tapinha na mão dela, com um sorriso indulgente.

– Está bem, *mon amie*, se você insiste, eu prometo – ele disse, com um ar que sugeria que ele duvidava que esta promessa algum dia fosse ser testada.

Ela tirou um lenço da bolsa e enxugou os olhos. Andava muito emotiva ultimamente.

– Ollie, você é o melhor amigo do mundo, um verdadeiro tesouro para todos nós. Mas eu só estou pedindo o seu aval, não se esqueça. O seu nome estará fora do empréstimo no ano que vem, depois da colheita.

Ele ergueu o telefone.

– Então vamos torcer por bom tempo e céu claro.

Terminada a conversa com o banqueiro, Ollie levou-a até a escada.

– Tem certeza de que Percy não disse quando ia voltar? – ela perguntou.

Ele ergueu os ombros como seus antepassados franceses.

– Não, Mary, mas quando ele perceber a saudade que sente de você, vai voltar rapidamente para casa.

Mas Percy não voltou. Durante a semana seguinte, enquanto supervisionava a limpeza de suas terras, ela ficou de olho, na esperança de avistar o carro vermelho levantando poeira na estrada para Somerset, e toda noite ela procurava uma mensagem dele na mesa do hall. Toda vez que ela entrava no portão com Shawnee, olhava para ver se o Pierce-Arrow estava na rua, e uma noite ela fez o fiel animal levá-la até a cabana na beira do lago. Ela encontrou a casa às escuras, a porta trancada, uma atmosfera deserta como se o tempo que passaram juntos nunca tivesse existido. A depressão se instalou como um vírus, deixando-a sem ânimo e sem energia.

Setembro chegou e sua sensação de perda não diminuiu. Nem Ollie estava por perto para consolá-la. Ele estava assistindo aos desfiles de moda em Nova York e ficaria fora até outubro. Depois disso, ele ia partir para a Europa em outra viagem de compras que incluía Paris, onde planejava visitar Miles e se reunir com os camaradas franceses com quem tinha combatido durante a guerra. Ele ficaria fora quase meio ano.

A tristeza de Mary começou a se manifestar por crises de náusea, principalmente pela manhã, logo depois de acordar. Sassie chamou a doença de "febre da água", uma estranha doença de verão que estava afligindo quem bebia água de rios e lagos. Mary não discutiu o diagnóstico dela, achando que talvez o germe fosse uma consequência de seus banhos de lago com Percy. Mas uma manhã, quando ela teve mais uma dessas crises, ficou imaginando se não seria melhor procurar o Dr. Tanner. Ela estava tão ocupada, mas sua menstruação não tinha vindo...

Ela parou, horrorizada. Olhou para si mesma no espelho sobre a bacia de água. Apavorada, apalpou os seios. Estavam inchados e doloridos. *Deus!*

Mary desceu voando para a biblioteca, onde tirou um volume pesado da estante. Tratava de doenças comuns, sintomas e tratamentos, e tinha sido publicado em 1850, mas certas moléstias e seus diagnósticos tinham continuado iguais desde o começo do mundo. Com a cabeça rodando, Mary leu os sintomas da sua doença. Tudo se aplicava a ela – falha do ciclo menstrual, seios inchados, mamilos escurecidos, náusea, urina frequente, fadiga, perda de apetite...

Jesus, por piedade – ela estava grávida!

Ela compreendeu que não podia ir ao Dr. Tanner para confirmar suas suspeitas. Teria que consultar um médico fora do estado, e isso exigiria marcar uma consulta por telefone. Sua ligação ia levantar todo tipo de suspeita, mesmo que a telefonista não espalhasse que Mary Toliver estava esnobando o Dr. Tanner e marcando consulta com outro médico.

Ela foi correndo até a casa de Beatrice, que estava debulhando vagem com a cozinheira.

– Ora, Mary! – ela exclamou quando Mary entrou na cozinha. – Que surpresa agradável. O que a traz aqui?

– Beatrice, eu estou precisando falar com Percy – Mary disse apressadamente. Ela percebeu que estava torcendo as mãos e enfiou-as nos bolsos da saia. – É muito importante que eu fale com ele.

– Bem, eu também queria falar com ele, querida – Beatrice disse, entregando a tigela para a cozinheira. Ela pegou o braço de Mary e levou-a para a sala de almoço. – Ele está nas Montanhas Rochosas Canadenses com uma das equipes da companhia. Partiu há duas semanas, e nem o pai nem eu conseguimos falar com ele. Mas o que foi que houve?

– Eu... eu só preciso falar com ele – Mary disse, lutando para respirar normalmente. Beatrice era muito perspicaz e não demoraria muito para descobrir a causa da sua ansiedade. – Nós tivemos uma briga – ela explicou. – Eu vim me desculpar e dizer a ele que eu... que eu não estou conseguindo viver sem ele.

Beatrice sorriu.

– Fico feliz em ouvir isso, ele também ficará. Eu desconfiei que vocês tivessem brigado quando ele partiu para o Canadá para trabalhar num local de extração de madeira. Quando ele ligar, eu dou o seu recado, e isso vai fazer com que ele volte logo para casa. – Ela inclinou a cabeça, com um olhar carinhoso. – Você não acha que está na hora de vocês se casarem? Daqui a pouco eu vou estar velha demais para ser avó.

Mary sorriu radiante, apesar da preocupação que a estava deixando um feixe de nervos.

– Vamos cuidar para que isso não aconteça. Mas, por favor, diga a Percy para voltar para casa o mais rápido que puder. Eu... estou precisando dele.

– Pode deixar, minha filha. – Beatrice estendeu os braços. – Você me fez muito feliz.

Semanas se passaram. Outubro chegou. E nada de notícias de Percy. Toda manhã, Mary examinava a barriga para ver se havia sinais externos da vida que estava se formando dentro dela, e ficava aliviada ao não ver nenhum. Mas havia outra coisa crescendo dentro dela também. Como um verme, esta coisa tinha esperado até suas perdas estarem todas completas antes de sair do seu esconderijo. Mary tinha se dado conta disso pouco depois da chuva de granizo. Uma manhã, cansada das preocupações e da falta de sono, ela contemplara a extensão de terras devastadas de Somerset e sentira a terra debochando dela, regozijando-se com o fracasso da sua dedicação e do seu sacrifício. A sensação continuou durante as semanas de limpeza das terras, de tentativa de elevar o moral dos arrendatários. Era por causa do seu estado, ela disse a si mesma. Tinha lido que a gravidez afeta o estado mental e emocional da mulher. Não podia ser verdade que a terra e a natureza tivessem conspirado contra ela, agindo como traidoras para destruir seus sonhos e suas esperanças. Mesmo assim, a impressão persistia, e, muitas vezes, cavalgando pelas terras montada em Shawnee, com um dos braços protegendo a barriga, ela tinha a impressão de ouvir a voz de Percy vindo dos pinheiros: *Somerset é apenas terra e semente. Eu sou carne e osso.*

Em meados de outubro, ela concluíra que podia viver sem Somerset, mas que não podia viver sem Percy.

À noite, quando não conseguia dormir, sentava-se na janela com o rosto virado para o norte, onde ficava o Canadá. Abraçando os joelhos contra o peito, ela rezava.

– Por favor, meu Deus, faça Percy voltar para casa. Eu desisto de Somerset. Eu me contento em ser sua esposa e mãe dos seus filhos pelo resto da vida. Eu agora sei o que é importante. Eu sei que jamais poderei ser feliz sem ele. Por favor, Deus, mande Percy de volta para casa.

Então, uma manhã, Sassie subiu para dizer a Mary, que mal conseguia se arrastar para fora da cama, que a Sra. Beatrice estava lá embaixo e queria falar com ela. Ela desceu correndo, descalça, mas seu alívio se transformou em incredulidade quando Beatrice explicou que Percy não tinha retornado a Seattle com a equipe. Ele mandara um dos homens avisar a seus pais que ele ia viajar pela Montanhas Rochosas e que só estaria de volta dentro de mais um mês. Mary mal conseguiu ouvir o que Beatrice estava dizendo.

– Como Percy foi capaz de partir e deixar o pai sozinho para cuidar de tudo? Jeremy ainda não está bem, e nosso filho é necessário na empresa. Vocês devem ter tido uma briga feia, Mary.

Vagarosamente, Mary procurou a segurança de uma cadeira atrás de si, sentindo como se a terra tivesse se aberto sob seus pés. Ela pôs as mãos sobre a barriga. O que eu vou fazer? Perguntou a si mesma.

E então ela soube.

Capítulo Vinte e Nove

Aquela noite, a pedido de Mary, Ollie foi visitá-la. Ele tinha voltado alguns dias antes de sua viagem a Nova York e trouxera para ela um lindo ursinho do Macy's.

– Eu teria preferido algo da Tiffany's – ele disse –, mas você teria recusado. – O calor úmido do verão tinha acabado. Era uma época perfeita para sentar na varanda e apreciar os ares de outono. Sentado no balanço, com as muletas penduradas na treliça, Ollie tomou um gole do seu chocolate e esperou Mary dizer por que o tinha chamado lá. A noite caiu, as estrelas encheram o céu. Uma coruja piou na cerca.

– Eu sei que você não me chamou aqui só para saber como foi minha viagem, Mary. O que houve?

Ela disse numa voz sem expressão.

– Eu estou grávida, Ollie. O bebê é de Percy.

Fez-se um silêncio completo, quebrado apenas pelos sons das criaturas da noite nos arbustos e árvores. Após alguns instantes, Ollie tossiu.

– Bem, Mary, isso é maravilhoso.

Com o rosto de perfil, ela disse:

– Seria maravilhoso se Percy estivesse aqui.

– Ele sabe?

– Ele partiu antes de eu descobrir.

– Qual é o problema, *mon amie*? – Ele franziu a testa. Como sempre, a perna vazia da calça tinha sido dobrada para trás e presa discretamente acima do joelho. – Você e Percy estão apaixonados um pelo outro desde a adolescência. Assim que você contar, ele virá correndo se casar com você. Pelo modo como você tem estado infeliz desde que ele partiu, eu acredito que vocês dois estariam melhor sendo infelizes juntos do que separados. Quem mais, além de você, seria capaz de mandá-lo para as florestas do Canadá?

– O problema é que eu não tenho como me comunicar com ele. A última vez que os pais tiveram notícias de Percy, ele tinha ido passar um mês ou mais no interior do país. Isso foi ontem.

— Você quer dizer... Ah, Mary... – Ollie segurou a mão dela. – De quanto tempo você está?

— Não sei ao certo. Acho que no terceiro mês. Está começando a aparecer.

— Então nós vamos ter que pensar em alguma coisa. Você não está pensando em se livrar do bebê, está?

— Não, é claro que não. Eu jamais faria isso.

— Bem, nós vamos ter que dar um jeito de achá-lo, só isso. – Ollie se virou no balanço como se fosse pegar as muletas e sair para procurá-lo. – Eu posso contratar pessoas para isso.

— Não, Ollie. – Mary pôs a mão no braço dele. – Não há tempo para isso. Encontrar Percy levaria semanas ou mais. Até ele chegar em casa e nós nos casarmos, vai ser impossível dizer que o nascimento do bebê foi prematuro.

Ollie olhou para ela com uma expressão preocupada.

— Bem, o que você vai fazer, então?

Ela respirou fundo e bem depressa – antes que perdesse a coragem – virou-se para ele e perguntou de supetão:

— Ollie, você se casaria comigo e criaria a criança como sendo sua? Percy jamais precisará saber. Ele não pode saber. Eu... eu seria uma boa esposa para você, Ollie. Prometo. Você nunca iria se arrepender de ter casado comigo.

Ollie ficou mudo de surpresa. Quando recuperou a voz, ele disse:

— Casar com você? Com *você*, Mary? Nunca...

Ela ouviu a recusa dele como um trovão em seus ouvidos. Ela não podia acreditar. A esperança se transformou em vergonha.

— Ollie, perdoe-me. Desculpe ter colocado você nessa posição. Foi muita ingratidão e insensibilidade da minha parte, depois de tudo o que você fez...

— Não, não, Mary! Você não compreende! – Ele abanou as mãos freneticamente. No seu desespero, ele quase caiu do balanço. – Eu nunca imaginei que um dia teria uma chance de me casar com você. Deus é testemunha de que sempre a amei, mas... – o rosto dele se contraiu como se ele fosse chorar – mas eu não posso me casar com você. Eu não posso me casar com ninguém.

Ela pôs a mão delicadamente no ombro dele.

— É por causa da sua perna? Ollie, a sua perda não o torna menos homem. De fato, o modo como você lidou com isso, a coragem que demonstrou, tornam você um homem melhor do que você era antes, se isto é possível.

– Não é só a perda de uma perna, Mary... – Mesmo no escuro, Mary pôde ver o rosto dele enrubescendo. – Houve outras perdas também. A granada prejudicou minha masculinidade. Eu não posso lhe dar filhos. Não posso ser um marido para você. Só posso amá-la.

Paralisada de surpresa, ela ouviu a descrição hesitante do ferimento dele, enquanto as palavras de despedida do pai para ela queimavam como fogo em sua mente: "Mary, imagino se ao contemplá-la deste modo em meu testamento não estarei prolongando a maldição que persegue os Toliver desde que o primeiro pinheiro foi derrubado em Somerset." Ela viu os lábios de Ollie se moverem, mas só ouviu as vozes proféticas de Miles e da Srta. Peabody soando em sua cabeça. Ela apertou o rosto com as mãos. *Por favor, meu Deus, não. Isso não.*

– Então você está vendo por que eu não posso me casar com você, Mary, embora este fosse o meu maior desejo – Ollie disse, quase desmaiando no balanço.

Ela baixou as mãos e com todas as suas forças disfarçou a emoção que sentia no peito.

– Percy sabe da extensão do seu ferimento? – ela perguntou.

– Não. Eu não quero que ele saiba nunca. Isso aumentaria a culpa que ele sente em relação a isso.

Mary forçou um sorriso.

– Então eu não posso imaginar nada melhor do que ser objeto do seu maior desejo – ela disse.

Ele ergueu as sobrancelhas quase brancas.

– Isso quer dizer que você... Ainda quer se casar comigo?

– Sim – ela disse –, se você me quiser.

– Se eu *quiser* você? – Seu rosto explodiu de alegria. – É claro que eu quero você! Mary, minha querida... eu nunca ousei ter esperança. – Ele parou no meio da frase, alarmado. – Mas... e quanto ao Percy? Como ele vai se sentir em relação a isso? *Mon Dieu*, Mary, ele vai ficar arrasado. Ele vai pensar que o traí!

Ela pôs a mão no seu joelho bom.

– Não vai, não. Ele vai achar que *eu* o traí, que o convenci a se casar comigo para que minha fazenda pudesse ter sempre o seu apoio financeiro. Ele vai acreditar nisso porque sabe que eu faria qualquer coisa para salvar Somerset. Esse foi o motivo da nossa briga.

— Mas, Mary, como você pode permitir que ele ache isso de você quando não é verdade?

— Eu posso permitir para que ele não saiba a verdade sobre o motivo de nos casarmos. Acreditar que eu me casei com seu melhor amigo por causa de Somerset vai doer menos. Você entende isso, não é, Ollie?

Ollie sacudiu a cabeça como se estivesse tonto.

— Ah, Mary, eu quero me casar com você. Eu quero o bebê. Eu o quero mais do que tudo no mundo, mas magoar Percy...

Sem hesitação, Mary ajoelhou-se diante do balanço. Ela segurou as duas mãos dele.

— Preste atenção, Ollie. Percy jamais o culpará por ter se casado comigo. Ele sabe o que você sente por mim. Nós temos que deixá-lo acreditar que eu me casei com você por causa de Somerset. É a única maneira de salvar este bebê de um escândalo. Imagine o que o estigma de ser nascido fora do casamento faria a esta criança, o que faria ao nome dos Warwick, ao meu nome, ao nome da criança. Você vai partir em breve para a Europa. Eu irei com você. Quando voltarmos, o bebê ainda vai ser jovem o suficiente para convencer a todo mundo que ele nasceu dois meses depois. Se eu esperar, não vou ter essa vantagem.

— Mas Percy nos ama tanto... Como seremos capazes de fazer isso com ele?

Mary segurou o rosto dele com firmeza e olhou no fundo dos seus olhos.

— Nós vamos compensar isto, Ollie. Vamos amá-lo como sempre o amamos, com o mais profundo amor da amizade.

— Mas... agora que vocês... se conheceram, como vão suportar ficar separados, Mary? Eu não iria tolerar dividir você, nem mesmo com Percy. Como vamos poder continuar juntos, nós três, só como amigos?

— Vamos ter que fazer isso, meu querido – Mary disse, inclinando-se para beijar a testa dele. – Pelo bem de todos aqueles que amamos, seu pai, Beatrice e Jeremy, Percy, o bebê, e... nós mesmos, nós vamos ter que fazer isso. Percy vai se casar, vai ter seus próprios filhos, e o tempo que passamos juntos vai se tornar uma lembrança distante para nós dois. – A mentira saiu facilmente de sua boca, mas foi com sinceridade absoluta que ela acrescentou: – Eu sempre serei fiel a você, Ollie. Eu juro.

Ollie tirou um lenço do bolso interno do paletó e enxugou os olhos.

— Eu não posso acreditar – ele disse. – Pensar que você... vai se casar comigo... que meu sonho mais impossível se tornou realidade. A única mancha na minha felicidade é Percy... Ele vai ficar arrasado, mas... eu não sei que outra coisa fazer.

– Exatamente – Mary disse, e sentou-se ao lado dele no balanço. Haveria um lugar no coração dela para este homem, ela pensou, contendo as lágrimas. Ele nunca deixaria de ter seu afeto, sua dedicação, seu respeito, mas naquele momento ela sentiu um movimento dentro dela, como se a parte dela que pertencia ao único homem que algum dia amaria tivesse se encolhido num canto bem escondido do seu corpo, como um animal que se prepara para morrer.

Capítulo Trinta

Eles se casaram na elegante sala dos Dumont, uma semana depois, e partiram na mesma noite para Nova York, onde embarcariam num transatlântico para a Europa. Mary usou um vestido curto e solto de cetim branco, o primeiro vestido de noiva usado em Howbutker fora do padrão convencional dos vestidos compridos com cauda. Só Abel, Jeremy e Beatrice Warwick, os Emmitt Waithe, e o filho deles, Charles, foram convidados. Emmitt conduziu a noiva. A cerimônia foi realizada por um juiz de paz, seguida de uma pequena recepção onde foram servidos bolos e ponche feito com um excelente rum contrabandeado.

A participação do casamento deles foi enviada depois que Mary e Ollie já estavam fora do país. Howbutker entendeu que o casamento teve que ser apressado para que a lua de mel coincidisse com a viagem à Europa de Ollie. O que espantou a todos foi o casamento súbito e inesperado de Mary com Ollie DuMont quando todos esperavam que ela se casasse com o belo Percy Warwick. As pessoas também se espantaram com o fato de Mary largar Somerset nas mãos do seu preguiçoso capataz. Foi finalmente concluído, depois de muitas conversas em varandas, chás e jantares, que Mary só tinha se casado com Ollie para salvar Somerset. Era uma opinião que Mary esperava que os Warwick partilhassem para não ficarem muito desapontados por ela não ter se casado com o seu filho.

Mas ela não tinha certeza. Imaginara uma reação indignada de Beatrice, mas, em vez disso, encontrou nela uma inesperada resignação.

– Você tem certeza de que não quer esperar a volta de Percy para se casar? – ela perguntou. – Ele vai ficar tão desapontado.

– Não, Beatrice – respondeu Mary. – Já será tarde demais.

Beatrice tinha olhado para ela com tristeza, e Mary ficou imaginando se ela teria adivinhado o motivo pelo qual o casamento não podia ser adiado. Só Jeremy se mostrou um tanto duro quando Mary ficou na ponta dos pés para beijá-lo depois da recepção.

Assim que o casal chegou em Paris e fez o check-in no Hotel Ritz, Ollie arrastou Mary para o consultório de um obstetra para a sua primeira consulta. Era cedo demais para estimar a data do nascimento do bebê, o médico francês disse a ela. Mary tinha calculado que seria no final de abril. Quando ela disse isso a ele na consulta seguinte, ele sacudiu a cabeça.

– Pelo que posso ver, seu bebê vai nascer depois disso. Pelos meus cálculos, pelo menos duas ou três semanas depois.

– O quê? – Mary sentiu a sala girar. – Quer dizer que eu não estou tão adiantada quanto pensava?

O médico sorriu.

– Um jeito bem americano de falar, mas sim. A concepção deve ter ocorrido mais tarde do que a senhora imaginou, talvez pouco antes da data prevista para a menstruação que não veio.

Ela sentiu um gosto de bile na boca. Lembrava-se muito bem do dia. A lembrança atingiu-a com tanta força que ela teve que se encostar na parede do vestiário para não cair. Foi na semana que antecedeu a colheita, quando ela estava animada com a perspectiva de ter dinheiro no banco, de pagar sua hipoteca, de inocentar o pai. Era o primeiro dia verdadeiramente alegre que tinha desde o suicídio da mãe. Percy estava esperando por ela na cabana quando ela abriu a porta, usando um avental e segurando uma colher de pau. O sorriso dele se enterneceu quando viu o desejo no rosto dela. Calmamente, ele largou a colher, tirou a panela do fogo, desamarrou o avental e foi abraçá-la.

Os joelhos de Mary ficaram trêmulos quando ela recordou a paixão que eles sentiram aquela tarde, o modo como seus corpos tinham se fundido, tinham se tornado um só, inseparável, inviolável, sagrado e eterno... o dia em que o filho deles foi concebido. Ela se sentou no chão e abraçou os joelhos. *Ah, meu querido Percy, o que foi que eu fiz? O que foi que eu fiz?*

Ela estava pálida e trêmula quando Ollie foi buscá-la. Ele a levou de volta para o hotel, onde ela ficou de cama por dois dias, comendo casca de pão francês e sopa, a única comida que seu estômago conseguia tolerar. (Ela recusou croissants.) Dois meses depois da partida deles de Howbutker, Abel DuMont distribuiu charutos num jantar para o qual os Warwick foram convidados. Ele anunciou que em breve seria avô. A criança ia nascer em julho de 1921. Ollie queria que o bebê nascesse no país da mãe dele, então o casal voltaria para Paris para o nascimento e viria para casa de navio, direto da França. Na realidade, Matthew Toliver DuMont nasceu em maio daquele ano. Uma grande quantia foi paga ao obstetra e, em consequência disso, a certidão de nascimento dizia que o único filho do casal Ollie DuMont tinha entrado no mundo dois meses depois do seu nascimento.

Foi com partes iguais de alívio e orgulho que Ollie examinou pela primeira vez a criança levada para mamar no peito da mãe. Em vez do cabelo louro que ambos tinham temido, os cachos do bebê eram negros como os de Mary, seus olhos azuis já tinham uma tonalidade verde, indicando a cor que teriam mais tarde. Havia uma pequena depressão no meio do seu queixo pequenino, e todos que o viam diziam que seu cabelo formava um bico em sua testa – "igualzinho ao da mãe".

– Bem, minha querida, você arranjou um Toliver – Ollie disse, com uma expressão de felicidade no rosto.

Ele se tornou instantaneamente um escravo da criança e mal conseguia ficar longe dela. Uma noite, vendo-o embalar o bebê, murmurando palavras de carinho, roçando os lábios na cabecinha macia, Mary imaginou se ele já teria pensado na suprema ironia daquela situação. Ele tinha perdido a perna e a capacidade de gerar filhos para salvar a vida do amigo para a mulher que ele mesmo tinha terminado possuindo, junto com o filho dela.

Somerset estava sempre em seu pensamento. Ela mandava cartas com instruções todas as semanas para Hoagy Carter. Antes de partir, eles tinham feito um trato. Se, quando Mary voltasse, ela visse que ele tinha dirigido a fazenda com cuidado e eficiência, monitorado por Emmitt Waithe, ela permitiria que ele ficasse com todos os lucros obtidos com sua plantação de algodão durante três anos. Se voltasse e visse que ele não tinha trabalhado direito, ela o mandaria e também a família para fora da propriedade, sem nada.

Uma noite, enquanto viam Matthew dormir, Ollie disse:

– Mary, eu não posso deixar de pensar se não estamos agindo mal em guardar esta criança só para nós.

Sentindo um súbito pânico, Mary o puxou para longe do berço.

– Não é errado proteger este bebê de um erro que Percy e eu cometemos. Você é o pai dele agora, e não deve se sentir culpado porque acha que tirou Matthew de Percy. Percy vai ter muitos filhos. Você e eu só vamos ter Matthew. Pense no que causaria a Percy saber que esta criança é dele.

Ela acertara em cheio. Ele segurou a mão dela.

– Nunca mais vamos falar sobre isto. Foi apenas uma ideia passageira.

Nessa segunda estada deles em Paris, oito semanas depois do suposto nascimento de Matthew, eles combinaram um encontro com Miles. Ollie deixou Mary terminando de se vestir para o encontro e foi até a recepção. Voltou com duas cartas, uma delas aberta. A expressão dele era grave.

– São do meu pai – ele disse. – Elas rodaram a Europa atrás de nós. Esta aqui foi escrita há quatro meses.

– O que houve? – Mary perguntou.

– Percy se casou.

Ela ainda estava na penteadeira. O colar que estava fechando caiu de suas mãos sobre o tampo da penteadeira.

– Com quem? – ela murmurou, olhando, atônita, pelo espelho.

– Com Lucy.

O sangue desapareceu em seu rosto tão depressa que ela achou que ia desmaiar.

– Lucy? Você disse *Lucy*?

– Sim. Lucy Gentry.

– Meu Deus! *Lucy*? – Mary agarrou a beirada da mesa e deu uma risada histérica de incredulidade. – Percy se casou com Lucy? Como ele pôde fazer isso? Como ele *pôde*?

– Eu não duvido que Percy tenha dito o mesmo a seu respeito – Ollie observou com um raro olhar de censura. Ele abriu a segunda carta, enviada dois meses depois. Após uma leitura rápida, ele fitou os olhos dela pelo espelho. – É melhor você se preparar para outro choque. Lucy está grávida. Ela e Percy vão ter um bebê em abril do ano que vem.

Quando eles se encontraram mais tarde com Miles, Mary teve dificuldade em se concentrar na conversa e mal tocou na comida. Ollie se encarregou da conversa. Marietta não estava com Miles. Ela estava "incapacitada", ele explicou brevemente, desviando constantemente os olhos dos de Mary. Ele parecia pior do que quando deixou Howbutker. Sua pele estava amarelada, seus dentes cor de tabaco. Os ombros do seu terno surrado estavam cobertos de caspa, caída do seu cabelo ralo e seco.

Quando Ollie pediu licença para ir ao banheiro, Miles olhou diretamente para a irmã pela primeira vez.

– Eu sempre pensei que seria você e Percy, Mary.

– Bem, mas não é.

O irmão sacudiu a cabeça.

– Você e Ollie. Percy e Lucy. Isso não faz sentido. O que foi que aconteceu? – Como não recebeu resposta, ele deu um sorriso debochado. – Deixe-me adivinhar. Depois que a chuva de granizo acabou com a fazenda, você viu em Ollie uma forma de salvar Somerset. Sabendo o que Percy pensa sobre a fazenda, eu sei que ele não lhe daria um centavo, mas ele teria se casado com você. Você foi uma tola ao escolher Somerset.

– Vamos mudar de assunto, está bem? – Mary disse, com o rosto tenso.

– E falar do quê? De mamãe? Eu sei que ela não morreu dormindo, de parada cardíaca.

– Se você estivesse lá, teria visto com seus próprios olhos.

Miles passou a mão ossuda pelo cabelo no gesto familiar que Mary se lembrava.

– Eu não estou acusando você de nada, Mary. É só que isso parece tão diferente dela, sair da cama onde ficou enfiada durante anos para dar uma festa de aniversário para você.

– Eu achei a mesma coisa, mas foi o que ela fez. Obviamente, o esforço foi exagerado. E eu espero mesmo que você não esteja me acusando de nada, Miles. Um irmão que abandonou uma mãe e uma irmã que precisavam dele não está em posição de acusar ninguém de ter sido relapso no cumprimento de suas obrigações para com a família.

Eles tentaram, mas o elo estava rompido. Miles era um estranho para ela, e Mary desejou que eles nunca tivessem tentado localizá-lo. Ele era o retrato perfeito do fracasso que se tornara. Esta não era uma imagem que ela gostaria de levar para casa, provavelmente a última que teria do irmão. Educação e o último resquício de amizade fraterna fizeram com que ela convidasse Miles para ir até o hotel conhecer o sobrinho, mas com a esperança de que ele recusasse.

Ollie estava voltando. Ao ver o cunhado vindo na direção deles apoiado em suas muletas, Miles disse:

– Trate de ser boa para Ollie, irmãzinha. Esse aí foi Deus quem mandou. Você não vai achar ninguém melhor. Espero que saiba disso.

– Eu sei – Mary respondeu.

Miles não aceitou o convite para conhecer o sobrinho, e os DuMont deixaram a Europa sem tornar a vê-lo. Eles partiram uma semana depois, a tempo de assistir ao final da colheita em Somerset. Era final de setembro. O filho deles tinha quase cinco meses, mas ninguém que conheceu o bebê depois da viagem pelo oceano duvidou da afirmação dos pais de que ele tinha vivido oito semanas menos do que isso no planeta Terra.

Na varanda, Mary Toliver DuMont abriu os olhos. O sol tinha desaparecido atrás do telhado, e o calor tinha melhorado. A saia do seu conjunto de linho verde estava úmida e amassada no colo. Por um momento ela não soube onde nem em que ano estava. Na mesa ao seu lado havia um balde de champanhe e uma garrafa quase vazia de Taittinger suando no gelo derretido. A taça manchada de batom dizia que estivera bebendo – e sozinha.

Mil novecentos e oitenta e cinco, ela lembrou. Era agosto de 1985. Ela estava sentada na varanda da frente da sua casa, recordando o passado.

Tinha sido uma longa viagem no tempo. Só a lembrança do nascimento do seu filho a trouxera de volta ao presente – isso e uma sensação estranha na espinha. A viagem no tapete mágico tinha definitivamente acabado. Ela queria saltar. Sentiu uma dor súbita no peito, mas isso sempre acontecia quando pensava em Matthew. Ela fora uma imbecil por não saber quando ele foi concebido. As moças sabiam tão pouco sobre seus corpos naquela época, especialmente moças que não tinham mães, e ela praticamente já não tinha mãe havia muito tempo.

Se ao menos ela tivesse sabido, como teria sido diferente a sua viagem para o passado. Percy tinha chegado de trem um dia depois de ela e Ollie terem partido. Se ao menos ele tivesse avisado aos pais que estava a caminho, ela teria cancelado o casamento, e ela e Percy teriam tido tempo para acertar as coisas. Se ao menos ela não tivesse ido até a cabana naquela tarde, louca para sentir o corpo dele contra o seu, sua boca, suas mãos. Se ao menos ele tivesse concordado em assinar o papel. Ele não teria perdido um centavo. No ano seguinte a colheita foi fantástica, e ela pôde livrar Fair Acres. No ano seguinte ela pagou o resto da hipoteca, e Somerset passou a ser inteiramente dela.

Mas, é claro, o dinheiro não teve nada a ver com o assunto. Os dois sabiam disso.

Foi um disfarce perfeito, todo mundo acreditou que ela se casara com Ollie para salvar Somerset. A cidade achou que ele seria uma marionete em suas mãos, mas ele surpreendeu a todos. Ollie não era nenhuma marionete, apesar do seu jeito amável, da sua vontade de agradar. Eles tiveram um bom casamento, baseado em respeito, humor, compreensão e apoio. Ela permaneceu fiel a ele, mesmo depois de sua partida, ela e Percy poderiam ter ficado juntos, mas então, é claro, já era tarde demais.

Mary sacudiu a cabeça tristemente. Tantos *se ao menos* e suas consequências afetaram a todos eles. Percy e Lucy. Matthew e o filho de Percy, Wyatt. Miles e mamãe. William e Alice. E Mary Toliver DuMont. Todos empobrecidos por causa de Somerset.

Bem, havia uma vida que ela podia salvar da maldição dos Toliver – uma pessoa que ela podia poupar das tristezas que estava carregando para o túmulo. Ela levara muito tempo para compreender o que precisava ser feito, mas, por fim, compreendera, antes que fosse tarde demais. Amanhã ela voaria até Lubbock e contaria a verdadeira história dos Toliver para Rachel, contaria a ela a história que Amos nunca leu, revelaria as verdades há tanto tempo ocultas. Ela ia fazer Rachel entender. Ela ia fazer com que ela visse que estava cometendo os mesmos erros, tomando as mesmas decisões equivocadas, oferecendo os mesmos sacrifícios no altar dos Toliver que sua velha tia-avó, e para quê? Mary tinha lido uma vez: "Não é a terra que importa, mas as lições que aprendemos com a terra." Ela tinha rido dessa ideia, mas agora acreditava nela. Somerset tinha sido uma boa professora, mas ela não tinha escutado. Ela ia fazer Raquel escutar, e talvez ela aprendesse.

Mas primeiro ela precisava cumprir uma última tarefa, e então poderia deixar este mundo em paz. Precisava ir até o sótão, até o baú da época em que Ollie serviu no Exército. Depois ela desceria para comer a comida gostosa de Sassie. Não que estivesse com fome. De fato, ela estava enjoada. A dor no peito persistia, e estava se irradiando para as mandíbulas. Ainda bem que Sassie estava chegando.

Ela se levantou com dificuldade.

– *Senhorita Mary! Senhorita Mary!* – Ela escutou ao longe, quando uma pontada de dor atingiu suas mandíbulas. Ela se agarrou no corrimão da varanda.

– *Não!* – ela exclamou, compreendendo o que estava acontecendo. – Eu preciso ir até o sótão, Sassie. Eu preciso...

Suas pernas dobraram e, por alguns segundos, enquanto ela tentou manter a luz, achou que estava vendo o contorno de um rosto familiar surgindo na neblina cinzenta que vinha em sua direção. Ollie! Ela pensou, mas foi o rosto de Rachel que surgiu – belo, magoado, implacável.

– *Rachel!* – ela gritou, mas a visão desapareceu na neblina e ela sentiu o retorno das setas que tinha atirado.

PARTE II

Capítulo Trinta e Um

Com a pasta na mão, Amos ajustava o termostato do escritório antes de ir embora quando o telefone tocou. A secretária eletrônica pode atender, ele pensou. Ele não estava com vontade de falar ao telefone e, além disso, estava um pouco bêbado.

– Amos, se você estiver aí, por favor atenda. – Ele ouviu Percy dizer. Imediatamente, ele pegou o telefone. – Percy? Eu estou aqui. O que posso fazer por você? – Houve uma pausa, do tipo que faz o coração dar um salto. – O que foi? Aconteceu alguma coisa?

– É a Mary... Ela teve um ataque cardíaco.

Ele deu a volta na escrivaninha, agarrando-se na cadeira.

– É muito grave?

– Ela morreu, Amos. Ali mesmo em sua varanda, faz poucos minutos. Sassie mandou Henry nos chamar. Matt está aqui, mas eu achei que eu mesmo devia contar a você. – A voz dele foi interrompida por um soluço estrangulado.

Amos encostou a palma da mão na testa que latejava. Minha nossa! Mary morta? Não era possível! Meu Deus, o que ia acontecer com Rachel? Agora ela jamais saberia os motivos que Mary teve para fazer aquele codicilo.

– Amos?

– Estou aqui, Percy. Você está em Warwick Hall?

– Sim. O IML acabou de levar o corpo. Não vai haver autópsia. A causa da morte era óbvia. Você tem que contar a Rachel.

Amos ficou ainda mais deprimido.

– Eu vou ligar para ela da sua casa.

Ao entrar com seu BMW verde-escuro no espaço reservado para ela no estacionamento das Fazendas Toliver do Oeste, Rachel ficou surpresa ao encontrar seu capataz e braço direito, um homem de oitenta anos, sentado debaixo do toldo, aparentemente esperando por ela. Ele estava programado para receber um novo compressor no setor sul enquanto ela ia à sua reunião do meio-dia. Uma sensação de mal-estar a percorreu. O representante da fábrica de tecidos de Nova York com quem as Fazendas Toliver fazia negócios havia anos tinha chegado na reunião sem contrato. Em sinal de cortesia pela longa parceria entre eles, ele tinha ido lá apenas para se desculpar, mas sem fornecer nenhuma explicação.

– O que aconteceu, Ron? – ela disse assim que saltou do carro e percebeu imediatamente que tinha acontecido alguma coisa, pelo modo relutante com que ele se levantou da cadeira, empurrou para trás o chapéu de palha e enfiou os dedos nos bolsos do jeans.

– Pode não ser nada – ele disse com sua fala arrastada do West Texas –, mas quando eu fui pegar a fatura, recebi um telefonema de Amos Hines. Ele parecia agitado. É para você ligar para ele assim que puder. Eu achei melhor ficar por perto... bem, caso ele tenha más notícias. Eu falei com Buster para receber a mercadoria.

Ela apertou carinhosamente o braço dele ao passar apressada por ele.

– Amos está no escritório dele?

– Não, está na casa de alguém chamado Percy Warwick. O número está na sua escrivaninha.

Rachel largou a bolsa e pegou o telefone, preparando-se para ouvir que algo acontecera com Percy. Se fosse verdade, ela iria imediatamente para junto da tia-avó. Tia Mary ia ter uma enorme dificuldade em organizar a vida dela sem Percy.

Amos atendeu o telefone antes mesmo de terminar o primeiro toque.

– Rachel?

– Sou eu, Amos. O que aconteceu? – Os olhos dela encontraram os de Ron e ela prendeu a respiração para aguardar o impacto da resposta de Amos.

– Rachel... eu tenho más notícias. É sobre Mary. Ela morreu duas horas atrás de um ataque cardíaco.

Foi como se ela tivesse levado um tiro no peito. Sentiu o choque, depois a dor se espalhando como sangue jorrando de uma ferida. Ron segurou seu braço e ajudou a se sentar na cadeira.

– Ah, Amos...

– Minha querida, você não faz ideia do quanto eu sinto por você.

Ela percebeu que ele mal conseguia falar e lutou para controlar a própria voz.

– Onde ela estava? Onde foi que isso aconteceu?

– Na varanda da casa dela, por volta de uma hora da tarde. Tinha chegado da cidade e estava sentada numa das cadeiras da varanda. Sassie encontrou-a... já nos últimos estertores. Ela morreu um minuto depois.

Rachel fechou os olhos e imaginou a cena. Acabando de chegar da cidade, provavelmente toda elegante, sua bela tia-avó tinha morrido na varanda contemplando pela última vez a rua onde tinha morado a vida inteira. Ela não teria escolhido nenhum outro lugar no mundo para morrer.

– Ela disse alguma coisa?

– Segundo Sassie, ela disse que precisava ir até o sótão. Mais cedo, ela pedira a Henry para ir até lá e abrir um baú. Devia haver algo que ela queria lá dentro. Ela também gritou o seu nome, Rachel... na hora da morte.

Lágrimas começaram a sair de suas pálpebras cerradas. Silenciosamente, Ron pegou uma caixa de lenços de papel na mesinha e colocou-a perto dela.

– Minha querida – Amos disse. – Tem alguém que possa ficar aí com você?

Ela apertou um lenço de papel contra os olhos, sabendo que ele estava perguntando isso porque sabia das relações estremecidas entre ela e a família, e que eles não seriam uma fonte de consolo para ela.

– Sim, meu capataz está aqui, e também minha secretária, Danielle. Eu vou ficar bem. Estou contente que você e Matt estejam aí para confortar Percy. Como ele está?

– Muito abalado, como você pode imaginar. Matt o mandou descansar lá em cima. Mas ele está mandando um abraço, e Matt me pediu para dizer que estará à sua disposição quando você chegar em Howbutker.

Matt... O nome dele despertou lembranças nela – agradáveis. Ela não o via desde a adolescência, quando tinha chorado em seu ombro.

– Diga a ele que agradeço muito o oferecimento. E você, Amos? Como você está?

Houve um momento de silêncio em que ele pareceu estar procurando a palavra certa.

– Eu estou arrasado, minha filha... Especialmente por sua causa.

Querido Amos, ela pensou, refreando uma nova onda de lágrimas.

– Vai ficar tudo bem – ela disse. – É só uma questão de tempo. Tia Mary costumava dizer que o tempo só servia para uma coisa, para ajudar a vencer os maus momentos.

— Bem, vamos torcer que ele não fracasse no seu único atributo – ele disse, e pigarreou alto, como se estivesse com a garganta obstruída. – Você tem ideia da hora da sua chegada? Estou perguntando porque posso tomar as primeiras providências por aqui, marcar hora com o encarregado do enterro e com o florista, esse tipo de coisa. O avião está pronto para partir. Mary tinha planejado ir até aí para falar com você amanhã, você sabe.

Ela ficou surpresa.

— Não, eu não sabia.

— Então acho que ela morreu antes de comunicar isso para você, mas eu sei que era isso que ela estava planejando fazer. Ela me disse quando foi ao meu escritório esta manhã para... uma visita.

— Você a viu hoje? Que maravilha para você ter estado com ela uma última vez, Amos. Eu queria tanto que ela tivesse vindo aqui. Ela disse por que estava vindo? Não é... não era do feitio dela me fazer surpresas.

— Tinha a ver com algumas mudanças recentes, eu acho. Ela só me disse que a amava muito.

Rachel tornou a fechar os olhos. Isso também não era típico de sua tia-avó. Será que ela sabia que estava muito doente?

— Ela disse a você que estava com problemas cardíacos? – ela perguntou.

— Não, ela nunca me disse que tinha problemas no coração. Isso foi uma surpresa para todos nós. Agora, voltando à questão da sua chegada...

— Vou tentar estar aí por volta das dez da manhã, e gostaria muito que você se encarregasse de combinar esses encontros. Não sei se vou conseguir convencer minha mãe e meu irmão a irem comigo e com papai, mas você pode falar com Sassie que talvez ela tenha que preparar mais um quarto de hóspedes?

Houve mais uma pausa, como se Amos estivesse pensando cuidadosamente no que ia dizer.

— Eu gostaria de sugerir que você convencesse pelo menos o Jimmy a vir com o seu pai. Tenho certeza de que Mary teria querido que ambos estivessem presentes à leitura do seu testamento para ouvir suas últimas observações relativas a eles.

— Vou ver o que posso fazer – ela disse, torcendo para que esta última observação de Amos pudesse convencer sua mãe a ir também. O testamento da tia Mary tinha sido a fonte de todos os problemas entre eles. Rachel podia ouvir a mãe dizendo: *Eu jamais a perdoarei, Rachel Toliver, se a sua tia-avó deixar tudo para você e nada para o seu pai e o seu irmão!*

– Bem, então eu a vejo amanhã, Rachel – Amos disse. – Mande me dizer a hora certa e eu estarei no aeroporto para apanhá-la.

Rachel desligou devagar, com a sensação de que outros problemas além da morte de tia Mary estavam preocupando Amos. Era a segunda vez naquele dia que tinha a sensação de que havia alguma outra coisa acontecendo além do que estava à vista.

– Pelo que entendi, sua tia-avó se foi? – Ron perguntou, enxugando os olhos com um lenço que tirou do bolso de trás. Ele tinha tirado o chapéu e se sentado do outro lado da sala.

– Sim, ela se foi, Ron. Teve um ataque cardíaco por volta de uma hora da tarde. Você vai ter que cuidar das coisas por aqui.

– Pode deixar comigo, mas é uma pena que isso tenha acontecido desse jeito. Nós vamos sentir saudades dela, e vamos sentir saudades suas também.

Os olhos dela tornaram a ficar rasos d'água.

– Conte a Danielle, está bem? Eu vou sair agora mesmo. Tenho que dar a notícia aos meus pais.

Depois que a porta se fechou, Rachel sentou-se e ficou imóvel por alguns minutos, prestando atenção naquele silêncio pouco comum. O silêncio zumbe quando alguém que você ama morreu, ela pensou, como uma mosca numa sala vazia. Ela se levantou e foi até a janela, querendo ver o sol antes de pegar o telefone. Um dia, o número que ela estava prestes a discar tinha representado o lugar mais fiel do mundo para ela, um cordão umbilical de aceitação, compreensão e amor. Mas isso foi antes de tia Mary. Isso foi antes de Somerset.

Capítulo Trinta e Dois

— Vovô? – Matt bateu de leve na porta da saleta do avô e falou baixinho para evitar incomodá-lo, caso ele tivesse conseguido cochilar na cadeira.

– Entre, filho. Eu estou acordado.

Matt entrou e encontrou o avô inclinado para a frente na sua cadeira, sem parecer ter conseguido descansar. Seu rosto estava composto, mas seus olhos vermelhos e inchados indicavam uma perda muito maior do que a de uma velha amiga e vizinha. Matt sentiu o coração apertado, como sempre sentia quando via que seu avô estava se aproximando do fim da vida. Ele puxou uma cadeira.

– Rachel acabou de retornar a ligação de Amos. Eu disse a Savanah para dar almoço para ele. Ele não tinha comido.

– Johnny Walker Red, pelo cheiro dele – Percy disse. – Isso não é nada típico de Amos.

– Bem, talvez ele tenha tomado uma ou duas doses depois que você ligou. Como eu, ele tinha estado com Mary poucas horas antes de ela morrer. Dá para ver que ele está sofrendo.

– A perda dela vai ser muito dura para ele. Eles eram grandes amigos. Amos foi até um pouco apaixonado por ela quando veio morar em Howbutker. Ele era muito jovem nessa época. Se Mary notou, nunca demonstrou. Meu Deus, qual foi o homem que não esteve um pouco apaixonado por Mary?

Matt não pôde resistir e perguntou:

– Inclusive você?

Percy ergueu as sobrancelhas, dois traços escuros e expressivos sobre olhos cinzentos que nos dias bons ainda eram notavelmente lúcidos e alertas.

– O que o faz perguntar isso?

Matt mexeu na orelha, um indício de que se arrependia de ter falado, mas se isso fosse servir de consolo para ele, que diferença faria se ele contasse o que Mary tinha deixado escapar?

– Como eu disse, eu encontrei Mary parada ao lado do velho olmo perto da estátua de São Francisco. O que eu não contei para você foi que ela estava confusa e falando sozinha.

– É mesmo? – Uma luz brilhou por trás dos olhos vermelhos. – O que ela estava dizendo?

– Bem... – Ele se encolheu um pouco sob o olhar tenso do avô. – Ela achou que eu era você. Parecia ter voltado no tempo e estar revivendo alguma lembrança. Quando eu chamei por ela, ela se virou e disse...

Matt pôde sentir a súbita tensão do avô.

– Continue, filho. Ela disse...?

– Ela disse: "Percy, meu amor, por que você tomou *toda* a minha soda? Eu queria a soda naquele dia, tanto quanto eu queria você." Foi exatamente isso que ela disse, vovô. Espero não estar desenterrando lembranças que estariam melhor enterradas.

– Você não está. Mais alguma coisa?

– Bem, sim. – Matt ficou sem jeito outra vez. – Ela disse: "Eu era jovem e tola demais e uma típica Toliver. Se ao menos eu não tivesse sido tão tola." Foi então que eu a sacudi um pouco e me identifiquei. – Ele fez uma pausa para sentir a reação de Percy. – Foi por isso que eu perguntei se você também não foi apaixonado por ela, um dia.

Percy deu uma risada rouca.

– Apaixonado por ela, *um dia*? – Ele fitou a lareira cheia de retratos de família. Eles eram quase todos de Matt praticando esportes e um era dele bebê nos braços da mãe, mas ocupando o centro estava a foto oficial do pai dele usando seu uniforme de Fuzileiro Naval dos Estados Unidos, o lado esquerdo do paletó coberto de medalhas e fitas. Matt não soube dizer se Percy estava olhando para os retratos ou para a aquarela, um presente do pai dele, que preenchia o espaço sobre a lareira. Numa voz reminiscente, ele disse: – Foi em julho de 1914, na inauguração do tribunal de justiça. Era isso que Mary estava recordando quando você a encontrou. Ela estava com catorze anos e eu dezenove. Usava um vestido branco amarrado com uma fita verde. Eu já estava apaixonado por ela e planejava me casar com ela, mas ela não sabia disso.

– Puxa vida. – Matt sentiu um estremecimento. – Ela algum dia soube disso?

– Sim, ela soube.

— O que foi que aconteceu, então? Por que vocês não se casaram? — O que ele queria dizer estava claro: seu avô teria sido muito mais feliz casado com Mary Toliver do que jamais fora casado com Lucy Gentry.

— Somerset aconteceu — Percy disse, apertando os nós dos dedos da mão direita, um hábito que ele tinha quando estava mergulhado em suas lembranças.

— Você quer falar sobre isso? — ele perguntou. — Aquele Johnny Walker Red não parece uma má ideia.

Percy sacudiu a cabeça.

— Não vai adiantar. E não, eu não quero falar sobre isso. Está acabado... tudo o que poderia ter sido.

— Vovô... — Ele sentiu uma súbita pena do avô, preso todos esses anos a uma mulher que ele não amava. — Você está partindo o meu coração. Gabby sabia sobre você e Mary?

— Ah, sim, ela sabia, mas o que houve entre Mary e eu foi antes de me casar com sua avó, e nunca houve nenhum "sobre você e Mary" depois disso.

— Você ainda a amava quando se casou com Gabby?

Percy massageou as mãos.

— Eu a amei a vida toda, desde o momento em que ela nasceu.

Meu Deus, Matt pensou. Oitenta e cinco anos... Fez-se um silêncio compungido, com Percy ainda massageando as mãos.

— Ollie sabia? — ele perguntou.

— Sempre soube.

Atônito, Matt foi tomado por uma imensa tristeza.

— Foi por causa de Mary que Gabby deixou você?

— Ela foi um fator, mas sua avó tinha outras queixas. — Percy endireitou os quadris como se estivesse desconfortável. — Tudo isso pertence ao passado agora.

E ele não estava disposto a falar a respeito, Matt pensou, mas ele agora não ia desistir de saber um pouco mais.

— Bem, eu gostaria de ouvir essa história algum dia, vovô. Eu gostaria de preencher os espaços vazios da nossa família... enquanto ainda há tempo.

Percy lançou-lhe um olhar surpreso.

— É assim que você considera... certos períodos na história da nossa família, espaços vazios? Bem, acho que posso entender que você se sinta curioso a respeito deles, mas eles estão no passado e não dizem respeito a você.

– Por que você e Gabby não se divorciaram?

– Isso também faz parte do passado que não diz respeito a você. – Ele abriu seu sorriso famoso por desarmar a oposição. – É melhor você descer para ver como Amos está. Ele deve estar ainda mais nervoso agora, depois de dar a notícia da morte de Mary para Rachel. Pelo menos ele vai se consolar com o fato de ela vir finalmente morar em Howbutker. Ele adora aquela moça.

Matt obedeceu. Ele achou que jamais saberia por que o avô permanecera num casamento desfeito quando sempre fora óbvio para ele que Percy tinha nascido para se dedicar ao lar e à família, para ser alvo da atenção devotada de uma esposa. Mesmo assim, ele sentiu uma estranha inveja. Como seria amar uma mulher daquele jeito... por tanto tempo... e nunca desejar nenhuma outra? Nesse ponto, ele tinha sido um homem de sorte.

– Eu também estou ansioso para ter Rachel morando aqui – ele disse, levantando-se. – Está na hora de nós nos conhecermos melhor.

Percy lançou-lhe um olhar arguto.

– Acho melhor não se interessar muito por ela, Matt. Ela é parecida demais com Mary quando jovem, não só de aparência, e elas não são simpáticas aos Warwick.

Matt fitou o avô.

– Isso parece um daqueles espaços vazios a que me referi, e se Rachel é tão bonita quanto me lembro, vai ser difícil eu não me interessar por ela.

Percy ficou sério.

– Vamos dizer apenas que no caso de Rachel a maçã caiu bem debaixo da árvore, e eu não gostaria que você repetisse a minha história.

Matt deu um soco de brincadeira no ombro dele.

– Bem, enquanto você não me disser o que me espera, eu vou ter que correr o risco, não acha?

Percy ouviu os passos de Matt se afastando pelo corredor. Rapazinho confiante. Ele não fazia ideia de onde estava se metendo, se a história tivesse a indelicadeza de se repetir. Percy não ficaria preocupado com ele se ele não fosse tão parecido com o próprio Percy – incapaz de resistir à sedução de um desafio, à excitação de uma caça, e aí a armadilha estaria esperando...

Vagarosamente, ele se levantou e foi até a varanda. A tarde estava tão quente quanto aquela em 1914, e ele se lembrou do refresco de chocolate e da recusa de Mary. Ele se lembrava de tudo a respeito de Mary, do seu gosto, do seu corpo, do seu cheiro... mesmo agora.

Ele puxou uma cadeira para a sombra do telhado e se sentou. O único modo de preparar Matt para Rachel era preencher aqueles espaços que ele mencionara, e isso ele jamais faria. Mas se ele quisesse algum dia contar a história de como estragou sua felicidade, por onde começaria? Imaginou que teria que começar pelo dia mais triste de sua vida, o dia em que voltou do Canadá e soube que Mary tinha se casado com Ollie...

A HISTÓRIA DE PERCY

Capítulo Trinta e Três

HOWBUTKER, OUTUBRO DE 1920

O trem entrou atrasado na estação. Percy tinha dormido esporadicamente durante a longa viagem de uma semana, de Ontário para casa, levantando-se de madrugada para fumar na plataforma, ficando acordado até depois de meia-noite no vagão-restaurante, bebendo litros de café e xingando a si mesmo por ter sido um imbecil. Ele devia ter avisado aos pais da sua chegada, mas sua mãe teria avisado a Mary e ele não sabia ao certo qual seria a reação dela, considerando a forma como tinham se despedido. Ele planejava fazer-lhe uma surpresa, tomá-la nos braços e beijá-la loucamente, dizer que a amava e que não se importava com sua obsessão por Somerset, desde que ela se casasse com ele e vivesse com ele para sempre.

Na noite anterior, no entanto, ele tinha dormido profundamente, sem ouvir o chamado para o café da manhã, e quase perdera a primeira visão da Piney Woods deste lado de Texarkana. Acordara assustado e vestira apressadamente uma calça e uma camisa para ir até a plataforma traseira. Tinha agarrado o corrimão, com o vento inflando sua camisa, e respirado o ar pungente do leste do Texas nas vésperas do outono. Ele ficou ali em pé, recordando o dia em que ele e os rapazes tinham voltado da França. Percy jamais esqueceria a visão de Mary parada na plataforma, isolada mesmo no meio da multidão, suas roupas fora de moda, sua expressão tensa demais, mas, Jesus, como estava linda... a sua Mary. *Quase chegando... quase chegando... quase chegando...* as rodas cantavam, e ele acreditou na promessa de sua cadência.

Sim, quase lá, quase em casa, quase de volta nos braços de Mary, de onde nunca devia ter saído. Ele tinha partido magoado, zangado e decidido a esquecê-la. Ele nunca fora coadjuvante de ninguém e não ia se sujeitar a ficar em segundo lugar na afeição de sua esposa. Seria o primeiro ou nada.

O frio das Montanhas Rochosas Canadenses acabara com sua arrogância. O isolamento desmanchara o seu orgulho. Deitado à noite no acampamento, ouvindo os homens contarem uns aos outros histórias de mulheres, percebendo, por trás da fanfarronice deles, a tristeza, a amargura, a solidão, ele sentira um vento gelado atingi-lo no fundo do coração, que só Mary seria capaz de aquecer. De dia, enquanto serrava, empilhava e subia em árvores que iam quase até as nuvens, ele era consumido por um desejo dela que nem ar nem água nem alimento seriam capazes de aplacar.

No fim de dois meses, ele não aguentou mais. Estava com quase vinte e seis anos. Queria uma esposa, um lar e filhos... Queria Mary. Ele a queria ao seu lado na cama, na mesa, ele a queria sentada ao seu lado na sala, à noite. Ele podia aprender a ser coadjuvante. Desde que estivesse junto dela.

Percy voltou para o corredor. O trem chegaria a Howbutker em cerca de quinze minutos. Mais uma vez, ficou contente de não ter avisado os pais de sua chegada. Ele poderia ir ver Mary, primeiro. Hoje era o dia que a mãe jogava bridge no country clube, e o pai devia estar no escritório. Ele ia pegar um táxi e buscar seu carro sem que eles soubessem. Se não encontrasse Mary em casa, iria diretamente para a fazenda, e mais tarde, quando estivesse com os pais, contaria a eles que a pedira em casamento.

No corredor, ele encontrou o jovem porteiro negro que tinha nascido em Howbutker e o conhecia.

– Ora, Sr. Percy, o senhor perdeu o café da manhã. Quer que eu consiga alguma coisa para o senhor comer?

– Não, obrigado, Titus. Nós vamos chegar daqui a alguns minutos e eu sei onde posso tomar o melhor café da manhã deste lado do Sabine.

– E onde é isso, patrão?

– Na mesa de Sassie em Howbutker.

Titus balançou a cabeça.

– Imagino que seja na casa da Srta. Mary Toliver. Ou, melhor dizendo, da Sra. Ollie DuMont. – Ele sorriu alegremente ao dar esta informação, a luz do corredor fazendo brilhar seus dentes.

A queda súbita de sua pressão sanguínea fez Percy se agarrar no corrimão atrás dele.

– Desculpe, Titus. O que foi que você disse?

– Ah, é mesmo. O senhor está voltando para casa e eles já partiram, mas eu achei que o senhor sabia do casamento. Não que tenha sido uma festa grande. A Srta. Mary e o Sr. Ollie se casaram meio de repente porque ele estava indo passar um tempo em Paris. A viagem teve alguma coisa a ver com a loja do pai dele. Eles vão juntar negócios e prazer.

Percy vivenciou a total ausência de som que vivenciara nas trincheiras quando uma bomba caía por perto. Por alguns momentos, enquanto ficava tudo preto diante dele, viu os lábios de Titus se movendo mas só ouviu o silêncio.

– Sr. Percy, o senhor está bem? – Titus perguntou, sacudindo a mão diante do olhar parado de Percy.

Os lábios de Percy se moveram com dificuldade.

– Como você sabe tudo isso?

– Ora, porque saiu no jornal. Tinha até um retrato dos recém-casados. A Srta. Mary, toda vestida de branco, e o Sr. Ollie usando um dos seus ternos elegantes. Sr. Percy, me desculpe, mas o senhor não está parecendo muito bem. Não quer mesmo que traga um café da manhã para o senhor?

– Não, não, Titus. Como eles estavam no retrato?

– Bem, o Sr. Ollie tinha aquele ar de noivo. Ele só tem uma perna, o senhor sabe, mas isso não o impediu de olhar para a Srta. Mary do jeito que um homem olha quando... – Ele parou, sem jeito, um tanto envergonhado. – Quer dizer...

– Eu entendo o que você quer dizer. Continue. E quanto à Srta. Mary?

– Bem, a Srta. Mary não estava tão animada. A maioria das mulheres não fica muito animada quando casa... – Mais uma vez o porteiro ficou sem jeito. – Quer dizer, a Srta. Mary teve que organizar tudo para o casamento e ainda se arrumar para uma viagem longa para a Europa. Isso já é o bastante para deixar qualquer pessoa cansada... – Titus fez uma pausa. – Sr. Percy, o senhor parece estar precisando de uma xícara de café. Eu já volto.

Percy se encostou na parede do corredor. Não era possível. Ele estava sonhando. Mary não podia – não *teria* se casado com outra pessoa que não fosse ele. Eles pertenciam um ao outro. Eles eram um só. Titus estava enganado. Percy cambaleou pelo corredor até o seu vagão. Ficou ali sentado em estado de choque até ouvir o porteiro. Ele foi até o banheiro e abotoou a camisa.

– Entre – disse com voz firme. Ele não reconheceu a si mesmo. Sua boca estava fina e sem um pingo de sangue. Em cinco minutos ele envelhecera dez anos. – Deixe o café aí, Titus. A gorjeta está na mesinha.

– Vou pegar só umas moedas, Sr. Percy. Seja bem-vindo de volta.

Tem que haver algum engano, ele tornou a dizer a si mesmo. Mas sua mente obrigou-o a entender o que seu coração não queria aceitar. Não havia nenhum engano. Mary tinha se casado com Ollie para salvar Somerset depois que ele a tinha rejeitado e feito mais uma estupidez ao fugir para as Montanhas Rochosas Canadenses sem uma palavra. Mas como ela fora capaz de fazer isso com ele – com eles – casar-se com seu melhor amigo, um homem que ela não amava e nunca amaria do modo como o tinha amado... do modo que Ollie merecia ser amado?

Ele deu um murro na parede e depois se atirou na cama para curtir a dor. A raiva que sentiu de si mesmo e de Mary foi avassaladora. Terminou a viagem com as costas apoiadas na cabeceira da cama do vagão, com a cabeça nas mãos, o café esfriando na mesinha.

Antes de o trem parar completamente, Percy saltou e chamou por Isaac, um dos dois cocheiros que havia em Howbutker.

– Para a casa dos Toliver na avenida Houston – ele disse, jogando a mala no assento da charrete e sentando-se ao lado do cocheiro, precisando sentir o vento de outubro no rosto para se acalmar. Assim que Isaac parou o cavalo diante dos degraus da varanda dos Toliver, ele saltou. – Espere por mim aqui – ele acrescentou, e foi até a porta.

Sassie atendeu o toque selvagem do sino.

– É melhor o senhor entrar – ela disse, vendo como ele estava transtornado.

– Então é verdade? – Percy quis saber.

– Eles se casaram ontem e partiram no trem das cinco horas. Tudo foi feito com muita pressa por causa do Sr. Ollie, ele precisava ir a Paris para uma mostra de roupas, esta foi a desculpa da Srta. Mary.

– Como assim, "a desculpa da Srta. Mary"?

Sassie sacudiu os ombros e cruzou as mãos por cima do avental estampado.

– Foi o que ela disse, só isso. O Sr. Ollie a ama. O senhor pode se consolar com isso, Sr. Percy.

A voz dele demonstrou a dor que estava sentindo.

– Por que ela fez isso, Sassie? – ele perguntou, soluçando.

Sassie abraçou-o e puxou a cabeça dele para o seu ombro e a acariciou.

– Ela penou por sua causa, Sr. Percy. Ela ficou doente de tanto sofrer. Por fim, achou que o senhor tinha ido embora para sempre. O Sr. Ollie ajudou-a a sair da encrenca em que ela estava metida com Somerset, e eu acho que ela pensou que tinha que pagar esta dívida. Se ela não ia se casar com o senhor, quem melhor do que ele?

Percy soluçou no ombro dela.

– O que foi que eu fiz, Sassie?

– Vocês dois são jovens, foi isso que aconteceu. O amor não devia acontecer com os jovens. Só as pessoas velhas são sábias para lidar com ele do jeito certo. Eu ofereceria uma bebida ao senhor, mas não tem nada na casa.

Percy se endireitou, pegou um lenço e enxugou o rosto.

– Não faz mal. Eu não vou ter dificuldade em achar uma garrafa.

Quando voltou para o coche, ele disse:

– Quanto você quer por essa garrafa de gim que está escondida debaixo do seu assento, Isaac?

– Dois dólares. Está pela metade.

– Tem mais cinco esperando por você se conseguir outra a caminho de onde eu vou.

Isaac sacudiu as rédeas sobre os flancos do cavalo.

– Acho que posso dar um jeito, Sr. Percy.

Meia hora depois, Percy desceu diante da cabana da floresta. Tirou da carteira uma nota de dez e uma de cinco e entregou as notas para o cocheiro.

– Isaac, espere vinte e quatro horas antes de dizer a alguém que eu voltei ou que estou aqui. Depois eu quero que você procure os meus pais e diga a eles que venham me buscar.

– Como o senhor quiser, Sr. Percy.

Beatrice foi buscá-lo sozinha. O marido estava no escritório quando Isaac telefonou. Percy soube mais tarde que sua mãe, que nunca tinha dirigido um automóvel, mandou prepararem uma carruagem e depois pegou algumas coisas na despensa. Em seguida, ela foi até o quarto dele e preparou uma valise com algumas roupas. Vestiu chapéu e luvas e, sem dizer à governanta aonde estava indo, foi dirigindo a carruagem até a cabana na floresta.

Encontrou o filho deitado no sofá do único cômodo da cabana, com o rosto mortalmente pálido e os olhos fixos no teto. O sol que entrou pela porta iluminou uma barba crescida de um dia, bem como duas garrafas vazias de gim feito em casa no chão. A cabana fedia a bebida barata e a vômito, e havia vômito fresco na frente da camisa do filho.

Beatrice deixou a porta aberta, abriu as janelas e acendeu o fogo. Ela tirou as roupas imundas de Percy, depois levou-o nu para o chuveiro ao lado do lago, bombeando água enquanto ele se ensaboava e tremia debaixo da água fria. Ele se enxugou com as toalhas e se enrolou num edredom que ela deixou para ele, depois voltou para a cabana para tomar um prato de sopa quente e uma xícara de café. Em seguida eles conversaram.

– Eu a amo, mamãe, e ela me ama.

– Aparentemente, não tanto quanto ama Somerset e você o seu orgulho.

– Meu orgulho pode ir para o inferno. Não vale o que custa para mantê-lo.

– Ainda assim, deve ser difícil para um homem viver com uma esposa que põe o nome e os interesses de sua família acima dos dele. Ele pode conseguir no início, mas à medida que o tempo vai passando... quando a paixão morre...

– Eu podia ter vivido com a obsessão dela, e nossa paixão jamais teria morrido.

Beatrice suspirou e não discutiu. Bastou um olhar para o rosto dela e Percy viu que ela concordava com ele.

– Será que a cidade toda sabe por que ela se casou com Ollie? – Ele fez esta pergunta na esperança de estar errado.

Ela tirou o prato da mesa.

– Sim, filho, a cidade inteira sem dúvida acha que Mary se casou com Ollie para salvar Somerset.

– O que *você* acha?

– Você errou ao deixá-la sozinha, filho. Ela precisava de você. A quem mais ela podia recorrer quando achou que você a tinha abandonado para sempre? Ela estava sozinha. Ollie estava aqui...

Percy pôs as mãos na cabeça.

– Meu Deus, mamãe. Como vou lidar com isso?

Beatrice pôs a mão na cabeça dourada do filho, como um padre abençoando alguém.

– Você precisa continuar a amá-los do mesmo jeito, Percy, mas agora como um casal. Esse será o seu presente para eles. Eles vão voltar desejando o seu perdão, e você precisa dar a eles o seu perdão com sinceridade e generosidade, com uma rosa branca. E você precisa perdoar a si mesmo também.

– Como posso? – Percy disse, fitando a mãe com os olhos marejados de lágrimas.

Beatrice se inclinou e enxugou delicadamente as lágrimas do filho.

– Lembrando-se de que aquilo que você não pode desfazer, precisa aceitar. E aceitando, especialmente se eles forem felizes juntos, você será capaz de perdoar a si mesmo.

Confortado pelas palavras da mãe, Percy tomou outra xícara de café, limpou a cabana, vestiu as roupas limpas que ela trouxera e foi para casa com ela. Aquela tarde, impecavelmente vestido e barbeado, ele fez uma surpresa ao pai ao aparecer no escritório da Companhia Madeireira Warwick.

Jeremy ficou contentíssimo ao vê-lo. Seu orgulho saltava aos olhos quando ele apertou a mão do filho. Percy passara por um batismo de fogo e se saíra bem, era o que os modos dele anunciavam quando percorreu as instalações com o pai para que os funcionários lhe dessem as boas-vindas. Enrijecido pela guerra, testado no campo, amadurecido pelo sofrimento, ele era um homem responsável agora, e o pai teve certeza disso quando colocou um maço de relatórios sobre a escrivaninha dele.

– Quando você ler isso – ele disse no tom de um homem que está preocupado apenas com o trabalho –, vai concordar que está na hora de expandir a operação no Canadá.

Capítulo Trinta e Quatro

Em novembro, ele soube que Mary estava grávida. Abel DuMont, normalmente calmo e discreto, tinha subido correndo a escada da mansão dos Warwick na hora do jantar, enfiado o dedo na campainha e gritado a novidade de que ia ser avô para a empregada atônita que abriu a porta. Imagine só *avô*!

Abel tinha organizado uma comemoração improvisada na noite seguinte em sua casa, onde distribuiu charutos e taças de champanhe. Percy suportara o evento, e ficara agradecido quando a mãe inventou uma desculpa que permitiu que ele saísse cedo da festa.

Poucos dias depois, ele fez vinte e seis anos. Ele não quis festa e passou o aniversário visitando novos locais de extração de madeira. O outono glorioso que os texanos geralmente desfrutavam terminou em chuvas que foram até o final de dezembro e que aumentaram sua sensação de perda irreparável.

– Você precisa sair mais, ter mais vida social – Beatrice disse a ele. – Você passa tempo demais trabalhando.

– E com quem eu vou ter vida social, mamãe? Não há muitas jovens solteiras em Howbutker.

Ele fez esta observação para aplacar a preocupação da mãe de que ele não desejasse nenhuma outra moça além de Mary e de que ela tivesse destruído a confiança dele no sexo feminino para sempre. Beatrice não estava muito longe da verdade. Desde a adolescência, quando a jovem e bela viúva do regente do coro o havia introduzido nas alegrias do prazer carnal, o ato sexual fora uma expressão de agrado. Só com Mary ele tinha conhecido o ato sexual da forma que ele devia ser, o auge de posse e doação de dois corpos apaixonados. Depois de Mary, como ele poderia olhar para outra mulher?

E ela de fato abalara sua fé nas mulheres. Ele estava disposto a assumir grande parte da culpa pelo que acontecera, mas, olhando para trás, ele atribuía uma parte igual de culpa a Mary. Como ela podia ter se casado se o tivesse amado tanto quanto ele tinha acreditado? Somerset tinha sido mais importante para ela, afinal. E se ele não podia confiar no amor de Mary, como ele poderia confiar nas promessas de outra mulher?

Durante o feriado de Natal, para agradar a mãe, Percy aceitou convites para festas em Houston, Dallas e Fort Worth de filhas debutantes de barões de petróleo e gado, mas voltou a Howbutker menos inclinado à companhia feminina do que antes. Em casa, ele era o único solteiro do seu círculo social, e quando ia sozinho a jantares, piqueniques e festas oferecidas por seus amigos casados, ele ia embora sentindo-se deslocado, deprimido e sem nenhuma inveja. Ele desejava uma catarse, algo que o livrasse do remorso e da amargura para que ele pudesse sentir novamente o sol em sua alma.

E então, em abril, quando Mary e Ollie já estavam ausentes por quase sete meses e não retornariam antes de setembro, Lucy Gentry chegou para passar o feriado de Páscoa.

– Não tive escolha a não ser convidá-la – Beatrice disse, ao anunciar a visita dela durante o café, na véspera de sua chegada. O batuque nervoso dos seus dedos sobre a toalha engomada de linho demonstrava seu aborrecimento. – Como eu poderia dizer não? A moça praticamente nos implorou para hospedá-la durante a Páscoa, quando a escola fica fechada. Ela diz que o pai não tem como pagar a viagem dela até Atlanta, e que ela vai ser o único membro da equipe a ficar no dormitório.

O marido e o filho olharam para ela por cima dos jornais que estavam lendo.

– Que coisa triste – Percy disse.

– Horrível – concordou Jeremy.

– É um artifício – Beatrice disse. – Isso se vê com tanta clareza quanto uma maçã na boca de um porco.

– O que é que se vê? – Jeremy perguntou.

A mulher lançou-lhe um olhar furibundo do outro lado da mesa.

– Você sabe o quê, Jeremy Warwick. Aquela garota, com aquele pai horrível, ainda está de olho em Percy.

– Bem, deixe que ela olhe. – Sem se perturbar, ele olhou para Percy. – Certo, filho?

Percy sorriu.

– Eu diria que estou a salvo de Lucy Gentry. Não se preocupe, mamãe. Eu sei me cuidar.

A expressão de Beatrice era de dúvida enquanto ela passava manteiga numa torrada.

– Bem, Deus nos ajude se você estiver errado – ela disse.

No dia da chegada de Lucy, Percy dormiu demais e quase não chegou a tempo de esperar seu trem. Ele estivera em Houston na véspera, negociando um contrato com executivos da Southern Pacific Railroad e só tinha voltado para Howbutker de madrugada. Sua mãe estava na cozinha quando ele desceu apressado. Ela estava de costas para ele, conversando com a cozinheira enquanto preparavam o almoço de Páscoa, e, por um momento, sem anunciar sua presença, ele ficou parado na porta observando-a. Quando o cabelo da mãe tinha ficado grisalho, ele pensou, surpreso, quando aquela pequena corcunda tinha aparecido na base do seu pescoço? Com tristeza, ele percebeu que seus pais estavam envelhecendo. Sem dizer nada, comovido, ele foi até ela e a abraçou por trás.

– Ora, filho! – Beatrice virou-se para ele, espantada, até ver algo na expressão dele que a fez pôr a mão com carinho em seu rosto. – Lucy deve estar chegando – ela disse, com um olhar cheio de compreensão.

Ele beijou a testa dela.

– Já estou saindo. Papai ligou?

– Só para dizer para não incomodarmos você. Na sexta-feira você compensa o dia de hoje. Chegou um carregamento de madeira que você vai ter que verificar, já que seu pai quer dar ao capataz um dia de folga com a família. Isso vai lhe dar uma desculpa para sair de casa. Papai e eu nos encarregamos de Lucy. Vamos levá-la à festa dos Kendrick no sábado à tarde, e ela parte no domingo depois do almoço.

O trem já estava vazio quando ele estacionou o carro. Lucy, parada na plataforma com sua bagagem, o avistou imediatamente quando ele entrou na estação. Seu rosto se iluminou com uma alegria tão pura que Percy riu alto.

– Aí está você, Percy Warwick – ela disse. – Eu achei que tinha sido esquecida.

– Impossível – ele disse, e sorriu ao fitar seus ingênuos olhos azuis. – Você fez alguma coisa diferente com seu cabelo.

– E encurtei a bainha da saia. – Ela deu uma volta na frente dele, abrindo o casaco para ele ver o vestido na altura do joelho por baixo. – O que você acha?

– Acho que gosto.

– É o novo estilo.

– É o que diz Abel DuMont.

Ele agora se lembrava dela. Baixa, peituda, com o rosto redondo como o de uma boneca, e louca por ele. Fazia pouco mais de um ano que a vira pela última vez, mas ela desaparecera completamente de sua memória. Ele estendeu a mão para pegar suas duas malas, mas ela pegou rapidamente uma valise e deu a mão a ele com a familiaridade de uma velha conhecida. Batia no ombro dele, e ele achou divertido olhar para o alto da sua cabeleira castanha e ver seus pezinhos se esforçando para acompanhar o passo dele até o Pierce-Arrow.

Aquela noite, risadas tornaram mais leve a atmosfera na casa dos Warwick. Lucy regalou-os com histórias cômicas dos seus alunos e de suas experiências como professora, revirando os olhos e abanando as mãozinhas rechonchudas, conseguindo cativar até Beatrice. A convite de Percy, ela o acompanhou à madeireira na sexta-feira, e, lendo alto os números na fatura, ela o fez economizar metade do tempo que levaria para verificar o novo carregamento de madeira. No sábado, foi ele quem acompanhou Lucy à festa dos Kendrick, saindo antes dos pais para levá-la a um jantar oferecido por um de seus amigos.

– Pensei que nesta altura você já estivesse casado – ela disse aquela noite. – O que houve com a garota que você amou a vida inteira?

– Ela se casou com outro homem.

– Ela preferiu outro homem a *você*!

– Ele ofereceu mais do que eu.

– Eu não acredito nisso.

– Pode acreditar.

– Onde ela está agora?

– O noivo a levou para bem longe.

– Você ficou triste por ela ter se casado com outro?

– É claro, mas agora já são águas passadas.

Ele descobriu, ao colocá-la no trem domingo à tarde, que estava triste com a sua partida. Ele percebera, nos poucos dias que passaram juntos, que os traços que Mary não gostava em Lucy ele achava interessantes. Ela não tinha papas na língua e não tolerava nada que fosse pretensioso, pedante ou pomposo só por educação, algo que não combinava com Mary. Sendo um ouvinte nato, ele gostava que Lucy fosse conversadora, que tivesse opinião sobre tudo, uma compulsão que fazia com que sua companheira de quarto em Bellington Hall cobrisse a cabeça com o travesseiro.

E embora o rosto dela não tivesse nada de extraordinário, como Beatrice comentou, contradizendo a descrição feita pelo pai de Lucy antes de sua primeira visita, Percy admirou sua mobilidade – o modo como seus olhos se iluminavam, seus lábios formavam Ós de surpresa e prazer o tempo todo.

Ele se sentiu atraído pela estatura dela, por seus membros roliços e macios, pela delicadeza de suas articulações – pulsos, cotovelos, joelhos. Suas orelhas o intrigavam. Embora fossem rosadas e delicadas, elas eram saltadas como alças de panela, com lóbulos diminutos. Ela jamais seria esbelta, mas sua cintura era fina, e ele sentia grande prazer em rodeá-la com as mãos para ajudá-la quando sua altura era um problema.

Na tarde em que se despediu dela, ele a beijou pela primeira vez. Ele só pretendia dar um beijo fraternal em seu rosto e desejar-lhe boa viagem, mas quando ela ergueu os olhos azuis e ele viu neles a mais profunda admiração, enlaçou sua cintura e a puxou para si. Sua boca era quente, macia e submissa e foi com grande relutância que ele a soltou.

Para sua própria surpresa, ele se ouviu dizer:

– O que você acha de eu ir visitá-la em Belton no próximo fim de semana?

Ela olhou espantada para ele.

– Percy! Você está falando sério?

– Sim – ele disse com uma risada.

E foi assim que começou.

A mãe dele ficou preocupada.

– Não se preocupe, mamãe. Estas visitas são apenas uma distração.

– Lucy não vai considerar as suas visitas uma distração.

– Eu não prometi nada.

– Não importa. Aquela garota é capaz de escutar uma nota e confundir com uma sinfonia.

Lucy não estava em seus pensamentos o dia todo, como tinha acontecido com Mary. Na verdade, ele passava dias sem pensar nela, mas ela era alguém disponível para dividir os fins de semana, alguém que o fazia rir, que o adulava, que gostava dele sem esperar nada em troca.

Ela era uma mulher cheia de surpresas. Ele achava que ela se impressionaria com sua riqueza, mas descobriu que, fora o que era preciso para suprir suas necessidades básicas, Lucy tinha pouco interesse em dinheiro, especialmente o dele. Os seus prazeres eram simples e não custavam nada. Ela preferia um passeio de charrete pelo bosque enfeitado de primavera a ser conduzida em seu novo Cadillac a uma festa em Houston, preferia colher amoras a dançar a noite toda no country clube, um piquenique nas margens do Caddo a um jantar elegante num grande hotel.

Foi durante um desses passeios simples que a vida dele tomou um caminho irrevogável.

Eles tinham armado um piquenique numa colina dando para um dos muitos lagos na região de Belton. Ele viera passar o fim de semana, ficando como sempre numa pensão cujo proprietário já o tratava como um hóspede regular. Era junho e já estava quente no East Texas. Percy afrouxou a gravata, pensando no quanto lhe desagrava comer ao ar livre no calor e na umidade. Felizmente, o dia estava nublado, mas quando Lucy começou a esvaziar a cesta, as nuvens se abriram e os raios de sol apareceram.

– Que droga! – ele disse. – O sol apareceu.

– Não se preocupe – Lucy disse, do seu jeito atrevido. – Ele só apareceu para ver o que vamos almoçar. Vai voltar para dentro num minuto.

E foi o que aconteceu, depois de uma rápida inspeção, o sol desapareceu atrás das nuvens e passou o dia todo escondido. Sorridente, Percy relaxou e ficou vendo Lucy arrumar as coisas do piquenique, mais uma vez impressionado com a forma original que ela tinha de ver as coisas. O ano letivo estava terminando e Lucy estava pensando em aceitar um emprego em Bellington Hall, em Atlanta, no ano seguinte.

Ela pôs uma pilha de sanduíches no prato dele, e em seguida partiu uma fatia grossa do bolo de chocolate que fizera especialmente para ele, adoçando o chá gelado do jeito que ele gostava.

– Lucy? Quer se casar comigo?

Capítulo Trinta e Cinco

Eles se casaram no dia primeiro de julho e passaram duas semanas de lua de mel no Caribe, depois voltaram para que Jeremy e Beatrice pudessem fazer sua viagem anual ao Maine, enquanto Percy dirigia a empresa. Quando os pais de Percy voltaram dos seus dois meses de fuga do calor, o casamento dele já começara a afundar no lodo da sua apatia sexual.

– Eu não posso acreditar nisso! – Lucy gritou com ele. – O grande Percy Warwick negando fogo! Quem teria imaginado? Ollie com uma perna só é capaz de dar mais no couro que você.

– Lucy, por favor, fique quieta. Meus pais vão ouvir – Percy implorou, atônito com o seu linguajar. Mais uma vez ele se arrependeu de ter aceitado o oferecimento dos pais de morar temporariamente numa ala de Warwick Hall até construir sua própria casa.

E, mais uma vez, ele se viu estupefato por ter se casado com Lucy.

– Você estava vulnerável – sua mãe explicou, ao ver o desespero nos olhos do filho. – Eu percebi isso, mas não tive como protegê-lo. Alguma coisa deve ter causado esta mudança súbita nos sentimentos de Lucy por você. Ela sempre foi tão apaixonada. Ela descobriu sobre você e Mary?

Esta era uma explicação tão possível quanto qualquer outra. Percy virou-se para que a mãe não visse a mentira em seus olhos.

– Sim – ele disse.

A verdade era que ele tinha perdido todo o tesão por Lucy. Como era seu hábito, ele nunca fazia sexo com uma mulher de quem não gostasse ou que não respeitasse, e já não sentia mais nada por Lucy nem na cama nem fora dela.

A mudança em seus sentimentos não tinha ocorrido desfavoravelmente. Não havia razão para acreditar, quando eles partiram para o cruzeiro, que o sol não iria brilhar sobre o futuro deles, especialmente sobre os prazeres carnais do casamento que ambos esperavam ansiosamente. O olhar de adoração de Lucy naquele dia teria desmanchado as dúvidas de qualquer homem que imaginasse se teria cometido um erro ao se casar com uma mulher à qual ele ainda não tinha conseguido dizer "Eu te amo".

Mas seu ardor começou a esfriar quase a partir do momento em que Lucy, bêbada de champanhe e da primeira experiência sexual que tivera mais cedo na cabine deles, fizera parar toda a conversa na mesa do capitão quando disse a uma matrona coberta de pérolas e casada com um nobre inglês: "Não precisa cutucar esse camarão, Lady Carr. Eles se cagam todos quando são apanhados."

Na última noite do cruzeiro, ela teve motivos para perguntar quando ele se soltou abruptamente de suas pernas teimosas:

– O que aconteceu? O que foi que deu errado?

O que ele podia dizer? Que num espaço de duas semanas ele tinha passado a sentir uma desanimadora aversão pela mulher com quem tinha se casado? Seu apetite sexual exacerbado, sua insensibilidade em relação às suscetibilidades dele, seu desinteresse por questões culturais ou intelectuais o revoltavam. Ele agora tinha vergonha do que o havia atraído nela – seu linguajar picante, seu desdém pelas convenções, as opiniões que voavam de sua boca como balas de revólver, não importava a quem pudessem atingir. Ele se conhecia bem. Apesar dos seus apetites carnais, ele era um homem que prezava o decoro, e era inevitável que levasse o seu aborrecimento para a cama.

Ele resmungou uma resposta:

– Não é nada, Lucy. Eu estou cansado. Só isso.

– Cansado de quê, pelo amor de Deus? De jogar pingue-pongue? – O tom ofendido dela deixou claro mais uma vez que ela esperava bolo de chocolate e ganhou mingau.

A mãe tentou avisá-lo.

– Aquele melãozinho maduro tem sementes demais, Percy.

– É verdade, mãe, mas quanto mais sementes mais doce a fruta.

Como ele pôde ser tão cego... Como pôde ter se enganado tanto achando que ia ser feliz com Lucy? Ele só podia acreditar que o desespero de saber que nunca haveria outra Mary o tinha levado a se casar com alguém que era o oposto dela.

Entretanto, ele não ia permitir que a culpa pelo seu fracasso fosse dela. A verdade seria mais devastadora do que a mentira, e ele devia a ela uma mentira. Ela se casara com ele de boa-fé, acreditando que ele a aceitava como ela era, enquanto que ele se casara com ela unicamente porque não queria estar sozinho quando Mary e Ollie voltassem para casa.

– Não é você, Lucy; sou eu – ele dizia.

No primeiro mês, lágrimas se seguiram à sua admissão. Depois disso, só um silêncio de pedra, e então, uma noite, ele a ouviu dizer baixinho no escuro:

– Por que você não me quer, Percy? Você não *gosta* de sexo?

Não com você, ele pensou. Ele sabia que bastava dar a ela a satisfação que buscava para que fosse suportável viver com ela, mas dever conjugal ou não, ele não seria usado como um garanhão para aplacar sua sede quando todos os outros prazeres que ele tinha esperado do casamento estavam faltando. Com aquela capacidade extraordinária que Lucy tinha de ler sua mente, ela disse:

– Você, seu *eunuco*! Você devia ser o melhor garanhão que um dia cobriu uma égua. Só de olhar para uma garota, você poderia fazê-la levantar o rabo...

– Meu Deus, Lucy, a sua linguagem...

– A minha *linguagem*? – Com o pé, ela empurrou Percy, que estava sentado na beirada da cama, e o fez cair para a frente, quase batendo com a cabeça na cômoda. – Esta é a sua preocupação nesta situação patética? A minha *linguagem*? – A voz dela estava histérica. Ela arrancou as cobertas e rodeou a cama até se aproximar de Percy que, ainda atônito, estava sentado no chão, nu, com as pernas abertas, as partes expostas. – E quanto ao meu orgulho, aos meus sentimentos, às minhas necessidades, ao meu *quinhão*, hein? O que você me diz, Percy? – Ela o agarrou com força, os dedinhos parecendo garras.

Percy recuou depressa, dando um tapa na mão dela até conseguir ficar em pé. Foi com grande esforço que ele se controlou para não bater nela, precisou lembrar a si mesmo que ela não tinha culpa de nada disso. Ele tinha se casado com ela sabendo que era o *ídolo* que ela amava e não o homem. Ela não sabia nada do homem, e nos poucos meses do seu casamento, ela não se esforçara minimamente para saber. Foi o ídolo que ela atacou, o ídolo que a havia enganado e que tinha virado pó aos pés dela.

Percy refletira muito sobre tudo e concluíra que o que precisava fazer era desviar a atenção dela para o homem. Mas depois desses episódios, ele temeu não ter forças para fazer isso.

Casara-se com Lucy acreditando que um dia a amaria, mas agora ele mal se lembrava por que se sentira atraído por ela. Sua risada alegre tinha desaparecido, o brilho travesso tinha desaparecido dos seus olhos. Seus lábios de botão de rosa estavam constantemente torcidos do modo mais amargo possível. Cheio de tristeza, culpando inteiramente a si mesmo, ele viu a moça que ele poderia ter amado desaparecer antes que ele mal pudesse tê-la visto direito.

Saber que a culpa não era dela não tinha proporcionado nenhum consolo para ela, nem tinha provocado nenhuma compaixão.

– Ora, que generosidade a sua – ela debochava. – É claro que a culpa não é minha. É sua, Percy Warwick. Sua reputação foi sempre uma mentira. Aposto que Mary percebeu isso o tempo todo. Foi por isso que ela nunca quis nada com você.

Ele mantinha uma expressão cuidadosamente neutra sempre que ela mencionava o nome de Mary. Percy imaginou como pôde pensar que Lucy gostava dela com base na história delas em Bellington Hall. Sua esposa jamais gostara de Mary. Lucy a tinha usado, assim como tinha manipulado seus pais, para se aproximar dele. Para sua surpresa, Lucy não tinha perguntado o nome da moça que ele amava e que tinha perdido para outro homem – talvez porque ela não tivesse tolerado o ciúme – mas ele via o modo como ela fitava os rostos das mulheres do seu círculo social, imaginando qual delas conseguira conquistar seu coração. Ela não podia descobrir nunca que esta mulher fosse Mary. "Não existe fúria maior do que a de uma mulher desprezada" seria uma descrição leve de Lucy.

Em meados de outubro, tendo que enfrentar diariamente o mau humor dela e suas pancadas físicas e emocionais à noite, ele resolveu propor uma anulação de casamento. Estava cheio da obsessão dela com sexo, da sua linguagem, dos seus acessos de raiva, do seu ressentimento em relação à mãe dele, a quem ela responsabilizava pelo "estado" dele, como ela dizia. Ele a libertaria e pagaria suas despesas pelo resto da vida, se ela ao menos o deixasse em paz.

Mas antes que ele pudesse abrir a boca para falar no assunto, sua esposa disse:

– Prepare-se para rir. Eu estou grávida.

Capítulo Trinta e Seis

Beatrice pôs o telegrama de Ollie no colo e tirou os óculos. Ela olhou para o filho que estava do outro lado da sala servindo os aperitivos que a família costumava tomar antes do jantar. Lucy raramente participava deste ritual. Às vezes ela nem aparecia para jantar.

– Que gentileza de Ollie avisar quando vai chegar. Você vai ser padrinho da criança?

– É claro – respondeu Percy. – Estou honrado com o convite.

– Eu sei que eles vão gostar de estar em casa – Jeremy disse. – Abel mal pode esperar para conhecer o neto. Vamos ter que fazer algum tipo de recepção para eles, Beatrice?

Todos sabiam qual era o problema. Era Lucy. No estado imprevisível em que andava ultimamente, como eles podiam confiar nela para se comportar numa festa de boas-vindas para os DuMont?

– Deixe Lucy por minha conta – Beatrice disse, respondendo à preocupação na voz do marido. – Ela vai cooperar.

Percy tomou um gole do seu uísque. Se alguém podia com Lucy, este alguém era sua mãe, mas ultimamente ela estava impossível. Os primeiros desconfortos da gravidez, somados à raiva que tinha dele, a estavam levando a agir de um modo que nem ela teria achado possível. Ela insultara diversos comerciantes, tinha dado um tapa na orelha do entregador de leite, e chamado o Dr. Tanner de charlatão na cara dele. Diversos empregados antigos tinham se demitido, e eles estavam recebendo bem menos por causa da incerteza sobre o modo como Lucy trataria aqueles tolos que os Warwick tinham tolerado socialmente durante anos. Só a educação que tinha recebido em Bellington Hall, o medo da sogra e uma certa esperança em relação ao casamento é que impedia Lucy de surtar completamente, na opinião de Percy. Com a volta de Mary e Ollie, tudo poderia acontecer.

Mas ali ainda era a casa do mais velho dos Warwick, e ela era a patroa, Beatrice afirmou. Com ou sem a cooperação de Lucy, eles iam dar uma festa de boas-vindas para os DuMont.

Na noite do evento, uma emergência na madeireira prendeu Percy, e ele perdeu a chegada dos convidados de honra. Chamados para chegarem mais cedo, eles já estavam sentados na sala com seus pais e Abel, Mary ao lado do berço que trouxera, quando ele surgiu na porta. Lucy não tinha descido, ele notou aliviado. Primeiro, ele olhou para Ollie em vez de olhar para a figura esbelta vestida de marfim que se levantou junto com o marido quando Percy entrou.

– Percy! Seu safado! – Ollie exclamou, rindo de orelha a orelha e se aproximando dele apoiado nas muletas. Eles se abraçaram com ardor, Percy quase chorando de felicidade por tê-lo de novo por perto.

– Seja bem-vindo, meu velho amigo – ele disse. – Sua falta foi muito sentida por aqui, posso garantir. – Ele se virou para Mary. – A sua também, Mary.

Havia uma nova maturidade nela, principalmente no olhar. Ele jamais poderia acreditar que uma mulher pudesse ser tão linda. A cor suave do seu vestido emprestava um tom de mel à sua pele e acentuava a cor negra dos cabelos, penteados para dentro e presos com uma faixa de lantejoulas cor de marfim.

Eles não se beijaram. Percy tinha imaginado se ela evitaria olhá-lo nos olhos, mas ela o encarou com uma intensidade que partiu seu coração. Estendendo-lhe a mão, ela disse baixinho:

– Nós também sentimos saudades suas, Percy. É maravilhoso estar de volta. – Ele abaixou a cabeça para beijar o rosto dela, que estava virado para longe do grupo, e fechou os olhos por um momento, permitindo-se um instante de tristeza. Os dedos dela apertaram mais a sua mão. Ele os apertou com delicadeza e depois os soltou. Virando-se com um sorriso, ele disse:

– Bem, vamos dar uma olhada nesse garotinho.

Ele olhou para dentro do berço, e os outros se juntaram a ele.

– Ele não é lindo? – disse Abel. – Eu posso estar sendo coruja, mas acho que nunca vi um bebê tão perfeito.

– Pode ser coruja – Beatrice disse. – Eu pretendo ser também quando o nosso nascer.

– Ele é mesmo uma gracinha – Percy murmurou, fitando o bebê adormecido. Não havia nenhum traço de Ollie no bebê. Ele era um Toliver dos pés à cabeça, de cabelos negros. Sentindo um ímpeto de ternura, Percy acariciou a palma da mão do bebê. Imediatamente, a criança acordou e agarrou o dedo de Percy, olhando-o com um lampejo de curiosidade. Percy riu, desfrutando da agradável sensação dos dedinhos em volta do dele. – Quanto tempo tem este pequeno tigre?

— Três meses — os pais disseram ao mesmo tempo, e Ollie acrescentou, ajeitando as muletas:

— E ele vai ter que contar com o padrinho para ensiná-lo a jogar bola.

— Com muito prazer — Percy disse, ainda preso pela mãozinha. — Qual é o nome do meu afilhado?

— Matthew — disse Mary do outro lado do berço. — Matthew Toliver DuMont.

Ele olhou para ela.

— É claro — ele disse, tornando a olhar imediatamente para a criança, sem conseguir suportar a visão e a lembrança da beleza dela. Ele observou, encantado, a boquinha se abrir num bocejo e depois tornar a se fechar, adormecida. Com relutância, tirou o dedo da mãozinha macia e foi receber os outros convidados, que estavam chegando, e a esposa que descia a escada.

Num vestido rodado que Abel recomendara para combinar com a cor dos seus olhos, ela era o próprio charme ao circular no meio da elite social de Howbutker. Dirigiu-se a Percy como "querido", deu-lhe o braço e lançou sorrisos para ele do outro lado da sala. Ele não se deixou enganar. Entendeu perfeitamente o motivo da esposa para se apresentar como a anfitriã perfeita. Esta era a primeira festa que ela dava como esposa de Percy Warwick, e, pura e simplesmente, não queria que ninguém ficasse pensando por que ele tinha se casado com ela e não com a estonteante Mary Toliver. Ela podia não ser linda, mas tinha uma personalidade mais vibrante, era engraçada e falante. Ninguém se sentia intimidado por ela. Podia ter fama de ter pavio curto e língua afiada, mas esses não eram defeitos normais durante a gravidez?

Depois de dar uma espiada para dentro do berço de Matthew, Lucy ignorou a criança.

— Bem — ela declarou —, acho que não há a menor dúvida de que ele é seu, Mary, com todo esse cabelo preto e o bico de viúva. E veja a covinha no queixo! Ollie, tem alguma coisa sua nesse bebê?

Mary respondeu por ele.

— Seu coração, eu espero.

— Vamos esperar que sim — Lucy disse.

Os olhares das duas mulheres se encontraram. As antigas colegas de quarto tinham se cumprimentado com reserva. Não houve troca de abraços nem de beijos. Agora a máscara de amizade caiu completamente. Uma espécie de guerra foi declarada naquela silenciosa troca de olhares.

— Mary querida, talvez fosse melhor levar o berço para a biblioteca e deixar o homenzinho em paz — Ollie sugeriu calmamente.

– Que ótima ideia – Lucy disse.

Naquela noite, quando Percy entrou no quarto da esposa para lhe desejar boa-noite, ela disse da penteadeira:

– Bem, Ollie sem dúvida está tratando bem da sua galinha caipira, embora ela seja tão alta que trepar com ela deva ser igual a subir numa árvore.

Percy fechou a cara.

– Mary tem um metro e setenta, o que deve fazer com que você se sinta uma anã na presença dela – ele disse num tom que deixava clara a vontade dele de bater nela.

Lucy olhou para ele sem saber ao certo se ele tinha feito aquele comentário com o intuito de insultá-la.

– Eu vi que você se encantou com o filho dela – ela disse.

– O nome dele é Matthew, Lucy. E, sim, ele é um belo garoto. Se tivermos um filho, espero que eles sejam tão amigos quanto eu e Ollie sempre fomos.

– Bem, vamos ver. Eu queria que você demonstrasse pelo seu filho metade do interesse que demonstrou hoje pelo filho de Mary e Ollie.

– A atmosfera por aqui não tem sido muito propícia a isso – Percy disse secamente.

– E você acha que vai melhorar depois que o bebê nascer? Bem, é bom você saber desde já que não vai se meter na educação deste bebê. Este bebê é meu. Você me deve isso.

– O bebê é nosso, Lucy. Você não pode usá-lo como uma espada sobre minha cabeça. – Percy não se abalava com suas ameaças. A esposa compreendia que havia uma linha que era melhor não ultrapassar. A culpa dele só ia até o ponto de ele tolerar as agressões dela. Mas ele não podia culpá-la por achar que ele tinha mostrado pouco entusiasmo com a chegada do filho. Apesar da situação conjugal ruim, ele achou esta apatia estranha e imaginou como Ollie se sentira antes da chegada de Matthew. Precisava perguntar a ele.

Os Percy Warwick agora ocupavam dois quartos, alegando que a gravidez de Lucy exigia que ela dormisse numa cama separada. Percy não sabia qual a desculpa que daria depois. Ele estava na porta, prestes a sair, quando Lucy disse:

– Pois então espere só, Percy. Por que eu ia querer que *você* se metesse na educação do meu filho?

– E por que não? – ele perguntou com curiosidade, voltando para dentro do quarto. – Eu sou o pai dele. – Como Lucy, ele pensava no bebê como sendo "ele".

– Porque... – Ele percebeu um certo medo nos olhos dela ao vê-lo aproximar-se com calma e determinação, e ela se levantou depressa da cadeira.

– Porque o quê, Lucy?

– Porque você é um... você é um...

– Eu sou...? – Percy disse.

– Você é um... *homossexual*!

Por alguns segundos, Percy ficou tão espantado que perdeu a voz, depois ele começou a rir.

– Ah, Lucy, é isso que você acha?

Ela pôs as mãos nos quadris.

– E não é?

– Não.

– Você já tinha transado antes?

– Sim – ele respondeu, ainda rindo às gargalhadas.

– Quantas vezes?

Ele não queria magoá-la, mas não ia deixar que ela pensasse que ele era uma coisa que não era e que ela usaria como arma para manter o filho longe dele.

– Tantas vezes que você não precisa se preocupar que eu vá ser uma má influência para o nosso filho.

– Eu não acredito em você. Esta é a única explicação que faz sentido. – Vagarosamente, erguendo a cabeça para observá-lo por baixo dos cílios, ela abriu o penhoar, mostrando o corpo nu. Uma ligeira protuberância em seu abdome indicava a criança por vir. Ela pôs as mãos sob os seios inchados. – Como você pode recusar isto? Todo homem que olhava para mim queria por as mãos em volta deles. – Ela se aproximou dele, oferecendo os seios. – Eles não são lindos, Percy? Não são deliciosos? Por que você não me quer?

– Lucy, pare com isso – Percy disse, fechando o penhoar dela. Ele a desejava sim. A gravidez dela tinha algo de erótico, e ele teve vontade de erguê-la e levá-la para a cama, penetrá-la e dar a ambos o alívio que estavam precisando. Mas nada tinha mudado para sugerir que o ato sexual seria mais satisfatório, e ele complicaria ainda mais a situação entre eles.

Lucy percebeu o recuo dele e seu rosto demonstrou toda a sua fúria e a sua frustração. Ela apertou o penhoar contra o corpo.

– Seu filho da mãe! Eu não vou deixar que você chegue perto do nosso filho. Ele vai ser só meu, Percy. Eu vou cuidar disso. Nenhum homossexual vai se meter na educação do meu filho! *Veado, veado* – ela gritou quando ele saiu do quarto, fechando calmamente a porta para não ouvir o som do sofrimento dela.

Capítulo Trinta e Sete

O ano velho terminou, e 1922 trouxe melhorias e aquisições para as diversas empresas do triunvirato de Howbutker. Na ausência de Mary, Hoagy Carter tinha dirigido Somerset com surpreendente sucesso e produzido uma colheita que permitiu não só que ela pagasse o empréstimo no Howbutker State Bank, mas que instalasse um sistema melhor de irrigação na fazenda. Os Warwick compraram diversas empresas subsidiárias e trocaram o nome da companhia para Indústrias Warwick, e Ollie DuMont abriu uma segunda loja em Houston.

Quando a primavera chegou, Lucy estava enorme. Ela mal conseguia andar, e sua pele macia brilhava de suor o tempo todo por causa de uma onda de calor sem precedentes. Presa em casa por causa do seu tamanho e desconforto, ela pareceu se aproximar mais de Beatrice durante as últimas semanas de gravidez. Diversas vezes, Percy encontrou as duas mulheres sentadas juntas, costurando roupinhas de bebê e conversando tranquilamente como duas amigas.

– É tão triste olhar para ela quando você entra na sala – Beatrice disse para o filho. – Ela parece um cachorrinho abanando o rabo.

– Eu sei, mamãe.

Depois da festa de boas-vindas para os DuMont, Percy passou a visitá-los pelo menos duas vezes por semana depois do trabalho. Nunca houve dúvidas de que o casal iria morar na mansão dos Toliver, deixando Abel sozinho na casa estilo castelo do final da avenida. A princípio, Percy tinha esperado um certo mal-estar quando foi visitar o casal na segunda-feira depois da festa, mas ele estava precisando da companhia deles e se sentia atraído pelo bebê, cuja imagem não lhe saía da cabeça. Ele devia ter sabido que Ollie o poria completamente à vontade.

– Percy, meu rapaz! – o amigo exclamou quando Percy telefonou para ele na loja. – Eu já ia ligar para você quando a secretária disse que você estava na linha. Eu queria convidar você para ir lá em casa tomar um drinque comigo depois do trabalho. Talvez Mary não possa se juntar a nós. Você sabe como ela fica na época do plantio.

– Então não sei? – Percy disse calmamente.

Mas Mary estava em casa, tomando uma limonada e embalando o bebê, enquanto ouvia os homens conversando como nos velhos tempos. Percy percebeu que a reticência de Mary era devida à incerteza da situação entre eles três. Ele disse a si mesmo que ela levaria algum tempo para ter certeza de que ele só estava ali por amizade. Ele não podia deixar que o casamento dela o privasse de duas pessoas que eram essenciais para a felicidade dele. E agora havia Matthew também.

Lucy nunca estava presente nessas reuniões. Ela não era convidada, e, até onde Percy sabia, ela não tinha conhecimento das visitas dele. As duas mulheres não tinham tentado se encontrar depois da festa, e ele resolveu não interferir nisso. A ausência da esposa dava a ele mais liberdade para se divertir, relaxar e brincar com o bebê, que agora o reconhecia e sacudia os bracinhos e as perninhas de alegria quando ele chegava.

Em pouco tempo, Mary pareceu mais relaxada e voltou a ser quase o que era, rindo junto com eles e fingindo para o bem de todos que o amor deles nunca havia acontecido. Eles evitavam qualquer contato físico e visual, com Ollie e Matthew fazendo o papel de filtros através dos quais eles se viam.

Às vezes Percy chegava e Mary ainda estava na fazenda, sua ausência previsível, mas irritante. Ela deveria estar em casa com o marido e o filho àquela hora, ele pensava, mas ele e Ollie tinham o menino só para eles. Ollie já tinha levado o rapazinho para a varanda dos fundos para tomar ar e ele e Percy ficavam bebendo e conversando enquanto um ou outro balançava o berço com o pé.

– Você esteve outra vez na casa dos DuMont, não é? – Lucy perguntou uma noite. Ela estava na sala, fazendo bainha numa roupinha de bebê.

Ele pensou que não deveria ter ficado espantado da esposa saber dessas visitas, já que nada escapava dela.

– Você também poderia ter ido.

Lucy cortou a linha com seus dentes afiados. Percy ficou com pena e estendeu para ela uma tesoura que estava fora do seu alcance. Ela pegou a tesoura sem dizer obrigada, cortou a linha e disse:

– Para ver você babar na frente de Matthew?

Percy suspirou.

– Já não basta você ter ciúmes de Mary? Tem que ter ciúmes do filho dela também?

Lucy pôs as mãos sobre a barriga gigantesca. Ela olhou para ele com um olhar mais delicado. Ele continuava em pé na sala. Ele nunca ficava tempo suficiente na presença da esposa para se sentar.

– Tudo bem, eu estou com ciúmes. Eu tenho ciúme de tudo o que ela possui que deveria ser meu.

Ele sentiu um arrepio na espinha e franziu a testa.

– O que você quer dizer com isso? – ele perguntou, com mais violência do que pretendia.

– Você sabe muito bem o que eu quero dizer. Ela... tem sua amizade, e agora o filho dela também tem.

Soltando o ar, aliviado, Percy segurou a mão dela.

– Eu quero ser seu amigo, Lucy, mas você não deixa.

Ela ficou paralisada com o contato inesperado da mão dele.

– Bem, eu vou... tentar ser sua amiga, pelo bem do bebê e já que não posso ter outra coisa de você. – Ela ergueu os olhos azuis, suplicantes. – E eu não estava sendo sincera quando disse que ia manter o bebê longe de você. Eu... eu quero que ele conheça o pai dele.

– Eu sei que você não estava falando sério – ele disse, soltando a mão dela. – Eu sei que muita coisa que você diz para mim é só da boca para fora.

Algumas semanas antes da data esperada do nascimento do bebê, Ollie pediu a Percy para levá-lo a Dallas para ele experimentar uma perna artificial, a primeira a ser fabricada.

– Eu iria de trem – ele disse –, mas aquela maldita coisa é tão desconfortável e imprevisível. Eu odiaria pedir a Mary, agora que ela está no meio do processo de descaroçar o algodão. Ela largaria tudo na mesma hora, é claro, mas não há necessidade disso, e além disso – Ollie indicou sua calça dobrada e presa com alfinete – nestas circunstâncias, Percy, acho que prefiro a sua companhia.

Ele sentiu um gosto amargo de indignação contra Mary. Concordava que, na situação de Ollie, a assistência dele seria provavelmente mais adequada do que a de Mary, mas ele ficou irritado pelo fato de Ollie achar que não podia atrapalhar o trabalho da esposa na fazenda. Mary e seu maldito algodão.

– E quanto a Matthew? – ele perguntou. – Ele vai ficar bem enquanto estivermos fora?

– Ah, é claro. Sassie ama aquele menino como se fosse dela.

Percy falou com Lucy sobre o pedido de Ollie. Desde a última conversa que tiveram, as coisas estavam melhorando um pouco. Ele sabia que ela estava assustada com o parto, e ele estava assustado por ela. Como ela não gostava de ler, ele tinha apanhado na biblioteca livros sobre parto e os lia em voz alta para ela, à noite, na sala de estar. Ela ouvia atentamente e depois discutia o assunto com ele sem animosidade.

Era uma tênue trégua, e foi com um sentimento de culpa que Percy perguntou se ela se importava que ele saísse do lado dela num momento daqueles. Mas, como sempre, ela o surpreendeu.

– Acho que você deve ir com ele, Percy. Você sabe por que Ollie não quer ir de trem, não sabe?

Ele confessou que não sabia.

– Bem, porque... Quanto tempo vocês levaram no trem de Nova Jersey até aqui?

– Cerca de seis dias.

– Você pode imaginar o que Ollie deve ter sentido, o que ele deve ter pensado durante aqueles dias e noites, sobre estar vindo para Howbutker sem uma perna? Não é de estranhar que ele não goste de trens. Sim, leve-o de carro. Eu vou ficar bem. Sua mãe e seu pai vão tomar conta de mim, mas nós vamos esperar por você, não se preocupe. – Ela sorriu para ele, fazendo-o lembrar da velha Lucy. O comportamento dela ultimamente o fazia lembrar da pessoa que ela era antes do casamento. A mudança não era fingida, parecia ser um desejo sincero de se tornar sua amiga.

– Obrigado, Lucy – ele disse, retribuindo o sorriso dela. – Eu voltarei assim que puder.

Percy foi dirigindo o espaçoso Packard novo, de seis cilindros, de Abel, mas a viagem até o Hospital dos Veteranos em Dallas foi longa e quente. Ollie estava vermelho de calor e de exaustão quando eles chegaram no hospital. O suor cobria sua testa e molhava seu colarinho, e Percy sofreu com o desconforto do amigo enquanto ele se esforçava para sair do carro. Um ordenança apareceu com uma cadeira de rodas, mas Ollie dispensou-a e colocou as muletas sob os braços musculosos.

– Vamos lá, Percy, meu rapaz – ele disse, e foi andando atrás do ordenança que empurrava a cadeira de rodas vazia.

Depois de uma demora interminável preenchendo formulários, um atendente chegou com a ficha médica de Ollie debaixo do braço para acompanhá-los até a sala de exames. Esta ficava no final de um longo corredor, e Ollie pareceu desanimado com a distância.

– Aguenta firme, meu velho – disse Percy, indo logo atrás dele. – Só mais alguns metros.

Mas quando estavam quase chegando, Ollie disse, ofegante:

– Percy, eu estou sentindo a perna de novo, e a dor. Acho melhor eu usar a cadeira de rodas.

Mas era tarde demais. A perna dele falhou e ele caiu para a frente, com o rosto contorcido de dor. As muletas e a pasta de metal com as fichas médicas caíram ruidosamente no chão enquanto o atendente e Percy tentavam impedir que ele caísse. O atendente correu para buscar uma maca enquanto Percy afrouxava a gravata de Ollie e desabotoava os botões de cima da camisa dele, com as mãos tremendo, tornando a ver o corpo ensanguentado do amigo estendido no meio dos destroços causados pela bomba.

– Tire essa expressão do rosto – Ollie ordenou com um sorriso decidido. – Às vezes isso acontece, e eu fico morrendo de dor, mas passa. Não deixe de ter um uísque me esperando quando eu sair daqui.

– Nem que eu mesmo tenha que fabricá-lo – Percy disse.

A maca chegou, e os dois atendentes ergueram Ollie e o puseram deitado nela.

– Se o senhor puder pegar a pasta com as fichas médicas e trazer para nós, ficaremos muito gratos – um deles disse enquanto ajeitava a maca. Percy pegou as muletas e a pasta, com as mãos ainda trêmulas. Ficou ali alguns instantes, acalmando os nervos, e depois seguiu os atendentes, mas quando chegou na antessala do setor de exames, eles já tinham entrado com a maca.

Percy decidiu que, enquanto esperava que alguém voltasse para pegar a pasta, ia dar uma olhada para saber qual era realmente o estado de Ollie. Até aquele dia, ele nunca soubera que Ollie ainda podia sentir dor na perna amputada. Ele nunca se queixara para ele, e Percy sabia muito bem por quê. Ollie, sendo um homem sábio e um amigo incomparável, sabia que nada prejudica mais a amizade do que a culpa.

O primeiro relatório do Exército vinha na frente, escrito com a letra apressada de um médico da linha de frente, do tipo que ele já tinha lido dezenas de vezes nas pranchetas penduradas nos leitos de homens que tinha visitado em barracas. Usando jargão médico, ele descrevia o ferimento e a amputação de Ollie, e então, na conclusão do relatório, uma linha – acrescentada como complemento – fez o sangue de Percy gelar nas veias. Ele a leu uma vez, piscou os olhos para ter certeza do que estava vendo, depois tornou a ler: "Em consequência dos ferimentos do capitão DuMont, a uretra é suscetível a infecções devido à retenção de substâncias normalmente excretadas na urina, e o dano irreparável ao pênis torna o órgão incapaz de funcionar para o ato sexual e a procriação."

A pasta com capa de metal caiu no chão com estrondo. Percy nem escutou. Levantou-se da cadeira e foi até a janela aberta para tentar respirar. Seu estômago revirou, sua cabeça rodou. Ele encostou a testa na moldura fria da janela para a sala parar de girar. *Meu Deus... Meu Deus...*

– O senhor está passando mal?

Era o ordenança que tinha vindo buscar a pasta. De sua posição na janela, Percy murmurou:

– Eu estou bem. Vá cuidar do capitão DuMont.

Ele caiu sentado numa cadeira ao lado da janela aberta e segurou a cabeça com as mãos. *Matthew... aquele meninozinho tão doce... era dele – dele!* A sequência óbvia de eventos passou por sua cabeça como um filme mudo. *Mary descobriu que estava grávida depois que ele fugiu para o Canadá. Ela esperou, mas ele não voltou. Finalmente, ela procurou o único homem que poderia salvar a ela e ao bebê.* "Ollie estava aqui", *sua mãe lhe dissera. Então Ollie tinha se casado com ela e concordado em criar o filho dela como sendo dele... o pobre Ollie, que não podia dar mais filhos a ela... que não podia...*

Ele apertou a cabeça com as mãos e gemeu – gemidos de dor e desespero. O atendente voltou meia hora depois e o encontrou esparramado numa cadeira embaixo da janela aberta, com um olhar parado, o rosto pálido e manchado de lágrimas.

– Hum, perdoe-me senhor – ele disse, obviamente sem graça –, mas eu vim dizer ao senhor que o capitão DuMont vai ser internado para observação e tratamento até poder colocar a prótese. Isso vai levar cerca de uma semana. Ele tomou um sedativo e está dormindo. O senhor poderá vê-lo na Enfermaria B no horário de visita, entre seis e oito da noite.

Percy foi poupado dessa incômoda visita ao telefonar para casa, do hospital, e Beatrice pedir a ele que voltasse imediatamente. Ele já era pai de um menino de quase cinco quilos.

Capítulo Trinta e Oito

HOWBUTKER, 1933

— Com licença, Sr. Warwick, mas tem uma Srta. Thompson aqui para falar com o senhor.

Percy não levantou os olhos do relatório que estava lendo. Era final de outubro, quatro anos depois da queda de Wall Street, que lançara a nação na Grande Depressão. Todo dia pessoas chegavam na sala da sua secretária pedindo para trabalhar nas Indústrias Warwick, um dos poucos locais estáveis no estado, que ainda se mantinham navegando calmamente no mar turbulento da economia.

– Você disse a ela que era perda de tempo falar comigo, Sally? A folha de pagamento já está inchada demais.

– Ah, ela não está procurando emprego, Sr. Warwick. A Srta. Thompson é professora. Ela está aqui por causa do seu filho.

Percy olhou para ela com um ar vago, sua mente trabalhando na expressão *seu filho*.

– Wyatt – Sally disse.

– Ah, sim, é claro. Mande-a entrar, Sally.

Ele se levantou para cumprimentá-la, como era seu costume quando entrava um visitante em seu gabinete. Não importava quem era a pessoa nem o objetivo de sua visita. Percy Warwick era conhecido pela dignidade com que tratava a todos, mesmo aqueles que, como era comum atualmente, vinham mendigar, de chapéu na mão, por um emprego, um empréstimo, mais tempo para pagar suas dívidas.

A Srta. Thompson não tinha vindo para mendigar, isso estava óbvio, mas, apesar de sua compostura, Percy viu que ela estava claramente nervosa e desconfortável quando se sentou na cadeira que ele ofereceu. Que diabo Wyatt teria feito?

— Tem algum problema com o Wyatt, Srta. Thompson? Eu não sabia que a senhorita era professora dele. — Ele disse isso não para dar a impressão de ser um desses pais que sabia tudo o que acontecia com o filho, mas surpreso por nunca tê-la visto. Nos últimos anos, ele era o presidente do conselho da escola. Uma de suas funções era dar pessoalmente as boas-vindas aos professores novos do Howbutker Independent School District na recepção anual.

— Eu fui contratada para terminar o semestre para a Srta. Wallace, que se casou este ano — a Srta. Thompson explicou. — Ela e o marido se mudaram para Oklahoma City. A Srta. Wallace, como o senhor deve lembrar, era a professora de Wyatt.

Percy se recostou na cadeira, juntando os dedos, apreciando a voz clara e agradável da professora.

— Tenho certeza de que a mudança não o prejudicou em nada — ele disse, inclinando educadamente a cabeça.

— Espero que o senhor continue a pensar assim depois que ouvir o que eu vim dizer.

— Estou ouvindo.

Ela respirou fundo, baixando os olhos momentaneamente num aparente esforço para ganhar coragem. Meu Deus, Percy pensou. Que tipo de aborrecimento Wyatt teria causado a ela? Ele ia fazer com que ele se arrependesse disso, se fosse tão mau quando a Srta. Thompson parecia estar dando a entender. Ainda assim, era fácil entender como um menino de onze anos, quase na puberdade, poderia comportar-se mal para chamar a atenção dela. Ela era uma moça muito bonita, com olhos castanhos e cabelos cacheados cor de trigo.

— Seu filho — ela disse — está agredindo sistematica e deliberadamente Matthew DuMont. Temo que se ninguém tomar uma providência para fazê-lo parar, ele machuque seriamente aquele menino.

A cadeira de Percy protestou quando ele pulou para a frente, esquecendo seu prazer na contemplação da beleza dela.

— Explique isso melhor, Srta. Thompson.

— O que eu estou dizendo, Sr. Warwick, é que todo dia, na escola, Wyatt dá um jeito de machucar Matthew DuMont. Pode ser desde uma rasteira no corredor até uma bola atirada de propósito no rosto dele. Já perdi a conta das vezes que o nariz da criança sangrou por causa de pancadas de Wyatt. Eu já o vi... Eu já o vi... — O rosto dela ficou vermelho, tanto de raiva quanto de vergonha, pensou Percy.

– Continue – ele disse, nervoso.

– Eu já o vi dar joelhadas no saco de Matthew diversas vezes.

Percy sentiu o rosto ficar quente.

– Mas por que a senhorita esperou até agora para me contar? Por que não procurou a direção da escola?

– Eu procurei, Sr. Warwick. Eu fui falar com o diretor, mas ele se recusou a ouvir. Eu tentei conseguir ajuda de outros professores, mas eles se recusaram a me ajudar. Todos têm medo do senhor... do seu poder. Eles temem por seus empregos. As crianças também. Os pais delas trabalham para o senhor.

– Meu Deus – disse Percy.

– Hoje foi a última gota – Sara Thompson continuou, visivelmente ganhando confiança ao ver que estava fazendo progressos.

– O que aconteceu hoje?

– Wyatt rasgou a luva de beisebol de Matthew, depois atirou-a na vala que fica nos fundos da escola. Quando Matthew entrou na vala para pegá-la, Wyatt atirou uma pedra que pegou na têmpora dele. Ele quase desmaiou e o corte começou a sangrar. Ele perdeu o equilíbrio...

Sara mordeu o lábio, como se a descrição do pequeno Matthew caindo na lama da vala de esgoto, com sangue escorrendo de uma ferida na têmpora, fosse demais para suportar, mas Percy imaginou o quadro. Ele se levantou bruscamente, abotoando o paletó. Ele sabia que luva era aquela. Tinha sido um presente de Natal que ele próprio dera ao menino.

– E Matthew faz alguma coisa para provocar essas surras?

– De jeito nenhum! – A defesa de Sara foi enfática. – Eu só conheço Matthew DuMont do meu grupo de discussão e do meu plantão no playground, mas ele é um ótimo aluno. Ele tenta se defender, mas, embora esteja um ano na frente, ele é bem menor do que o seu filho. Os outros meninos... eles querem ajudar, mas têm medo de Wyatt... do senhor.

– Entendo... Como a senhora chegou aqui, Srta. Thompson?

– Bem, eu... – Sara não entendeu a relevância da pergunta. – Eu vim a pé da escola até aqui.

– São quase três quilômetros.

– A distância era irrelevante diante da importância da minha missão.

– Parece que sim. – Percy abriu a porta do escritório. – Sally, diga a Booker para trazer o carro. Eu quero levar a Srta. Thompson em casa.

Sara se levantou, parecendo insegura e um tanto nervosa.

– É muita gentileza sua, Sr. Warwick. Sou muito grata por sua atenção.
– Por que a senhora não foi falar sobre isso com os DuMont? – Percy quis saber.
– Por causa de Matthew. Pelo que eu conheço dele, tenho certeza de que ele preferia morrer a se queixar de Wyatt para os pais ou pedir a interferência ou a ajuda deles. Eu não poderia ter apelado para eles... antes de tentar o senhor. Teria sido uma espécie de traição. Mas eu teria procurado o Sr. e a Sra. DuMont em seguida.
– A senhora admira Matthew, não é?
– Ele tem muito caráter.
– E Wyatt?
Sara hesitou, depois olhou firme para ele.
– Ele tem uma certa maldade nele, Sr. Warwick, mas só em relação a Matthew, eu já percebi isso. Se não fosse pela inveja que ele tem do menino, acho que eles seriam amigos. O seu filho é solitário, Sr. Warwick. Ele tem poucos amigos.
– Por culpa dele, ao que parece.
O motorista apareceu na porta. Hoje ele estava de serviço no escritório e não na residência dos Warwick. Tinham chegado visitantes da Califórnia para visitar as fábricas.
– Leve a Srta. Thompson até a casa dela, Booker. Depois volte e apanhe nossos convidados. Meu carro está aqui. Eu vou dirigindo para casa.
– Ele estendeu a mão para Sara. – Obrigado por ter vindo falar comigo. Booker vai acompanhá-la até em casa.
Sara apertou a mão dele, um tanto assustada com a expressão do rosto dele. A secretária e o motorista também pareceram perceber alguma coisa.
– Sr. Warwick – ela disse inquieta –, perdoe-me por perguntar, o que o senhor pretende fazer?
– Se o que você me disse é verdade, eu planejo garantir que Wyatt nunca mais encoste um dedo em Matthew DuMont. E não precisa me pedir desculpas por nada. Eu é que tenho que pedir desculpas à senhora.
Percy saiu do escritório por uma porta que dava acesso a uma garagem particular. Seu coração espumava de ódio, mas sua mente estava clara. Ele se forçou a permanecer calmo enquanto dirigia o carro em direção à avenida Houston. Ele não sabia nada a respeito da Srta. Thompson. Ela poderia estar exagerando coisas típicas de crianças ou estar querendo chamar a atenção dele. Esses truques já tinham sido tentados antes. Estes

eram tempos difíceis, em que tanto mulheres quanto homens tentavam qualquer coisa para conseguir emprego e favores.

Mas ele não podia acreditar que a Srta. Thompson fosse esse tipo de pessoa. Se fosse, ele perdera sua habilidade de identificar um pontinho podre num pedaço de madeira. Ele considerou a Srta. Thompson um daqueles raros seres humanos que não se deixavam corromper. Foi um ato de coragem ir até o escritório dele com aquela história. Ela colocara em risco o seu emprego. Ao não procurar primeiro Mary e Ollie, demonstrara sensibilidade e compreensão da natureza de Matthew, que teria ficado humilhado se os pais tivessem que tomar as dores dele. A Srta. Thompson não tinha como saber qual o outro motivo pelo qual Matthew jamais acusaria Wyatt. Wyatt era filho do padrinho dele, a quem ele adorava. Ele nunca diria nada a respeito de Wyatt que pudesse deixar tio Percy magoado. Era o tipo de integridade que fazia o coração de Percy bater com orgulho e amor, sentimentos que ele nunca nutriu por Wyatt.

Ele supunha – dado o que aconteceu com a vida dele – que tinha sido demais esperar que os meninos se tornassem amigos. Matthew queria, mas Wyatt não gostou dele desde o início. Havia nove meses de diferença entre eles. Da parte de Wyatt, houvera disputas no cercadinho, brigas na caixa de areia, e, mais tarde, fria indiferença nos piqueniques quando as famílias se encontravam em passeios para os quais outras famílias eram convidadas para diminuir a tensão entre Mary e Lucy.

Como a Srta. Thompson tinha dito, a causa da hostilidade de Wyatt era óbvia e fácil de explicar. Ele tinha inveja de Matthew. Matthew era mais inteligente, mais bonito e mais simpático. Percy tomava cuidado para não demonstrar nenhum favoritismo quando os meninos estavam juntos, mas não conseguia. Lucy vivia dizendo que gostaria que ele tratasse Wyatt com o mesmo carinho com que tratava "o filho dos DuMont".

Mas até Lucy gostava de Matthew, vendo nele todos os traços que ela apreciava em Ollie, e chegava até a castigar Wyatt quando ele era muito bruto com o menino menor. Numa estranha reversão de suas ameaças anteriores, ela queria que Percy e Wyatt fossem amigos e os encorajava a fazer coisas juntos. Foi uma preocupação para ela desde o início o fato de pai e filho não parecerem ser muito ligados um no outro.

Por mais que ele tentasse, seu coração permanecia frio diante das tentativas desajeitadas de Wyatt de conquistar seu afeto. O menino não tinha nada de Warwick nele. Ele era igualzinho a Trenton Gentry, o falecido pai de Lucy, em jeito, aparência e atitude... um brutamontes forte e mal-humorado que confundia uma natureza gentil num homem com fraqueza. Não havia nele um pingo do humor e da alegria de Lucy.

Apertando o volante com as mãos, Percy sentiu subir a raiva fria e controlada que poucos tinham testemunhado ou sofrido. Que Deus ajudasse Wyatt se ele tivesse agredido Matthew. Que Deus o ajudasse se a Srta. Thompson estivesse dizendo a verdade. Ele estacionou o carro nos fundos da mansão Toliver e entrou na propriedade pelo portão de ferro batido. Sassie ouviu o barulho do portão e estava esperando por ele na porta da cozinha.

– Ora, Sr. Percy, o que o senhor está fazendo aqui a esta hora? O Sr. Ollie está na loja, e a Srta. Mary está em Somerset.

Ela não está sempre lá? Percy pensou com raiva.

– Eu não vim falar com eles. Meu afilhado está em casa?

– Está sim. Está no quarto dele. Ele se envolveu numa briga hoje na escola, ou melhor, brigaram com ele. Alguém jogou uma pedra nele e fez um corte feio. E o senhor precisava ver as roupas dele!

– Ele já teve problemas desse tipo antes, Sassie? Já chegou em casa com um olho roxo ou o nariz sangrando?

O rosto de Sassie ficou ainda mais consternado.

– Sim, Sr. Percy, muitas vezes, e *desta* vez eu vou falar com o Sr. Ollie sobre isso. Não acredito que o menino seja tão estabanado assim. Ele diz que cai muito. Eu nunca o vi cair por aqui.

– O corte está muito feio?

– Se estivesse um pouco mais fundo eu ia chamar o Dr. Tanner.

– Chame-o assim mesmo, Sassie e diga a ele para vir o mais depressa que puder. Eu vou dar uma olhada nele.

– Ele vai ficar contente em vê-lo, Sr. Percy. Leve esta bandeja com chocolate quente que eu preparei para ele, e vou pôr mais uma xícara para o senhor. Aquele menino gosta mais de chocolate do que o pai dele.

Quando Percy bateu à porta, Matthew disse, com um tom de voz que nunca deixava de enternecer seu coração:

– Entre. – Ele abriu a porta e o encontrou de banho recém-tomado e sentado na cama, passando um óleo fedorento em sua luva de beisebol. Aparentemente, ele estava esperando por Sassie. Os olhos dele se arregalaram quando Percy entrou carregando a bandeja com os chocolates.

– Tio Percy! – ele exclamou surpreso e assustado, escondendo rapidamente a luva atrás do corpo. – O que está fazendo aqui?

– Eu soube o que aconteceu na escola hoje – ele disse, depositando a bandeja numa mesinha. Ele se sentou ao lado do menino na cama e segurou delicadamente o queixo dele para examinar o curativo. – Foi Wyatt quem fez isso?

– Foi um acidente.

– E isto? – Percy pegou a luva rasgada e levantou-a.

Matthew se recusou a responder ou a olhar para ele.

– Uma amiga me contou o que aconteceu. Disse que Wyatt jogou sua luva na vala e depois jogou uma pedra em você e fez esse corte. Isso é verdade?

– É, mas agora está tudo bem – Matthew disse.

Percy examinou a luva. Ela estava arruinada. No último Natal, ele tinha dado aos dois meninos a mesma luva de beisebol, e teve muito trabalho para conseguir que as luvas fossem autografadas por Babe Ruth. Percy tinha visto um raro sorriso no rosto de Wyatt quando ele abriu a caixa com a luva na manhã de Natal.

– Obrigado, papai. É incrível – ele tinha dito, todo alegre com a surpresa inesperada. Percy não tinha previsto que o orgulho e o prazer de Wyatt com a luva iriam diminuir quando ele soubesse que Matthew tinha ganhado um presente igual. Ele devia ter antecipado o ciúme do filho, mas isso não desculpava a maldade de Wyatt.

– Eu sei onde você pode conseguir outra igualzinha a esta – Percy disse. – Um pouco maior, mas sua mão vai crescer.

– Não, senhor – Matthew protestou. – Eu não poderia ficar com a de Wyatt. Eu não quero a luva de Wyatt. É dele. O senhor deu para ele. – Ele ficou calado, com uma ruga entre as sobrancelhas.

– O que foi, filho? – Percy perguntou, absorvendo os detalhes de suas feições delicadas, tão parecidas com as da mãe. Era raro ele ter a oportunidade de observar tão de perto o seu filho mais velho, sem que ninguém visse, e ele nunca o chamava de "filho" na presença de Ollie. Ele tinha notado que Ollie também não o chamava assim na presença dele. Era sempre "meu garoto" ou "meu rapaz".

– Eu... não sei por que o Wyatt me odeia – ele disse. – Acho que ele acredita que o senhor *gosta* mais de mim do que dele e... fica magoado com isso, tio Percy.

Um ímpeto de amor por aquele filho que ele não podia reconhecer o obrigou a se levantar. De que fonte genética surgiu esta capacidade de compreensão, tolerância e perdão? Não dele e não de Mary. Ele serviu uma xícara de chocolate e entregou a Matthew.

– Foi por isso que você nunca disse nada a ninguém a respeito dos machucados e arranhões que Wyatt provocou? Porque você sabe como ele se sente?

– Sim, senhor – Matthew disse, com os olhos na xícara em suas mãos.

– Bem – ele disse, desmanchando o cabelo negro do menino, louco para beijar o alto da sua cabeça –, talvez Wyatt e eu cheguemos a um entendimento quanto a isso. O Dr. Tanner está a caminho para olhar esse corte, e eu peço desculpas pela crueldade do meu filho. Isso não se repetirá mais. – Ele pegou a luva. – Vou consertar isto.

No hall, ele telefonou para Ollie na loja e contou o que tinha acontecido e que estava indo tratar do assunto.

– Acho melhor você vir para casa – ele disse. – Matthew está precisando da sua companhia. Mary também precisa vir.

– Eu vou agora mesmo. Não sei se vou conseguir falar com Mary.

A mágoa cuidadosamente controlada de Percy veio à tona.

– E por que ela não está aqui a esta hora do dia? As aulas já terminaram há duas horas.

Houve uma pausa. Embora nunca expressada, a opinião de Percy sobre a ausência de Mary da casa não era segredo entre eles. No entendimento de Ollie, este desgosto era só preocupação por ele e por Matthew.

– Porque ela é Mary – ele disse calmamente.

Ao sair pela cozinha, Percy disse a Sassie que ela não precisava se preocupar. Que não haveria mais contusões e cortes em Matthew. Então ele foi para Warwick Hall, com a fúria ardendo dentro dele como um fogo glacial.

Capítulo Trinta e Nove

Lucy estava na sala de jantar com a governanta, examinando uma mesa luxuosamente posta, quando Percy entrou pela porta da frente e atravessou o imenso hall até a escadaria. Ele nunca usava a porta da frente, e ela viu o carro dele parado sob o pórtico do lado de fora. Interrompendo sua inspeção, ela foi até a porta da sala de jantar.

– Aonde você vai? Por que está em casa tão cedo?

Sem diminuir o passo, Percy respondeu:

– Eu vim falar com Wyatt. Ele está no quarto dele?

– Está fazendo o dever de casa. O que você quer com ele?

Percy não respondeu e começou a subir a escada de um jeito que fez com que Lucy fosse correndo atrás dele.

– Nossos convidados estarão aqui em uma hora, Percy. Você quer trocar de roupa?

Nos dois anos depois da morte da mãe – que foi menos de três anos depois da morte do pai –, Lucy se tornara uma anfitriã modelo, desfrutando a vida de esposa de um dos homens mais importantes do Texas. Tendo vivido sempre intimidada pela sogra, ela assumiu sua função de dona de Warwick Hall com toda a força, encomendando móveis e tapetes novos, renovando o papel de parede e instalando o que havia de mais moderno em termos de equipamentos e utensílios de cozinha. Suas empregadas e governanta agora usavam aventais brancos de renda por cima de uniformes cinzentos bem engomados para substituir os aventais e vestidos pretos do tempo de Beatrice. Suas obrigações públicas como esposa de Percy e sua vida particular como mãe de Wyatt lhe pareciam bastante satisfatórias. Percy às vezes até suspeitava que, apesar de tudo, Lucy estivesse contente com o que o destino lhe havia reservado. Pelo menos ela fora poupada de preocupações financeiras, já que ele tinha previsto a queda da bolsa e tinha se precavido contra isso. Eles não dividiam o mesmo quarto desde a gravidez dela, nem – para tristeza dela – dividiam o filho.

Foi por isso que Lucy seguiu seu marido alto e forte até a porta do quarto do filho.

– Percy, o que foi que houve?

– Nada que você precise se preocupar, minha cara. Isto é um assunto entre homens.

– Desde quando você considera o seu filho na mesma categoria que você? – ela perguntou, com um brilho de ansiedade nos olhos.

Percy abriu a porta do quarto do filho sem responder e a trancou atrás dele. Como a mãe tinha dito, Wyatt estava deitado na cama, estudando. A escola era uma luta para ele, mas aparentemente ele persistia. Ele arregalou os olhos com a entrada repentina do pai no quarto.

– Levante-se – ele ordenou. – Você e eu vamos dar um passeio.

– Está bem – Wyatt disse, levantando-se da cama. Para um garoto que tinha a constituição de um touro, ele possuía a graça de um gato. Percy viu Wyatt guardar os livros numa pasta e em seguida arrumar a colcha. E ele ainda era arrumado. – Ok, estou pronto.

Lucy estava esmurrando a porta.

– Percy, o que você está fazendo com Wyatt? Abra essa porta!

– Cala a boca, mãe – Wyatt disse. – Eu estou bem. Papai e eu vamos dar um passeio.

Mas quando Percy abriu a porta e Lucy viu a expressão do rosto dele, ela percebeu por que ele tinha vindo e o que planejava fazer.

– Percy, pelo amor de Deus – ela implorou. – Ele só tem onze anos.

Percy passou por ela dizendo

– Então ele devia ter mais juízo.

– Percy!... Percy! – Lucy gritou, puxando o braço dele enquanto ele descia a escada, com Wyatt empertigado à sua frente. – Eu nunca o perdoarei se você machucá-lo. Nunca! Percy, você está ouvindo, não importa o que você faça, eu jamais o perdoarei!

– Bem, você nunca gostou mesmo de rosas brancas – ele disse, e saiu atrás de Wyatt.

Eles foram até a cabana no bosque sem trocar uma palavra. O sol estava se pondo quando eles chegaram, iluminando os ciprestes na beira do lago. Percy foi na frente, abrindo a porta com uma chave que estava enferrujando na terra de um vaso onde um dia Mary tinha plantado gerânios.

Tirando o paletó, ele falou pela primeira vez.

– A Srta. Thompson me procurou hoje. Ela disse que você rasgou a luva de Matthew e a atirou na vala. Quando ele foi buscá-la, você jogou uma pedra na cabeça dele e fez um corte. Ele perdeu o equilíbrio e caiu naquela sujeira. Por que você fez isso, Wyatt?

Wyatt ficou parado no meio da cabana desconhecida, de cuja existência ele nunca soubera, com o corpo tenso, esperando. A expressão dele era impassível. Como ele não disse nada, o pai berrou: – *Responda!*

– Porque eu odeio ele.

– E por que você odeia ele?

– Isso é assunto meu.

Percy ergueu as sobrancelhas ao ouvir aquele tom impertinente. Onze anos de idade e já tão duro quanto um moleque brigão. Ele tinha os olhos de Trenton Gentry. Eram do tom de azul da mãe, mas menores e mais juntos, como os do homem que Percy tinha desprezado. Eles não se abalaram quando Percy enrolou a manga da camisa. Uma coisa ele tinha que admitir em favor dele, Percy pensou, ele não era covarde. Era um valentão, mas não era covarde.

– Eu vou dizer por que você o odeia – Percy disse. – Você o odeia porque ele é gentil, simpático e educado. Ele não é o garoto que você acha que ele devia ser, mas eu quero dizer uma coisa para você, Wyatt. Ele é o homem que você parece pensar que você é.

– Eu sei disso.

A resposta não era a que Percy estava esperando.

– Então por que você o odeia?

Um encolher de ombros. Uma piscadela rápida.

– E este tipo de coisa vem acontecendo há muito tempo, pelo que fiquei sabendo – Percy disse, enrolando a outra manga. – Ele tem voltado para casa com contusões, machucados e cortes, tudo causado por você. Isto é verdade?

– É sim, senhor.

– E você nunca se incomodou por ser maior do que ele?

– Não, senhor.

Percy ficou olhando para o filho, sem conseguir avaliar aquela estranha combinação de frieza e honestidade. Aos onze anos, ele já tinha quase um metro e oitenta e seus ombros eram quase tão largos quanto os do pai.

– Você tem ciúmes de Matthew, não é?

– E se eu tiver? O que isso importa para o senhor?

– Veja como fala, rapaz, e jamais fale com sua mãe do jeito que falou ainda agora. Nunca mais diga a ela para calar a boca, está entendendo?

– Por quê? O senhor faz pior com ela.

A raiva explodiu em sua cabeça, cegando-o. Tudo o que ele podia ver era a luva rasgada de beisebol e o curativo na têmpora de Matthew. Ele via amor nos olhos verdes e ódio nos olhos azuis. Ele encolheu a mão direita, fechando o punho, e com a esquerda ele agarrou o paletó do seu outro filho, daquele que ele não conhecia, não amava, não queria reclamar.

– Eu vou fazer você saber o que é apanhar de alguém maior do que você – ele disse com os dentes cerrados, e soltou o braço.

O golpe atirou Wyatt no chão, fazendo com que ele batesse com força na frente do sofá. Um filete de sangue começou a escorrer do seu nariz e de um corte no lábio. Percy saiu para pegar água, trouxe o balde para dentro e molhou uma toalha.

– Tome – ele disse, entregando a toalha molhada ao filho sem piedade nem remorso. – Limpe o rosto. E, Wyatt. – Ele se inclinou, agarrou o menino e o colocou sentado no sofá. – Se você até mesmo olhar atravessado para o seu – os olhos azuis fitaram os dele; pela segunda vez naquele dia, Percy quase tinha dito *seu irmão* – vizinho e colega de escola – ele emendou –, eu vou tomar providências para que nunca mais você torne a maltratar ninguém. Entendeu? – Ele olhou para o rosto sujo de sangue do filho. – Você entendeu?

O menino balançou a cabeça e disse por entre dentes manchados de vermelho.

– Sim, senhor.

Quando eles voltaram para casa, os visitantes da Califórnia estavam se embebedando alegremente na sala. O jantar estava uma hora atrasado.

– Onde você esteve? – Lucy murmurou furiosa, indo ao encontro do marido no hall dos fundos. Percy já tinha mandado Wyatt para o quarto dele.

– Estive fazendo meu filho me conhecer melhor – Percy respondeu.

Aquele foi o último evento formal oferecido pelos Warwick. Quando Lucy, temendo o pior, tentou subir pela escada dos fundos, Percy agarrou-a pelo braço e a levou de volta para a sala de visitas com uma violência que dizia que se ela abandonasse os convidados estaria sujeita a pancada, divórcio ou coisa pior. Durante toda a longa refeição, ela ficou sentada quase sem dizer nada, com um olhar ansioso, enquanto o marido, de roupa trocada, conduzia a conversa e servia o vinho. Quando, finalmente, os convidados se retiraram, ela subiu correndo para ver Wyatt.

Ele a ouviu gemer de pena e aguardou sua fúria no quarto, onde estava calmamente tirando as abotoaduras quando ela entrou.

– Como você pôde fazer o que fez? – ela gritou. – Você quase matou nosso filho de pancada.

– Você está exagerando, Lucy. O que eu fiz não se compara ao que ele vem fazendo a Matthew DuMont há anos. Eu simplesmente dei a ele uma dose do seu próprio remédio. – Ele contou o que tinha acontecido aquele dia na escola e o relato de que Wyatt maltratava sistematicamente Matthew.

– O que ele fez não foi certo, eu sei disso, Percy – Lucy gritou –, mas o que você fez foi pior. Ele vai odiar você por isso.

– Ele já me odeia.

– Só por causa da atenção que você dá a Matthew. É por isso que ele trata Matthew desse jeito. Ele tem ciúme do seu afeto pelo menino.

– Matthew merece o meu afeto. Wyatt não.

– *Matthew! Matthew! Matthew!* – Lucy bateu com o punho na palma da mão cada vez que gritou o nome do menino. – É só o que eu ouço você dizer. Pelo amor de Deus, parece até que Matthew é seu filho!

As palavras ficaram pairando no quarto como fumaça depois de uma explosão. Lucy ficou paralisada, o corpo rígido no vestido longo de cetim. Ela olhou para Percy, uma expressão de surpresa e entendimento. Percy não foi rápido o bastante para evitar que seu rosto confirmasse a verdade.

– *Não...* – ela balbuciou, horrorizada. – Matthew é seu filho! É verdade, não é? Ele é seu filho... e de Mary... – A voz dela se transformou num sussurro. – Mãe de Deus...

Ele se virou, sabendo que não adiantava negar o que seu rosto acabara de revelar.

Lucy ficou parada na frente dele, examinando seu rosto com tanta intensidade que ele quase pôde sentir os olhos dela penetrando em sua pele. Ele se recusou a olhar para ela. Dirigiu seu olhar para os campos iluminados pelo luar do outro lado da janela e se retirou mentalmente do quarto. Este era um truque que ele tinha aprendido nas trincheiras para não enlouquecer com a carnificina à sua volta.

Um forte tapa no rosto o fez voltar à realidade.

– Você não se enxerga! – Lucy berrou. – Não ouse ficar calado! Diga-me a verdade, seu escroto!

Com o rosto ardendo, Percy respondeu com uma voz cansada, satisfeito de não precisar mais mentir.

– Sim, é verdade. Matthew é meu filho e de Mary.

Temporariamente sem palavras, Lucy ficou olhando para ele boquiaberta, com o peito enorme ofegando.

– Eu devia ter percebido que ele era seu filho pelo modo como você estava sempre olhando para Matthew e nunca para Wyatt, mas eu acreditei em Mary quando ela disse que vocês não estavam interessados um no outro e que eu tinha o terreno livre. Eu acreditei nela porque sabia que ela jamais abriria as pernas para um homem que não se interessasse por Somerset... – Ela abriu a boca, horrorizada, quando entendeu uma outra coisa. Ela deu um passo para trás como se estivesse se preparando para agredi-lo de novo. – Então você conseguiu transar com *ela*! Pelo menos o suficiente para engravidá-la.

– Lucy, não faz sentido falar sobre isso.

– Não faz sentido? – Lucy andou devagar em torno de Percy, as mãos bem abertas, as unhas parecendo garras prontas para atacá-lo nos olhos. – Diga-me, seu filho da puta. Você conseguiu ficar de pau duro com ela?

Percy olhou para o rosto contorcido da esposa e concluiu que não podia mais viver com aquela mentira entre eles – nem com ela. A mentira só tinha servido para despertar o que havia de pior nela – assim como sua insatisfação com ela e o filho deles tinha trazido à tona o que havia de pior nele.

– Diga-me, seu filho da puta, sem-vergonha – Lucy berrou –, ou você não consegue admitir que nem mesmo a bela Mary Toliver conseguiu excitá-lo? Que choque isso deve ter sido para ela, aquela cadela mentirosa. – Ela começou a rir, inclinando o corpo e apoiando as mãos nos joelhos, com a bainha do vestido se espalhando pelo chão. Lágrimas histéricas escorreram-lhe pelo rosto. – Você pode imaginar o que ela deve ter sentido quando descobriu que tinha ficado grávida por tão pouco? Que tinha se entregado por tão pouco. Que piada de mau gosto para Mary.

Percy não conseguiu mais aguentar. Qualquer sentimento que pudesse ter tido por Lucy desapareceu imediatamente, deixando apenas um buraco em seu coração. Ele agarrou a frente do seu corpete de cetim, puxou-a para bem perto dele, fitando-a com um olhar gelado. Ele não ia deixar aquela bruxa falar assim sobre Mary – sobre a sua Mary, cujas perdas eram tão grandes quanto as dela.

Fitando os espantados olhos azuis, ele disse:

– Permita-me responder a sua pergunta, minha cara. Meu pau estava sempre duro para Mary, inclusive carregando-a para a cama para terminar o que havíamos começado em outro lugar.

Lucy tentou se soltar e bater nele, mas Percy agarrou seu pulso com tanta força que ela gritou de dor.

– Você é abominável quando faz amor, Lucy. Você parece uma gata vadia no cio. É por isso que eu não transo com você. Não há nenhum mistério em você, nenhuma ternura, nenhuma sensibilidade. O seu suor parece pus e o cheiro do seu corpo sobe como calor de pedras. Eu preferia enfiar meu pau no focinho de um porco do que na sua boceta. Isso explica por que eu não frequento a sua cama?

Percy a empurrou para longe. Lucy quase caiu, mas manteve o equilíbrio, olhando, incrédula, para Percy.

– Você está mentindo! Você está mentindo!

– Minha única mentira foi deixar você acreditar que a culpa era minha.

– Eu não acredito em você.

– O que você não acredita, Lucy? Que eu transava com Mary ou que você é péssima de cama?

Ela deu as costas para ele, tapando o rosto com as mãos. Percy esperou. Agora era uma boa hora para esclarecer tudo de uma vez, presenciar as lágrimas, ouvir as mágoas e as acusações. Ele disse:

– Lucy, eu quero o divórcio. Você e Wyatt podem ir para onde quiserem. Vou providenciar para que não falte nada a vocês. Nós não podemos continuar deste jeito. Eu sou um péssimo marido e um pai pior ainda. De algum modo, nós vamos ter que encarar nossas perdas e seguir em frente.

Lucy olhou para ele. Sua roupa estava rasgada, seu pulso vermelho do aperto de Percy. Seu rosto estava sujo de rímel.

– Você se livraria de Wyatt num piscar de olhos.

– Vai ser melhor para ele. Para todos nós.

– O que você pretende fazer depois que se livrar de nós? Tentar recuperar Mary e seu filho?

– Você me conhece o suficiente para saber que eu não faria isso.

– Depois do que você fez a Wyatt, eu não o conheço nada.

– O que eu fizer depois que você partir é problema meu e não deve influenciar o seu rumo.

Lucy tinha começado a tremer e seu rosto estava muito pálido. Juntando as mãos, ela perguntou numa voz que tentava mostrar alguma compostura:

– Por que você me deixou acreditar que a culpa era sua durante todos estes anos? Por que você não me disse que... que a culpa era minha, se for mesmo?

– Porque eu devia isso a você, Lucy. Você se casou comigo porque... porque me amava, e eu me casei com você pelos motivos errados.

– Pelos motivos errados – Lucy repetiu baixinho. O queixo dela tremia. – Bem, eu sempre soube que você nunca me amou. Então por que você se casou comigo?

– Eu estava solitário e você me deixava menos solitário, na época.

Lucy tentou rir para disfarçar a tristeza que cobriu o seu rosto.

– Bem, que dupla lamentável nós formamos! Imagine, pessoal, o grande Percy Warwick, com toda a sua beleza, popularidade e dinheiro, *solitário*! Um retrato inimaginável. Por que você não se casou com Mary? Não me diga que ela foi estúpida o bastante para preferir Somerset a você?

Percy disse com sinceridade:

– Somerset sempre esteve em primeiro lugar no coração de Mary.

Lucy entortou um canto da boca.

– E você não podia ser o segundo, é claro. – Você ainda... a quer?

– Eu ainda a amo.

Lucy olhou para ele com um olhar que o desafiava a mentir para ela.

– Vocês dois ainda transam?

– É claro que não! – ele disse num tom indignado. – Eu nunca mais estive com Mary desde que fui para o Canadá.

Ele parou, arrependido do que tinha acabado de dizer. Quando viu o clarão nos olhos de Lucy, sentiu um aperto no peito.

– Canadá... – ela disse. – Por isso é que você não estava aqui quando Ollie e Mary se casaram... Ollie sabe que Matthew não é filho dele?

O tom de voz dela o fez pensar no deslizar de uma cobra em direção à sua presa.

– Ele sabe.

Lucy foi até uma das janelas e perguntou de costas para ele:

– Matthew não sabe que você é pai dele, sabe?

Percy sentiu um arrepio gelado na espinha. Por que ele tinha mencionado o Canadá? A verdade nas mãos de Lucy ia destruir todo mundo que ele amava.

– Não, ele não sabe.

Ela se virou devagar. Sua expressão estava calma agora, suas mãos mexendo na gola rasgada do vestido.

– É claro que não. Eu me lembro de perguntar à sua mãe por que você não estava no casamento de Ollie e Mary, e Beatrice disse que você voltou no dia seguinte ao casamento. Eu imagino que Mary tenha descoberto que estava grávida quando você estava no Canadá. Então ela procurou Ollie, sempre o escravo dedicado, e ele concordou em aceitá-la assim mesmo. Mercadoria estragada é melhor do que nada, especialmente para um homem com uma perna só. E, é claro, Ollie sabia por que mãos ela tinha passado...

– Cala a boca, Lucy.

– Não antes de esclarecer algumas coisas, Percy, meu amor. – Ela se aproximou e quase encostou o rosto no dele. Percy recuou, sentindo as narinas tremerem, e Lucy deu um passo para trás, com o rosto ardendo. – Meu Deus, como eu o odeio, seu filho da puta. Tudo bem, preste atenção, Percy Warwick. Eu jamais lhe darei o divórcio. E não tente conseguir um, porque se você fizer isso, eu juro que vou até Matthew e conto a ele a verdade sobre o pai dele. Conto para Howbutker. Conto para o mundo. Todos vão somar dois mais dois, assim como eu somei. Eles vão se lembrar de que Mary estava na Europa com Ollie quando Matthew nasceu. Eles vão se lembrar do casamento apressado, da partida rápida para a Europa, e como foi estranho da parte de Mary abandonar a fazenda por tanto tempo. Eles vão se lembrar que você estava no Canadá na época, sem poder fazer dela uma mulher honesta. Ninguém vai ter dificuldade em acreditar na verdade.

Com toda a calma, ela tirou os brincos de diamante e rubi como se não tivesse alguma preocupação no mundo.

– E Mary e Ollie sabem que você sabe que é o pai de Matthew? – Como Percy continuou calado, ela disse: – Ah, foi o que eu imaginei. O comportamento deles me faz pensar que eles acreditam que guardaram este segredo de você. Eu não sei como você descobriu, mas imagino o mal que fará a eles, a todos vocês, se o escândalo da paternidade de Matthew for revelado.

Percy ficou gelado. Ele estava convencido de que ela cumpriria mesmo sua ameaça. Ela não tinha nada a perder, e, ele, tudo.

– Por que você quer continuar casada comigo, Lucy? Você é infeliz aqui.

– Não sou não. Eu gosto de ser a esposa de um homem rico e poderoso. E vou passar a gostar mais ainda. E se eu sou abominável na cama, então não teria muita chance de me casar com um homem de qualidade outra vez, teria? E há outra razão pela qual eu pretendo continuar casada com você. Eu jamais o deixarei livre para se casar com Mary Toliver DuMont.

– Eu não poderia mesmo me casar com ela, nem se me divorciasse de você amanhã.

– Bem, mas eu quero garantir isso. Não, Percy, você vai ficar casado comigo para sempre ou até que Mary DuMont morra.

Sua expressão satisfeita se alterou de repente quando Percy se aproximou dela, com os olhos da cor das águas do Ártico. Ela recuou para mais junto da lareira que o fogo e seu vestido permitiram.

– Então você precisa entender uma coisa, Lucy. Se Matthew algum dia descobrir que eu sou pai dele, você sairá desta casa na mesma hora, sem um tostão. Você vai desejar ter saído no momento certo. Você disse mais cedo que não me conhecia. Eu me lembraria disso se fosse você.

– Eu posso perdoá-lo por não me amar, Percy – Lucy disse, esgueirando-se até a porta e fugindo –, mas jamais o perdoarei por não amar Wyatt. Ele também é seu filho.

– Eu sei muito bem disso, e talvez você se sinta melhor se souber que eu também jamais perdoarei a mim mesmo por não amá-lo.

Capítulo Quarenta

HOWBITKER, JULHO DE 1935

– Chegou uma carta para o senhor, Sr. Warwick. Foi entregue pessoalmente pelo garoto Winston.

Ao receber a carta das mãos da secretária, Percy reconheceu a letra de quem tinha escrito o nome dele no envelope. Ele tossiu para recuperar o fôlego.

– Ele disse quem o mandou aqui?

– Não, senhor. Eu perguntei, mas ele não quis dizer.

– Obrigado, Sally.

Percy esperou a porta ser fechada antes de abrir o envelope. Retirou uma folha de papel com a seguinte mensagem: "Encontre-me na cabana hoje às três horas. MT."

Mary Toliver.

Percy ficou pensativo. O que poderia ser? Tinha que ser algo importante, e secreto, para Mary pedir que ele a encontrasse na cabana, um lugar tão cheio de lembranças. Eles não iam lá juntos desde a tarde daquela briga fatal, quinze anos atrás.

Ela não tinha indicado que havia algo errado na noite anterior, na festa de boas-vindas que ela e Ollie tinham dado para William, filho de Miles, que tinha ido morar com eles depois da morte do pai em Paris. Ela e Ollie estavam tensos, mas Percy achou que isso tinha a ver com os tempos difíceis que eles e quase todo mundo no estado estavam vivendo. Ele não sabia até que ponto iam essas dificuldades. As famílias nunca discutiam os problemas financeiros umas das outras, mas a queda do preço do algodão e das vendas no varejo devia tê-los afetado. Embora ele estivesse preocupado com o futuro dos DuMont, estava mais ansioso a respeito do futuro de Matthew. O que afetava a eles afetava o seu filho.

Será que este bilhete tinha a ver com Wyatt?

A vida podia ser cheia de surpresas. Depois do episódio com Wyatt no bosque, ele temera que o filho fosse odiar Matthew ainda mais. O oposto tinha ocorrido. Para espanto dele, de Lucy e da Srta. Thompson, poucos dias depois os meninos começaram a andar juntos, e no final do ano eles eram inseparáveis – unidos como irmãos, todo mundo dizia.

A princípio, Percy tinha pensado que a amizade fosse uma tentativa de Wyatt para conquistar suas boas graças. Mas logo se tornou claro que Wyatt não tinha o menor interesse em atrair as boas graças dele, nem as más. Seu filho não buscava a atenção do pai, e a opinião de Percy sobre ele não parecia fazer a menor diferença. Para o menino, era como se ele não existisse.

– Está vendo o que você fez? – Lucy dizia. – Você já se deu conta? Você afastou o único filho que sempre poderá chamar de seu. Ah, você pode não amá-lo, mas havia uma chance de que ele o amasse. E todo mundo precisa de amor, Percy, venha ele de onde vier. Olhe em volta de você. Talvez você não tenha notado, mas as fontes de onde você bebia parecem ter secado ou desaparecido.

Lucy tinha razão, é claro, como ocorria quase sempre. Com sua mãe e seu pai mortos e Mary fora do seu alcance, e sua esposa e filho brigados com ele, só restavam Ollie e Matthew, cujo afeto, embora profundo e sincero, era apenas o de um sobrinho por um tio favorito. Isso era bem menos do que ele tinha esperado desfrutar aos quarenta anos, depois de catorze anos de casamento.

Será que Mary tinha ouvido algum boato do seu caso com Sara Thompson?

Depois de mandar Wyatt de volta para a escola com o lábio rachado e o nariz inchado, ele tinha passado a ir toda semana na sala dela para conversar sobre o comportamento do filho. Uma coisa tinha levado a outra, e agora eles se encontravam regularmente em lugares bem escondidos. Ele tinha se esforçado muito para manter o relacionamento deles em segredo, não tanto por ele, mas por Sara. Nesta altura, todo mundo sabia qual era a situação do casamento dos Warwick, e ninguém o culparia por ter uma amante, desde que fosse longe de Howbutker e dos olhos da esposa e do filho. Ainda assim, ele vivia com medo de que alguma coisa escapulisse e o caso deles acabasse sendo descoberto. Eles já tinham passado por algumas situações complicadas, e agora, com o coração apertado, Percy imaginou se este encontro seria para alertá-lo de um escândalo iminente.

Ele chegou cedo na cabana, mas ela já estava lá. Um belo conversível estava parado debaixo da árvore onde antes Shawnee e a charrete ficavam amarrados. Percy ficou dentro do Cadillac alguns minutos para acalmar a velha dor no fundo do peito. Ela o acompanhava sempre, mas ficava tão bem enterrada que ele mal se dava conta dela, como uma dor crônica que você só sente quando muda o tempo.

Mary estava parada no meio do aposento, com a cabeça inclinada de lado, e ele imaginou se ela estaria ouvindo os ecos do passado. Ela se virou quando ele entrou, uma visão num vestido vermelho estampado de flores que realçava seus cabelos negros. Estava com trinta e cinco anos, no auge da sua feminilidade.

– Houve mudanças aqui – ela disse. – Não estou reconhecendo o sofá.

– Era o que estava no meu escritório – Percy disse. – Matthew o confiscou por sugestão de Wyatt.

Ela riu.

– Mais uma geração de rapazes para usufruir dele. Vou lembrar a Matthew que eles devem manter o lugar limpo.

– E como você vai fazer isso sem revelar que esteve aqui?

Ela fez um gesto envergonhado com a mão bem tratada. Cada centímetro dela refletia a atenção e o excelente gosto de um marido que gostava de enfeitá-la com o que havia de melhor.

– Boa pergunta. Eu sei que isto é embaraçoso para nós dois, Percy, mas a cabana foi o único lugar onde achei que ficaríamos inteiramente a sós. Se fôssemos vistos conversando em particular, Ollie provavelmente saberia por que nos encontramos... o que eu o chamei aqui para discutir.

Então não se tratava de Wyatt nem de Sara. Percy respirou melhor, mas ficou apreensivo.

– Tem algo errado com Ollie?

– Podemos nos sentar? É cedo, mas eu trouxe algo para bebermos. Uísque para você. Chá para mim. – Ela deu um sorriso para ele, o leve esboço de sempre. Ela não sorria mais tão abertamente como antes.

– Eu vou esperar – ele disse.

– Tudo bem. – Mary bateu na almofada de uma das cadeiras. A poeira subiu, mas ela se sentou assim mesmo, cruzando as pernas. – Sente-se, Percy. Eu nunca consegui conversar com você me olhando de cima como um gigante.

A lembrança do passado deixou seu rosto tenso. Ele se sentou na ponta do sofá, numa postura atenta, com as mãos juntas, os braços apoiados nos joelhos, o olhar sério. Ele e Mary não ficavam a sós desde a última vez que tinham estado na cabana.

– O que há de errado com Ollie?

Uma de suas pálpebras tremeu, mas sua fisionomia permaneceu calma.

– Ele está com graves problemas financeiros. Está prestes a perder as lojas. Um homem chamado Levi Holstein tem as hipotecas e se recusa a estender o prazo para o pagamento. Ele quer incluí-las na sua cadeia de lojas de secos e molhados. Sei que você pode imaginar como Ollie e o pai dele ficarão se a loja principal cair nas mãos de um homem assim. Isto irá matar Abel.

Percy conhecia a reputação de Levi Holstein. Ele comprava as notas promissórias das lojas comerciais à beira da falência dos bancos que estavam desesperados para se livrarem das dívidas, e as executava sem dó nem piedade quando o comerciante não conseguia fazer os pagamentos. O esquema dele era conseguir por um preço bem barato lojas como a Loja de Departamentos DuMont, manter o nome delas, mas descaracterizá-las vendendo mercadorias de qualidade inferior.

– As *duas* lojas? – Percy perguntou, espantado. – Inclusive a loja aqui de Howbutker? Mas eu achei que ela não estivesse hipotecada.

– Ollie não foi tão sábio quanto você, Percy, que acreditou que o mercado estava especulativo demais. Ele comprou ações e tomou dinheiro emprestado para construir a segunda loja e comprar mercadorias, usando a loja principal como garantia. Mesmo que conseguisse vender a loja de Houston, o dinheiro não daria para manter a loja de Howbutker funcionando.

Percy refletiu. Era pior do que ele temia. Ollie, seu amigo e irmão, não seria mais o dono da incomparável Loja de Departamentos Dumont em Howbutker? Quase cem anos de excelência indo embora pelo ralo? Isto era inimaginável. E Mary estava certa ao achar que Abel não conseguiria sobreviver a isso. Ele já andava doente, e, por mais que gostasse do neto, tinha ficado perdido depois da morte dos pais de Percy. E quanto a Matthew, que ele secretamente esperava que seguisse os passos de Ollie e não os de Mary?

– Quanto tempo? – ele perguntou.

– No final do mês, se Ollie não conseguir pagar toda a hipoteca – Mary disse. – Eu venderia Somerset, cada acre da fazenda, eu juro, se Ollie permitisse e se eu conseguisse uma fração do que ela vale, e se conseguisse encontrar um comprador. Ninguém quer uma fazenda de algodão quando pode comprar terra mais barata em outro lugar, produzindo algo mais lucrativo. – Ela se levantou de repente, massageando a garganta. – Desculpe – ela acrescentou, indo até a pia. – Minha boca ficou seca. Antes de continuar, eu preciso beber alguma coisa.

Percy quase se levantou para ir até ela, mas a força de vontade o manteve sentado. A tensão que ele viu nos ombros dela partiu seu coração, mas ele não podia abraçar aquela mulher linda que ele ainda amava, ainda desejava, a mulher do seu melhor amigo, de um homem por quem ele daria a vida. Enquanto ela despejava gelo no copo, ele disse:

— Você me chamou aqui porque, obviamente, acha que eu posso ajudar. Diga-me o que você quer que eu faça.

— Eu quero que você cometa uma fraude — ela disse.

— O quê?

Depois de dar um longo gole no chá gelado, Mary estendeu a mão para a bolsa em cima da bancada. Tirou um envelope e um documento dobrado que entregou a ele.

— Vieram da parte de Miles — ela disse. — Um é uma carta escrita para mim e o outro é a escritura de um terreno. Eu os recebi pouco depois da morte dele.

Percy examinou primeiro a escritura. Ele viu que o nome de Mary estava escrito na frente.

— Esta é a escritura daquele terreno ao longo do Sabine que seu pai deixou para Miles — ele disse.

Mary assentiu.

— Miles passou a escritura para o meu nome com a intenção de que eu a conservasse para William até ele fazer vinte e um anos. Como você sabe, menores não podem possuir terras no Texas. As instruções dele estão nesta carta.

Percy leu a carta, compreendendo aos poucos por que ela o tinha chamado ali, com a palavra *fraude* apitando em seus ouvidos. Ele ergueu os olhos, horrorizado, quando terminou de ler a carta.

— Mary, Miles dá a guarda das terras dele para você até a maioridade de William. Você não está propondo que eu compre essas terras, está?

— Você disse que estava interessado em comprar terras ao longo de um rio para dispor dos dejetos de uma fábrica de celulose que estava querendo construir...

— Meu Deus, Mary! — Ele ficou furioso. — Eu lhe dou quanto dinheiro você precisar, mas não vou comprar o que Miles deixou para William.

— Eu acho que vai, depois que ouvir o que eu tenho a dizer — ela disse. — Eu só quero que você me ouça até o fim.

Percy respirou fundo. Como ele poderia dizer não a ela? Ele tinha feito isso uma vez, e tinha se arrependido amargamente.

— Está bem — ele disse, sufocando a raiva. Ele se ajeitou mais confortavelmente no sofá e estendeu o braço sobre o encosto, como tinha feito tantos anos e tantos sonhos atrás. — Estou ouvindo.

Ele viu que ela estava nervosa demais para sentar. O vestido fino batia em suas pernas enquanto ela andava de um lado para outro apresentando seus argumentos, parecendo tê-los ensaiado uma centena de vezes na cabeça. Percy precisava de terra com acesso a água, ela disse. Sem o terreno de Miles, ele teria que comprá-la fora do estado, tirando empregos potenciais de Howbutker, o que ela tinha certeza que ele não queria fazer. O dinheiro da compra pagaria os empréstimos feitos por Ollie e salvaria ao menos a loja de Howbutker. Percy não precisava se preocupar, ela não estava roubando a herança de William. Quando ela morresse, ele herdaria a metade de Somerset, cujo valor era muito maior do que o do terreno ao longo do Sabine. De alguma forma, ele herdaria um pedaço da loja também, um bem que não estaria disponível se fosse perdido.

— Mas William não receberá nada ao fazer vinte e um anos e jamais saberá que o pai deixou aquelas terras para ele — Percy disse.

— Sim, é verdade — Mary disse, parando de andar para olhar para ele com tristeza. — Mas como ele poderá ficar triste com uma coisa que jamais saberá? Quando ele tiver idade suficiente, eu ficarei feliz em deixar com ele a administração de Somerset, e ele dividirá os lucros da fazenda com Matthew. Em vez de ser herdeiro de Miles, ele vai ser meu herdeiro. Meu irmão não iria desejar outra coisa para o filho, e eu vou ficar feliz em ter outro Toliver na fazenda.

Percy permaneceu calado, mas sentiu uma leve palpitação no lábio superior quando o nome de Matthew foi mencionado de um fôlego só com suas expectativas em relação a William.

— Percy, você sabe que Ollie não vai aceitar nenhum dinheiro de você — ela disse, finalmente sentando-se e olhando para ele com uma expressão de súplica. — Você poderia esvaziar seu cofre de banco no colo dele e ele não aceitaria. Entretanto, você pode convencê-lo de sua extrema necessidade por aquela terra e das oportunidades de emprego que uma fábrica de celulose proporcionariam à comunidade, e então Ollie talvez aceitasse o dinheiro da venda. Aliás — ela falou num tom mais elevado –, ele fez um acordo comigo há muito tempo, quando assinou minha nota promissória para salvar Somerset depois que a colheita foi perdida... — Os olhos dela imploraram perdão por mencionar um assunto tão doloroso. — Eu o fiz prometer que ele permitiria que eu o ajudasse se algum dia ele estivesse na minha situação. Eu vou fazer com que ele cumpra esta promessa, se você concordar em me ajudar.

Percy tirou o braço do encosto do sofá e se inclinou para a frente. Os argumentos dela faziam sentido, mesmo sendo criminosos. Todos eles se beneficiariam caso ele comprasse aquele terreno. Mesmo que Mary fosse incapaz de evitar que Somerset afundasse – e essa era sem dúvida uma possibilidade –, a loja sustentaria Matthew e seria a herança dele. Ninguém perderia com isso – exceto William.

– Você se esqueceu de uma coisa, Mary – ele disse. – Ollie jamais permitirá que você venda a terra de William. Ele vai querer que você faça a vontade de Miles.

Houve um silêncio preenchido pelo coro dos gafanhotos na beira do lago. Percy ficou de cabelos em pé. Ele reconheceu a natureza daquele silêncio. – O que você não está me contando? – ele perguntou.

– Ollie não viu a carta – ela disse. – Eu... eu não a mostrei para ele quando a recebi. Eu só disse a ele que tinha recebido uma carta pedindo que recebêssemos William, mas fingi que não sabia onde a tinha guardado. Só mostrei a ele a escritura com meu nome e disse que Miles tinha transferido o terreno para mim quando soube que estava morrendo.

Percy sentiu uma onda de repulsa. Ele imaginou Miles, morrendo de câncer de pulmão, escrevendo a carta confiando que a irmã fosse fazer o que era certo em relação ao filho dele.

– Então por que você mostrou essa carta para *mim*, Mary? Eu teria comprado a terra sem saber que Miles pediu para você guardá-la para William.

Ela olhou envergonhada para ele.

– Eu não consegui enganar você também, Percy. Eu não quis que você concordasse com a minha proposta sem saber a verdade. – O rosto dela ficou vermelho. – Eu quis que você soubesse de tudo, para que pudesse recusar, sem culpa.

– Pelo amor de Deus. Como se você achasse que eu iria recusar! – Ele se levantou. – Onde está aquele uísque? – Ele foi até a cozinha, abriu um saco de papel e tirou a garrafa de uísque, servindo-se de uma dose, sob o olhar amedrontado de Mary. Ele esperou o uísque descer e então disse: – Talvez haja outro jeito.

– Que jeito?

– Eu posso procurar Holstein e propor comprar as hipotecas. Ollie nunca precisará saber que eu sou o comprador. Eu posso estender o prazo dele até ele conseguir pagar.

O rosto dela se iluminou de esperança.

– Eu não tinha pensado nisso. Você acha que é possível?

– Deixe-me tentar. Se Holstein recusar, eu aceito a sua proposta, mas você vai ter que me jurar uma coisa, Mary. – O tom de voz dele dizia que era melhor ela não tentar enganá-lo.

– Qualquer coisa – ela disse.

– Você vai ter que jurar que está me pedindo isso por causa de Ollie e não de Somerset.

– Eu juro... pela alma do meu filho.

– Então é melhor você não colocá-la em risco. – Ele largou o copo. – Vou precisar de alguns dias para me reunir com Holstein, depois eu entro em contato com você por carta. Um dos meus mensageiros irá entregá-la. Não podemos nos arriscar a falar por telefone.

Uma semana depois, Percy escreveu uma carta para Mary. Ele tinha falhado em suas negociações com Levi Holstein. Não só o homem havia recusado sua oferta generosa, dizendo que tinha esperado a vida toda para comprar lojas da qualidade da DuMont, mas tinha debochado de Ollie, dizendo que ele só tinha a si mesmo a agradecer por seu fracasso financeiro.

– Ele não tem tino comercial – ele tinha declarado no seu escritoriozinho em Houston, batendo com o dedo na testa. – Qual é o comerciante em seu juízo perfeito que aceita notas promissórias em tempos como este? Qual é o proprietário que se recusa a despejar inquilinos que não pagam aluguel quando os funcionários dos campos de petróleo que estão inundando o Texas pagariam o dobro por um lugar para morar?

– Um homem bom, talvez? – Percy tinha sugerido.

– Um homem *tolo*, Sr. Warwick, do tipo que eu e o senhor não somos.

– Tem certeza disso, Sr. Holstein? – Percy tinha perguntado, e tinha visto o rosto do homem empalidecer.

Ele fechou o envelope e chamou um dos mensageiros.

– Leve esta carta para a Sra. DuMont e só entregue na mão dela. De mais ninguém. Entendeu?

– Entendi, Sr. Warwick.

Da janela da sua sala, Percy, com um gosto amargo na boca, viu o rapaz sair pedalando em sua bicicleta. O caminho para o inferno estava coberto de boas intenções, mas e quanto aos erros cometidos pelas razões justas? Será que eles também estavam incluídos? A vida tinha ensinado a ele que tudo que começa mal termina mal. Neste caso, ele supunha que só o tempo seria capaz de dizer.

Capítulo Quarenta e Um

HOWBUTKER, SETEMBRO DE 1937

Percy estava sentado no banco reservado aos Warwick, esperando o culto começar, embalado pelo murmúrio de conversas ao seu redor e pelo zumbido dos ventiladores de teto. Ele era o único membro da sua família presente. Lucy, um dia, tinha pensado em se converter do catolicismo quando eles se casaram, mas nunca o fizera, e Wyatt tinha passado a noite – como fazia todos os sábados – na casa dos DuMont. A menos que Ollie tivesse empunhado o chicote esta manhã, o mais provável era que os meninos ainda estivessem dormindo ou então devorando as panquecas de Sassie mergulhadas em manteiga e melado. Das duas famílias, só ele e Ollie iam regularmente à igreja. Mary era uma praticante eventual, e normalmente passava as manhãs de domingo fazendo contas em Ledbetter, e Lucy, uma católica não praticante, passava as dela dormindo.

Ollie devia ter empunhado o chicote, Percy pensou, achando graça. A porta lateral se abriu e seu velho amigo entrou, seguido de Matthew, Wyatt e do filho de Miles, William. Percy sorriu consigo mesmo. Ele podia imaginar a cena esta manhã com Ollie e Sassie obrigando o trio a tomar banho, se pentear e vestir terno e gravata. Sem dúvida, Mary tinha ido para Ledbetter antes do amanhecer, já que era tempo de colheita.

Os quatro o viram. Ollie abriu um sorriso, revirando os olhos para o céu para indicar a provação daquela manhã, e Matthew e William sorriram e acenaram. Só Wyatt permaneceu impassível, sem esboçar nenhum gesto de reconhecimento ao ver o pai.

Percy observou os garotos acompanharem Ollie até o banco dos DuMont, com Wyatt dando um jeito de se sentar ao lado de Matthew. Ele não pôde deixar de sentir uma pontada de inveja quando viu o amigo sentar-se, com seus dois filhos ao lado dele, e agora com o filho de Miles vivendo com ele também. Ollie não iria sentar-se no seu banco imaginando, com uma sensação de solidão, o que iria fazer pelo resto da vida, como Percy estava fazendo agora. Ollie iria para casa no final do culto, com os garotos atrás, e Mary estaria lá, esperando, a casa cheirando a pernil assado ou galinha frita ou rosbife. Ele e Mary iriam sentar-se na varanda dos fundos, ela tomando seu chá gelado e Ollie seu vinho francês, enquanto os garotos fariam o possível para não sujar seus ternos de domingo antes do final do almoço, quando poderiam trocar de roupa. Depois ele tiraria uma soneca enquanto Mary cuidava do livro-caixa e os meninos jogavam no gramado os mesmos jogos que Percy, Ollie e Miles tinham jogado todos os domingos de suas vidas, quando eram crianças. No final da tarde, haveria um animado jogo de cartas seguido de uma ceia leve – quem sabe até um doce – e Ollie terminaria o dia com a família reunida ao redor do rádio. Um domingo maravilhoso, esse. Não poderia ser melhor. Percy se lembrava de domingos assim em sua própria casa quando os pais eram vivos, e antes de Lucy. O mais provável é que ele nunca mais fosse ter um domingo desses de novo.

O culto começou. Percy participou distraidamente, com a atenção nos dois filhos sentados lado a lado alguns bancos à frente, do outro lado do corredor. Como eles eram diferentes. E que estranho que ambos fossem parecidos com suas mães. Eles só tinham herdado dele a altura, Matthew aos dezesseis anos e Wyatt nove meses mais moço, já uma cabeça mais altos que seus pares.

Wyatt tinha a versão masculina do corpo sólido e compacto de Lucy, enquanto que Matthew herdara o corpo esbelto e flexível de Mary. Postura ia ser sempre um problema para Wyatt, e nunca para Matthew. Percy desejou que houvesse um aparelho que pudesse esticar o pescoço curto de Wyatt e corrigir a inclinação dos seus ombros. Em comparação, seu irmão mais velho estava sentado no banco com a cabeça erguida, as costas retas e os ombros para trás, com a mesma graça natural de Mary.

Este é o meu filho bem amado, que só me dá alegrias...

Erguendo-se para cantar com a congregação, Percy ralhou consigo mesmo por só estar contente com um dos filhos. Ele também deveria estar contente com Wyatt. O menino se esforçava para conseguir o que vinha naturalmente para Matthew. Só a violência era algo natural para Wyatt, uma espécie de agressividade controlada que o beneficiava ao jogar futebol americano, um esporte em que os dois rapazes eram ótimos. Percy ficou surpreso por Wyatt se adaptar tão bem às regras, à disciplina e ao espírito de equipe que o futebol exigia. Ele era tão dedicado ao esporte que Percy não podia deixar de admirá-lo.

Os meninos vinham jogando desde a sétima série e agora eram capitães do time. Todos achavam que o time deles daria a Howbutker seu primeiro campeonato estadual, algo que tanto Ollie quanto Percy desejavam ardentemente.

Os dois homens frequentemente assistiam aos treinos juntos, mas viam o jogo separadamente, com suas esposas, ocupando assentos na linha das cinquenta jardas nas duas extremidades da fileira. Matthew jogava como zagueiro; Wyatt era um atacante que levava os companheiros a proteger seu líder e a abrir brechas para ele atacar. Os olhos de Lucy nunca deixavam a figura forte de Wyatt durante o jogo. Os de Percy raramente se afastavam da figura elegante de Matthew. Ele não conseguia acreditar na agilidade do rapaz em se desviar dos oponentes, na sua inteligência ao cantar as jogadas, na sua habilidade mágica ao atirar a bola nas mãos de um atacante. Era de tirar o fôlego, era maravilhoso. Enquanto os gritos da torcida enchiam seus ouvidos, ele gritava por dentro: *Esse é meu filho! Esse é meu filho!*

Mas havia motivo para ter orgulho de Wyatt também. Embora lento para compreender, ele guardava tudo o que aprendia. Ele era esforçado nos estudos, ficando acordado até de madrugada para dar conta de seus deveres. Percy acompanhava os progressos acadêmicos dele através de Sara, e era ela quem contava a ele sobre os resultados obtidos pelo filho, que nunca refletiam seu esforço e sua perseverança.

Sempre que ele voltava tarde de uma reunião ou de um encontro com Sara e via a luz ainda acesa no quarto do filho, ele não entrava para perguntar como iam as coisas, como fazia antes. Wyatt não parecia gostar dessas intrusões e respondia com um grunhido, sem levantar a cabeça do livro.

Ele também dava duro quando era posto para trabalhar na fábrica. Os gerentes elogiavam sua dedicação, tão espantados quanto Percy por ele não tirar vantagem de ser filho do patrão para trabalhar menos, assim como nunca usou a posição do pai como presidente do conselho da escola para conseguir favores dos professores. Wyatt aceitava os elogios de Percy em relação a esses assuntos com a mesma indiferença com que Percy desconfiava que ele aceitaria as suas críticas. A indiferença dele aliviava a culpa de Percy com o fato de que as vitórias sofridas de Wyatt, seus esforços heroicos, nunca tocassem seu coração como as vitórias mais fáceis e naturais de Matthew.

Uma tosse quebrou o silêncio da congregação durante a leitura das Escrituras. Diversas cabeças, inclusive a de Percy, viraram-se para o banco dos DuMont. O culpado tinha sido Matthew. Percy viu Ollie passar discretamente um lenço para ele. Matthew tossiu com o lenço na boca, uma tosse forte, profunda, que atraiu o olhar preocupado de Wyatt.

Percy sentiu uma pontada de preocupação. O menino vai ter uma gripe, ele pensou, contente por Ollie estar ali para olhar por ele. Ele não teria que se preocupar com o fato de Ollie sair correndo para a loja, deixando Matthew doente em casa.

"... é dando que se recebe", o pastor leu. "Aquilo que você der, irá receber de volta na mesma medida."

Percy escutou a Palavra com os olhos em Ollie. Lá, sentado ao lado do amigo e esperando por ele em casa, estava a prova do que as escrituras prometiam. Ollie tinha sempre dado tudo, sem olhar o custo. De todos os homens que ele conhecera ou iria conhecer, Ollie era o mais generoso. Se ele teve que perder a mulher que amava para outro homem, estava feliz por ter sido para Ollie. Se ele teve que abrir mão do filho que não podia reclamar para outro homem criar, estava feliz por ter sido para Ollie. Se seu outro filho se afastou dele e procurou outro pai para honrar e amar, ele estava feliz por ter sido Ollie. A taça de Ollie realmente transbordou, e merecidamente. Percy estava feliz por ele. Ele só se perguntava por que tinha terminado com uma medida tão pequena.

O culto estava terminando. Quando a congregação se levantou para a bênção, Matthew sorriu para ele por cima do ombro e sacudiu as sobrancelhas. Percy riu, mas ficou mais preocupado. O rapaz estava pálido e um pouco mais magro do que da última vez que ele o vira. Quando a oração terminou, ele esperou no banco por Ollie e os rapazes.

— Quer vir almoçar conosco, Percy? — Ollie convidou. — Sassie preparou galinha e bolinhos. Matthew aqui – ele deu um tapa no ombro do rapaz – tem comido pouco ultimamente, e Sassie achou que isto iria despertar o apetite dele. Eu não preciso de desculpa para comer a galinha e os bolinhos de Sassie. Espero que ninguém tenha ouvido meu estômago roncando.

— Nós ouvimos, papai — Matthew disse, revirando os olhos iguais aos da mãe –, mas achamos que era uma trovoada roncando lá fora.

— Isso merece um puxão de orelha — Ollie disse, bem-humorado. — E então, Percy? Nós estamos roubando Wyatt.

Percy teve vontade de aceitar. Lucy ia jogar bridge com as amigas que ela reunia todos os domingos, sabendo que Wyatt estaria bem alimentado na casa dos DuMont. Mas Wyatt olhou para o chão e esfregou os pés, e Percy tomou isso como um sinal de que o filho preferia que ele recusasse. Então ele disse:

– Obrigado, mas eu tinha planejado trabalhar um pouco no escritório. – Na verdade, ele ia à casa de Sara mais tarde e ela lhe daria um queijo quente, provavelmente queimado. Os talentos dela não incluíam cozinhar. Matthew estava mesmo abatido, e ele ficou com medo que os DuMont não estivessem dando a devida importância ao estado do rapaz. – Wyatt, não abuse da hospitalidade, está ouvindo? – ele disse. – Deixe Matthew descansar um pouco esta tarde. Mande-o para casa, Ollie, quando quiser.

Ollie olhou afetuosamente para Wyatt e pôs a mão no ombro dele.

– Tudo bem, mas Wyatt nunca abusa da nossa hospitalidade.

– Bem, então comporte-se – Percy disse, e acrescentou em seguida: – Ele sempre se comporta. Por que eu sempre tenho que dizer isso?

– Porque você é pai dele – Ollie disse com uma piscadela.

Então foi com alguma surpresa, mas nenhum choque, que Percy encontrou Wyatt esperando por ele quando voltou mais cedo do que planejava da casa de Sara, aquela tarde.

Capítulo Quarenta e Dois

Ele tinha ido para casa com o coração pesado. Sara o estava deixando. Ela aceitara um emprego bem longe, no oeste do Texas, onde secretarias municipais de educação situadas em municípios ricos em petróleo podiam dobrar o salário que tinha em Howbutker. Não havia futuro para ela ali, ela dissera, com um olhar terno, mas significativo. Tristemente, Percy tinha concordado.

Ele entrou no portão desejando ter outro lugar para ir. Preferia estar em qualquer outro lugar menos ali. Ele poderia ter ido para o escritório, mas não estava com energia mental suficiente para lidar com papéis. Estava com fome de comida e consolo, e em sua casa não havia nem um nem outro. Sua casa e o terreno em volta tinha o ar de um mausoléu abandonado. Todos os empregados tinham ido embora, exceto a faxineira que vinha ocasionalmente quando Lucy, ocupada com suas partidas de cartas, se lembrava de chamá-la. Já que eles não davam mais festas – depois que a velha cozinheira se aposentou –, Lucy não viu necessidade de substituí-la. Ela não gostava de supervisionar a cozinha nem de preparar cardápios ou verificar as contas, preferia preparar refeições simples para ela e Wyatt comerem na mesa da cozinha, horas antes de Percy voltar do trabalho. Às vezes ela deixava um prato em banho-maria para ele, outras vezes não.

Ao se dirigir para a garagem nos fundos da casa, Percy notou os canteiros maltratados e folhas caídas que precisavam ser recolhidas. Ninguém mora mais aqui, ele pensou com tristeza, vendo uma rachadura numa das janelas do solário. Dentro de casa, ele se ajoelhou para examiná-la quando ouviu alguém pigarrear atrás dele.

– Papai?

Ele olhou espantado por cima do ombro.

– Wyatt? O que você está fazendo aqui? Eu achei que você estaria na casa dos DuMont.

Wyatt tirou uma teia de aranha da porta e entrou na sala arrastando os pés. Será que ele nunca levanta os pés? Percy perguntou a si mesmo com impaciência, depois compreendeu que sim. Ele o tinha visto levantar aqueles pés tamanho quarenta e quatro muitas vezes no campo de futebol. Era só perto dele que arrastava os pés.

– Tem alguma coisa errada com a janela?

– Está rachada. Deve ter sido atingida por um pássaro ou um besouro. Vou ter que mandar trocá-la. – Ele limpou a poeira das mãos e se levantou. As vidraças estavam sujas, como quase toda a casa. – As coisas estão desmoronando por aqui. Você parece preocupado. O que aconteceu?

Percy achou que podia adivinhar. Ele tinha vindo pedir se podia trabalhar na fazenda aos sábados com Matthew durante a colheita, pensou. Ele devia ter previsto isso. Cada rapaz achava que tinha que trabalhar aos sábados no negócio da família durante o ano letivo e todos os dias menos nos fins de semana durante o verão. Percy muitas vezes imaginou se Matthew algum dia tivera escolha entre trabalhar na fazenda ou na loja. Desde que ele aprendera a andar que Mary o levava para Somerset. Ele achava que o garoto nunca tinha estado atrás de um balcão na Loja de Departamentos DuMont. Matthew não parecia muito entusiasmado com o seu futuro como fazendeiro, mas também não se queixava, fazendo suas tarefas com o mesmo entusiasmo com que fazia todo o resto.

Percy não sabia o que Wyatt sentia em relação à profissão para a qual estava sendo criado. O rapaz trabalhava sem se queixar, mas em silêncio. Ele nunca tinha expressado nenhum sentimento acerca do negócio que um dia iria dividir com o pai – e, no devido tempo, herdar.

– Sim? – disse Percy.

Wyatt olhou em volta, recusando-se a olhar para Percy – outra coisa que acontecia na presença dele.

– É o Matthew – ele disse com sua habitual falta de inflexão.

– O que há com Matthew?

– Acho que ele está bem doente, papai, e ele não me deixa contar para o Sr. Ollie nem para a Srta. Mary, nem para o Treinador. Eu não prometi que não contaria para o senhor.

Percy teve a impressão de que o tempo tinha parado.

– O que o faz pensar que ele está doente, filho? – A palavra saiu naturalmente. Nenhum dos dois pareceu ter notado. – Pode me contar. Eu o ouvi tossindo na igreja e achei que era um resfriado. O que o faz pensar que é mais do que isso?

– Ele está com febre. Eu o fiz medir a temperatura. Estava em trinta e nove. E ele não está nada bem. Eu estou muito preocupado.

Percy percebeu o tom de urgência na voz de Wyatt e nos olhos que finalmente encontraram os seus.

– Onde está Matthew agora?

– Lá em cima no meu quarto. Os pais dele acham que nós estamos treinando no campo. Matthew mal conseguiu ficar em pé durante o almoço.

Horrorizado, Percy disse:

– Eles o deixaram sair? Não viram que estava doente?

– O senhor conhece Matthew, papai. Do jeito que ele se porta, ninguém percebe que está mal. Ele tem medo que os pais e o treinador descubram e não o deixem jogar na sexta à noite.

– Então eu sou a pessoa errada para procurar, Wyatt. Se ele estiver doente, vou ligar para os pais dele, com jogo ou sem jogo na sexta à noite.

Wyatt concordou com a cabeça.

– Foi por isso que eu vim falar com o senhor. Eu sabia que era isso que o senhor faria. Matthew é mais importante do que um jogo idiota qualquer.

Percy subiu as escadas de dois em dois degraus até o quarto de Wyatt, com o filho logo atrás.

– Ah, Wyatt, você contou! – Matthew disse quando Percy entrou no quarto e ele viu a expressão no rosto do padrinho.

– Eu nunca prometi que não ia contar para o meu pai – Wyatt disse. – Você está doente, cara. Tem que ver um médico.

Percy pôs a mão na testa do rapaz. Estava fervendo. Os dentes dele estavam batendo apesar do monte de cobertores que Wyatt tinha posto em cima dele.

– Ele tem razão, Matthew – Percy disse. Ele podia sentir o gosto metálico de medo em sua boca. A cor do rapaz estava ruim. Havia um tom azulado em volta dos seus olhos e debaixo das unhas. Percy tinha visto isso em 1918 nos seus companheiros de exército embarcando para casa e levando com eles o vírus mortal que tinha varrido a nação e matado quatrocentas mil pessoas numa epidemia de gripe. Ah, Deus, por favor, faça com que não seja o que eu estou pensando, ele rezou, sentindo as pernas bambas.

Era pior. Pneumonia por estafilococos, o médico que havia substituído o Dr. Tanner diagnosticou. Os antibióticos descobertos recentemente eram impotentes contra ela. Como, onde e quando Matthew tinha contraído aquele vírus – da variedade denominada Bowery-bum – ninguém sabia. Aqueles que permaneciam devastados de dor na cabeceira dele só sabiam que ele tinha atacado com uma rapidez arrasadora e que estava resistindo a todas as tentativas de tratamento. Uma semana antes, Matthew era um adolescente saudável e ativo, sonhando levar seu time à vitória na sexta-feira à noite, e agora estava deitado numa cama, lutando para respirar, expelindo uma espuma pela boca, com a morte já espreitando por trás dos olhos verdes e fundos que fitavam os que o rodeavam, desespero diante de desespero.

– Doutor, *faça* alguma coisa! – Mary gemia, agarrando o braço do novo médico, seu rosto uma máscara sem cor.

Mas ele e os especialistas consultados concordaram tristemente que não havia mais nada a fazer a não ser rezar para que Matthew conseguisse escapar. Ele era jovem, forte e saudável, e havia casos de jovens como ele que sobreviveram à doença.

Um quarto foi preparado na casa dos Toliver para Percy e Wyatt, de modo que eles pudessem ficar todos juntos à cabeceira de Matthew.

– Seria muito importante para nós se você e Wyatt ficassem aqui até o rapaz melhorar, Percy – Ollie disse quando ficou claro que Matthew talvez não se recuperasse. – Você tem sido um segundo pai para ele. Nenhum homem poderia ser mais afetuoso, e Wyatt não o amaria mais se eles fossem irmãos.

Percy fitou o amigo – o homem que sabia que era o seu filho e irmão de Wyatt que estava morrendo – e não conseguiu falar, engasgado de amor e de angústia. Ele também ficou grato pela presença de Wyatt ao lado dele no quarto do doente e no quarto de hóspedes, onde eles dormiam lado a lado, fitando o teto, unidos pela mesma dor, até que finalmente, já quase de manhã, Percy ficava aliviado ao escutar o ronco saudável do filho.

Foi Wyatt que Matthew quis ver nos seus últimos momentos de vida. Percy o encontrou no corredor, andando de um lado para outro como um touro cego, os ombros curvados, a cabeça baixa, as mãos enfiadas nos bolsos, tonto de dor.

– Matthew está chamando por você, filho – ele disse carinhosamente, e sem falar, sem que seus olhos se encontrassem, Wyatt seguiu o pai até o quarto, onde parou timidamente na porta.

– Ei, Wyatt – Matthew disse.

– Ei.

– Como vai o treino?

– Não muito bom sem você.

– É, bem, eu voltarei se puder.

Como se uma corrente elétrica tivesse sido ligada dentro dele, Wyatt atravessou o quarto e puxou uma cadeira para perto da cama.

– Nada de *se* – ele disse, falando com insistência, bem perto do rosto do doente. – Você tem que voltar, Matthew. Nós precisamos de você, cara. *Eu* preciso de você.

Matthew ficou calado. Em seguida, ele sussurrou com o que lhe restava de fôlego:

– Eu vou voltar, cara. Talvez você não consiga me ver, mas eu vou estar lá. Continue a abrir brechas naquela linha.

– Não... – Wyatt gemeu. Ele pegou a mão do amigo e apertou-a contra o peito, como se pudesse evitar que a morte o levasse. – Não, Matthew... você não pode me abandonar, cara.

Mary virou o rosto, os olhos arregalados de terror, e Percy e Ollie baixaram as cabeças. Foi a primeira vez que eles compreenderam que Matthew sabia que estava morrendo.

No final, as pessoas que mais o amavam estavam todas com ele. Sassie e Toby na porta, de olhos úmidos, Abel numa cadeira no canto do quarto, Wyatt, Mary e Ollie em pé ao lado da cama. Só Percy ficou afastado, olhando pela janela para os raios de sol que iluminavam os ciprestes que Silas William Toliver tinha transplantado de Caddo Lake um século antes. A história dos Toliver dizia que não era para eles sobreviverem, mas tudo o que os Toliver plantaram em suas terras sobreviveu, ano após ano – não importa a catástrofe que ocorresse. Só os filhos dos Toliver é que morriam.

– Papai...

Os ombros de Percy se retesaram, mas ele não se virou. Foi Ollie quem respondeu.

– Estou aqui, meu rapaz – ele disse, e Percy ouviu a cadeira dele ranger quando ele se inclinou para o filho. Do outro lado da janela, a tarde de setembro era um borrão azul e dourado. Os ciprestes choravam.

– Está tudo bem, papai – Matthew disse claramente, sem a falta de ar de antes. – Eu não estou com medo de morrer. Imagino que o paraíso seja como aqui e Deus seja como você.

Percy virou o rosto a tempo de ver o último lampejo de vida nos olhos verdes fixos em Ollie, antes que as pálpebras se fechassem e a luz desaparecesse.

Capítulo Quarenta e Três

Nos dias que se seguiram, Percy teve a impressão de que Mary nunca saiu da frente da janela que dava para o jardim de rosas. Manhã, tarde e noite, ele a via ali parada, de costas para a sala, segurando os cotovelos com as mãos, uma figura solitária, recolhida para dentro de si mesma. Ele não tinha como consolá-la. Não podia fitar os olhos tristes da mãe do seu filho sem revelar a sua dor de pai.

Ele, Ollie e Sassie recebiam as visitas, abriam os telegramas, recebiam os presentes de flores e comida, enquanto Mary ficava de vigília na janela, geralmente recebendo os pêsames murmurados para o seu perfil imóvel com um movimento de cabeça.

– *Chérie...* – Ollie dizia, abraçando seus ombros duros, alisando seu cabelo, roçando os lábios na curva estoica do seu rosto. – *Ma chérie...*

Finalmente, Percy não conseguiu mais se conter. Ela estava virando uma estátua de pedra diante da janela.

– Mary? – ele disse baixinho, pondo a mão em seu ombro. Para surpresa dele, como se estivesse esperando por ele, ela agarrou a mão dele e levou-a ao peito. Eles estavam sozinhos na casa. Ollie estava na loja e Sassie no mercado. Ele tinha ido lá a pedido de Sara para deixar no hall uma cesta com cartas de pêsames escritas pelos colegas de Matthew.

– Eu achei que fosse excesso de exercício, Percy. Você sabe como os meninos treinam e como ficam extenuados nas primeiras semanas de treino de futebol, jogando com aqueles uniformes na umidade e no calor. Eu implorei a ele para descansar mais, para comer melhor, para beber muita água...

Os ouvidos dele vibraram. O que ela estava querendo dizer?

– E apesar do que você deve achar, eu não o arrastei para Somerset para enfiar a herança dele goela abaixo. Eu fiz isso porque era a única maneira de tê-lo só para mim. Eu vivia para os verões e as manhãs de sábado. Eu sabia que ia chegar a hora em que eu teria que abrir mão dele para... seus próprios sonhos. Ele falava em ser treinador.

Por que ela estava contando isto a ele? Mas ele achou que sabia por quê. Sim, ela percebera corretamente que nos primeiros dias de dor e desespero ele tinha perguntado a si mesmo se Matthew teria sobrevivido se ela tivesse estado em casa para ver que ele estava doente. Mas isso tinha sido injusto. Mesmo que ela ficasse em casa vinte e quatro horas por dia, não teria feito diferença. Matthew teria escondido dela seu estado. Ele tinha levado anos para ver – para admitir para si mesmo – que Matthew pertencia a Ollie. Ele tinha amado Mary, mas preferia o homem que achava que era seu pai. Ollie fora seu confidente, seu amigo. Mary fora quase uma intrometida, por mais que ela tenha tentado criar um elo entre eles. Matthew a tinha afastado, e – como sempre fazia quando se sentia sozinha – ela se voltara para a terra. Só agora ele percebia o quanto ela sofria, como sua vida era solitária.

– Olhe para mim, Mary. – Ele tinha feito um julgamento errado uma vez, ao achar que ela se casara com Ollie para salvar Somerset. Não ia cometer este erro novamente.

Ela soltou a mão dele e se virou. O coração de Percy doeu no peito. A dor tinha realçado suas feições, embotado os seus olhos, provocado o nascimento dos primeiros cabelos brancos em suas têmporas. Delicadamente, ele a segurou pelos ombros.

– Matthew não morreu por causa de nada que você fez ou deixou de fazer. Esqueça essa bobagem. Nenhum de nós percebeu o que estava acontecendo.

– Você não me acha culpada? – Os olhos dela eram poços de desespero. – Eu achei que você poderia pensar que fosse a maldição dos Toliver.

A princípio, ele tinha mesmo pensado nisso. Como poderia ser uma coincidência o fato de Mary ter se casado com um homem que não podia dar mais filhos a ela e ter perdido seu único filho aos dezesseis anos, deixando William como o único herdeiro dos Toliver? Ele recordou que o pai e o irmão dela tinham acreditado na maldição, e que Miles tinha até previsto que Mary seria vítima desta maldição. Mas ele tinha descartado essa ideia como sendo algo irracional. Uma maldição não era responsável pela tragédia que eles tinham causado em suas vidas. Eles eram suas próprias maldições.

– Besteira – ele disse. – Matthew morreu de pneumonia, não por causa de uma maldição imbecil.

– Eu até pensei – ela torceu as mãos – que nós... que *eu* estava sendo punida por vender a você a terra de Miles... que Deus está devolvendo a William o que pertence a ele... tirando Matthew de nós.

Nós. Ela estava se referindo a ela e Ollie, sem dúvida.

– Isso é uma bobagem completa – ele disse rispidamente, assustado pela expressão culpada nos olhos dela. Se estas questões fossem os demônios com que ela estava lutando diante da janela, ela estava perdida. Jamais iria se recuperar. – Nós fizemos o que tínhamos que fazer para o bem de todos os envolvidos.

– Foi mesmo? – ela perguntou.

Percy teve vontade de sacudi-la. Aonde ela queria chegar? Como podia questionar os motivos deles *neste momento*?

– Não seja absurda! Nós agimos pelo bem de Ollie. Senão ele teria perdido a loja, e você teria tido que vender a fazenda para comer.

– Não era em Matthew que você estava pensando?

– Bem, *é claro* que eu estava! Eu tinha que garantir que ele ficasse com alguma coisa resgatada da estupidez monumental dos pais dele.

Depois de um instante de perplexidade, surgiu uma nova luz nos olhos dela. Ele largou seus ombros e deu um passo para trás, com aquelas palavras zangadas que tinha acabado de dizer ainda ressoando em seus ouvidos. Meu Deus. Ele sentiu o segredo que tinha guardado durante anos partir-se dentro dele como vidro.

Ela disse calmamente, com o olhar agora sereno:

– Você sabe, não é? Eu tinha certeza que você sabia.

Ele não podia negar. Ele não negaria Matthew.

– Sim – ele disse, sentindo a verdade ser arrancada do seu coração.

– Há quanto tempo você sabe?

– Desde que levei Ollie a Dallas para encomendar uma prótese. Quando li sua ficha médica e soube da extensão dos seus ferimentos, percebi que Matthew só podia ser meu.

O rosto dela ficou tenso.

– Então você sabe... de tudo.

– Sim, Mary, eu sei de tudo.

Ela fechou os olhos e estremeceu.

– Ah, Percy, eu estraguei tudo.

Ele tornou a segurá-la pelos ombros.

– *Nós* estragamos tudo – ele disse.

– Você tinha ido para o Canadá quando eu descobri. Eu esperei por você, implorei a Deus para mandá-lo para casa. Mas como eu não sabia de quanto tempo eu estava e ninguém tinha como entrar em contato com você, eu fui obrigada a recorrer a Ollie...

— Eu calculei tudo isso em Dallas – ele disse, abraçando-a. – Eu quero que você saiba, Mary, que eu estava voltando para casa para dizer que não podia viver sem você. Eu não me importava que Somerset estivesse em primeiro ou em último lugar, desde que você se casasse comigo.

Ela relaxou com um suspiro, encostada nele.

— E eu quero que você saiba que eu tinha descoberto que podia viver sem Somerset, mas não podia viver sem você. Eu prometi desistir da fazenda se você voltasse e se casasse comigo e fosse o pai do nosso filho. Isso teria sido o bastante, Percy. Eu não precisaria de mais nada.

— Eu acredito em você – ele disse, sentindo o calor das lágrimas dela através da camisa. – Eu agora sei disso.

Eles ficaram mais um tempo abraçados, com os corações batendo no mesmo ritmo, e então o momento deles terminou. Aquilo nunca mais poderia acontecer. Mary tirou um lenço da manga e Percy perguntou:

— Quando foi que você desconfiou que eu sabia?

— Eu fui percebendo aos poucos – ela disse, fazendo um gesto para eles se sentarem. – Quando eu vi a maneira como você olhava para Matthew... de uma maneira que você nunca olhou para Wyatt. O amor por um primogênito, eu acho...

— Ollie sabe que eu sei? – Eles se sentaram diante da lareira, com uma mesa no meio dos dois.

— Tenho certeza que não. Ele sempre atribuiu sua devoção a Matthew ao fato de ele se parecer muito comigo.

— Em parte era isso.

— E Lucy?

Ele suspirou.

— Ela sabe. Ela descobriu a verdade quatro anos atrás.

Ela parou de enxugar os olhos.

— Meu Deus, Percy, como?

— Não importa. Ela sabe, só isso. É por isso que ela tem sido tão desagradável com você nestes últimos quatro anos... e é por isso que ela não veio aqui para lhe dar os pêsames. – Na verdade, Lucy tinha ficado penalizada ao saber que Matthew estava morrendo, mas temia que qualquer tentativa de expressar sua tristeza para Mary pudesse trair o segredo que precisava guardar. – Ela foi à missa todas as manhãs para rezar por Matthew e acendeu não sei quantas velas – Percy disse. – E, justiça seja feita, ela tem sido muito compreensiva comigo e com Wyatt durante este tempo todo, como só Lucy pode ser.

– Por que ela não se divorciou de você?

Percy deu uma risada rouca.

– Eu ofereci, pode ter certeza, mas Lucy não quer se divorciar de mim. Ela me odeia demais. Se eu tentasse me divorciar dela, ela contaria a todo mundo sobre você e eu, sobre Matthew. A morte dele não muda nada. Ainda é preciso pensar em você e Ollie, no que o escândalo causaria a vocês e à memória de Matthew.

– E a Wyatt – ela disse, pálida com o choque desta nova informação.

– Sim, é claro... Wyatt.

– Por que você se casou com ela, Percy? Você poderia ter se casado com a moça que escolhesse.

Ele deu um sorriso torto.

– O rio estava cheio de peixes na época. Eu estava sozinho. Ela estava perto.

– Mas o que foi que aconteceu? Ela adorava você.

– Ela descobriu que o ídolo dela tinha pés de barro – ele disse, encerrando o assunto. – Devemos contar a Ollie?

– Não – ela disse imediatamente. – Ele merece ser poupado de mais sofrimento. Ele já sofreu com o fato de que Matthew nunca soube que você era o pai dele. Seria demais para ele saber que você conhecia a verdade o tempo todo. – Ela tornou a enxugar as lágrimas. – Nossa estupidez machucou muita gente. Nós impedimos que elas tivessem as vidas, e talvez os amores, que teriam tido se nós tivéssemos nos casado. Matthew não pôde conhecer seu verdadeiro pai e os seus pais não puderam conhecer o neto. Wyatt foi o produto de um casamento que jamais deveria ter existido. Ele poderia ter se tornado uma outra pessoa se tivesse nascido num casamento feliz. E Lucy... pobre Lucy. – O olhar dela mostrava o temor que sentia por estar pisando em terreno perigoso. – Deixe-me dizer simplesmente o seguinte, Percy. O ódio dela é um disfarce. É o único meio de ela poder suportar o amor que ainda sente por você.

Ele se levantou de repente para pôr fim à conversa e se serviu de um copo d'água na mesa ainda posta para aqueles que viessem dar os pêsames.

– Lucy estaria melhor casada com qualquer um menos eu – ele disse. – Acho que só o que podemos fazer agora é lidar com as cartas que o destino nos deu.

– E como fazemos isso?

Ele tomou um longo gole de água. Ele queria muito saber. Todos os seus dias pareciam chamuscados, como os cantos de uma carta retirada do fogo. Ele nunca mais teria um dia sem manchas. Mas se eles pudessem viver o melhor possível o que restava de vida para eles, talvez conseguissem ter um pouquinho de felicidade ao longo do tempo. Ele se virou para ela com um esboço de sorriso.

– Talvez devêssemos começar perdoando a nós mesmos pelo sofrimento que causamos – ele disse.

Ela olhou para baixo, girando a aliança de casamento no dedo como se estivesse refletindo sobre esta sugestão, seus cílios longos fazendo-o lembrar, com uma dor insuportável, de Matthew. Passados alguns instantes, ela ergueu os olhos.

– Talvez devêssemos começar perdoando um ao outro.

No dia seguinte, Percy fez uma visita ao florista e encomendou uma única rosa branca para ser entregue a Mary Toliver DuMont, com um bilhete que dizia: "À cura. Sempre no meu coração, Percy."

Quando ele chegou no escritório, uma caixa o aguardava. Ele a abriu e tirou lá de dentro uma única rosa branca com um bilhete que trouxe um sorriso aos seus lábios. Mary tinha escrito no seu estilo tipicamente breve: "Do meu coração para o seu. Eternamente, Mary."

Capítulo Quarenta e Quatro

Percy passou os dois anos seguintes como um autômato, agindo automaticamente, sem pensar. Ele dirigia a companhia, tomava decisões, construiu sua fábrica de celulose na margem do Sabine, comprou mais madeirais e adquiriu mais empresas sem raciocinar por quê. A Depressão acabou. A economia progrediu devido à guerra recém-declarada na Europa. A América estava avançando, construindo, construindo, e a demanda cresceu muito nas Indústrias Warwick. A companhia mal dava conta de atender os pedidos.

A distância entre ele e a família aumentou. Por algum tempo, depois da morte de Matthew, a atitude de Lucy em relação a ele melhorou um pouco, mas quando viu o quanto os esforços dele para consolar Wyatt em sua dor eram ineficazes, ela se afastou dele outra vez.

– Você o perdeu, Percy – ela disse tristemente. – Você o perdeu tão completamente que nunca mais tornará a encontrá-lo. Esse rapaz está vagando, perdido e solitário, e mesmo que você o chamasse, ele não responderia. Ele jamais responderia ao chamado de um estranho.

A verdade é que Percy chamou. Ele precisava de Wyatt tanto quanto Wyatt precisava dele, mas não havia como recuperar o homem que você tinha perdido quando era menino. Pois seu filho era um homem agora, tão alto e forte quanto o pai, aos dezessete anos, responsável, calado, mas firme, uma presença a ser considerada nas reuniões da companhia que Percy o convidava a participar. De algum modo, ao sair da adolescência, ele não andava mais com os ombros caídos nem arrastando os pés. Ele tinha um andar decidido, como se estivesse determinado a atingir um objetivo que só ele conhecia.

Percy fez o possível para se aproximar do filho. Ele agendava caçadas e pescarias para eles, atividades que ele não apreciava muito. Desde a guerra que ele não tinha estômago para matar nem mesmo uma truta para assar na fogueira. Os passeios tinham como objetivo proporcionar oportunidades para pai e filho estarem juntos, e se eles voltavam para

Warwick Hall tão distantes um do outro quanto antes, pelo menos Percy estava começando a aprender certas coisas em relação ao seu segundo filho.

Ele aprendeu que Wyatt tinha o instinto natural tanto de um caçador quanto de um pescador. Apesar de ser grande e forte, ele tinha uma habilidade incrível para se mover silenciosamente pelo mato na direção da presa. Percy observava com espanto a paciência com que o filho era capaz de esperar, horas e horas, no barco ou na beira do rio, até o peixe morder a isca. Ele matava com rapidez e eficiência, encarando com calma o momento da morte, um ato que Percy sempre achava embaraçoso.

Ele passou a supervisionar o dever de casa de Wyatt, uma tarefa que Lucy antes ficava satisfeita em dividir com o meio-irmão de Wyatt, mais rápido e sagaz. Com o mesmo alívio, ela agora cedia seu lugar à noite, na mesa da cozinha, para Percy. Estas sessões não cumpriam o objetivo pretendido de reconquistar o filho que ele tinha afastado, mas lhe davam um *insight* no funcionamento de sua mente. Percy viu que Wyatt não era burro como ele antes pensara – algo que Sara tinha negado tantas vezes. Ele demorava a entender, sem dúvida, por isso Percy o julgara desta forma, mas depois que digeria a informação, não esquecia mais o que tinha aprendido, uma habilidade mental que poucas pessoas possuíam, como Percy explicou ao filho. Lucy ficou toda prosa ao ouvir este elogio inesperado ao filho, mas Wyatt, como era típico dele, simplesmente sacudiu os ombros, com a mesma expressão imperturbável no rosto.

Wyatt continuou a jogar futebol, e foi o capitão do seu time nos dois últimos anos de colégio. O número usado em campo por Matthew foi retirado. Nunca mais ninguém usaria aquele número no Howbutker High. A camisa dele foi dada a Wyatt a pedido dos DuMont, e Percy sabia que ele a tinha guardado junto com a luva de beisebol que nunca mais usou depois que destruiu a de Matthew, e um exemplar de *As aventuras de Huckleberry Finn* que Matthew lhe dera no seu aniversário de treze anos. A dedicatória tinha feito Wyatt rir, mas ele não a tinha mostrado para nenhum dos pais. Muitas vezes, depois da morte de Matthew, Percy teve que se controlar para não entrar no quarto de Wyatt para examinar as lembranças do seu filho mais velho, para segurar sua camisa por um momento, para ler as únicas linhas escritas pela mão de Matthew que ele sabia que existiam.

Ele nunca fez isso. Contentava-se em ir aos jogos de futebol e ver 'Bull' Warwick abrir brechas na defesa, imaginando se Wyatt algum dia sentiu a presença do irmão atrás dele, se alguma vez ergueu os olhos do chão e avistou Matthew cruzando a linha de gol – se foi pensando nele que ele jogou, permitindo que Howbutker High ganhasse seu primeiro campeonato estadual no ano de sua formatura.

A cidade enlouqueceu. A vitória foi comemorada em toda parte, mas as Indústrias Warwick organizaram a maior comemoração no salão de festas da companhia. Todos que tinham tomado parte no sonho do campeonato compareceram – todos menos Wyatt. Nessa altura, a mãe já tinha se acostumado com estas ausências súbitas e inexplicáveis do filho. Ele era uma pessoa que preferia a própria companhia à dos seus companheiros de time e das garotas que se penduravam nos seus ombros musculosos. Todos gostavam dele, mas ninguém buscava sua amizade, e, depois de Matthew, ele não teve mais nenhum amigo.

– Vá procurá-lo, Percy – Lucy disse na noite da comemoração. – Eu o quero aqui. Ele devia estar aqui, aproveitando a festa. Foi ele que fez com que ela acontecesse.

– Mantenha todo mundo aqui até nós voltarmos. Acho que sei onde posso encontrá-lo – Percy disse.

Este era outro mistério a respeito de Wyatt que Percy não conseguia entender. Ele achou que depois de apanhar do pai e ser ameaçado de morte por ele na cabana, o rapaz nunca mais voltaria lá. Mas Wyatt tinha apresentado o lugar a Matthew, e ele tinha se tornado o santuário dos dois durante os anos de amizade deles, assim como o era agora para William Toliver e os amigos dele.

Wyatt tinha ficado na cabana durante dois dias depois do enterro de Matthew. Hoje estava mais frio do que da última vez que Lucy tinha mandado Percy procurar o filho, mas ele o encontrou onde havia suspeitado que ele estaria – no lago, inclinado sobre uma vara numa canoa, exatamente como Percy o tinha encontrado da outra vez. Como daquela outra vez, sabendo estar visível sob a luz da lua, ele pôs as mãos nos quadris e esperou que Wyatt notasse sua presença. Como então, ele pensou nos anos perdidos entre eles, tão impossíveis de atravessar agora quanto seria caminhar até Wyatt no caminho feito pelo luar.

Passado algum tempo, a silhueta se mexeu e a figura robusta virou-se na direção dele.

– Teve sorte? – Percy perguntou.

– Não, está frio demais – Wyatt respondeu, e recolheu a linha. Percy ouviu o ruído da isca sendo atirada na água. Observou Wyatt arrumar a vara e o carretel, pegar o remo e começar a remar na direção da margem.

Enquanto olhava, uma lembrança veio à mente de Percy.

Percy?

Estou aqui, Lucy.

Ele estava ouvindo de novo a voz da esposa, na noite em que ela o encontrou na biblioteca e pediu que ele fosse procurar Wyatt, que tinha desaparecido. Atraída para o canto onde ele estava sentado ao luar, ela tinha se ajoelhado na frente dele e posto as mãos em seus joelhos. *Você está sentado aqui há dois dias, Percy. Já é noite outra vez.*

Outra vez? Ele tinha refletido sobre a imperfeição daquela declaração. A noite tinha sido constante desde que Matthew morrera, cinco dias antes. Seu garotinho estava deitado na terra fria e escura havia dois dias e duas noites.

Eu sinto tanto, Percy. Por favor, acredite.

Eu acredito, Lucy.

Não posso imaginar o que seja perder um filho. Peço a Deus que eu nunca passe por isso.

Deus, ou um de seus anjos, deve ter posto o dedo nos lábios de Percy, fechando-os, e assim preservando os restos do casamento deles. Pois ele estava prestes a dizer, *Eu também espero que não, Lucy*, e ela teria interpretado isto como se a perda do seu segundo filho fosse uma perda só dela.

Esta noite, ouvindo o som dos remos na água, uma tristeza penetrou até o fundo de sua alma. Quantas vezes Lucy o tinha mandando procurar o filho deles, e, no entanto, ele nunca o tinha encontrado? Ele afastara Wyatt de si bem aqui neste lugar, e ele nunca tinha voltado, em todos estes anos. Ele ia fazer dezoito anos em breve. Em setembro, os nazistas tinham invadido a Polônia e depois a França, obrigando a Grã-Bretanha a declarar guerra à Alemanha. Seu velho amigo Jacques Martine, com quem havia lutado na França, previu numa carta enviada de Paris que a América estaria em guerra em menos de dois anos. Dois anos... dois anos para encontrar o filho.

E o que ele poderia dar a Wyatt caso o encontrasse? Amor? Ele amava Wyatt? Não, ele não amava Wyatt, não do modo como tinha amado Matthew, com aquele sentimento que fazia parar o coração, que dava um nó na garganta, proclamando-o carne de sua carne, sangue do seu sangue. Ele não entendia por quê. Wyatt tinha coragem e integridade, lealdade e perseverança. Ele não era um fanfarrão nem um esnobe, embora tivesse motivo para ser as duas coisas. Ele era forte e bonito, invejado e imitado, mas não ligava para isso, assim como não ligava para o fato de ser filho de um dos homens mais ricos do Texas.

— Não é do feitio dele — Sara tinha respondido numa carta quando ele escreveu para ela a respeito disso. "Ele considera essa atenção toda como resultado de quem você é, e não ele. O fato de você ser rico deve alimentar o *seu* orgulho, não o dele. Não posso acreditar que ele seja o mesmo menino que era tão cruel com Matthew."

Este era um pensamento que sempre cruzava a mente de Percy.

— Quer uma ajuda? — ele ofereceu quando Wyatt se aproximou de onde ele estava. Wyatt jogou a corda e ele puxou o barco, segurando-o até Wyatt pular na margem.

— A festa ficou chata? — Wyatt perguntou, pegando a corda e enrolando-a na estaca.

— Não, foi por isso que eu vim procurar você. Sua mãe e eu achamos que você deveria aproveitá-la. Você mereceu.

— Bem, eu não gosto muito de festas — Wyatt disse com sua voz lenta. — Prefiro pescar. Você não precisava ter tido o trabalho de vir até aqui. Deve estar perdendo o melhor da festa.

Percy tentou ignorar a dor que sentia dentro dele, uma tristeza que não sentia desde a morte de Matthew. Impulsivamente, ele pôs a mão no ombro do rapaz.

— Filho, que tal você e eu tomarmos um porre juntos? Já faz muito tempo que eu não fico bêbado, anos, de fato. — Velhas lembranças o assaltaram. Ele sentiu que estava à beira das lágrimas.

— Quando foi isso, papai?

— Ah, foi há muito tempo, antes de sua mãe e eu nos casarmos.

— O que fez você beber?

Percy hesitou, sem querer responder mas com medo de interromper aquele momento. Ele e Wyatt nunca tinham conversado sobre o passado dele. Ele não se lembrava de o filho ter feito uma só pergunta a respeito da sua juventude, da guerra, da sua vida antes de ele nascer. Só Matthew tinha se interessado por suas lembranças. Ele resolveu responder francamente. Wyatt era um homem agora.

— Foi por causa de uma mulher — ele disse.

— O que aconteceu com ela?

— Eu a perdi para outro homem.

— Você devia amá-la.

Seu filho era mais alto e mais forte do que Matthew teria sido. A presença dele era forte ali ao luar.

– Sim, eu a amava muito. Por que outra razão um homem fica bêbado? – Ele tentou sorrir.

Wyatt franziu a testa.

– Então por que nós dois ficaríamos bêbados esta noite?

Percy não conseguiu responder. A dor dentro dele aumentou, impedindo-o de respirar.

– Eu... não sei – ele conseguiu dizer. – Foi uma má ideia. Sua mãe nos mataria. Aliás, ela deve estar nos procurando.

Wyatt balançou a cabeça e abotoou a jaqueta.

– Então é melhor nós irmos – ele disse.

Capítulo Quarenta e Cinco

Depois da formatura de Wyatt no curso secundário – como ele se recusou terminantemente a ir para a universidade – Percy tirou-o da fábrica e o empregou como assistente do gerente de produção, cujo escritório ficava no prédio em que ele trabalhava. Wyatt aceitou a promoção com seu mutismo habitual, participava das reuniões atentamente, tomando notas com o zelo de sempre. Durante dois anos, ele suportou pacientemente as tentativas de Percy de encaixá-lo na empresa como herdeiro e a insistência de Lucy para que ele obedecesse.

Ele foi resgatado em dezembro de 1941 quando os Estados Unidos declararam guerra ao Japão pelo bombardeio a Pearl Harbor. Poucas semanas depois, sem consultar os pais, Wyatt entrou para o Corpo de Fuzileiros Navais dos Estados Unidos.

– Você tem que impedir isso! – Lucy implorou a Percy, apavorada.

– Como você sugere que eu faça isso? – o marido perguntou, igualmente preocupado. Agora, ao dormir, ele ouvia de novo o troar dos canhões, os gritos de dor, sentia o suor gelado do medo, o fedor de horror e pânico, acordava com o velho gosto de cinzas na boca. E em seus sonhos, no meio da fumaça e do fogo, ele não via os rostos cansados dos seus companheiros de combate, mas o de Wyatt, os olhos azuis e vazios contemplando a morte, cheios de perplexidade.

– Ele tem quase vinte anos, Lucy. Já é um homem. Eu não posso impedi-lo.

– E você o impediria, se pudesse? – ela perguntou, a pergunta carregada de angústia, não de acusação. Os tempos de brigas e acusações entre eles tinham terminado. Ela sabia que Percy tinha tentado com Wyatt, e já fazia muito tempo que o modo como ela olhava para o marido quando ele se referia a Wyatt mostrava que ela sabia da mudança dele em relação ao filho.

– Sim, é claro. Eu preferia atirar eu mesmo nele do que deixá-lo ir para onde ele vai – ele declarou, perturbado pela intensidade dos seus sentimentos.

— Você achou que tinha que se alistar assim tão cedo? – ele perguntou a Wyatt duas semanas depois, enquanto este arrumava a sacola. Era início de janeiro de 1942. Wyatt tinha recebido ordem para se apresentar três dias depois em Camp Pendleton, perto de San Diego, Califórnia, onde iniciaria a primeira fase dos treinamentos para ingresso nos Fuzileiros Navais. Seu trem sairia de Howbutker dentro de uma hora.

— Não havia nenhum motivo para eu não me alistar. Vão precisar de todo homem capaz o mais cedo possível para acabar com esta bagunça.

— Talvez você tenha razão – Percy disse, lembrando-se dos seus próprios argumentos para se alistar. Ele ficou calado, vendo Wyatt enfiar pares de meias enrolados na sacola, lembrando-se do dia em que pendurou a própria sacola no ombro e partiu.

Não existe inferno, Percy pensou. O inferno é aqui mesmo na terra. O que poderia haver de pior do que ver o filho que você nunca conheceu partir para a guerra, sem saber se voltaria? Sempre houvera um vácuo em seu coração onde Wyatt deveria estar, um lugar vazio onde nada dele jamais tinha permanecido – nenhuma recordação de risos, conversas, confidências entre os dois. Eles nunca tinham conversado sobre *ele*, seus sonhos, ambições, ideias, filosofia. Percy pensou, chocado, que, além de uma impressão geral, ele nunca prestara muita atenção nos detalhes das feições de Wyatt. Ele ainda se lembrava de detalhes das feições de Matthew – o efeito da mudança de luz nos olhos dele, a posição de cada mecha de cabelo, a marca de catapora sobre o olho esquerdo. Mas as feições de Wyatt permaneceram tão indistintas quanto um rosto debaixo d'água, sem dúvida difíceis de lembrar quando ele partisse.

— Filho... – Percy deu um passo à frente, desejando desesperadamente que o rapaz não fosse para a guerra sem que algo dele preenchesse aquele vazio, sem que ele tivesse alguma coisa para lembrar a respeito dele.

— Sim? – Wyatt disse, continuando a arrumar a sacola.

— Você pode me dizer uma coisa antes de ir?

— Claro. O quê?

— Por que, de repente, você parou de odiar Matthew DuMont? Por que vocês dois se tornaram tão amigos, quase... como irmãos?

Passaram-se os segundos. Wyatt parecia calmo, seu perfil tão impassível como sempre, enquanto ele tirava da cama, uma por uma, todas as peças de roupa que levaria para a guerra. Enfiando o último artigo na sacola, ele disse:

— Bem, porque ele *era* meu irmão, não era?

Um silêncio ensurdecedor encheu os ouvidos de Percy, como se uma bomba tivesse explodido perto dele. Ele enfiou as mãos nos bolsos.

– Há quanto tempo você sabe disso?

Wyatt ergueu os ombros sem olhar para ele.

– Eu percebi isso na cabana, naquele dia que você me deu uma surra. Você quase se traiu, lembra? – Ele deu um sorriso triste para Percy. – Você disse que se eu olhasse torto para o meu... mas se corrigiu a tempo. Foi então que eu adivinhei. Foi instinto, mas eu tive certeza que você ia dizer *irmão*. Eu achei que você poderia me arrancar os dentes por bater no filho de outro cara, mas só me ameaçaria de morte se eu batesse no filho que você amava.

Percy fez um movimento na direção dele.

– Wyatt – ele começou, mas uma onda de tristeza o deixou sem palavras.

– Está tudo bem, papai. Eu nunca o culpei por amar Matthew. Que diabo – ele deu uma risada breve –, todo mundo o amava, até mamãe. – Ele parou de arrumar a sacola para olhar para o pai com uma expressão que não admitia dúvida. – Mas ninguém o amava mais do que eu. Eu quero que você saiba disso. Eu nunca odiei Matthew. Eu tinha inveja dele. Você tinha razão quanto a isso. Mas eu não o invejava por ser o que eu não era, eu o invejava por ter o que eu queria... o que eu achava que me era devido. Eu o castigava por merecer o seu respeito e a sua aprovação e eu não, um menino que nem era seu filho, era o que eu pensava. Quando eu entendi quem ele era... – Ele pôs a sacola cilíndrica sobre a cama. – Bem, isso explicou muita coisa.

Percy teve vontade de parar as mãos de Wyatt, de impedir que ele amarrasse as cordas da sacola.

– E... você nunca teve nenhuma dúvida depois daquele dia?

– Não, senhor – Wyatt disse, fechando a sacola. – Até porque eu o ouvi admitir para mamãe naquela noite que Matthew era seu filho. Eu tinha ido me desculpar e dizer que nunca mais ia bater nele quando ouvi a briga de vocês.

Percy se segurou na coluna da cama.

– Você... escutou tudo?

– Sim. Tudo. Aquilo também explicou um monte de coisas.

Percy engoliu em seco, tentando livrar-se da ensurdecedora ausência de som nos ouvidos.

– E foi por isso... foi por isso que você e eu... nunca nos entendemos.

— Ah, mas nós nos entendemos, papai, da única maneira possível. E eu não quero que o senhor pense que Matthew teve a ver com o modo como as coisas foram entre nós. Se ele não existisse, nada teria mudado no modo como o senhor se sente a meu respeito. Matthew apenas tornou as coisas piores por comparação, só isso. Do meu ponto de vista, ao tomar conhecimento da verdade naquele dia, eu ganhei um irmão.

E perdeu um pai, Percy pensou, paralisado por um desejo de segurá-lo por um minuto antes de ele partir, de abraçá-lo como o garotinho que ele nunca abraçou, nunca conheceu, até agora. *Eu te amo... eu te amo*, ele teve vontade de gritar. O sentimento estava lá, milagrosamente, libertado como um pássaro depois de um longo cativeiro, mas Wyatt jamais acreditaria que as palavras vinham do seu coração e não da emoção do momento. *Perdoe-me...* ele quis implorar, mas temeu a resposta de Wyatt. Ele não suportaria se tivesse que preencher o vazio com esta lembrança.

— Mais uma coisa — Percy disse. Ele precisava saber. — Você... você algum dia contou a Matthew?

— Não, e ele nunca adivinhou. Matthew nunca foi de perceber estas coisas. Ele aceitava as coisas como elas se apresentavam. — Wyatt fez um gesto na direção da escrivaninha. — Na última gaveta estão a camisa de Matthew e o livro que ele me deu de aniversário. Eu ia levá-los para me dar sorte, mas não quero que aconteça nada a eles. Se eu não voltar, eles são seus.

Incapaz de falar, Percy balançou a cabeça e viu Wyatt pendurar a sacola pesada no ombro com um movimento ágil. Sabendo que qualquer tentativa de reconciliação não só seria inútil mas pareceria forçada, ele ficou parado, com um ar de resignação, enquanto o filho contemplava o quarto uma última vez. Wyatt sempre o respeitara. Ele o deixaria partir com este sentimento intacto.

— Bem, acho que é isso — Wyatt disse, fitando Percy uma rara vez em sua vida. Seus olhos, claros como um riacho, não continham ressentimento nem acusação. — Acho uma boa ideia o senhor não vir até a estação conosco, papai. Você e mamãe poderiam brigar, e eu não quero me lembrar de vocês dois brigando. Depois ela vai jogar baralho. As amigas vão ajudá-la a enfrentar minha partida. — Ele estendeu a mão e Percy apertou-a com força. Para seu horror, lágrimas lhe vieram aos olhos.

— Eu gostaria... eu gostaria que as coisas tivessem sido diferentes entre nós.

Wyatt sacudiu a cabeça.

— Um homem não muda seus filhos. As coisas aconteceram do jeito que aconteceram. Matthew era um bom menino. Estou contente por ele ter escapado desta guerra. – Eles soltaram as mãos. – Tome conta de mamãe da melhor maneira que puder, se ela permitir – ele disse, abrindo um sorriso que iluminou suas feições.

Mas Percy não conseguia deixá-lo ir.

— Quando você voltar, talvez possamos começar de novo.

Ele tornou a sacudir a cabeça.

— Isso não mudaria nada. Eu sou eu, o senhor é o senhor. Adeus, papai. Eu vou escrever.

E ele cumpriu a promessa. Percy devorava suas cartas, acompanhando seu pelotão no Pacífico Sul, de Corrigidor, passando por Guam, e finalmente chegando a Iwo Jima. Wyatt distinguiu-se, como Percy achava que faria, recebendo recomendação atrás de recomendação por bravura no campo de batalha. Percy lia as cartas e os artigos de jornal sobre a guerra na selva, as armadilhas e atrocidades cometidas pelos japoneses, as chuvas, a lama, os mosquitos transmissores da malária, e às vezes pensava se Matthew estaria velando pelo irmão, de praia em praia, de trincheira em trincheira, mantendo-o vivo.

E então, finalmente, tudo terminou e Wyatt ia voltar para casa. Mas não para ficar, ele tinha escrito. Ele tinha encontrado o lugar dele. Ele ia ficar nos fuzileiros navais. Tinha sido promovido no campo de batalha e ficaria como primeiro tenente. Percy e Lucy foram esperá-lo na estação. Eles mal o reconheceram quando ele desceu do trem, o lado esquerdo do seu uniforme um testemunho impressionante das batalhas a que ele sobrevivera. Percy já tinha feito cinquenta anos, e Lucy, já grisalha, tinha quarenta e cinco.

— Olá – ele disse simplesmente, a voz de um estranho, os olhos desconhecidos para eles. Lucy demorou a abraçar aquele homem que tinha criado, forte, mais alto do que Percy, de uma presença fantástica. Endurecido pela guerra, o rosto dele era o de um guerreiro que encontrara sua tribo, seu destino, sua paz.

— E então, você não planeja retomar os negócios? – Percy perguntou mais tarde.

— Não, papai.

Ele balançou a cabeça. Então não haveria mesmo nenhum recomeço. Ele trocou um aperto de mão caloroso com Wyatt.

— Então eu lhe desejo sempre um pouso seguro, filho – ele disse.

Lucy culpou-o pela decisão de Wyatt. Ela já tinha conhecimento de que Wyatt sabia que Matthew era irmão dele.

– Por que ele iria querer voltar para casa e trabalhar para um pai que gostava mais do filho mais velho?

– Acho que Wyatt já superou isso, Lucy – Percy disse.

Os olhos dela faiscaram com a antiga dor. Percy sabia que ela sofria muito por ter sido privada da companhia do filho. Ela desejara tanto ter Wyatt em casa de novo, casado, dando-lhe netos.

– Bem, talvez, mas ele não perdoou você por isso, Percy – ela disse. – E jamais perdoará. O fato de ele ficar nos Fuzileiros Navais é uma prova disso.

Uma manhã, cinco meses depois de Wyatt voltar para o seu regimento, Percy ergueu os olhos do jornal na mesa do café e viu Lucy parada ao lado dele. Ela estava usando um conjunto e um chapéu. Tinha uma estola de mink nos ombros.

– Aonde você vai tão cedo? – ele perguntou, espantado. Sua esposa raramente abria os olhos antes das dez horas.

– Vou para Atlanta – Lucy disse, vestindo as luvas. – Vou morar lá, Percy. Não há mais nada para mim aqui, agora que Wyatt não vai voltar para casa. Eu já aluguei uma casa em Peach Tree e pedi a Hannah Barweise para empacotar e despachar minhas coisas. – Ela tirou da bolsa um pedaço de papel e entregou para um perplexo Percy. – Aqui está o endereço e uma lista de despesas. Também vou querer uma mesada para gastos pessoais. O total está aí no final. Pode parecer exagerado, mas você pode pagar, e tenho certeza de que vale a pena pagar este dinheiro para se livrar de mim.

– Eu não quero me livrar de você, Lucy. Eu nunca disse isso.

– Você é educado demais para dizer, mas isto é melhor para nós dois. Agora, em homenagem aos velhos tempos, quer me levar até a estação?

Ele não tentou dissuadi-la, mas na estação ele olhou para o seu rosto maduro e redondo e se lembrou da garota que ele tinha ido buscar ali vinte e seis anos antes.

– Muita água sob a ponte, Lucy – ele disse, com um aperto no coração.

– É – ela concordou. – O único problema foi que nós a vimos correr de margens opostas.

O chapéu dela estava um pouco torto. Ele o endireitou com uma observação pensativa:

– Você não quer o divórcio, enquanto ainda há tempo de vê-la correr da mesma margem com outra pessoa?

– De jeito nenhum! – Ela deu uma risada. – Pode esquecer isso. Minha ameaça ainda está de pé. Nenhum divórcio a não ser que eu queira, e isso não acontecerá enquanto Mary Toliver estiver viva.

Eles não se abraçaram quando chegou a hora da partida. Lucy não pareceu querer se colocar nos braços de Percy, e ofereceu o rosto para um beijo rápido. Ela deixou que ele a ajudasse a subir no trem e, dos degraus, ela disse baixinho:

– Adeus, Percy.

– Por ora – ele disse, e deslizou a mão até o pulso dela como antigamente. O gesto a pegou de surpresa, e ele ouviu uma exclamação abafada quando ela puxou o braço como se ele estivesse queimando. Depois de encará-lo por mais alguns segundos, ela se virou e entrou no trem.

Capítulo Quarenta e Seis

Depois da partida de Lucy, Percy fez o que sempre fazia quando se abria um buraco em sua vida: passou a trabalhar mais horas por dia e ampliou o seu negócio. Aumentou a fábrica de celulose e deu permissão para o início da construção de outra fábrica de processamento de papel nos acres que tinha comprado de Mary. Além disso, ele mandou abrir uma clareira ali perto e encomendou plantas para um condomínio residencial com casas de preços razoáveis, que seus operários poderiam adquirir para morar com suas famílias ao alcance das emissões fedorentas da fábrica de celulose. O número proposto teve que ser aumentado imediatamente. O cheiro sulfúrico não era nada desagradável para os futuros proprietários. O odor significava contracheques entregues todas as sextas-feiras, plano de saúde, aposentadoria, aumentos salariais e férias pagas.

Como companhia, ele tinha Ollie e Mary e um recém-chegado ao círculo deles de três, um jovem advogado chamado Amos Hines. Amos tinha aparecido em Howbutker no final de 1945, logo depois da partida de William Toliver, e tinha sido convidado imediatamente para entrar para a firma de advocacia do seu velho amigo e advogado Charles Waithe. Como o pai, William tinha descoberto que não tinha vocação para ser fazendeiro e partira para local desconhecido numa manhã de outono, e só voltou a dar notícias muitos anos depois. Mais uma vez, Mary ficou sem herdeiro para Somerset.

Com seu sorriso irônico, ela resumiu seus fracassos para Percy com uma única observação.

– Nós somos um par, não somos?

– Somos mesmo – ele concordou.

– Você sente falta de Lucy?

Ele comprimiu os lábios e refletiu.

– Eu sinto a ausência dela, não sua perda.

Ele investiu numa companhia de petróleo e foi obrigado a participar de reuniões em Houston com diversos outros sócios que só pensavam e sonhavam com a indústria petrolífera. Foi durante uma dessas reuniões que ele conheceu Amelia Bennett, um ano depois de Lucy ter se mudado para Atlanta. Recém-viúva, herdara ações da companhia, mas, ao contrário de Percy, ela conhecia a indústria de trás para frente. Eles entraram imediatamente numa discussão sobre a prudência financeira de procurar petróleo numa área do West Texas conhecida como Permian Basin. Ele era a favor; ela, contra.

– Com efeito, Sr. Warwick – ela disse, dirigindo a ele um olhar de desprezo do outro lado da mesa de reunião. – Não posso imaginar como um *madeireiro* possa ter a menor ideia de onde cavar para procurar petróleo, quanto mais expressar uma opinião a respeito disso. Talvez o senhor devesse ficar calado e deixar aqueles que sabem decidir onde furar os poços da companhia.

Percy ergueu as sobrancelhas. Ah, um desafio. Desde Mary que ele não se sentia desafiado.

– Vou levar em consideração a sua bem intencionada advertência, Sra. Bennett, mas enquanto isso, vou votar na perfuração do Dollarhide Field do West Texas.

Mais tarde, quando se viram sozinhos no elevador, ela o olhou de cima a baixo e declarou:

– O senhor é o homem mais arrogante que eu já conheci.

– Acho que tem razão – Percy concordou gentilmente.

Ela tinha preferência por sapatos simples de salto alto e saias escuras e justas que usava com blusas de seda em tons pastel. Suas únicas joias eram uma aliança de ouro e brincos de pérola combinando com os botões de madrepérola das blusas. Depois de várias outras reuniões, Percy teve o prazer de desabotoar aqueles botões e abrir a blusa de seda.

– Não se iluda, você ainda é o homem mais arrogante que eu conheci – Amelia disse, com os olhos brilhando.

– Eu não sonharia em discordar disso – Percy respondeu.

O caso deles era muito satisfatório para ambos. Nenhum dos dois estava interessado em casamento. Uma necessidade mútua de se relacionar com alguém de quem gostassem, confiassem e respeitassem era o que motivava aquele relacionamento. Eles se encontravam abertamente, deixando os fofoqueiros à vontade para comentar. Ninguém disse nada. Era a época do pós-guerra e havia certa displicência nas convenções sociais. Percy e Amelia eram pessoas adultas, de meia-idade. Eram ricos, influentes e poderosos, estavam acostumados a fazer o que queriam.

Quem ousaria criticar publicamente uma viúva jovem e saudável por dormir com um empresário viril que fora abandonado pela esposa?

Wyatt agora servia em Camp Pendleton. Ele raramente escrevia, só ligava no Natal e no aniversário de Percy, e nunca ia em casa. Percy escrevia com frequência, enchendo as cartas com notícias da fábrica do Sabine e do condomínio que estava construindo, de Mary e Ollie e do seu novo amigo, Amos Hines, de eventos locais e outras coisas que pudessem manter o contato entre Wyatt e Howbutker, por mais insignificantes que fossem. Uma vez, depois de ler a última carta que Sara tinha mandado, ele escreveu contando que a Srta. Thompson tinha se casado com um diretor de escola em Andrews, Texas. Depois de muita consideração, ele decidiu se arriscar a contar que ele e a Srta. Thompson um dia tinham sido muito íntimos e que o casamento dela o tinha deixado com uma sensação doce e amarga ao mesmo tempo. Para sua surpresa, Wyatt respondeu na mesma hora, mencionando Sara com um comentário muito simples: "Ela sempre foi minha professora favorita."

Seis meses antes do final da década, chegou uma carta de Wyatt anunciando seu casamento com Claudia Howe, uma professora natural da Virgínia. Eles estavam morando na base, nos alojamentos para oficiais casados. Ele agora era capitão e comandante de uma companhia. Lucy tinha feito uma visita de surpresa a eles, havia pouco tempo, indo de Atlanta para conhecer a nora. Wyatt não sugeriu que Percy fizesse o mesmo.

Percy pegou o telefone na mesma hora e ligou para Camp Pendleton. Uma mulher com uma voz agradável e educada atendeu ao primeiro toque.

– Bom-dia – ela disse. – Casa do capitão Warwick.

– Claudia? Aqui é Percy Warwick, pai de Wyatt.

Ele achou ter detectado um silêncio de agradável surpresa, o que se confirmou quando ela disse com a voz um tanto cantante:

– Que prazer falar com o senhor. Wyatt vai ficar desapontado por não ter estado aqui para atender seu telefonema. Ele está em manobras.

Desapontado, Percy disse:

– Eu também estou desapontado. Infelizmente escolhi a hora errada para ligar.

– Espero que o senhor torne a ligar em outra hora.

– Com certeza. – Ele procurou alguma coisa para dizer que enchesse o silêncio. – Fiquei contente ao saber que ele tinha se casado, e espero conhecê-la em breve. Você precisa trazer Wyatt a Howbutker.

– Eu vou dizer isso a Wyatt.

Percy notou que ela não o convidou para visitá-los e fez mais algumas perguntas corteses sobre o bem-estar deles que Claudia respondeu com respostas gentis mas breves, sem prolongar a conversa. Ele desligou, sentindo-se abatido e deprimido.

Percy mandou um cheque vultuoso de presente de casamento que foi prontamente agradecido numa nota de Claudia, com uma linha escrita por Wyatt. Percy suspeitou que a breve saudação tivesse sido ideia da esposa.

Um ano depois, chegou outra carta da nora. Ela dizia numa letra fina e elegante que ele agora era avô e que o retrato que vinha na carta era para apresentar a ele o neto, Matthew Jeremy Warwick. Eles o chamavam de Matt.

No dia seguinte, ele ficou chocado com a manchete estampada na primeira página do *Gazette* de domingo: TROPAS DA COREIA DO NORTE CRUZAM O PARALELO TRINTA E OITO NUM ATAQUE DE SURPRESA CONTRA A COREIA DO SUL.

Nos dias seguintes, com alarme crescente, Percy acompanhou as notícias dos jornais sobre a recusa da Coreia do Norte em obedecer a ordem do Conselho de Segurança da ONU de que seu governo cessasse imediatamente as hostilidades e retirasse suas tropas para o paralelo trinta e oito. As tropas da Coreia do Norte já estavam avançando para tomar Seul, capital da Coreia do Sul, para derrubar o governo democrático e unificar o país à força sob o regime comunista. O Conselho de Segurança da ONU respondeu enviando tropas para apoiar a Coreia do Sul, compostas pelas forças americanas e comandadas pelo General Douglas MacArthur. Uma das primeiras ordens do general: "Mandem-me os fuzileiros navais."

É isso! Percy pensou, olhando para o retrato do neto na mesa do café da manhã. Vou pegar o primeiro avião para San Diego. Não me interessa se Wyatt não quer me ver. A Primeira Divisão de Fuzileiros navais é sempre a primeira a ser chamada, e eu vou ver o meu rapaz antes que ele parta.

Ele sentiu um medo tão intenso que ficou fraco. Coreia do Sul. Quem jamais havia ouvido falar nela, e por que diabos os Estados Unidos estavam mandando homens para morrer por ela? Ele atirou o guardanapo na mesa e empurrou a cadeira para trás. Wyatt ia provavelmente pensar que ele tinha aparecido para ser perdoado pelo filho que havia renegado. Ele ia pensar que era um ardil para se aproximar do neto, para fazer outra tentativa com um Warwick. Na melhor das hipóteses, ele ia pensar que era algo que um pai faz quando seu único filho está partindo para a sua segunda guerra, depois de ter tido a sorte de sobreviver à primeira. E ele estaria certo em tudo. O que ele não ia saber era que Percy também tinha ido lá porque o amava, um amor que parecia ficar mais forte a cada ano, apesar da distância entre eles.

Os planos que Percy fizera na mesa do café foram alterados quando sua secretária lhe entregou um telegrama segundos depois de sua chegada ao escritório.

– De Wyatt – ela disse. – Eu assinei o recebimento há poucos minutos.

Percy abriu o envelope amarelo: PAPAI PONTO CHEGO DE TREM ESTA NOITE SEIS HORAS TRAZENDO CLAUDIA E MATT PARA CASA PONTO WYATT.

Percy olhou perplexo para a secretária.

– Sally, meu filho está vindo para casa com a família. Eu gostaria que você reunisse todas as faxineiras da cidade e as mandasse para Warwick Hall. Eu pagarei o dobro da diária delas. Melhor ainda, quero que você vá até a casa e supervisione a limpeza de cada cômodo de cima a baixo. Você fará isso?

– O senhor sabe que sim, Sr. Warwick.

– E ligue para Herman Stolz...

– O açougueiro?

– O açougueiro. Diga a ele para cortar três bifes do seu melhor filé mignon, cada um com duas polegadas de largura. E, por favor, ligue para o florista e encomende arranjos de flores para o primeiro andar e para o melhor quarto de hóspedes. Eu gostaria que um dos arranjos fosse de... rosas vermelhas e brancas. Mande colocá-lo no hall de entrada.

– Sim, Sr. Warwick.

Percy ligou para Gabriel, o mordomo que Lucy tinha demitido e ele tinha recontratado dos DuMont depois da partida dela. Gabriel tinha sessenta e cinco anos e raramente tinha saído da avenida Houston desde o dia em que nasceu no alojamento de empregados em cima da garagem dos Warwicks.

– Gabriel, vou mandar o carro. Vá até o Açougue Stolz e apanhe uns bifes que encomendei. Aproveite para escolher as comidas favoritas do Sr. Wyatt enquanto estiver lá. Entendeu? O Sr. Wyatt está vindo para casa esta noite com a esposa e o meu neto.

Percy permitiu que ele o interrompesse com vários "O Senhor seja louvado!" antes de prosseguir com outras instruções.

– Eu tenho a sensação – ele disse – de que a esposa dele iria gostar de *sauce béarnaise* para acompanhar o seu *steak*. Você acha que pode dar conta disso?

– Vou mandar meu neto Grady ler a receita para mim. Estou com um lápis aqui na mão. Como se escreve?

Percy suspirou e soletrou o nome, desejando que Amelia estivesse lá.

Depois de dar essas ordens, ele telefonou para Mary. Ela escutou e, depois de prometer mandar Sassie lá para ajudar Gabriel, disse:

– Ele vai deixar o bebê e a mãe com você enquanto estiver na Coreia, Percy.

– Você acha mesmo?

– Acho. Você está tendo outra chance.

– Espero que você esteja certa.

– Acho que você pode contar com isso. Tenho inveja de você, Percy.

– Talvez você também tenha outra chance um dia, Mary.

O riso dela parecia cristal se quebrando.

– E de onde viria isso?

Foi como Mary tinha previsto e como Percy não tinha ousado esperar. Ele não perguntou a Wyatt o que a mãe dele tinha achado desta decisão. Ela devia ter ficado surpresa e ofendida, mas ele pôs de lado sua simpatia por Lucy e se entregou à alegria e à gratidão. O bebê era lindo. Percy fitou-o maravilhado e mal pôde acreditar que ele tivesse a testa, o nariz e o queixo dos Warwick.

Sally estava enxotando a equipe de limpeza pela porta dos fundos quando eles chegaram em Warwick Hall, e Percy viu Claudia entrar na casa dele devagar, contemplando sua grandiosidade e tamanho. Com o bebê no colo, ela parou diante do magnífico arranjo de rosas brancas e vermelhas que se refletia no enorme espelho sobre a mesa do hall. Wyatt não pareceu notá-lo.

– Que lindo – ela disse.

Eles tinham chegado às seis horas em ponto, e o velho Titus, o condutor, tinha ele mesmo oferecido o braço à elegante esposa do capitão uniformizado dos Fuzileiros Navais que desceu atrás dela. Ele tinha apontado para Percy.

– Aquele ali é o Sr. Percy Warwick – Percy o tinha ouvido dizer. – Um homem muito bom.

Ela se aproximara dele carregando o bebê, com o marido logo atrás.

– Olá, papai – ela disse.

Ela pareceu a princípio uma pessoa comum, sem nada que chamasse atenção em suas feições. O cabelo não era louro nem castanho, o rosto não era feio nem bonito, ela não era nem alta nem baixa. Foi o tom agradável da sua voz que primeiro chamou a atenção dele, e em seguida os olhos – não necessariamente a cor deles, de um tom comum de castanho, mas a inteligência e a integridade que ele viu neles, a força e o humor. Percy gostou dela na mesma hora, e se sentiu orgulhoso do filho por ter escolhido tão bem uma esposa.

– Filha – ele disse baixinho ao abraçá-la, com a criança entre eles.

– Então o que você acha da casa? – ele perguntou a ela mais tarde a respeito de Warwick Hall, que brilhava de tão limpa.

– O que eu acho? Ora, quem não a acharia magnífica? Wyatt nunca me contou.

– Mas... ele deve ter contado... outras coisa para você.

– Sim – ela disse, com uma expressão séria e serena.

Ele não insistiu, feliz por ela ter gostado da casa que seus antepassados tinham construído. Havia tempo bastante para discutir "as outras coisas" depois que Wyatt partisse, caso ela quisesse.

Ele tinha ficado horrorizado ao saber que Wyatt ia embarcar para a Coreia dentro de poucas semanas e que ia voltar para Camp Pendleton na tarde seguinte.

– Tão cedo? – Percy tinha perguntado, com o coração apertado.

– Infelizmente, sim.

Tarde da noite, agitado demais para dormir, Percy saiu do quarto para ir até a biblioteca e tomar um conhaque antes de se recolher. Tendo visto a família instalada no quarto de hóspedes e o berço emprestado por Mary armado ao lado da cama, ele pensara que eles estavam recolhidos para a noite quando viu uma luz saindo da porta aberta do antigo quarto do filho. Ele foi investigar e encontrou Wyatt, ainda usando parte do uniforme, parado no meio do quarto, de costas para ele, os ombros fortes como granito por baixo da fazenda engomada da camisa. Em silêncio, Percy ficou olhando para ele, imaginando o que estaria pensando, que vozes estaria ouvindo, que ecos do passado. As lembranças de sua infância ainda estavam penduradas nas paredes. Uma faixa que dizia HOWBUTKER HIGH SCHOOL CAMPEÃ ESTADUAL DE FUTEBOL DE 1939 coroava a cabeceira da cama.

Percy pigarreou.

– Um homem não deveria ser obrigado a lutar em duas guerras.

Virando-se, com a expressão tão impenetrável como sempre, Wyatt disse:

– Talvez consigamos acabar logo com esta. – Ele passou o dedo pela lombada do livro que tinha na mão. Era o exemplar de *As aventuras de Huckleberry Finn.* – Eu quero levar comigo o presente de aniversário de Matthew desta vez. Talvez me dê sorte.

– É uma boa ideia – Percy disse. – Um soldado precisa de toda a sorte que conseguir.

Havia tanta coisa mais que ele gostaria de dizer, mas não conseguiu falar com a garganta apertada de emoção. Wyatt salvou a ambos deste momento de embaraço dizendo:

– Papai, preciso pedir-lhe uma coisa antes de partir. Um favor.

– Qualquer coisa, filho. O que você quiser.

– Se... eu não voltar, gostaria que meu filho fosse criado aqui com o senhor. Claudia pensa do mesmo jeito. Ela já está louca pelo senhor. Eu sabia que isso ia acontecer. E ela sabe avaliar as pessoas, fique sabendo. – Ele sorriu, com um brilho de orgulho nos olhos que suavizou suas feições marcadas. – Eles não vão dar trabalho, e eu vou me sentir mais tranquilo sabendo que, não importa o que aconteça comigo, eles terão um lar aqui com o senhor.

Percy mal conseguiu falar.

– Você... você quer que eu ajude a criar o Matt se... se...

– Isso mesmo.

Percy fitou os olhos azul-claros do filho. Eles não diziam nada; eles diziam tudo. Percy só podia ter certeza do que tinha ouvido.

– Eles são bem-vindos aqui pelo tempo que quiserem ficar – ele disse. – Eu não gostaria de vê-los em nenhum outro lugar, e me sinto muito honrado por você querer que eles morem comigo. – Ele engoliu em seco. Ele não podia desmoronar. Ele não podia dar a impressão de ser um homem menos forte do que Wyatt achava e sempre respeitara. Mas não pôde deixar de falar, ele *teve* que dizer: – Você precisa voltar, Wyatt. Você tem que voltar.

– Vou fazer tudo o que puder para isso. Boa-noite, papai, e obrigado. – Passando por Percy com o livro debaixo do braço, Wyatt fez um breve aceno de cabeça e saiu do quarto.

Capítulo Quarenta e Sete

As horas voaram. Parecia que eles estavam de volta na estação antes de terem saído de lá, Claudia carregando no colo o bebê de dois meses enrolado numa manta azul, Wyatt correto no seu uniforme impecável com as fileiras de fitas de condecoração sobre o lado esquerdo do peito.

— Está tudo aí? — Percy tinha perguntado antes de eles deixarem Warwick Hall. — Está tudo na mala?

— Está tudo na mala — Wyatt tinha dito. — Eu não costumo deixar nada para trás.

Nem tanto, Percy tinha pensado com tristeza. Mas depois de beijar a esposa e o filho e de apertar a mão de Percy, foi para ele que Wyatt dirigiu as últimas palavras antes de entrar no trem.

— Faça meu filho saber que eu o amo, papai.

— Você vai voltar para mostrar isso a ele, filho.

Depois de voltar para casa, Percy deixou Claudia e Matt no jardim banhado pelo sol do início do verão enquanto ia até o quarto de hóspedes. Ele procurou *As aventuras de Huckleberry Finn* mas não encontrou. Não tinha sobrado nada do homem que tinha chegado e partido em menos de vinte e quatro horas. Aliviado, ele teve que acreditar que Wyatt tinha guardado o livro na mala. Sem que o filho soubesse, Percy tinha tirado uma rosa vermelha do arranjo do hall e a tinha colocado dentro do livro. Pensara em escrever um bilhete e prender na haste da rosa, como faziam todos os anos com as papoulas em honra ao Dia do Armistício, mas preferiu não fazê-lo. Palavras escritas eram tão inúteis quanto palavras faladas quando o leitor as atribuía a culpa. Ele tinha certeza de que Wyatt não faria a menor ideia de como a rosa tinha ido parar lá, o que ela significava, ou o que ele devia fazer com ela. Lucy, ele tinha certeza, nunca tinha contado para ele a lenda das rosas, e Percy com certeza tampouco o fizera. Mas ele se consolou com o gesto, sabendo que ela foi para a guerra com o seu filho, um testemunho do seu arrependimento preso entre as páginas do bem mais querido de Wyatt.

Mais uma vez, Percy se viu acompanhando a guerra pelos jornais e pelo rádio. Termos e nomes novos e estranhos de outro campo de batalha numa parte desconhecida do mundo surgiram: Inchon, Chosin Reservoir, Fox Hill, Old Baldy, Kunuri, MiG Alley, DMZ. Wyatt escreveu: "Os homens aqui choram, xingam e rezam do mesmo modo que faziam na Segunda Guerra Mundial e na sua guerra, papai. É tudo a mesma coisa – o medo, o tédio, a solidão, a adrenalina, o companheirismo, a tensão esperando o próximo ataque, as longas noites longe de casa e da família. Nesta guerra, o terreno é horroroso – colinas tão nuas e marrons quanto o traseiro de um urso – e também a espera nas trincheiras em noites tão escuras quanto o interior de um balde de piche pelas hordas de comunistas chineses soprando suas cornetas – nós as chamamos de armas de arroto –, deixando em pé cada pelo do seu corpo. Mas no meio-tempo eu penso em Claudia e Matt aí a salvo com o senhor."

Logo depois que ele partiu, Percy desembrulhou um objeto que tinha guardado depois que Wyatt voltou da Segunda Guerra Mundial. Ele desenrolou o pano de seda branca debruado de vermelho diante do pequeno Matt, acordado e balbuciando no berço.

– Você quer saber o que é isto? – Percy disse. – Isto, rapazinho, se chama uma bandeira de serviço. Vou pendurá-la na janela da frente. A estrela azul representa um membro da família lutando na guerra pelo seu país. Neste caso, representa o seu pai.

No final de setembro de 1951, quase um ano e meio depois de Wyatt ter partido, Percy recebeu um telefonema de Claudia no Courthouse Café, onde ele estava tomando café com membros do OBC – Old Boy's Club –, pedindo para ele voltar para casa. Ele não perguntou por quê. Calmamente, pôs o dinheiro sobre o balcão e, sem uma palavra, saiu para a luz daquela manhã azul e dourada, a mesma que tinha visto no último dia do seu filho mais velho na terra. Ao chegar em casa, ele viu um carro dos Fuzileiros Navais dos Estados Unidos parado sob o pórtico. Eles tinham enviado um grupo de Houston – um capelão e dois oficiais – para informar à família que Wyatt Trenton Warwick fora morto em combate num lugar remoto e triste conhecido como "Punch Bowl". Dias mais tarde, o corpo dele foi mandado para casa coberto pela bandeira americana, que depois foi dobrada e entregue em nome da nação agradecida à sua viúva diante do seu túmulo. Percy tinha escolhido o local do enterro sob o olhar de censura do agente funerário, que teria enterrado Wyatt no jazigo dos Wyatt aos pés de Matthew DuMont.

– Não aos pés dele, mas ao lado dele – Percy tinha ordenado.

– Se o senhor insiste – disse o agente. – Afinal, eles eram muito amigos.

– Não só amigos – Percy tinha dito, com a voz trêmula de emoção. – Eles eram irmãos.

– É assim que todos se lembram deles – o agente disse pacificamente. – Unidos como irmãos.

Os operários da fábrica com quem ele tinha trabalhado, seus antigos colegas de escola e namoradas, seus velhos companheiros de futebol e treinadores, todos os que ficaram sabendo de sua morte compareceram ao funeral. Lucy chegou, toda de preto, o rosto pálido e tenso sob o véu, e ficou com a família em Warwick Hall. Percy queria chorar com ela, tocar de alguma forma a mãe do seu filho, mas os olhos frios dela o mantiveram à distância. Ao escolher as flores para colocar sobre o túmulo, ela disse:

– Por favor, Percy, rosas não...

Portanto, era um tapete de papoulas vermelhas que tremulava ao vento, ao lado do túmulo de Matthew Dumont, quando a guarda de honra ergueu seus fuzis para a salva de tiros. O barulho dos tiros encheu os ouvidos de Percy e fez o pequeno Matthew chorar no refúgio dos braços do avô.

– Então – Lucy disse mais tarde –, Claudia e Matt vão ficar aqui em Howbutker com você, ela me disse.

– Sim, Lucy.

– Ela me disse que era o que Wyatt queria.

– Sim, Lucy.

– Não há justiça neste mundo, Percy Warwick.

– Não, Lucy.

Os pertences de Wyatt finalmente chegaram. Percy estava na estação para pegar a caixa de tamanho médio que ele mesmo ergueu e colocou na caçamba de uma picape da empresa. Claudia, aparentemente percebendo sua dor, insistiu para que eles examinassem juntos as coisas.

– O que é isto? – ela perguntou, erguendo o exemplar de *As aventuras de Huckleberry Finn*.

Era o item que Percy estava torcendo para achar.

– Matthew deu esse livro a Wyatt de aniversário quando eles eram meninos – ele disse. – Wyatt levou-o com ele na esperança... de que ele lhe desse sorte.

Ele pegou o livro e folheou as páginas, procurando a rosa vermelha, mas não achou nada. Teria Wyatt encontrado a rosa? Ele a teria jogado fora sem compreender seu significado especial? Ela teria caído quando o companheiro dele arrumou a caixa? Ele jamais iria saber. Teria que aceitar o fato de que seu filho tinha morrido sem saber que o pai o tinha amado e pedido o seu perdão.

Apesar da dor constante que agora se juntava aos seus outros sofrimentos, a vida dele entrou num período de tranquilidade doméstica que ele não conhecia desde o tempo que a mãe cuidava de Warwick Hall. Matt e Claudia tornaram-se o centro do seu universo. A casa adquiriu um novo brilho e uma nova ordem, graças à direção competente da nora. Refeições satisfatórias eram servidas e feitas em família na sala de jantar, às vezes na companhia dos DuMont e de Amos Hines e Charles Waithes, que não se incomodavam com um garotinho mexendo em suas ervilhas.

Ele passou a receber de novo, sentindo-se livre para levar para casa de última hora visitantes de fora que iam conhecer a fábrica de celulose e de processamento de papel que se estendiam ao longo do Sabine. Amelia, ao ver que não era mais essencial para aliviar a solidão dele e que amava um homem que jamais seria livre, retirou-se silenciosamente da vida dele. De vez em quando, Percy desejava que Lucy pudesse compartilhar da alegria de ver o neto crescer. Claudia mandava fotos para ela, e havia trocas de telefonemas em que Matt, sob orientação da mãe, balbuciava coisas para a avó em Atlanta, chamando-a de "Gabby". Percy imaginava como ela passaria seus dias de mulher solitária e se teria amantes para encher os espaços vazios de sua vida.

A Guerra da Coreia terminou e, com o coração partido, Percy leu que a nação pela qual seu filho e mais de cinquenta mil homens e mulheres americanos tinham morrido ainda estava dividida, que as questões políticas não tinham sido resolvidas, que os direitos humanos não tinham melhorado. Ele mandou pendurar na recepção do seu escritório um cartaz que dizia: "Algum dia, alguém vai decretar uma guerra e ninguém vai aparecer." Ele abraçou o neto e rezou para que esse dia chegasse antes de Matthew crescer.

Dois anos depois de o corpo de Wyatt ter sido levado para casa, Sally entrou em seu escritório e anunciou com uma curiosidade mal disfarçada:

– Sr. Warwick, tem um fuzileiro naval na minha sala querendo falar com o senhor. Posso mandá-lo entrar?

— É claro — Percy disse, levantando-se e abotoando o paletó, com o coração batendo forte.

Um major do Corpo de Fuzileiros Navais entrou na sala, com o quépi do uniforme debaixo do braço, um pacote retangular debaixo do outro.

— Sr. Warwick, eu sou Daniel Powel — ele se apresentou, encostando o pacote na escrivaninha de Percy para apertar a mão dele. — Eu conheci o seu filho na Coreia. Nós dois éramos comandantes de batalhão na Primeira Divisão da Marinha.

— É mesmo? — Percy disse, seu coração batendo forte, as perguntas girando na mente como um caleidoscópio. Por que este homem tinha vindo tanto tempo depois da morte de Wyatt? Ele estava aqui para contar a ele como e onde o filho tinha morrido? Wyatt jamais teria aprovado esta visita. Ele estaria deixando a Marinha e querendo um emprego? Percy fez um gesto na direção de uma cadeira. — Sente-se, Major, e diga-me o que posso fazer pelo senhor.

— Não por mim, pelo senhor. Wyatt me pediu para procurá-lo, caso alguma coisa acontecesse com ele. Sinto muito por ter levado tanto tempo para chegar aqui. Eu fui mandado para o Japão depois da guerra e acabei de ser redirecionado para casa.

— Há quanto tempo o senhor está em casa?

O oficial consultou o relógio.

— Há menos de quarenta e oito horas. Eu vim diretamente para cá depois de desembarcar em San Diego.

Percy levou um susto.

— Que dizer que esta é a sua primeira parada depois que chegou em casa?

— Sim, senhor. Eu prometi a Wyatt que entregaria isto ao senhor na primeira chance que tivesse. — O fuzileiro se levantou e ergueu o pacote muito bem embrulhado. — Estou cuidando disto desde que Wyatt foi morto. Nós estávamos juntos quando ele o comprou em Seul. Ele disse que era para eu lhe entregar caso ele não voltasse para casa. Não era para mandar pelo correio. Era para entregar pessoalmente, não importa o tempo que eu levasse para isso.

Percy examinou o pacote retangular.

— É para a esposa dele?

— Não, senhor. É para o senhor. Ele disse que o senhor ia entender o significado.

Devagar, com a boca seca, Percy levou o pacote para uma mesa debaixo de uma claraboia. Ele estava muito bem embrulhado, com a fita durex suja, o papel manchado por ter ficado tanto tempo guardado onde quer que o fuzileiro tenha conseguido estocá-lo nos últimos dois anos. Ele arrancou o durex e rasgou o papel marrom até revelar o conteúdo. Era um quadro, uma pintura impressionista não muito boa de um menino sorridente com calças até os joelhos, correndo na direção de um portão. A princípio, Percy não conseguiu distinguir o que ele tinha nos braços nem o que o terreno indistinto ao redor do menino representava. Então, quando ambos se tornaram claros, ele levantou a cabeça e deu um urro na direção do céu azul acima da claraboia. O menino estava correndo por um jardim carregando uma braçada de rosas brancas.

Uma dorzinha no peito obrigou Percy a abrir os olhos. Ele passou os dedos no rosto e eles ficaram molhados, mas não por causa do calor, ele sabia. Que horas eram? A varanda da sala estava agora toda na sombra, e soprava uma brisa ligeira, típica do final da tarde. Ele encostou os pés no chão e sacudiu a cabeça para desanuviá-la. Há quanto tempo estava ali, invocando velhos fantasmas? Meu Deus, já passava das cinco horas, ele viu no relógio. Mary já estava morta havia quatro horas... a sua Mary. Ele se levantou e testou as pernas. Elas estavam um tanto bambas e úmidas por dentro, onde ele tinha transpirado. Andando com dificuldade, sentindo os fantasmas chamando atrás dele, ele entrou pela porta do terraço, olhando imediatamente para o quadro sobre a lareira. Na mesma hora, a dor no peito passou. A memória podia ser uma coisa terrível, ele pensou, um instrumento de tortura que continua trabalhando muito tempo depois de um homem ter expiado seus pecados. Ele se serviu de um copo d'água para aplacar a sede e o ergueu na direção do quadro.

– No fim, Cigana, eu acho que o máximo que podemos querer é uma braçada de rosas brancas.

Capítulo Quarenta e Oito

Em Atlanta, com a ajuda de uma bengala, Lucy Gentry Warwick caminhou cautelosamente sobre o caminho de pedras do seu jardim. Este não era grande coisa durante o dia, mas, numa agradável noite de verão, ele era uma beleza. O pequeno quintal tinha sido todo plantado com plantas perenes – crisântemo, alecrim-do-norte, anêmona, vinca menor, estrela-de-Jerusalém – e ao luar suas flores brilhavam com uma beleza mágica. Lucy sentou-se num dos bancos de pedra, ignorando o encanto do seu jardim. Seus pensamentos estavam em Mary Toliver DuMont.

A ligação da velha vizinha e espiã, Hannah Barweise, tinha interrompido sua sesta. Hannah ainda morava ao lado da mansão Toliver, e tinha ligado para contar que por volta do meio-dia tinha visto uma ambulância chegar e presenciado a agitação de Sassie e Henry, deduzindo que havia acontecido alguma coisa com Mary. Em seguida, tinha visto Percy e Matt sair às pressas de um caminhão da empresa, e menos de uma hora depois a vizinhança estava comentando que Mary tinha morrido. Antes mesmo de fazer as perguntas óbvias para Hannah, Lucy tinha perguntado:

– Como ele estava?

– Como quem estava?

– Percy.

– Ora, quase igual, Lucy. Envelhecido, não tão ágil, mas é Percy Warwick, se é que me entende.

Ela respondera meio sem ar.

– Sim, eu entendo. Continue. Qual foi a causa da morte?

Depois de escutar os detalhes fornecidos por Hannah, Lucy tinha desligado com o corpo todo tremendo. O dia que ela aguardava havia quarenta anos tinha finalmente chegado: Mary Toliver DuMont morta e Percy sozinho, chorando por ela. Era uma dor que ela queria que ele sentisse e vivesse com ela até o fim dos seus dias, como ela tinha vivido com a dela.

Então por que não sentia a euforia que havia esperado? Por que esta pressão desagradável no diafragma ao visualizar Mary morta, aqueles olhos verdes parados, aquele rosto como mármore num sarcófago? Como sempre, mesmo do túmulo, Mary tinha conseguido privá-la da satisfação que ela tanto esperava e merecia. E Deus era testemunha de que ela tivera muito pouco do que se alegrar durante a vida.

Ela tentou livrar-se daquela sensação. Seu descontentamento vinha unicamente pelo fato de saber que ela também tinha oitenta e cinco anos e estava à mercê da sombra que se abatera sobre Mary... Mary Toliver DuMont, aquela velha guerreira, apanhada desprevenida num dia de verão, enquanto tomava sol em sua varanda. Antes disso, porém, Lucy teria seu momento muito esperado de triunfo e então, depois... a sombra podia chegar.

– Srta. Lucy, o que está fazendo aí a esta hora da tarde?

Era a voz de Betty, sua empregada muito antiga. Ela abrira a porta que dava para o pátio e estava olhando de cara feia para o sol quente. Lucy percebeu sua irritação. Mãe de Deus! Ela achou que tinha escapulido enquanto a outra assistia ao noticiário das cinco horas. Betty era uma boa moça, mas era faladeira. Ela não a queria por perto quando desse início ao seu plano de vitória.

– Pensando – Lucy respondeu. – Volte para o seu noticiário.

– Pensando? Nesse calor? Sobre o quê? Sobre aquela mulher que acabou de morrer?

– Não é da sua conta. Agora volte para o seu programa.

– Como eu posso, sabendo que a senhora está aí se arriscando a ter uma insolação?

– Eu estou velha demais para ter uma insolação. Eu já vou entrar. Quero apreciar um pouco o meu jardim. Foi por isso que o plantei.

Betty suspirou.

– Como quiser, Srta. Lucy, mas eu devo confessar que às vezes a senhora exagera. Precisa de alguma coisa?

Lucy pensou em pedir um copo de conhaque para aumentar sua coragem, mas Betty ia ficar parada na porta até ela terminar, depois ia ficar por ali para se certificar de que ela estava sóbria o bastante para entrar em casa sozinha.

– Só de paz e silêncio, se for possível, Betty.

Sacudindo a cabeça, Betty fechou a porta, e Lucy deu tempo para ela voltar à TV antes de agir. Mais cedo – para explicar por que Hannah tinha insistido que ela fosse acordada de sua sesta – ela dissera a Betty que uma velha colega de escola e vizinha em Howbutker tinha morrido. Se a criada ouvisse sua mensagem curta e seca daqui a pouco, somaria dois e dois e descobriria o motivo real de ela e Percy terem ficado casados todos esses anos.

Quando Lucy chegou em Atlanta, todo mundo achou que ela fosse a vítima trágica de um marido poderoso e despótico que se recusava a libertá-la, um erro romântico que ela não tentou corrigir. Seus novos conhecidos ficaram impressionados com o fato de que, mesmo ela estando separada dele, ele continuava a pagar casa, comida, roupas, tudo o que ela queria em termos de diversão, caprichos, sem fazer perguntas nem impor nenhuma restrição. Isto acrescentou uma aura de mistério à pessoa dela e lhe garantiu acesso imediato ao círculo restrito da sociedade de Atlanta. De outra forma, se ela fosse a esposa abandonada de um homem rico e importante a quem *ela* recusava o divórcio, Lucy não teria tido acesso a esse círculo social.

Convencida de que Betty estava de novo atenta à TV, ela abriu a porta de um pequeno armário de pedra ao lado do banco e tirou um telefone. O número que estava prestes a discar não tinha mudado desde que fora instalado, e ela o sabia de cor. Era a linha particular da sua antiga sala de estar. Se outra pessoa que não Percy atendesse, ela desligaria e tentaria de novo outra hora, mas ela apostava que ele estava sentado ao lado do telefone, paralisado de dor. Torceu para que Matt não estivesse com ele. O rapaz a amava, mas sua lealdade e sua devoção pertenciam a Percy, como o filho deles, Wyatt, tinha desejado, e ele não ficaria contente com ela por causar mais dor ao avô.

Mais uma vez, ela sentiu o gosto amargo do velho ressentimento. Perdoara Wyatt por deixar Matt e a esposa aos cuidados de Percy quando foi a Coreia, obviamente preferindo a custódia dele à dela. Mas confiar o filho e a esposa ao pai não significava que ele o havia perdoado por tê-lo rejeitado quando era menino. Isso lhe deu algum conforto. Percy não tinha que achar que Matt era a rosa branca de Wyatt.

Mas a sabedoria do tempo a fizera rever seu ressentimento contra Percy pela ruptura precoce do casamento deles. Ela tinha se casado com ele acreditando no que tinha dito a Mary em Bellington Hall: *Meu amor por ele irá cegá-lo... Eu vou ser a mulher que ele merece.* O amor dela por ele não tinha feito nada disso. Ao contrário, tivera o efeito oposto, e para seu horror – sem conseguir evitar que isso acontecesse – no casamento ela se tornou mais ainda a mulher que Mary tinha achado que não servia para Percy. Ela dissera a si mesma muitas vezes que se ao menos tivesse agido com mais inteligência – tivesse sido capaz de disfarçar sua natureza rude e desbocada –, mas não, o casamento deles não poderia ser salvo, não depois que ela soube dos sentimentos dele por Mary. Ela poderia ter perdoado a rejeição dele em relação a ela – e até em relação ao filho deles, já que ele tinha se arrependido disso –, mas não o amor dele por aquela estátua de mármore em forma de mulher que só teria se casado com ele para salvar o seu adorado nome de um escândalo. Isso nunca.

Com a antiga dor reavivada, ela recordou os versos de um poema de Edna St. Vincent Millay que tinha decorado muito tempo antes em Bellington Hall e recitado diversas vezes desde então:

> *Amor oferecido na palma da mão, só isso,*
> *Sem enfeites, sem subterfúgios, sem desejo de magoar,*
> *Assim como se oferecem prímulas num chapéu*
> *Que se carrega na mão, ou maçãs na saia,*
> *Eu trago para você, gritando como uma criança:*
> *"Veja só o que eu tenho aqui! E é tudo para você."*

Estes versos tinham descrito perfeitamente o amor dela por Percy, mas ele tinha derrubado as maçãs da saia dela com um tapa e entregado seu coração para uma mulher que era capaz apenas de amar uma fazenda de algodão. Esta era a sua grande rixa com Mary. Percy e os outros podiam achar que ela a tinha desprezado por causa de sua grande beleza e estilo. Ela tinha odiado Mary simplesmente porque ela não merecia o amor do homem que Lucy amava.

Ela levou o fone ao ouvido, ensaiando mentalmente o roteiro que ensaiara milhares de vezes enquanto aguardava este dia.

– Percy – ela ia dizer com toda a clareza e secura, e, depois de um pequeno silêncio para permitir que ele absorvesse a surpresa, ela o atingiria com a frase que tinha esperado cinco décadas para pronunciar: – *Agora* você pode ter o seu divórcio.

Antes que perdesse a coragem, ela ergueu os seios enormes, respirou fundo e discou o número. Depois de discar, ela desejou que ele não atendesse imediatamente – que ela tivesse tempo para preparar a voz que ele não ouvia desde o dia em que eles enterraram o filho.

Ele respondeu ao primeiro toque.

– Alô.

Idade... e sofrimento tinham afetado a voz que ela lembrava, mas ela a teria reconhecido em qualquer lugar, a qualquer hora. Os anos desapareceram, e ela se viu mais uma vez na varanda de Warwick Hall, olhando encantada para o jovem motorista de um Pierce-Arrow novinho em folha estacionando em frente aos degraus. O sol iluminou seu cabelo louro, sua pele bronzeada, seus dentes brancos. "Olá", ele disse num timbre de voz tão quente quanto a luz do sol, e o coração dela caiu aos pés dele.

– Alô? – Percy repetiu.

Lucy soltou o ar então, ouvindo o som da voz dele bem perto do ouvido, e delicadamente desligou o telefone.

PARTE III

Capítulo Quarenta e Nove

Em Kermit, Texas, Alice Toliver atendeu a ligação de Rachel.
– Mamãe, é Rachel.
– Será que chegamos ao ponto da minha única filha sentir necessidade de se identificar quando me chama de *mamãe*, Rachel?

Rachel sentiu a mesma pontada de sempre no coração ao ouvir o tom ofendido da mãe.

– Desculpe, mamãe. Foi o hábito que fez com que eu me identificasse.

– Há muito tempo que eu não sou um hábito para você, Rachel. O que aconteceu?

Rachel suspirou baixinho.

– Eu liguei para dizer que tia Mary morreu. Ela morreu algumas horas atrás de um ataque cardíaco. Acabei de saber por intermédio do Amos.

No silêncio que se seguiu, Rachel pôde ouvir claramente os pensamentos da mãe: *Então, Rachel, você agora está aonde sempre quis chegar, onde seus filhos estarão depois que você partir, enquanto que Jimmy, como o pai dele e o avô, ficam sem nada.* Mas ela poupou a filha da sua reação mental e perguntou:

– Quando vai ser o enterro? Tenho certeza de que o seu pai gostaria de ir.

– Só vou saber amanhã quando me encontrar com o agente funerário. O avião da companhia virá me buscar amanhã de manhã. Eu esperava que pudéssemos ir todos juntos.

– Bem, Rachel, você sabe o que eu achava da sua tia-avó Mary, e ela também. Seria o cúmulo da hipocrisia se eu aparecesse no enterro.

Eu não quero que você vá por causa da tia Mary, mamãe, e sim por mim, Rachel teve vontade de gritar, querendo sentir os braços da mãe em volta dela, consolando-a como antigamente, quando elas eram muito chegadas.

– Amos me pediu para convencer pelo menos o Jimmy a vir com papai. Ele acha que tia Mary iria querer que eles estivessem presentes na leitura do testamento.

Uma longa pausa.

– Você está dizendo que sua tia-avó deixou alguma coisa para eles? Os preços do algodão não estiveram bons este ano.

– Eu estou supondo que este seja o motivo de ele querer que eles estejam lá. O que Amos disse foi que eram as últimas lembranças dela para eles.

– Bem, as lembranças não irão compensar o que ela prometeu ao seu pai, mas nós vamos aceitar o que vier. Se isto significa uma viagem até Howbutker, então estaremos lá.

– Você também, mamãe?

– Eu não posso deixar os dois irem sozinhos. Eles são capazes de usar duas vezes a mesma roupa de baixo.

– Estou muito feliz que você venha. Já faz tanto tempo que eu não vejo nenhum de vocês.

– Bem, de quem é a culpa?

Rachel pegou outro lenço de papel. Ela tentou abafar o som da sua dor, mas Alice deve ter escutado com seu ouvido de mãe. Quando ela tornou a falar, seu tom de voz estava mais carinhoso.

– Rachel, eu sei que você está sofrendo, e sinto muito não poder oferecer meus pêsames pela sua perda. Mas você sabe a razão...

– Sim, mamãe. Eu sei.

– Eu vou acordar o seu pai. É quinta-feira, você sabe.

Rachel se lembrou. Quinta-feira era o dia que a mercearia de Zack Mitchell, onde o pai tinha trabalhado como açougueiro por trinta e seis anos, ficava aberta até tarde. Como precisava gerenciar a loja até as nove horas, ele tinha direito a um intervalo mais longo de almoço e normalmente tirava uma soneca nos trinta minutos extras.

– Coelhinha, eu sinto tanto – ele disse quando veio ao telefone, e, ao ouvir a voz dele, ela se descontrolou completamente. Seu tom carinhoso teve o mesmo efeito que costumava ter quando ele a abraçava depois de uma discussão com a mãe a respeito dos laços com a avenida Houston. Ele nunca tomara partido, e, para ser justa com a mãe, ela nunca tinha tentado colocá-lo contra ela. "Coelhinha" era o apelido que ele lhe dera quando ela estava aprendendo a andar.

– Você está melhor agora, meu bem? – ele perguntou depois de esperar um momento.

– Sim, papai, é que eu estou com muitas saudades suas, de mamãe e de Jimmy, especialmente agora. Mamãe deve ter dito que Amos pediu que você e Jimmy estivessem presentes na leitura do testamento. Eu gostaria muito que nós fôssemos juntos amanhã, no avião da companhia. Nós podemos pegar vocês no aeroporto de Kermit.

William Toliver pigarreou.

— Ahn, Rachel, meu bem, há vários problemas quanto a isso. Primeiro, você não acha que seria um pouco tenso viajar com sua mãe sabendo o que ela sente? Segundo... — ele pareceu ter ouvido o suspiro dela e se apressou antes que ela pudesse protestar — eu só vou poder sair daqui depois de amanhã. Não posso deixar o Zack na mão.

— Por que não? Você não acha que estas circunstâncias merecem a consideração de Zack depois de todos estes anos?

— Quem precisa trabalhar não pode fazer exigências, Rachel, e nós estamos fazendo o inventário do meio do ano.

Rachel bufou, indignada. Seu pai não teria nunca feito exigências. Ele nunca foi de reivindicar seus direitos.

— Prometa-me que não vai deixar Jimmy se recusar a vir. Eu quero vê-lo, papai. Ele vai fazer com que nos sintamos melhor. — Ela sentira uma saudade especial do irmão, sardento e dentuço, aquele ano. Jimmy tinha achado tia Mary parecida com Deus, se Ele fosse mulher, e, para ele, ela fora uma divindade onipresente, pairando sobre a vida de sua família desde que ele se entendia por gente.

— Eu vou tentar, meu bem, mas seu irmão tem vinte e um anos. Vou dizer a ele que você quer que ele vá.

Quando não havia mais nada a dizer, Rachel desligou com as palavras do pai *Quem precisa trabalhar não pode fazer exigências* ecoando em seus ouvidos. Talvez isso fosse mudar em breve se tia Mary tivesse deixado dinheiro suficiente para ele dizer a Zack Mitchell o que fazer com o seu inventário. O dinheiro estivera apertado este ano. Todo mundo achava que tia Mary estava nadando em dinheiro, e alguns anos ela estava. Mas os lucros dependiam do clima, dos mercados, dos custos de mão de obra e despesas, e muitas vezes, numa fazenda, a riqueza era determinada pelo valor da terra e não pela quantidade de dinheiro no banco — coisas que a mãe dela sabia muito bem.

Rachel podia ouvi-la falando nas discussões intermináveis a que tinha assistido entre os pais: *Espera só, William, quando tia Mary bater as botas, vai ter havido a pior seca da história ou três meses de chuva ou excesso de algodão ou um aumento no custo da energia — qualquer coisa que coma os lucros de tal forma que não haverá nada para você herdar — a não ser aquela maldita terra e a mansão*

Toliver, que ela vai deixar para Rachel. Sinto dizer isto, mas eu amaldiçoo o dia em que você enfiou na cabeça levá-la uma segunda vez para visitar sua tia-avó.

Particularmente, Rachel discordava da afirmação da mãe de que a ida a Howbutker em 1966 tinha despertado sua paixão por tudo o que dizia respeito aos Toliver. Ela achava que a semente fora plantada muito antes disso, antes mesmo de ela nascer. Apenas ela não sabia de sua existência até o dia em que descobriu uma plantinha crescendo ao lado da lata de lixo perto do beco atrás de sua casa...

A HISTÓRIA DE RACHEL

Capítulo Cinquenta

KERMIT, TEXAS, 1965

Ela encontrou a plantinha em março, quando o vento do oeste do Texas ainda estava carregado de areia e quase todos os dias pareciam a polpa amarela de uma berinjela. Examinou-a de cócoras, na posição que tinha inspirado o apelido que o pai lhe dera. Ela parecia diferente das ervas daninhas, cheias de espinhos, que conseguiam crescer no capim do quintal. Verde-clara e delicada, atraiu sua admiração de tal modo que, durante o jantar, enquanto lavava a louça e fazia o dever de casa, ela ficou pensando na plantinha e saiu para protegê-la do gelo antes de se deitar. No dia seguinte, ela veio correndo da escola e fez uma cerca de pedras em volta dela para protegê-la dos lixeiros e do cortador de grama do pai.

– O que você tem aí, Coelhinha?

– Não sei, papai, mas vou tomar conta dela até ela crescer.

– Você não prefere ter um cachorrinho ou um gatinho? – ele perguntou, e ela percebeu um tom diferente na voz dele.

– Não, papai, eu gosto de bichinhos de estimação que nascem na terra.

A plantinha era uma trepadeira que cresceu por cima das pedras e produziu uma abóbora de casca escura. Seu pai explicou que ela nasceu de uma semente que tinha escapado do saco de lixo e germinado onde caiu. Quando ela deu fruto, Rachel o tinha ouvido dizer à mãe:

– Não se surpreenda se tivermos arranjado uma pequena fazendeira.

– Desde que não seja do tipo que planta algodão – a mãe ponderou.

Um sábado de manhã, pouco depois do nascimento do irmão, a mãe a levou ao Woolworth's para comprar "alguma coisa especial, dentro do possível", como ela disse. Rachel não hesitou. Ela sabia o que queria e foi atrás da estante de sementes, na seção de jardinagem da loja. Quando sua mãe se aproximou, ela já escolhera cinco pacotes de sementes de vegetais cujas embalagens prometiam produtos perfeitos.

Rachel achou que a mãe ficaria satisfeita. O total da compra era de cinquenta centavos. Mas ela franziu os lábios e a testa.

– O que você vai fazer com isso?
– Vou plantar uma horta, mamãe.
– Você não entende nada de horta.
– Eu vou aprender.

Quando ela chegou em casa e o pai viu o que comprara, a mãe disse:
– Bem, William, deixe Rachel plantar a horta dela sozinha. Nada de ajudar. Se der certo, o crédito irá todo para ela. – *Ou o fracasso*, Rachel leu no olhar significativo que ela lançou para o pai. Ela não conseguiu entender a contrariedade da mãe. Era a primeira vez na vida que ela parecia não querer apoiar e encorajar seus empreendimentos.

Mas Rachel não fracassou. Ela leu cuidadosamente as instruções nos pacotes e as orientações nos livros de jardinagem que consultou na biblioteca, e levou tudo ao pé da letra. Trabalhando todos os dias depois da escola, ela retirou o capim de um pedaço de terra de dez por dez do lado da casa e o encheu de panelas de água fervendo para matar as larvas de insetos e os parasitas. Para enriquecer o solo, pegou estrume no galinheiro do vizinho e apanhou baldes de areia atrás da fileira de casas onde ela morava para trabalhar o solo estriado de caliche. Ela já tinha procurado recipientes na garagem e no terreno baldio para fazer sementeiras.

– Mas o quê...? – A mãe exclamou quando viu a variedade de latas e caixas de leite enfileiradas nos parapeitos do quarto dela.

– Eu estou germinando sementes para a minha horta – Rachel explicou alegremente, para fazer desaparecer a ruga pouco comum entre as sobrancelhas finas da mãe. – O sol entra pela janela e esquenta o solo, e as sementes germinam e se transformam em plantas.

A ruga não desapareceu.

– Quando você regá-las, não suje tudo, Rachel, senão vai ser o fim do projeto.

Ela não sujou nada, e naquela primavera inscreveu sua horta no projeto de ciências.

– Não posso acreditar – o professor de ciências disse, admirado, quando examinou o trabalho dela na hora do julgamento. – Você jura que o seu pai não ajudou a preparar este terreno? Que ele não tirou o capim, misturou o estrume e ergueu estas cercas de arame farpado?

– Não, senhor. Eu fiz tudo sozinha.

– Bem, então, minha jovem, você merece o A que vai ganhar. Seus pais deveriam estar orgulhosos de você. Eles estão criando uma futura fazendeira. – Ela estava com nove anos de idade.

Na primavera seguinte, sua horta expandida teve ainda mais sucesso, produzindo uma abundância para a mesa que nem mesmo os produtos da loja de Zack Mitchell conseguiam igualar em sabor e qualidade. Foi esse sucesso que fez seu pai resolver levá-la para sua segunda visita a Howbutker, no crucial verão de 1966. Rachel jamais esqueceria a conversa – ou melhor, a discussão (rara em se tratando dos pais) – que ela escutou a respeito desta decisão. Era meados de junho e Rachel tinha ido lá fora depois do jantar para regar suas plantas com uma mangueira presa numa torneira embaixo da janela da cozinha. Como o ventilador estava quebrado e a janela da cozinha aberta, ela ouviu a mãe perguntar:

– O que você pretende provar levando Rachel a Howbutker, William? Que ela *é* uma Toliver do tipo que planta algodão? Que o interesse dela por tomates e quiabo vem de algo que ela *herdou*?

– E por que não? – William disse. – Suponha que Rachel seja outra Mary Toliver. Suponha que tenha capacidade para dirigir Somerset depois que tia Mary morrer? Ora, isso quer dizer que a fazenda poderia ficar na família. Não teria que ser vendida.

Rachel ouviu o barulho de um utensílio sendo atirado dentro da pia.

– William Toliver, você está maluco? O dinheiro daquela fazenda vai nos comprar uma casa melhor. Vai assegurar que tenhamos uma velhice decente. Vai permitir que a gente viaje e compre aquele trailer que você sempre quis. Vai tirar você de trás daquele balcão de carne e fazer com que nunca mais precise trabalhar na vida.

– Alice... – William suspirou. – Se Rachel tiver o sangue dos Toliver, eu não posso vender a herança dela, que está na família há gerações.

– E quanto a Jimmy, posso saber? – A voz de Alice tremeu. – E quanto à herança *dele*?

– Isso depende da tia Mary. – William falou como se o assunto terminasse ali. – Pelo amor de Deus, Alice, é só uma *visita*. Este interesse de Rachel pode ser uma coisa passageira. Ela só tem dez anos. No ano que vem, ela vai se interessar por meninos ou música ou Deus sabe-se lá o quê, quando perceber como está ficando bonita.

– Rachel nunca se interessou por essas coisas de garota, e eu duvido que ela perceba o quanto é bonita.

Rachel ouviu o som da cadeira raspando o chão.

– Eu vou levá-la, Alice. Isso é o certo. Se a menina tiver vocação, eu não quero sufocá-la. Ela merece uma chance de descobrir. É isso que vou dar a ela.

– E vai dar à sua consciência uma chance de ficar em paz, se quer saber. Dando Rachel para a sua tia, você estará se redimindo por ter fugido dela anos atrás.

– Tia Mary já me perdoou por aquilo – William disse, parecendo muito injuriado para a pequena bisbilhoteira sob a janela.

– Se você levar Rachel para Howbutker, estará cometendo um erro que todos nós iremos lamentar, William Toliver. Lembre-se de que eu avisei.

Naquele mês de junho, vestida igualzinha à tia-avó num par de calças cáqui, jaqueta safári e chapéu de palha da Loja de Departamentos DuMont, Rachel não deixou de acompanhar Mary um só dia até a controversa fazenda. Ela nunca tinha visto nada tão lindo quanto as fileiras e mais fileiras de plantas verdes estendendo-se até o fim do mundo. Ela sentiu uma emoção dentro dela.

– Isso é tudo seu, tia Mary?

– Meu e daqueles que vieram antes de mim, aqueles que tomaram a terra das árvores.

– Quem eram eles?

– Nossos antepassados Toliver, seus e meus.

– Meus também?

– Sim, menina. Você é uma Toliver.

– Isso explica por que eu gosto de plantar coisas?

– Parece que sim.

A resposta curta de tia Mary lançou mais luz sobre o motivo que o pai lhe dera por estar fazendo aquela visita.

– Você é uma Toliver, benzinho, o artigo genuíno. Não como Jimmy, eu ou meu pai. Nós todos temos o nome, mas você e tia Mary carregam o sangue.

– O que isso quer dizer?

– Isso quer dizer que você e tia Mary herdaram uma força ancestral que caracteriza os Toliver desde que eles fundaram Howbutker e construíram Somerset.

– Somerset?

– Uma plantação de algodão. A última fazenda desse tipo no leste do Texas... um pouco maior do que sua horta. – O pai dela tinha sorrido. – Sua tia-avó a dirige desde menina.

A visita ocorreu durante as três semanas em que o algodão estava em flor, e Rachel ficava maravilhada com a beleza à sua volta, quando ela e Mary cavalgavam no meio das flores em duas éguas mansas usadas para inspecionar os campos. Mary explicou que cada flor ia cair em três dias, passando de creme para rosa e, finalmente, para vermelho escuro. Ela até ensinou a Rachel uma quadrinha que tinha aprendido quando era criança, falando sobre a vida curta da flor do algodão:

Primeiro dia branca,
no dia seguinte vermelha,
No terceiro dia de vida,
estou morta.

Mary explicou como um pé de algodão funciona... como se dá o seu milagre. Os primeiros botões aparecem depois de cinco ou seis semanas do nascimento da planta, e então esses botões se tornam flores. A flor cai, deixando para trás uma pequena semente chamada de cápsula. Cada cápsula contém cerca de trinta sementes e até meio milhão de fibras de algodão. A fibra é que é importante, a coisa branca que sai da cápsula quando ela amadurece e quebra. O valor do algodão depende do comprimento da fibra, da cor, da textura, e da quantidade de lixo que fica nas cabeças brancas. Quanto mais longa a fibra, mais valioso o algodão.

Rachel absorvia ansiosamente o conhecimento da tia Mary, que não parecia se esforçar muito para ensinar à sobrinha-neta. Entretanto, ela ficou claramente impressionada pelo fato de o interesse de Rachel não diminuir, e no final da estadia de duas semanas, a pele de Rachel, já morena por natureza como a dos Toliver, mostrava que ela acompanhava as atividades da tia-avó nos campos de algodão sob o sol quente.

– Então seu pai me disse que você está resolvida a se tornar uma fazendeira quando crescer – tia Mary comentou enquanto elas tomavam uma limonada na varanda da casa conhecida como "a casa de Ledbetter". Ali costumava ser o escritório da sua tia-avó, mas parecia bem agradável para se morar. – Por quê? – ela perguntou. – Cuidar de uma fazenda é o trabalho mais duro do mundo, quase sempre com pouquíssima recompensa pelo esforço despendido. O que há de tão bom em sujar as mãos e as roupas?

Rachel pensou em Billy Seton, seu vizinho, que as pessoas diziam que desde que aprendera a andar não era visto sem uma luva de beisebol na mão. Então, não foi surpresa quando ele foi jogar no New York Yankees, deixando todo mundo orgulhoso em Kermit. "Ele nasceu para jogar beisebol", as pessoas diziam, e era assim que ela se sentia em relação a ser fazendeira. Ela não conseguia imaginar não ter uma horta. Não havia outro lugar onde se sentisse tão feliz. Ela não se importava de sujar as mãos e a roupa. *Adorava* a sensação da terra úmida e rica, do céu sobre seu ombro e do vento em seu cabelo, mas, principalmente, ela amava o milagre do verde saindo do solo. Não havia sensação igual a essa, melhor até que a magia da manhã de Natal.

– Bem, tia Mary – ela respondeu, com um toque de orgulho na voz. – Acho que eu nasci para ser fazendeira.

Um sorriso surgiu nos lábios de tia Mary.

– É mesmo?

Quando o pai foi buscá-la, ela disse:

– Foi maravilhoso, papai. – E olhou para a tia-avó com esperança nos olhos. – No próximo verão, tia Mary? Em agosto, durante a colheita?

Mary riu, trocando um olhar com William.

– No próximo verão, em agosto – ela concordou.

Capítulo Cinquenta e Um

Nos próximos anos, ela ouviria muitas discussões debaixo da janela da cozinha sobre sua visita anual de duas semanas a Howbutker.

– William, você pode *acreditar* na carta da sua tia? Como aquela mulher tem coragem de nos pedir para mandar Rachel passar o verão com ela! Que egoísmo. Eu já quase não vejo a minha filha, e agora ela está pedindo para ficar as férias inteiras com Rachel!

– Não são as férias inteiras, Alice. Só o mês de agosto. Tia Mary está com quase setenta anos. Por que não podemos atender à velha senhora? Ela não vai viver para sempre.

– Ela vai viver o bastante para roubar minha filha de mim. Ela está criando um abismo entre nós, William. Eu estou cansada de ouvir tia Mary isto, tia Mary aquilo. Ela nunca se refere a mim naquele tom de adoração.

Debaixo da janela, Rachel ouvia, arrependida. Não, ela nunca se referia mesmo, admitiu. Ela percebeu a mágoa na voz da mãe e jurou que demonstraria mais amor e admiração para ela. *Mas por favor, papai, deixe-me passar o mês de agosto com tia Mary e tio Ollie.*

A discussão terminou num acordo que, de qualquer forma, deixou a mãe dela com uma cara zangada quando o carro da família partiu levando Rachel para passar o mês combinado em Howbutker. Rachel tinha catorze anos. O combinado com a mãe foi que ela passaria o mês de agosto com "a família do pai", mas que no verão seguinte a família toda viajaria junta e que não se ouviria falar "nem em Howbutker, nem em Somerset, nem em tia Mary".

Foi durante esse verão que Rachel conheceu Matt Warwick. Ela já tinha ouvido falar muitas vezes no neto do Sr. Percy, mas ele estava sempre visitando a avó em Atlanta durante as duas semanas que ela passava na cidade. A mãe de Matt morrera de câncer quando ele tinha catorze anos, e o pai dele morrera antes disso, na guerra. Rachel se lembrou de ter tido pena do rapaz que ficara órfão, mas o considerava sortudo por morar em Howbutker e ser criado por um velho tão maravilhoso quanto o Sr. Percy.

O pai dela disse que o Sr. Percy era imensamente rico – um magnata da madeira – com grandes madeireiras espalhadas por todo o país e pelo Canadá. Matt estava aprendendo o negócio da família e se adaptando muito bem a ele – exatamente como ela, Rachel pensou. Ela soube que ele era bonito e simpático e estava louca para conhecê-lo e ver se esses elogios eram merecidos.

Eles se conheceram na festa de dezenove anos de Matt. Rachel comprou um vestido novo para a ocasião, escolhido por tio Ollie, que tinha muito gosto. Era um vestido de piquê banco, recortado na gola e na bainha e amarrado com um cinto verde. Rachel nunca tivera um vestido como aquele. Sentiu-se muito elegante e adulta com suas primeiras meias compridas e saltos altos, e o cabelo penteado, especialmente para a festa, numa cascata de margaridas brancas e fitas verdes.

Tia Mary e tio Ollie estavam esperando no pé da escada quando ela desceu, ambos olhando para ela com orgulho e afeto. Rachel sorriu radiante para ele, reprimindo uma pontada de culpa ao se lembrar da acusação da mãe: *Você acha que se tornou boa demais para nós, Rachel.*

Não, mamãe, não é verdade!

Não me diga que você não prefere ficar com os ricaços dos seus tios naquela mansão a morar com sua mãe e seu pai na nossa casinha – ou que não gosta mais daquela cidade esnobe de Howbutker do que de Kermit.

Ah, mamãe, você está enganada. Eu amo os dois lugares.

Ela não conseguia convencer a mãe de que seu sentimento por tio Ollie e tia Mary não diminuía o amor que ela sentia por eles. Tio Ollie era o homem mais doce do mundo e a fazia sentir-se especial, enquanto que tia Mary entendia e apreciava o amor que ela sentia pela terra de um modo que sua mãe era incapaz de entender. Quanto à mansão da avenida Houston... desde o momento que ela a viu, sentiu que tinha voltado a um lugar que havia conhecido antes, um lugar que parecia estar à espera dela. As rosas e as madressilvas, o lago de peixes e o gazebo, a casa com sua escadaria elegante e seus cômodos luxuosos e silenciosos... tudo parecia familiar – tão *dela* quanto a casa em Kermit e seu quarto ao lado do quarto do irmão. E ela sentiu como se tivesse estado ligada a Howbutker a vida inteira, embora não soubesse por quê. As ruas pavimentadas de tijolos de Howbutker, sua arquitetura típica do sul, e a mistura de moradores negros e brancos eram diferentes de sua cidade natal como água do vinho. Quando Rachel mencionara este estranho fenômeno para o pai, ele tinha dito:

– Você voltou para casa, Rachel. Esta casa e esta cidade são a origem da sua herança.

Eu não posso evitar, ela pensou ao descer a escadaria. Esta também é a minha casa, e tia Mary e tio Ollie são os avós que eu nunca tive. Eu pertenço a este lugar.

Tio Ollie estendeu o braço para ela.

– É como olhar para você, Mary, quando tinha catorze anos.

– Não me lembro de ter sido tão bonita – Mary disse com sua voz suave.

– É porque você nunca notou – tio Ollie disse.

A festa foi na enorme mansão do Sr. Percy, Warwick Hall. Foi uma grande festa, para a qual todos os que conheciam e gostavam de Matt foram convidados: velhos e jovens, ricos e pobres, brancos e negros. Quando os convidados chegavam, eram conduzidos através do gramado coberto por uma tenda refrigerada por gigantescos ventiladores até onde Percy Warwick e Amos Hines estavam parados ao lado de um rapaz usando traje a rigor de paletó banco. Então este é Matt Warwick, Rachel pensou curiosa, preparada para ficar desapontada. Até ela aparecer, o neto do Sr. Percy era a única criança na vida de tia Mary e tio Ollie. Teria sido compreensível se eles o vissem através de lentes cor-de-rosa.

Mas eles não tinham exagerado. Matt era da altura do avô, tinha a mesma constituição atlética, embora seu rosto, igualmente bonito, tivesse feições menos regulares. Tinha o mesmo jeito natural e o mesmo sorriso do Sr. Percy, mas havia diferenças que a deixaram curiosa: de quem ele teria puxado os olhos azuis e os cabelos castanho-claros? Não do avô, de cabelos prateados e olhos cinzentos, isso era certo. Ela não sabia nada a respeito dos pais dele e nunca tinha conhecido a avó, que morava em Atlanta. Quando ele apertou sua mão, ela sentiu um choque e alguma coisa se rompendo dentro dela como um botão de algodão se abrindo de repente sob o sol da manhã.

Ela abraçou Amos, primeiro, que a fazia lembrar de Abraham Lincoln, seu presidente favorito, e em seguida o Sr. Percy, que olhou para ela de um jeito estranho. Tio Ollie pigarreou e conduziu-a na direção de Matt, numa tentativa óbvia de desviá-la do olhar fixo do avô dele.

– Matt, meu rapaz, esta é a sobrinha-neta de Mary, Rachel Toliver – ele anunciou sem necessidade. – Ela sempre passa conosco as duas semanas que você passa com sua avó em Atlanta, então vocês dois estão sempre em trens que se cruzam em direções opostas, por assim dizer.

Por algum motivo, foi uma observação infeliz. Tio Ollie ficou imediatamente vermelho, e, por mais encantada com Matt que ela estivesse, Rachel não pôde deixar de reparar nos olhares trocados entre tia Mary e o Sr. Percy e no fato de que ambos ficaram um tanto pálidos. Foi então que Matt sorriu e apertou a mão dela.

– Bem, dentro de alguns anos eu vou ter que me certificar de estar no trem certo.

Ele era elegante demais para ela, e Rachel não estava preparada para lidar com o brilho daquele sorriso e o clarão de apreciação masculina nos seus olhos azuis. Ela retirou a mão e baixou os olhos, recolhendo-se nos seus catorze anos, autocentrada demais para ligar que ele a achasse sem jeito ou imatura, com certeza ainda não preparada para o vestido justo e os saltos altos.

– Vovô não estava exagerando quando disse que você é a cara da sua tia-avó – Matt continuou como se não tivesse notado. – Você acha que vai conseguir lidar com toda essa beleza?

– Tão bem quanto você consegue lidar com o fato de ser tão bonito quanto o seu avô – ela disse, surpreendendo a si mesma. Soou como uma resposta atrevida, mas tinha dito aquilo como um elogio. Para seu alívio, o grupo riu e Matt não pareceu ligar. Ele encostou a ponta do dedo na covinha do queixo dela e ela se sentiu ungida, como se um príncipe tivesse encostado uma espada em seu ombro.

– *Touché* – ele disse –, mas eu diria que sua responsabilidade é maior do que a minha. Foi um prazer tê-la conhecido finalmente, Rachel Toliver. Divirta-se. – Ele sorriu e foi se juntar a um grupo de colegas da Universidade do Texas, dentre eles algumas moças sofisticadas, e Rachel teve a impressão de que o sol tinha desaparecido do céu.

Eles tornaram a trocar algumas palavras na mesa do bufê.

– Quando você volta para casa? – ele perguntou.

Ela se surpreendeu. Para casa? Mas ela estava em casa.

– Amanhã, infelizmente.

– Por que "infelizmente"?

– Porque eu... não quero ir.

– Você não tem saudades de casa? – ele perguntou.

– Tenho. Sinto falta da minha família, mas sinto saudades da tia Mary e do tio Ollie quando não estou aqui.

Ela abriu o seu sorriso simpático e lhe deu uma taça de ponche.

– Bem, não pense nisso como sendo um problema. Pense no quanto você é sortuda por ter dois lugares que pode chamar de lar.

Ela ia dizer isso para a mãe dela, pensou, maravilhada com a sabedoria dele.

A caminho da avenida Houston, tia Mary perguntou casualmente:

– O que você achou de Matt Warwick?

Ela respondeu sem precisar pensar.

– Sensacional. Simplesmente sensacional.

Tia Mary franziu os lábios e não fez nenhum comentário.

Capítulo Cinquenta e Dois

No mês de agosto do ano seguinte, Rachel acompanhou os pais e Jimmy ao Colorado, onde passaram as férias num rancho no alto das Montanhas Rochosas. A temperatura amena foi uma mudança agradável em relação às altas temperaturas de Kermit nesse mês, e o cenário era tão lindo que as tentativas feitas por ela para descrevê-lo em cartões postais foram frustrantes. Rachel, no entanto, contemplava as montanhas com seus cumes cheios de neve, sentia o vento frio do lago em seu rosto e pensava no algodão pronto para ser colhido em Somerset e no suor do seu rosto. Ela completara quinze anos.

– Você sente falta da fazenda, não é? – o pai disse no seu jeito calmo.

– Sim – ela respondeu.

Ela voltou para a escola sentindo um vazio estranho, como se faltasse um nutriente vital para fazê-la atravessar mais um ano escolar.

– Não podemos mais fazer isso, Alice. – Rachel ouviu o pai dizer quando ela abriu a torneira debaixo da janela da cozinha. – É como se uma luz tivesse sido apagada dentro dela.

– Eu vou falar com ela – a mãe disse.

Alice aproveitou a noite de quinta-feira, quando William estava trabalhando até tarde na loja e Jimmy brincando na casa de um vizinho. Tirou o pano de prato das mãos de Rachel e a fez sentar-se numa cadeira da cozinha.

– Sente-se, Rachel. Eu quero conversar com você.

Rachel ficou tensa ao ouvir a voz séria da mãe e obedeceu.

– Sim, mamãe?

A mãe segurou as mãos dela, ainda quentes de lavar pratos. Olhou bem dentro dos seus olhos e disse:

– Rachel, eu vou pedir uma coisa a você que vai partir o seu coração e o meu.

Instintivamente, ela tentou retirar as mãos, mas a mãe não deixou.

– Você nos ama, não é? – Alice perguntou. – Especialmente o seu pai?

– Especialmente todos vocês – Rachel retrucou.

– E qualquer que seja a sua decisão, eu quero que você prometa guardar segredo desta nossa conversa. Seu pai nunca deverá saber o que nós conversamos esta noite. Você promete?

Pontinhos luminosos, como os que ela via às vezes quando batia com a cabeça, flutuaram diante dos seus olhos.

– Sim, mamãe – ela disse baixinho.

A mãe hesitou, e Rachel reconheceu uma expressão que sempre indicava que ela estava lutando com sua consciência.

– Meu bem – ela disse, passando a mão pelo braço de Rachel. – Tenho certeza que você sabe que do jeito que estão as coisas entre você e tia Mary ela escolheu você como herdeira no lugar do filho dela que morreu.

– Herdeira...?

– Para ficar no lugar dela quando ela morrer, para manter viva a tradição dos Toliver. – Alice apertou os olhos como se não soubesse se Rachel realmente não entendia o significado do que estava dizendo ou se estava se fingindo de boba.

Rachel piscou os olhos, espantada. Ela, herdeira de tia Mary? Ela já tinha decidido ir para a Universidade do Texas para se formar em agronomia, na esperança de conseguir um emprego com tia Mary depois que se formasse, mas... tomar o lugar dela quando ela morresse? *Herdar* Somerset?

Alice se inclinou mais para perto dela.

– Está claro como água que ela pretende que você tome o lugar dela, Rachel. Por que você acha que ela continua a comprar mais terras?

Rachel respondeu prontamente.

– Porque Somerset está esgotada. Depois desta colheita, ela vai deixar a terra descansar durante um ano e então vai plantar milho e soja.

Rachel falou com orgulho. Pela primeira vez em sua história, Somerset ia produzir outra coisa além de algodão. Tia Mary estava "ampliando os horizontes", e devia isso a Rachel. Nas visitas dela, a tia-avó tinha ouvido com interesse suas descrições a respeito das necessidades da sua horta, e no ano anterior tia Mary tinha dito para o seu administrador:

– Minha sobrinha-neta me inspirou a fazer mudanças em Somerset, coisa que ninguém tinha conseguido até hoje. A terra está esgotada para algodão. Está na hora de eu reconhecer isso.

Mas tia Mary ainda era uma produtora de algodão, e tinha comprado diversos milhares de acres de terra perto de Lubbock e de Phoenix, no

Arizona, para plantar algodão, dando a esse conjunto de terras o nome de Fazendas Toliver. Essas aquisições tinham aborrecido Alice, que declarou que ela estava esvaziando os cofres e que não ia sobrar um tostão.

Olhando severamente para Rachel, a mãe disse:

– Essa não é a razão. Se você não tivesse aparecido, ela ficaria satisfeita com o que a fazenda produzisse, com a terra cansada ou não. Mas agora ela tem um motivo para comprar mais terra e equipamentos com o dinheiro que deveria ir para o seu pai quando ela morresse. Ela vai ser o que tantos fazendeiros por aqui são, ricos em terras, mas pobres em dinheiro. Você está acompanhando o que eu estou dizendo?

Rachel balançou a cabeça afirmativamente. Agora ela entendia o motivo das discussões dos pais aqueles anos todos. A mãe tinha esperado que tia Mary deixasse a fazenda para o pai dela, que então a venderia. Ela sentiu uma onda de náusea. Com medo da raiva crescente da mãe, arriscou timidamente:

– E se ela deixar tudo para mim? Isso seria ruim? Eu dividiria tudo o que a terra produz com você, papai e Jimmy...

– Seu pai *nunca* deixaria a família dele viver à custa da filha – Alice disse.

– Por que não? Outros filhos ajudam os pais.

– Porque seu pai não se sente *no direito* de receber nada que venha das fazendas. Ele jamais aceitaria um centavo.

Rachel ficou perplexa.

– Mas por quê?

Alice soltou as mãos dela e se recostou na cadeira. Ela tamborilou na mesa, aparentemente tentando decidir se podia confiar nela. Finalmente, ela disse:

– Quando seu pai tinha dezessete anos, ele fugiu de tia Mary e tio Ollie, esta é a razão.

Rachel não podia acreditar. Por que o pai fugiria das duas pessoas mais maravilhosas do mundo?

– Você não acredita em mim, não é? – Alice percebeu a dúvida dela. – Bem, ele fugiu, amor, e eu vou dizer por quê. Sua tia-avó tentou transformá-lo num plantador de algodão, num Toliver como ela, mas seu pai não tinha a vocação da família. Ele odiava trabalhar em fazenda. Ele odiava Somerset. Ele odiava o que era esperado dele, então fugiu para os campos de petróleo no oeste do Texas. Foi assim que ele veio parar em Kermit.

Rachel estava boquiaberta. Sempre achara que depois de casar com sua mãe, o pai tinha permanecido em Kermit porque aquela era a cidade natal dela.

– Seu pai pode ser pobre, mas ele é orgulhoso – Alice continuou. – É por isso que ele nunca permitiu que a tia nos ajudasse. Para ser justa com tia Mary, ela ofereceu ajuda. Ele sentiria o mesmo em relação a você. Agora eu vou contar outros segredinhos da família que tenho certeza que tia Mary não contou quando encheu sua cabeça com a história dos Toliver.

Alice se levantou de repente e foi até a bancada da cozinha pegar um chá, como se estivesse precisando recuperar as forças. Ela tirou cubos de gelo da bandeja e despejou-os ruidosamente no copo, acrescentou açúcar e mexeu com força. Rachel ficou olhando, nervosa. Minha nossa, o que será que a mãe ia lhe contar?

A mãe tornou a sentar-se sem ter provado o chá e continuou:

– Há muito tempo, quando levamos você a Howbutker pela primeira vez para conhecer sua tia-avó, ela prometeu a seu pai que, quando morresse, seus bens seriam vendidos e o dinheiro iria para ele. Seu testamento estava feito, ela disse. Você era um bebê. Ela disse a ele para levar você para casa e se esquecer de Somerset, que havia uma maldição na terra...

– Uma maldição? – Rachel ficou tão gelada quanto o copo de chá da mãe.

– Uma maldição, Rachel. Ela nunca explicou ao seu pai o que quis dizer com isso, mas disse a ele que estava contente porque você e os outros filhos que ele pudesse vir a ter estavam livres da fazenda. Eu juro sobre o túmulo do meu pai que foi isso que ela disse a ele.

Rachel teve vontade de tapar os ouvidos com as mãos. Ela não conseguia tolerar ouvir a mãe falar na morte da tia Mary nem numa maldição sobre Somerset.

– Eu estou contando isto a você – Alice continuou – porque desde então eu venho contando com que ela cumpra a promessa que fez ao seu pai. Isso tem sido como um arco-íris no céu.

Rachel perguntou, confusa:

– Mas eu não entendo. Qual é a diferença entre herdar o resultado obtido com a venda da terra e viver dos rendimentos dela?

Alice pareceu espantada, obviamente ela não esperava aquela pergunta. Ela pegou o copo e tomou vários goles de chá.

— Bem, para explicar a diferença, eu vou ter que desenterrar mais esqueletos da família — ela disse. — Quando o pai da tia Mary morreu, ele deixou tudo para a filha e nem um pedacinho de terra para o filho, Miles, pai do seu pai. Por isso é que ele foi morar na França. Por causa da injustiça do seu bisavô, Miles, e os descendentes dele, foram *alijados* da fazenda. É possível que seu pai não tivesse fugido se o pai dele tivesse herdado uma parte de Somerset. Ele teria tido um motivo para ficar porque teria *direito* a uma parte da terra. Agora você entende por que nós não temos nenhuma obrigação em relação Somerset e à preciosa herança dos Toliver?

Rachel ouviu aquilo com espanto e tristeza. Outra história, semelhante à que ela acabara de ouvir, veio à tona. Tinha a ver com a mágoa que sua mãe jamais tinha superado pelo fato de o pai dela, dono de uma oficina, ter deixado a empresa para o irmão de Alice. Ela não tinha herdado nada. Alice tinha reclamado com o irmão, dizendo que ele devia vender a empresa e dividir o dinheiro com ela. Com a parte dele, ele poderia abrir outra loja. Ele tinha recusado. Rachel imaginou se o fato de se sentir injustiçada não teria influenciado a visão que a mãe tinha da história do pai de Rachel.

— Sim, senhora — ela disse docilmente.

— Então a diferença, Rachel, é que seu pai veria o resultado da venda da propriedade de tia Mary como uma *compensação*. Ele consideraria *caridade* dividir os lucros da fazenda de onde ele fugiu. Você entende isso?

Rachel balançou a cabeça atordoada, sentindo o sangue latejando nas têmporas. Agora ela podia adivinhar aonde a mãe queria chegar. Lágrimas quentes encheram seus olhos.

— O que você quer de mim, mamãe?

Alice chegou de novo para a frente e olhou bem nos olhos da filha.

— Eu quero que você saia do caminho e deixe seu pai herdar a propriedade da tia Mary. Quero que você desista dessa... ideia de virar fazendeira. E isso é só temporário mesmo, meu bem. Você vai mudar de ideia sobre o que quer fazer com sua vida uma meia dúzia de vezes antes de terminar o ensino médio, mas enquanto isso estará alimentando a fantasia de tia Mary de que você é outra Mary Toliver.

— Eu sou outra Mary Toliver...

Um tapa na mesa interrompeu-a.

— Você *não* é ela! Tire isso da cabeça, está ouvindo? Você pode se parecer com ela, agir como ela, querer ser ela, mas você é *você*, produto tanto de mim e da minha família quanto dos poderosos Toliver. Você sabe como eu me sinto pelo fato de você e seu pai acreditarem, terem orgulho disso, de fato, que não há uma só gota de sangue dos Finch em você?

– Mamãe, nós nunca tivemos a intenção de ofender você.

– Mas eu me sinto ofendida, Rachel. Como não me sentiria? E para piorar as coisas, você está tirando o que é do seu pai por direito, um homem que trabalhou duro estes anos todos, gastando até o osso de sua mão boa, e cuja única chance de escapar de Zack Mitchell e ter uma velhice decente é o dinheiro da venda das propriedades da tia.

Esta era uma forma segura de despertar a simpatia dela – mencionar a mão "boa" do pai. A outra tinha ficado deformada num acidente num campo de petróleo antes de ela nascer.

– Eu posso vender parte das terras – ela disse – e dar o dinheiro para o papai.

– Ele não aceitaria. Eu já não deixei isto claro? Somerset tem que ir direto para ele, como sua tia Mary prometeu.

Rachel apertou as têmporas que latejavam.

– Quando e como eu... saio do caminho?

Alice chegou mais perto.

– Você sai do caminho agora, antes que ela refaça o testamento. Você faz isso acabando com as esperanças de tia Mary. Diga a ela que você perdeu o interesse por cuidar de fazendas e que não vai mais estudar agronomia.

– Você quer dizer... – O que sua mãe queria dizer estava claro. – Desistir dos meus verões em Howbutker? Me afastar de tia Mary e tio Ollie? Nunca mais tornar a ver Sassie ou o Sr. Percy ou Amos... ou Matt? Mas eles são minha família!

Outro tapa na mesa.

– *Nós* somos sua família, Rachel: seu pai, Jimmy e eu. Sua casa é aqui, não em Howbutker. *Nós* somos as pessoas em quem você deve pensar antes de tia Mary.

Rachel baixou a cabeça. Mal podia respirar. Ela enfiou as unhas nas pernas do jeans.

– Eu sei que é um sacrifício – a mãe disse, afastando o cabelo dela do rosto num gesto típico depois de ralhar com ela –, mas você nunca vai se arrepender de tê-lo feito, principalmente quando vir o seu pai desfrutando de coisas boas pela primeira vez na vida. Você nunca vai se arrepender por ter feito a coisa certa.

Ela levantou a cabeça.

– Isso significa que eu devo desistir da minha horta?

Alice olhou para ela com um olhar suplicante.

– Você tem que fazer isso, meu bem. É a única forma de você convencer seu pai de que desistiu de se tornar fazendeira. Senão ele não vai acreditar. Vai insistir em levar você para Howbutker.

Ela sentiu o coração preso na garganta. Desistir de sua horta? Tirar a cerca de arame farpado e deixar que os coelhos e outras criaturas do deserto entrem? Permitir que ervas daninhas e capim cresçam no solo que ela tornou fértil, invadam as fileiras de verduras, destruam o seu lugar favorito? Mas o que ia ser pior – muito pior – ia ser mentir para tia Mary, fazê-la acreditar que ela não gostava mais dela e do tio Ollie... que não se importava com Somerset e Howbutker e suas raízes Toliver.

A mãe segurou sua mão e acariciou seu braço com pena dela. Anestesiada, Rachel observou o movimento rítmico e notou o quanto as mãos dela estavam gastas. Pela primeira vez, ela compreendeu tudo o que aquelas mãos faziam para manter a família alimentada e saudável, com roupas limpas e apresentáveis, a casinha impecável – tudo o que elas faziam para tornar a pobreza deles menos gritante e sem as conveniências modernas que outras mães tinham para tornar seu trabalho mais fácil. As mãos dela raramente seguravam alguma coisa nova para si mesma. Alguma coisa comprada com o orçamento apertado que ia todo para o marido e os filhos.

– Não estou pedindo isso por mim, meu bem – Alice disse. – Estou pedindo pelo seu pai.

– Eu sei disso, mamãe. – Rachel encostou a mão áspera da mãe no rosto. Mal tinha chegado setembro... um ano escolar inteiro para atravessar e depois outro e mais outro até a formatura sem um motivo para contar os dias até o verão... sem um motivo para se sentir viva. Ela se levantou enquanto ainda conseguia respirar e tentou sorrir para a mãe. – Vou escrever uma carta para tia Mary e tio Ollie esta noite e dizer a eles que mudei de ideia sobre me tornar fazendeira e que não irei mais para Howbutker.

Capítulo Cinquenta e Três

— Papai, o que você está fazendo aqui? – Rachel olhou espantada para o pai. Ele tinha aparecido ao lado de sua mesa na biblioteca estadual, onde ela estava preenchendo o formulário de inscrição para a Universidade Tecnológica do Texas numa máquina de escrever elétrica, uma semana depois de sua formatura no ensino médio. Sob DIPLOMA ACADÊMICO DESEJADO, tinha escrito "A ser decidido". Era quinta-feira e normalmente ele estava em casa a esta hora do dia, fazendo a sesta.

— Sua mãe disse que você estava aqui – William disse. Ele estava usando sandálias e meias, e não os sapatos de cadarço com palmilhas que usava para passar o dia em pé atrás do balcão do açougue. – Ela não achou necessário que eu viesse até aqui, mas eu não podia ir sem contar a você pessoalmente...

— Contar o quê? Aonde você vai?

— Benzinho... – William puxou uma cadeira para perto da dela e segurou sua mão. – É o seu tio Ollie. Ele morreu esta manhã de ataque cardíaco. Estou indo para Howbutker agora. Zack me deixou tirar dois dias do meu período de férias para ir ao enterro.

Lágrimas subiram aos olhos de Rachel. Tio Ollie – aquele homem doce e querido – morto? Ela não o via fazia três anos – três anos nos quais ela poderia estar estocando lembranças dele. Ela perguntou:

— Como está a tia Mary?

— Não sei. Foi Amos quem ligou. Ele disse que tia Mary parecia perdida.

Ela tirou o formulário da máquina e o guardou na pasta.

— Eu vou com você – ela disse. – Não vou levar nem um minuto para fazer a mala. Vamos no meu carro. Ele é mais confiável.

William ficou apavorado.

— Acho que não é uma boa ideia, Coelhinha. Sua mãe precisa de você aqui...

– Para quê?

William engoliu em seco, obviamente sem encontrar resposta. Ele ergueu os ombros.

– Bem, por que não? Tenho certeza que tia Mary vai adorar ter você com ela nesta hora, e – ele ergueu sua mão deformada – eu bem que gostaria de ter alguém para dirigir por mim. É que... sua mãe jamais gostou de dividi-la com sua tia Mary.

– Tenho certeza que desta vez ela não vai se importar de abrir uma exceção. – Sua mãe lhe devia isto, no mínimo. Nos três anos que tinha ficado longe das pessoas e do lugar que amava, Rachel tinha suportado, por causa da mãe, as atividades idiotas da escola que ela julgava adequadas para uma adolescente. Ela desistira inteiramente da agronomia, inclusive deixando de ser membro da FFA (Futuros Fazendeiros da América) e desistindo de se inscrever na Texas A&M e se formar em agronomia.

E tinha mantido fielmente a promessa de não revelar ao pai a razão desta súbita mudança. Ele ficara intrigado no início, mas depois aceitou a explicação de sua mãe de que ela descobrira que era uma moça e bem bonita. Ele nunca suspeitou de que a esposa fosse responsável pelas lágrimas que ele às vezes a via derramando, acreditando em Alice quando ela dizia "Ah, são só os hormônios da idade".

– Isto é um grande erro, Rachel – a mãe disse quando a viu fazendo a mala.

– Eu não vou ficar muito tempo longe, mamãe.

– E o nosso acordo?

– Pelo amor de Deus. Eu só estou indo ao enterro do tio Ollie. Isso não é romper o acordo.

– Eu posso pensar em mil razões para achar que sim.

Na viagem, enquanto o pai cochilava no assento ao lado, Rachel pensava como seria recebida depois de tanto tempo longe da avenida Houston. Tia Mary e tio Ollie mantiveram contato por telefone e por cartas – no início as cartas deles eram o dobro das dela. Eles escreviam sobre a cidade, a fazenda e a vizinhança, sobre Sassie, o Sr. Percy e Amos. Ocasionalmente, mencionavam Matt, e ela devorava cada palavra. Ele tinha se formado na Universidade do Texas e se ocupado em aprender tudo a respeito dos diversos negócios do avô. Ela imaginava que ele estivesse tão bonito como sempre, elegante e sofisticado, muito diferente dos rapazes que tentavam apalpá-la no colégio e que deram a ela o título de "Rainha do Gelo", quando ela resistiu aos seus avanços. Eles mandavam caixas de roupas para ela e para Jimmy, da loja de departamentos de cristal e ouro do tio Ollie. Com o passar do tempo, entretanto, os telefonemas se tornaram menos frequentes e a correspondência diminuiu, principalmente porque ela não conseguia conversar nem escrever de forma convincente sobre seus novos interesses, e suas respostas pareciam frias e sem graça. Tinha certeza de que conseguira convencê-los de que não precisava de avós postiços e de que seu entusiasmo por fazendas, pelo seu nome de família e por Somerset fora apenas passageiro.

Seus olhos se encheram d'água enquanto ela dirigia. Nada poderia ser mais distante da verdade. Ela sentira uma saudade enorme deles naqueles três anos, uma saudade que nada tinha conseguido fazer desaparecer. E agora nunca mais teria a chance de dizer ao tio Ollie o que ele significara para ela e o quanto ela era grata por ele não tê-la esquecido. Fora ele quem havia escolhido o carro que ela estava dirigindo como presente de formatura e que o tinha mandado entregar na casa dela, um elegante Ford Mustang vermelho 1973, novinho em folha.

Mas apesar deste presente generoso, ela não ficaria surpresa se fosse recebida com frieza. Tia Mary seria capaz de perdoar o modo ingrato como ela agira em relação a ela, mas nunca ao tio Ollie.

Quando eles chegaram na varanda tão familiar, seu estômago tremeu como se ela tivesse engolido uma centena de mariposas. Sassie abriu a porta, com uma expressão de surpresa.

– Ora, Srta. Rachel, nós não sabíamos que a senhorita estava vindo! – ela exclamou, apertando-a contra o peito. – Minha nossa, como a senhorita cresceu!

A ruidosa recepção fez vir da biblioteca uma voz familiar.

– Quem é, Sassie?

– Alguém que a senhora vai ficar muito contente em ver, Srta. Mary.

Ela se afastou para que Rachel pudesse ver a tia-avó. Ela estava com setenta e três anos. Seu cabelo embranquecera e o tempo tinha enrugado o seu rosto, mas ela ainda era a mulher bonita e esbelta que Rachel conhecia. Atrás dela vieram Percy, ainda imponente aos setenta e oito anos, Matt, agora com vinte e dois, e Amos, com o mesmo ar tristonho de sempre, que lembrava Lincoln. Eles se juntaram ao redor dela, sua família, agora que tio Ollie tinha morrido, mas foi para Rachel que Mary estendeu os braços.

– Ah, minha querida, você veio – ela disse, com lágrimas nos olhos avermelhados. – Estou tão contente... tão contente.

Rachel percebeu que voltar tinha sido um erro. Nunca mais ela seria capaz de chamar Kermit de lar. Aqui era o seu lar – esta casa, esta rua, esta cidade, estas pessoas. Ela amava sua família, mas seu lugar era aqui ao lado desta mulher cujo sangue corria em suas veias, cuja paixão ela compartilhava.

– Eu também estou contente por ter vindo – ela disse, e correu para os braços da tia-avó.

O toque do telefone no escritório fez Rachel desviar o pensamento daquele encontro. Depois do enterro, o pai tinha voltado para Kermit sem ela no avião da empresa. No outono, com tia Mary mexendo alguns pauzinhos, ela fora admitida na Texas A&M University, em College Station, a duas horas de Howbutker, onde ela passava os fins de semana e as férias ajudando tia Mary a plantar legumes em Somerset e a implementar as novas técnicas que ela havia aprendido. Quatro anos depois, ela se formou sendo a primeira da sua classe em agronomia. Seu desejo era morar em Howbutker e cuidar da produção de legumes em Somerset enquanto a tia-avó cuidava da produção de algodão. Mas tia Mary tinha outros planos para ela. Embora os dias de produção de algodão estivessem terminados em Somerset, isso não acontecia nas Fazendas Toliver. Ela mandou Rachel aprender o negócio com um dos antigos empregados da fazenda que dirigia a divisão ocidental da companhia em Lubbock, Texas, e depois – embora o coração de Rachel permanecesse fiel a Somerset – assumir o comando quando ele se aposentasse.

A mãe dela não a perdoou por romper a promessa que tinha feito, mas Rachel guardou os segredos de família que a mãe revelara, e seu pai nunca soube o motivo real do afastamento delas. Ele aceitou sem mágoa o que era certo, que sua filha, "a única verdadeira Toliver", viesse a herdar as propriedades da família.

Rachel se levantou da escrivaninha, pôs a caixa de lenços de papel na mesinha e abriu a porta do escritório. Danielle, sua secretária de muitos anos, correu para lhe dar os pêsames, e o sempre fiel Ron passou o braço pelos seus ombros. Ela ia deixar as Fazendas Toliver em mãos competentes.

– Não vou ver vocês por algum tempo – ela disse. – Vou dirigir os negócios de Howbutker, mas vocês sabem onde me encontrar se precisarem de alguma coisa.

– Então você não vai voltar? – Danielle perguntou.

– Não, Danielle, a não ser que circunstâncias inesperadas me obriguem a voltar.

Capítulo Cinquenta e Quatro

William Toliver levou um copo de chá gelado para o seu pequeno pátio para alguns minutos de descanso do silêncio de pedra da esposa, antes de voltar ao trabalho. O assento de plástico da cadeira queimou seu traseiro, mas aliviou a sensação gelada que sentia por dentro. O dia que ele tinha temido durante anos finalmente chegara, destruindo sua esperança de que a esposa e a filha pudessem se reconciliar antes da morte de tia Mary. Em parte, ele estava feliz por Rachel estar assumindo o que tinha nascido para fazer. Sendo um Toliver, isso significava alguma coisa para ele – muita coisa, de fato –, embora Alice ficasse furiosa com isso. Ele queria que ela não estivesse acompanhando ele e Jimmy a Howbutker. Que cena ia haver quando Amos lesse o testamento e confirmasse para ela que Rachel tinha "privado" o pai da chance de ter uma vida melhor.

Ele suspirou. Uma parte dele, contudo, lamentou que tivesse levado Rachel para Howbutker no verão de 1966, como Alice previra que fosse acontecer. Ela agora podia dizer "Eu avisei", porque daquele verão em diante sua família nunca mais foi a mesma. Ele muitas vezes imaginou se, mesmo que não tivesse levado a filha para conhecer as raízes dos Toliver naquele ano, a sua primeira horta não teria acabado levando-a à avenida Houston e a Somerset.

Talvez não. A primeira viagem a Howbutker dez anos antes, para apresentar a esposa e a filha recém-nascida aos tios não tinha sido um sucesso. Sua pequena família foi recebida amavelmente, mas com certa reserva. William achou isto compreensível. Ele não ia em casa desde que fugira aos dezessete anos. Estava então com vinte e oito, e houvera pouco contato com a avenida Houston neste intervalo. Já fazia onze anos que ele morava em Kermit. Aos vinte e um, ele tinha se casado com uma balconista de farmácia que conheceu quando foi comprar remédio para a mão que machucara num acidente num campo de petróleo, anunciando o casamento aos seus parentes em Howbutker por meio de um telegrama.

William sabia muito bem que era por culpa que ele os tinha ignorado e por vergonha pelo fato de, como um Toliver, ele ter se contentado com tão pouco quando sua herança exigia que desejasse muito mais.

– Eu fugi de tudo o que era esperado de mim – ele explicou para Alice. – Sei que magoei horrivelmente a minha tia. O único filho de tia Mary e tio Ollie morreu poucos anos depois de eu ter ido morar com eles, e eu a abandonei sem ninguém para dar continuidade à tradição dos Toliver.

Alice tinha uma visão diferente. Animada pelos instintos protetores que William amava nela e zangada com a reserva "arrogante" da tia dele, ela declarou que tia Mary era culpada por ele ter fugido. Ela é que devia estar pedindo perdão a ele.

– Ela tentou fazer de você algo que você não é para satisfazer as próprias ambições. Você não é um fazendeiro. Você não é nem mesmo um Toliver, se isto significa ser igual a ela.

William tinha descontado a última observação. Mesmo aos cinquenta e seis anos, tia Mary possuía uma beleza intimidante, e sua elegância e sua postura orgulhosas não deixavam à vontade uma mulher que ainda usava um penteado a Betty Grable e tirava as sobrancelhas formando um arco fininho. Além do mais, Alice tinha uma natureza possessiva. William percebeu que a esposa teve medo que tia Mary pudesse atraí-lo de volta para Howbutker apelando para seu senso de dever. Ela ficara nervosa ao ver o quanto as feições de Rachel se pareciam com as da tia dele.

– Ela é mesmo uma Toliver – tio Ollie tinha declarado, radiante, ao tirá-la do berço.

Imediatamente, Alice agarrou a filha e William percebeu neste ato que para a sua esposa viver no mundo da avenida Houston resultaria numa batalha constante para conservar o que era dela. Ninguém poderia mitigar a sensação que ela sentia de estar inteiramente deslocada, nem mesmo seu amável tio, de quem ela gostou na mesma hora. Como ele havia "salvado" seu marido, ela tolerava Amos Hines, que estava agora inteiramente adaptado ao modo de vida em que entrara por acaso. Percy Warwick, os cabelos louros já grisalhos, bronzeado e em forma aos sessenta e um anos, deixou-a literalmente sem fôlego. Ela disse que ele era mais bonito do que qualquer artista de cinema, e achou que a mulher dele devia ser louca por ir embora e deixar um homem como aquele sozinho.

Mesmo assim, apesar de bem tratada por todos, Alice tinha se sentido tão deslocada na elegante mansão da avenida Houston quanto um saco de farinha no meio de sedas e cetins.

Na noite anterior à volta deles a Kermit, a tia pedira a William que se sentasse um pouco com ela no gazebo.

– Sua mulher não gosta de mim – ela declarou naquele seu estilo direto depois que eles se sentaram no balanço. – Ela não se sente à vontade aqui conosco no meio dos pinheiros.

William gostava demais dela para dizer que não.

– Ela nunca saiu do oeste do Texas – ele justificou.

– O importante é que ela ama você, William, e fez você feliz.

– Você acha mesmo, tia? – Ele olhou surpreso para ela. Este era um discurso diferente do que ele esperava dela, e sem dúvida bem diferente do que ela costumava fazer quando ele era menino. Orgulho do nome, dedicação à sua herança, ao que os sacrifícios de outros tinha tornado possível, este era o discurso que ele costumava ouvir de tia Mary.

– Acho sim – ela disse. – Se há uma coisa que eu aprendi é que algumas coisas são valiosas demais para serem sacrificadas por um nome. Volte para Kermit e não se preocupe com nada que você pensou ter deixado para trás.

Ela estava sendo sincera, ele percebeu, mas o estoicismo com que disse a ele para esquecer o que tinha sido a obra de sua vida partiu o coração dele. Ele disse baixinho para ela:

– Tia Mary, e a fazenda? O que vai acontecer com ela quando você...

– Quando eu morrer ou quando estiver velha demais para dirigi-la? Ora, eu vou vendê-la. Você vai receber o resultado da venda como meu herdeiro, mesmo que Ollie ainda esteja vivo. Isso já está determinado no meu testamento. A casa talvez eu deixe para a Conservation Society.

– Isso é uma pena... – Com os olhos marejados, William contemplou sua mão aleijada. – Eu sinto tanto, tia.

– Não fique triste. – Ela cobriu a mão dele com a dela. – Somerset sempre custou caro demais. Ela trouxe uma maldição para os Toliver. Não adianta falar sobre isso agora. Alegre-se por seus filhos crescerem livres de Somerset. Leve Alice e aquela linda menina para casa e aproveite sua vida, embora eu não possa entender como isso é possível num buraco no meio do deserto. – William viu o sorriso dela no escuro.

– Você encontrou a rosa vermelha que eu deixei no seu travesseiro na manhã em que fugi?

– Sim, William, eu achei a sua rosa.

Aquela noite, quando ele foi dormir, encontrou uma rosa branca sobre o travesseiro.

Pensando naquela ocasião, ele sentiu uma dor na consciência. Apesar de tia Mary tê-lo perdoado, ele sempre achou que devia algo a ela por tê-la abandonado. Talvez Alice tivesse razão quanto a isso também. Lá no fundo, talvez o principal motivo de ele ter levado Rachel para Howbutker em 1966 tenha sido para se redimir do que fizera – ou não fizera –, porque ele sabia que, apesar do que tia Mary lhe dissera no balanço, ela não resistiria à chance de instalar outra Toliver na terra. Ainda assim, isso teria dado certo se ele não tivesse contado a Alice a conversa que ele e a tia tiveram naquela noite. Se não fosse por essa informação e pelo fato do seu bisavô não ter deixado para o filho um só acre da terra da família, mãe e filha ainda seriam amigas.

Ele ouviu o toque do telefone, e logo em seguida Alice apareceu na porta.

– O seu dono e senhor está no telefone querendo saber onde você está – ela disse.

William fez uma careta.

– Ora, como ele adivinhou onde eu estaria?

Capítulo Cinquenta e Cinco

Amos estava no Aeroporto Municipal de Howbutker quando o pequeno Cessna Citation portando o nome Fazendas Toliver pousou às dez horas. Ele sabia que estava com péssima aparência, como se tivesse cumprido pena na cadeia de Tijuana. Seu rosto, que já não era grande coisa em épocas boas, o deixara chocado quando ele fez a barba de manhã, mas como poderia ser diferente? Ele estava com um nó no estômago e não tinha conseguido dormir, tinha se levantado às três horas e passado o resto da noite no terraço ouvindo os gritos dos gatos na rua.

Que Deus nos ajude, ele rezou quando a porta do jato se abriu e os degraus foram arriados. Um minuto depois, Rachel apareceu, o avistou e acenou para ele. Amos sentiu uma sensação de *déjà-vu*. Como ela se parecia com Mary quando ele a viu pela primeira vez no alto da escadaria da loja de Ollie. Rachel era muito mais moça, é claro, mas tão parecida com ela em beleza e – como Mary estava naquele dia – no ar de infelicidade. Ele acenou de volta e abriu um sorriso.

Rachel correu para ele, as pernas bronzeadas brilhando numa saia-calça branca, e atirou os braços em volta do seu pescoço.

– Querido Amos – ela disse, com uma voz terna e carinhosa. – Como você está?

– Acho que do mesmo jeito que você – ele disse, abraçando-a.

– Então, vamos ficar mal juntos. – Ela deu o braço a ele e fez sinal para o piloto levar as malas dela para o carro dele, um Cadillac azul-escuro, grande, mas discreto como o próprio Amos. – Eu não consegui convencer minha família a vir comigo, como você está vendo – ela disse –, mas eles vão chegar amanhã por volta do meio-dia. Minha mãe também vem. Contem-me quais são os seus planos.

Rachel se sentia muito leve, apoiada no braço dele – uma donzela a caminho do sacrifício ignorante do seu destino.

– O funeral está marcado para as onze horas de segunda-feira, com o enterro às três horas. A visitação ao corpo foi prevista para os períodos de dez a meio-dia e de cinco às sete no sábado, se você estiver de acordo.

– Está ótimo. Isso vai nos dar tempo para tomar fôlego. Mais alguma coisa?

Amos citou outros detalhes que precisavam da aprovação dela. Ele tinha autorizado a preparação do espaço ao lado do túmulo de Ollie para o enterro, uma vez que Mary não quis ser cremada. E, para poupar Sassie e Henry, ambos muito emocionados, marcara a recepção pós-funeral no salão da igreja. Não havia necessidade de ter centenas de pessoas andando pela casa, deixando cair comida em toda parte. Era melhor que a Igreja Metodista e a Associação das Mulheres cuidassem disso. Já haveria muita gente visitando a avenida Houston para dar pêsames.

– Parece que você pensou em tudo – disse Rachel. – O que sobrou para mim?

– Você vai ter que escolher um vestido para Mary e decidir acerca do caixão e das flores. Eu preparei uma pasta com nomes e telefones de fornecedores para você contatar. Eles estão esperando. Além disso, hoje, você vai ter que ler o obituário e ver se quer acrescentar alguma coisa. A própria Mary o escreveu e o colocou junto com seus documentos legais. A agência funerária precisa dele até as quatro horas.

Rachel parou.

– Tia Mary já tinha escrito seu obituário? Ela sabia que estava doente?

– Bem, como eu disse, ela nunca mencionou nenhum problema de coração para mim. Quanto ao obituário – ele esboçou um sorriso –, na minha experiência profissional, as damas sulistas de certa idade, muito antes de suas mortes, gostam de compor suas próprias histórias para a imprensa em vez de deixar isso para os parentes. No caso de Mary, eu acho que ela quis que o dela fosse simples e direto. Sem floreios.

– Há quanto tempo ele foi escrito?

– Não posso precisar a data.

– Então eu vou deixar como está, mas estou surpresa por tia Mary ter se preocupado com isso.

Eles tinham chegado no carro. O piloto os alcançou e colocou a bagagem na mala.

– Bem, Srta. Toliver – ele disse, estendendo a mão para ela –, foi um prazer conhecê-la.

Rachel apertou a mão dele com um ar de surpresa.

– Como assim, Ben? Aonde você vai?

— Ora, a senhora não sabia? Meu contrato terminou com este voo. Eu ia levar a Sra. DuMont para Lubbock hoje, mas... trouxe a senhora para cá em vez disso. Este é meu último trabalho para as Fazendas Toliver.

— Quem disse isso a você?

— A Sra. DuMont.

— Você e ela tiveram algum desentendimento?

— Não, senhora. Ela simplesmente me disse que não ia mais precisar dos meus serviços. Scuttlebutt soube que o avião foi vendido.

— Vendido? — Rachel virou-se para Amos. — Você sabia alguma coisa a respeito disso?

Ele ergueu os ombros e fez uma cara inocente, mas sentiu o sangue lhe fugir do rosto.

— Ela nunca me disse que ia vender o avião.

Rachel virou-se para o piloto.

— Ben, eu não sei o que dizer, mas vou chegar ao fundo disto. Deve haver algum engano.

— Bem, caso haja, a senhora tem o meu cartão e sabe onde me encontrar — Ben disse.

Rachel ficou olhando para a figura que se afastava com um ar perplexo.

— Sabe — ela disse —, este é o segundo incidente que me faz pensar que tem alguma coisa acontecendo com as fazendas que eu não estou sabendo. Ontem um representante de uma companhia têxtil que compra de nós há anos me informou que nosso contrato não vai ser renovado. — Ela se virou para Amos com uma expressão interrogadora. — Você acha que tia Mary sabia que tinha pouco tempo de vida e estava fazendo algumas mudanças antes de morrer? Você acha que era por isso que ela estava indo falar comigo?

Amos bateu distraidamente nos bolsos parecendo procurar as chaves, fingindo um grande alívio ao encontrá-las.

— Você sabe que sua tia-avó não era de fazer confidências — ele disse. — Estou certo de que tudo será explicado logo. Por falar nisso, Rachel, você acha que depois do enterro você e sua família poderiam ir ao meu escritório por volta das cinco horas para a leitura do testamento?

— Estou certa que sim. Eles vão querer terminar logo com isso e voltar para Kermit no dia seguinte de manhã. Eu vou ficar, é claro. Deixei meu supervisor tomando conta de tudo em Lubbock e vou dirigir as coisas do escritório de tia Mary por um tempo. Uma pena que Addie Cameron tenha se aposentado. Ela seria uma grande ajuda.

– Realmente... – ele murmurou, atento na manobra que estava fazendo com o carro. Esta era outra pista que ele deveria ter percebido, a recente e inesperada aposentadoria precoce da assistente de Mary que fora seu braço direito por vinte anos. Ela agora estava morando, e sem dúvida tinha sido muito bem indenizada, perto da família do filho em Springfield, Colorado. Seria um milagre se Rachel não ficasse sabendo da venda das fazendas antes do funeral, e só Deus sabe qual seria a reação dela. Esta manhã, ele tinha falado no telefone com os advogados de Mary em Dallas para perguntar quanto tempo mais a notícia da venda poderia ser ocultada da comunidade financeira. Não por muito tempo, eles tinham dito, depois que a mídia tomar conhecimento da morte de Mary.

Quando ele parou na porta da mansão dos Toliver, Henry, usando uma faixa preta no braço, saiu para recebê-los e carregar as malas de Rachel.

– Pode deixar as coisas comigo agora, Amos – ela disse, com a pasta debaixo do braço. – Vá para casa e descanse um pouco. Perdoe-me por dizer isto, mas você parece estar precisando.

– Sim... sim, eu vou fazer isso. Um conselho antes de eu ir embora, Rachel. Sugiro que você se recuse a falar com repórteres antes do funeral... por uma questão de decoro. Sei que Mary teria desejado isso.

– Bom conselho. – Ela se inclinou e o beijou no rosto. – Vá dormir um pouco e depois volte para jantar aqui. Vamos convidar Percy e Matt também. Tenho certeza que eles vão querer estar conosco.

Pelo espelho retrovisor, Amos a viu subir os degraus da varanda, com as costas retas e a cabeça erguida – como se estivesse sentindo o peso da coroa. Suspirando, sentindo a tristeza como uma faca em suas entranhas, ele tornou a pedir: "Meu Deus, ajude a todos nós."

Como sempre quando já fazia algum tempo que Rachel não ia em casa, Sassie abriu a porta da frente quando ela chegou na varanda e abraçou-a com força, seu rosto escuro liso que não combinava com os cachos grisalhos coberto de lágrimas.

– Ah, Srta. Rachel, graças a Deus a senhora está aqui – ela disse, com seu cheiro de limpeza que fazia parte da avenida Houston tanto quanto o cheiro das madressilvas que cresciam na cerca dos fundos.

"Aconteceu bem ali", ela disse e apontou para um lugar onde duas cadeiras de braços tinham sido afastadas da mesa. "Ela caiu bem ali. Eu nunca deveria tê-la deixado sozinha, com ela agindo daquele jeito estranho. Eu sabia que não estava em seu estado normal."

Rachel parou.

– Como assim, de um jeito estranho, Sassie?

– Bem, ela estava *bebendo*, Srta. Rachel, e a senhora sabe que sua tia nunca bebia nada mais forte do que limonada, nem mesmo no Natal, quando uma gemada com vinho não faz mal a ninguém. Mas ela chegou da cidade na hora do almoço e sentou bem ali, no calor, e me fez trazer uma garrafa de champanhe.

Rachel franziu a testa. Isso era mesmo estranho, tia Mary tomando bebida alcoólica, ainda mais sozinha ao meio-dia na varanda, no mês mais quente do verão.

– Talvez ela estivesse comemorando alguma coisa.

– Bem, se estava eu não sei. Além disso, não era assim que a Srta. Mary costumava comemorar. Mas não é só isso. Antes disso, ela fez Henry ir até o sótão para abrir o velho baú do Sr. Ollie. Era sobre isso que ela estava falando quando eu a encontrei. "Eu tenho que ir até o sótão... Eu tenho que ir até o sótão." Eu achei que era conversa de quem tinha bebido, mas ela parecia bem sóbria quando gritou o seu nome, Srta. Rachel.

– Amos me contou – Rachel disse, com os olhos marejados. – Tia Mary disse o que queria pegar no baú?

Sassie abanou-se com a saia do avental.

– A senhora sabe o quanto a Srta. Mary era discreta. Ela não disse nada para nós. Eu perguntei se Henry podia pegar para ela, e ela quase teve um ataque. Disse que só ela sabia o que estava procurando.

Rachel pensou um pouco.

– Eu acho que tia Mary estava muito doente e sabia que estava morrendo, Sassie. Foi por isso que ela foi para Dallas sem dizer nada a ninguém. Acho que estava se consultando com um médico. Ela fez Henry abrir o baú para ela pegar alguma coisa lá dentro, alguma coisa pessoal, eu imagino, que ela não queria que encontrassem depois de sua morte.

Sassie pareceu um tanto aliviada.

– Bem, à luz de tudo o que aconteceu aqui, isso faz sentido.

Rachel tomou o braço dela.

– Vamos para dentro e você pode me contar o resto enquanto eu tomo um chá gelado.

Depois de instaladas na mesa da cozinha, com dois copos de chá gelado na frente delas, Sassie disse:

– Eu devia ter sabido que havia alguma coisa errada quando a Srta. Mary ficou tanto tempo fora da cidade sem dizer nada ao Sr. Percy. O Sr. Amos também ficou magoado.

– Quanto tempo ela ficou fora?

– Quase quatro semanas.

Rachel tomou um gole de chá.

– O que mais aconteceu por aqui para confirmar minhas suspeitas?

Sassie fez um muxoxo.

– Ela ter aposentado a Srta. Addie em tão pouco tempo. Isso devia ter me alertado, e também teve o episódio das pérolas, aquelas que sempre usava quando se arrumava.

– O que houve com elas?

– Ela saiu daqui com elas no pescoço, mas Henry disse que ela não estava mais com elas quando saiu do escritório do Sr. Amos.

– Ela deve tê-las deixado com ele – disse Rachel. – Você sabia que ela ia viajar hoje no avião para me ver?

– Sim, isso eu sabia, mas só por acaso. Ela me contou pouco antes de sair para o escritório do Sr. Amos. Eu encontrei a valise dela arrumada quando levei a bolsa até o quarto depois que a ambulância chegou. Mas eu não sabia nada disso antes.

– Nem eu.

A campainha tocou.

– Ah meu Deus, deve ser a comida. Bem, vai ser útil com tanta gente para alimentar.

A cozinheira saiu, e Rachel ficou pensando nos indícios de que a tia sabia que estava morrendo. A própria champanhe era uma pista conclusiva. Tia Mary um dia lhe disse: "Álcool para mim é um passaporte para lugares que eu não tenho o desejo de revisitar. Algum dia, quando eu estiver velha com os cabelos mais brancos do que hoje... quando meu tempo tiver acabado... talvez eu volte."

E o desaparecimento das pérolas era outro sinal. As pérolas iam ficar para ela. Era típico de tia Mary deixá-las com Amos em vez de guardá-las no cofre – talvez para entregar a ela depois da leitura do testamento, como outra prova do seu amor. Mas nesse caso, por que ele não percebera que havia alguma coisa errada?

Rachel se levantou da mesa, cansada demais física e mentalmente para pensar nisso tudo. *Tenho certeza de que tudo irá se esclarecer em breve*, Amos tinha dito. Sassie voltou e ela a informou de suas providências e da chegada de sua família no dia seguinte.

– Eu vou subir para escolher um vestido para tia Mary usar no velório antes de desarrumar minha mala. Depois vou começar a ligar para as pessoas da lista que Amos me deu. Ele me deu o nome de um casal para ajudar você e Henry, Sassie. Vou falar primeiro com eles.

– Não se preocupe comigo, benzinho. Prefiro me movimentar a descansar e pensar.

No andar de cima, Rachel encontrou os aposentos da tia no escuro, as janelas fechadas e as cortinas puxadas. Nenhum resíduo consolador do espírito dela a alcançou quando abriu a porta que a fez lembrar os segredos que a tia-avó tinha levado para o túmulo. O quarto a impressionou pela frieza, apesar dos toques pessoais que tanto lembravam tia Mary. Um roupão de cetim cor-de-rosa que ela costumava usar para tirar uma soneca depois do almoço estava estendido numa cadeira, e um par de chinelos combinando espiava debaixo da cama como os olhos de um cachorrinho. Uma quantidade de retratos da família, dentre eles diversos de Rachel, cobria a lareira, e um lindo conjunto de toucador – um presente de casamento de tio Ollie – se destacava na penteadeira. Ao lado dela estava a valise que tia Mary tinha arrumado para sua última viagem a Lubbock.

Rachel raramente estivera nesse quarto e, mesmo assim, só tinha passado um pouco da porta. A tia e ela passavam tempo juntas na biblioteca ou no escritório ou no terraço dos fundos. Mas uma vez, muito tempo atrás, a porta tinha ficado aberta e um retrato no meio de tantos outros tinha chamado sua atenção. Ela entrara para examiná-lo. Era o retrato de um adolescente de cabelos escuros – o pai dela, Rachel tinha pensado a princípio. Mas quando examinou mais de perto, viu que não era ele. As feições dos Toliver eram distintas demais, e havia certa força de caráter no rosto do rapaz que o pai dela não possuía. Ela virara o retrato. "Matthew aos dezesseis anos", tia Mary tinha escrito com sua letra inconfundível. "Julho de 1937. O amor do pai dele e a minha vida." Alguns meses depois, o rapaz estaria morto. Instintivamente, ela soube então que tia Mary nunca mais fora a mesma. O que mais poderia explicar aquela nuvem de tristeza que parecia estar sempre ao redor dela?

Ela procurou o retrato agora, mas não o encontrou. Outro mistério. Verde, ela pensou, dirigindo-se para as portas espelhadas do armário. *Tio Ollie teria escolhido verde*. Ela escolheu um vestido de linhas simples e belo tecido que a tia teria preferido, parando para empurrar os chinelos para baixo da cama ao sair do quarto.

Capítulo Cinquenta e Seis

Depois de desfazer a mala, Rachel se instalou atrás da escrivaninha da tia-avó no escritório dela, para começar a dar os telefonemas. Do lado de fora da porta fechada, o telefone tocava constantemente, e Sassie e Henry se revezavam anotando os recados. Rachel lhes avisara que não queria ser incomodada com perguntas de jornalistas.

Ela já estava quase no fim da lista quando Henry enfiou a cabeça na porta.

– Srta. Rachel, a senhora vai querer atender a este. Linha dois.
– Quem é, Henry?
– Matt Warwick.

Rachel ergueu o telefone na mesma hora.

– Matt Warwick! – ela exclamou, sentindo uma onda de prazer. – Já faz um bom tempo.
– Tempo demais – disse Matt. – Eu gostaria que não tivéssemos que nos encontrar nestas circunstâncias. Você ainda está com o meu lenço?

Rachel sorriu. Então ele se lembrava do último encontro deles. Ela olhou para o lenço que trouxera para se lembrar de devolver-lhe.

– Estou olhando para ele neste momento. Estava pretendendo devolvê-lo pessoalmente o mais rápido possível.
– É incrível não termos tido a oportunidade. Dá a impressão de haver uma conspiração divina para nos manter afastados. Por que não cuidamos disso imediatamente? Vovô finalmente adormeceu depois de ter passado a maior parte da noite em claro, e estou à sua disposição. Quem sabe posso levar você de carro a algum lugar? Ou montar guarda enquanto você descansa?

Foi como se um braço tivesse sido passado ao redor dos seus ombros, forte e consolador, o mesmo braço que fora passado quando tio Ollie morreu. Rachel nunca havia esquecido. Ela consultou as anotações que tinha feito depois de falar com o agente funerário.

— Você poderia me levar até a agência funerária para ver a tia Mary? O corpo dela foi liberado pelo legista e eles estão esperando pelo vestido dela.

— Seria uma honra — ele disse, num tom carinhoso. — Que tal almoçarmos primeiro?

— Boa ideia. Trinta minutos?

Ela apertou o botão do interfone para dizer a Sassie que ia sair e que ela não precisaria se preocupar com o almoço. Depois ela pegou o pó compacto para disfarçar os vestígios de uma noite mal dormida e dos ocasionais acessos de choro, com um tremor familiar de expectativa. Já fazia doze anos que ela não experimentava esta sensação. A viagem melancólica com o pai, em junho de 1973, para assistir ao enterro de tio Ollie só tinha tido uma coisa boa: ela encontrara Matt Warwick outra vez. Naquela ocasião, o objeto de sua paixonite tinha correspondido a todas as suas expectativas. Ele continuava tão bonito, maduro, confiante e natural como ela se lembrava, mas tinha se mostrado muito frio em relação a ela. O motivo só se tornou claro durante a recepção, quando ele a encontrou chorando do lado de fora, no gazebo, enquanto as outras pessoas comiam e bebiam dentro de casa.

— Tome — ele disse num tom meio brusco, e entregou um lenço para ela. — Acho que você está precisando disto.

— Obrigada — ela disse, e cobriu o rosto, envergonhada por ele tê-la apanhado daquele jeito.

— Está me parecendo que tem mais coisa acontecendo aqui do que tristeza pela morte do seu tio Ollie — ele disse.

Espantada, Rachel erguera o rosto e olhara para ele com os olhos vermelhos. Como ele sabia disso? Foi nessa época que ela descobriu que parte da sua tristeza era culpa — e ela estava se sentindo bem culpada aquele dia no gazebo — pelo modo com que tinha tratado tio Ollie, por ter quebrado a promessa feita à mãe. Naquela manhã, ela comunicara à mãe que ia ficar em Howbutker.

Não sei se vou poder perdoá-la por isto, Rachel.

Mamãe, por favor tente compreender. Tia Mary está sozinha agora. Ela precisa de mim aqui.

E nós duas sabemos por que, não sabemos?

Vai ficar tudo bem, mamãe.

Não vai não. Nunca vai ficar tudo bem de novo.

Matt tinha se sentado ao lado dela no balanço, com uma expressão severa.

— Essa angústia toda tem a ver com o fato de você ter riscado os DuMont da sua vida por três anos? Eles viviam para suas visitas no verão, você sabe, e você os abandonou. Você partiu o coração deles, especialmente o do Sr. Ollie. Ele adorava você.

Ela engasgara de choque, começando a chorar de novo.

— Ah, Matt, eu não tive escolha! — E para sua completa surpresa, porque ela não podia suportar que ele continuasse zangado com ela, tinha revelado a história toda. Contara os segredos familiares que haviam conduzido à promessa feita à mãe e descreveu a dor que sentiu ao ser separada de tia Mary e de tio Ollie e ao ser obrigada a desistir da sua horta e do seu sonho de se tornar uma fazendeira. E agora, para piorar as coisas, tio Ollie tinha morrido sem saber o quanto ela o amava.

No meio dessa confusão toda, Rachel tinha deitado a cabeça no ombro dele e ele a tinha abraçado, e ela ensopara o lenço e a lapela do paletó azul-marinho de Matthew.

Quando finalmente as lágrimas se transformaram em soluços, ele disse:

— Seu tio Ollie era um homem muito sábio e compreensivo. Aposto que neste exato momento ele está sentado na beirada do Paraíso, dizendo para si mesmo: "*Mon Dieu!* Eu sabia que tinha que ser algo assim para manter nossa Rachel afastada de nós."

Rachel olhou para ele com os olhos vermelhos e inchados.

— Você acha?

— Eu aposto que sim.

— Você sempre ganha as suas apostas?

— Quase sempre.

— Como consegue?

— Eu só aposto no que acredito que não tem erro.

Rachel sorriu para si mesma, recordando, e fechou o pó compacto. No dia seguinte, ele voltara para o Oregon, onde a companhia tinha um escritório, mas a deixara com o coração mais leve e o lenço que estava agora em sua bolsa. Daquele dia em diante, eles tinham passado um pelo outro, como tio Ollie observara, em trens indo em direções opostas. Agora que ele mencionara isso, parecia mesmo que tinha havido um complô para que seus caminhos não se cruzassem durante aqueles doze anos.

Rachel imaginou se o acharia tão atraente quanto antes — se ele teria ficado barrigudo ou se estaria começando a ficar careca. Sua paixonite desaparecera com o tempo, e outro homem tinha aparecido para fazê-la esquecer Matt Warwick completamente. Quanto a ele, tinha havido uma beldade da Califórnia de quem ele ficou noivo: "Uma debutante de San Francisco", dissera tia Mary. "Muito bonita, embora, na minha opinião, ela não pareça a moça certa para Matt."

O casamento não tinha acontecido, e o homem da vida dela fora embora voando – literalmente –, então agora estavam os dois ali, desimpedidos e de volta no gazebo, por assim dizer.

A campainha tocou, e o coração dela deu um salto. Rachel agarrou a bolsa e o vestido dentro do saco plástico da lavanderia e correu para atender, antes que Sassie pudesse vir da cozinha e convencesse Matt a ficar para almoçar. No hall, ela deu uma olhada no espelho e fez uma careta. Ela não conseguira disfarçar as sombras sob os olhos nem fazer muita coisa com o cabelo que evidenciava sua partida repentina de Lubbock. Ela suspirou. Bem, não havia o que fazer. Abriu a porta.

Os dois sorriram ao mesmo tempo.

– Bem, olhe só para você – ele disse.

– Por favor, não olhe. Eu posso ficar melhor, de verdade.

– Não faça isso por mim – ele disse. – Posso não suportar.

O sorriso dela se alargou.

– Você está exatamente como eu me lembrava, Matt Warwick.

– Vou considerar como sendo uma coisa boa.

– Esplêndida.

Ele riu e estendeu a mão para ela descer para a varanda.

– Acabei de avistar uma brigada de travessas vindo para cá. Vamos sair antes de sermos surpreendidos?

– Por favor – ela disse, e eles se deram as mãos e, como conspiradores, desceram correndo os degraus até um Range Rover com INDÚSTRIAS WARWICK escrito nas portas. Quando o carro partiu, ela se recostou no banco, suspirando alto, sentindo a tensão abandonar o seu corpo.

– Noite longa, hein? – Matt disse.

– Uma das mais longas da minha vida. Como está o seu avô?

– É difícil dizer. Ele é o homem mais durão que eu já conheci, mesmo aos noventa anos, mas a morte de Mary pode ser a gota d'água.

– Eu tinha medo disso. Eles eram muito chegados.

– Ah, eles eram muito mais do que isso – Matt disse.

– Como assim?

– Eu conto para você durante o almoço, e você está me encarando, por falar nisso. Não é justo. Eu tenho que prestar atenção no trânsito.

Ela ficou vermelha. Ele estava *mais* interessante do que ela se lembrava – completamente maduro e bem acabado, como madeira forte, sólida, e ela gostava dos fios grisalhos em suas têmporas.

– Estou curiosa, Matt, quero dizer perplexa por você ter escapado das garras de uma mulher por tanto tempo.

Ele riu.

– Primeiro *você*. Eu soube que havia alguém... Um piloto da Força Aérea.

– Havia. Ele estava lotado na Base da Força Aérea de Reese perto de Lubbock. Nós nos conhecemos no acostamento da estrada quando meu carro ficou sem gasolina.

Matt levantou a sobrancelha para ela.

– Ficou sem gasolina? Uma moça sensata como você?

– Alguém roubou toda a gasolina. Você não pode imaginar como é agradável a visão de um oficial da Força Aérea dos Estados Unidos para uma moça sozinha numa estrada longa e deserta às dez da noite.

– E o que você estava fazendo numa estrada longa e deserta? Melhor ainda, o que *ele* estava fazendo lá?

– Eu estava voltando da fazenda. Tínhamos tido um longo dia de colheita. Eu não notei o marcador de gasolina quando saí de casa de manhã. Ele tinha saído para dar um passeio. Um dos amigos dele da esquadrilha tinha morrido aquela tarde durante um treino. Ele me levou até um posto de gasolina. Comprei um tambor de cinco galões e ele me levou de volta até o carro.

– E depois a seguiu até em casa.

Rachel assentiu com a cabeça.

– Ele me seguiu até em casa. – Ela brincou com o lenço. – Mas não deu certo. Nossas carreiras não combinavam. Eu sou uma mulher da terra, e ele é um homem do ar. E quanto a você? Eu me lembro de uma beldade de San Francisco que quase o levou ao altar.

– Outro caso de diferenças irreconciliáveis.

– Ah. – O tom dele desencorajou qualquer pergunta, e ela ficou imaginando se ele ainda sentia alguma coisa pela moça com quem não se casou. Eles deviam ter diferenças *sérias* para ela ter deixado Matt escapar.

– Aliás, aqui está o seu lenço – ela disse.

– Fique com ele. Você pode precisar dele mais tarde.

Eles foram até uma cafeteria ao lado de um Holiday Inn na estrada, e Matt explicou sua escolha dizendo que ali era o único lugar onde eles poderiam comer e conversar sem serem incomodados.

– Senão – ele disse – todo mundo vai parar na nossa mesa para dar os pêsames.

– A desvantagem de morar numa comunidade pequena, eu imagino – Rachel disse –, mas confesso que é disso que eu gosto nas cidades pequenas... a sensação de que todo mundo divide o mesmo ninho. Você está contente de ter voltado? – Ela soubera que o avô dele tinha se aposentado e que ele tinha assumido o lugar dele como presidente da companhia.

Matt consultou o cardápio.

– Acho que posso dizer que agora mais do que nunca.

Rachel sentiu o rosto quente e uma sensação que fazia muito tempo não sentia.

– Podemos conversar um pouco antes de pedir? – ela sugeriu.

Matt largou prontamente o cardápio.

– Só café, por enquanto – ele disse à garçonete.

Quando ela se afastou, Rachel disse:

– Ok, vamos lá. Por que você disse que tia Mary e o seu avô eram mais do que amigos?

– Isso vai ser um choque – ele disse, e começou a descrever o momento de confusão de Mary no pátio do tribunal quando ela o tinha confundido com o avô dele. – Havia um tom tão queixoso na voz dela e o modo com que ela estendeu os braços para mim – ele concluiu. – Quase partiu meu coração.

– E ela disse mesmo "Percy, meu amor?".

– Suas exatas palavras. E quando eu contei a vovô sobre o incidente, ele admitiu que sentia o mesmo por ela e que a tinha amado a vida inteira.

Rachel se recostou na cadeira, perplexa. Ela nunca havia suspeitado de um interesse romântico entre a tia-avó e Percy.

– Então por que eles não se casaram?

Matt levou a caneca de café à boca – para ganhar tempo para responder, ela pensou. Depois de ter bebido um gole e largado a caneca, ele disse:

– Por causa de Somerset, foi o que vovô disse.

Uma cena se desenrolou na cabeça dela. Estava sentada ao lado de tia Mary na casa de Ledbetter, e acabara de contar o final devastador de sua relação com Steve Scarborough. Estava com vinte e cinco anos. Tia Mary tinha escutado com uma calma enervante, os olhos verdes pensativos. Finalmente, ela disse: *Eu acho que você pode estar cometendo um erro do qual vai se arrepender amargamente um dia, Rachel. Nada justifica abrir mão do homem que você ama.*

Rachel ficou muito espantada. Achava que tia Mary fosse aplaudir a sua decisão. Steve não queria saber de fazenda. Ele era filho de um produtor de trigo do Kansas e conhecia muito bem as durezas impostas pela terra. Mas o que tia Mary podia saber? Tio Ollie sempre apoiara sua dedicação à terra e ao nome da família. Ela nunca tinha sido obrigada a escolher entre sua vocação e o homem que amava. Ela se empertigou toda. *Há outros peixes no mar, tia Mary, um deles vai entender que eu sou o que amo – que eu sou o que faço.* Ela dera um ligeiro sorriso. *Talvez eu tenha sorte e encontre um Ollie DuMont.*

Mas nunca outro Steve Scarborough.

– Rachel?

Rachel piscou e voltou ao presente.

– Seu... seu avô explicou o que quis dizer com isso?

– Não consegui arrancar mais nada dele, mas imagino que teve a ver com uma dessas diferenças irreconciliáveis. Em algum momento ao longo da vida, minha avó soube do relacionamento deles. Suponho que seja por isso que eles vivam separados há tanto tempo e que ela odeie Mary.

A garçonete tinha voltado para tomar o pedido deles, estava com o lápis erguido e a sobrancelha erguida na direção de Rachel, ainda muda e com o olhar distante.

– Nós vamos querer o prato especial – Matt pediu pelos dois, e, depois que ela se afastou, ele cobriu a mão de Rachel com a dele. – Eu sei que isso foi uma surpresa, Rachel, mas Mary se casou com um homem bom. Ninguém poderia tê-la amado mais, nem mesmo vovô.

Ela disse devagar:

– Ela sempre pareceu tão feliz com ele.

– Ela estava satisfeita. Existe uma diferença. Você e sua mãe chegaram a um entendimento?

A pergunta chamou-a de volta à realidade.

– Não, nunca – ela disse, surpresa e espantada. – Você ainda se lembra do que eu contei para você no gazebo?

– Palavra por palavra, e sinto muito que as coisas não tenham mudado. Vamos ver se eu me lembro do que aconteceu depois. Contra o desejo da sua mãe, e as esperanças de herança que ela tinha para o seu pai, você se formou em... agronomia, não foi? Desde então você vem aprendendo tudo sobre produção de algodão com Mary.

– Isso diz tudo – ela disse, envaidecida por ele ter acompanhado a sua trajetória ao longo dos anos. – Quando chegou a hora, eu não consegui abandonar minha vocação.

– Algum arrependimento?

– Claro, mas eu teria mais arrependimentos se não tivesse seguido em frente.

– Tem certeza?

– Tenho.

Ele disse sacudindo a cabeça:

– Você tem sorte de ter tanta certeza.

– Só a respeito disso. Por que você está rindo?

Ele pegou a caneca de café.

– Uma piada particular. Eu estava lembrando uma coisa que uma pessoa falou recentemente a respeito de maçãs.

Na agência funerária, ela sentiu a presença protetora de Matt atrás dela. Foi um momento difícil olhar para a tia-avó morta. Ela estava deitada sob um lençol, seu rosto uma máscara bela e fria, os cílios escuros e o bico de viúva, a covinha dos Toliver austera no rosto exangue.

– Vocês ainda não fizeram nada com ela? – Matt perguntou ao funcionário, com o braço em volta da cintura de Rachel.

– Estávamos esperando pelo vestido – o homem respondeu.

Mais tarde, nas reuniões com o responsável pelo funeral, com o florista e com o pastor, o jeito calmo de Matt e sua voz serena a ajudaram a esquecer a emoção e a escolher caixão e flores e a ordem da cerimônia. Finalmente, depois de cumpridos os compromissos, ele perguntou:

– E agora? – Eles estavam sentados no Range Rover no estacionamento da Igreja Metodista. Ele estava com a mão sobre o encosto do banco e ela sentiu a resistência dele em tocar no seu cabelo. – Você deve estar muito cansada. Eu deveria levá-la para casa.

Ela percebeu a relutância em sua voz.

– Que horas são?

Ele consultou o relógio.

– Quatro horas.

– Ainda é cedo – ela disse.

– Então aonde mais eu posso levá-la?

– Você me levaria a Somerset?

Capítulo Cinquenta e Sete

De volta a Warwick Hall, Matt ficou aliviado ao encontrar o avô na biblioteca, parecendo descansado e imaculadamente vestido com uma camisa esporte de seda marfim e calças de pregas. Ele estava preparando um uísque com água no bar.

– Quer um desses? – ele perguntou quando Matt entrou.

– Eu já estou suficientemente alto.

Percy olhou bem para ele.

– Bem – ele disse, pegando mais um copo –, eu estava com medo que isso fosse acontecer. Você se encantou com Rachel Toliver. Sassie disse que vocês estavam juntos quando ligou para nos convidar para jantar.

– Estou mais do que encantado, vovô. Eu não me sinto assim desde... bem, nunca. – Nem mesmo com Cecile, ele pensou. Tinha se separado de Rachel cinco minutos antes e já estava com saudades dela. Ele a deixara em frente à mansão Toliver sentindo uma pontada de tristeza no momento que ela abriu a porta. Ele a tinha visto subir os degraus com o coração apertado, como se ela fosse desaparecer diante dos seus olhos, e na varanda Rachel tinha se virado e sorrido para ele.

– Vejo você daqui a pouco – ela dissera, e ele tinha pensado, repentinamente: "Pelo resto da minha vida, eu espero."

– Não sei explicar – ele disse, caindo numa cadeira diante da lareira. – Eu mesmo não entendo, mas não preciso entender. Basta reconhecer. Eu sinto como se nos conhecêssemos a vida inteira e estivéssemos apenas esperando o momento certo para ficarmos juntos.

Percy entregou a bebida a ele.

– Tem certeza que não é só um entusiasmo? Você sabia que ela era bonita, e de certa forma vocês se conhecem mesmo a vida inteira.

– Não insulte a minha experiência, vovô. Eu já vivi o bastante para saber a diferença entre um entusiasmo passageiro e um sentimento verdadeiro.

– E você acha que ela sente o mesmo?

– A menos que eu esteja enferrujado para ler os sinais.

Ele recordou o momento em que eles estavam parados na varanda da casa de Ledbetter, contemplando os campos de Somerset. Havia flores nas plantas – botões de flores de abóbora, ela disse, a flor que tinha começado aquilo tudo para ela. Ele viu o cansaço e a tristeza em seu rosto cederem lugar a uma alegria tranquila, como se ela tivesse passado das sombras à luz... Como se estivesse contemplando o paraíso. Ele tinha ido para trás dela para olhar a vista sobre sua cabeça, e por um instante surreal tinha se sentido como Adão, como se eles fossem as duas únicas pessoas existentes no mundo.

– É lindo – ele tinha dito. – Eu posso entender por que você ama tudo isto.

– Pode? – Rachel tinha se virado para ele com um brilho de surpresa e contentamento nos olhos. Eram lindos olhos, que refletiam o verde da terra que ela amava. – Estou feliz em saber disso.

Agora, ao ver a expressão cética do avô, ele perguntou:

– Por que a reserva, vovô? É porque você e Mary não ficaram juntos?

Percy sentou-se numa cadeira ao lado e disse baixinho:

– É porque Rachel é uma Toliver, filho.

– E o que isso quer dizer exatamente?

– Isso quer dizer que ela tem a tendência de colocar a terra em primeiro lugar, na frente de marido, casa e família.

– Foi isso que afastou você e Mary, o que você quis dizer com a expressão "Somerset aconteceu"? Ela pôs Somerset na sua frente?

– Resumindo, foi isso. Quando nós percebemos que tínhamos sido dois idiotas, era tarde demais. Não me entenda mal. Eu gosto muito da moça. Nada me faria mais feliz do que ver você e Rachel terminarem o que Mary e eu começamos, mas ela parece estar caminhando na mesma direção que Mary escolheu.

– E por que isso é tão ruim?

– Porque ela faz escolhas baseadas no seu compromisso com sua tradição.

– Você está pensando naquele piloto que ela recusou porque não quis largar tudo o que amava para acompanhá-lo, não está? – Matt endureceu a voz na defesa de Rachel. – Bem, ela tomou a decisão certa, não importa o quanto ela amasse o cara. Rachel sabe que só pode ser feliz em Howbutker, onde estão suas raízes, fazendo o que faz melhor, assim como eu e Cecile também sabíamos.

Percy continuou com uma expressão de dúvida.

– E você aprendeu tudo isso a respeito de Rachel numa única tarde?

– Eu sempre soube isso a respeito de Rachel.

Percy ergueu as sobrancelhas, mas não insistiu no assunto.

– Bem, estou certo de que Mary pode descansar em paz sabendo que deixou Somerset e as fazendas sob a supervisão de Rachel. Ela irá administrá-las com competência para William, e depois irá herdar os negócios da família quando ele morrer. Mary não poderia desejar um final mais satisfatório.

– Não é assim que vai ser, vovô.

Percy baixou o copo.

– O quê?

– Não. Rachel vai herdar os negócios da família, não William.

Percy ergueu o corpo.

– Como você sabe disso?

Matt ficou surpreso com o tom cortante do avô.

– Porque é para isso que Mary a vem treinando: para tomar as rédeas quando ela morrer. Se William herdasse, ele venderia tudo, de porteira fechada. A esposa dele se encarregaria disso. Ela deve ser um problema, aquela mulher. – Ele contou a história que Rachel lhe contara no gazebo, ficando cada vez mais exasperado com a expressão de censura do avô. – Você não entende, vovô? Como Rachel poderia ter feito outra escolha na vida, não importa o que tenha prometido à mãe aos quinze anos? Como ela poderia escolher ser alguém, ou alguma coisa, diferente do que ela é?

– Realmente – Percy murmurou.

Sentindo-se cada vez mais frustrado, ele disse:

– E quando Rachel apareceu e mostrou ser uma verdadeira Toliver, como Mary poderia deixar os negócios da família para William, sabendo que aquela esposa dele iria colocá-los imediatamente à venda?

– Porque esse era o *trato*! – Percy respondeu, e imediatamente fez uma cara de quem gostaria de morder a língua. Matt pôde ver a sua luta interna para sair daquela enrascada em que se metera. Meu Deus. O que o avô estaria escondendo dele?

– Que trato?

– Simplesmente isto. Quando as pessoas da minha geração faziam uma promessa, isso era considerado um trato, que valia para toda a vida. Mary prometeu a terra para William. Eu esperava que ela cumprisse sua palavra.

Matt estava convencido de que esta não era a verdadeira razão da agitação do avô.

– Bem, não importa como você examine a situação, é uma pena que Rachel tenha perdido a mãe por causa disso. De certa forma, acho que consigo entender o sentimento de Alice. O pai dela favoreceu o irmão e a deixou sem nada quando morreu, assim como o pai de Mary tinha deixado tudo para a filha e nada para o pai de William. Rachel acha que, se não fosse isso, Alice não teria tanto ressentimento pelo fato de ela perpetuar a herança da família. Ela acha que os Toliver de Kermit não devem *nada* ao ramo de Howbutker. Esse é ponto central do conflito entre elas. – Ele parou, alarmado. O avô parecia ter visto um fantasma. – Vovô, você está tão pálido quanto a sua camisa.

Percy tomou um gole rápido de uísque.

– Eu estou bem – ele disse. Percy consultou o relógio. – Você vai se sentar à mesa de Sassie desse jeito? Temos vinte minutos para chegar lá.

Matt se levantou. Havia algo que seu avô não estava lhe contando.

– Eu vou, vovô, mas vou dizer uma coisa. O que quer que você esteja escondendo que possa me afastar de Rachel, é melhor dizer agora enquanto ainda há tempo ou se calar para sempre. Porque essa é a moça com quem eu espero me casar.

Percy ergueu o rosto pálido para ele.

– Qualquer conselho neste momento seria inútil, mas eu sugiro que você vá devagar. Você pode conhecer Rachel da vida toda, mas você não a conhece *realmente*.

Matt pôs o copo sobre o bar.

– Bem, nós não vamos a lugar nenhum, então eu tenho bastante tempo para provar que ela é a mulher certa para mim. E meu sentimento não é tão súbito quanto você possa pensar. Aos cinco anos de idade eu vi Rachel deitada no berço, lembra? E eu também tenho uma lembrança inesquecível de uma menina de catorze anos usando um vestido branco com uma faixa verde na cintura.

Depois que Matt subiu, Percy tornou a recostar na cadeira. Bem, aqui está o troco, ele pensou, abalado com as revelações do neto. Então o que eles fizeram não tinha ficado esquecido por todos aqueles anos. Será que Mary teria sabido que o espectro daquele ato tinha aparecido para assombrar a família de William Toliver? Ela teria se dado conta do motivo verdadeiro do desentendimento entre Alice e Rachel? Se fosse assim, como ela poderia ter corrigido a questão sem confessar seu crime... e o envolvimento dele? Durante todo este tempo – segundo Amos, que ficou muito nervoso com a briga entre Rachel e a mãe (Mary nunca a discutiu com ele) – ele tinha achado que a rixa se originara do ciúme de Alice pelo fato de Mary ter "roubado" a filha dela. Nunca tinha ocorrido a ele que Alice achava que Rachel estava roubando a herança de William. Será que Mary tinha voltado atrás no acordo que eles tinham feito? No final das contas, ela teria escolhido manter a bandeira dos Toliver voando? William ia ser enganado de novo?

    Ele respirou fundo para acalmar o coração. Bem, ele tinha uma migalha de consolo. Quando morresse, não restaria nenhuma prova do que Mary e ele tinham feito, apenas suas tristes consequências. Aquela maldita fazenda ainda lança a sua sombra.

Capítulo Cinquenta e Oito

Da varanda, Rachel, com Matt ao seu lado, deu adeus a Percy e Amos que se dirigiam para o Cadillac azul-marinho depois do jantar na casa dela. Ela estava preocupada com Amos. Alguma coisa o estava incomodando além da morte da tia Mary. Rachel tinha sentido isso em Lubbock e no aeroporto, e esta noite ela teve certeza quando o viu pensativo, a quilômetros de distância dali, com uma expressão de tristeza no rosto.

– O que aconteceu, Amos? – ela perguntara numa hora em que estavam sozinhos. – O que foi que deixou você tão preocupado, além da perda da tia Mary? Você me contaria se estivesse doente, não contaria?

Ele tinha respondido, surpreso:

– É claro. Tire isso da cabeça, minha querida. Eu estou com a saúde perfeita. Acho que ainda estou em choque, só isso.

Ela não acreditara nele.

Matt virou-se para ela. Ele tinha recusado a oferta de carona de Amos, dizendo que preferia ir a pé para casa.

– Eu também tenho que ir – ele disse. – Só quis ter certeza de que você está bem antes de ir embora.

– Ah, mas eu... – ela disse em protesto, e sem pensar pôs a mão no peito dele.

Ele pôs a mão sobre a dela.

– Mas o quê?

– Eu achei que, como Amos estava levando seu avô para casa, você fosse ficar mais um pouco.

– Você passou quase a noite toda em claro, foi um longo dia, e você tem um dia mais longo ainda amanhã. Seria egoísmo da minha parte ficar.

– Posso decidir sobre isso?

– Para seu próprio bem, acho que não – ele disse, mas não mostrou nenhuma vontade de soltar a mão dela.

Durante toda a noite, tinham tentado ignorar o que estava acontecendo entre eles. Toda vez que seus olhos se encontravam ou que seus corpos se tocavam sem querer, uma corrente de tensão física passava entre eles. Ambos tinham percebido isso, mas era mais do que atração sexual e eles sabiam disso também. Era mais como se fossem duas metades de um todo que tivessem achado a parte que estava faltando. Mas haveria tempo para juntar as partes mais tarde. Até então, entretanto, o coração dela precisava de uma resposta. Ela ficou vermelha e perguntou baixinho:

– A moça com quem você quase se casou... Você ainda a ama?

Ele recuou, surpreso, depois riu, como se a ideia de que pudesse nutrir sentimentos pela namorada de San Francisco fosse absurda.

– Eu me lembro dela com carinho, mas amor... não.

Ela sentiu um imenso alívio.

– Bem, isso parece definitivo – ela disse.

– Pode acreditar, é sim. Agora, e quanto ao seu aviador? Ainda sente alguma coisa por ele?

Ela hesitou, sentindo o calor da mão dele sobre a dela.

– Havia tristeza, mas nenhum arrependimento.

– Havia?

Ela o olhou bem nos olhos.

– Até agora.

Ele a beijou de leve na testa.

– Não diga mais nada, senão eu vou ter que ficar.

Ela suspirou. Estava mesmo cansada, e seu corpo pedia cama.

– Tudo bem, mas eu o vejo de manhã? – Ele tinha concordado em receber os visitantes junto com ela no velório.

– De manhã – ele a tranquilizou e ficou segurando a mão dela até ser obrigado a largá-la para descer a escada. Rachel ficou na varanda até sua figura alta desaparecer nas sombras das árvores que cobriam a avenida. Uma sensação de paz a invadiu. Eram nove horas. Se acrescentasse os dez minutos de conversa que tinham tido no aniversário de Matt à hora que tinham passado no gazebo e ao tempo que tinham passado juntos hoje, dariam umas doze horas. Como era possível ela achar que queria passar o resto da vida com um homem em cuja companhia só passara metade de um dia?

Matt foi caminhando devagar, saboreando os sentimentos recém-descobertos. Se isso não era o começo do amor, ia passar a ser, ele pensou.

Um amigo lhe dissera certa ocasião: "Quando uma mulher que não é sua mãe fica numa varanda para ver você partir, pode apostar que ela sente alguma coisa por você." Ele riu. Sentiu os olhos dela sobre ele ao se afastar e só escutou a porta da frente fechar quando estava virando a curva da calçada. Ele teria gostado de ficar, de falar sobre Cecile, de contar por que não tinham se casado. Eles pensaram que os dois eram feitos um para o outro sob todos os aspectos, exceto aquele que era necessário para um casamento feliz e duradouro. A identificação deste elemento que faltava só veio depois que já estavam noivos e quando já era quase tarde demais para evitar que cometessem o maior erro de suas vidas. Quando eles se conheceram, ele tinha trinta anos e estava trabalhando em San Francisco, aturando o ambiente exuberante, as brigas de sindicato, o trânsito infernal e o ar marinho até poder voltar para casa. Ela era uma típica nativa, ligada por laços de parentesco com as primeiras famílias que se estabeleceram na cidade à margem da baía. Sol e ondas, praia e oceano estavam em seu sangue. Ele sabia da profunda ligação dela com o lugar quando a pediu em casamento, assim como ela sabia que um dia ele voltaria para Howbutker para dirigir as Indústrias Warwick. Mas eles acharam que conseguiriam lidar com suas diferenças geográficas. Ela já tinha conhecido a família dele. Ele a tinha levado para Atlanta, onde energia e elegância conheceram coragem e atrevimento, e depois para Howbutker para apresentá-la ao seu avô, a Mary e Amos, a Warwick Hall, e à sonolenta cidadezinha do leste do Texas que um dia seria o seu lar. As pessoas e o lugar corresponderam às expectativas dela, mas, sem que ele soubesse, ela não os tinha aceitado como o esperado.

À medida que se aproximava a hora de expedir os convites de casamento, ele sentira uma certa hesitação da parte dela.

– O que houve, Cecile, está com dúvidas? – ele tinha perguntado meio de brincadeira uma noite em que a lua acentuava os reflexos que o sol deixara em seus cabelos.

– Não, Matt – ela respondera, com a voz embargada. – Não em relação a você. Eu jamais teria dúvidas em relação a você e ao homem que você é.

O coração dele quase tinha parado.

– Mas você está com dúvidas? A respeito de quê?

– A respeito de nós... Juntos em Howbutker. – Ela fizera uma expressão suplicante. – Matt, por favor, entenda. Eu não quero ser desrespeitosa com a sua casa. É só que... agora que está chegando a hora de deixar a minha família, os meus amigos, a minha casa, o lugar que eu mais amo no mundo, para... para morar em Howbutker... bem, lá é tão diferente daqui, tão *provinciano*! Warwick Hall é tão *senhorial*! E nossos filhos teriam experiências tão *limitadas*. Eu estive pensando... Você não poderia transferir a sede das Indústrias Warwick para cá, para San Francisco?

A proposta o atingira como um soco no estômago.

– Não, Cecile – ele dissera, percebendo que ela vinha abrigando esta esperança havia algum tempo. – Eu jamais cogitaria fazer isso.

Pelo menos eles nunca tiraram da manga um "se você me amasse" quando tentaram calcular como continuariam casados se um deles se sentisse como um peixe fora d'água. Ambos sabiam que amor não era o problema. No final, ela o tinha amado o suficiente para deixá-lo ir – "Você vai ser muito infeliz aqui, Matt" – e ele a tinha amado demais para tirá-la de perto dos pais, dos irmãos e irmãs e do bando de primos que ela adorava, da casa ensolarada que dava para o Pacífico, onde a brisa do oceano inflava as cortinas como se fossem velas no mar.

Então eles se separaram, e nenhuma outra mulher havia despertado nele mais do que um interesse passageiro até ele tornar a ver Rachel. Assim que ela abrira a porta e ele contemplara aquele rosto que tinha gravado na memória, ele sentira uma conexão imediata, um reconhecimento, como se tivesse deparado com uma lembrança que houvesse guardado e esquecido até aquele momento. Foi um sentimento incrível, mais profundo, mais seguro do que o que tivera por Cecile, e só se fortalecera com o passar do dia. Eles tinham as mesmas raízes, os mesmos interesses, a mesma cultura, o mesmo amor pela cidade e seu povo. Não haveria conflito de estilo de vida, de origem ou de lugar. Ela era a mulher que ele estava esperando.

Seu avô podia relaxar. Eles estavam nos anos oitenta. Os homens não eram tão apegados ao seu orgulho como os da geração dele. Eles apoiavam as carreiras das esposas e dividiam as responsabilidades com as tarefas da casa e a criação dos filhos. Ninguém tinha que vir em primeiro lugar. A ideia era companheirismo. Rachel podia ser uma Toliver, tão comprometida com seu legado quanto a tia-avó, mas e daí? Por ele, se este sentimento entre eles progredisse – e ele não tinha dúvidas quanto a isso –, Rachel podia plantar seu algodão e suas abóboras, e ele iria cortar madeira – uma combinação perfeita.

Capítulo Cinquenta e Nove

Os três dias seguintes foram nublados e opressivos. O sol claro de sexta-feira que tinha brilhado sobre Somerset e refletido nas colunas brancas da varanda ficou escondido atrás de imensas nuvens cinzentas que Rachel se lembraria como sendo arautos apropriados do que estava por vir. Multidões compareceram às duas sessões do velório, e quase todo o mundo, à moda do leste do Texas, apertou seu rosto úmido no dela, quase arrancou sua mão ou a esmagou em abraços apertados. Exceto pela visão da presença forte de Matt atrás dela, fazendo as apresentações e mantendo a fila em movimento, os eventos transcorreram numa espécie de névoa. No final da primeira sessão do velório, ela se sentia mole e vazia.

– Acho que o da tarde vai ser pior – Matt disse na viagem de volta à avenida Houston. – O grupo desta manhã era do condado. O bando desta tarde virá de todo o estado, hospedando-se em motéis daqui até Dallas. Mas não esmoreça. Segunda-feira isso tudo estará terminado e você poderá retomar suas atividades e nós poderemos retomar nosso assunto particular. – Ele passou o braço por ela. – Assim está bem para você? – ele perguntou.

– Maravilhoso.

O antigo Dodge do pai dela, conservado em excelente estado graças às habilidades automotivas do filho, estava estacionado em frente à varanda quando eles chegaram. Entrando no hall, Rachel ouviu o sotaque do oeste do Texas, com um ligeiro sotaque francês que o pai nunca perdera, saindo da cozinha. Ela se dirigiu rapidamente para lá, mas diante da porta parou para juntar forças para um encontro difícil.

– Lucy Warwick virá ao funeral? – o pai estava perguntando. – Seria agradável tornar a vê-la. Eu gostava dela quando era menino.

– De jeito nenhum! – Sassie exclamou. – Ela e a Srta. Mary não se falavam fazia quarenta anos. Eu imagino que a Srta. Lucy esteja bem satisfeita por ter sobrevivido à Srta. Mary. Única coisa em que ela conseguiu vencê-la.

– Bem, acho que temos que aceitar nossos triunfos de onde eles venham, Sassie – disse-lhe o pai.

Rachel riu e abriu a porta.

– Olá, todo mundo – ela disse.

Os membros da família dela ergueram os olhos da mesa, onde estavam partilhando a volumosa contribuição de comida que enchia a bancada. Com tristeza, Rachel notou que os pais tinham envelhecido desde o último Natal, quando os vira. A idade estava aparecendo no cabelo grisalho do pai e na curvatura dos seus ombros, na cintura mais grossa da mãe e nas rugas em volta dos seus olhos.

– Ora, vejam quem está aqui – William disse, levantando-se da mesa. – Como vai minha Coelhinha?

– Melhor agora que vocês chegaram – Rachel disse, suas defesas desmoronando diante do carinho do pai, da visão da família toda reunida.

– Bem, é assim que você demonstra isso, chorando? – a mãe disse, mas ela sorriu de leve quando se levantou para abraçá-la também.

– Abram espaço para mim – Jimmy disse, com a boca cheia de um sanduíche de presunto que ele largou para completar o abraço da família. Assim unidos, eles trocaram abraços, beijos e olhos úmidos por alguns minutos antes de tornar a sentar à mesa. Durante a meia hora seguinte, foi como se estivessem na cozinha de Kermit, naqueles velhos tempos em que a avenida Houston não passava de uma rua e o pai dela apenas enviava para lá um cartão de Natal todos os anos. Todo mundo começou a falar e a mastigar ao mesmo tempo, contando novidades de Winkler County, passando travessas de presunto e queijo, e espalhando mostarda e maionese. E então, como se uma bomba tivesse sido atirada no aposento e detonado instantaneamente, Alice abalou a cordialidade da família.

– Bem, Rachel – ela disse –, como você se sente sabendo que vai herdar tudo isto em detrimento do seu pai?

Na bancada, Sassie lançou um olhar chocado por cima do ombro, e Henry, que tinha entrado para tomar um café, se afastou da porta da despensa. Jimmy gemeu, e William disse zangado:

– Alice, pelo amor de Deus!

Rachel sentiu desaparecer a alegria do encontro, como ar saindo de um balão estourado.

– Como você pode dizer isso numa hora dessas, mamãe? – ela perguntou, num tom ofendido.

– Eu só estou perguntando por curiosidade.

— Alice... — William disse.

— Não se meta, William Toliver. Eu nunca escondi o que achava disso, e Rachel sabe muito bem.

Rachel ficou em pé.

— Henry, você já mostrou à minha família os seus aposentos?

— Sim, Srta. Rachel, e a bagagem deles já está nos quartos. — De repente a campainha da porta soou, parecendo uma sirene naquela atmosfera carregada. Rapidamente, Henry livrou-se de sua xícara de café. — É a campainha de novo — ele disse, parecendo ansioso para sair da cozinha. — Temos mais visitantes. Vou recebê-los, se a senhora estiver de acordo, Srta. Rachel.

— Obrigada, Henry. Coloque-os na sala e diga que eu já vou. — Ela se virou para seus familiares, ainda sentados à mesa, o pai e o irmão com uma expressão desconsolada, a mãe imperturbável. — Estas visitas vieram prestar suas homenagens. Vocês querem ir para seus aposentos antes de ficarem presos aqui embaixo?

— Por quê? Você tem vergonha de nós? — Alice perguntou.

Jimmy tornou a gemer e William deu um suspiro exasperado. Rachel disse com a voz mais tranquila que conseguiu:

— Eu achei que talvez vocês quisessem evitar receber pêsames de estranhos pela morte de uma mulher de quem não gostavam.

— Alice, Rachel tem razão — William disse, arrancando o guardanapo do colarinho da camisa. — Nós não queremos ficar presos aqui embaixo. Nenhum de nós está vestido para receber essas pessoas, e eu preciso dormir um pouco antes de ir para o velório.

Jimmy se levantou da cadeira com um ar envergonhado. Aos vinte e um anos, ele era alto e magro. Seu cabelo castanho avermelhado era uma herança da mãe, mas a origem de sua semelhança com Howdy Doody ainda era um mistério.

— Sinto muito por tia Mary, irmãzinha. Eu sei que você gostava muito dela e que irá sentir muito a sua falta. Ela era uma senhora simpática. Sinto muito por ter morrido.

Doce e simples Jimmy. Como ele não se sentia no direito de ganhar nada que não viesse do seu trabalho, nunca entendera a briga que a separava do resto da família. Ela passou a mão carinhosamente pelo cabelo dele.

— Obrigada, Jimmy. Você gostaria de fazer alguma coisa especial enquanto os outros descansam?

— Se não fizer diferença para você, eu gostaria de dar uma olhada na limosine. Ela ainda está aí, não está?

Rachel abriu uma gaveta da cômoda e atirou um conjunto de chaves para ele.

— Tome as chaves. Pode dar uma volta nela se quiser.

A campainha da porta tornou a tocar.

— Eu já vou! — Jimmy anunciou, balançando as chaves e se dirigindo para a porta.

Alice olhou para a filha.

— Que escada você quer que usemos: a principal ou a de serviço?

Rachel encarou a mãe. Ela ainda usava as roupas, a maquiagem e o penteado da época do pós-guerra, quando ela era bonita, mas muito pouco nela agora lembrava a mulher alegre que costumava levar Rachel ao parque e empurrá-la no balanço, que arrumava vasos de flores silvestres que Rachel havia colhido e que já estavam murchas quando ela as levava para casa, que lia para ela à noite, e que a ensinou a nadar. Anos de ressentimento — pelos quais Rachel assumia toda a culpa — tinham roubado sua vivacidade. Se ao menos o pai de Rachel concordasse em dividir os dividendos de sua herança, ele poderia largar o emprego e desfrutar de uma confortável aposentadoria. Era só isso que a Alice desejava. Mas o orgulho de William, o único traço que herdara dos Toliver, não ia permitir que ele fizesse isso — assim como seu próprio sangue Toliver não ia permitir que ela fizesse o sacrifício exigido para resgatar o amor da mãe.

— A que você preferir, mamãe — ela disse, saindo da cozinha para receber os convidados no hall.

A tensão permaneceu entre eles pelos dias cinzentos, melancólicos, exaustivos que se seguiram, iluminados apenas pela assistência e pelo apoio constantes de Matt. Na noite anterior ao funeral, ele disse:

— Tem um lugar que eu gostaria de levar você onde podemos tomar um drinque tranquilo juntos. Quer ir?

Cansada e ansiosa pelo que o dia seguinte traria, ela disse:

— Mostre o caminho.

Era uma cabana na floresta. Do outro lado do terraço ficava um lago. O cômodo amplo, dividido, fora limpo recentemente e refrescado por um aparelho de ar refrigerado e ventiladores de teto.

— Você estava me esperando — ela disse.

— Eu tinha esperanças. O que você quer beber? Vinho branco?

– Está ótimo – ela disse, atraída por um cocar antigo pendurado numa parede. – Você tem um gosto eclético.

– Não é meu. Este lugar foi construído e mobiliado por nossos avós e pelo seu tio-avô quando eles eram rapazes. Eu sou a terceira geração a usá-lo como refúgio. Eu não mudei quase nada nele. Se não me engano, este cocar pertencia a Miles Toliver.

– É mesmo? – Rachel tocou nele com reverência. – Eu nunca vi nada que pertencesse ao meu avô. Acho que é porque nada pertencia a ele. – Ela olhou para ele por cima do ombro. – Nossas famílias são tão... interconectadas. Você tem certeza que não somos parentes?

Matt tirou a rolha de uma garrafa de Chenin Blanc.

– Espero que não. Até onde eu sei, você e eu estamos entre as poucas coisas boas que resultaram do rompimento entre meu avô e sua tia-avó.

– Bem, felizmente – ela disse, aceitando o copo que ele ofereceu.

– E Somerset – ele disse com um sorriso maroto, brindando com seu copo de uísque com água. – Não sei se fico mais triste por eles ou mais alegre por nós.

– Não podemos fazer nada em relação ao passado, só em relação ao futuro – ela disse. Eles se sentaram no sofá, ombro contra ombro. Ela olhou para o quarto separado por uma cortina. – As histórias que este lugar poderia contar... Você acha que foi nesta cabana que começou tudo entre seu avô e tia Mary?

– Isso não me surpreenderia.

– Foi por isso que você me trouxe aqui esta noite?

– Não – ele disse, pondo o braço em volta do ombro dela –, mas eu gosto de manter as tradições.

Ela riu e se encostou nele.

– Eu sou a favor das tradições no momento certo – ela disse, e acrescentou, entristecida: – Como eu gostaria de fazer minha mãe entender isso.

– Não se preocupe com sua mãe – ele disse, com os lábios encostados no cabelo dela. – Tudo o que você tem a fazer para voltar às boas com ela é oferecer-lhe uma coisa que ela não pode recusar.

– E o que seria isso?

– Netos.

Ela riu e se aconchegou mais nele.

– Parece um bom plano.

Na segunda-feira, a cerimônia fúnebre pareceu interminável por causa dos muitos discursos elogiosos que tia Mary teria detestado, mas que Rachel permitira como um tributo merecido à mulher que tanto fizera pela cidade, pelo condado e pelo estado. Os ritos à beira do túmulo foram breves, felizmente, e a multidão se dispersou rapidamente para a recepção para sair do calor insuportável. Como Amos tinha dado instruções para que o bufê não fosse reabastecido depois que todos já tivessem se servido, as pessoas não demoraram a ir embora e os Toliver puderam ir para o escritório dele na hora marcada.

Amos tinha ido na frente e estava aguardando a chegada deles na janela do escritório. Rachel o viu atrás das venezianas, sua figura magra, vestida com um terno escuro, parecendo uma ave de mau agouro. Mais uma vez, ela sentia aquela sensação estranha que havia sentido quando o funcionário da indústria têxtil apareceu de mãos vazias. A Mercedes de Percy estacionou logo em seguida, e Matt deu um aperto carinhoso na mão dela, para tranquilizá-la, quando eles entraram no escritório. Ele disse baixinho no ouvido dela:

— Vovô está pensando que diabos está fazendo aqui, a menos que Mary tenha deixado para ele o camarote de Ollie no Texas Stadium. Mas quem sabe? Talvez ele fique na família.

— Quem sabe? — ela disse, cutucando as costelas dele.

O ar-condicionado ainda não tinha refrescado o escritório de Amos.

— Meu Deus, como está quente aqui dentro — Alice reclamou, abanando-se furiosamente com um programa do funeral. Era a primeira vez que ela quebrava seu silêncio mal-humorado desde que saíra da recepção.

— Vai refrescar logo — desculpou-se Amos, enxugando o rosto com um lenço. Ele fez sinal para as pessoas se sentarem nas cadeiras que arrumara em frente à sua escrivaninha, aumentou a velocidade do ventilador de teto, e tomou seu lugar em frente a eles.

— Com certeza não ficaremos aqui por tanto tempo — disse Percy, aparentemente sabendo algo que os outros desconheciam sobre o sistema de refrigeração.

— Ahn, não... isto não vai demorar nada. — Rachel notou que Amos evitou cuidadosamente olhá-la nos olhos, como se fosse um jurado entrando na sala do tribunal para dar um veredicto de culpado. — Primeiro, deixem-me dizer — ele começou, juntando as mãos sobre uma pasta em cima da mesa — que Mary Toliver DuMont estava em seu juízo perfeito quando ditou este codicilo, devidamente reconhecido como genuíno pelas testemunhas presentes. É extremamente improvável que qualquer parte dele seja passível de contestação.

— Um codicilo? — Rachel disse, com a pele arrepiada. — Você quer dizer que ela acrescentou algo ao testamento original?

— O codicilo *invalida* o testamento original — disse Amos.

Fez-se um silêncio absoluto na sala.

William tossiu nas mãos fechadas.

— Nenhum de nós iria querer contestar os desejos de tia Mary, Amos. Pode ter certeza disto.

Percy estava com um ar preocupado.

— É melhor continuarmos — ele disse. — Está na hora do meu uísque.

Amos suspirou e abriu a pasta.

— Muito bem, mas antes de continuarmos há uma segunda questão que devo mencionar. Mary me trouxe este codicilo poucas horas antes de morrer. Foi um ataque cardíaco que a matou, mas vocês precisam saber que ela já estava morrendo de câncer e que só tinha poucas semanas de vida.

Outro silêncio de perplexidade encheu a sala. Percy foi o primeiro a falar, sua voz soando como uma espiga de milho seca balançando ao vento.

— Por que ela não nos contou? Por que não *me* contou?

— Ela planejava contar a você quando retornasse de Lubbock, Percy... Tenho certeza que ela queria lhe dar mais uns dias de paz.

Rachel engoliu, a boca subitamente seca.

— Era por isso que ela estava indo falar comigo, Amos, para me informar sobre o câncer?

— Sim, e para explicar o motivo do codicilo.

Parando de se abanar, Alice disse:

— O que diz o codicilo, Amos?

Amos tirou um documento da pasta.

— Eu vou ser breve e resumir. Há uma cópia aqui deste documento para cada um de vocês levar e ler. Vocês vão ver que foram feitas provisões para Sassie e Henry e para outros pequenos beneficiários. Agora, no que se refere a vocês, os pontos principais são os seguintes: Mary vendeu as Fazendas Toliver no mês passado numa transação altamente sigilosa. Detalhes da venda podem ser conhecidos contatando Wilson & Clark, a firma em Dallas que trata das propriedades dela. Somerset não foi incluída na venda. O total da venda foi de... — Ele consultou outro papel e pronunciou uma soma que fez Alice soltar uma exclamação de surpresa no silêncio de perplexidade que se seguiu. — Este total deverá ser dividido igualmente entre os três Toliver vivos: William, Rachel e Jimmy.

Ninguém falou nada. Ninguém se mexeu. Percy foi o primeiro a sair do choque. Ele franziu a testa para o advogado.

– Isso é uma piada, Amos?

– Não – disse Amos, suspirando profundamente. – Isto não é uma piada. – Ele fitou Rachel, que olhava para ele com um olhar de incredulidade. – Rachel, eu sinto muito. Eu sei que isto deve ser um choque terrível para você.

Era como se tivesse explodido uma bomba dentro de sua cabeça. Ela não conseguia ver, ouvir ou sentir. Ela piscou rapidamente, como se clareando a vista ela pudesse voltar a escutar. Ela não tinha ouvido direito o que Amos dissera. Achou que ele tivesse dito que tia Mary tinha vendido as fazendas, mas isso não era possível...

– Nós ouvimos bem, Amos? – Alice perguntou com a voz de alguém que tivesse ganhado na loteria. – Tia Mary *vendeu* suas propriedades e dividiu o dinheiro entre *nós*?

– Ahn, entre seus herdeiros de *sangue*, Alice. Acho que você não está incluída.

– Bem, glória aos céus! – Ela deu um tapa na mesa e se virou para o marido, que ainda estava sentado com um ar apatetado. – Você ouviu isso, William? Sua tia agiu certo, afinal. Ela *vendeu* as terras.

– Tudo, exceto Somerset – William disse com uma olhada rápida para a filha. – Estou supondo, Amos, que tia Mary tenha deixado a fazenda original para Rachel.

Amos sacudiu tristemente a cabeça.

– Não. Ela deixou Somerset para Percy.

O choque fez Rachel gritar.

– Não, não, ela não pode ter feito isso! – Ela estava horrorizada. – Houve algum engano.

– Meu Deus, Amos! – Com um olhar furioso, William passou o braço protetoramente ao redor dos ombros da filha. – Por que ela deixou a fazenda da família para Percy? Ela devia estar louca! Como pôde fazer isso com Rachel?

– Ela não estava louca, William, pode acreditar em mim, e há uma carta aqui dos médicos dela declarando isso. Ela sabia exatamente o que estava fazendo, apesar dos meus esforços para convencê-la a mudar de ideia.

Jimmy deu um salto da cadeira como se houvesse formigas subindo por suas pernas.

– Isso não é justo! Rachel deveria ficar com Somerset. Tia Mary *prometeu* a ela. Bem, ela vai ter que comprar a fazenda de volta, só isso. – Ele olhou para Percy. – O que o senhor diz, Sr. Warwick? O senhor irá vendê-la de volta para a minha irmã, não é?

Percy estava olhando para o espaço, imóvel como uma figura num quadro, aparentemente sem ouvir o que Jimmy estava gritando em seu ouvido como se ele fosse surdo. William disse:

– Filho, sente-se e fique quieto. Este não é o lugar nem esta é a hora de discutirmos isso. – Ele se virou para Amos. – A casa? Quem fica com a casa, Amos?

Outro suspiro. O rosto de Amos ficou vermelho.

– A Conservation Society de Howbutker – ele disse, e acrescentou, visivelmente embaraçado: – Mary estipulou que Rachel pode ficar com o que quiser da casa: joias, quadros, móveis. O resto que não estiver historicamente associado à mansão será vendido em leilão e o dinheiro incorporado ao patrimônio.

William apertou com mais força os ombros de Rachel.

– Isto é inacreditável.

– Por quê? – Alice perguntou, virando-se para olhar para ele, com uma ruga de aborrecimento entre as sobrancelhas. – Você não acha que sua tia seria capaz de cair em si?

Ainda de pé, Jimmy gritou:

– Não me importa o que o senhor diga, Sr. Hines. Ela estava louca. Tinha que estar, para fazer isso com a Rachel. Ela não tinha motivos para dar Somerset a outra pessoa e deixar a casa para um bando de imbecis.

– Quieto, Jimmy. – A mãe tentou puxá-lo de volta para a cadeira. – Não adianta adotar essa atitude. O que está feito está feito. Não pode ser mudado.

Jimmy empurrou a mão dela e fitou-a, zangado.

– E você está bem satisfeita com isso, não está?

– Amos, eu não entendo... – A voz de Rachel, trêmula, no meio daquela guerra de palavras. – Por que ela fez isso?

– Ela ouviu a voz da consciência, pela primeira vez na vida – Alice respondeu. – Eu sei que você está magoada, Rachel, mas ela fez a coisa certa. Na última hora, ela compreendeu que era errado quebrar a promessa que tinha feito ao seu pai. E você não foi ignorada, benzinho. Ora, com a sua parte do dinheiro, você pode comprar quantas fazendas quiser. – Ela estendeu a mão para acariciar o cabelo de Rachel, mas a filha ergueu um ombro para impedir o gesto.

– Ah, Alice, fique quieta – William disse. – Você não está vendo que não é isso que ela quer ouvir?

– Ela deu alguma explicação? – Rachel insistiu, dirigindo-se ao advogado, com lágrimas nos olhos. – Ela tem que ter dito alguma coisa...

– Eu implorei a ela para me contar, minha querida, mas ela disse que não havia tempo. Por isso é que ela estava indo de avião para falar com você... Para explicar os motivos. Mas ela me assegurou que tinha agido apenas por amor a você. Você tem que acreditar nisso. As palavras dela para mim foram: "Eu sei que você acha que eu a traí. Mas você está enganado, Amos. Eu a salvei."

– Ela me salvou? – Ela tentou entender, buscando na mente alguma pista para esta insanidade. – Ah, entendo – ela disse, como se de repente tivesse visto uma luz. – A ideia dela era me salvar dos erros que *ela* cometeu em nome dos Toliver, não é? Muito nobre da parte dela, mas os meus erros são problema meu e não dela.

– E há mais uma coisa... – Amos disse, com um fio de voz. – Ela mencionou que havia uma maldição na terra da qual ela queria proteger você.

– Uma maldição? – Raiva e incredulidade se misturavam por trás dos seus olhos úmidos. – Ela nunca me disse nada a respeito de uma maldição.

– Ela mencionou isso uma vez para mim – afirmou William –, mas não me explicou o que era.

– E eu comentei com você, Rachel, lembra? – Alice disse.

– Eu não disse que ela estava maluca?! – Jimmy exclamou. – Só gente doida acredita em maldições.

– Rachel, por favor... – Percy falou como se tivesse acordado de um longo sono. – Eu sei do que se trata. Eu sei quais são os motivos de Mary. Não são o que você pensa. Você vai entender tudo depois que ouvir a história dela.

– Acho que eu já os conheço, Percy. Minha mãe tem razão. Tia Mary quis aliviar sua consciência antes de morrer. Este codicilo não passa de uma expiação de antigos pecados. Ela vendeu as fazendas para cumprir uma promessa que fez ao meu pai...

Alice lançou um olhar indignado para a filha.

– E fez muito bem!

– Alice... – William murmurou zangado. – *Cala a boca!*

— E ela deixou Somerset para você para cumprir alguma obrigação que acreditava que devia, Percy – Rachel continuou. – Eu sei agora que vocês dois se amavam e que teriam se casado se a fazenda não tivesse separado vocês. Então deixar Somerset para você foi a maneira que tia Mary encontrou para dizer que estava arrependida e para pedir o seu perdão, não importa o custo que isso tenha para mim. É a ideia dela de uma rosa vermelha, eu imagino. – O sorriso dela era frio como a morte.

Percy sacudiu a cabeça, negando aquela explicação.

— Não, Rachel. Eu sei que parece plausível, mas você está enganada. Mary fez isso por você, não por mim. Ela abriu mão daquilo que mais amava no mundo por amor a *você*.

— Ah, eu não duvido disso, por mais equivocado que tenha sido este sacrifício. Jimmy lhe fez uma pergunta ainda agora. Você concorda em vender Somerset de volta para mim?

Uma imensa tristeza cobriu o rosto de Percy.

— Não posso fazer isso, Rachel. Não era isso que Mary queria. Foi por isso que ela deixou Somerset para mim.

— Então não há mais nada a ser dito. – Ela se levantou rapidamente e pôs uma cópia do codicilo debaixo do braço. Alice e William fizeram o mesmo. Rachel estendeu a mão para o advogado. – Adeus, Amos. Eu sabia que havia uma outra coisa incomodando você. Estou aliviada por não ser nada relacionado com a sua saúde.

Amos segurou a mão dela entre as dele, com um olhar triste e contrito.

— Eu estava cumprindo os desejos de Mary, minha querida. Você não imagina o quanto eu sinto pela sua perda... pela perda que isso significa para todos nós.

— Eu sei. – Ela se virou para sair.

— Rachel, espere. – Percy barrou o caminho, ainda uma figura formidável apesar da idade. – Você não pode sair assim. Você tem que me deixar explicar.

— O que há para explicar? As propriedades de tia Mary eram dela e ela podia fazer o que quisesse com elas. Eu não tinha direito a nada. Eu era apenas uma funcionária muito bem paga para trabalhar. Não há mais nada a dizer.

— Há muito mais a dizer. Venha comigo até Warwick Hall e deixe-me contar-lhe a história dela. Eu garanto que depois que você ouvir irá entender as razões desta loucura.

– Francamente, eu não estou ligando a mínima para essas razões. O que está feito está feito.

– E quanto a Matt?

– No momento, eu não tenho certeza. Vou precisar de tempo para aceitar o fato de que o avô dele herdou o que eu tinha motivos para acreditar que viria para mim. Depois disso, veremos. – Ela desviou, mas Percy tornou a bloquear o caminho.

– Você não vê o que está fazendo? – ele disse, agarrando-a pelos cotovelos. – Você está colocando o seu amor por Somerset acima da sua felicidade. Mary estava tentando salvá-la desse caminho.

– Então ela não deveria tê-lo encorajado. – Ela se soltou das mãos de Percy. – Vamos embora, pessoal.

Ela saiu, seguida dos membros de sua família, passou por Matt, que estava sentado na sala de espera com as pernas cruzadas, lendo uma revista, sem saber o que havia acontecido na outra sala. Ela não respondeu quando ele chamou seu nome – não conseguiu responder –, e quando ele foi atrás dela, Jimmy já tinha saído com a limusine do estacionamento.

Capítulo Sessenta

No trajeto de volta à avenida Houston, o silêncio no carro era espesso como a névoa. Jimmy dirigia com as mãos apertadas no volante, William no banco do passageiro, o coração doendo por causa da tristeza da filha, sentada ao lado da mãe no banco de trás. Rachel estava consciente dos olhares que Alice lhe lançava de vez em quando, mas não falou nada. Apesar do esforço da mãe em manter um rosto sem expressão, o ligeiro ricto em sua boca evidenciava o prazer da vitória.

Quando Jimmy estacionou a limusine na garagem, os quatro ficaram parados no caminho, nenhum deles fazendo qualquer movimento na direção da casa, o silêncio pesado de pensamentos não expressos ainda ali presente. William pigarreou.

– Temos que decidir o que fazer – ele disse, dirigindo-se a Rachel. – Vamos ficar aqui ou vamos embora?

– Eu quero ir para casa – disse Jimmy. – Agora mesmo. Eu odeio isto aqui. Não consigo respirar. Morar em Howbutker é como nadar debaixo d'água de boca aberta.

– Eu também quero ir embora – declarou Alice. – Se ficarmos, vou me sentir uma intrusa.

Sem conseguir sentir nada, com um bloco de gelo sobre o coração, Rachel disse:

– Se vocês quiserem ir para Kermit agora, podem ir, mas eu vou ficar.

– Não sem você, meu bem – disse-lhe o pai.

– Vai ter que ser sem mim, papai. Ainda tenho uma coisa para fazer aqui.

– Leve tudo o que puder, Rachel – Alice disse. – Cada pele, cada joia, cada enfeite que você conseguir colocar no carro. Você merece.

– A bruxa! Ela era uma bruxa, Rachel!

– Para com isso, Jimmy. – Alice puxou a manga do filho. – Não fale mal dos mortos.

– Você teria dito muito mais se Rachel tivesse ficado com tudo.

– *Filho!* – William agarrou o ombro de Jimmy. – Já chega.

Rachel fechou os olhos e apertou as têmporas com as pontas dos dedos. O clamor cessou. Quando abriu os olhos, eles todos estavam olhando para ela em silêncio.

– Vamos deixar uma coisa bem clara – ela disse. – Eu não estou chateada por vocês terem herdado. Sem dúvida, tia Mary achou que estava sendo justa ao tomar aquela decisão.

Quando Alice fez menção de responder, William a segurou pelo braço e ela ficou calada.

– Mas acho que vocês podem entender por que não estou distribuindo parabéns neste momento – Rachel continuou. – Podem ir embora se quiserem. Está ficando tarde para viajar, e eu aconselharia vocês a esperar até amanhã de manhã, depois de uma noite de descanso. Mas façam o que preferirem. Eu vou dormir aqui e amanhã parto para Lubbock, para... esvaziar meu escritório. – A família ouviu isso de olhos baixos, arrastando os pés, mas ninguém disse nada. – Então, o que vocês decidem? – quis saber Rachel.

– Nós vamos embora – Jimmy e Alice disseram ao mesmo tempo.

O olhar triste de William implorava que ela os perdoasse.

– Parece que vamos partir, meu bem.

Meia hora depois, eles estavam prontos para ir.

– Nós vamos parar para descansar num motel no meio do caminho e ligamos de lá para você – disse-lhe o pai. – Não vamos fazer a viagem toda numa noite.

Aliviada com essa decisão, Rachel se preparou para o costumeiro gesto de adeus da mãe, mas a mão de Alice permaneceu em volta da alça da bolsa a tiracolo.

– Você acha que estou contente por causa do dinheiro, não é? Eu admito que estou animada com a perspectiva de termos uma vida melhor; radiante mesmo. Mas também estou contente em saber que agora eu tenho a chance de recuperar a minha filha.

– Você sempre teve uma filha, mamãe.

Com um movimento de cabeça, Alice fez sinal para elas se afastarem um pouco de William e Jimmy, para eles não ouvirem a conversa. Baixinho, ela disse:

– Mas você nem sempre teve uma mãe; é disso que esses olhos Toliver estão me acusando? Bem, talvez agora você faça uma ideia do que eu senti quando achei que tia Mary tinha quebrado a promessa feita ao seu pai... uma promessa que você a influenciou a quebrar, Rachel. Quando você perceber o quanto é difícil perdoar tia Mary por sua traição, talvez entenda o quanto é difícil para mim perdoar a sua.

A mãe parecia disposta a discutir com ela. Rachel perguntou após um longo intervalo:

– Você algum dia me perdoou?

A resposta dela apareceu no brilho duro dos olhos. Não. Seu sonho tinha se realizado, os olhos dela diziam, mas não por interferência de Rachel.

– Isso não importa agora – disse Alice. – O que passou, passou. Tudo o que eu quero é que você sacuda a poeira deste lugar e volte para casa para sermos outra vez uma família.

– Não seria a mesma coisa, mamãe, e você sabe disso.

– Nós podemos tentar, Rachel. Podemos tentar fazer isso acontecer de novo.

– Está bem – ela disse, mas o olhar que elas trocaram não carregava nenhuma convicção.

Os três entraram no carro. O pai ligou o motor enquanto Jimmy punha os fones do seu walkman nos ouvidos, no banco de trás, e Alice pendurava uma toalha na janela do passageiro para bloquear o sol forte do cair da tarde. O pai fez um último apelo antes de fechar a porta.

– Venha conosco, meu bem, pelo menos por algum tempo. Quanto mais cedo você se desvencilhar deste lugar, melhor. O que há de tão importante aqui que a faça ficar?

– É isso que pretendo descobrir, papai.

Ela ficou olhando para o Dodge até ele desaparecer na curva, depois foi procurar Sassie num dos quartos de hóspedes, tirando os lençóis da cama.

– Deixe isso aí, Sassie – ela disse. – Você está exausta. Não quer tirar a noite de folga, pedir ao Henry para levá-la de carro para visitar sua irmã? Não há nada aqui esta noite que exija sua atenção.

– Tem certeza, Srta. Rachel? A *senhora* está parecendo precisar de um pouco de atenção. – Sassie tinha obviamente deduzido da recusa dela em atender os telefonemas de Matt e da partida apressada de sua família logo depois de voltarem para a avenida Houston que algo estranho devia ter acontecido no escritório do Sr. Amos. Ela e Henry iam se encontrar com ele no dia seguinte para saber da anuidade que iriam receber até o fim da vida. Eles também seriam, em breve, obrigados a deixar a casa onde haviam morado a vida toda.

Rachel deu um tapinha no ombro dela e forçou um sorriso.

– Eu estou bem, só um pouco tensa por causa dos últimos dias. Acho que preciso ficar um pouco sozinha.

Sassie desamarrou o avental.

– Neste caso, eu gostaria de sair um pouco de casa. E Henry também. Vai fazer bem a nós dois visitar a mãe dele.

– Então podem ir. Diga a Henry para levar a limusine, e podem ficar o tempo que quiserem.

Quando ouviu a limusine se afastar, Rachel trancou todas as portas para evitar que Matt aparecesse lá de repente ao ver que ela não estava atendendo o telefone. Ela não estava com cabeça – nem coragem – para falar com ele neste momento, e tinha uma missão a cumprir antes que Sassie e Henry voltassem. Sassie culpara a champanhe pela ânsia de tia Mary de ir até o sótão em seus últimos momentos de vida. Rachel agora estava convencida de que ela estava inteiramente lúcida e sabia que estava morrendo antes de completar sua última, crucial, tarefa. Ela mandara Henry abrir o baú do tio Ollie por alguma razão. Podia ter sido para pegar um diário ou um maço de cartas de amor – provavelmente de Percy – ou alguma outra indiscrição antiga que queria manter longe das mãos do Patrimônio Nacional, mas Rachel achava que não. O que quer que ela tivesse pretendido pegar era tão importante que tinha sido a última coisa em que ela havia pensado quando estava morrendo – isso e a culpa que a havia feito gritar o nome de Rachel.

E ela pretendia descobrir.

O telefone tornou a tocar quando ela se dirigiu para uma porta estreita no andar de cima que ia dar na escada do sótão. O toque insistente parou de repente, iradamente, quando ela acabou de subir o lance de escadas. Ignorando uma pontada de pena pela preocupação de Matt, ela abriu a porta e entrou cautelosamente.

Era um lugar cavernoso, quente e abafado e cheio de objetos descartados ao longo de cem anos de ocupação pelos Toliver. Boa sorte para o Patrimônio Histórico, ela pensou, um pouco sem fôlego por conta da subida. A escada, além da falta de ar, teria sido uma dificuldade para uma mulher de oitenta e cinco anos com a saúde debilitada. Para respirar melhor, ela abriu a porta do sótão e colocou um cano de chaminé enferrujado sob uma das janelas, depois olhou em volta para decidir por onde começava. Seu olhar passou por um conjunto organizado de artigos de casa, livros velhos, roupas antigas, instrumentos musicais e equipamentos esportivos, pousando numa quantidade de baús, malas, caixas de chapéu e guarda-roupas. Ela ia começar a busca por ali.

Sua escolha foi prontamente recompensada. Encontrou a mala do exército atrás de um guarda-roupa alto, em cima de dois outros baús de metal. A tampa estava aberta, e havia um par de chaves na fechadura. Ela prendeu a respiração. *É esta*.

Rachel espiou para dentro e sentiu imediatamente o cheiro bolorento de pacotes de cartas guardados há muito tempo, muitos deles amarrados com fitas desbotadas. Uma aversão momentânea pelo que estava prestes a fazer a fez recuar. Vasculhar o baú seria como mexer na gaveta de roupa de íntima de alguém, mas o instinto dizia que havia alguma coisa ali que precisava achar. A intuição venceu o escrúpulo e ela tornou a olhar para dentro do baú. Um pacote de cartas cuja letra lhe pareceu familiar chamou sua atenção. O envelope do topo era de um tipo comum e tinha sido enviado de Kermit, Texas. Ela sentiu um nó na garganta. Tia Mary tinha guardado todas as suas cartas, aparentemente – desde o tempo de escola primária até a faculdade. Elas tinham, obviamente, sido lidas várias vezes. Rachel tornou a guardá-las, surpresa com o sentimentalismo da tia-avó. Ou seria o tio Ollie quem as havia guardado e amarrado com as cores marrom e branco de sua alma mater? Ela pegou outro maço, menor, endereçado com uma caligrafia infantil. A finura dos envelopes sugeria que cada um tinha apenas uma folha de papel. Elas tinham sido enviadas de uma colônia de férias de meninos em Fort Worth, por Matthew DuMont. Ela segurou com ternura os frágeis envelopes. Será que tia Mary estava em busca daquelas cartas do filho? Talvez. Ela as guardou cuidadosamente e pegou outro maço – dois maços, na verdade, amarrados separadamente e depois juntos. As iniciais *PW* estavam escritas acima do endereço do Exército dos Estados Unidos no primeiro maço. *Percy Warwick*. Havia dez envelopes, com carimbo de 1918 e 1919, amarrados com uma fita verde. Ou era isso que ela quisera retirar?

O segundo maço, com o dobro do volume e carimbado com os mesmos anos, estava amarrado com uma fita azul desbotada. Rachel reconheceu a letra elegante de tio Ollie e imaginou se o fato de as cartas de Percy terem sido colocadas por cima havia sido sem querer ou um ranqueamento deliberado da afeição de tia Mary. Bem, que importância tinha isso agora? O que ela esperava encontrar ali que pudesse mudar alguma coisa do que tia Mary tinha feito? E escrito por que mãos? Pela mão de Matthew DuMont? De tio Ollie? De Percy? Do seu avô?

Rachel parou. Do seu avô...

Ela não sabia quase nada a respeito dele. Seu pai mal se lembrava dele, e tia Mary só falara nele uma vez, quando ela perguntou por que o avô escolhera morar na França.

– Foi porque o seu pai não se lembrou dele no testamento? – ela tinha perguntado.

Tia Mary tinha ficado imóvel como uma estátua.

– O que a faz pensar que ele não foi lembrado?

– Porque meu pai disse que ele não foi.

– É por isso que sua mãe não gosta do seu interesse pelo legado dos Toliver, porque ele deixou Somerset e a casa para mim?

Ela ficara envergonhada por tia Mary ter percebido a verdade.

– Sim, senhora – ela respondera, à época.

Tia Mary pareceu querer dizer alguma coisa, mas desistiu.

– Seu pai não tinha raízes na terra – ela acabou dizendo. – A paixão dele era por ideologias e pessoas, principalmente as menos afortunadas, e ele encontrou isso na França.

Rachel contemplou pensativamente as pilhas de cartas. Miles teria se correspondido com a irmã durante aqueles anos na França... teria informado o nascimento do filho... a morte da mulher? Teria mandado fotos de si mesmo e de sua família, especialmente da esposa, sua avó? Ela não sabia nada a respeito de Marietta Toliver. As cartas dele refletiriam seus sentimentos por ter ficado de fora do testamento do pai? A voz dele poderia alcançá-la agora, gerações depois de sua morte, e ajudá-la a enfrentar uma dor semelhante?

Cuidadosamente, ela revirou os papéis velhos. Se sua tia-avó tinha guardado essas outras cartas, devia ter guardado também as do irmão. *O que era isso?* Ela retirou um pacote volumoso, embrulhado em papel grosso. Ao abri-lo, ela descobriu uma bola compacta de tiras de tricô cor de creme ao redor de um maço de fitas de cetim cor-de-rosa. Parecia uma tentativa abortada na fabricação de um afegã ou de um xale, não por parte da tia Mary, na opinião dela. Tia Mary era avessa a agulhas e linha.

Ela tornou a embrulhar e a amarrar o pacote e – agora com a curiosidade aguçada – tirou a tampa de uma caixa fina e comprida. *Uau!* Dobrado em papel fino havia um par de lindas luvas de couro castanho que obviamente nunca fora usado. A ponta de um bilhete saía de dentro de um dos punhos. Ela o retirou e leu: "Para as mãos que eu espero segurar pelo resto da minha vida. Amor, Percy." Ela enfiou de volta o bilhete e fechou a caixa, comovida contra a vontade. Tirou outra caixa de uma floricultura e lá dentro havia os restos de uma rosa murcha; as pétalas eram marrons como manchas de tabaco, mas com certeza se tratava de uma rosa branca. Por baixo dos fragmentos, outro bilhete: "À cura. Sempre no meu coração, Percy."

Ela agora tinha a sua resposta. Estas velhas cartas e lembranças de um amor não realizado devia ser o que tia Mary tinha querido remover. Amanhã ela cumpriria uma última obrigação para com ela e ensacaria tudo aquilo para destruir quando voltasse para Lubbock. Estava escurecendo. Ela estava cansada, com calor e no fim de suas forças. Queria sair do sótão. Rapidamente, guardou tudo no baú, abrindo espaço para o pacote no fundo. Sua mão bateu em alguma coisa... no invólucro de metal de uma caixa, ela pensou. Ela parou. Uma caixa...

Seu coração disparou, ela enfiou mais a mão e tirou uma maleta de couro verde escuro. Estava trancada. Colocou-a sobre as caixas de chapéu e tirou o molho de chaves da fechadura do baú, inserindo a menor das duas chaves na fechadura da maleta. Apesar da velhice, a tampa abriu na mesma hora. Ela olhou para dentro. Na luz fraca do entardecer, letras em negrito chamaram sua atenção: **O último testamento de Vernon Thomas Toliver**.

Capítulo Sessenta e Um

O entardecer no verão era a paisagem mais lembrada por William das Piney Woods do leste do Texas. Ele tinha a impressão de que quando o sol se punha caía sobre a paisagem uma sombra com a cor e o brilho de pérolas cinzentas e que não terminava nunca. Em nenhum outro lugar a luz demorava tanto antes de desaparecer.

Quando menino, recém-chegado da França, ele tinha ficado grato por este aspecto da região, pois, quando sua mãe morreu, ele passou a ter medo do escuro. Seu pai entendia e, à noite, deixava uma luz acesa, mas ele se lembrava com clareza de ter sentido vergonha desse medo aos cinco anos. Quando foi para Howbutker, sentiu imediatamente que não devia contar nada disso para a mulher alta e imponente para junto da qual o pai o mandara. O homem simpático e bonachão que ele chamava de tio Ollie teria compreendido, mas não sua tia. Ele soubera instintivamente que ela não tolerava fraquezas.

Ou era o que ele pensava.

Na primeira noite, ele adormecera antes da noite cair e fora carregado para o quarto pelo tio. Mas depois disso, o verão todo, na hora de ir para a cama, ele levantava a persiana que a tia tinha baixado e ia dormir na luz do entardecer. Quando o outono chegou e os dias ficaram mais curtos, ele ficou com medo que a tia apagasse a luz ao lado da sua cama quando fosse dizer-lhe boa-noite. Mas ela o surpreendeu ao perguntar com o seu esboço de sorriso:

— Quer que eu deixe a luz acesa mais um pouco?
— *Oui, Tante, s'il vous plaît.*
— Bem, boa-noite então. Eu vejo você de manhã.

Desde então, esta foi a rotina da hora de dormir, e ele acordava de manhã ainda com a luz acesa. William achava que ela não tinha se preocupado em voltar para apagá-la, mas estava errado. Numa noite de inverno, muitos anos depois, ele acordou e a viu parada ao lado da sua cama. Estava usando um roupão e parecia uma deusa retratada nos seus livros de mitologia. Com a mão no interruptor, ela perguntou carinhosamente:

– Podemos apagar a luz agora?

E foi então que ele compreendeu que ela sempre soubera do medo que ele tinha do escuro.

– Sim, tia – ele tinha dito, reconhecendo que já não tinha mais medo. O medo simplesmente desaparecera junto com os outros dragões da sua infância.

William olhou para a esposa, roncando de boca aberta, com a toalha ainda pendurada na janela. Tinha começado a cochilar assim que viu que ele não estava disposto a falar sobre a nova riqueza deles.

– Rachel vai superar isso, William, acredite – Alice tinha dito, lendo sua mente com a mesma facilidade com que lia seus romances. – E ela não foi inteiramente banida de Howbutker. Ainda pode se casar com Matt Warwick e ter Somerset de volta quando Percy morrer. Qual é o problema?

– O problema, Alice, é que Somerset não irá para Matt Warwick. Percy vai retirá-la da herança. Foi por isso que tia Mary deixou a fazenda para ele. Ela sabia que ele se encarregaria de providenciar para que Rachel nunca mais pusesse as mãos nela.

– Mas por quê, pelo amor de Deus?

– Essa é a pergunta que vale um milhão de dólares. Eu acho que Percy tem razão. Acredito que tia Mary estivesse tentando salvar Rachel daquela maldição que ela mencionou em 1956.

– E você não sabe qual é?

– Não, mas Percy sabe.

Por sorte, quando Alice dormia nem um terremoto conseguia acordá-la. Ela não teria aprovado este desvio numa estrada rural, atravessando as florestas de pinheiros que ele lembrava da sua infância, e Jimmy estava ouvindo seu walkman de olhos fechados, mergulhado demais na música para perceber que o pai tinha entrado numa estrada secundária. Este desvio ia tornar a viagem mais longa, mas talvez ele nunca mais fosse para aqueles lados, e estava com vontade de se demorar o máximo possível no entardecer dos Bosques de Pinheiros, revisitando velhas lembranças. Ele lembrava que ali perto havia um riacho onde ele e um amigo costumavam pescar com rede. Meu Deus, quantas cobras-d'água eles arrastavam com sua rede.

E por ali havia também um trilho de trem, do trem que o havia levado embora de Howbutker quando ele fugiu quarenta anos atrás. O plano dele tinha sido se esconder no mato ao lado do trilho até o trem começar a andar, e então pular para dentro e comprar seu tíquete a bordo. Mas o condutor tinha dito que o trem estava cheio e que ele teria que esperar pelo seguinte. Amos, então um paraquedista recém-saído do Exército a caminho de Houston, tinha saído do trem para esticar as pernas. William ainda se lembrava da surpresa que sentira quando ele enfiou o tíquete na mão dele e disse que subisse no trem. Nos campos de petróleo do oeste do Texas, ele de vez em quando pensava no soldado alto e desengonçado, imaginando o que tinha dado naquele estranho de passagem pela cidade para dar seu tíquete para um garoto que ele percebeu estar fugindo. William soube mais tarde por tia Mary que, aos quinze anos, Amos tinha tentado fugir de casa, mas que fora arrastado de volta, por policiais, para um pai que o havia castigado amarrando-o num poste e açoitando-o publicamente. Amos, sem saber o que aconteceria com ele se fosse apanhado, tinha resolvido ajudá-lo. Isso acabou sendo uma coisa boa para ele. A cidade o recebera de braços abertos – o que era uma raridade em Howbutker. Engraçado como são as coisas.

    A estrada ladeada de pinheiros estava calma e silenciosa – sem nenhum outro carro à vista –, e William teve a sensação de estar dirigindo num túnel verde e silencioso, um bom lugar para refletir. Ele não conseguia parar de pensar no que tia Mary lhe dissera no gazebo naquele verão em 1956: *Alegre-se pelo fato dos seus filhos crescerem livres de Somerset*. O que tinha querido dizer com isso? Ele estava convencido de que isso estava por trás da decisão dela de obrigar sua filha a cortar as raízes com o legado dos Toliver. A teoria de Alice de que ela fizera aquilo para cumprir a promessa feita a ele estava inteiramente errada. Tia Mary estava livre para mudar de ideia a qualquer momento, e ambos sabiam que ela não devia nada a ele. Ele também não acreditava que ela tivesse deixado Somerset para Percy para expressar seu arrependimento. Foi um choque para ele saber que eles tinham sido amantes, mas, refletindo bem a respeito, ele percebia que foram feitos um para o outro, e teve uma época em que ele tinha pensado por que tia Mary, uma deusa, tinha escolhido um querubim em vez de um deus grego. Não que houvesse homem melhor do que tio Ollie.

    Então por que, depois de ter incentivado Rachel a seguir seus passos, ela tinha feito o que fez?

    Somerset sempre cobrou um preço muito alto, ela dissera.

    Ele agora entendia o que a tia tinha querido dizer com isso. Somerset lhe custara Percy, e sabe Deus o que mais. De certa forma, ele também fora parte do preço pago por ela. Ele teria ficado se não tivesse sido obrigado a trabalhar na fazenda. Meu Deus, como ele detestava o lugar – bichos de pé e os mosquitos, o calor e o suor, a lama na estação chuvosa e a poeira na seca, os carrapichos e o medo constante das cobras enroladas debaixo dos arbustos de algodão, o enervante ciclo de trabalho, trabalho, trabalho. E algum dia, ele havia sido informado – pelo fato de ele ser um Toliver –, tudo aquilo ia ser dele.

William sacudiu a cabeça como se uma mosca tivesse entrado em seu ouvido. Ele não teria suportado. De jeito nenhum. E agora Somerset tinha se intrometido entre sua esposa e sua filha, e iria custar a Rachel aquele ótimo rapaz, Matt Warwick, também. Eles eram outro casal que combinava tão bem, mas ela jamais se casaria com um homem cujo avô era dono da terra que ela sempre acreditaria que deveria ter sido dela. A intenção da tia tinha sido boa, mas o resultado não. Rachel jamais a perdoaria, assim como Alice jamais perdoaria a filha por ter preferido tia Mary a ela.

Ele suspirou. Podia entender o alto preço, mas e a maldição? Que maldição era essa? Como ela se manifestava? Tia Mary teria salvado Rachel dela? Como ela iria saber?

A estrada estreita e sinuosa sob sua cobertura verde oscilou diante dos seus olhos. William sentiu uma imensa tristeza pela forma trágica como as coisas tinham acontecido... O que aquelas pessoas tinham perdido e que jamais poderia ser recuperado. Seus olhos, ouvidos e narinas estavam tão cheios que ele não registrou o apito do trem ao longe. Os vidros do carro estavam fechados, sua visão do lado direito bloqueada pela toalha e por uma mochila pendurada na janela de trás. O ar-condicionado zumbia. Um som baixo saía do walkman de Jimmy. Quando ele ouviu o apito do trem, aquele pareceu um som natural da região, pareceu tanto uma parte nostálgica da sua infância naquela hora do dia que o carro já estava sobre o trilho quando ele percebeu que um cargueiro estava vindo na direção deles.

Alice e Jimmy não chegaram a abrir os olhos. Por um breve instante antes de o trem bater, a mente de William ficou totalmente alerta, e ele compreendeu com uma clareza perfeita o que era a maldição Toliver.

Capítulo Sessenta e Dois

De volta ao seu quarto, quase sem fôlego, Rachel subiu na cama, abriu a caixa de couro verde e, com cuidado, tirou lá de dentro o testamento do seu bisavô, datado de 17 de maio de 1916. Ela sabia que ele tinha morrido em junho daquele ano, então o documento devia ter sido escrito pouco antes. Havia uma carta entre as páginas. Ela desdobrou a folha única de papel e examinou a assinatura: "Com amor, do seu pai, Vernon Toliver." Rachel sentiu um frio na espinha. Teve a sensação de ter encontrado a chave de um quarto trancado, proibido.

Querida esposa e filhos, ela leu.

Eu nunca me achei um homem covarde, mas descobri que não tenho coragem para revelar o conteúdo do meu testamento para vocês enquanto estiver vivo. Quero afirmar, antes que seja lido, que amo cada um de vocês de todo o coração e que gostaria imensamente que as circunstâncias tivessem permitido uma divisão mais justa e generosa dos meus bens. Darla, minha amada esposa, peço que você compreenda por que eu fiz o que fiz. Miles, meu filho, não posso esperar que você compreenda, mas um dia, talvez, seu herdeiro se sentirá grato com o legado que deixo para você e que espero que conserve para seus filhos.

Mary, imagino se ao contemplá-la deste modo em meu testamento não estarei prolongando a maldição que persegue os Toliver desde que o primeiro pinheiro foi derrubado em Somerset. Estou deixando para você muitas e grandes responsabilidades, que espero que não a impeçam de ser feliz.

Com o amor do seu marido e pai

Rachel fitou seus olhos espantados no espelho da penteadeira, em frente à cama. Esta era a primeira vez que ela via uma referência por escrito à maldição Toliver. O que isso queria dizer? Como ela se manifestava? E que legado era esse que Vernon Toliver tinha deixado para o filho? O frio na espinha se espalhou. Como uma sensação cada vez mais esquisita, ela folheou as páginas até encontrar o nome *Miles Toliver* apontado como o único beneficiário de um terreno de 640 acres e uma descrição de sua localização ao longo do rio Sabine.

Não! Não era possível! Tia Mary não teria... não poderia ter... Ela fixou de novo os olhos no parágrafo, relendo as palavras expressas no jargão legal, horrorizada com suas implicações. Mas não havia engano. Ao contrário do que sua família achava – do que tia Mary os tinha feito acreditar –, Vernon Toliver tinha deixado um pedaço da terra de Somerset para o filho.

Rachel fitou seu rosto pálido no espelho. Tia Mary tinha mentido a respeito da herança do irmão. Mas por quê? Por que aquele segredo? Na opinião dela, tia Mary deveria ter querido que o pai dela soubesse da terra que Miles tinha herdado para despertar o interesse e o comprometimento dele. O que aconteceu com aqueles acres? Miles Toliver os teria vendido? Tia Mary teria ficado envergonhada com a venda e não teria querido que o sobrinho soubesse o que o pai tinha feito?

Havia mais dois envelopes na caixa, presos com um clipe enferrujado. O nome desbotado do remetente no envelope a fez perder o fôlego. *Miles Toliver*. A carta tinha sido enviada de Paris, mas a data do carimbo estava ilegível. Ela abriu o envelope e, com cuidado, tirou lá de dentro uma carta datada de 13 de maio de 1935.

Querida Mary,

Estou no hospital e fui diagnosticado com câncer de pulmão, em consequência do gás fosgênio que inalei durante a guerra. Os médicos dizem que agora é só uma questão de tempo. Eu não temo por mim, só por William, meu filho. Ele tem sete anos e é o menino mais doce do mundo. A mãe dele morreu há dois anos, e desde então somos só nós dois. Estou escrevendo para dizer que vou mandá-lo para que você e Ollie o eduquem como se fosse seu filho, talvez um irmão mais moço de Matthew. Ele tem a aparência de um Toliver, Mary, e quem sabe um dia vai apreciar e respeitar o nome da família com o entusiasmo que faltou ao pai. Gostaria que você lhe desse a chance de tentar. Providenciei para ele chegar em Nova York no Queen Mary, no dia 15 de junho. Estou mandando em anexo as informações da viagem.

Também estou mandando a escritura do terreno ao longo do Sabine que papai deixou para mim em seu testamento. Como você pode ver, eu o transferi para você, para que você o administre até que William tenha vinte e um anos, quando você deverá transferir a propriedade para ele, para que ele faça o que quiser com ela. Espero que até lá ele esteja tão comprometido quanto você com a tradição dos Toliver que nem pense em vender sua herança.

Estou em paz sabendo que ele vai para uma boa casa. Diga a Ollie que eu ainda o considero e a Percy os melhores amigos que um homem pode ter. Espero que vocês se lembrem de mim e dos bons tempos que passamos juntos.

O irmão que te ama.
Miles

Rachel ficou olhando para a carta com um ar chocado, sem conseguir acreditar naquelas terríveis revelações. De modo totalmente irrelevante, ela recordou a descrição que o pai tinha feito de si mesmo chegando no Porto de Nova York aos sete anos, sozinho e amedrontado, com um ar estrangeiro e só falando francês. Ela ouvira muitas vezes a história de como o tio Ollie, com seu rosto de querubim aberto num largo sorriso, o tinha retirado do meio da multidão no cais e o colocado à vontade na mesma hora, comprando sorvetes e refrigerantes para ele e contando-lhe histórias sobre a infância de Miles, durante a longa viagem de trem até Howbutker. Tio Ollie fora sozinho buscá-lo porque era época de semeadura em Somerset.

Com o corpo trêmulo, Rachel pegou o outro envelope endereçado a Mary DuMont e instintivamente, horrorizada, adivinhou que aquela letra firme e elegante pertencia a Percy Warwick – talvez porque estivesse anexado à evidente prova de traição e mentira da mulher que ele amava. Não havia remetente nem selo nem carimbo, o que significava que fora entregue em mãos. Ela tirou lá de dentro a breve mensagem, notando que era datada de 7 de julho de 1935.

Mary,

Embora eu tenha restrições, acho que preciso concordar com sua proposta. Procurei o credor de Ollie, e ele não quer ceder. Portanto, vou comprar o terreno sobre o qual falamos. Vamos nos encontrar no fórum na segunda-feira às três horas para cuidarmos disso. Traga a escritura e eu levarei o cheque.
Percy

Rachel endireitou os ombros, visualizando os rolos de fumaça saindo da enorme fábrica de papel e celulose das Indústrias Warwick que ficava ao sul de Somerset. Do outro lado do complexo ficava o rio Sabine.

Ela sempre pensara que sua presença ao lado da fazenda dos Toliver era acidental, mas agora...

Meu Deus – seria possível? O bilhete de Percy se referia ao terreno do avô dela ao longo do Sabine, e tia Mary o *vendera* para ele contra as instruções de Miles? As restrições de Percy seriam por ele saber que a terra não pertencia a tia Mary? Rachel verificou a data: 7 de julho de 1935... dois meses depois da chegada do pai dela ao Porto de Nova York.

Outra remota possibilidade, lógica e menos chocante, mas não menos vergonhosa, se apresentou a ela. Quando William Toliver fez vinte e um anos, tia Mary já sabia que ele não ligava nem para a fazenda nem para o seu legado. Ela teria simplesmente incorporado os acres dele a Somerset sem dizer nada a ele, com medo que pudesse vender as terras? Se elas *não* faziam fronteira com Somerset e ela não as tivesse vendido a Percy, então onde elas estavam localizadas ao longo do Sabine? Onde estava a escritura? E que terreno, então, ela vendera a Percy?

Rachel encostou as mãos frias no rosto quente. O que acabara de descobrir? Prova de fraude? Ou simples mentira e roubo? O pai dela era o culpado aqui? Tia Mary teria passado a escritura para o nome dele e ele vendera o terreno e os dois tinham guardado segredo sobre isso estes anos todos?

Não, nunca. Ele não teria permitido que a mãe dela acreditasse numa mentira que estava na raiz do seu ressentimento contra os Toliver. Mas então – até hoje – ela não teria acreditado que tia Mary fosse culpada daqueles crimes, e quanto a Percy Warwick... ele era o homem mais honrado que ela conhecia. Ela olhou para o bilhete e sentiu o estômago embrulhado. *Traga a escritura...* Seria possível que ele tivesse concordado com uma proposta que iria privar um menino de seis anos de sua herança?

Pelo menos ela iria obter uma resposta quando o pai telefonasse para ela esta noite. Contaria a ele sobre sua descoberta e perguntaria pela escritura, mas tinha certeza de que ele ia dizer que não fazia ideia do que ela estava falando. Ele nunca soube que era herdeiro de um terreno que pertencera ao pai. E amanhã ela iria até o fórum para checar o registro das escrituras relativas às terras.

Faróis de carros passaram pela janela do quarto dela, iluminando as portas da garagem. Sassie e Henry estavam em casa. Rachel saiu da cama para abrir a porta para eles antes que tocassem a campainha e ela tivesse que explicar por que trancara a porta dos fundos. Ela já estava no meio da escada quando as luzes azuis e vermelhas de um carro de polícia iluminaram o ventilador de teto como um caleidoscópio. Ela parou quando ouviu o som de outros pneus guinchando em frente à varanda, seguido pela batida de portas de carros e por vozes masculinas falando num tom urgente – dentre elas as de Amos e Matt. *O que será que...?*

A campainha dos fundos tocou. Rachel mal ouviu o som por causa das batidas frenéticas do seu coração quando correu para abrir a porta. O toque insistente tornou a soar enquanto ela brigava com a tranca emperrada e, finalmente, conseguia abrir a porta. Um grupo de homens ficou olhando para ela, Amos e Matt na frente, o xerife e dois guardas atrás deles, com expressões sérias no rosto que quase fizeram seu coração parar.

– O que foi? – ela perguntou.

– São seus pais... e Jimmy – Amos disse, com seu pomo de adão subindo e descendo como uma bola de pingue-pongue.

– O que houve com eles?

Matt atravessou a soleira da porta e segurou a mão dela.

– O carro deles foi atingido por um trem, Rachel. Eles morreram instantaneamente.

PARTE IV

Capítulo Sessenta e Três

KERMIT, TEXAS, DOIS MESES DEPOIS

Rachel ficou parada ao lado da porta da frente da casa onde tinha sido criada – chaves do carro na mão, uma mala a seus pés – e deu uma última olhada em volta. Ela não estava deixando nenhum traço visível das vidas vividas ali desde antes de ela nascer. Os arranhões e manchas deixados pelos membros da sua família estavam ocultos debaixo de várias camadas de tinta branca que ela mesma tinha passado, sem querer deixar que estranhos se encarregassem de apagar estas lembranças. Levara seis semanas para esvaziar e limpar a casa para os novos ocupantes, quem quer que eles fossem. Combinara com o corretor que a casa só seria anunciada e mostrada quando ela estivesse pronta para partir.

Sua vizinha, uma mulher que conhecera a vida toda e que tinha sido a melhor amiga de sua mãe, tinha perguntado:

– Por que você vai vender a casa tão depressa, Rachel? Por que não passa um tempo aqui antes?

Ela sacudira a cabeça sem dizer nada, a voz ainda perdida no poço de sua dor. Ela não merecia morar neste lugar que tinha amado e traído. Seria um sacrilégio.

– Rachel, você vai ficar em Lubbock? – Danielle tinha perguntado quando ela foi empacotar suas coisas no escritório. Alguém já estava ocupando sua mesa, um jovem japonês que tinha guardado os objetos pessoais dela e estocado num canto. Ron Kimball, cujo pai era um dos sobreviventes da marcha da morte a Bataan, já se demitira e conseguira um emprego em outra fazenda de algodão. Ele disse a Danielle que não trabalharia para um japonês de jeito nenhum. Ela também tinha pedido demissão.

– E para fazer o quê? – Rachel tinha perguntado com um sorriso sem alegria. – Para ver o algodão Toliver crescer sob a administração de outra pessoa?

Ela pusera a casa à venda e empacotara seus pertences, mas percebera que, sem a casa da avenida Houston nem a de Kermit, ela não tinha para onde mandá-los. Ela estava virtualmente sem teto... por um tempo.

Rachel deu uma última olhada na sala, pegou a mala e saiu. Já visitara sua velha horta, agora parte do quintal coberto de grama que mostrava poucos vestígios de sua antiga função.

– Desconfio que foi aqui que tudo começou para você – Amos tinha dito depois do funeral, quando ela o encontrou olhando para as depressões cobertas de grama atrás da casa, para onde ele tinha ido para fugir das pessoas que davam pêsames dentro da casa.

– Sim, foi aqui que tudo começou – ela confirmara, lembrando-se das tardes passadas cuidando da horta, das conversas que tinha ouvido sob a janela da cozinha.

– Ele queria vir, sabe.

Ela não fizera nenhum comentário.

– Percy e eu convencemos o Matt que... agora não seria uma boa hora. Ele está muito preocupado com você, Rachel. Não entende por que você se recusa a vê-lo, ou pelo menos a atender seus telefonemas. Francamente, minha querida, eu também não entendo – ele disse, com uma expressão preocupada. – Nada disso é culpa de Matt. Percy diz que se você voltar a Howbutker para ouvir a história de Mary, entenderá por que ela fez o que fez, e que foi tudo por amor a você.

– É mesmo? – Rachel fez uma careta. – Eu poderia ser convencida disso antes, mas não agora.

– Agora? O que foi que aconteceu agora?

– Você vai saber em breve. Com licença. Eu tenho que voltar para junto dos outros.

Pobre Amos, apanhado no meio do fogo, ela pensou ao girar a chave da sua BMW. E Matt também...

Nos últimos dois meses, Rachel tinha tentado não pensar nele e no modo como eles tinham se despedido. Tudo tinha ficado enevoado depois que ela abriu a porta e os policiais encheram o hall. Matt tinha tentado abraçá-la, mas ela buscara os braços de Amos. Ela conseguira, de algum jeito, ligar para Carrie Sutherland, sua melhor amiga e colega de quarto na Texas A&M, que deve ter vindo em alta velocidade de Dallas, porque chegou duas horas depois. Ela recordou a mágoa nos olhos de Matt quando ele a viu subir para o quarto com Amos para esperar a chegada de Carrie, deixando-o lá embaixo. E mais tarde, através da névoa de sua dor, ela se lembrava de ter descido correndo ao ouvir a voz de Carrie no hall e ter se jogado nos braços dela e não nos de Matt, que ansiava por abraçá-la.

– É melhor você ir embora agora, Matt – ela dissera finalmente.

Ele a tinha segurado pelos ombros e olhado para dentro dos seus olhos vazios.

– Rachel, vovô me contou sobre o testamento... sobre o fato de Somerset ter ficado para ele. Além de tudo o que aconteceu, eu imagino o quanto você esteja magoada, chocada com tudo isso. Eu estou magoado e chocado por você, mas não sou o inimigo. Você precisa de mim. Nós podemos enfrentar isso juntos.

A voz de Rachel tinha saído sem expressão, como a voz de um zumbi.

– Há coisas que você desconhece. Você vai se tornar o inimigo. Não vai ter outra escolha.

Ele a olhou como se ela lhe tivesse dado uma bofetada.

– O quê?

– Adeus, Matt.

O que ocorreu nas semanas seguintes, naquele período inimaginável, voltou-lhe à mente em cenas isoladas. O diálogo entre ela e Carrie no trajeto de volta depois de identificar os corpos no dia seguinte foi uma delas. No silêncio pesado, Carrie tinha perguntado:

– Você vai me dizer por que bateu com a porta na cara daquele sujeito lindo que estava ontem à noite na varanda?

– Eu não bati com a porta. E não, não vou dizer. Se você estiver interessada nele, fique à vontade.

A amiga soltara um gritinho de satisfação.

– Bem, isso é muita bondade sua, querida, mas ele não me parece ser o tipo de homem que uma mulher possa oferecer a outra. Ele é louco por você, Rachel. Por que você o está rejeitando?

– Eu sou obrigada. Se eu não fizer isso, as coisas vão piorar muito depois.

– Depois?

– Quando eu tomar de volta o que me pertence.

Lágrimas lhe subiram aos olhos quando ela olhou pela última vez a casa e a rua onde tinha crescido. Deixaria as chaves com o corretor quando estivesse saindo da cidade. Ficaria algum tempo em Dallas com Carrie, mas o motivo principal de sua ida era para se encontrar com o pai de Carrie. Taylor Sutherland era um eminente advogado especialista em fraude contra a propriedade. Tinha um encontro marcado com ele para avaliar o conteúdo da caixa de couro verde.

Matt entrou no portão da casa de Rachel, achando com facilidade o endereço a partir das informações de Amos. Estacionou a van alugada e saltou, atingido imediatamente pelo calor seco e pelo vento carregado de poeira que soprava constantemente na parte oeste do Texas. O coração dele batia como um tambor enlouquecido. Finalmente, tornaria a ver Rachel. Se ela não o deixasse entrar, ele ia entrar à força. Eles precisavam conversar. Ela precisava lhe dizer, cara a cara, por que não queria mais nada com ele. Tinha que haver um motivo mais forte do que o fato do avô dele ter herdado Somerset. As últimas palavras dela para ele na noite do acidente não paravam de soar em sua cabeça. *Há coisas que você desconhece. Você vai se tornar o inimigo. Não vai ter outra escolha.*

– O que ela quis dizer com isso, vovô? – ele tinha perguntado quando contou a Percy o que Rachel tinha dito. – O que é que eu não sei?

– Não faço ideia.

Especialmente perturbadora foi a observação misteriosa que Rachel tinha feito a Amos no funeral. Ela disse que antes poderia estar disposta a acreditar que Mary tinha feito o que fez por amor a ela, mas agora não, e quando Amos lhe perguntou o que tinha acontecido para fazê-la dizer aquilo, ela respondera "Você vai saber em breve".

– Por que *agora*, vovô? Isso quer dizer que ela descobriu outros motivos para condenar Mary, talvez até a nós.

Um erguer de ombros.

– Eu não sei, filho.

Ele não tinha ficado inteiramente convencido da ignorância do avô. Nos últimos dois meses, tinha notado um mistério pairando no ar – aqueles segredos de família que ele não mencionava.

A grama do quintal fora recentemente aparada. O cheiro quente e empoeirado subiu até ele, fazendo-o lembrar da observação de Amos: *Que lugar isolado! Como é que algo além de serpentes sobrevive lá?* Matt concordava. No trajeto do aeroporto até lá, cercado por um deserto que tinha a beleza de uma cratera lunar, ele tinha imaginado como aquela terra árida poderia ter inspirado a paixão de Rachel por plantar. Tinha que estar no sangue e não no lugar.

Aproximou-se dos degraus da varanda com passos hesitantes, nervoso com a atmosfera vazia da casa. As venezianas verdes pareciam recém-pintadas, assim como a porta fechada da garagem. Não havia cortinas nas janelas, e o vidro brilhava de limpo. *Não, não me diga que...* Ele gemeu e espiou pelos quadrados de vidro da porta. A sala da frente estava vazia, deserta como um ninho de passarinho no inverno, sem um único móvel. Triste e incrédulo, Matt foi até o lado da casa, olhando pelas janelas, vendo que todos os cômodos estavam vazios e recém-pintados.

– Posso ajudá-lo?

Ele se virou da janela dos fundos e viu uma mulher obesa, usando um sarongue estampado, olhando-o com as mãos nos quadris.

– Bem, eu... sim, obrigado – Matt gaguejou. – A mulher que mora aqui. Rachel Toliver. Ela parece ter se mudado. A senhora sabe para onde ela foi?

– Quem quer saber?

– Eu sou Matt Warwick. – Matt limpou a poeira da janela dos dedos e estendeu a mão. – Um amigo da família, de Howbutker, Texas. – Ele achou que ela devia ser uma vizinha e talvez conhecesse aqueles nomes.

Vagarosamente, a mulher tirou uma das mãos do quadril e permitiu que fosse apertada.

– Eu já ouvi falar nos Warwick de Howbutker. Meu nome é Bertie Walton, uma amiga e vizinha. Eu moro aqui ao lado. – Ela fez um sinal na direção da sua casa. – O que você quer com Rachel?

Matt hesitou, depois disse:

– Eu vim ver como ela está e, quem sabe, levá-la para casa. Ela precisa ficar com pessoas que gostam dela.

A mulher pareceu relaxar.

– Concordo inteiramente. – Ela o olhou de cima a baixo e, como se tivesse tomado uma decisão, disse: – Bem, sinto muito dizer isso, mas se você tivesse chegado aqui uma hora antes a teria encontrado. Acho que ela foi embora de vez. Deve ter saído quando eu estava no mercado, e eu não tive chance de me despedir dela. – A voz dela mostrava o quanto estava magoada.

– Ela disse para onde ia?

– Não. Ela me disse ontem que manteria contato, mas, do jeito que está, não estou contando com isso.

Matt ficou desanimado.

– A senhora conhece alguém que saiba para onde ela está indo?

– Ninguém. Rachel não era íntima de ninguém em Kermit, a não ser de mim. Eu era a melhor amiga da mãe dela. A casa vai ser vendida. Eu falaria com o corretor na cidade, se fosse você. Só há dois corretores. Ela deve ter deixado um telefone de contato com um deles.

Matt procurou papel e caneta no bolso do paletó.

– A senhora poderia me dar os nomes e os endereços?

— Eu posso fazer melhor do que isso. Venha até a minha casa e eu desenho um mapa para você. Senão você não vai achá-los.

Ela caminhou na direção de casa e Matt foi atrás. Minutos depois, ele estava sentado à mesa da cozinha, vendo-a encher de chá dois copos que tinha tirado de um armário especial.

— Sra. Walton, por que Rachel se mudou? Eu pensaria que... devido às circunstâncias... ela ia querer ficar aqui, onde é conhecida.

— É Bertie — ela disse, depositando os copos de chá gelado na mesa, com um bloco amarelo e uma esferográfica debaixo do braço gordo. Ela se sentou numa cadeira e pôs o bloco sobre a mesa. — Não posso dizer que tenha ficado surpresa com a partida dela. Rachel já foi embora de Kermit há muito tempo. Não há mais nada aqui para ela, se é que houve algum dia. Imaginei que fosse ficar aqui simplesmente por não ter outro lugar para ir, mas ela saiu daqui o mais depressa que pôde.

— A senhora disse... o estado em que ela se encontrava quando partiu. Como ela estava?

Bertie tinha começado a desenhar ruas e marcos de paisagem no bloco amarelo.

— Quando foi que você a viu pela última vez?

— Dois meses atrás, quando ela foi ao enterro da tia-avó.

— Diminua dez quilos daquele belo corpo, acrescente um rosto magro e abatido e uma pele marrom de tão bronzeada e a estará vendo. Ela não parece a mesma moça que esteve aqui no Natal.

— Ela não é a mesma moça — Matt disse baixinho. — Como foi que ela ficou tão morena?

— De tanto consertar a parte externa da casa: o telhado, as venezianas, o quintal. Não deixou ninguém tocar em nada. Mas isso não quer dizer que ela não estivesse... *inteira*. Alguma coisa a estava mantendo firme. Dava para ver pelo modo com que martelava aqueles pregos.

Matt franziu a testa.

— Ela nunca deu nenhuma pista a respeito? Qualquer coisa que a senhora pudesse me contar seria de grande ajuda.

Bertie pensou um pouco.

— Parecia que havia uma espécie de *força interior* a impulsionando, mas... não exatamente *coragem*, se é que me entende. Não o tipo de impulso que faz você continuar seguindo quer queira ou não. Não era isso. Era mais como um *propósito,* um *objetivo* para quando ela terminasse o que estava fazendo aqui. — Ela fechou a caneta e arrancou a folha do bloco. — Não tenho mais o que contar.

– A senhora explicou muito bem, Bertie. Obrigado por sua ajuda. – Ele terminou o chá e se levantou. – Anote o seu telefone e se eu descobrir alguma coisa, eu aviso.

Bertie olhou para ele como se tivesse mais a dizer antes de levá-lo até a porta.

– Você é o rapaz de quem Rachel me falou muitos anos atrás quando ela voltou de Howbutker, não é? Ela estava com cerca de dez anos então, e misericórdia! Ela não era do tipo de se encantar com alguém, mas se encantou com você. Há pouco você disse que veio aqui para levá-la para junto das pessoas que gostavam dela. Você é uma delas?

– Eu estou no topo da lista.

– Estou vendo. Bem, vá procurá-la, rapaz, e a faça entender que, apesar de todas as suas perdas, ela ainda tem tudo.

– Eu pretendo fazer exatamente isso, Bertie – Matt disse com a voz embargada. Ele dobrou a folha de papel e guardou-a no bolso, depois pôs a mão no ombro dela. – Fique sentada. Não precisa me acompanhar até a porta, e eu prometo que você vai tornar a ter notícias minhas.

– Espero que seja num convite de casamento.

Ele sorriu para ela.

– Se depender de mim.

Ele acertou em cheio na segunda corretora, mas não conseguiu o que queria. A corretora encarregada da casa dos Toliver estava saindo para colocar a placa de VENDE-SE no imóvel quando Matt entrou no escritório. Ele tinha imaginado que seria contra a política da empresa fornecer o telefone e o endereço do vendedor, mas ele usaria todo o seu charme para conseguir a informação. Matt sorriu para a mulher e explicou que era um velho amigo de Bertie Walton e que ela lhe dissera que a casa estava à venda. Ela poderia entrar em contato com a proprietária imediatamente? Ele estava interessado em fazer uma oferta antes de deixar a cidade.

A corretora ficou consternada. Informou que se ele tivesse ido lá uma hora antes teria falado pessoalmente com a proprietária. Agora ela já estava viajando e não tinha dito para onde. Era muito estranho, na verdade. Ela não tinha deixado um número de telefone para ser contatada, dizendo que entraria em contato quando estivesse instalada. Entretanto, se ele quisesse fazer uma oferta, ela podia preparar o contrato e apresentá-lo assim que a proprietária ligasse.

Matt perguntou se ela sabia quando isso ocorreria.

A corretora disse que, infelizmente, não.

Então, ele se desculpou com um sorriso e deixou claro que isso não seria conveniente para ele, mas que gostaria de ficar com o cartão dela.

Quando saiu do escritório, Matt respirou fundo aquele ar seco, sentindo-se frustrado. Estava certo de que Rachel tinha ido para a casa da amiga dela em Dallas, daquela loura de culote e botas que aparecera na noite do acidente. Carla ou Cassie ou algo parecido. Ele não tinha conseguido guardar o nome naquela confusão. Talvez Amos soubesse. Quando ele tivesse o nome da amiga, o resto seria fácil. Conseguiria o endereço com a telefonista, faria um plano de voo para Dallas e estaria lá esta noite.

Na van, ele ligou para casa do telefone celular que tinha levado. Quando o avô atendeu, ele pediu para falar com Amos, sabendo que ele estaria em Warwick Hall. Sem demora, Percy passou o telefone para Amos.

– Em que posso ajudá-lo, Matt? – ele perguntou ao atender.

– Rachel pôs a casa à venda e saiu da cidade sem dizer para onde ia, mas talvez você possa me ajudar a encontrá-la, Amos. Você lembra o nome da colega de quarto de Rachel na Texas A&M, aquela mulher enérgica que conhecemos no dia do acidente? Eu acho que Rachel foi para a casa dela em Dallas.

Matt percebeu a frustração na voz dele.

– Sinto muito, Matt, mas eu também não guardei o nome dela.

Matt deu um tapa no volante e praguejou baixinho, mas falou como se isso não tivesse importância.

– Não se preocupe, Amos. Talvez Sassie ou Henry possam me dizer.

Mas Henry também não se lembrava do nome.

– Eu só sei que é Srta. Carrie – Henry disse. – Sobrenomes de estranhos não ficam na minha cabeça. Talvez tia Sassie saiba. Ela está na casa da minha mãe. Quer ligar para ela?

– Me passa o número, Henry.

Mas foi outro beco sem saída. Sassie tinha ficado tão zonza com os acontecimentos daqueles dias horríveis que não registrou nada.

Um detetive, então, ele decidiu, engrenando a van. Eles contatariam uma agência de detetives para encontrá-la. Ele discou para o escritório dele em Howbutker, imaginando Rachel trepada no telhado da casa dela, pregando pregos com um ar vingativo. Seria esse o objetivo dela, a motivação que a estava mantendo em pé: vingança? Contra quem? E por quê? No fundo, ele achava que sabia. Ele tinha a terrível sensação de que seu avô era o alvo.

– Nancy – ele disse quando a secretária atendeu –, largue tudo e procure o nome e o telefone de uma agência de detetives confiável em Dallas, depois me ligue de volta com a informação. Eu estou indo para casa.

Capítulo Sessenta e Quatro

DALLAS, TEXAS, SÁBADO

Rachel acordou na manhã seguinte e viu, surpresa, que já eram nove horas. Apoiou-se no cotovelo, no quarto frio, todo branco, e olhou em volta, confusa, até se dar conta de que estava no quarto de hóspedes da casa ultramoderna de Carrie Sutherland. Pensou em se levantar, sentindo a culpa inerente a todos os fazendeiros de desperdiçar o dia na cama. Ela não dormia até tão tarde desde os sábados do seu tempo de escola primária. Depois de alguns instantes, porém, tornou a se deitar. Não havia mais terras para cuidar.

Como sempre quando acordava, Rachel era tomada pela depressão. Aprendera que se ficasse deitada, imóvel, e esvaziasse a mente, um pensamento racional acabaria por penetrar aquela névoa. Esta manhã, o pensamento girou em torno do motivo pelo qual ela resolvera viajar para Dallas um dia antes, mesmo sabendo que Carrie estaria fora da cidade até a tarde de domingo, a hora que Rachel tinha planejado chegar. Mas – como ocorria com tudo em que ela havia depositado suas energias nos últimos dois meses – ela terminara de aprontar a casa dos pais para vender antes do programado e tinha ido a Dallas porque não tinha outro lugar aonde ir. Agora não sabia como ia encher o tempo e suportar a solidão naquele iglu sem perder o que restava da sua sanidade.

O telefone tocou no hall, e Rachel o deixou tocar uma vez antes que a simples necessidade de ouvir uma voz humana a fizesse sair da cama para atender. Ela limpou a garganta.

– Alô. Residência de Carrie Sutherland.

Houve um silêncio de surpresa, depois uma voz masculina conhecida, que sempre a fazia lembrar de suspensórios e camisas de flanela, disse o nome dela com prazer.

– Rachel? É você?

Ela fez uma careta, arrependida por ter atendido o telefone. Taylor Sutherland, pai de Carrie, obviamente não sabia que a filha estava fora da cidade, divertindo-se no MGM Grand Hotel and Casino em Las Vegas com seu mais recente namorado. Sendo um seguidor fiel da Igreja Batista, ele não teria aprovado.

– Bom-dia, Taylor – ela disse. – Eu cheguei cedo, e Carrie não está em casa. Ela deve ter tido algum compromisso cedo.

– Sei. Ela foi passar o fim de semana em algum lugar e deixou você aí sozinha, não foi?

– A culpa foi minha. Tinha planejado só chegar amanhã à tarde.

– Bem, não vou constranger você perguntando onde ela está nem com quem. Você vai ficar bem aí sozinha nessa geladeira? Ajuste o termostato como quiser. Não preste atenção nesses cartazes de não toque que ela prendeu pela casa. É ridículo o quanto ela mantém fria a casa só para preservar esses quadros modernos dela.

Rachel sorriu. Taylor Sutherland não se deixava enganar no que se referia à filha. Ele estava se referindo à placa de metal de POR FAVOR, NÃO MEXA afixada ao lado do termostato. Carrie era uma séria colecionadora de valiosas pinturas a óleo, e a temperatura da sua casa era controlada para protegê-las de variações. Ele perguntou com uma preocupação paternal:

– O que você vai fazer o dia inteiro?

– Para dizer a verdade, eu não sei.

– Bem, ela não tem nada que valha a pena ler, e eu garanto que não tem comida na geladeira. Por que você não vem até o escritório? Eu estou aqui hoje adiantando alguns trabalhos e podemos conversar sobre o que você estava planejando conversar comigo na segunda-feira. Podemos tomar um gim-tônica e depois comer um hambúrguer em algum lugar. O que você acha?

Rachel suspirou aliviada.

– Eu acho ótimo.

– Então nos vemos por volta das onze. – Ele deu o endereço e explicou qual o melhor caminho para chegar ao escritório e, antes de desligar, disse: – Venha com roupas frescas. Eles desligam o ar-condicionado daqui nos fins de semana.

Rachel tinha um grande respeito por Taylor Sutherland. Ele mantinha uma personalidade do tipo rapaz do campo que foi para a cidade – mas, por trás dessa fachada havia uma mente brilhante que tinha arrasado com muitos oponentes desavisados. Ele era viúvo e Carrie era sua única filha. Sabendo que ele era extremamente pontual, ela esperou cinco minutos no silêncio quente da manhã de sábado, na sua luxuosa sala de espera, até ele aparecer pontualmente às onze horas.

– Rachel, minha filha! Não vou perguntar como você está porque acho que sei muito bem, mas você está com uma aparência muito boa para alguém que sofreu tantos baques.

– É gentileza sua – ela disse, retribuindo seu abraço. – Eu gostaria que o meu espelho fosse tão amável.

– Você é muito exigente. Entre e eu preparo um gim para nós.

Taylor falou com indulgência das estripulias de Carrie enquanto preparava as bebidas, e Rachel teve a impressão de que aquela conversa preliminar era para evitar abordar a razão daquele encontro. Carrie tinha marcado uma hora para ela, instruindo o pai sobre os termos do testamento de tia Mary e explicando que Rachel tinha encontrado papéis comprometedores que poderiam justificar um processo contra Percy Warwick. Ele tinha a impressão de que conhecia Percy.

Finalmente, depois dos drinques servidos, ele se recostou na cadeira e cruzou as mãos sobre a camisa xadrez de mangas curtas.

– Então Carrie me contou que aparentemente, sem o seu conhecimento, sua tia-avó vendeu as Fazendas Toliver e deixou a fazenda da família que você esperava herdar para Percy Warwick.

O otimismo dela diminuiu quando ela viu a familiaridade com que ele pronunciou o nome.

– Então você conhece Percy Warwick.

– Sim.

– Isso vai configurar um conflito de interesses, caso você decida aceitar me representar num processo contra ele?

– É muito cedo para dizer. Vamos deixar isso de lado por enquanto e ouvir por que você está aqui.

– Antes de entrarmos no assunto, Taylor, eu gostaria de saber se o sigilo profissional se aplica neste caso, independente de eu abrir um processo ou me tornar sua cliente.

Ele sorriu bondosamente.

– É claro que sim, porque eu vou cobrar de você uma taxa de consulta que irá automaticamente estabelecer o sigilo entre advogado e cliente, você paga o almoço no Burger Den.

– É justo – ela disse rindo, depois acrescentou com seriedade: – Porque isto tem a ver com Percy Warwick. Você o conhece bem? Vocês são amigos?

– Não exatamente amigos. Somos conhecidos, nossos caminhos já se cruzaram algumas vezes. – O tom dele ficou sério também. – E eu sou um admirador dele. Ele fez mais pela conservação das florestas e pelo tratamento do lixo industrial do que qualquer outro homem na indústria. O que isto tem a ver com Percy?

Rachel tomou um gole do seu gim-tônica.

– Eu acho que ele comprou terras da minha tia-avó sabendo que ela não tinha o direito de vendê-las. Elas pertenciam ao meu pai, William Toliver. Eu tenho motivos para acreditar que ele morreu sem saber disso.

Taylor ficou calado por alguns segundos, parecendo ter ouvido uma língua que não conseguia identificar.

– Que provas você tem para apoiar suas suspeitas, e como você as encontrou?

Rachel relatou sucintamente os eventos que a levaram à descoberta da caixa de couro verde e descreveu seu conteúdo.

– Você tem esse material com você?

Rachel abriu a bolsa e tirou cópias do testamento de Vernon Toliver e das duas cartas. Taylor pôs os óculos e ela ficou bebericando enquanto ele lia.

– E então? – ela perguntou quando ele largou os papéis.

Ele empurrou a cadeira e se levantou para ir até o bar, apontando para o copo para saber se ela queria outro drinque. Ela sacudiu a cabeça e observou o tempo excessivo que ele levou para se servir de mais gim e tônica. Ela se lembrou de como ele demorava para adoçar o chá gelado, mas agora ela estava desconfiada de que ele estava ganhando tempo.

– Vamos, Taylor – ela disse. – Eu tenho um caso ou estou perdendo o seu tempo e o meu?

– Bem, eu não sei quanto ao seu, mas com certeza o meu, não – ele disse com uma piscadela. – Mas eu tenho algumas perguntas primeiro. Um: você encontrou a escritura?

– Não, ela não estava na caixa.

– E nessa sua caixa verde, você encontrou o atestado de óbito do seu avô?

Rachel sacudiu a cabeça negativamente.

– E quanto aos papéis de tutela da sua tia-avó?

Surpresa por não ter nem pensado neles, ela disse:

– Não, não encontrei.

– Ela tinha a tutela do seu pai?

Rachel franziu a testa.

– Ele sempre achou que sim.

– Eu pergunto porque, como responsável pelo seu pai, sua tia-avó pode ter achado que vender as terras era o melhor a fazer no interesse dele. É claro que ela teria tido que obter a aprovação do tribunal para isso. O problema que eu vejo, no entanto, são estas datas. – Rachel se aproximou da escrivaninha para olhar as datas que ele apontava com a ponta da caneta. – A carta do seu avô está datada de 13 de maio de 1935; a de Percy, de 6 de julho. Nós podemos supor que o título foi transferido logo depois. Mesmo que Miles tivesse morrido dias depois de ter enviado esta carta para a irmã, ela só teria sido notificada oficialmente da morte dele semanas depois. As engrenagens da burocracia eram ainda mais lentas em 1935 do que agora, especialmente ele tendo morrido na França.

Rachel arregalou os olhos.

– Você está dizendo que mesmo que tia Mary fosse guardiã do meu pai, ela ainda não era quando a escritura foi transferida para o nome de Percy Warwick?

– Isso mesmo.

– Se minha tia foi apontada guardiã *depois* da venda das terras, isso tornaria a venda legal?

– Não. A autorização da justiça não seria retroativa. A transferência da propriedade ainda seria fraudulenta.

Rachel pegou sua bebida, já aguada, e tomou um gole para umedecer a garganta seca. Pousando o copo de volta na mesa, ela perguntou:

– Isso significa que eu tenho base para uma ação de fraude?

Taylor pegou a carta do avô dela.

– Primeiro, você tem outra assinatura de Miles Toliver que possa validar a desta carta?

Rachel pensou nos livros-caixa assinados pelo avô no escritório da Avenida Houston.

– Eu sei onde conseguir amostras da letra dele – ela disse. – Isso resolve o problema. O que mais?

Taylor hesitou, e Rachel imaginou se ele estaria relutando em abrir um processo contra Percy Warwick.

– Você vai ter que se certificar de que a escritura foi mesmo transferida, e, caso tenha sido, se a terra descrita nela é o terreno que Percy comprou. Você faz isso indo ao Fórum de Howbutker e checando os registros para ver se houve uma transação de terras entre sua tia-avó e

Percy Warwick por volta da data do bilhete. Depois disso, nós voltamos a conversar.

– Mas e se eu confirmar que houve essa transação, vou ter evidência suficiente para provar que houve fraude?

Mais uma vez, Taylor demorou a responder.

– Embora o nome de Mary DuMont esteja na escritura, o irmão dela a instruiu claramente a guardar a terra para o filho dele até ele ter vinte e um anos. Se Mary DuMont vendeu a terra como se fosse dela, sem a aprovação da justiça, então é fraude.

– Existe um estatuto de limitação sobre fraude? – ela perguntou e prendeu a respiração.

– Sim, mas o estatuto começaria no tempo da descoberta da transação fraudulenta. Onde fica esse terreno ao longo do Sabine? Tem alguma coisa lá?

Ela soltou o ar devagar.

– Meu palpite é que as Indústrias Warwick construíram uma enorme fábrica de papel e celulose sobre ele, bem como um grande complexo de escritórios. Existe também um condomínio residencial ali perto. – Ela esperava que Taylor fosse demonstrar surpresa, mas sua única reação foi girar o copo sobre o guardanapo. – O que eu ganharia exatamente se provasse que houve fraude? – ela perguntou.

Taylor respondeu, franzindo a testa:

– Se a transferência foi irregular, como herdeira do seu pai você teria direito não só à terra, mas a todas as melhorias e construções feitas nela. Talvez o condomínio residencial fosse uma exceção.

Rachel fechou os olhos e cerrou os punhos. *Sim!* Isso era mais do que ela havia esperado. Pela primeira vez em muito tempo, ela sentiu que tinha uma razão para viver. Ela olhou para o advogado.

– Como você se sentiria se eu processasse Percy Warwick para recuperar o que é meu?

Taylor franziu a testa.

– Você não está se referindo literalmente a terra, está?

– Estou sim. Não estou interessada num acordo financeiro.

O advogado ficou olhando para ela, depois se balançou para a frente e para trás na cadeira e cruzou os dedos sobre o estômago.

– Lembre que você perguntou – ele avisou –, então lá vai. Apesar da sua justificativa, eu ficaria muito desapontado com você, Rachel. Sua ação iria prejudicar seriamente a operação dirigida com eficiência e a mais importante em termos econômicos desta parte do estado, sem falar no impacto negativo que ela teria para os últimos anos de vida de um dos grandes homens do Texas. – Ele fez uma pausa para dar a ela tempo de responder, mas como ela continuou em silêncio, ele continuou: – Eu sei do dinheiro que você vai herdar, Rachel, primeiro devido à generosidade da sua tia-avó e depois – ele abanou a cabeça, tristemente – por causa da morte prematura do seu pai e do seu irmão caçula. Eu não sei, é claro, por que Percy Warwick fez esse acordo com Mary DuMont em 1935, se, de fato, ele fez, mas desconfio que ele tenha tido um bom motivo para isso. Aqueles foram tempos difíceis, e talvez a venda da terra tenha evitado um desastre financeiro para a sua tia-avó e, consequentemente, para os herdeiros dela, dos quais você faz parte. – Ele pegou o copo e olhou para ela, não mais com um olhar bondoso e paternal. – Acho que isso responde a sua pergunta. E você não está mais me devendo o almoço, aliás.

Rachel olhou para ele calmamente.

– Vamos ver. Obrigada por sua franqueza. Estou satisfeita por ter procurado o homem certo para cuidar da minha ação, caso eu tenha base legal para entrar com ela.

Taylor pousou o copo.

– O que você diz?

– Eu não quero prejudicar Percy Warwick nem privar o neto dele de sua herança. O que eu faria com uma fábrica de papel e celulose? Eu quero fazer uma troca, a fazenda da minha família, Somerset, pelo complexo industrial de Percy ao longo do Sabine.

Taylor ficou olhando para ela em silêncio, depois abriu um sorriso.

– Ah – ele disse –, isso eu posso tolerar.

Ela olhou as horas.

– Já passa do meio-dia. Imagino que você esteja pronto para aquele hambúrguer. Por minha conta.

Ele se levantou apressadamente.

– Não só um hambúrguer, mas batatas fritas, rodelas de cebola, um leite maltado e um brownie de chocolate *à la mode*, de sobremesa.

Rachel pendurou a bolsa no ombro.

– E você se preocupa com os hábitos alimentares de Carrie.

Capítulo Sessenta e Cinco

Rachel seguiu as setas que apontavam para o escritório do escrivão no fórum de Howbutker. Era o meio da tarde da segunda-feira seguinte ao encontro dela com Taylor Sutherland. Escolhera a hora como sendo a melhor parte do dia para entrar e sair de Howbutker sem ser notada. Era outubro, mas o calor irritante ainda persistia e havia poucas pessoas na rua. A maioria estava fazendo a sesta, descansando depois do almoço ou atrás de balcões de lojas, tentando evitar o calor. Ela reservara um quarto para passar a noite num motel no município seguinte, caso se sentisse cansada demais para voltar para Dallas, três horas até estar de volta ao portão de Carrie.

Rachel nunca tinha visto a funcionária, mas teve certeza de que ela a reconheceu. Se a mulher não tivesse passado por ela numa das filas de pessoas que foram ao velório, bastava ela olhar para o retrato da tia-avó dela, tirado durante a inauguração do fórum em 1914, para adivinhar quem ela era. Ela queria ficar anônima. Matt iria procurar por ela quando soubesse que estava na cidade, motivo pelo qual ela trocara seu BMW verde, que Amos conhecia, pelo Suburban preto de Carrie e reservara um quarto de motel fora da cidade. Ela não podia se arriscar a vê-lo porque não sabia como isso afetaria sua decisão. Se suas suspeitas fossem verdadeiras, não havia esperança para eles. Ela jamais seria a mesma em relação a Percy, e Matt jamais a perdoaria se ela arrastasse o avô dele para o tribunal e expusesse a sua cumplicidade num ato fraudulento. Rachel tinha certeza de que as coisas não chegariam a esse ponto, mas a mera ameaça destruiria o que eles tinham compartilhado. Ela precisava resolver o assunto antes que ele ou o avô aparecessem por lá.

A mulher de meia-idade, usando um vestido de verão, atrás do balcão, observou-a com curiosidade quando ela se aproximou, obviamente tentando localizar aquele rosto magro.

– Posso ajudá-la? – ela perguntou, observando a mão esquerda dela, pousada sobre a superfície de madeira gasta.

– Estou certa que sim. Eu gostaria de ver o registro da transferência de um terreno do nome de Mary DuMont para o de Percy Warwick, datada de 1935, provavelmente por volta de 8 de julho.

Os olhos da funcionária brilharam quando ela a reconheceu. Ela deu um tapinha na mão de Rachel.

– Srta. Toliver, em nome de Howbutker, por favor aceite nossos sinceros pêsames por *todas* as suas perdas – ela disse, enfatizando *todas* e obviamente incluindo aí sua expectativa de herdar Somerset.

– Obrigada. Você é muito amável – Rachel respondeu no tom monótono que tinha adotado para desencorajar outras manifestações de pesar.

– Só um momento, eu vou verificar as transferências feitas nesse período. – Em pouco tempo, durante o qual Rachel ficou vigiando a entrada, ela voltou com um livro volumoso. – Página 306 – ela disse. – Se precisar de alguma ajuda...

– Obrigada, não precisa. Página 306...

Ela levou o livro para uma mesa longe dos olhos curiosos da funcionária e encontrou imediatamente o que estava procurando. A página 306 revelou que no dia 14 de julho de 1935 Mary Toliver DuMont tinha transferido um pedaço de terra para Percy Matthew Warwick. A descrição legal indicando a localização da terra correspondia com a do testamento de Vernon Toliver. O mapa anexado ao documento definia o *layout* do terreno ao longo do Sabine. Ele fazia fronteira com uma propriedade que Rachel identificou como sendo Somerset.

Ela ergueu os olhos do livro com um gosto amargo na boca, possuída por uma raiva que a fez tremer. Percy e tia Mary, ladrões e mentirosos... Guardaram silêncio enquanto a mentira acabou com a mãe dela, arruinou a paz da família, tornou impossível para ela voltar para casa. Como tudo teria sido diferente se o pai conhecesse a verdade. Seus pais e seu irmão ainda poderiam estar vivos...

Ela levou o livro aberto até o balcão e apontou para o mapa.

– Tem algum registro que mostre se algo foi construído neste pedaço de terra?

A funcionária levantou os óculos um pouquinho para examinar o mapa com seus bifocais.

– Os registros de impostos dariam esta informação, mas eu não preciso checar. Esse é o local de uma fábrica de papel e celulose que pertence às Indústrias Warwick.

– A senhora tem certeza?

– Tenho sim. Nossa casa fica bem aqui. – Com o dedo, ela apontou para um ponto do mapa. – Ela fica num condomínio que as Indústrias Warwick construíram para os operários. Meu marido é contramestre lá.

– É mesmo?

O tom da voz de Rachel a fez levantar os olhos, surpresa. A mulher retirou o dedo, claramente imaginando por que ela estaria tão interessada no lugar onde o marido dela trabalhava, com seus benefícios trabalhistas e plano de aposentadoria. Será que ela estava querendo bisbilhotar porque não era mais dona de nada ali?

– Posso saber por que a senhorita está interessada?

– Eu posso ter um interesse pessoal no lugar – Rachel respondeu, com a voz gelada. – A senhora poderia fazer o favor de verificar o mais recente pagamento de impostos sobre esta propriedade e aproveitar para checar também a data em que Mary Toliver DuMont se tornou tutora de William Toliver? Ela deve ter entrado com o pedido em 1935.

– Isso está no porão, nos arquivos, e vai levar algum tempo.

– Eu espero.

A funcionária saiu do balcão com uma expressão inquieta e espantada e desapareceu atrás de uma porta. Rachel sentiu certa apreensão. Que azar o marido dela ser contramestre de Percy. E se a mulher, que já estava desconfiada, contasse a ele o que ela estava pesquisando e ele avisasse o Matt? Se ele estivesse na fábrica, levaria pelo menos meia hora para chegar na cidade. Ela ia dar vinte minutos à mulher antes de correr para o carro.

Ela já estava saindo quando a funcionária voltou.

– Aqui está uma cópia da declaração de 1984 – ela disse, batendo com os papéis no balcão – e uma cópia do documento acatando o pedido de tutela de sua tia. Mais alguma coisa? – Ela olhou significativamente para o relógio por cima da fonte. – Já passou da hora do meu intervalo.

Rachel olhou rapidamente para a data em que o pai tinha sido colocado oficialmente sob a guarda de tia Mary: 7 de agosto de 1935.

– Eu tenho mais um pedido a fazer – ela disse. – Eu gostaria de ter uma cópia da página 306 e também do mapa do terreno.

A funcionária franziu os lábios.

– Isso tem um custo.

Rachel abriu a bolsa.

– Quanto é?

Depois de alguns minutos tensos, com as fotocópias guardadas na bolsa, ela saiu, mas quando chegou na porta, olhou para trás. Como esperava, a funcionária estava falando no telefone e consultando a escritura que ela havia pedido.

Matt, aqui é o Curt. Não sei se isso é importante ou não, mas minha esposa acabou de ligar do fórum. Ela disse que Rachel Toliver esteve lá há poucos minutos.

Com o telefone no ouvido, Matt girou a cadeira para longe da janela pela qual fazia mais de uma hora que estava olhando.

– O quê? Rachel Toliver está na cidade?

– Isso mesmo. Marie disse que ela perguntou sobre uma escritura.

– Ela ainda está lá?

– Acabou de sair, segundo Marie.

– Ela disse para onde estava indo?

– Não, patrão. – O suspiro de Curt deixou claro que ele estava imaginando por que tinha tido o trabalho de ligar para Matt se este só estava interessado em Rachel Toliver. – Marie não a achou muito amigável. Eu achei que o senhor ia gostar de saber o que ela estava xeretando.

Matt ligou o viva-voz enquanto se levantava da cadeira.

– Eu quero saber, Curt. O que era? – Ele abriu a porta de um armário e tirou o paletó do cabide.

– Ela esteve no fórum perguntado sobre a escritura de um terreno que a tia-avó dela passou para o nome do seu avô em julho de 1935 – Curt disse. – Parece que a Srta. Mary vendeu ao Sr. Percy um pedaço de terra nessa época.

Matt parou, com uma manga vazia. Seu avô nunca tinha mencionado ter comprado terras de Mary. E por que isso interessaria a Rachel?

– Tem certeza que Marie entendeu direito?

– Absoluta. Marie disse que a moça não parecia muito bem. Estava muito magra. Nós a vimos no enterro da Srta. Mary, o senhor sabe. Uma beleza de moça. Marie disse que ela não parece mais a mesma.

– Eu ouvi dizer – Matt disse, acabando de vestir o paletó. – Marie disse qual a terra que ela estava pesquisando?

– Sim. É esta terra que eu estou pisando agora.

Matt ficou olhando pela janela com um olhar parado.

– O terreno da fábrica?

– Isso mesmo. Marie ficou nervosa com as perguntas dela. Disse que a moça parecia zangada.

– Sim... Tenho certeza que está – Matt disse. Isso é bom, ele pensou. A raiva podia manter o ânimo de uma pessoa. A dor fazia você afundar. Mas raiva de quem?

– E o mais intrigante, patrão, é que quando Marie perguntou por que ela estava interessada no terreno da fábrica, ela disse que podia ter um interesse *pessoal* nele. O que ela quis dizer com isso?

Matt recordou as palavras de Bertie Walton: *força interior... objetivo.* E a declaração de Rachel para Amos: *Em breve você irá saber.*

– Eu não sei, Curt, mas vou descobrir.

– Mais uma coisa, Matt – Curt disse. – A moça fez Marie checar a data em que o tribunal nomeou a Srta. Mary tutora do pai dela, William Toliver. Isso tudo não parece muito esquisito?

Matt estava na porta do escritório, com a chave do carro na mão.

– Isso faz pensar. Obrigado, Curt, e... quanto menos se falar sobre isso, melhor. Para ninguém, entendeu?

– Claro, patrão. Eu aprendi a nunca dizer nada para uma mulher que você não queira ver comentado em todos os terraços da cidade.

– Bom rapaz – Matt disse.

Ele saiu apressado do escritório em direção ao carro, digitando o número do escritório de Amos enquanto saía apressado do estacionamento.

– Susan? Aqui é Matt Warwick. Deixe-me falar com Amos, sim?

Amos foi retirado de um depoimento.

– O que aconteceu, Matt? – ele perguntou, com a voz alarmada. – Alguma coisa com Percy?

– Não, Amos. Desculpe se eu o assustei. É a Rachel. Eu acabei de ser informado que ela está na cidade. Qual é o carro que ela dirige?

– Bem, da última vez que eu a vi ela estava com uma BMW verde-escura. Você está dizendo que ela está na cidade e não nos avisou? – A voz dele vibrou de mágoa. – Como você soube que ela está em Howbutker?

– Eu conto mais tarde. Agora eu estou indo para a cidade para procurá-la.

– Matt...

– Mais tarde, Amos – ele falou, desligando para fazer outra ligação. Se ela estava morando em Dallas, talvez já tivesse partido para lá. Ele consultou uma lista no console do carro e discou um número. – Eu preciso falar com o Dan – ele disse para quem atendeu, e em segundos o xerife de Howbutker estava na linha. Matt disse o que queria.

– Uma BMW verde-escura – o xerife repetiu. – Vou mandar alguns rapazes para a I-20 para ver se a localizamos e a trazemos de volta para você.

– Se eles a encontrarem, diga para eles irem devagar quando a fizerem parar – Matt disse.

– Qual vai ser a acusação?

– Tenho certeza que você vai pensar em alguma coisa, mas certifique-se de que eles sejam gentis com ela.

Matt pensou no que faria em seguida. Já eram quase quatro horas. Ele torceu para Rachel entender que não estava em condições de fazer a viagem de volta para Dallas àquela hora. Isso a poria no meio do pior engarrafamento do Texas, tirando Houston. Ele ligou para o escritório.

– Nancy, ligue para o Hotel Fairfax, para o Holliday Inn e para o Best Western e pergunte se Rachel Toliver está registrada lá. Se não conseguir nada, deixe meu telefone e diga que assim que ela se registrar eu quero ser informado. Depois me conte o que conseguiu descobrir.

Uma volta de meia hora pela cidade não o fez avistar nenhuma BMW verde-escura, e sua secretária ligou para dizer que Rachel Toliver não estava registrada em nenhum dos três hotéis. Sem saber o que fazer em seguida e preocupado – por que Rachel iria achar que tinha um interesse pessoal na fábrica? –, Matt se dirigiu para a avenida Houston no seu Range Rover para interrogar o avô.

Capítulo Sessenta e Seis

Matt subiu correndo a escada para o escritório do segundo andar, onde o avô parecia passar a maior parte do tempo ultimamente. Desde a morte de Mary e dos trágicos eventos que se seguiram, ele tinha perdido o vigor. Seu apetite tinha diminuído e ele tinha parado os exercícios que fazia no country club. Aparecia poucas vezes no escritório, já fazia dois meses que não visitava as madeireiras e não comparecia mais às reuniões do "Old Boys' Club" todas as terças-feiras de manhã no Café do Fórum.

Seu estado de espírito e sua saúde se tornaram uma preocupação para Matt e para Amos, que diariamente trocavam impressões sobre sua atitude e comportamento.

Percy ergueu as sobrancelhas numa surpresa irônica quando o neto entrou em seu escritório várias horas antes do normal, com a expressão que Percy chamava de sua cara de "não se meta comigo".

– A que devo o prazer? – ele perguntou, estendido em sua espreguiçadeira diante da lareira, ainda calçando chinelos. Matt viu que uma bandeja de almoço tinha sido levada para ele, a tigela de sopa de galinha e massa, a favorita do avô, esfriando ao lado de um sanduíche de presunto comido pela metade.

Ele pegou o sanduíche, percebendo que não tinha almoçado.

– Rachel Toliver está, esteve, na cidade – ele disse.

Percy levantou a cabeça.

– Como você sabe?

– A esposa do Curt ligou para ele do fórum, e ele ligou para mim. Eu estive procurando o carro dela, mas não encontrei. – Comendo o sanduíche com duas mordidas, Matt tomou o chá gelado de Percy, limpou a boca e puxou uma cadeira para perto do avô. – Marie disse que Rachel pediu para ver a escritura de um terreno que Mary DuMont vendeu para você em 1935. Marie disse que ela estava muito agitada com isso.

Se ele precisava de motivos para justificar sua inquietação, encontrou-os. Matt viu a cor desaparecer do rosto do avô.

– Eu nunca soube que a fábrica do Sabine tinha sido construída em terras compradas de Mary – ele disse. – Agora estou imaginando como Rachel soube e qual é o interesse dela nisso.

Percy suspirou e descansou a cabeça no encosto da cadeira.

– Ah, Matt...

– O que foi, vovô? O que está acontecendo?

– Acho que vamos ter problemas. Acho que Rachel encontrou os papéis que Mary ia destruir no dia que morreu.

O nó no peito de Matt ficou mais apertado.

– Que papéis?

– Os papéis que estavam no baú que Mary mandou Henry abrir. Você se lembra de Sassie dizendo que as últimas palavras dela tinham sido que ela precisava ir até o sótão? Sassie deve ter contado isso para Rachel também, e ela calculou que havia algo importante lá em cima e foi atrás. Amos disse que quando ele levou Rachel para o quarto dela na noite do acidente, ele viu papéis espalhados sobre a cama dela... papéis que tinham estado dentro de uma caixa de couro verde que eu lembro que Mary tinha...

– O que havia neles que pudesse fazer Rachel ir ao fórum?

Percy levantou a mão como que para dizer ao neto que não o apressasse.

– Amos reconheceu um deles como sendo o testamento de Vernon Toliver. Naquele testamento, Vernon deixava um terreno ao longo do Sabine para o filho dele, Miles...

Matt ficou confuso.

– Espere um minuto. Você disse que Miles não tinha ficado com nada; que Mary tinha herdado tudo.

– Eu nunca disse isso. Mary e eu *deixamos* que as pessoas pensassem assim. Não que haja muita diferença entre as duas coisas.

Matt puxou a cadeira para mais perto do avô.

– Então, deixe-me entender direito. William nunca soube que o pai dele tinha herdado aquelas terras?

– Isso é verdade.

– A informação foi deliberadamente omitida dele?

– Isso é verdade.

– Por Mary?

– Sim.

Matt sentiu o gosto do sanduíche de presunto na boca.

– E Rachel agora tem conhecimento da mentira que contribuiu para destruir a família dela?

– Parece que sim.

– E nossa fábrica está localizada no terreno que Miles herdou?

– Sim.

– Como foi que Mary pôs as mãos nele para vendê-lo para você?

Percy passou a mão coberta de manchas de velhice pelo rosto, aparentando os seus noventa anos de idade.

– Bem, os outros papéis que estão dentro da caixa explicam isso. Amos disse que viu duas cartas; uma escrita com a minha letra e a outra que ele não reconheceu antes de Rachel guardar tudo de volta na caixa, mas eu posso adivinhar de quem era a carta...

Matt sentiu um aperto no estômago enquanto o avô estendia a mão trêmula para um copo d'água. Após dois longos goles, ele disse:

– Era uma carta de Miles instruindo Mary a guardar aquele terreno para William até ele fazer vinte e um anos.

– Meu Deus – Matt recuou, horrorizado. – Você está dizendo que Mary descumpriu os desejos do irmão e vendeu o terreno?

Percy concordou com a cabeça.

– Isso mesmo – ele disse baixinho.

– Ela não deve ter mostrado a carta a você.

– É claro que mostrou. Por isso é que eu sei o que ela diz.

Matt ficou olhando para ele, sem fala. Seu pescoço ficou vermelho.

– Vovô, você e a Srta. Mary cometeram uma fraude *conscientemente*?

– Pode dar esta impressão – Percy disse –, mas foi a única saída para todo o mundo: Ollie, William, eu, a cidade, e... Matthew. Os DuMont estavam numa situação financeira crítica, e Ollie estava prestes a perder as lojas. O filho da mãe jamais aceitaria dinheiro emprestado de mim, e Mary estava falida. Eu estava procurando uma propriedade à beira d'água para construir a fábrica de celulose, então ela passou o terreno de Miles para o meu nome. Aquela pareceu ser uma transação perfeitamente legal. O nome de Mary estava na escritura como sendo a nova dona. Se não fosse pela carta de Miles, ela poderia fazer o que quisesse com o terreno. A parte ruim foi o menino nunca ter sabido que o havia herdado do pai.

Matt se levantou, horrorizado demais para continuar sentado. Agora ele sabia o que estava acabando com o avô dele naqueles últimos meses.

Ele tinha calculado o que Rachel havia descoberto e estava esperando a bomba explodir.

– Você tem ideia do que a omissão desta informação causou ao relacionamento de Rachel com a mãe dela, como isso afetou a família dela?

– Só fiquei sabendo quando você mencionou isso alguns meses atrás, e lamento profundamente. Tenho certeza que Mary também lamentou, mas ela não pôde endireitar as coisas na época em que isso se tornou um problema. Quando Alice começou a enxergar Rachel como sendo uma ameaça à herança de William, eu já tinha construído a sede das Indústrias Warwick naquele terreno, e Mary tinha mais coisas a considerar do que contar a verdade ao sobrinho, especialmente ao ver o tipo de mulher com quem ele tinha se casado.

Envergonhado, Matt perguntou:

– Por que Mary não vendeu sua preciosa fazenda para salvar as lojas de Ollie?

– Mary não poderia ter vendido Somerset naquela época. A terra não valia nada, e eu teria feito qualquer coisa para ajudar Ollie. Além de ser o melhor homem que eu conheci, ele salvou minha vida na França. Ele me empurrou para eu não ser atingido por uma granada. Isso lhe custou uma perna.

Matt passou a mão pelo cabelo e tornou a sentar na cadeira. Meu Deus, as coisas que ele não sabia a respeito de sua família.

– O que estava escrito na *sua* carta?

– Eu escrevi para Mary dizendo que concordava com a venda, mas é claro que depois de cinquenta anos eu não me lembro exatamente do que escrevi. Mas a única maneira de Rachel ter sabido da data aproximada da transferência e do fato de eu ser o comprador foi pela minha carta. Quando você chegou lá na noite do acidente, ela já tinha lido os papéis e somado dois mais dois. Isto explica a atitude dela em relação a você e faz parecer que Mary e eu éramos dois salafrários.

Matt inclinou-se para a frente.

– Você quer dizer que Rachel agora possui cartas que põem em risco a fábrica do Sabine? Vovô, como você pôde construir uma fábrica que vale hoje cem milhões de dólares numa terra que não estava perfeitamente legalizada?

Percy sacudiu a mão frágil.

– Ah, Matt, para todos os propósitos, aquele terreno pertencia a Mary, e eu tinha todo o direito de comprá-lo. Não havia nenhum impedimento. Como nós poderíamos saber que a legalidade da venda seria questionada? Se ao menos Mary não tivesse guardado aquelas cartas...

– Por que ela guardou? – Matt perguntou.

– Provavelmente porque não teve coragem de destruir a última carta do irmão, e talvez tenha guardado a minha pelo consolo de saber que não tinha agido sozinha numa quebra de confiança.

Matt sentiu como se seu sangue tivesse ido todo para os pés.

– Ou talvez para chantageá-lo mais tarde.

Percy olhou horrorizado para ele.

– É claro que não! Como você pode pensar que Mary seria capaz de uma coisa dessas?

– Por que Mary mostrou para você a carta do irmão? – Matt perguntou. – Por que ela não guardou segredo da carta em vez de envolver você nessa mentira?

– Porque ela não era esse tipo de mulher! – Percy respondeu, vermelho de indignação. – Ela queria que eu soubesse exatamente no que estava me metendo.

– Bem, isso não foi decente da parte dela? – Matt disse, com igual indignação. – Assim ela não teve que carregar sozinha o fardo da sua mentira.

Percy chutou o descanso de pés.

– Veja como fala, rapaz! Não faça julgamentos antes de saber do que está falando. Mary me mostrou a carta para me dar a chance de dizer não. Eu concordei porque achei que não tinha muita escolha. William faria vinte e um anos sem nada para herdar a não ser um pedaço de terra encharcado de água. Ele tinha sete anos na época. Da maneira que agimos, a loja sobreviveu, Somerset progrediu e, como Mary prometeu, William se tornou seu herdeiro. – Ele fez uma pausa para tomar mais um gole de água. – Eu não estou dizendo que o que fizemos não foi *errado*, mas na época, fazer o que era *certo* também não pareceu ser a resposta.

Matt digeriu isso num silêncio chocado. Finalmente, ele disse:

– Então você e Mary fizeram um acordo, e foi por isso que ela prometeu a William que ele seria herdeiro dela. Então por que ela deixou Rachel acreditar que seria sua herdeira?

Percy suspirou.

– Porque na época da promessa dela a William, ela não esperava por Rachel.

Matt sacudiu a cabeça, perplexo.

– Que diabo, vovô – ele disse baixinho. – Ollie sabia da carta de Miles? Percy olhou zangado para ele.

– É claro que não. Ele jamais teria concordado com a venda.

Matt disse friamente:

– Isso parece mais com o homem que eu conheci. Ok, vamos nos acalmar e discutir o que achamos que devem ser as intenções de Rachel. Se aquelas cartas provam que houve uma fraude, você acha que ela vai entrar na justiça para conseguir de volta as terras do pai?

– Ah, não – Percy disse depressa. – Não se trata aqui de ganância. Ela quer de volta o que acredita que pertence a ela, e está determinada a conseguir, assim como sua tia-avó teria feito. Rachel vai querer uma troca. O terreno junto ao Sabine por Somerset. Era isso que Mary teria feito.

– Bem, então – Matt disse, dando um suspiro de alívio –, isso resolve o problema. Simplesmente devolva a fazenda para ela.

Matt viu uma expressão no olhar do avô que ele reconheceu e que o deixou alarmado. Ele se inclinou para a frente.

– Sob *estas* circunstâncias, você vai devolver a fazenda para ela, não vai?

Percy disse então:

– Isso não será cogitado quando Rachel ouvir o que eu tenho a dizer. Eu estou convencido disso, Matthew. Por isso é muito importante que você a encontre. Ela *precisa* ouvir a história toda.

Matthew. Ele nunca o chamava pelo nome. Ele sentiu uma dor estranha no peito.

– Bem, só para constar, se as coisas chegarem a esse ponto e você se recusar a aceitar os termos de Rachel, o que você vai fazer se ela resolver ir atrás da fábrica?

– Isso vai depender da chance que ela tiver de ganhar a ação.

– Suponha que ela tenha toda a chance.

Percy endireitou o corpo na cadeira.

– Não tente me acuar, Matt. Eu vou fazer o que achar certo, é só o que posso dizer.

– Tenho certeza que sim. – A mágoa fechou sua garganta. – Mas eu não contaria com o fato de Rachel perdoar e esquecer depois que ouvir essa sua história, vovô. Eu não acredito que eu seria capaz de perdoar se minha herança fosse dada para outra pessoa. E eu jamais poderia perdoar que alguém enganasse meu pai, não importa a história que estivesse por trás disso.

A ameaça ficou pairando no ar entre eles.

– Entendo – Percy disse, passando a língua sobre os lábios secos.

Matt achou melhor dar-lhe espaço para refletir. Ele se virou para a porta, mas se lembrou de uma coisa e tornou a olhar para o avô.

– Estou vendo que Amos já liberou a casa de Mary para a Conservation Society.

– Não que eu saiba.

– Ele deve ter liberado. Tinha um Suburban preto estacionado ao lado da garagem um tempo atrás, com a mala aberta, e Henry estava trazendo algumas coisas para fora.

– Ah, filho, é Rachel quem está lá! – Percy exclamou. – Amos não liberaria a casa antes que ela tivesse a chance de levar o que quisesse.

Mas ele falou para a sala vazia. Matt já tinha corrido na direção da escada.

Capítulo Sessenta e Sete

— Há quanto tempo ela partiu, Henry? – Matt perguntou.
— Há uns trinta minutos, Sr. Matt – respondeu Henry. – Ela não avisou que estava vindo. Já teria ido embora há muito tempo se tia Sassie não tivesse aparecido aqui. Ela está morando na casa da minha mãe por enquanto, o senhor sabe.

Matt fez sinal que sim com a cabeça.
— E ela não disse para onde estava indo?
— Não, senhor. Ela foi muito reticente sobre si mesma. Parecia querer sair de Howbutker o mais depressa possível. É compreensível.

Matt soltou um suspiro consternado e discou o número da chefatura de polícia. Agora tinha uma descrição do Suburban, e Henry tinha até prestado atenção na placa personalizada: ABELHA DO CÉU. Garota esperta, a Rachel. Ela o enganara trocando de carro com a amiga. A placa deveria dar alguma pista para o detetive. Depois de dar a informação ao xerife, Matt desligou e perguntou:
— E as únicas coisas que ela veio buscar foram as coisas que estavam no baú do Sr. Ollie?
— Sim, senhor. Isso e uns velhos livros de contabilidade que estão aqui há séculos. Eles pertenceram ao irmão da Srta. Mary. Ela não quis mais nada.

Material para usar contra eles num tribunal, Matt pensou.
— Será que ela disse alguma coisa para a sua tia Sassie?

Henry sacudiu a cabeça.
— Ela não disse nada a ela que eu não ouvisse, exceto... a Srta. Rachel disse a ela que não vai voltar esta noite para onde quer que ela vá. Tia Sassie estava preocupada com isso porque ela parecia cansada e porque estava ficando tarde, e nós todos sabemos o que aconteceu com os pais dela quando fizeram isso. Mas ela disse à tia Sassie para não se preocupar porque ela tinha reservas num motel em algum lugar no meio do caminho.

Matt pensou um pouco.

– Onde está o catálogo, Henry? – Ele apostava que Rachel ia ficar em Marshall, uma cidade localizada a uma hora de distância. Com o catálogo na mão, ele percorreu a lista de motéis nas Páginas Amarelas e começou a discar. Sua segunda tentativa foi bem-sucedida. Um recepcionista do Goodnight Inn em Marshall disse que eles tinham, sim, uma reserva para Rachel Toliver. Matt agradeceu a Henry e correu para o carro.

O recepcionista da noite no Goodnight Inn em Marshall, um aposentado que trabalhava para complementar a pensão, ouviu o pedido de Matt com visível desconforto. Matt havia esperado que Rachel já estivesse lá, uma vez que tivera uma hora de vantagem, mas uma batida na porta do quarto reservado para ela não obteve resposta, e os funcionários do xerife também não a tinham avistado. Matt sabia que o que ele estava pedindo ao homem para fazer era contra a política do motel. A companhia poderia ser processada, e o homem também, mas ele devia um grande favor aos Warwick, e sabia disso. Anos atrás, Percy Warwick tinha salvado o filho dele, um adolescente rebelde, de uma vida de crime, oferecendo-lhe um emprego enquanto ele estava em liberdade condicional. O rapaz foi para a faculdade, formou-se em administração, casou-se e agora estava vivendo o sonho americano em Atlanta, Geórgia. Matt pôde ver nos olhos do homem que ele se lembrava do quanto devia a Percy Warwick.

Mesmo assim, regras eram regras, e Matt percebeu que era contra os princípios do homem desobedecer-lhes. Ele não conhecia assim tão bem o neto de Percy Warwick, e o motel tinha uma obrigação para com o hóspede. Matt entendia o dilema, mas estava desesperado.

– Sr. Colter, eu não o colocaria nessa situação se não fosse crucial que eu fizesse uma surpresa a Rachel Toliver.

– O senhor não pode fazer isso no saguão?

– Isso arruinaria a surpresa. Ela saberia o que eu estava planejando.

– E o que é?

Matt sorriu.

– Não é o que o senhor pensa, pode ter certeza. O senhor tem a minha palavra. Eu apenas quero conversar com ela em particular.

O Sr. Colter ficou ainda mais desconfortável.

– E isso não pode ser feito aqui... no saguão?

– Não – Matt respondeu enfaticamente.

– Bem... como o senhor me deu sua palavra como um *Warwick* – ele enfatizou a palavra com um olhar significativo para Matt –, eu acho que posso quebrar as regras desta vez. – E entregou uma chave a Matt. – Quarto 106. Fica no térreo, à direita.

– Fico muito grato – Matt disse.

Quando chegou, uma hora depois, Rachel teve a sensação de que o recepcionista estava à sua espera. Ele a cumprimentou com cautela, e ela o viu olhando para ela com o canto do olho enquanto ela preenchia a ficha.

– Se a senhora precisar de alguma coisa, de qualquer coisa – disse-lhe, entregando-lhe a chave do quarto –, simplesmente saia correndo e grite o mais alto que puder que eu irei correndo.

Rachel ouviu isso com espanto. O que ele estava esperando que ela encontrasse? Escorpiões na banheira?

Ela dirigiu o carro até seu apartamento, percebendo o quanto estava cansada. A viagem até Somerset esgotara suas forças, mas tinha cumprido o objetivo esperado. A visão da fazenda – e as insolentes chaminés da fábrica erguendo-se acima dos ciprestes – aumentara sua determinação de recuperar Somerset. Mais cedo, perguntara a si mesma, para que brigar? Por que voltar a morar em Howbutker? Apesar da sua história e do seu orgulho cívico, de sua serenidade e ordem, da infusão de novo sangue e dinheiro, Howbutker ainda era uma cidade provinciana, burguesa. A lei do homem branco ainda reinava. Ela era uma mulher rica agora, jovem, moderna e progressista. Por que não pegar o dinheiro e partir, iniciar a tradição Toliver de novo, como seus antepassados da Carolina do Sul tinham feito?

Porque ela *pertencia* a este lugar, disse a si mesma. E as fileiras de arbustos estendendo-se até o horizonte a convenceram de que jamais poderia abandonar a terra pela qual sua família tinha derramado sangue e suor e feito tantos sacrifícios. Jamais poderia abdicar de sua herança. Fazer isso seria a maior das traições. Os campos pareciam saudáveis e bem cuidados. Henry tinha dito que o administrador da tia Mary ainda estava lá.

– Mas depois deste ano... Quem sabe o que está reservado para a fazenda?

Contemplando os campos sob o sol do final da tarde, Rachel tinha sorrido implacavelmente. Ela sabia.

A chave girou com facilidade e ela abriu a porta e entrou no quarto escuro, onde o ar-condicionado zumbia baixinho. Antes que pudesse acender a luz, uma voz familiar falou de um canto.

– Olá, Rachel.

Capítulo Sessenta e Oito

Percy ficou sentado ao lado do telefone, no escritório, refletindo. A mágoa que percebera na voz de Matt quando ele ligou para dizer que estava num quarto de motel em Marshall esperando Rachel chegar ainda soava em seu ouvido. Jamais deveria ter deixado o rapaz em dúvida sobre quem viria em primeiro lugar, caso ele fosse encostado na parede. Ele tinha simplesmente acreditado que não seria obrigado a tomar uma decisão do tipo "ou isso ou aquilo". Com uma confiança típica – ou arrogância – ele tivera certeza de que, depois que Rachel ouvisse o que ele tinha a dizer, poderia honrar a confiança que Mary tinha depositado nele e evitar que Rachel ficasse com a fazenda sem sacrificar a herança de Matt.

Agora, no entanto, ele tinha motivos para se perguntar o que essa revelação poderia custar-lhe. A ameaça de Matt – *eu jamais poderia perdoar que alguém enganasse meu pai, não importa a história que estivesse por trás disso* – ricocheteou como uma bala em sua mente. Valeria a pena correr o risco de perder o amor e o respeito de Matt – o seu perdão – para salvar o sentimento de Rachel por Mary? Ele não podia contar a história de Mary sem revelar a dele, e de que isso adiantaria se esta nova descoberta de Rachel tornasse impossível para ela perdoar Mary? E se – não importa a história – não houvesse esperança para ela e o neto do homem que enganou o pai dela? Expor o que ele e Mary tinham feito – as pessoas que haviam magoado, as vidas que tinham alterado, e tudo por causa de Somerset – iria prejudicá-lo ainda mais aos olhos do neto? Ele teria a coragem de correr este risco? Percy fitou o quadro pendurado sobre a lareira. *Você ia querer que eu deixasse esta terra com a imagem que o seu filho tem de mim destruída?*

Ele passou a mão sobre a barba crescida, de vários dias. *Meu Deus, Mary, em que situação você nos colocou.* Se Matt conseguisse levar Rachel até lá esta noite, o que ele iria contar a ela, afinal de contas?

★ ★ ★

Matt se levantou devagar da cadeira, com um olhar que traía a surpresa causada pela mudança na aparência dela. Inconscientemente, Rachel puxou uma das pernas do seu short.

– Como foi que você entrou aqui? – ela perguntou.

Matt ergueu o objeto responsável.

– Com uma chave.

Ela franziu os lábios.

– Ah, entendo. O recepcionista.

– Eu cobrei um favor que ele devia aos Warwick. Não estou orgulhoso de mim mesmo, mas estava sem opções.

Ela largou a mala e segurou a porta contra a parede enquanto punha um calço sob ela com o pé, com o coração na boca. Ele estava maravilhoso, como sempre. Ela precisava ter uma rota de fuga deste homem que poderia desviá-la do seu caminho.

– Como você soube onde me encontrar?

– Henry me disse que você tinha reservado um lugar para passar a noite. Calculei que fosse voltar para Dallas e que um motel em Marshall seria uma escolha lógica.

– Você foi esperto.

– Você foi mais esperta, reservando um apartamento fora da cidade e trocando de carro. Conseguiu me enganar.

– Eu quero que você saia.

– Estou mais do que disposto a sair, se você vier comigo. Vovô está morrendo, literalmente, de vontade de falar com você.

Era isso que ela temia. Apesar de sua amargura, estava muito preocupada.

– Eu sinto muito, Matt, sinto mesmo, mas não vou a lugar nenhum com você.

– Bem, então, vamos conversar, Rachel... como costumávamos fazer. – Ele apontou para uma cadeira, convidando-a a sentar-se.

– Do jeito que você fala, parece que tivemos uma longa relação.

– Nós temos, e você sabe disso. Longa e especial demais para ser jogada fora. Você não concorda que o que tínhamos merece ao menos uma pequena conversa?

Rachel hesitou, engolindo em seco, sentindo a cabeça rodar. Pôs a bolsa na mesa entre eles e, relutantemente, puxou uma cadeira. Talvez este encontro fosse uma boa ideia. Ela ia dizer a Matt o que pretendia fazer para que ele pudesse avisar ao avô. Quem sabe eles não chegariam a um acordo esta noite mesmo?

– Conversar não vai resolver nosso problema, Matt. Imagino que a funcionária do fórum tenha ligado para o seu empregado e que você saiba onde estive, o que encontrei.

Matt tornou a sentar-se, abriu o paletó e cruzou as pernas de um jeito que sugeria que ele tinha tido uma pequena vitória.

– Eu fui informado disso. Você não quer fechar a porta? Estamos perdendo o ar-condicionado.

Rachel olhou para a porta aberta, lembrando-se da oferta de ajuda do homenzinho grisalho da recepção. Que piada ele achar que era páreo para Matt Warwick. Ela teria preferido escorpiões no chuveiro. Ignorando a sugestão dele, ela abriu a bolsa e tirou cópias das cartas encontradas na caixa verde.

– Encontrei estas cartas no meio dos papéis da tia Mary, junto com o testamento do pai dela – ela disse, empurrando-as na direção dele. – Parece que ele deixou um pedaço de Somerset para o filho, Miles. Como você já sabe o que eu encontrei no fórum, deve estar ciente das implicações disso. Leia, primeiro, a carta mais longa.

Ela procurou sinais de indignação enquanto ele lia, mas ele manteve uma expressão neutra, um truque que ela atribuiu a anos negociando contratos para as Indústrias Warwick. Mas ele não a enganou. Ela viu o músculo pulsando em seu rosto.

– Você sabe, é claro, que o terreno a que seu avô se refere é aquele onde ele construiu a fábrica de celulose: o terreno que tia Mary *roubou* do meu pai.

Matt dobrou as cartas, com um ar pensativo.

– É a impressão que dá, não é? Por isso é que é tão importante que você ouça o que vovô tem a dizer. Ele pode explicar por que eles acharam, na época, que havia uma justificativa.

– *Uma justificativa?* – Rachel pôs a mão na garganta como se estivesse sufocada. – Você *sabe* o que esta mentira causou à minha família, Matt, os anos que eu perdi de convivência com eles...

– Sim, mas vovô só soube disso há dois meses, quando eu contei a ele. Este conhecimento, somado à animosidade que ele sabia que você devia estar sentindo em relação a ele e a Mary, estão acabando com ele.

– Bem, que seja – ela disse, sem se deixar comover. – Espere um instante. Você fala como se o seu avô *soubesse* da existência desta prova.

O rosto de Matt traiu seu desespero.

– Quando Amos contou ao vovô que tinha visto o testamento de Vernon Toliver em cima da sua cama e duas cartas, uma delas com a letra dele, meu avô calculou, assim como você, que esses papéis fossem a razão de Mary balbuciar que precisava ir até o sótão quando estava morrendo. Ele se lembrou do bilhete que tinha escrito e imaginou que a outra carta fosse de Miles.

– Então ele sabia o que estava escrito na carta de Miles?

Matt ficou calado, obviamente relutando em responder, com medo de incriminar ainda mais o avô.

– Vou interpretar isso como sendo um *sim* – ela disse. – Não há dúvida, então. Ele sabia que estava cometendo uma fraude ao comprar aquele terreno.

Matt apoiou os cotovelos nos joelhos e se inclinou para a frente.

– Rachel, houve uma depressão em 1935. Vovô diz que se ele não tivesse comprado aquelas terras, os DuMont teriam perdido tudo, inclusive Somerset. A venda foi realizada sob a condição de que Mary nomeasse seu pai herdeiro dela...

– Para compensar o embuste – Rachel interrompeu.

Matt ficou sem jeito.

– Bem, talvez... mas ele garante que depois que você escutar a história toda, vai entender tudo.

– Para eu me render ao charme dele como aconteceu com você? O motivo para o seu avô comprar aquelas terras pode ter sido nobre, mas também foi vantajoso. Ele precisava de um lugar para erguer a fábrica de celulose. Aquele terreno era conveniente e barato. Se você conhecesse alguma coisa a respeito da história dos fundadores de Howbutker, saberia que as famílias *nunca* pegavam dinheiro emprestado umas das outras. Se o tio Ollie estivesse em apuros, jamais teria concordado em ser ajudado pelo seu avô.

– Ele não sabia que tia Mary não podia vender aquelas terras.

– Mas ele precisaria saber que o dinheiro veio de algum lugar. De quem mais a não ser do seu amigo rico?

Ela leu derrota no silêncio de Matt, viu a frustração em seus olhos.

– Ok – ele disse. – O que você quer?

– Uma troca justa. Ele fica com a fábrica de celulose, e eu fico com Somerset. Os originais dessas cartas são destruídos. Se ele não aceitar estes termos, então eu vou atrás da terra do meu pai. Eu já fiz contato com um advogado especializado em fraude. Taylor Sutherland. Você já deve ter ouvido falar nele.

Uma gama de emoções – raiva, incredulidade, desespero – passou pelo rosto de Matt.

– Você arrastaria meu avô aos tribunais, na idade dele, correndo o risco de prejudicar a saúde dele, de destruir seu nome?

– Isso depende dele. Espero sinceramente que não chegue a tanto.

– E você destruiria qualquer possibilidade de futuro para nós?

– Minha tia-avó e seu avô fizeram isso, Matt. – Ela empurrou as cartas na direção dele e ficou em pé, dando a entender que o encontro estava terminado. – Tenho certeza de que, quando ele ler isso, vai querer fazer o que é certo para todo mundo.

– Por quê? – Matt perguntou baixinho, permanecendo sentado, com uma ruga de incompreensão na testa.

– Por que o quê?

– Por que Somerset é tão importante para você a ponto de torná-la capaz de destruir o que temos, o que talvez nunca mais possa ser recuperado por nenhum de nós, com certeza não por mim?

Ela ouviu a tristeza na voz dele, um eco de sua própria tristeza, mas se obrigou a encarar a dor estampada em seus olhos.

– Porque é meu dever mantê-la nas mãos de um Toliver. Eu não concordo em perder a fazenda para apaziguar a consciência de uma mulher que já morreu.

– A fazenda era dela, para ela deixar para quem quisesse, Rachel.

– Não, era dela para ela manter e conservar para a geração seguinte dos Toliver. Seu avô não perde nada, apenas conserva o que já tem e o motivo para chamar Howbutker de lar. Eu quero o mesmo para mim, já que... – A voz dela falhou e o queixo tremeu. – Eu não tenho nenhum lugar para ir, nenhum lugar para chamar de lar.

– Rachel, minha querida...

Ele saltou da cadeira e abraçou-a, apertando-a contra o peito.

– Eu posso lhe dar um lar. Posso ser a razão de você chamar Howbutker de lar.

Rachel se controlou e soltou a cabeça que estava presa sob o queixo dele.

– Você sabe que isso não é possível, Matt. Não agora. Você pode imaginar como eu me sentiria ao ver a fábrica funcionando no terreno que o seu avô roubou do meu pai? A ironia – ela olhou para ele com um olhar de desespero – é que se tia Mary tivesse deixado as coisas como estavam, se não houvesse interferido, nós poderíamos ter ficado juntos.

– Rachel, meu amor. – Ele a apertou mais nos braços. – Não faça isso conosco. Somerset é só um pedaço de terra.

– É a *fazenda* da família, Matt, o legado de gerações de Toliver. É o solo da nossa história. Perdê-la, vê-la nas mãos de alguém que não tem o meu sangue... Eu não poderia suportar. Como você pode pedir para eu não lutar pela única coisa que me liga à minha família?

Ele baixou os braços.

– Então é assim.

Ela se virou para a mesa e escreveu um número no bloco do motel.

– Este é o meu telefone em Dallas. Seu avô pode falar comigo nesse número, se eu não tiver notícias dele esta noite. Diga que ele tem até o final da semana para concordar com os meus termos. Senão, na segunda-feira de manhã eu vou dizer a Taylor Sutherland para entrar com a ação.

– Você entende que estará obrigando vovô a trair a confiança de Mary. Como ele vai poder viver com isso?

– Do mesmo modo que ele aprendeu a viver com a traição que me fez.

– Responda uma coisa, Rachel – Matt disse, pegando o papel. – Se Mary lhe tivesse deixado o que esperava, você ainda lamentaria ter quebrado a promessa feita à sua mãe, e ter sacrificado todos os anos que poderia ter tido junto da sua família?

A pergunta a abalou. Ela não tinha perguntado isso a si mesma, talvez jamais fosse perguntar. Ele merecia a verdade. Ela tornaria mais fácil para ele esquecê-la.

– Não – ela respondeu.

Ele guardou as cartas e a folha de bloco no bolso do paletó.

– Bem, acho que isso faz mesmo de você uma Toliver. Estaremos em contato – ele disse, e saiu do quarto sem olhar para trás.

Capítulo Sessenta e Nove

Na cozinha do seu apartamento de solteiro – um elegante apartamento de cobertura de seis cômodos –, Amos estudou o conteúdo da despensa em busca de alguma coisa que pudesse preparar para o jantar sem muito esforço. Ele estava com fome, mas desanimado demais para preparar uma refeição, e, se saísse, poderia perder um telefonema de Matt ou de Percy ou – ele ousaria ter esperanças? – de Rachel. Tinha esperado uma ligação deles a tarde toda, para saber o que ela estava fazendo em Howbutker. Não havia mais nada para ela aqui, exceto, é claro, as pessoas que a amavam, mas parecia que ela não queria mais saber delas.

Sucrilhos, ele decidiu, pegando uma tigela. Meu Deus, como ele estava deprimido! Desde a morte de Claudia, mãe de Matt, que ele não se sentia tão deprimido. Ele podia adivinhar o que *ela* teria achado dessa confusão. Como ele havia previsto, aquele maldito codicilo tinha sido um desastre para todos os envolvidos – Rachel principalmente, é claro, mas sua maior preocupação era Percy. Ele nunca tinha visto um homem decair tão depressa. Sempre elegantemente vestido, confiante, enérgico – ele agora parecia um paciente confinado ao leito e à canja de galinha. Ele tinha esperado que ele envelhecesse, mas não que *encolhesse* – não Percy Warwick, o magnata da indústria, um príncipe entre homens, o seu herói.

O zumbido do interfone do apartamento interrompeu seus pensamentos sombrios. Seu coração deu um salto. *Rachel!* Ele largou a caixa de leite e correu para atender.

– Sim?

– Amos, sou eu, Matt.

– Matt! – Graças a Deus, *alguém* tinha aparecido. Ele apertou o botão para abrir a porta do prédio. – Pode subir.

Ele foi até o hall esperando avistar Rachel por trás dos ombros largos de Matt, mas essa esperança morreu quando Matt apareceu sozinho, com uma expressão nada boa no rosto.

— Você não a encontrou — ele disse quando Matt começou a subir a escada.

— Eu a encontrei, sim.

— Ela cuspiu em você.

— Quase isso. Tem uma cerveja?

— Um estoque ilimitado. Entre.

Amos o levou para uma pequena sala com portas francesas que davam para um terraço com vista para o parque. Aquele era o seu lugar favorito.

— Se você não achar que está muito calor no terraço, eu vou trazer a cerveja para cá — ele disse.

Ele ouviu as portas francesas sendo abertas quando entrou na cozinha; pôs o leite de volta na geladeira e pegou duas latas de cerveja. Um arrepio gelado percorreu-lhe a espinha. Farejou más notícias como se sente o cheiro de uma tempestade se aproximando.

— Onde você a encontrou? — ele perguntou, juntando-se a Matt e entregando-lhe uma lata de cerveja dentro de um suporte de isopor. Matt não tinha se sentado. Amos quase pôde sentir o calor da emoção contida que o mantinha de pé, mas também um frio controle, fazendo-o lembrar do pai de Matt, fuzileiro naval, que ele só tinha conhecido por intermédio de Claudia.

— Em um motel em Marshall. Ela sabia que eu a acharia se ela reservasse um hotel em Howbutker. Foi por pura sorte que eu soube dela por Henry. Ela vai viajar para Dallas amanhã de manhã. Não fique triste por ela não tê-lo procurado, Amos. Ela não veio aqui numa visita social.

— O que ela veio fazer aqui, então? — ele perguntou, resolvendo sentar-se.

Matt tomou um gole de cerveja, largou a lata e tirou o paletó. Pendurou-o atrás de uma cadeira e tirou duas cartas do bolso.

— Você sabe quem é Miles Toliver?

Amos balançou a cabeça.

— Sim, é o irmão de Mary. Pai de William. Ele morreu na França quando William tinha seis anos, deixando o menino órfão. Foi por isso que ele se tornou pupilo de Mary.

— Você conhece bem a história dos Toliver. Eu gostaria de ter sabido melhor antes, mas deixe-me contar-lhe uma história que eu aposto que você não sabe.

Amos ouviu em silêncio, de boca aberta, a cerveja azedando em seu estômago. Quando Matt terminou e depois que ele leu as cópias das cartas de Miles e de Percy, a única coisa que conseguiu dizer foi:

– Que arrogância, que *prepotência*, eu acreditar que sabia alguma coisa sobre os Toliver, os Warwick, os DuMont de Howbutker, Texas. O que Rachel pretende fazer com essa informação?

– Processar vovô por fraude, se ele não concordar com as condições dela.

Amos tirou os óculos.

– Você está brincando. E quais são as condições dela?

– Ela quer que vovô troque Somerset pelo terreno que ele *roubou* dela, palavras dela.

– Minha nossa. – Amos fechou os olhos e massageou o nariz onde os óculos estavam pousados. À luz desses fatos terríveis, o que mais ela podia fazer? – Percy está disposto a isso? – ele perguntou.

– Eu... não sei. Ele disse que ia fazer a coisa certa, seja o que for isso. Eu estou aqui para perguntar se estamos encrencados, se o barco de Rachel tem chances de navegar.

Amos devolveu as cartas.

– Se isso não acarretar a devolução de Somerset, seu avô talvez não tenha a escolha de fazer o que é certo. Essas cartas são uma ameaça à propriedade em questão. Portanto, sim. Eu diria que vocês estão encrencados até o pescoço.

Matt pegou o paletó.

– Vamos ver o vovô, Amos. Ele precisa ouvir isso do único homem capaz de convencê-lo.

Mas será que ele vai ouvir? Amos pensou, levantando-se com o coração pesado.

Na biblioteca, onde estava esperando por Matt e Rachel, Percy desligou o telefone, abatido.

– Rachel não virá, vovô. – Matt tinha telefonado para informar-lhe. – Ela tem sua própria interpretação dos fatos, e você não vai conseguir convencê-la a mudar de ideia. Ela quer Somerset de volta, e pode ter elementos suficientes para garantir que isso aconteça. Amos e eu estamos indo para aí agora para conversar com você sobre alternativas possíveis.

– Como ela está? – ele tinha perguntado.

— Ela está se sentindo traída, enganada, maltratada, com péssima disposição em relação aos Warwick e à memória da tia-avó.

— Que injustiça terrível com Mary — Percy tinha murmurado.

— Você vai ter que me convencer disso, vovô.

— É o que pretendo fazer.

Suspirando, Percy saiu da cadeira com as pernas trêmulas, vendo suas esperanças desaparecerem. Ele não se sentia bem. Havia gotas de suor em sua testa, e parecia que havia chumbo em seus sapatos, o que não era um bom sinal. Foi arrastando os pés até o interfone e apertou o botão.

— Savannah, houve uma mudança de planos — ele disse no fone. — Não vamos mais receber aquela convidada especial, mas sua comida não vai ser desperdiçada. Matt e Amos estão a caminho, e eles não vão recusar suas iguarias. Deixe tudo esquentado que nós mesmos nos servimos.

— Os aperitivos também?

— Mande-os para cima. Os rapazes vão precisar de algo para comer. E um balde com gelo e uma garrafa do meu melhor uísque escocês — ele acrescentou.

— Sr. Percy, o senhor não parece muito bem.

— Eu não estou bem. Deixe-me falar com Brady. Eu tenho mais um pedido a fazer.

No corredor, ele passou pela escada, que no momento parecia um Everest acima de suas forças, e tomou o elevador, que raramente usava, mas esta noite precisava manter a energia para o que precisava fazer. Na sua idade, e sentindo-se daquele jeito, amanhã talvez fosse tarde demais. Se Rachel se recusava a ouvir a história pessoalmente, ele ia consertar as coisas de outra maneira... e na presença de Amos e do seu neto, que — por mais que isso fosse difícil para ele — tinham direito de saber a verdade.

Matt, com Amos atrás no carro dele, chegou dez minutos depois. Sentiu um cheiro delicioso vindo da cozinha e viu as flores e a mesa toda arrumada e sentiu uma enorme tristeza. A ceia estava posta, mas Rachel não ia cear. Que trágico e desnecessário desperdício. Ele tinha acreditado que, com o tempo, ele a esqueceria, mas mesmo agora que ela lhe mostrara o que sentia, ele sabia que não poderia esquecê-la. Ela era um fiapo da moça que ele lembrava, marrom como uma rocha, cheia de ângulos e arestas, mas tinha tirado o fôlego dele ao entrar no quarto do motel, e ele teria dado tudo o que tinha naquele momento para levá-la embora para algum lugar, para fazer desaparecer toda aquela dor e aquela mágoa com o seu amor. O avô tinha avisado, e ele queria ter dado ouvidos a ele, mas não. Ela era a mulher que ele queria ao seu lado pelo resto da vida. Depois dela, não haveria ninguém. Uma esposa, talvez, mas não outra mulher.

Ele entrou na sala e encontrou o avô outra vez impecável, mas sua palidez doentia deixou Matt chocado.

– Vovô, como você está se sentindo?

– Disposto para o que planejei para esta noite. Sentem-se, amigos. Amos, você pode fazer as honras? – Ele apontou para a garrafa de uísque ao lado do balde de gelo de prata sobre o bar.

– Com prazer – Amos disse, lançando um olhar preocupado para Matt.

Matt sentou-se no lugar de sempre. Os fantasmas do passado estavam galopando esta noite. De repente, ele sentiu saudades da mãe, porque o pai ele nunca conheceu. Ele nunca se sentira tão solitário na vida. O assento da cadeira estava esgarçado, ele notou, fazendo-o lembrar mais ainda da mãe, tão doce e suave. Fora ela quem decorara aquela sala. Os azuis, cremes e verdes, um grená ocasional, tudo desbotado agora, tinham sido escolha dela. Ele se lembrava de uma discussão na hora do café sobre papel de parede, seu avô dizendo: "Eu vou gostar do que você escolher, Claudia. Você não poderia me desapontar nunca."

Aparentemente, ela não o tinha desapontado. Nem mesmo um abajur tinha sido mudado em vinte e cinco anos. Só o quadro sobre a lareira não fora escolha dela. Era uma pintura do pai dele, trazida por um amigo fuzileiro naval depois de sua morte.

– Não está na hora de redecorar esta sala, vovô? – ele perguntou. – Ela está começando a ficar um pouco gasta.

– Do mesmo modo que o tempo que me resta – Percy disse, recusando um drinque com um movimento do dedo. – Vou deixar isso para você resolver depois.

– Comece com aquilo – Amos disse ironicamente, apontando com a cabeça para o quadro.

Percy deu um sorriso.

– Você não consegue entender o que ele quer dizer, Amos?

– Francamente, não. Perdoe-me, mas sua qualidade nunca me inspirou um olhar mais atento.

– Bem, olhe com atenção agora, e diga o que está vendo.

Amos se levantou da cadeira e se aproximou do quadro para examinar a tentativa do artista de fazer uma pintura impressionista. Matt também virou o pescoço. O que o seu avô estava querendo dizer? O quadro estava pendurado ali havia tantos anos que já se tornara invisível para ele. Tirando o valor sentimental, não tinha nenhum valor artístico para ele.

– Bem, eu vejo um menino correndo na direção de um portão de jardim... – Amos disse.

– O que ele tem nos braços?

– Parece que ele está carregando... flores.

– De que tipo?

Amos virou-se para Percy, seu rosto se iluminando de surpresa ao reconhecer as flores.

– Ora, são rosas brancas.

– Meu filho Wyatt mandou alguém me entregar esta pintura depois de sua morte. Não é uma pintura muito boa, eu concordo, mas a mensagem que ela traz vale tudo para mim.

Matt sabia que algo importante estava para acontecer. Ele percebeu a emoção na voz do avô, o brilho das lágrimas em seus olhos. Ele sentiu um vazio no estômago.

– Que mensagem, vovô?

– Uma mensagem de perdão. Você já ouviu a lenda das rosas, filho?

– Se ouvi, não me lembro mais.

– Conte a ele, Amos.

Amos explicou, com seu pomo de adão subindo e descendo, uma tendência que tinha quando sentia uma emoção muito forte, conforme Matt sabia. Depois de ouvir a lição de história, ele disse:

– Então meu pai estava dizendo que o perdoava. Por quê?

– Por não amá-lo.

Matt endireitou o corpo devagar na cadeira.

– O que é que você está dizendo? Você era louco pelo meu pai.

– Sim, sim, eu era, mas isso foi muitos anos depois de ele nascer, e quando isso já não importava mais. Sabe, eu tive dois filhos. Um eu amei desde o começo. O outro, seu pai, não.

Os dois homens olharam espantados para ele, com os copos nas mãos, paralisados.

– *Dois* filhos? – Amos disse. – O que aconteceu com o primeiro?

– Ele morreu de gripe aos dezesseis anos. Wyatt está enterrado ao lado dele agora. Tem um retrato dele na minha mesinha de cabeceira. Mary o enviou para mim no dia em que morreu.

– Mas, mas aquele é Matthew DuMont! – Matt exclamou.

– Sim, meu filho. Você tem o nome dele. Matthew era filho meu e de Mary.

Um silêncio chocado seguiu-se a esta calma revelação, quebrado pela batida de Grady na porta e pelo "Entre" de Percy. Ele entrou na ponta dos pés, como se estivesse entrando num quarto de doente, e pôs na mesa uma bandeja com um cheiro apetitoso. Nela havia uma travessa de salgadinhos e um gravador. Depois que ele saiu, Percy virou-se para a plateia ainda estarrecida, Matt sentindo-se como se o inferno se tivesse aberto diante dele, Amos como se o céu se tivesse aberto.

– É melhor vocês comerem antes que os pastéis de queijo de Savannah esfriem – ele disse. – Esta vai ser uma longa noite.

– Vovô – Matt disse finalmente –, acho que está na hora de ouvir a sua história.

– E eu acho que está na hora de contá-la – Percy disse, e ligou o gravador.

Capítulo Setenta

Mais adiante de Warwick Hall, ao lado da mansão Toliver, Hannah Barweise se balançava na varanda, diante de um dilema. Percy Warwick estava enfraquecido, e agora a pergunta era se ela devia informar Lucy para se preparar para o pior. Sua amiga jamais admitiria isso, mas estava na cara que ainda amava o marido.

Ela devia contar a Lucy os últimos acontecimentos que talvez tivessem deixado Percy naquele estado? O primeiro teve início por volta de meio-dia quando ela viu Rachel entrar na casa de Mary. Ela ficara lá apenas o tempo suficiente para Henry carregar algumas caixas até o carro dela, e depois tinha partido. Fazia pouco tempo que tinha partido quando Matt chegou dirigindo como um doido e entrando no portão da casa de Mary com os pneus cantando. Pouco depois, ele saiu como se estivesse atrasado para pegar um avião.

Como antiga presidente da Conservation Society, ela considerava seu dever interrogar Henry a respeito da visita de Rachel Toliver. A sociedade não tinha recebido nenhuma instrução dela sobre o que fazer com os pertences de Mary. Sem Sassie por perto para vigiá-lo, ele tinha falado um bocado. Primeiro, Rachel só tinha levado alguns velhos livros de contabilidade e artigos que estavam dentro de um baú no sótão. Ela não tinha querido mais nada. Isso mostrou a Hannah o que a moça pensava agora da tia-avó, e quem poderia censurá-la, considerando a bomba que tinha sido jogada em seu colo?

Depois, Hannah conseguira saber por ele que Matt tinha ido atrás de Rachel achando que ela devia estar hospedada num motel perto de Howbutker. Como ela gostaria de ser um camundongo para se esconder debaixo da cama e assistir a esse encontro. Não era segredo na cidade que antes daquela bomba explodir na cara de Rachel, ela e Matt estavam muito envolvidos um com o outro. Ela achava que ele havia encontrado a moça e que ela era a convidada especial que estava sendo esperada para o jantar, com base numa conversa que tinha ouvido entre sua empregada e Savannah, a cozinheira dos Warwick, pouco tempo atrás.

Savannah tinha ligado para se queixar, dizendo que depois de todo o trabalho que tivera a moça não viria, e que Percy estava horrivelmente desapontado. Hannah era capaz de apostar que ele tinha tido esperança de se redimir com Rachel e tentar uma reaproximação entre ela e o neto. Matt e Amos estavam lá agora, Amos com uma cara mais comprida do que habitualmente e Matt não muito melhor. Segundo Savannah, os três estavam fechados no escritório de Percy, bebendo uísque enquanto o frango à florentina endurecia no forno.

Na opinião de Savannah, Percy estava no fim de suas forças e era apenas uma questão de tempo até ele sucumbir ao inevitável. Lucy ia ficar com o coração partido ao ouvir isso, mas Hannah tinha prometido que a informaria de qualquer coisa que pudesse afetar sua família. Se ocorresse o pior, ela ia querer estar ali para apoiar Matt. Decidindo-se, Hannah se levantou da cadeira de balanço e entrou em casa para ligar para ela.

Lucy desligou o telefone e tocou a campainha para chamar Betty.
– Sim, madame?
– Esqueça a sobremesa e o café esta noite, Betty. Traga o conhaque.
– Aconteceu alguma coisa?
– Aconteceu sim. Meu marido está morrendo.
– Ah, Srta. Lucy!
– Como ele teve coragem? – Lucy bateu com a bengala no chão. – Como ele teve coragem? – Pá. Pá. Pá.
– Mas, Srta. Lucy! – Betty olhou espantada para a patroa. – Talvez ele não tenha culpa disso.
– Tem sim! Ele não tem que desistir de viver por causa daquela mulher.
– Que mulher?
Lucy se controlou. Ela endireitou os ombros, neutralizou a bengala.
– O conhaque, Betty. Imediatamente.
– Já vou levar.
Lucy respirou fundo. O coração dela estava batendo loucamente, mas isso sempre acontecia quando se tratava de Percy. Ela estava começando a odiar aqueles telefonemas de Hannah, mas ao mesmo tempo estava grata pela informação. Hannah não era capaz de juntar as coisas, felizmente, mas Lucy sim. Hannah relatava, ela juntava. A partir de informações

esparsas enviadas por ela ao longo dos anos, auxiliada pela inocente Savannah, e com o que conseguia tirar de Matt, Lucy tinha formado um retrato claro dos acontecimentos em Warwick Hall.

E o que estava acontecendo agora era que Percy estava permitindo que Mary, do seu túmulo, roubasse o resto de vida que lhe restava. Aquela maldita fazenda ainda ia ser a ruína dos Warwick! Como aquela mulher *ousou* deixar Somerset para Percy e transferir a maldição junto com a terra? Porque era isso que ela era – uma coisa maligna que destruía todos que a possuíssem. O que tinha dado em Mary para pôr Percy nessa situação? Ela não tinha percebido a cisão que aquilo iria causar? Era isso que estava matando Percy. Ele tinha tido a esperança de ver Matt e Rachel casados, retomando a história no ponto em que ele e Mary tinham se separado, conservando o que eles tinham deixado escapar por entre os dedos. Agora isso só poderia acontecer se ele devolvesse Somerset para Rachel, o que era mais difícil do que um camelo passar pelo buraco de uma agulha.

E, é claro, Mary tinha contado com ele para cumprir a vontade dela, que Deus enviasse sua alma para o inferno.

Mas Lucy estava intrigada. Mary podia ter sido teimosa, mas nunca fora irracional. Por que não vender aquela fazenda junto com as outras? Por que deixar esse fardo para Percy? Por que vender suas propriedades e deixar a casa para a Conservation Society? Por que ela tinha *despojado* a herdeira que tinha preparado para perpetuar o legado que tanto se sacrificara para preservar?

Betty pôs um copo de conhaque ao lado dela.

– Srta. Lucy, a senhora está com o olho duro, como quem está vendo um fantasma – ela disse.

– Quase, Betty... quase – Lucy murmurou, perplexa. Um ideia incrível surgira em sua cabeça, como se tivesse saído diretamente da boca de Deus, e antes que ela tivesse tomado um único gole de conhaque. *Ora, Mary Toliver, sua bruxa velha. Agora eu sei por que você fez isso. Você salvou Rachel de se tornar você. Você viu para onde ela estava caminhando e a privou dos meios para chegar lá. Pela primeira vez na vida, você amou alguém mais do que aquela maldita fazenda. Bem, se isso não é uma surpresa.*

Mas, como sempre, Mary tinha aparecido tarde demais com muito pouco, o que foi típico dela a vida toda. Matt tinha dito que ela morrera poucas horas depois de deixar o codicilo no escritório de Amos, aparentemente antes de ter tido oportunidade de esclarecer as coisas com Rachel. Agora suas boas intenções tinham explodido na cara de todo mundo como uma bomba mal direcionada. Agora Rachel a odiava, ela e Matt tinham rompido, e Percy estava morrendo lentamente por causa da difícil situação em que Mary o havia colocado. Mais uma vez, ela havia ferrado com ele, e agora seu clone – a menos que alguém pusesse um pouco de juízo na cabeça dela – ia ferrar com Matt também.

Lucy pegou o copo, ardendo de raiva. Que droga ela não ter percebido o que estava acontecendo, desde que Hannah relatou aquela primeira visita da sobrinha-neta de Mary a Howbutker. Hannah, que conhecera Mary a vida toda, descreveu a criança como tendo "o mesmo cabelo negro, o mesmo tom de olhos, a mesma cor de cigana e o mesmo buraco no queixo" que aquela praga.

– Em outras palavras, ela é linda, não é? – Lucy tinha perguntado.

– Não posso negar – Hannah tinha dito –, e se parece tanto com Mary na idade dela que eu tive que dar um beliscão em mim mesma para ter certeza de que não estávamos de volta à escola primária.

Foi então que Lucy pensou na ironia de que um dia Matt e Rachel pudessem reencenar a saga de Mary Toliver e Percy Warwick. Ela tinha cruzado os dedos e esperado. Pois como ela poderia ficar feliz se Matt se apaixonasse por uma herdeira do trono que sofria do mesmo apego doentio a ele que a dona atual? Como ela poderia aceitar uma neta feita no mesmo molde da mulher que ela detestava?

Ela respirou melhor quando o primeiro encontro entre eles – no funeral de Ollie – não deu em nada, mas quando os anos se passaram e nenhum dos dois se casou, ela tivera uma terrível sensação de que era apenas uma questão de tempo até acontecer o inevitável. Dito e feito. Poucos dias depois de Rachel ter chegado para o enterro de Mary, Matt tinha ligado para dizer-lhe que encontrara a mulher com quem esperava se casar.

– Tem certeza disso?

– Tenho certeza, Gabby. Nunca tive tanta certeza de uma coisa em toda a minha vida. E nunca fui tão feliz. Que diabo, acho que eu nunca fui realmente feliz até agora. Eu sei que você e Mary tinham suas diferenças, mas você vai gostar *desta* Toliver.

Ela tinha respirado fundo, então, e dito:

– Bem, então põe logo um anel no dedo dela, Matt, antes que seu avô e eu fiquemos velhos demais para correr atrás de bebês.

Uma semana depois, estava acabado. Como sua tia-avó tinha feito com Percy, Rachel tinha largado Matt por causa daquela fazenda miserável.

Ela o tinha poupado dos sermões que geralmente as avós fazem para os netos que escolhem mal suas namoradas. Ela não tinha dito que ele ia se esquecer de Rachel, que o tempo cura tudo, e que havia outras moças na fila. Como o avô, ele tinha achado – e perdido – seu único amor.

Mas Deus salvou o rapaz do erro que Percy cometera ao se casar com ela.

O conhaque estava aquecendo seu sangue, transformando a raiva em tristeza. Ela nunca tinha se sentido tão completamente isolada de sua antiga casa e daqueles a quem amava. Se ao menos pudesse falar com a moça, ela diria umas verdades a ela sobre sua tia-avó e aquela fazenda... Verdades que a deixariam livre para amar e se casar com Matt. Mas o que ela podia fazer de sua gaiola dourada, neste exílio que havia imposto a si mesma?

Capítulo Setenta e Um

Você entrou em nossas vidas quando nossas histórias tinham terminado... e nós estávamos vivendo com as consequências, Mary tinha dito, e Amos agora entendia o que tinha querido dizer. Percy tinha acabado de contar sua história. Um silêncio pesado pairava no ar, interrompido apenas pelo relógio na lareira anunciando nove horas. Duas horas tinham passado. O balde de gelo continuava suando no bar, com a garrafa de uísque ao lado ainda cheia, exceto pelos dois drinques servidos mais cedo, a bandeja de salgadinhos, já frios, praticamente intacta.

Percy tinha relatado a história dele e de Mary com a voz calma e neutra de um prisioneiro no banco dos réus, aparentemente sem deixar de fora nenhum acontecimento, consequência ou efeito resultante do dia em que tudo tinha começado – o dia em que Mary, aos dezesseis anos, tinha herdado Somerset. Amos viu o rosto de Matt refletir a mesma gama de sentimentos que ele estava sentindo durante a narração, sendo que sua comoção maior foi ao ouvir a impensável implicação do ferimento de guerra de Ollie. A de Matt pareceu ser ao saber da surra na floresta. No final da narrativa, eles ficaram sabendo que Matthew era mais do que um nome numa lápide, que Lucy era mais do que uma megera que havia deixado o marido numa crise de menopausa, que Wyatt era mais do que o filho rebelde que havia dado as costas às esperanças e expectativas do pai. Agora eles sabiam por que Mary tinha deixado Somerset para Percy.

Percy desligou o gravador, o clique alto parecendo a palavra FIM na conclusão de um longo romance. Amos esticou as pernas doloridas.

– Então essa é a história que Mary queria contar a Rachel?

– Essa é a história. – Percy olhou para o neto, que estava sentado com os olhos fechados, os dedos apertando os lábios, uma listra prateada de cada lado do rosto. – O que está se passando nessa sua cabeça, ou melhor, nesse seu coração, Matt? – ele perguntou com a voz rouca.

– Não dá para expressar – ele disse.

– Você vai ficar bem?

– Vai ficar tudo bem, vovô. Eu só estou... triste. Meu pai foi um homem e tanto, não foi?

– Foi sim. O melhor.

– Você vai se divorciar de Gabby?

– É claro que não.

– Ela ainda o ama, o senhor sabe.

– Eu sei.

Matt pigarreou, enxugou os olhos e fez um sinal para o avô – só o que conseguiu fazer naquele momento, Amos pensou, e Percy virou-se para ele.

– E você, meu velho amigo, quais são os seus pensamentos?

Ele se levantou. Tirou óculos e começou a limpá-los cuidadosamente com um lenço que tirou do bolso do paletó.

– Meu Deus, por onde começar? – Ele estava pensando em Mary, a linda e sensual Mary, e na vida dela depois de Percy. Como tinha aguentado o celibato? Como tinha mantido a fidelidade a Ollie, por mais que ele fosse um homem exemplar? Como tinha conseguido viver sabendo que Matthew tinha morrido sem saber que Percy era o pai dele? – Eu acho – ele disse, tornando a pôr os óculos – que estou pensando principalmente na maldição que Mary mencionou quando esteve no meu escritório no seu último dia de vida. Eu achei que ela tinha enlouquecido porque – seu breve sorriso debochava de si mesmo – sendo eu a *maior* autoridade na história das famílias fundadoras da cidade, nunca tinha ouvido falar na maldição dos Toliver. A resposta para o mistério esteve sempre em *Rosas*, revelada na árvore genealógica. Eu não liguei a escassez de filhos à incapacidade de procriação da Toliver reinante.

Percy saiu da cadeira e recolheu os copos. Apesar do que poderia vir a acontecer, Amos o achou revigorado, como um motor velho depois de uma limpeza.

– Não só de procriar, mas de manter os filhos vivos – Percy disse. – Mary debochou da maldição até que sua própria experiência a fez acreditar.

Amos levou a mão ao rosto, atônito.

– E Mary convenceu-se de que o único modo de salvar Rachel desse terrível destino era vender tudo o que estivesse remotamente ligado ao legado dos Toliver.

– Estou convencido disso.

Matt enfiou a mão no paletó.

— Bem, acho que o plano de Mary falhou. Acredito que você sabe o que é isto, vovô. — Ele entregou a Percy as cópias que Rachel tinha dado a ele. — Como o senhor adivinhou, Rachel não está interessada na restituição da propriedade do pai. Ela quer trocá-la por Somerset. Você tem uma semana para tomar sua decisão, depois ela planeja processá-lo por fraude.

— Tenho certeza que Mary jamais sonhou que a sua carta fosse voltar para assombrá-lo, Percy — Amos disse no tom mais gentil que sua opinião sobre a burrice de Mary poderia permitir.

Percy levou as cartas para onde estava sentado e as examinou rapidamente.

— Acho que ela sabia sim. Por isso quis destruí-la junto com as outras. Elas são muito comprometedoras, Amos?

Amos fez uma cara compungida.

— Eu vou ter que estudar melhor a situação, mas por ora parece que sim.

Percy dirigiu a pergunta seguinte a Matt:

— E você acha que não há chance de Rachel conversar comigo e ouvir a história que acabei de contar?

— Eu acho que não. Ela está convencida da versão dela da história, e quer demais ficar com Somerset para ouvir a sua.

— Mesmo gostando de você?

— Ela gosta mais de Somerset.

O "Ah" de Percy carregava um mundo de compreensão. Ele tornou a se dirigir a Amos.

— A verdade pura e simples não pode ser a melhor defesa contra estas cartas? Os registros vão mostrar que a venda da terra garantiu o futuro financeiro de William. — Quando Amos ia responder, Percy ergueu um dedo para dizer que ele tinha mais um argumento. — Também... não vamos esquecer que William fugiu de casa muito cedo, dando as costas para os negócios da família, e que nunca mais voltou. Por causa da minha compra, ele herdou uma fortuna, assim como Rachel. Então eu pergunto: Onde está o prejuízo? Eu acho que um tribunal não daria a vitória a Rachel com base no fato de Mary ter desprezado o desejo do irmão.

Amos se mexeu inquieto na cadeira, imaginando se Percy tinha esquecido os problemas causados aos Toliver de Kermit pelo fato de eles acharem que o pai de William fora deixado de fora do testamento de Vernon Toliver. Se os advogados de Rachel mencionassem isso — e eles o fariam –, aquele argumento estaria morto. Percy tinha dado algumas boas justificativas, mas elas poderiam ser questionadas.

– O que você disse dá uma boa defesa, Percy – ele disse, com um tom que continha um grande "entretanto". – O que dá força a isso é que o tribunal pode achar que Rachel está sendo gananciosa ao ir atrás do terreno do pai, considerando a herança generosa deixada pela tia-avó...

– Mas? – Matt perguntou.

– Mas os advogados dela irão argumentar que na época da venda Mary estava agindo unicamente em favor do marido, não de William. Ela estava garantindo o presente, não o futuro. O fato de William mais tarde ter herdado os frutos que a sua caridade gerou será tido como irrelevante no caso. Isso não terá peso no modo como eles irão apresentar a venda. Mary vendeu um bem que não lhe pertencia, e você o comprou sabendo disso... um simples caso de fraude. Eles vão explicar a forma generosa com que William é tratado no testamento de Mary como uma compensação por ela ter roubado uma propriedade dele. O fato de isso ter ocorrido tão tardiamente na vida dele, quando ele e a família estavam vivendo em circunstâncias tão modestas e ele não ter vivido para usufruir da herança, também não irá ajudar o caso. Este é o tipo de caso em que os advogados gostam de apelar para o aspecto emocional.

Matt acrescentou, com uma expressão de pena:

– Deixe-me cravar mais um punhal na sua defesa, vovô. Seu argumento de que William fugiu de suas obrigações pode ser refutado com o fato da volta da filha dele para assumir suas responsabilidades como provável herdeira de Mary.

Amos concordou com a cabeça e foi mais além.

– E eles perguntariam por que você não *deu* simplesmente o dinheiro a Mary e Ollie em vez de realizar uma transação ilícita.

– Bem, isso é simples – Percy disse com um aceno confiante. – Eu vou explicar a regra de convivência das três famílias. Você a conhece, Amos. Ollie deixaria os credores ficarem com suas lojas e não aceitaria um tostão meu.

– O que não fará o tribunal considerar menos infame aceitar dinheiro resultante da venda ilegal de uma propriedade pertencente a um menino de sete anos.

– Ollie não sabia que se tratava de uma transação ilegal.

– Mas você e Mary sabiam.

Percy curvou um pouco mais os ombros.

– Você está dizendo que estamos fritos, Amos?

– Seus argumentos são fracos, eu sinto muito ter que dizer isso. – Amos passou a mão pela cabeça com um ar de frustração. – O que você está imaginando, Percy? O que você quer?

Percy recostou a cabeça, com suas belas feições iluminadas pela profundidade dos seus sentimentos.

– Eu quero manter Somerset sem perder a propriedade do Sabine. Eu quero que Rachel desista de sua batalha, volte para casa e se case com Matt. Eu quero que ela plante árvores em vez de algodão e fique feliz com isso. Eu quero que ela entenda as intenções de Mary e a perdoe. É isso que eu quero, e acredito que tenho chance de conseguir.

– Você está sonhando, vovô.

– Talvez – Percy murmurou, dando um gole na sua bebida.

Amos olhou para Percy por cima dos óculos.

– Rachel contratou Taylor Sutherland para representá-la. Você o conhece?

– De nome, principalmente. Um excelente advogado.

– Rachel vai ter o melhor ao seu lado.

– Mas eu vou ter a verdade e você do meu lado, Amos. – Quando Percy viu o horror do amigo diante da possibilidade de ter que montar sozinho a defesa dele, acrescentou: – E quem mais você quiser chamar para assessorá-lo. Isto é, se formos a julgamento.

– Espero que você nem pense nisso, Percy – Amos disse. – Nós podemos apresentar uma boa defesa, mas ela não deverá influenciar o resultado, e a publicidade vai ser péssima. A mídia vai destruir o seu nome e tudo o que você construiu, sem falar no que vai fazer com a lembrança de Mary. Você acha mesmo que vale a pena brigar? Mary não iria querer que você terminasse os seus dias brigando na justiça com Rachel, por algo que ela própria causou. Ela pediria a você para devolver Somerset, para deixar que o destino decidisse o futuro de Rachel. E pense em Matt, no problema que você estará criando para ele.

Percy olhou para o neto.

– É isso que você acha, Matt?

– Eu não quero vê-lo prejudicado, vovô. Você é minha maior preocupação. Esqueça o que isso poderá causar a mim. Você sempre disse que o único juiz da integridade de um homem é ele mesmo. Se ele acreditar que não cometeu nenhum erro, não importa os que os outros possam pensar. Mas eu me importo com o que outros pensem a seu respeito, em como você será lembrado, e tenho medo do que um julgamento possa fazer a você.

– Devolver Somerset talvez seja pior para mim, filho.

– Mas por quê? – O tom de voz dele vibrou de indignação. – Rachel ganha a fábrica e nós somos obrigados a ficar com uma fazenda. Ninguém sai ganhando com isso. Eu concordo com Amos. Eu sou a favor de devolver aquela droga de fazenda para ela e deixar que ela se dane. Deixe que a fazenda acabe com ela como acabou com todos os Toliver antes dela.

Percy ergueu as sobrancelhas.

– Você deixou de gostar dela?

– Eu perdi as esperanças em relação a ela.

– Que tragédia. – Ele empurrou o descanso dos pés. – Estou ouvindo o seu estômago roncar, Amos, e você deve estar faminto, Matt. Eu também estou com fome, e isso é um bom sinal. Já é tarde, mas nós vamos mesmo ficar acordados por boa parte da noite. Vamos descer e esquentar o frango à florentina de Savannah e comê-lo junto com umas duas garrafas de Pinot Grigio. Eu tenho até segunda-feira para tomar minha decisão, certo, Matt?

– Certo – Matt disse, trocando um olhar desconcertado com Amos, que perguntava: *Para que uma semana?* Matt ficou em pé, mas ficou parado ao lado da cadeira enquanto os outros se encaminhavam para a porta.

– Você não vem, Matt? – Percy perguntou.

– Me dê alguns minutos.

Matt olhou para o quadro depois que a porta se fechou. Tanta coisa tinha ficado clara para ele agora. Ele tinha respostas para perguntas que fizera a si mesmo a vida toda. Por que sua avó morava em Atlanta quando estava claro que ela preferiria morar com ele e o avô? Por que os dois não tinham sido capazes de superar a dor da perda do pai dele e lembrar dele com naturalidade e com amor como a família da casa ao lado, que também tinha perdido um filho na guerra? Em vez disso, seus avós – e até sua mãe – tinham evitado falar nele como se isso fosse perturbar o seu descanso. Tudo o que ele sabia sobre o pai fuzileiro naval fora aprendido com o álbum de recortes de jornal descrevendo seus feitos de guerra e com as medalhas e condecorações que ficavam numa caixa pendurada na parede da biblioteca. Apenas uma vez ele se sentira próximo da memória dele. O avô lhe dera uma carteira de couro com um retrato dele bebê e outro da sua mãe, jovem e sorridente.

– Seu pai estava carregando isto quando foi morto – ele tinha dito. – Ele iria querer que ficasse para você. E uma outra coisa, também. As últimas palavras dele na última vez que sua mãe e eu o vimos foram "Digam ao meu filho que eu o amo". Eu quero que você se lembre sempre dessas palavras e as guarde aqui. – E ele tinha tocado o coração dele.

O nó em sua garganta aumentou, cortando o ar, enchendo seus olhos de lágrimas. Meu Deus. Todas as vidas e os anos desperdiçados, as tragédias e remorsos, a dor e a culpa... Tudo ligado àquele pedaço de terra dos Toliver. E agora Rachel estava continuando com seu legado de destruição.

Ele pegou o gravador. Tinha sido uma boa ideia... seu avô gravar a história. Não importa o que acontecesse com ele agora, haveria um registro da verdade. Ele tinha cometido erros – que homem não os cometia? –, mas eles eram perdoáveis, e Deus era testemunha de que ele tinha pagado muito caro por eles. Matt achou que podia mandar uma cópia para Rachel, mas ela se recusaria a ouvir, e, mesmo que ouvisse, ele duvidava de que ela pudesse mudar de ideia... talvez parasse para pensar um pouco, mas não se deixaria abalar. Talvez ela até usasse a fita contra seu avô no tribunal, como uma admissão de culpa.

Ele tirou a fita de dentro do gravador e a guardou no bolso. Mas havia outra pessoa que precisava ouvir aquela fita – alguém para quem ela talvez fizesse muita diferença.

Capítulo Setenta e Dois

Na manhã seguinte – entediada, frustrada e faminta – Rachel ficou no seu quarto de motel até as nove horas antes de concluir que Percy não iria ligar. Na possibilidade de ele ligar, ela se demorou tomando café na cafeteria e parou na recepção ao voltar para saber se havia algum recado para ela. O recepcionista disse que não. Triste, ela voltou para o quarto, guardou suas coisas no carro e partiu para Dallas.

O silêncio de Warwick Hall não era um bom sinal. Ele dizia que mesmo depois de ler as provas contra ele Percy não tinha cedido. Mas ele ia ceder, ela disse a si mesma. Tinha sido besteira dela esperar uma resposta tão cedo. Percy Warwick não era um homem fácil de convencer, mesmo quando estava tudo contra ele. Ia ser preciso tempo até que Amos e o time de advogados que ele contratasse conseguissem convencê-lo da loucura que seria discordar dos termos dela.

Assim que saiu de Marshall, ela ligou para o escritório de Taylor do telefone do carro.

– À primeira vista, parece que você tem um caso viável, Rachel – ele disse depois que ela lhe contou o que tinha encontrado no fórum. – Você falou com Percy?

– Não, com o neto dele. Eu apresentei minha proposta e dei a ele cópias das cartas. Depois que o avô dele as ler, não irá querer enfrentar o tribunal.

– Você está convencida disso?

– Estou. – Rachel resolveu não mencionar que tinha esperado a capitulação verbal de Percy antes de deixar Marshall. – Eu disse a Matt que daria uma semana ao avô dele para tomar sua decisão. Se ele não me procurar até a próxima segunda-feira, eu vou entrar com uma ação.

– O neto dele acha que ele estaria receptivo a este acordo?

Ela pensou antes de responder:

– "Receptivo" não é a palavra que ele teria usado. Matt tem medo do efeito que o fato de devolver Somerset terá sobre o avô.

– E como você se sente sobre isso?

Ele sabia quais botões apertar. Ela disse com mais dureza do que pretendia:

– Eu acho que as consequências da alternativa seriam muito piores. Tenho certeza de que ele não irá escolher isso.

O silêncio de Taylor levou-a a acreditar que ele não compartilhava da segurança dela.

– Então suponho que você e o neto dele não tenham se despedido em termos cordiais.

Mais uma vez, ela escolheu as palavras com cuidado.

– Ele está muito magoado. Nós éramos amigos.

– Amigos dão os piores inimigos, Rachel.

Ela mordeu o lábio.

– Ahn, Taylor, o trânsito está horrível aqui. É melhor eu desligar.

– Eu simplesmente desejo que você saiba o que está trocando – ele disse, ignorando calmamente a tentativa dela de fugir ao assunto. – A impressão que Carrie teve quando conheceu Matt Warwick foi de que vocês eram bem mais do que amigos.

– Esta conversa é necessária para a minha ação, Taylor?

– E também no que está se metendo caso dê prosseguimento a isto – Taylor continuou, imperturbável. – Os Warwick podem tornar a vida em Howbutker muito difícil para você.

Rachel deu uma risada forçada.

– Bem, isso não é novidade para os antepassados dos Toliver e dos Warwick. Nós descendemos de famílias rivais.

– Como?

– Um dia eu lhe conto. A propósito, estarei em Dallas por volta do meio-dia.

– Bem, é melhor começarmos logo. Não venha ao escritório. Eu me encontro com você na casa de Carrie.

Ele tocou a campainha minutos depois de ela ter chegado. Entrou usando um terno amarrotado e uma gravata afrouxada e carregando dois sacos de uma delicatessen. Seu objetivo imediato foi o termostato.

– Minha filha acha que é um urso polar – ele resmungou, ajustando a temperatura num nível mais alto. Ele estendeu os sacos. – Almoço. Vou preparar um chá quente para esquentar. O que há naquelas caixas que eu vi na caminhonete?

Seguindo-o até a cozinha, ela disse:

– Livros de contabilidade com a letra do meu avô. Além de cartas e lembranças da minha tia-avó. Eu achei que poderiam ser úteis, e não queria que gente estranha mexesse nelas. – Quando Taylor ergueu as sobrancelhas, surpreso, ela acrescentou, defensivamente: – É a última coisa que eu faço por ela.

– Se é o que você quer. Trazer essas coisas foi uma boa ideia. Talvez possamos achar alguma coisa que seja útil. – Ele tirou o paletó, arregaçou as mangas e encheu a chaleira de água. – Está com fome?

– Não, mas vou tentar comer. Tenho que voltar à forma. – Ela esfregou os braços. – Não só para enfrentar os Warwick, mas para manter o corpo aquecido.

Taylor contemplou a cozinha clinicamente limpa, cuja decoração toda branca era a que prevalecia em toda a casa.

– Este iglu não pode ser muito aconchegante para uma fazendeira.

– A companhia compensa, mas não vou ficar aqui muito tempo; só até segunda-feira.

– É mesmo? – Ele acendeu o fogo sob a chaleira. – E depois?

– Eu vou para Howbutker, vou ficar morando na casa de Ledbetter, na fazenda. Tenho certeza que Percy não se oporá. Ela agora é usada como escritório, mas eu planejo reformá-la. Eu sempre quis morar em Somerset.

Taylor abriu um armário e tirou xícaras e pires.

– Você está mesmo certa de que Percy vai aceitar o acordo, não está?

– E você não? Que defesa os Warwick podem ter contra a minha ação?

Taylor pareceu não tê-la ouvido. Ele tirou as vasilhas de plástico com comida de dentro dos sacos de papel.

– Salada de camarão para você, camarão frito para mim.

– Por que você não respondeu a minha pergunta? – ela perguntou enquanto ele jogava água fervendo no bule.

– Porque você não quer ouvir que isto não é um gol de placa – ele disse –, e eu não quero estragar o seu apetite. Vamos conversar sobre isso com o estômago cheio.

Depois de tirar a mesa, Taylor disse:

– Agora vamos tratar de negócios. – E pediu para ver as cópias das certidões. – Matt Warwick disse por que Percy, sabendo que estava cometendo fraude, comprou a terra do seu pai?

— Sim, foi como você tinha imaginado. Eram tempos difíceis. – Brevemente, ela relatou a explicação de Matt, acrescentando que Ollie DuMont nunca soube que a venda era fraudulenta.

— Por que ele simplesmente não aceitou um empréstimo de Percy se estava tão desesperado? – Taylor perguntou.

Rachel explicou que a política das famílias era de não emprestar nem pegar emprestado.

— Percy disse a Matt que Ollie teria preferido perder a loja a pegar um centavo emprestado com ele.

Taylor lançou-lhe um olhar curioso.

— Por que você não acredita nele?

Ela franziu a testa, zangada.

— Que diferença faz se eu acredito ou não? Eu não tenho dúvida de que Percy quis ajudar o tio Ollie, mas seu interesse principal era a Madeireira Warwick. Aquele terreno era o local perfeito para a sua fábrica de celulose, e ele viu a dificuldade financeira do tio Ollie como uma forma de consegui-lo.

— Esse não parece o Percy Warwick que eu conheço.

Zangada, Rachel empurrou a cadeira para trás.

— De que lado você está afinal, Taylor? – Ela pegou a chaleira e a colocou debaixo da torneira. – Eu tenho a impressão de que, no fundo, você está do lado do inimigo.

— Eu estou do seu lado, Rachel – Taylor disse, com uma expressão imperturbável –, mas é minha função bancar o advogado do diabo. Eu tenho que apontar as fraquezas do nosso caso para podermos nos preparar para elas, porque posso garantir que a defesa fará isso. Ela irá apresentar as circunstâncias atenuantes como um motivo favorável para Percy ter feito o que fez e irá apontar que isso não era surpresa para um homem do calibre dele...

Ela tornou a colocar a chaleira no fogo e se virou para ele, com uma das mãos no quadril.

— E você irá dizer que as circunstâncias atenuantes não tiveram nada a ver com o crime, certo?

As chamas lambiam o fundo da chaleira.

— Certo – ele disse, levantando-se da cadeira para baixar o fogo. Ele deu um tapinha no ombro dela. – Eu vou lá fora buscar aquelas duas caixas. Não ponha fogo na casa antes de eu voltar.

Eles examinaram juntos o conteúdo das caixas, tomando xícaras de chá fervendo. Taylor declarou que os livros de contabilidade comprovavam a assinatura de Miles e examinou cuidadosamente a outra caixa, procurando algo que pudesse reforçar a necessidade de Percy devolver a fazenda. Suas cartas e bilhetes para Mary eram esses itens. Eles provavam a transação comercial entre eles e o profundo afeto que tinha influenciado Mary a deixar a fazenda para ele e não para sua provável herdeira.

– Os jurados vão simpatizar conosco – ele disse. – O juiz vai instruí-los a não se deixar levar pelo sentimento, mas eles são humanos. O fato de você ter sido preterida em favor de Percy vai ser irrelevante para o caso, mas vai explicar por que você quer *alguma coisa* que antes pertencia à sua família. – Ele desembrulhou a coleção de tiras de tricô e fitas cor-de-rosa. – O que é isto?

– Não tenho certeza – Rachel disse. – Parece que alguém quis fazer uma manta, mas não chegou a terminar o projeto. Eu sei que não foi tia Mary. Ela foi obrigada a aprender bordado na escola e tinha horror a agulhas e linhas.

Taylor pegou as tiras de lã.

– Elas devem ter sido tricotadas por alguém que ela gostava muito, para ter guardado tanto tempo. A mãe dela, talvez?

– Não sei. Eu nunca ouvi tia Mary falar na mãe, mas, de todo modo, ela não teria escolhido fitas cor-de-rosa para a manta da filha.

– Por que não?

Ela pensou como poderia explicar.

– Bem, porque nas nossas famílias, os Toliver, os Warwick e os DuMont, cor-de-rosa representa inclemência. O vermelho serve para pedir perdão, o branco para dizer que o perdão foi concedido, o rosa para dizer que o perdão não foi concedido. É por isso que este trabalho deve ter sido feito por alguém fora da família.

Taylor olhou fascinado para ela, mas sem entender.

– Então o que é que vocês fazem? Colocam bandeiras com estas cores nos telhados de suas casas para expressar seus sentimentos?

Rachel riu.

– Não. Nós damos rosas. – Ela tirou um livro de dentro da caixa. – Você pode ler sobre isso aqui. Explica melhor o que eu estou dizendo e explica por que os nomes Toliver e Somerset significam tanto para mim.

Taylor leu o título em voz alta.

– *Rosas*. Estou curioso, Rachel. Vou começar a ler esta noite mesmo. – Ele puxou uma cadeira. – Agora presta atenção. Você vai fazer duas colunas com os títulos *A* e *B* – ele instruiu, e tirou um bloco e um lápis da pasta. – *A* vai representar o lado do réu, *B* o do querelante. Se este caso for a julgamento, o júri irá ouvir, determinar e interpretar os *fatos*. Temos que garantir que os fatos nos favoreçam. Para isso, temos que nos antecipar e nos preparar para cada fato que a oposição planeje usar em sua defesa. Você diz que Percy quis se encontrar com você para explicar por que sua tia-avó deixou a fazenda para ele. Você devia ter se encontrado com ele, Rachel.

– Não! Ele não tem nada a dizer que eu queira ouvir.

– Mesmo que isso reforce o lado dele?

– Como poderia? Se a nossa ação se baseia na ilegalidade da venda, eu gostaria de ver como o lado dele poderia vencer o meu.

Taylor empurrou o bloco e o lápis para ela.

– É isso que suas duas colunas vão ajudar a decidir. Escreva o nome de Percy ao lado do *A* e o seu ao lado do *B*.

Rachel escreveu.

– Acho que eu sei onde isso vai dar – ela disse. – O que você quer que eu escreva sob o nome de Percy?

– Se você precisa perguntar, mais um motivo para estarmos fazendo isto. Percy Warwick é um empresário amado e respeitado, um homem que agiu corretamente a vida inteira. Sua reputação é impecável.

– Até hoje. – Sob *A* Rachel escreveu "Reputação impecável". – Agora, e quanto a *B*?

– O que você acha?

Ela olhou magoada para ele.

– Bem, eu posso não ser tão amada ou tão conhecida, mas sou honesta.

– Sem dúvida, mas a defesa irá apresentar você como uma mulher de uma família pobre do Texas cuja tia-avó praticamente adotou desde criança. Ela vestiu, educou, empregou e amou você. Deixou para você uma herança cujo valor iguala o de um pequeno país. O que mais ela poderia ter feito por você? E agora, apesar de toda a generosidade dela, você quer de volta a terra que ela vendeu para Percy Warwick durante a Depressão, que forneceu trabalho para centenas de moradores de Howbutker e salvou os negócios das duas pessoas nomeadas para cuidar do seu pai.

– Está bem, eu entendo o que você está dizendo. Eu não tenho nenhuma simpatia do meu lado, apenas fatos frios e duros. Mas eu não estou atrás da propriedade dele. Estou atrás de Somerset. Foi para isso que eu contratei você, Taylor, para convencer Percy e os advogados dele de que os fatos não lhes dão a mínima chance de vitória no tribunal.

O advogado depositou cuidadosamente a xícara sobre o pires.

– Quando terminarmos esta lista, você vai ver que talvez eu não seja capaz de convencê-los disso. Eles têm motivos para correr o risco. O único convencimento que eu posso fazer é me certificar de que eles entendam que você *irá* entrar com uma ação caso Percy não concorde em fazer a troca. Mas lembre-se, Rachel, que perdendo ou ganhando a ação, Somerset está perdida para você. A corte não pode obrigar Percy a devolvê-la para você.

– Isso não funcionará como uma vantagem para nós? – ela perguntou. – Eu não tenho nada a perder. Esta não é uma posição vantajosa?

– É, se você tiver certeza de que não tem nada a perder.

Rachel olhou para ele com certa irritação. Se ela não conseguia convencer o próprio advogado que estava falando sério, como poderia convencer o de Percy?

– Tudo o que eu preciso saber, Taylor, com ou sem lista, é se eu tenho uma boa chance de vencer se entrarmos com uma ação.

Taylor enfrentou aquele olhar irritado com um sorriso calmo.

– Sem querer parecer presunçoso, mas considerando que seu advogado sou eu, eu diria que sim, que você tem uma boa chance de vencer, *se* você quiser chamar assim. Você poderia acabar com uma enorme quantia como indenização ou ser premiada com a devolução da propriedade do seu pai com tudo o que ela tem em cima.

Rachel relaxou com um suspiro de alívio.

– Então isso deve servir para convencer Percy Warwick. Eu sei que ele parece bom, mas o fato é que ele e minha tia-avó enganaram o meu pai.

– E daí? – ele perguntou tranquilamente, e pareceu pronto para se abaixar caso Rachel atirasse o bule nele.

– *E daí?* – Ela parecia prestes a agarrar o bule. – E daí que a mentira da tia Mary e de Percy me custou o amor da minha mãe!

– Ah – Taylor disse –, agora estamos chegando a algum lugar. – Ele puxou o bloco para junto dele e pegou o lápis. – Fale-me sobre isso, Rachel. Conte-me o que o tribunal deveria ouvir do seu lado.

Capítulo Setenta e Três

A semana se arrastou. Nenhuma notícia de Percy. Rachel passou a detestar o ambiente frio da casa, passando quase o tempo todo no pátio ensolarado, esperando o telefone tocar. No dia seguinte ao seu retorno de Marshall, Taylor telefonara para Amos para se apresentar e deixar seu telefone particular. Amos lhes causara uma decepção ao dizer que Percy entraria em contato pessoalmente com Rachel para comunicar sua decisão – coisa que a tornara uma prisioneira na casa, já que foi obrigada a ficar perto de um telefone. Zangada, ela disse a Taylor que aquilo era uma manobra calculada para dar a Percy uma última chance de se justificar, mas que se ele tentasse, ela o mandaria ligar para o escritório de Taylor e desligaria o telefone.

Mas até então Percy não tinha dado esta oportunidade a ela.

Com o passar dos dias, sua ansiedade e sua solidão tinham aumentado. A princípio, lhe parecera uma boa ideia, enquanto ela estivesse abalada, morar com uma amiga que pudesse proporcionar-lhe apoio emocional e consolo naqueles dias incertos. Agora, em menos de uma semana, Rachel se arrependera de ter aceitado o convite de Carrie para se mudar para o quarto de hóspedes da sua casa. Aquele cenário todo branco a fazia lembrar de um laboratório médico, e Carrie raramente estava em casa para lhe fazer a companhia que havia esperado. Ela passava o dia todo fora – no seu emprego numa firma de relações públicas onde era encarregada de novas contas – e as noites também, ou trabalhando até tarde ou jantando com clientes.

– Querida, eu sinto tanto! – Carrie tinha exclamado na quinta-feira à noite ao chegar em casa tarde e encontrar Rachel lavando a frigideira que tinha usado para fazer uma omelete. – Quando eu a chamei para ficar aqui, não tinha ideia de que ficaria tão ocupada. Mas escuta só. Amanhã à noite nós vamos a uma festa, e no sábado vamos sair para fazer compras e depois vamos jantar com uns amigos meus. Percy pode deixar sua mensagem na secretária eletrônica. Nada de mas, mas. Eu insisto. Você está começando a criar mofo.

Naquela noite – ou melhor, na madrugada de sexta-feira – Rachel tinha dito a si mesma que se conseguisse sobreviver aos próximos três dias, na segunda-feira estaria fora dali e deixaria Carrie e o pai dela em paz. Percy já teria telefonado nessa altura, concordando com as suas condições, e ela não precisaria mais dos serviços de Taylor e poderia mudar-se para a casa de Ledbetter.

De algum modo, Rachel conseguiu ir à festa na cobertura de alguém, fazer compras com Carrie no sábado e jantar à noite com amigos dela no Old Warsaw. Nas duas noites, só deixaram recados na secretária eletrônica para Carrie.

Hoje era domingo, e ela acordara com a sensação de que havia formigas andando sob sua pele. Tinha ido até a cozinha fazer café e achado um bilhete de Carrie. O brunch que tinham planejado fazer na Mansão em Turtle Creek estava cancelado. Ela fora chamada ao escritório para um trabalho urgente. Ótimo! Rachel pensou. Do jeito que estava se sentindo, ia ser uma péssima companhia para tomar champanhe e comer ovos Benedict.

O dia se arrastou. Rachel não conseguia parar quieta. Com uma regularidade impressionante, entrava e saía de casa. Tomou inúmeras xícaras de chá quente para acalmar os nervos e aquecer o corpo. O telefone, imaculadamente branco na parede branca da cozinha, tornou-se seu mais temido inimigo e seu mais querido amigo. Por que Percy estava demorando tanto? O que havia para pensar? Ele só tinha uma escolha, e sabia disso. Rachel se recusava terminantemente a considerar o impossível: que ele pudesse rejeitar sua oferta.

De volta ao pátio pela centésima vez, Rachel ouviu o sino de uma igreja próxima tocar. Tocou onze vezes, deixando-a com uma sensação gelada no corpo. Percy ia esperar até a última hora para informá-la de sua decisão, ela estava convencida disso agora. Simplesmente para mantê-la em suspense, ele deixaria para telefonar amanhã de manhã, pouco antes de o escritório do advogado dela abrir a porta. Ela não deveria esperar uma ligação antes disso. O telefone só tocaria naquele momento.

Aborrecida, pegou o velho livro com a história dos Toliver que tinha levado com ela para passar o tempo. Estranho que tia Mary nunca tivesse mencionado a história nem lhe mostrado o livro... Talvez porque ele não tivesse nada que ela já não soubesse a respeito da família. Ao som dos sinos da igreja e do zumbido das abelhas, Rachel abriu o livro e começou a ler.

★ ★ ★

Percy ouviu o sino chamando a congregação para a Igreja Metodista de Howbutker, que ele frequentava todos os domingos, desde pequeno, exceto durante o período da guerra e quando estava viajando a negócios. Perdera a conta de todos os nomes e rostos que haviam passado pelo púlpito. A maioria ficava pelo tempo que o bispo permitisse, pois os cofres da igreja eram cheios, as necessidades do rebanho poucas, e a vida em Howbutker simples e calma. Nenhum deles tinha dito muito que pudesse inspirá-lo ou instruí-lo ao longo dos anos. Ele ia lá pela paz, pela música e por um tipo de consolo que não encontrava em nenhum outro lugar.

Esta manhã, ele estava precisando especialmente de consolo. A semana toda tinha ouvido discussões a respeito do seu problema. Passara cinco dias ouvindo Amos e o bando de advogados que ele chamou, e depois que tudo foi analisado – até mesmo a possibilidade de Rachel terminar apenas com o tempo perdido e as contas dos advogados –, o consenso foi de que ele deveria devolver Somerset. Aliás, os forasteiros mal podiam disfarçar o espanto pela sua demora em fazer isso. Por que Percy iria mesmo remotamente considerar qualquer outra decisão a não ser devolver a fazenda para poupar à sua empresa as despesas e os problemas de um processo e a ele mesmo o inconveniente de um escândalo?

Ainda assim, ele não conseguia dizer as palavras que eles queriam ouvir, inclusive Matt. Matt estava agora em Atlanta, tinha ido fazer uma visita surpresa a Lucy. Comunicara ao avô na sexta-feira, depois que o conclave foi interrompido para o fim de semana, que ia usar o avião para visitar a avó e que só voltaria no domingo à tarde. Percy tinha entendido. Matt via Lucy de uma maneira diferente agora, e precisava compensá-la pelos anos de interpretação errada. Percy tinha ficado triste por vê-lo partir naquele momento, mas ficou feliz por Lucy. Eles iriam ficar mais unidos agora, e isso era bom. Depois que ele partisse, Matt só teria Lucy.

Percy fechou os olhos. Em sua opinião, não faltava muito para isso. Agora ficava surpreso de manhã quando acordava e constatava que ainda estava vivo. Ele estava cansado de viver. Um homem sem sonhos não tinha por que viver, e os dele estavam acabados. Nenhum dos seus sonhos se tornara realidade, não os que realmente importavam – um casamento feliz, uma família amorosa, uma casa cheia de filhos e netos. Irônico como até na morte a sua Mary o havia privado do último sonho que nem mesmo sabia que acalentava – Matt e Rachel se apaixonando, se casando, unindo seus impérios, vivendo felizes para sempre sob o mesmo teto, a guerra das rosas finalmente terminada. Mas Mary matara esse sonho ao deixar Somerset para ele.

O órgão começou a tocar, silenciando os murmúrios. Todos os domingos, quando chegava este momento, ele olhava para o outro lado do corredor, duas fileiras adiante, e se lembrava de Ollie, Matthew e Wyatt. Havia domingos em que ele quase os podia ver ali sentados, bem arrumados, a careca de Ollie brilhando e o cabelo dos meninos ainda molhado com as marcas do pente e da escova. A parte de trás de suas cabeças, seus perfis, estavam gravados de forma indelével em sua memória. Às vezes ele fechava os olhos como se estivesse rezando, como estava fazendo agora, e podia vê-los enfileirados no banco, os ombros gorduchos de Ollie cobertos pelo corte impecável do seu terno, os de Wyatt curvados para a frente, os de Matthew erguidos, encostados no banco. Quanta saudade ele sentia deles.

A cerimônia começou. Quando se levantou junto com a congregação para entoar o primeiro hino, sentiu a preocupação e a frustração de Amos, sentado seis fileiras atrás. Percy teve pena dele. Não havia ninguém mais irritante do que um velho teimoso que não conseguia resolver para que lado ia, embora o caminho dele estivesse tão claro quanto uma rodovia do Texas. Ele sabia o que precisava fazer, mas mesmo assim ainda estava aqui hoje no seu próprio Gethsemane, pedindo para ser poupado da angústia a enfrentar amanhã. Talvez em alguma parte do sermão houvesse um pouquinho de sabedoria divina que pudesse conduzi-lo a outro caminho.

Começou a leitura do Evangelho. A mente de Percy divagou, aguardando a mensagem. Ele pensou em Mary. Não conseguia lembrar quando suas preces tinham sido finalmente atendidas e ele tinha deixado de sentir desejo sexual por ela – o fogo abrandara, mas a chama não tinha morrido. Aquilo fora uma bênção. Que alívio sentir simplesmente amor, e mais nada. Neste momento, era como ela estivesse dentro da cabeça dele, andando de um lado para o outro... de um lado para o outro... com aqueles seus passos largos, torcendo as mãos esguias. *Percy, Percy, o que vamos fazer?*

Não faço a menor ideia!, ele respondeu e olhou em volta para ver se tinha falado em voz alta. Ninguém estava prestando atenção nele, mas o pastor atraiu seu olhar. Ele tinha erguido o dedo indicador, não em advertência, mas como que para enfatizar algum ponto dirigido unicamente a Percy. Ele ficou atento. *Lá vem!*, ele pensou.

– Ouça o que eu digo, você que busca libertação, você que busca o Senhor... – O pastor estava citando o Velho Testamento, mas Percy não tinha ouvido qual o livro, o capítulo, o versículo. – Olhe para a rocha da qual você foi talhado, e para a pedreira de onde foi extraído.

Os olhos do pastor se desviaram dele, mas Percy ainda tentava entender a aplicação daquelas palavras. *Mas que diabo eu vou fazer com isso?* Não havia nenhuma resposta para ele *ali*. Ele nunca tinha dado muita importância à rocha da qual tinha sido talhado ou à pedreira de onde havia sido extraído. Essa era a preocupação de Mary, o que havia causado todos os seus sofrimentos.

O culto chegou ao fim com "Rock of Ages" cantado como hino de fechamento. Percy se levantou devagar, pensativo, com o hinário na mão. O sermão fora sobre rochas. *Você que busca libertação, olhe para a rocha da qual foi talhado, e para a pedreira de onde foi extraído...*

Percy agarrou as costas do banco, com o hinário quase caindo das mãos. A alegria iluminou seu rosto como um sol que sai de trás das nuvens. É claro! Olhe para a rocha! É isso! Ele exultou. Que coisa, ele tinha a sua resposta.

Lucy estava sentada sob a luz do sol do final da manhã em sua saleta, ouvindo o som melodioso do carrilhão da torre da igreja soando na esquina. Sua cadência dourada levou horror ao seu coração. O som era um lembrete implacável de que o tempo estava se esgotando para Percy e Matt – mesmo para aquela mocinha esperando ao lado do telefone em Dallas, embora ela não soubesse disso. A esta altura, amanhã, Percy já teria respondido ao ultimato dela, e outra geração de vidas seria desviada do seu curso pela obsessão de uma Toliver por Somerset.

Foi como ela havia adivinhado. Mary privara a sobrinha-neta daquela terra amaldiçoada para protegê-la das consequências que sofrera por sua causa. E Santa Mãe de Deus, que consequências!

Lucy ainda estava tonta depois de ter ouvido Percy enumerá-las na fita que Matt a fizera escutar na sexta-feira à noite. O neto chegara sem avisar, e quando Betty disse a ela que ele estava na sala, Lucy tinha pensado que ele viera para dizer que o avô tinha morrido. Ela pulara da cadeira tão assustada que o sangue tinha fugido da sua cabeça, e fora obrigada a se segurar na penteadeira para não cair. Matt a encontrara lá, de pernas bambas, e tinha corrido para segurá-la antes que ela caísse.

– *Gabby!* Não é o que você está pensando. Vovô está bem! – ele tinha gritado, e a tinha abraçado com força como se ela fosse uma criança que ele tivesse salvado da morte certa. Lucy tinha começado a chorar, se de alívio, remorso ou surpresa pela intensidade dos sentimentos de Matt, só os santos sabiam.

— Então o que o traz aqui? — ela tinha perguntado, olhando através das lágrimas para a massa formada pelo peito e pelos ombros dele.

— Eu trouxe uma fita que você precisa ouvir. Você tem um toca-fitas?

Eles tinham ido lá para fora, no cair da tarde, para ouvir a fita enquanto a lua nascia e iluminava o jardim. Nenhum dos dois falou nada enquanto ouvia. Lucy tinha escutado, imóvel como a pedra na qual estava sentada, pegando de vez em quando outro lenço de papel na caixa que Betty tivera a lembrança de providenciar. Quando terminou, ela pegou outro lenço e assoou o nariz.

— Agora nós sabemos.

Matt concordou com um movimento de cabeça.

— Agora nós sabemos.

— Muita culpa para superar.

— E para perdoar, Gabby.

— E para perdoar. — A voz de Percy estava dentro dela, tocando-a nos locais mais sensíveis, deixando-a envergonhada da sua maldade, embora ele assumisse toda a culpa, nunca a culpasse de nada... nem uma única vez em todo o seu relato. Ela enxugara os olhos inchados e atirara o lenço de papel na pilha de lenços aos seus pés. — Espero que você acredite que eu jamais revelaria que Matthew era filho de Percy e de Mary. Isso foi apenas uma ameaça e uma maldade de minha parte, mas eu jamais teria contado, mesmo que seu avô tivesse pedido o divórcio. Espero que você acredite em mim.

— É claro que eu acredito. E vovô também acredita. Não foi sua ameaça que o impediu de se divorciar.

— Foi o quê, então?

— Foi por ele saber que você ainda o amava. — A voz dele tinha soado rouca ao luar, lembrando-a da voz de Wyatt.

Lucy enrubescera, torcendo para que ele não percebesse isso no escuro.

— Mesmo assim, mantive a ameaça até o dia em que Mary morreu; uma coisa muito feia de minha parte. Eu não podia suportar a ideia de deixá-lo livre. Mas agora, diga a ele para pedir o divórcio. Eu não vou me opor.

Ele tinha segurado a mão dela.

– Vovô não vai se divorciar de você, Gabby.
– Como você sabe?
– Porque ele me disse.

Ela teve outra crise de choro e, quando conseguiu se controlar, disse:
– Seu pai fez uma coisa maravilhosa quando mandou aquela pintura para Percy. Estou contente por ele tê-lo perdoado. É claro que eu nunca soube da rosa vermelha que Percy colocou dentro do livro que ele levou para a Coreia. Eu nunca imaginei que Wyatt conhecesse a história das rosas... E agora? O que você acha que Rachel vai fazer?

Lucy ficara com o coração partido ao ver a tristeza nos olhos do neto.
– Ela vai repetir o erro da tia-avó.

Que bruxa, Lucy tinha pensado.

E agora Matt partira, e ela estava ali sentada, incapaz de salvar os homens a quem amava. Vinte minutos antes, quando estava indo embora, Matt lhe perguntara:
– Você vai ficar bem, Gabby? – Com os olhos azuis que dela herdara dizendo que bastava uma única palavra sua para ele não ir embora. Outra coisa que nunca tinha acontecido antes.
– Eu vou ficar bem, Matt. Vá ver o seu avô.

Matt deixou a fita, uma de várias cópias, ele dissera. Ela estava em cima da mesinha, um cassete de cinco por sete contendo os caminhos tortuosos de duas vidas. Que pena que Rachel jamais fosse ouvi-la. Ela salvaria o dia e todos os amanhãs por vir.

– Ficar se lamentando não vai ajudar – Betty disse da porta. – Talvez a senhora não devesse ter cancelado seu jogo de bridge.
– Eu não ia conseguir me concentrar. O que é isso?

Betty estendeu um pedaço de papel.
– Não sei se o Sr. Matt pretendia jogar isto fora ou não. Eu o encontrei no chão ao lado da cesta de lixo do quarto dele.

Lucy examinou o papel. Era uma folha de bloco com o nome de um motel em Marshall, Texas. Havia um telefone anotado nele, com o código de área de Dallas. Uma luz se acendeu na cabeça de Lucy. Matt tinha dito que havia seguido a pista de Rachel até um motel em Marshall, onde eles tinham tido sua última conversa. Ela estava hospedada na casa de uma amiga em Dallas, a filha do advogado dela. Aquele devia ser o telefone de contato onde Matt poderia falar com ela. Uma ideia começou a se formar em sua mente.

– Traga-me o telefone, Betty.

– Ah, eu conheço essa expressão. O que a senhora vai aprontar agora?

– Depois eu conto.

Lucy ligou para o auxílio à lista e uma telefonista lhe forneceu nome e endereço do número anotado no papel. Carrie Sutherland. Então Lucy discou o número de um amigo de muitos anos.

– É claro – disse ele ao ouvir o pedido dela. – Você vai encontrar meu avião e meu piloto esperando por você, e vou providenciar um carro e um motorista para esperá-la. Faça um bom voo.

Lucy tocou a campainha para chamar Betty.

– Eu vou cumprir uma missão fora da cidade – ela anunciou. – Uma missão muito importante. Vou precisar de um táxi para me levar no aeroporto.

– Quanto tempo a senhora vai ficar fora?

– O tempo que for necessário. Devo estar de volta esta noite, mas prepare uma maleta para o caso de eu ter que passar a noite lá. Rápido, minha cara. O tempo é essencial.

Lucy pegou a fita ao sair da sala. Um golpe de sorte tinha aberto a porta da gaiola, e ela estava pronta para voar.

Capítulo Setenta e Quatro

Rachel ergueu os olhos da última página da história da família e olhou com os olhos esgazeados para a trepadeira cor-de-rosa, rodeada de abelhas, enroscada na cerca de ferro batido. Fertilização em ação, ela pensou espantada, um feito que aparentemente esteve fora do alcance dos Toliver de Somerset. O zumbido debochava dos fatos que ela nunca soubera nem percebera. Ninguém que havia possuído a fazenda fora prolífico em ter ou criar filhos, e apenas um filho em cada geração havia vivido o bastante para herdar a fazenda. Thomas e Vernon foram os únicos herdeiros nas gerações deles, e o único filho de tia Mary tinha morrido na dela, deixando Rachel como a última Toliver, depois que seu pai morreu. Ela fitou o velho livro. Será que teria ali em suas mãos a explicação da maldição dos Toliver?

Não era possível. Não existia essa coisa de maldição. Mas seu bisavô tinha acreditado nisso, assim como tia Mary, que dissera a Amos que a salvara dela. Meu Deus... será que tia Mary tinha temido que ao deixar Somerset para ela a estivesse condenando à esterilidade? Rachel recordou o retrato de Matthew DuMont sobre a penteadeira de tia Mary, a dor que havia nas palavras escritas no verso. O pai dela o havia descrito como sendo um sujeito maravilhoso – bondoso e paciente, que ensinava inglês para ele e deixava que ele participasse dos jogos de menino grande que ele e Wyatt Warwick jogavam no gramado. Tia Mary e tio Ollie ficaram arrasados quando ele morreu, ele tinha dito. Eles seguiram adiante, mas a vida tinha acabado para eles. Não tiveram outros filhos...

Será que tia Mary desejara poupá-la da tragédia que vivera?

O telefone da cozinha tocou, assustando as abelhas. Rachel deu um pulo. Teve uma intuição a respeito de quem estava ligando. Pôs o livro na mesa do pátio ao ouvir o segundo toque, depois se levantou com o corpo duro como o de um robô e entrou na cozinha toda branca. Tirou o telefone branco do gancho da parede.

– Alô.

— Boa-tarde, Rachel. É Percy Warwick quem fala.

Ela ouviu impassível enquanto ele a informou de sua decisão, se despediu e desligou. Vagarosamente, ela voltou para o pátio e ficou uma hora sentada no sol, refletindo ao som do zumbido das abelhas na trepadeira de flores. Depois, tendo tomado sua própria decisão, ela ligou para Taylor Sutherland.

Meia hora depois, a campainha tocou. Rachel imaginou que Carrie tivesse esquecido outra vez a chave de casa ou que Taylor tivesse ido até lá para confortá-la. Ao olhar pelo olho mágico, no entanto, viu que estava enganada. Enxergou um monte de cabelo branco como a neve, fofo como algodão doce. Baixando mais o olho, ela viu um par estranhamente familiar de olhos azuis fixos no olho mágico da porta. Rachel abriu a porta intrigada. A mulher tinha chegado numa limusine preta, cujo motorista estava encostado no capô acendendo um cigarro. Sua visitante – baixa e gorda, com uns oitenta e poucos anos de idade, e usando um conjunto da cor dos seus olhos – parecia um *cupcake*.

— Posso ajudá-la? – Raquel perguntou.

A mulher piscou os olhos.

— Hannah tinha razão. Você é igualzinha a Mary, só que menos... – Ela olhou atentamente para Rachel. – Intensa.

— Perdão?

— Eu sou a avó de Matt – a mulher anunciou. – Lucy Warwick. Posso entrar?

Eram seis horas. O termostato fora ajustado e a casa estava com uma temperatura agradável. Para o diabo com os avisos de Carrie. O telefone tinha tocado duas vezes e não fora atendido. Rachel não tinha se movido da cadeira desde que a avó de Matt ligara o toca-fitas. Pela janela da sala, ela percebeu vagamente o motorista andando de um lado para outro ao lado da limusine, soltando fumaça pelas narinas como se fosse um dragão. O homem devia estar com calor, com sede e precisando usar o banheiro, mas ela não poderia ter saído daquela cadeira para oferecer água e um banheiro nem que sua vida dependesse disso.

Não tinha havido nenhuma troca de gentilezas, nem houve tempo para oferecer chá ou café. Brandindo sua bengala, Lucy Warwick tinha entrado direto na sala, se sentado e aberto a bolsa.

— Você vai ouvir isto, mocinha, queira ou não queira – ela havia dito, tirando da bolsa um toca-fitas e colocando-o sobre a mesa. – Há coisas que você não sabe sobre os Toliver, e um bocado de coisas que não sabe sobre o homem que parece disposta a condenar a uma morte prematura. Então sente-se e ouça e depois eu vou-me embora, e você pode fazer o que tiver que fazer.

Então ela havia escutado, a pena que sentiu de Percy e tia Mary aumentando à medida que a fita revelava os anos secretos daquelas trágicas vidas. Sobrepondo-se ao que estava ouvindo, ela reconheceu sua própria história, como o reflexo do seu rosto superposto sobre o da jovem Mary Toliver no vidro do retrato pendurado na biblioteca. Ela pensara muitas vezes, parada diante dele, que se pendurasse um retrato seu na mesma pose ao lado daquele, seus rostos ficariam alinhados traço a traço, feição a feição... assim como sua vida tinha repetido, até agora, a de tia Mary.

– Pronto, terminou – Lucy anunciou, tornando a guardar a fita na bolsa. Ela fechou a bolsa e se apoiou na bengala para se levantar. – Espero que amanhã você leve em consideração o que ouviu aqui hoje.

– A senhora chegou muito tarde, Sra. Warwick – Rachel disse. – Percy ligou mais cedo para me informar da decisão dele, e eu já entrei em contato com o meu advogado para informá-lo da minha. Nesta altura, ele já deve ter informado a Amos Hines.

O rosto rechonchudo de Lucy empalideceu.

– Ah, entendo...

– Não, acho que a senhora não entende. Por favor, não vá embora, eu gostaria de explicar.

– Não estou disposta a ouvir desculpas esfarrapadas, mocinha.

– Que tal a verdade nua e crua?

Capítulo Setenta e Cinco

ATLANTA, GEÓRGIA, UMA SEMANA DEPOIS

Atravessando o hall em direção à sala onde sua patroa estava promovendo um jogo de bridge, Betty avistou pela tela da porta da frente um Lincoln Town Car preto, dirigido por um motorista, parar diante da casa. O motorista saltou imediatamente, e Betty quase deixou cair a travessa de sanduíches que estava levando para servir quando ele abriu a porta de trás do carro.

– Meu Deus – ela disse em voz alta, largando a travessa na mesa do hall e alisando o avental. – Ah meu Deus.

Ela nunca o tinha visto a não ser em fotos de jornais quando era mais moço, mas sabia quem ele era. Ela o viu saltar do carro, muito idoso, mas combinando com a imagem que formara dele na cabeça durante todos aqueles anos. Ela imaginara um homem alto e distinto, usando roupas finas e com uma postura imponente, embora discreta... um verdadeiro *chefe*. Mas ficou consternada quando viu o motorista entregar a ele um vaso contendo uma única rosa vermelha. A Srta. Lucy detestava rosas.

Betty fechou correndo as portas do hall, abafando o barulho da conversa nas mesas de jogo, e se postou diante da porta. O motorista, outra vez sentado em seu lugar atrás do volante, tinha encostado a cabeça no assento e puxado o chapéu para a frente, como se estivesse se preparando para dar um cochilo.

– Boa-tarde – ela disse pela porta de tela quando Percy chegou na varanda. – Sr. Percy Warwick, suponho.

Ele assentiu com um movimento de sua cabeça prateada.

– Betty – ele respondeu com familiaridade, como se a conhecesse há anos. – Minha esposa está em casa?

– Está sim, senhor. – Betty abriu a porta e a segurou para ele entrar. – Ela está jogando bridge com as amigas na sala.

– Sua reunião dominical, eu imagino.

– Sim, senhor. O senhor se incomoda de esperar no hall enquanto eu aviso a ela? Eu... acho que ela não está esperando pelo senhor.

– Não, não está – Percy disse –, mas tenho certeza de que não vai se importar com a interrupção. – Ele estendeu o vaso. – E quer dar isto a ela?

– Ah, senhor... – Betty fez uma careta. – Ela não gosta de rosas.

Ele sorriu.

– Ela vai gostar desta.

Sem se lembrar da travessa de sanduíches, Betty abriu uma das portas e tornou a fechá-la, segurando o vaso com o braço esticado como se fosse uma fralda molhada.

– Srta. Lucy, tem uma visita para a senhora.

Lucy olhou espantada para a rosa.

– Por que você está sussurrando? E o que é isso pelo amor de Deus?

– É uma rosa, Lucy – uma das amigas disse.

Lucy olhou zangada para ela.

– Estou vendo, Sarah Jo. De onde ela veio?

– Seu marido – Betty disse. – Ele está no hall.

Todas as cabeças com idades acima dos setenta se viraram ao mesmo tempo para Lucy, que se levantou de um salto da mesa de bridge, derramando café nos pires.

– O quê? Percy está aqui?

– Sim, senhora. Ele está lá fora no hall.

– Mas ele não pode...

A porta do hall abriu.

– Mas eu estou – Percy disse, entrando. – Olá, Lucy.

Agora todas as bocas abertas e os olhos arregalados se viraram para a figura de terno escuro, objeto de tanta lenda e especulação. Ele sorriu e cumprimentou a todas.

– Senhoras, podem nos dar licença? Eu tenho um assunto urgente para discutir com minha esposa.

Imediatamente, as senhoras se levantaram, recolheram bolsas e bengalas. As mais audaciosas trocaram apertos de mão com Percy e murmuraram que tinha sido um prazer conhecer finalmente o marido de Lucy. Lucy estava paralisada e Betty não sabia o que fazer, se ia com o grupo ou ficava com a rosa.

– Ahn, Srta. Lucy, o que a senhora quer que eu faça com isto?

Lucy recuperou a fala:

– Leve para a cozinha e ponha água nela. Eu chamo se precisar de alguma coisa. – Sozinha com o marido, ela disse: – O que você está fazendo aqui, Percy?

– Depois do que você fez por nós, sem dúvida você sabe, não?

– Rachel já tinha falado com o advogado dela quando cheguei. Eu poderia ter me poupado da viagem. O que foi que eu fiz? – Suas pernas encontraram uma cadeira e ela se sentou com o máximo de dignidade possível.

– Você levou para ela a confirmação de ter tomado a decisão certa. Por sua causa, ela e Matt agora têm uma chance.

– Não sei se fiz um favor a ele.

Percy riu e puxou uma cadeira, sentando-se com a naturalidade de dono da casa.

– Vamos ter que esperar para ver, mas minha aposta é que os dois vão acabar vivendo felizes para sempre. Ele foi atrás dela. Ela partiu para San Angelo para ajudar um colega de faculdade a administrar sua fazenda de algodão até ele conseguir se ajeitar de novo.

Sem fôlego, ela controlou o impulso de se abanar.

– Diga-me, o que o fez pagar para ver o blefe de Rachel? Você não assumiu um risco enorme com a herança do nosso neto?

– Talvez, mas eu olhei para a rocha e a pedreira.

– A rocha e a pedreira?

– Das Escrituras. Isaías 51, versículo I.

Lucy olhou exasperada para ele.

– Você não pode ser mais específico?

– Eu apostei que ela iria fazer a coisa certa, como sua tia-avó.

Lucy baixou o olhar e limpou uma manchinha na mesa de bridge para não parecer estar examinando o rosto dele. A idade tinha deixado suas marcas, mas não tinha sido má. Ele ainda conseguia partir seu coração.

– Para que é a rosa?

– Ah, é só um pedido de perdão pelo modo como as coisas ocorreram; para dizer que sinto muito por elas não terem sido melhores para você.

Ela sentiu um nó na garganta e trincou bem os dentes para não chorar. Levou alguns segundos para conseguir falar.

– As coisas também não foram boas para você, Percy, por minha causa. E eu fui muito injusta com Mary. Se ao menos eu tivesse sabido desde o início o que vocês sentiam um pelo outro, teria tido outras expectativas. Eu teria me contentado com sua amizade. Ela teria sido suficiente.

– Você merecia mais, Lucy.

Ela fez um pequeno muxoxo e disse:

– Todos nós merecíamos. Matt disse que você não vai se divorciar de mim. Isso é verdade?

– É verdade.

– Bem, isso é... gentil de sua parte. – Ela pigarreou para tirar o nó da garganta. – O que você vai fazer com Somerset?

– Vou doá-la à Texas A & M, a alma mater de Rachel, para ser um centro agrícola experimental. A casa de Ledbetter vai se tornar um museu em homenagem às contribuições que gerações de Toliver fizeram ao algodão do Texas.

Ela sentiu um rubor no rosto, de admiração.

– Bem, você é o próprio rei Salomão. Tenho certeza de que Rachel vai ficar muito contente. – A presença dele, como sempre, aquecia a sala... Como a luz do sol num dia de inverno. – Você acha que ela vai ser capaz de perdoar a você e a Mary por não terem contado ao pai dela sobre a herança?

– Só o tempo vai dizer. – Ele disse isso com um sorrisinho que sugeria a realidade que ambos compartilhavam, nenhum dos dois tinha muito tempo pela frente. – Mas por falar nisso, uma das razões de eu ter vindo aqui foi para pedir a você que pense na possibilidade de voltar para casa se as coisas derem certo para Matt e Rachel. Como você se lembra, tem lugar suficiente lá para você ter seu espaço, e eu tenho certeza de que eles iriam querer que os filhos deles tivessem uma bisavó por perto.

Ela ficou com os olhos úmidos e a garganta apertada. Urgente, ele tinha dito para as amigas dela. Ela tirou algumas migalhas de bolo da frente do vestido.

– Eu vou pensar a respeito. Mais alguma coisa?

– Não, acho que não – ele disse, e, para tristeza dela, levantou-se, um tanto enferrujado, mas ainda daquele jeito lento com que costumava erguer o corpo e endireitar os ombros que sempre a encantava. – Eu só queria trazer a rosa e expressar minha gratidão por você ter vindo em nossa defesa.

Ela também se levantou e conseguiu que seu lábio não tremesse. Parecia que tinha sido ontem que eles tinham se encarado desse jeito.

– Adeus, Percy – ela disse, repetindo as palavras que pronunciara na estação de trem quarenta anos antes.

Ela notou que ele tinha se lembrado, mas, ao contrário do que tinha feito então, ele pôs a mão no ombro dela e sorriu.

— Por algum tempo, Lucy — ele disse, e ela fechou os olhos para se lembrar melhor do breve toque dos lábios dele em seu rosto.

Betty, com seu *timing* fantástico, chegou para levá-lo até a porta. Lucy ficou parada onde estava até ouvir a porta fechar e Betty voltar.

— Ora, ora, ora! — Betty disse.

Lucy sorriu.

— Não é mesmo? — ela disse.

Matt ficou um instante parado ao lado do Range Rover, olhando a paisagem. Ele estava estacionado na frente de uma casa de madeira pintada de branco, ladeada de pés de algodão. Duas máquinas de colher algodão estavam paradas numa estradinha, e ao longe uma figura solitária — um homem, não Rachel — trabalhava num cano de irrigação, mas, fora isso, não havia nenhuma atividade humana à vista para quebrar o silêncio daquela tarde de domingo. Não havia nem picapes nem outros veículos por ali. Ele tinha esperado encontrar a BMW de Rachel estacionada no quintal, confirmando que ele viera ao lugar certo. A paz aumentou sua apreensão. Num cenário tão tranquilo, como ele poderia suportar a notícia de que Rachel não queria mais nada com ele?

Matt estava pronto para abastecer o avião e voar para junto dela assim que pousou em Howbutker e ouviu a ótima notícia, mas seu avô o tinha aconselhado a esperar.

— Dê um pouco de espaço para ela, filho, um tempo para ela lidar com as questões que ainda precisa resolver.

Ele tinha concordado, mas tivera medo de que Rachel — a mulher que ele amava agora mais do que nunca —, com o passar dos dias, tivesse mais motivos para mandá-lo para o inferno. Ocorreu-lhe que talvez houvesse alguma coisa entre ela e o amigo que fora ajudar. Carrie o havia descrito como sendo um velho colega de escola — um plantador de algodão como ela — quando ele ligou para pedir-lhe o endereço.

— Casado? — Ele não conseguiu deixar de perguntar, e ela havia dito maliciosamente:

— Bem, isso você vai ter que descobrir sozinho, meu caro.

Ele ouviu som de passos quando tocou a campainha, e sentiu um certo desânimo quando um homem jovem e bonito abriu a porta, alto como ele e grande o suficiente, mesmo de muletas e com gesso na perna, para ele pensar em forçar a entrada.

— Boa-tarde. O que deseja? — ele perguntou.

– Perdoe a intromissão. Eu estou procurando uma amiga minha, Rachel Toliver.

– É mesmo? E quem é você?

– Matt Warwick.

– Ah, sim. – Ele o examinou dos pés à cabeça por alguns segundos, depois gritou por cima do ombro: – *Querida!*

Matt desanimou mais ainda até aparecer uma mulher loura com duas crianças pequenas atrás dela e uma terceira na barriga, a julgar pelo volume por baixo do avental.

– Tem uma pessoa aqui perguntando por Rachel.

A moça sorriu.

– Bem, sai da frente, Luke, para ele entrar. Crianças, vão lavar as mãos e se preparar para comer. Oi – ela disse a Matt. – Eu sou Leslie, e esse é o meu marido, Luke Riley. Você deve ser Matt Warwick. Entre. Rachel estava esperando por você.

– Estava? – ele disse, espantado.

O marido, que tinha ficado sério até então, abriu um sorriso largo e estendeu a mão.

– Ora, meu bem, acho que não era para você ter contado isso a ele – ele disse, piscando o olho para Matt. – Olá, Matt.

– Bem, conhecendo Rachel, talvez ela não tenha explicado bem. Você chegou bem a tempo do almoço de domingo, Matt. Espero que goste de galinha frita.

Com a cabeça girando, o coração quase saindo pela boca, Matt disse que era louco por galinha frita e seguiu Leslie, com Luke mancando atrás dele, até uma cozinha espaçosa, iluminada pelo sol e com um cheiro gostoso de galinha fritando no fogão. Rachel estava pondo a mesa, a coisa mais linda que ele já tinha visto.

– Olá, Rachel – ele disse.

Ela o cumprimentou com um rubor se espalhando pelo rosto.

– Matt.

No silêncio que se seguiu, Leslie olhou de um para o outro e disse:

– Eu tive uma ideia, quem sabe vocês não gostariam de dar um passeio antes de nos sentarmos para almoçar? A galinha ainda vai demorar um pouco para ficar pronta.

– Boa ideia – disse Rachel. Ela tirou o avental de cima de um elegante vestido sem mangas, e, sem uma palavra, levou Matt para fora, enquanto Luke fazia um sinal de boa sorte para ele, erguendo os polegares, atrás dela.

Eles caminharam sem dizer nada até um pasto cercado por uma cerca branca, Matt consciente da maciez do seu braço moreno e dos cachos do seu cabelo caindo na nuca. Ele imaginou que ela e Leslie deviam ter ido à igreja mais cedo, e pensou como alguém sentado atrás dela teria sido capaz de se concentrar no sermão. Na cerca, ele apoiou o pé na tábua de baixo e os braços na de cima, atento a um belo cavalo marrom que pastava ali perto.

– Soube que você estava esperando por mim – ele disse.

– Eu sabia que Carrie não ia conseguir guardar segredo.

– Você queria que ela guardasse?

– Eu estava contando com a língua solta dela.

Ele soltou um suspiro de alívio.

– Vovô disse que o seu advogado ligou para Amos para informá-lo da sua decisão de desistir da ação antes mesmo de você ter ouvido a fita. Você nunca pretendeu ir adiante com isso, não é?

O cavalo olhou para eles e relinchou, o cumprimento obviamente dirigido a Rachel. Ela enfiou a mão pela cerca, estalou os dedos e ele veio saltitando.

– Minha intenção era convencer seu avô e Amos de que eu ia.

– Por que você não levou tudo isso adiante? Você nos tinha nas mãos, Rachel.

– Somerset já tinha causado muita dor. E o que eu faria com uma fábrica de papel?

– Vingar-se, talvez?

Ela sacudiu a cabeça.

– Isso não faz meu estilo.

Ele ficou com os olhos marejados. Essa mulher não existia.

– Bem, eu sou muito grato a você.

– Foi por isso que você veio aqui, para me agradecer?

– Dentre outras razões. – Eles estavam conversando um ao lado do outro, como os homens fazem quando estão falando sobre o tempo ou outro assunto igualmente inócuo.

– Tais como? – Ela passou a mão na testa do cavalo.

– Bem, para começar, Amos mandou entregar uma coisa que Mary deixou com ele para dar a você no dia em que morreu. Ela disse a ele que ele saberia qual o melhor momento para entregá-las a você.

– Elas?

– As pérolas dela.

Ela parou de acariciar o cavalo.

— Ah — ela disse, e com o canto do olho ele viu que ela havia engolido em seco e percebeu o rápido movimento de suas pestanas. — Eu diria que o *timing* é perfeito. O que mais?

— Eu achei que você gostaria de saber dos planos de vovô para Somerset.

Ele viu que ela ficou ofegante.

— Conte-me — ela disse, pondo as duas mãos sobre a grade da cerca. Quando ele terminou de explicar, ela levara uma das mãos ao pescoço. — Que gentileza dele — ela acrescentou com a voz maravilhada. — Estou muito contente. Tia Mary também ficaria.

— Eu também vim para perguntar quais são os seus planos — ele disse, deixando cair os braços que estavam apoiados na cerca, e falando com uma voz menos segura. — Suponho que você vá arranjar outra fazenda em algum lugar e cultivar algodão e abóbora.

Eles estavam outra vez falando um com o outro de lado.

— Ah, eu vou me dedicar a algum aspecto da agricultura — ela disse —, mas algodão e abóbora perderam o sabor para mim.

— Você quer dizer que vai cultivar outras coisas.

— Não. Eu não quero mais plantar nada, não na terra de outra pessoa.

— Compre a sua própria terra.

— Não seria a mesma coisa.

Ele se virou para ela.

— Eu não entendo, Rachel. Achei que cuidar de uma fazenda era a sua paixão, a sua vocação, tudo o que você sempre quis fazer. Você pretende desistir disso?

O cavalo relinchou, aborrecido por estar sendo ignorado, e ela deu a mão para ele cheirar.

— Você já ouviu falar num jogador de beisebol chamado Billy Seton? — ela perguntou.

Matt assentiu, surpreso.

— Ele jogou no New York Yankees no início dos anos setenta.

Ela deu um último tapinha no cavalo e foi até uma torneira para lavar as mãos.

— Ele era da minha cidade. Quando eles o venderam, ele abandonou o jogo. Agora ele é treinador. Descobriu que sua paixão por jogar beisebol e seu sonho de jogar no New York Yankees eram uma coisa só, estavam inextricavelmente interligados, e quando uma das partes ficou faltando, a outra não funcionou. Quando os Yankees quiseram trocá-lo, ele não teve vontade de jogar em outro time. Agora você entende?

Ele entendia – perfeitamente. O sangue rugiu em seus ouvidos. Ele tirou o lenço do bolso e entregou a ela.

– Em outras palavras, cultivar uma terra que não seja dos Toliver não lhe dá vontade de ser fazendeira.

– Exatamente.

Ele a viu enxugar as mãos, resistindo ao impulso de tomar seu rosto entre as mãos e beijar seus olhos, sua boca, seu pescoço, de abraçá-la com força e nunca mais soltá-la. O cavalo os tinha seguido e esticou a cabeça por cima da cerca. *O que você está esperando, rapaz?*

– Bem, nesse caso – ele disse, forçando a voz a ficar firme –, talvez você se interesse pela minha proposta.

Ela devolveu-lhe o lenço.

– Pode falar.

– Estou procurando um sócio para me ajudar a administrar um pedaço de terra ao longo do Sabine. Você poderia dizer que se trata de terra dos Toliver. Aliás, eu acho que um dia você disse que tinha um interesse nela.

– Eu não entendo nada de árvores.

– Bem, na realidade, não é muito diferente de cultivar abóbora ou algodão. Você planta as mudinhas e as vê crescer.

Os olhos dela estavam ficando úmidos. Ela tornou a pegar o lenço da mão dele.

– Acho que não é muito diferente do que estou acostumada a fazer. Posso pensar um pouco sobre isso?

Ele consultou o relógio.

– Claro. Aquela galinha ainda não está pronta.

Ela sorriu.

– Você não está correndo um risco ao me tornar sua sócia?

– De jeito nenhum – ele disse, tomando-a nos braços, onde era o lugar dela.

– Por que não? – ela perguntou, erguendo o rosto.

– Você não se lembra? Eu sempre aposto com a certeza de ganhar.

Impressão e Acabamento:
GRÁFICA STAMPPA LTDA.
Rua João Santana, 44 - Ramos - RJ